KB022657

어리석은 장미

온다 리쿠 지음 — 김예진 옮김

어리석은 장미

愚かな薔薇

REA⊒bie

1

옆자리 4인석에 앉아 있던 소년이 일어선 순간 무언가가 떨어지는 메마른 소리가 났다.

엉거주춤 일어나 머리 위 선반에서 짐을 내리려던 나치는 떨어진 물건이 자신의 발밑으로 굴러온 것을 알아차리고, 가방을 좌석에 내려놓고 몸을 살짝 숙여 그 은빛 덩어리를 주웠다.

처음에는 그것이 무엇인지 몰랐다.

끈 달린 부적 주머니에서 그것이 튀어나와 있었다.

칼집에서 빠져 있었기에 아주 작은 나이프인 줄 알았는데 칼날의 모양이 기묘했다. 굳이 말하자면 캔 따개와 비슷했다.

"저기, 이거."

짐을 끌어안고 나가려는 소년을 불러 세우자, 소년은 놀란 듯 돌아보더니 나치가 들고 있는 부적 주머니를 발견하고는 순식간에 얼굴이 새빨개졌다.

지나치게 당황하는 그 모습에 나치가 오히려 당황할 정도였다.

학생모 아래 날카로운 눈빛으로 나치를 노려본 소년은 부적을 난폭하게 빼앗아 들더니 도망치듯 플랫폼으로 내려가 버렸다.

내가 무슨 잘못이라도 한 걸까. 나치는 잠시 어쩔 줄 몰라 하다가 짐을 들고 조심스럽게 플랫폼으로 내려섰다.

푹푹 찌는 공기가 전신을 휘감았다.

건너편 플랫폼이 희미한 아지랑이로 흔들렸다. 노인과 아이를 동반한 여성이 느긋하게 개찰구를 빠져나갔다.

구름 사이로 뜨거운 햇빛이 비쳐 들어 눈을 자극했기에 나치는 얼굴을 찌푸리며 들고 있던 밀짚모자를 잽싸게 썼다. 올올이 엮인 밀짚 사이로 가느다란 빛이 스며들었다.

나치는 한동안 플랫폼에 우두커니 서 있었다.

산이 가깝고, 하늘이 가깝다. 시커먼 녹색을 띤 산이 주위를 둘러싸고 우뚝 솟아 있었다.

갑갑한 공기를 보니 올 여름도 더울 듯했다.

어린 시절부터 여러 번 와 본 곳이지만 혼자서 온 건 처음이었고, 심지어 두 달이나 되는 캠프였기에 불안을 감출 수가 없었다.

마찬가지로 캠프에 참가하는 듯한 소년, 소녀들이 커다란 짐을 든 채 드문드문 걸어가는 모습이 보였다. 다들 불안해 보이는 얼굴이었다.

역무원에게 기차표를 건네고 개찰구를 빠져나오니, 사거리에서 있는 보닛 버스 앞에 줄을 선 승객들이 차례차례 타는 중이었다. 꽤 붐볐다.

맨 뒤에 서려 하자 "이쪽이야, 이쪽." 하고 누군가가 부르는 소리가 들렸다.

돌아보니 사거리 모퉁이에 하얀 여름옷을 입은 소년 일고여덟 명이 모여 있었고, 그중 제일 키가 큰 소년이 나치를 향해 손짓하고 있었다.

낯익은 얼굴이었기에 나치는 안심하고 달려갔다.

후카시 오빠, 하고 부르려 했으나 오랜만에 본 그 얼굴은 너무나 어른스러워 보였고, 심지어 인솔자로 왔다는 사실을 깨닫고는 나치는 입속으로 우물우물 말을 삼켜 버렸다.

"날씨도 덥고 긴 여행으로 피곤하겠지만, 이게 캠프 참가자 규칙이라서."

후카시가 천천히 모두를 둘러보며, 안심이 되지만 동시에 정신이 바짝 드는 말을 던졌다. 그러고는 조심조심 고개를 끄덕이는 얼굴들을 확인한 뒤 앞으로 나섰다.

아까 자신을 노려보았던 소년의 모습도 무리 안에 있었기에, 나치는 은근히 거리를 두고 줄 맨 뒤를 따라갔다. 여학생이라고는 자신밖에 없었기에 다소 움츠러들었다.

사거리 앞 간선도로로 가는 줄 알았더니, 역 옆 식당 사이로 난 좁은 길로 들어가는 후카시의 모습에 소년들은 당황했다. 하지만 상급생을 따르는 수밖에 없었기에 흠칫거리며 따라갔다.

좁은 길은 내리막이었고, 주위를 빽빽하게 뒤덮은 덩굴식물이 전신주 케이블 위까지 기어올라 녹색 오브제를 이루었다. 멀리서 들리는 매미 울음소리가 움푹 들어간 지형 안에서 메아리쳤다.

완만한 커브 너머로 오도카니 뚫린 구멍이 보였다. 터널인 듯했다.

나치는 그 새카만 구멍을 본 순간 가슴이 철렁했다.

어디서 본 적이 있는 듯한…….

다리가 그 터널로 들어가기를 거부했지만 선두에 선 후카시는 성큼성큼 길을 나아갔다.

터널은 다가가 보니 의외로 컸고 발을 들인 순간 온도가 낮아져 오싹 소름이 돋았다.

내부 곳곳에 탁한 오렌지색 조명이 켜져 있었지만, 어두컴컴해서 여름 한낮이라는 사실을 금세 잊었다.

습한 냄새. 기이한 압박감. 천장이 꽤 높기는 했지만 호흡조차 망설여지는 분위기였다. 운동화와 구두가 질척질척한 지면을 밟는 소리만이 울려 퍼졌다.

앞서 걷는 소년의 하얀 셔츠 등에 의식을 집중하며, 나치는 빨리 이 터널이 끝나기만을 바랐다.

어딘가에서 쏴아아, 하고 물 흐르는 소리가 들렸다. 강이 가까운 모양이었다. 이와쿠라 마을 한가운데를 흐르는 모미지강이나 그 지류의 소리가 분명했다.

터널 안에서 크게 커브를 도니 앞에 반원 모양 빛이 보였다. 그곳이 출구인 듯했다. 저도 모르게 걸음이 빨라졌다.

터널을 나온 소년들이 소리 없는 고함을 질렀다. 예상도 하지 못했던 기묘한 무언가가 보였기 때문이었다.

"모자 벗어."

후카시가 낮은 목소리로 말하며 전원을 둘러보았다.

모두 다급히 학생모와 밀짚모자를 벗고, 눈이 휘둥그레진 채 눈앞에 나타난 것을 올려다보았다.

거대한 바위일까, 잘려 나간 벽이라고 해야 할까.

울창한 산의 경사면에 거대한 조각이 새겨져 있었다.

어린애 몸통쯤 될 법한 굵직한 금줄이 쳐져 있고, 그 앞에는 작은 돌 제단이 있었으며 과일과 채소 등의 공물이 놓여 있었다.

그 조각은 기이했다.

타원형의 긴 배가 수직으로 돋을새김 되어 있었고, 그 안에는 웅크린 인체 같은 것이 여럿 그려져 있었다. 지장과 관음, 소와 말 등의 동물 같은 것이 있는가 하면 꽃무늬 비슷한 것도 보였다.

상당히 오래된 조각 같은데 제법 정밀한 만듦새였다.

"이게 바로 '허주(虛舟)님'이야."

후카시가 눈짓만으로 그 조각을 가리켰다.

"이게…….."

소년들 사이에서 선망인지 공포인지 모를 한숨이 흘렀다.

"그래. '허주 승선원'들의 신이 여기 계시는 거야. 이곳에서 경배를 드리지 않으면 캠프에 갈 수 없어."

후카시는 그렇게 말하며 솔선해서 제단 앞으로 나아가 깊이 고개를 숙였다.

소년들도 덩달아 고개를 숙였다.

나치도 다급히 고개를 숙였으나 다른 아이들보다 다소 뒤에 있어서인지, 나뭇잎 사이로 비쳐 드는 강렬한 햇빛이 눈을 찌름과 동시에 시야 안에서 무언가가 움직인 느낌이 들어 문득 고개를 들었다.

누군가가 서 있었다.

퍼뜩 놀라 눈을 부릅떴다.

잘못 본 것이 아니었다. 뒤쪽 절벽 위에 누군가가 서 있었다.

긴 머리가 바람에 나부끼고 있었는데, 멀리서 봐도 날씬한 몸매에 새하얀 얼굴이었다. 남색 기모노를 입고 마치 유령처럼 절벽 끄트머리에 홀연히 서 있었다.

앞을 보니 아직 다들 고개를 숙이고 있었기에 나치는 다급히 고개를 숙였다.

다들 고개를 들기를 기다렸다가 다시 한 번 절벽 쪽을 슬그머니 돌아보자 그때는 아무도 없었다.

환각? 아니, 분명히 봤는데.

멍하니 깎아지른 절벽의 선을 바라보고 있는 사이 무리가 어슬렁어슬렁 움직이기 시작했다.

자꾸 뒤를 돌아보고 싶은 나치의 눈을 머나먼 우듬지 사이로 비쳐 드는 햇빛이 찔렀다.

경사면에 별처럼 하얀 점이 흩뿌려져 있었다.

"독한 장미다."

누군가가 중얼거렸다.

여름이 가까워지면 마을 이곳저곳이나 산에서 피어나는 야생 장미다. 해당화를 닮은, 자그마한 하얀 장미. 이와쿠라성의 문장에도 있다.

아직 봉오리인데도 이미 주위에는 관능적이고 달콤한 향기가 가득했다.

이 향을 맡으면 나치는 늘 불안해졌다. 향긋하고 황홀해지는, 마음 편한 향인데도 왠지 모르게 흉포하고 수상쩍은 무언가를 숨기고 있는 느낌이었다. 자신의 마음 속 깊은 곳에 잠들어 있는 시커먼 짐승의 본능 같은 것이 눈을 뜨지 않을까 두려워지기도 했다.

주위가 문득 어두워졌다.

아이들이 술렁거렸다.

상공에 커다란 무언가의 기척이 드리워졌다.

"배다."

"진짜네, 저렇게 하늘에 꽉……."

"정기 취항편인가?"

"지금 시기라면 임시편이겠지."

소년들이 환성을 지르며 하늘을 가리켰다.

하얀 타원형의 배 바닥이 천천히 하늘을 가로지르고 있었다.

그것은 마치 바다를 가르고 나아가는 흰긴수염고래처럼, 여러 척이 조금씩 거리를 두고 느릿느릿 이동했다.

끈적끈적한 여름 하늘 구름 속을 헤엄쳐 나아가며, 때때로 역광으로 보이는 배 바닥의 윤곽이 금환식처럼 번쩍이곤 했다.

"타고 싶다."

누군가가 넋을 놓은 채 중얼거렸다.

"저 배를 탈 거면 당연히 내해 말고 외해로 가야지."

"뭐? 난 내해만으로도 충분해. 몇십 년이나 못 돌아오는 건 싫어."

나치는 밀짚모자 밑에서 묵묵히 배를 올려다보았다.

반짝반짝 빛나는 배. 그 자체가 의식을 지닌 생물 같았다.

만질 수 있을 듯한 느낌에 살짝 손을 뻗어 보았다. 손과 배 바닥이 겹쳐졌다. 이렇게 가까이서 배를 본 것은 처음이었다.

정말 저 배에 탈 수 있을까. 정말로 그런 날이 올까.

나치는 가슴이 두근거리는 동시에 막연히 두려운 기분도 들었다.

나직이 속삭이는 목소리가 귀를 스치고 지나갔다.

"하지만 외해에 가려면 '썩어야' 하잖아."

"'썩어?' 왜?"

"잘은 모르겠지만, 그런 소문을 들었어."

이 동네 아이들은 아니지만 그리 멀지 않은 곳에서 온 듯했다. 드문드문 나치가 알아듣지 못하는 단어가 있었다.

속삭이는 목소리가 차츰 커지는 강물 소리에 묻혀 사라졌다.

하늘이 환해졌다. 배가 지나간 모양이었다.

그 순간 길이 국도로 나와 시야가 단숨에 넓어졌다.

그곳은 강을 끼고 산과 산 사이에 붙여 놓은 듯 펼쳐진, 이와쿠라 마을이었다.

마을에서는 축제 준비가 막 시작된 참이었다. 이곳저곳에 커다란 별 모양 등롱이 놓여 있었다. 아마 순서대로 매달 모양이었다. 먼 곳에서 축제 음악을 연습하는 가벼운 피리 소리도 들려왔다.

캠프 기간은 축제 기간과 겹친다. 축제는 두 달 가까이 이어져,

초여름부터 초가을까지 장기간 열린다.

축제라고는 해도 이곳 이와쿠라의 축제는 조용하다. 밤마다 삿갓과 수건으로 얼굴을 가리고 샤미센 선율과 함께 마을을 돌아다니며 춤을 추는 축제다.

후카시는 아이들을 마을 중심에 있는 '조운지'라는 절로 데려갔다.

법당 한가운데에 캠프에 참가하는 아이들이 줄지어 무릎을 꿇고 앉아 있었다. 전부 스무 명쯤 될까. 나치 일행이 들어오자 흘끔흘끔 훔쳐본다. 여자아이는 여덟 명쯤 있었다.

"선생님, 오래 기다리셨습니다."

후카시가 절 주지와 교사로 보이는 세 명의 남녀에게 고개를 숙였다.

"그래, 후카시. 고생 많았다."

주지가 점잖게 말했다. 눈빛이 날카로운, 바위 같은 거한이었다.

"이제 다 모였군."

나이가 제일 많아 보이는 교사가 살짝 고개를 끄덕이고, 무릎을 꿇고 앉은 아이들을 천천히 둘러보며 입을 열었다.

"에, 여러분. 먼 곳까지 잘 왔습니다. 나는 캠프의 교장을 맡은 이이다입니다. 이쪽은 도미자와 선생님과 마나베 선생님. 캠프 지도는 주로 이 두 선생님이 맡을 거예요. 누마쿠라 주지 스님께는 아이들의 생활 지도를 부탁드립니다. 이 절의 숙방(宿坊)에 신세를 질 학생도 열 명쯤 있으니까요."

홀쭉하니 키가 크고 누가 봐도 학자처럼 생긴 청년은 도미자와, 야무진 어머니 같은 느낌의 중년 여성은 마나베였다. 두 사람은 이이다의 말에 이어 아이들에게 살짝 고개를 숙인 뒤 자기소개를 했다.

"도미자와입니다. 여러분 모두 알고 있겠지만 이 캠프는 적성이 있는지 없는지를 판단하는 곳이므로 여러분의 평소 성적과는 아무 상관이 없습니다. 시간은 많으니 너무 긴장하거나 조급해하지 말고, 평상시의 모습을 보여 주세요."

"마나베입니다. 저는 보건교사도 겸하고 있어요. 아마 이 캠프에서 여러분 모두의 몸이 조금씩 변화해 갈 테니 무슨 이상한 일이 생기거나, 마음이 불안해지거나, 몸 상태가 나빠지면 바로 저한테 상담하도록 해요. 사람마다 개인차가 있고, 또 개중에는 변질되지 않는 사람도 있을 거예요. 그것은 딱히 좋고 나쁜 일이 아니니 남과 비교할 것도 없어요. 단단히 각오하고 대응하도록 합시다."

변질이라는 단어에 아이들이 반응했다. 나치도 그중 하나였다.

적성의 유무가 변질에 작용한다는 사실은 알고 있었지만 그것이 구체적으로 어떤 변화인지는 몰랐다. 애당초 학교에서 교사가 따로 불러내 캠프에 참가하라고 했을 때도 나치는 그 말이 무슨 의미인지 모르고 있었다.

나치는 부모를 일찍 잃고 먼 친척에게 맡겨져 자랐기 때문에 캠프에 관한 예비지식이 전혀 없었다. 장래에 '허주'에 타려면 엄격한 적성검사를 받아야 한다. 거기서 선발된 아이들이 이와쿠라의 캠프에 참가하고, 또 거기서 특수한 훈련을 받은 극히 소수의 인원만이 허주에 탈 수 있다는 사실을 나치가 알게 된 것은 캠프 참가를 알려 준 교사가 조심스럽게 말을 고르며 이야기해 준 덕분이었다.

이와쿠라라는 이름이 특별한 의미를 지녔다는 사실을 나치는 몰랐다. 어린 시절부터 이 마을에 여러 번 왔기 때문이다.

대부분의 아이들이 장래 희망을 허주 승선원이라고 대답했기 때문에 나치도 막연한 동경심은 있었으나 설마 자신이 그렇게 되리라고는 꿈에도 상상한 적 없었고, 캠프 참가가 결정된 후로도 반신반의했다.

교사는 이것이 명예로운 일이라고 말했다. 나도 캠프에 갔었는데 적성이 없었어, 하고 작은 소리로 덧붙인 뒤 "원한다고 다 갈 수 있는 게 아니니까, 열심히 하고 오렴."이라며 나치를 보냈다.

하지만 나치를 키워 준 고령의 과묵한 삼촌 부부는 캠프에 가게 되었다는 사실을 들은 순간 몹시 동요하며 심각한 표정을 지었다.

"안 가도 된단다. 몸이 안 좋다고 하면 돼. 캠프에 가고 싶어 하는 애들은 얼마든지 있으니, 너 하나 안 간다고 큰일이 나지는 않아."

숙모가 진지한 표정으로 나치에게 그렇게 속삭였다.

"그럴 수는 없지."

삼촌이 나직이 중얼거렸다.

"위에서는 눈이 시뻘게져서 '썩은 장미'를 찾고 있으니. 어쨌든 나치에게 눈독을 들이긴 했을 거야. 뭐니 뭐니 해도 애 엄마가……."

숙모가 눈짓을 하자 삼촌이 입을 다무는 것이 느껴졌다. 나치가 의아한 표정으로 쳐다보자 삼촌은 슬쩍 시선을 피했다.

그렇구나, 아까 그 애가 한 말이 '썩었다.'라는 말이었구나.

문득 깨달았다. 그때는 삼촌이 뭐라고 했는지 알아듣지 못했지만 방금 전 발언으로 미루어 볼 때 '썩은 장미'라고 했던 것이 분명했다. '썩은 장미'가 대체 무엇일까.

"먼 길 오느라 피곤할 테니 오늘은 편히 쉬도록 해요. 수업은 내일부터니까 내일 아침 8시까지 이와쿠라성으로 집합할 것."

교장 선생님이 그렇게 말씀하시는 것이 들리고 어느 틈엔가 아이들이 일어서서 뿔뿔이 흩어졌기에 나치는 퍼뜩 놀랐다.

자꾸 이렇게 멍해질 때가 있다니까.

"나치."

법당 입구에서 후카시가 손을 흔들었다.

나치는 비틀거리면서 일어나 후카시에게 다가갔다. 가벼운 현기증이 느껴졌다.

"들어 줄게."

후카시가 나치의 짐을 번쩍 들어 올렸다.

"괜찮아, 내가 들 수 있어."

"아까 네 것만 안 들어 줬잖아. 이젠 괜찮겠지."

달콤한 향기가 코를 찔렀다.

절 마당에도 독한 장미 봉오리가 가득했다.

끈적끈적한 불쾌감이 또다시 솟구쳤다. 이유는 몰라도 싫은 향기였다. 지금까지 그리 의식한 적 없었는데. 게다가 왠지 자꾸만 목이 말랐다.

나치가 관자놀이를 문지르고 있는데 후카시가 보고 눈살을 찌푸렸다.

"왜 그래, 나치? 어디 안 좋아?"

"아니, 더워서 좀 멍해지는 것 같아."

"피곤한가 보네. 빨리 집에 가서 쉬자. 엄마도 너 오기를 손꼽아 기다리고 계셔."

매미 울음소리와 악기 소리가 뒤섞여 먼 곳에서 들려왔다.

"후카시 오빠, 오랜만에 보니까 굉장히 어른스러워졌네."

나치가 감탄하자 후카시가 슬며시 웃었다.

"나도 내년에는 고3이니까."

"그렇구나. 오빠도 수험생이구나. 하지만 오빠는 머리 좋으니까 어디든 갈 수 있을 거야."

"그렇지도 않아."

후카시는 쓴웃음을 지었다.

"나는 적성이 없었어. 배에는 못 타."

그 목소리가 희미하게 어두워졌다.

"오빠도 캠프에 참가했었어?"

"나치가 올해 몇 살이지?"

질문에 직접 대답하지 않고 후카시가 되물었다. 나치는 당황했다.

"열네 살."

"나도 그 나이였어. 그렇지 않아도 이와쿠라에 사는 아이들은 반드시 캠프에 참가하게 되어 있지만."

"왜?"

"이곳이 근본 지역이니까."

"근본 지역?"

강을 따라 난 통행로로 나왔다. 시냇물이 커졌다.

전날 밤 비가 내렸는지 탁한 물길이 맹렬하게 마을 안을 내달리고 있었다.

독한 장미의 향이 이렇게 독하게 코를 찌르는 이유는 어제 비가
와서인지도 모른다. 습도가 높아서 천천히 걸어도 끈끈한 땀이 났
다. 바람을 타고 들려오는 악기 소리도 왠지 짜증을 돋웠다. 이것
은 캠프 때문에 긴장해서일지도 모르지만.

"있잖아, 오빠."

나치는 목덜미의 땀을 닦으며 물었다.

"캠프 가면 대체 뭘 하는 거야? 난 운동 신경도 평범하고 딱히
체력이 좋지도 않아. 아무리 생각해 봐도 배에 탈 수 있을 것 같지
가 않은데, 대체 뭘 할 수 있어야 적성이 있다고 하는 거야?"

후카시는 순간 의아한 표정으로 나치를 보았다.

"그리고 '썩은 장미'라는 건 또 뭐야?"

후카시는 점점 더 당황스러운 표정을 짓더니 멈춰 서고 말았다.

길게 찢어진, 그러면서도 검은자위가 큰 눈동자 속에 복잡한 무
언가가 떠올랐다 사라졌다.

놀람과 고통, 또는 선망.

후카시의 표정이 무슨 의미인지 알 수는 없었지만, 나치는 직감
적으로 그 세 가지 감정을 읽어 낸 기분이었다.

"다카다 집안에서는 아무 말 안 했어? 아무 얘기도 못 들었어?"

후카시가 조심스럽게 물었다. 나치는 천진난만하게 고개를 가
로저었다.

"숙모는 캠프 같은 데 안 가도 된다, 가지 말라고 그랬어. 삼촌
이 그럴 수는 없다고 했더니 숙모도 할 수 없이 보내 주긴 했지

만. 두 달이나 있다가 돌아갈 거니까 선물 잔뜩 사 가야지."

후카시는 고개를 끄덕이고 또 끄덕였다.

"그래. 요 몇 년간 다카다 집안에서는 나치를 이와쿠라에 보내기 싫어했지. 어쩐지 어른스럽더라 했어. 나도 역에서 발견했을 때 그렇게 조그마했던 나치가 다 큰 걸 보고 깜짝 놀랐다니까. 나치가 여기에 온 게 그러니까, 사 년 만인가."

"그런가?"

후카시의 이야기를 들으니 앞뒤가 맞는 부분이 있었다.

하기야 어린 시절에는 매년 여름 이와쿠라에 왔던 기억이 있는데, 나치가 점점 성장함에 따라 삼촌 부부는 통 보내 주려 하지 않았다. 이와쿠라는 외가 쪽 고향으로, 어머니의 친정 본가인 미카게 가문은 이와쿠라에서 으뜸가는 오래된 가문이었다.

"캠프라고 해 봤자 딱히 뭘 하는 건 아니야."

후카시가 걸으면서 나직이 말했다.

"그래?"

"응. 그냥 다 함께 변질되기를 기다릴 뿐이지. 변질을 지켜보고 나서 앞으로의 진로를 결정하기 위한 캠프야."

"자꾸 변질, 변질 하는데 그게 대체 뭐야?"

"금방 알게 돼. 아니, 솔직히 설명할 길도 없고, 믿지도 않을 거야."

"그럴 리가. 오빠의 설명이라면……."

"아니, 안 할래. 나치는 너무 아무것도 몰라. 그쪽 어른들도 참, 정말 못쓰겠네."

후카시의 목소리에는 비난의 울림이 담겨 있었다. 화가 난 것처럼 보이기도 했다.

나치는 할 말을 잃었다. 그 분노가 삼촌 부부를 향한다는 사실은 알겠지만, 왜 화를 내는지 도무지 알 수가 없었다.

"아, 보인다. 진짜 오랜만이네."

다리 너머로 강가에 우뚝 선 커다란 저택이 보였다. 후카시네 집은 오래된 요리점 겸 여관을 경영하고 있었다. 그 별채에 가족들이 사는 집이 있다.

"있잖아, 나치."

"응?"

다리 중간쯤에서 후카시가 멈춰 서서 난간을 쓰다듬으며 새삼스러운 태도로 나치의 앞에 섰다.

이렇게 정면으로 마주 보니 올려다봐야 할 정도로 키가 커서 당황스러웠다. 기억 속 후카시의 모습이 두 배로 부풀어 오른 듯했다.

"만약 힘들어지면 날 불러야 해."

"힘들어지면?"

"응. 변질이 시작되면 힘들 거야. 그때는 일단 나를 불러. 한밤중이든, 언제든. 알겠지?"

"응······."

무슨 뜻인지 이해할 수 없었던 나치는 건성으로 대답했다. 후카시의 눈빛이 몹시도 진지했기에, 모르겠다고 말할 수가 없었다.

"나치의 첫 '피먹임'은 내 역할이야. 다른 놈들에게는 안 줘. 옛날부터 그렇게 정해 놨어."

피먹임?

나치의 의아한 표정을 보고 말뜻을 이해하지 못했다는 사실을 깨달았는지, 후카시는 입을 다물었다가 다시 한 번 못을 박았다.

"알았지?"

후카시의 기백에 눌린 나치는 흠칫거리며 고개를 끄덕였다.

"이 다리에서 한 약속은 허주의 신께서 다 듣고 계셔. 어기면 안 돼."

"응⋯⋯."

나치는 후카시가 움켜쥐고 있는, 이끼 낀 난간을 흘끗 쳐다보았다.

다리 아래에서는 탁류가 요란하게 소용돌이치며 흘러갔다.

"어머나, 나치. 오랜만이구나. 많이 컸네. 예뻐졌어."

만면에 웃음을 띤 후카시의 어머니 히사오가 여관 현관에서 뛰쳐나왔다. 하얗고 갸름한 얼굴은 오래된 저택 현관에 마치 꽃이라도 피어난 듯 화사해 보였다.

이모는 변함이 없네. 언제 봐도 예뻐.

"안녕하세요, 잘 부탁드려요."

나치는 얼굴을 붉히며 인사했다.

히사오는 나치의 어깨를 안고 감개무량한 표정을 지었다.

"깜짝 놀랐어. 얼굴 좀 제대로 보자. 갈수록 나쓰를 닮아 가는구나."

히사오는 엄마와 사촌 사이라고 했는데, 사실 엄마의 친척이라고는 들었어도 나치는 미카게 가문 사람들과 어떤 관계인지 잘 몰랐다.

후카시가 짜증스러운 얼굴로 나치의 짐을 현관에 집어던졌다.

"엄마, 이게 어떻게 된 거야? 다카다 집안하고 얘기가 되긴 한 거야? 나치는 진짜 아는 게 하나도 없던데. 불쌍하게도 아무것도 모르고 캠프에 오다니."

"뭐?"

히사오는 안색을 흐리며 아들 쪽을 돌아보더니 다시 한 번 나치의 얼굴을 보았다. 이렇게 보니 후카시 오빠와 히사오 이모는 많이 닮았다.

히사오의 눈에도 고통스러운 표정이 떠올랐다. 이 눈빛은 대체 뭘까.

하지만 히사오는 금세 생긋 웃더니 후카시를 타일렀다.

"후카시, 그런 말하면 못써. 다카다 집안 마음도 이해가 되잖니. 나쓰가 그렇게 되어 버렸으니 떠올리기도 싫겠지. 다카다 집안에서는 나름대로 나치를 아끼고 사랑하는 거야."

"그런가? 힘들어지는 건 나치인데."

후카시는 아직도 화가 난 눈치였다.

히사오는 명랑한 표정으로 계속 이야기했다.

"그렇지, 후카시. 방금 전에 시로타 씨네 따님이 널 찾아왔더라. '비취'에서 기다릴 거라고 했으니까 빨리 가 보렴."

"뭐?"

후카시는 노골적으로 불쾌한 표정을 지었다.

"왜 그런 얼굴이야? 착한 아가씨잖니. 얼른 가 봐."

히사오도 말투가 험악해졌다. 후카시는 고개를 홱 돌리고 짐을 들어 올렸다.

"나치를 방에 데려다주고 나서 갈게. 가자, 나치. 이쪽이야."

후카시가 빠른 걸음으로 사랑채를 향해 걸어 나섰다. 나치는 히사오와 후카시를 번갈아 본 뒤 히사오에게 고개를 꾸벅 숙이고 나서 서둘러 후카시를 따라갔다.

해가 조금씩 기울고 있었다. 산간 마을은 일몰도 빠르다.

깔끔하게 관리된 일본 정원과 저택이 석양 속에 천천히 저물었다. 정원 외등에 불이 켜지고 박쥐가 퍼덕퍼덕 미끄러지듯 하늘을 날아가는 모습이 보였다.

"여기 2층이야."

별채에서도 유난히 깊은 곳에 있는, 구름다리 너머 모미지강에 면한 건물이었다.

"이 방은 처음 오는 것 같아."

"그렇겠지."

후카시가 의미심장한 목소리로 중얼거리며 규칙적으로 쿵쿵쿵 계단을 올라갔다.

뒤따라 계단을 오르려던 나치는 문득 1층 방에 시선이 멈췄다.

기묘한 방이었다.

네모난 방바닥 화로가 설치된 일본식 방. 작은 다실용 출입구도 있었다. 다실인 것 같은데 묘한 위화감이 느껴졌다.

두 면의 창은 오래된 격자창이었다. 열리지 않는 창인 듯했다.

2층으로 올라가니 평범하게 다다미 여섯 장 정도 되는 일본식 방이 나왔다.

작은 도코노마*에 검은 전화기가 놓여 있었다. 이 집에서는 흔히 볼 수 있는 내선 전화다.

"내 방은 22번이야. 아까 약속, 절대 잊으면 안 돼. 그럼 저녁 식사 때 보자."

후카시가 빠른 말투로 그렇게 말한 뒤 눈 깜짝할 사이 계단을 내려가 버렸다.

"고마워, 후카시 오빠."

나치는 그 뒷모습을 향해 말하고는 혼자 남겨지자 휴우, 하고 한숨을 내쉬었다.

그리고 한동안 방 한가운데에 우두커니 서 있었다.

혼자 남겨지니 시냇물 흐르는 소리가 한층 더 크게 들려왔다. 먼 곳이구나, 캠프에 참가하러 왔구나, 하는 실감이 났다.

앞으로 두 달 동안 여기서 살아야 한다.

후카시와 히사오의 표정을 떠올리니 불안해졌다.

힘들어지는 건 나치인데.

화를 내던 후카시. 그건 대체 무슨 의미였을까. 하지만 지금 끙끙거리며 고민해 봐야 아무 소용없다. 이미 와 버렸으니.

옷걸이에 교복을 걸고 하얀 블라우스와 감색 치마로 갈아입었다.

히사오가 햇볕에 널어 두었던 듯한 이불이 옆에 개어져 있었다.

왠지 신기한 방이었다. 이 건물만 주위에서 독립된 느낌도 들었다.

● 일본식 방 한 구석에 따로 마련해 놓은, 족자나 꽃병 등의 장식품을 두는 공간

나치는 1층으로 내려갔다.

스쳐 지나가려다 걸음을 멈추었다.

아무래도 기묘한 분위기가 느껴지는 다실이었다.

구석에 커다란 칸막이가 세워져 있었다.

그리 넓지도 않은 다실에서 칸막이를 사용하다니, 그런 이야기는 들어 본 적이 없다.

뭘까, 이 방은. 마치 다도와는 전혀 다른 무언가를 하기 위한 방인 듯…….

나치는 고개를 갸웃했다.

"나치, 목욕하렴. 오늘은 더워서 땀도 많이 났지?"

복도 너머에서 히사오의 목소리가 들렸다. 나치는 저도 모르게 움찔하며 전신이 경직되었다. 나쁜 짓을 하다가 들킨 기분이었다.

"네에."

큰 소리로 대답한 뒤 나치는 까치발로 걸어 2층으로 돌아갔다.

그때 계단 층계참에 놓여 있던 창문틀 버팀목이 언뜻 눈에 띄었으나 별생각 없이 방에 들어가려던 순간, 어떤 사실을 깨닫고 오싹해졌다.

창문틀 버팀목이 방 바깥쪽에서 사용되도록 만들어져 있었던 것이다. 나치가 이제부터 살게 될 방, 그 방 안에 있는 사람이 밖에 나오지 못하게끔.

"히사오 이모, 목욕 먼저 했어요. 상쾌하네요."

나치가 머리를 말리며 안채에 있는 히사오에게 말을 걸자 히사오가 포렴 너머로 대답했다.

"나치, 저녁은 조금만 기다리렴. 손님들한테 한 바퀴 인사드리고 와야 해서."

나치는 다급히 손을 내저었다.

"괜찮아요, 이모. 제가 알아서 할 테니까 천천히 인사하세요."

"어머나, 그렇게 사양할 것 없어. 같이 먹고 싶어서 그래."

히사오가 포렴을 들추고 살짝 노려보았다. 나치는 시계를 보았다. 채 6시가 안 된 시각이었다. 여관 손님들의 저녁 식사 준비에 바쁠 시간이다.

"그럼 아직 이르니까 전 산책 다녀올게요. 이와쿠라에 오랜만에 왔으니까."

"미안하지만 그렇게 해 줄래? 후카시도 슬슬 돌아올 테고. 아, 나치 나막신, 안채 현관에 새것으로 내놨으니까 신어 보고 안 맞으면 에이(※) 길가의 시가야라는 가게에 가서 끈 고쳐 달라고 하렴."

"고맙습니다."

방에서 머리를 빗고 안채 현관으로 나가 보니 나뭇결이 신선한, 하얀 나무로 만든 나막신이 놓여 있었다. 빨간 끈이 귀여웠고 맨발에 신어 보니 발가락 사이로 꽉 조여 걷기 편했다.

돌바닥 위로 맑은 소리를 울리며 걷다 보니 여관 입구에 시커먼 차량이 줄지어 서 있는 모습이 보였다. 많은 사람들이 와글와글 드나드는 기척이 느껴졌다.

굉장한데. 무슨 높은 사람들이 잔뜩 왔나 봐.

나치는 슬금슬금 골목길을 빠져나갔다.

저녁 무렵 거리 곳곳에 오렌지색 등이 켜져 마치 자주색 하늘의 그러데이션이 이어지는 듯했다. 시냇물 소리는 완전히 풍경의 일부가 되어 버려 귀에 들어오지도 않았다. 저녁밥 짓는 냄새가 어딘가에서 풍겼다.

어슬렁어슬렁 걷다 보니 차츰 기억 속 마을의 모습이 되살아났다.

모미지강의 지류 아카네강이 있고, 오래된 두부 가게, 우체국과 읍사무소, 바위를 파내 만든 사당…….

다리가 꽤 많았다. 아까 후카시 오빠가 '약속이야.'라고 말했던 다리의 이름은 뭘까.

다리 옆에 새겨진 이름을 보니 '맹세다리'였다. 그렇구나.

문득 올려다보니 산 능선에 불빛이 보였다.

마을 어디서나 보이는 이와쿠라성이었다. 그 천수각이 희미하게 밝았다.

누가 있다. 누가 있을까, 이런 시간에. 선생님인가? 내일부터는 저길 가게 되는구나.

저녁 무렵 불어오는 바람이 선선했다. 축축하고 무거운 머리를 풀어 헤쳐 조금씩 말렸다.

그러고 보니 낮에 기묘한 사람을 봤는데. 긴 머리에 남색 기모노를 입은 여자. 왜 그런 곳에 서 있었을까.

떠올리려 했지만 갈색이었던 듯한, 긴 머리밖에 생각나지 않았다.

바람에 나부끼는 머리를 본 기분에 움찔해서, 살펴보니 후카시가 연녹색 원피스를 입은 소녀와 함께 강가를 걷고 있었다.

한순간 낮에 본 여성인 줄 알았으나 아니었다. 길고 아름다운 머리의 소유자이기는 했지만 머리카락의 분위기가 달랐다.

소녀 쪽에서 열심히 후카시에게 말을 거는 듯했다. 후카시는 뚱한 얼굴로 입을 다문 채, 가끔 맞장구만 치는 게 전부였다.

나치는 저도 모르게 슬금슬금 몸을 숨겼다.

나란히 이쪽으로 다가올 줄 알았는데 소녀는 중간에 헤어져 모퉁이로 사라졌다.

후카시는 어두운 얼굴로 집에 돌아갔다. 한 번도 본 적 없는 표정이었다.

왠지 말을 걸기가 어려워 나치는 거리를 두고 그 뒤를 따라갔다. 어차피 집에 돌아가는 것은 마찬가지이니.

안채로 들어가는 후카시를 지켜보고 있는데 여관 쪽에서 하얀 셔츠를 입은 누군가가 나오는 모습이 보였다. 그 옆에는 험상궂은 정장 차림의 남자가 나란히 있었고, 두 사람은 빠른 걸음으로 여관을 나갔다.

학생모를 쓴 옆얼굴이 낯이 익었다. 낮에 전철을 같이 타고 오다가 부적 주머니를 주워서 건넸더니 이쪽을 노려봤던 그 소년이었다.

소년의 표정 역시 어둡고 살벌했다. 옆에 있는 남자와 낮은 목소리로 무어라 이야기를 주고받고 있었는데 표정으로 미루어 볼 때 불온한 내용이라는 사실은 분명했다. 부자 사이가 아닌 것일까.

나치는 몸을 더 작게 움츠리고 문 뒤에 슬금슬금 숨었지만, 소년과 같이 있던 남자가 나치의 존재를 알아채고 걸음을 멈추었다. 그리고 별생각 없이 나치의 얼굴을 쳐다보았다.

그런데 남자가 너무 놀란 표정을 짓는 바람에 오히려 나치가 기겁했다.

오십 대 중반, 아니면 그 이상일까. 이목구비가 뚜렷하고 눈구멍이 깊은 남자였다. 그 눈이 크게 벌어지고 입이 열렸다.

"나……."

남자가 무어라 말하려는 것을 무시하고 나치는 다급히 안채 현관으로 뛰어갔다. 소년은 나치의 존재를 알아차리지 못한 모양이었다.

가슴을 쓸어내리며 나치는 바깥을 흘끔 내다보았다.

누굴까, 그 사람. 왜 내 얼굴을 보고 그렇게 놀랐을까.

"나치, 어서 오렴. 준비 다 됐단다."

"아, 다녀왔습니다."

나치는 세면장에서 손을 씻고 안채 객실로 들어갔다.

커다란 테이블에 후카시와 히사오, 그리고 일하러 오는 이웃 여성들 네 명이 앉아 있었다. 여관의 주인인 미카게 겐키치는 워낙 많은 사업을 주관하는 사람이어서 이곳에 돌아오는 일이 별로 없었고, 후카시의 두 형은 교토에서 대학을 다니고 있었다.

"나치, 나막신 어땠니?"

된장국을 뜨면서 히사오가 물었다.

"딱 맞았어요. 끈 안 고쳐도 괜찮더라고요. 올해 축제는 언제부터예요?"

"이번 주말부터야. 나치도 나가서 놀다 오렴. 유카타도 새로 장만해 뒀으니까."

"신경 써 주셔서 감사합니다."

히사오는 나치에게 이것저것 말을 걸었고, 나치도 오랜만의 만남이라 수다로 꽃을 피웠지만 후카시는 묵묵히 식사만 할 뿐 대화에 끼지 않았다. 아까 그 소녀와 헤어졌을 때의 기분이 아직도 남아 있는 모양이었다.

이래저래 바쁜 하루였기에 나치는 빨리 자기 방으로 돌아가기로 했다.

이불을 덮고 누웠지만 좀처럼 잠이 오지 않았다.

베개에 머리를 묻으니 시냇물 소리가 머릿속 가득 울려 퍼졌다.

이렇게 보니 정말 소리가 크긴 했다. 잠을 잘 수는 있을까.

졸졸 흐르는 물소리를 자장가 삼아 꾸벅꾸벅 졸던 나치는 꿈을 꾸었다.

꿈속에서 나치는 돌로 만든 배를 타고 있었다. 배 안에는 사슴과 소, 지장보살과 관음보살도 함께였다. 예쁜 꽃이 가득 쌓여 있었다. 나치는 배를 저으려 했지만 돌로 된 배라서 하늘로 떠오르지 않았다. 그러기는커녕 모미지강에서 배를 젓기 시작한 순간 꼴꼴 가라앉아 버렸다.

어느 틈엔가 물에 빠진 사람들이 가득했다. 살려 줘, 살려 줘, 배 좀, 배 좀, 하는 외침이 들려왔다.

역시 나는 배를 탈 수가 없는 거야. 나치는 좌절감에 사로잡힌 채 격렬한 탁류에 삼켜져 버렸다.

나치에게는 적성이 없었구나. 후카시의 목소리가 울려 퍼졌다.

다음 날 아침에도 묵직한 먹구름이 가득 끼고 아침부터 찌는 듯
더웠다.

꿈이 선명했던 탓인지 잠이 얕았던 듯, 나치는 무거운 머리로
잠에서 깨어났다.

목이 바싹 말랐다. 왜 이렇게 목이 마를까.

나치는 땀범벅이 된 채 일어나 교복으로 갈아입었다. 몸이 무거
웠다. 잠을 자지 못해서일까.

"안녕히 주무셨어요?"

"잘 잤니, 나치?"

나치의 얼굴을 본 히사오가 기겁을 했다.

"나치, 괜찮아? 얼굴이 새파래."

"괜찮아요. 어젯밤에 잠이 통 안 와서."

아침 식사를 하니 다소 진정이 되었다.

"성에서 수업 받아야지? 올라갈 수 있겠어?"

현관에서 신발을 신고 있는데 히사오가 불안한 듯 배웅을 나왔다.

"네, 좀 나아졌어요."

"내가 바래다줄게."

후카시가 나치의 가방을 집어 들었다.

"너는 괜찮고?"

"난 뛰어가면 안 늦어."

"후카시 오빠, 괜찮아. 아침 먹고 많이 좋아졌어."

나치가 다급히 일어섰다.

"그럼 중간까지 짐 들어 줄게."

후카시는 이와쿠라성의 등산로 입구까지 따라오며 나치의 표정을 가만히 관찰했지만, 혼자서도 괜찮겠다고 판단했는지 가방을 건넸다.

나치는 기나긴 언덕을 오르기 시작했지만 다른 학생들은 더 빨리 갔는지 성으로 향하는 길을 걷는 아이들이 보이지 않아 차츰 불안해졌다.

바람도 없고 흐린 날씨였다. 작은 성의 천수각이 구름에 푹 꽂힌 그 광경은 심지어 무척 어두워 보이기까지 했다.

저기는 가기 싫은데.

어느 틈엔가 그런 생각이 들었다.

저기에는 무서운 무언가가 있어. 하늘에서 온 것과, 땅 속 깊은 곳에서 온 것. 아니, 그뿐만이 아니라 더 무서운 건······.

왜 이런 생각을 하고 있을까. 저 성에 가는 건 이번이 처음인데.

눈앞에서 수많은 흰 얼굴들이 흔들렸다.

독한 장미 덤불이 경사면에 가득한 바람에 그런 생각이 든 모양이었다. 봉오리였던 하얀 꽃이 습도가 올라가면서 차츰 피어나고 있었다.

독한 장미의 존재를 알아차린 순간 달콤하고 흉악한 향기가 일제히 나치를 향해 밀려들었다.

머릿속에 갑갑한 안개가 피어오르는 느낌이었다. 아침에 먹었던 것들이 위 속에서 역류하는 듯했다.

안 돼, 토할 것 같아.

세계가 꿀렁꿀렁 일그러지고 눈앞이 어두워졌다.

나치는 길 한구석에 쪼그려 앉아 기침을 했다.

질척하고 뜨거운 무슨 덩어리가 목구멍으로 올라와 구토로 쏟아졌다.

마치 내장을 토하는 기분이었다.

언제부턴가 누군가가 등을 쓸어내려 주고 있었다.

커다란 손. 호흡이 편안해졌다.

나치가 가만히 있자 손바닥은 끈기 있게 등을 계속 쓸어내렸다.

겨우 눈앞이 밝아져, 나치는 크게 호흡했다.

손수건을 찾아 주머니를 뒤지고 있는데 누군가가 휴지를 쓱 내밀었다.

받은 휴지로 입을 닦고 아래를 내려다본 나치는 오싹 소름이 돋았다.

선혈.

발밑의 풀밭을 보니 질척한 붉은 덩어리가 있었다.

혹시 무슨 병에 걸렸나?

"이제 막 온 참인데, 변질이 빠르네."

담담한 목소리가 들려와 나치는 입을 막고 돌아보았다.

학생모를 쓴, 하얀 셔츠와 검은 바지.

어제 부적 주머니를 주워 준 그 아이였다.

"응?"

소년도 나치가 어제 전철에서 마주친 그 소녀라는 사실을 알아본 모양이었다.

"흐음, 너 이 동네 아이 아니지? 그럼 더 빠른데."

그러는 소년의 말투에도 이 지역 억양이 전혀 없었다.

"고, 고마워. 등 두드려 줘서."

"변질이 오면 힘들다는 얘기는 들었거든. 특히 여자애들은."

소년이 손을 내밀었다. 나치는 그 손을 잡고 비틀비틀 일어나, 교복에 피가 묻지 않았는지 확인했다.

"이건 병이야? 나, 죽는 거야?"

소년이 희미하게 웃고는 고개를 가로저었다.

"안 죽어. 병도 아니야. 몸이 변화하는 과정의 하나지."

상황을 잘 아는 듯한 소년의 말투에 나치는 마음이 진정되었다.

"흙으로 덮어 둬. 벌레나 까마귀가 꼬일 수도 있으니까."

나치는 다급히 주위 모래와 흙을 발로 모아 토사물을 덮었다.

토해 버리니 훨씬 편했다. 머리도 몸도 가벼워진 기분이었다.

"어제는 미안했어. 전철에서."

"아……."

둘은 나란히 걷기 시작했다. 소년이 어깨를 으쓱했다.

"괜찮아. 오히려 내가 미안해. 어쨌든 사전에 '통로'를 소유하는 건 금지된 일이니까. 뭐, 나는 실제 사용하려고 갖고 있는 건 아니지만."

"통로?"

소년은 나치의 의아한 말투를 느낀 듯했다.

"너, 캠프에 참가하는 거 맞지?"

"나는…… 먼 친척한테 맡겨져 자라서…… 아무것도 몰라. 왜 변질되면 허주에 탈 수 있는 거야?"

소년은 어처구니가 없다는 표정이었다.

"진짜 몰라? 거짓말은 아니겠지?"

나치는 얼굴이 빨개졌다. 어제 후카시의 반응도 그렇고, 왠지 자신이 갓난아기가 된 기분이었다.

소년은 나치의 얼굴을 보고 후회하는 눈치였다.

"미안. 바보 취급한 건 아니야. 하지만 넌 네가 얼마나 행운인지 모르는 것 같아서."

"행운인 거야?"

"우리는 어린 시절부터 여러 번 검사를 받고 관찰당하면서 자라고 있어. 어린 시절에는 대략 7할 정도가 적성이 있지만 성장하면서 점점 줄어들지. 열세 살 때 적성이 있는 사람은 6퍼센트 정도. 게다가 명백히 체질 변화의 전조가 보여서 캠프에 참가할 수 있는 건 0.7퍼센트 정도야. 그중에서도 정규 허주 승선원이 되는 건 반도 안 돼."

"그렇게 적어?"

"적성 없는 사람도 허주 승선원이 못 되는 건 아닌데, 장기적인 활동을 할 수는 없어. 몸이 따라가지 못하기 때문에 선내 활동이든 선외 활동이든 일정 기간 타고 나면 그 두 배의 시간을 지상 근무로 보내야 하거든. 외해는 가혹한 환경이기 때문에 승선원이 되려면 바다에 적응할 수 있는 체질을 갖추는 게 첫 번째 조건이야."

소년은 여러 번 설명한 적이 있는 듯 술술 이야기했다.

"이곳은 성지니까 후보자들을 이곳에 일정 기간 모아 두면 변질이 단숨에 진행되거든. 그리고 우리의 장래가 선별되는 거지."

"그럼 여기서 태어나 자란 아이들은 모두 후보가 되는 거야?"

어제 후카시가 했던 이야기가 떠올랐다.

소년은 고개를 갸웃했다.

"그렇게 듣긴 했는데, 이곳 출신이라고 반드시 승선원 적성이 있는 것도 아닌가 봐. 신기한 일이지. 어느 시기에는 승선원 수를 늘리기 위해 일정 연령대의 아이들을 이곳에 장기간 체류시키는 관습이 있었다고 들었어. 하지만 지금의 방법에 비하면 큰 효과가 없었대."

"잘 아네."

"네가 너무 모르는 거야. 하지만 보아하니 넌 엄청난 적성이 있는 것 같은데."

나치는 우울해졌다. 방금 전 그 괴로움의 대가로 허주 승선원이 되는 일이 과연 기쁜 일일까.

"이름이 뭐야?"

소년이 문득 생각난 듯 물었다.

"다카다 나치."

"나는 아마치 마사키야. 아무튼 선생님한테 말씀드리는 게 좋겠어. 조금은 편해질 방법을 가르쳐 주실지도 모르니까."

겨우 성 입구에 도착하자 어제 본 교사 세 명이 서 있었다.

"안녕하세요."

마사키는 학생모를 벗고 고개를 꾸벅한 뒤 성큼성큼 걸어가 나치를 가리키며 무어라 이야기했다. 세 사람이 놀란 얼굴로 나치를 보았다.

나치는 저도 모르게 움츠러들었다.

세 사람이 소곤소곤 이야기를 나눈 뒤, 마사키와 남성 교사 두 명은 성 안으로 들어갔지만 마나베 선생은 남아서 나치에게 손짓을 했다.

"벌써 피를 토했다고? 토한 건 처음이니?"

"네. 하지만 어제 도착했을 때부터 독한 장미 냄새를 맡으면 속이 안 좋았어요."

"지금은 어때?"

"지금은 아무렇지도 않아요."

마나베 선생은 나치의 눈꺼풀과 귀 뒤, 목덜미 림프절을 만지며 확인해 본 뒤 "링거를 맞아야겠다. 이쪽이야."라면서 성 안의 천장 높은 방으로 데려갔다.

성 안은 여러 모로 개조가 된 모양이었다. 들어간 곳은 보건실인 듯했는데 나치가 다니는 학교 보건실보다 훨씬 으리으리했다. 침대도 여덟 개나 있었다.

"거기 누우렴."

나치는 얌전히 창가 침대에 누웠다. 누우니 아직도 몸이 휘청거리는 느낌이 들었다.

선생은 나치의 차트를 집어 들고서 침대 옆에 앉아 물었다.

"다카다 나치 맞지? 초경은 몇 살이었니?"

"초등학교 6학년 때요."

"매달 꼬박꼬박 해?"

"네."

마나베 선생은 복잡한 표정으로 생각에 잠겼다.

"빨라도 너무 빠른데. 모든 페이스가 지나치게 빨라. 너, 어디 체재하고 있어? 숙방은 아니지?"

"미카게 여관이에요."

마나베 선생은 "아아." 하는 눈빛으로 나치를 보았다.

"너, 미카게 나쓰 씨의 딸이구나?"

나치는 고개를 끄덕였다.

"어쩐지 닮았다 했어."

"그렇게 닮았나요?"

"응, 무척."

마나베 선생은 시원시원하게 주사 놓을 준비를 하며 고개를 끄덕였다.

나치는 멍하니 천장을 올려다보았다. 철이 들었을 때부터 다카다 집안에서 살고 있었기 때문에 부모의 기억이 거의 없다. 그런데 히사오를 비롯한 여러 사람에게서 어머니를 닮았다는 이야기를 들으니 신기한 기분이었다.

문득 어제 여관 앞에서 만났던 남자가 떠올랐다.

어쩌면 그 남자도 나치에게서 어머니의 그림자를 본 것이 아니었을까. 그때 "나……." 하고 입을 열었던 것도, 나쓰라고 부르려 했기 때문이었는지 모른다.

그런 생각이 드니 그것이 자꾸 맞는 생각인 것만 같았다.

그 남자는 아마치 마사키와 무슨 관계일까. 부모와 자식 느낌은 아니었지만, 그 남자가 나치의 어머니를 알고 있다면 이곳 이와쿠라에 연고가 있다는 뜻이 아닐까.

"있잖아, 나치. 오늘 여관에 돌아가면 히사오 씨한테 '무서운 밥을 주세요.'라고 말하렴."

"무서운 밥이라고요?"

"그래, 그렇게 말하면 알 거야. 선생님이 그렇게 말했다고 해. 자, 따끔할 거야."

주삿바늘이 팔에 꽂히는 것을 느끼면서 나치는 입 속으로 "무서운 밥." 하고 중얼거렸다. 링거 때문인지 금세 몽롱하게 몸이 따뜻해지고 잠이 왔다.

"자도 돼. 다 들어갈 때까지 한 시간은 걸릴 테니까 꾸벅꾸벅 졸고 있으렴."

"네."

건성으로 대답하고 머리 방향을 바꾸자 벽에 걸려 있는 커다란 그림이 눈에 들어왔다.

처음에는 그 그림의 전체를 파악하지 못해 멍하니 바라보다가 퍼뜩 놀라서 몸을 일으킬 뻔했다. 링거대가 흔들렸다.

"움직이면 안 돼."

선생님이 놀라서 받침대 위의 약봉지를 붙잡았다.

"죄송해요."

나치도 다급히 다시 침대에 누웠다.

"선생님, 저 그림은 누군가요?"

나치는 조심조심 물었다.

"응? 아, 저거. 성에 남아 있던 굉장히 오래된 그림이래. 3백 년도 더 됐다고들 하던데 작가도, 누굴 그린 건지도, 무슨 의미인지도 몰라."

선생은 그렇게 대답한 뒤 금세 나치의 차트로 시선을 돌렸다. 아무래도 나치의 차트에 새로 기입해야 할 흥미로운 사항이 있는 모양이었다.

나치는 다시 쏟아지는 잠기운과 싸우며 벽의 커다란 그림을 응시했다.

그것은 신기한 그림이었다.

머리 긴 여성 두 명이 불이 켜진 등롱을 들고 있었다. 기묘한 의상, 기묘한 형태의 등롱.

발밑에는 독한 장미로 보이는 꽃이 흐드러지게 피어나 있었지만 그 장미는 붉었다. 붉은색의 독한 장미라는 것은 본 적도 들은 적도 없었다.

하지만 두 여성 중 한 명이, 나치는 낯이 익었다.

꼭 닮았다. 정말 닮았다.

어제 마을에 오던 도중 산속에서 목격한 긴 머리 여성과 똑같이 생겼다.

결국 캠프 첫날 학생들은 오전 시간만 꽉 채우고 해산했다.

교사들도 왠지 부산스럽게 어디론가 나가 버렸다.

나치도 여관으로 돌아왔지만 링거 덕분인지 몸은 개운했다. 그러나 여럿이서 함께 하교하던 도중 자신을 흘끔흘끔 쳐다보는 시선이 있어 놀랐다. 그 시선에 질투와 초조함이 담겨 있었기 때문이었다.

그 이유가 누구보다 빨리 변질을 시작한 것이라는 사실을 깨달은 나치는 경악했다. 자신을 라이벌로 보는 학생이 있다는 사실 자체가 놀라웠다.

하지만 제일 힘든 일은 나치 외의 여자아이들이 뭉쳐서 한 그룹이 되어 있었다는 점이었다. 만나자마자 첫날부터, 심지어 변질이 시작되었다는 이유만으로 나치는 다른 여자아이들로부터 따돌림당하고 말았다.

자신을 흘끔흘끔 쳐다보며 소곤거리는 여자아이들의 뒤를 따라 돌아가는 길은 생각보다 더 괴로웠다.

어두운 기분으로 집에 돌아왔다.

히사오는 오전 중에 끝난 것을 보고 놀랐지만 마나베 선생의 말을 전달하자 납득한 듯 크게 고개를 끄덕였다.

'무서운 밥'은 요컨대 빈혈에 좋은 식사를 뜻하는 모양이었다. 히사오는 점심 메뉴부터 나치에게 머루와 간 요리를 추가해 주었다. 나치도 변질의 의미를 조금씩 알게 된 덕분에 약간은 마음이 차분해졌다.

그다음 날 나치는 딱히 주저앉거나 토하는 일 없이 아침부터 수업에 참가했다.

하지만 수업 내용은 애매모호하고 기묘했다.

모두 함께 책을 낭독하고, 그림을 그리고, 산을 산책하고, 명상을 했다.

아무도 불평하지는 않았지만 당황스러워하는 것은 확실했다.

그러면서도 수업에는 신기한 긴장감이 감돌았다. 마치 무언가가 일어나기를 기다리는 듯, 가만히 숨을 죽이고 무언가를 지켜보는 듯, 그런 긴장감이었다.

변질을 기다리고 있구나, 하고 나치는 생각했다.

선생님들은 우리가 변하는 순간을 목도하고 싶은 거야. 그건 단순히 피를 토하는 정도로 그치지 않겠지, 하는 예감이 들었다.

이틀째 캠프가 끝나고 성에서 내려오니 온 마을이 활기로 북적거렸다.

그렇구나, 오늘부터 축제 시작이었어.

어느 틈엔가 큰길에는 커다란 등롱이 줄줄이 내걸려 있었다. 관광객과 귀성객의 모습도 보여, 같은 마을 한구석에서 허주 승선원 적성검사가 이루어지고 있다고는 도저히 생각할 수가 없었다.

나치는 소외감과 고양감을 동시에 느꼈다.

미카게 여관은 야단법석이었다. 일을 돕고 싶었지만 모두가 이리 뛰고 저리 뛰는 상황이라, 괜히 지시를 들으려다 오히려 거치적거리기만 할 것 같았다. 축제 내내 이런 상태라면 변질 때문에 폐를 끼칠 수도 없다.

혼자 조용히 식사를 하고 있는데 후카시가 돌아왔다.

"뭐야, 나치. 혼자 먹어?"

"어서 와. 된장국 데워 줄게."

나치가 일어나 냄비를 불에 올렸다.

후카시는 의자에 털썩 주저앉았다.

"엄마가 축제 가서 놀고 오라고 용돈 주셨으니까 밥 다 먹으면 나가자."

"후카시 오빠, 춤 출 줄 알아?"

"응, 어느 정도는. 딱히 춤 안 추고 그냥 어슬렁어슬렁 구경만 다녀도 돼. 나치, 몸은 좀 괜찮아졌어?"

"응, 많이 가라앉았어."

후카시가 나치의 접시에 담겨 있는 머루를 흘끔 쳐다보았다. 그 것이 왠지 부끄러워서, 나치는 후카시에게 음식을 담은 접시를 얼른 내밀었다.

"있잖아, 오빠."

"왜?"

"오빠는 이와쿠라성에서 캠프에 참가했었지?"

"응."

"그럼 여자 두 명이 그려진 그림을 본 적 있어?"

"여자 두 명?"

"응. 등롱을 든 여자 두 명. 오래된 그림이라는데 어느 시대인 지, 누가 그렸는지도 모른대."

후카시는 우물우물 음식을 씹으며 생각에 잠긴 표정을 지었다.

"여자랑 등롱? 기억 안 나는데."

"그렇구나."

"그게 왜?"

"그럼 이 동네에 늘씬하고, 피부가 아주 하얗고, 머리카락 색이 옅고, 서양인처럼 곱슬곱슬한 여자는 있어?"

"그건 또 뭐야?"

"여기 처음 온 날 봤거든. 굉장히 예쁜 사람이었어."

"그런 미인이 있다면 모를 리가 없는데. 꿈이라도 꾼 것 아냐?"

"아니야."

나치는 단호하게 고개를 가로저었다. 후카시는 우적우적 밥을 퍼 넣었다.

"관광객일지도 몰라. 이 시기에는 장기간 체류하는 사람이 많으니까."

"아, 그렇구나."

그렇다면 이해가 된다. 아무래도 이 동네 사람 같지는 않았다. 서 있던 장소는 동네 사람밖에 모를 만한 곳이었지만.

후카시는 흥미를 느낀 듯했다.

"보고 싶네. 그렇게 예뻤어?"

"응. 하지만 먼발치에서 본 거라. 오빠랑 만나던 그 여자애가 더 예뻤을 수도 있어."

후카시가 움찔하는 것이 느껴졌다.

"봤어?"

그 목소리에 질책하는 뉘앙스가 담겨 있는 것은 알았지만, 나치는 모르는 척했다.

"산책 나갔을 때 얼핏. 엄청 예쁘던데, 오빠 여자친구야?"

"아니야. 시로타 관광네 아가씨야. 부자라고 잘난 체하면서 거만하게 굴기나 하는."

"그런가? 내가 보기엔 오빠한테 완전히 푹 빠진 것 같던데."

후카시는 밥그릇에 남아 있던 밥에 난폭하게 된장국을 붓고 거의 마시다시피 입에 들이부었다.

"나치. 축제 가자."

"이것만 설거지할 테니까 조금만 기다려."

나치는 다급히 일어나 식기를 싱크대로 가져갔다.

밖에 나가니 악기 연주 소리가 들리고 드디어 시작이구나, 하는 분위기가 느껴졌다.

이곳저곳에 유카타를 입고 유유자적 돌아다니는 사람들이 눈에 띄었다. 샤미센을 들고 있는 사람도 많았다. 관광객으로 보이는 부부가 어슬렁어슬렁 걷고 있었다.

장기간에 걸친 축제의 첫날이라 그런지 아직 춤을 추는 사람은 별로 없었다. 때때로 그림자놀이 같은 실루엣이 홀연히 거리를 가로지르는 모습이 눈에 띄었다.

"아직 초저녁이네."

"이게 매일 밤 이어진다니 정말 신기해. 어렸을 때는 몰랐는데."

"올해가 특히 규모가 큰 거야."

"왜?"

"아마 오봉* 즈음에 커다란 허주가 오기 때문이겠지."

"응?"

"최초의 개발단이 보낸 허주가 돌아온다는 소문이 있어."

"정말?"

"아직 확실히는 몰라. 지금 위에서 정신없이 계산하고 있을 거야."

"계산해서 알 수 있는 일이야?"

"그런가 봐."

두 사람은 모퉁이 상점에서 아이스크림을 사 들고, 민물고기를 양식하는 오래된 수로 옆 버드나무 아래 벤치에 나란히 앉았다.

"아, 정기선 간다."

후카시가 잽싸게 발견하고 가리켰다.

이와쿠라성 상공을 하얀 타원형이 느릿느릿 가로지르고 있었다.

배를 올려다보는 후카시의 옆얼굴은 동경심으로 가득했다.

나치는 혼잣말처럼 중얼거렸다.

"오빠는 배를 좋아하는구나."

"남자들은 다 그렇지 뭐. 아무리 어려도."

후카시가 문득 나치의 얼굴을 쳐다보았다.

"캠프는 어때?"

"아직 잘 모르겠어. 이틀밖에 안 지났잖아."

자연스럽게 시선을 돌렸지만 왠지 들켜 버린 것 같아 후카시의 얼굴을 볼 수가 없었다. 하물며 변질이 시작된 바람에 여자아이들에게서 따돌림을 당한다는 이야기는 할 수도 없다.

● 조상의 영혼이 돌아온다는 일본의 전통 명절. 주로 양력 8월 15일에 챙기며 '봉오도리'라는 이름의 단체 춤을 추기도 한다.

"후카시, 너 재미 좀 보고 있나 보다?"

갑자기 머리 위에서 목소리가 들려왔다.

고개를 드니 듬직한 체구의 소년이 두 사람을 내려다보고 있었다. 체격은 좋지만 교복을 입은 것을 보니 고등학생인 모양이었다.

피부가 하얗고 M자 이마에 뚜렷한 그 이목구비가 낯이 익었다. 어디서 봤을까.

"재미는 무슨."

후카시는 애써 침착한 목소리로 대답했지만 소년은 흥, 하고 코웃음을 쳤다.

"우리 누나한테 집적거려 놓고서 양다리를 걸치다니, 재미 안 보고 있다는 말이 먹히겠냐?"

나치는 '아.' 하는 생각이 들었다.

후카시와 함께 걷던 그 머리 긴 소녀. 그 소녀와 닮았다. 하지만 소녀에 비해 집요한 성격이 엿보였다.

"너희 누나한테 집적거린 적 없어."

후카시가 나지막이 말했다.

"흥, 그래?"

소년은 싸늘하게 나치를 흘끔 쳐다보았다. 나치는 저도 모르게 후카시 뒤에 숨으려 몸을 뒤로 뺐다. 후카시도 나치 앞을 손으로 가로막았다.

"얘는 우리 집에 놀러 온 친척 동생이야."

소년의 얼굴에 놀람이 퍼지고, 후카시가 '아차.' 하는 표정을 짓는 것이 느껴졌다.

"이 시기에? 캠프인가?"

소년이 중얼거리며 나치의 얼굴을 뚫어져라 쳐다보았다. 나치는 무심코 고개를 숙이고 후카시의 어깨에 매달렸다.

"그거 기대되는데. 꼭 우리 집에도 드나들어 줬으면 좋겠는걸. 아니, 내가 드나들어도 되고."

드나들어?

나치가 그 말의 의미를 생각하고 있는데 옆에서 후카시가 격노하는 것이 느껴졌다.

"닥쳐!"

갑자기 후카시가 버럭 소리를 지르는 바람에 소년이 놀라서 한 걸음 물러섰다.

그때 우연히 비틀거리며 달려오던 노인의 자전거와 부딪히는 바람에 소년은 맞은편 상점 쪽으로 요란하게 나동그라져, 가게 앞 유리를 제대로 들이받았다.

와장창 소리가 들리고 주위에서 악! 하는 비명이 솟구쳤다.

"괜찮아?"

"완전히 박살났는데."

"파편 조심해!"

주위에서 남자들이 뛰어왔다.

노인은 유리 파편의 바다 속에서 허우적거리며 일어나려 했다. 자전거 바퀴는 아직도 빙글빙글 돌고 있었다.

파편에 베였는지 여윈 팔이 차츰 피로 물들었다.

선혈. 넘쳐 나는 선혈.

갑자기 나치의 머릿속에도 붉은 안개가 솟아나 퍼졌다.

코끝에 독한 장미 향기가 훅 퍼지고 어딘가에서 맹렬한 무언가
가 껍데기를 부수고 온몸에 확산되어 나갔다.

욕지기가 울컥 치솟았다.

인파가 차츰 늘어나는 뒤쪽에서, 나치는 비틀거리며 자리를 벗
어나 도망쳤다.

하지만 머릿속에 넘쳐흐르는 선혈과 붉은 안개의 이미지는 걷
잡을 수 없이 퍼져 나갔다.

목구멍 깊은 곳에서 뜨거운 덩어리가 느껴졌다. 그것은 금세 치
솟아 혀에 닿을 정도였다.

이제 곧 입 안에서 폭발하리라.

나치는 입을 꾹 틀어막고 자빠지다시피 달렸다.

"나치!"

후카시의 목소리가 뒤에서 들렸지만 나치는 아카네강의 둑을
뛰어 내려갔다.

그리고 어두컴컴한 곳에서 토했다.

지난번에 토한 양과는 명백히 달랐다. 토해도 토해도 끝이 나지
않고, 마치 무슨 마술처럼 엄청난 양의 핏덩어리가 쏟아져 나왔
다. 개구리처럼, 위까지 토해 내고 싶어질 정도로 괴로웠다. 이러
다가 내장까지 토해서 몸속이 텅 비어 버릴지도 모른다는 생각마
저 머릿속을 얼핏 스쳤다.

한심하고, 무섭고, 역겨워서 눈물이 흘렀다.

딸꾹질을 하면서 강 쪽으로 내려가 손을 씻고 입을 헹궜다. 다행히 이번에도 옷이 더럽혀지지는 않은 듯했다.

거울을 보지 않아도 미라처럼 퀭한 얼굴일 것이 뻔했다.

전신에서 수분과 에너지가 다 빠져나간 양 피곤했다.

대체 내 몸 안에서 무슨 일이 일어나고 있는 걸까.

나치는 오싹해져서 자신의 몸을 끌어안았다. 피부가 싸늘하게 식은 이유는 저녁 바람 탓만은 아닐 터였다.

어떻게 되는 거지? 변질되면 어떻게 되는 거지?

나치는 저도 모르게 하늘을 올려다보았다.

마을을 둘러싼 산 능선에 아직 희미한 잔광이 보였다. 배의 불빛은 더 이상 보이지 않았다.

"나치."

둑 쪽에서 부르는 소리가 들렸다.

비틀비틀 돌아보니 후카시가 이쪽을 향해 뛰어오는 모습이 보였다.

"미안, 내가 무심코 그만⋯⋯. 설마 그 자식도 캠프생한테 손을 대지는 않을 거야."

후카시는 사과하다가 나치의 얼굴을 보고 바로 알아차린 듯했다.

"또 토했어?"

"응. 엄청나게."

"얼마나?"

"몰라. 한 양동이는 토한 것 같아."

또 눈물이 났다.

"무서워. 난 어떻게 되는 거야? 나, 승선원 되기 싫어. 여기 있으면 자꾸 이상해져. 다카다 집안으로 돌아가고 싶어."

"몸이 많이 안 좋아?"

"아니, 그건 다 나았어."

"집에 가자. 가서 쉬자."

"응."

나치는 후카시에게 손을 잡힌 채 끌려갔다.

욕지기는 확실히 가라앉았지만 짜증과 초조함이 온몸에 남아 있었다. 피부가 근질거리는 것도 같고, 아픈 것도 같은 불쾌한 감각이었다. 무언가가 일촉즉발의 상태로 폭발을 기다리는 상황에서 긴 도화선에 불이 붙어 버린 듯했다. 금방이라도 자신이 어떻게든 되어 버릴 것 같아 두려워서 견딜 수가 없었다.

무서워. 무서워. 무서워.

온몸이 떨렸다.

떨림이 어지간히 심했던 모양이었다.

손을 잡아끌고 가던 후카시가 멈춰 서서 "진정해."라며 나치의 어깨를 안아 주었다. 하지만 자꾸만 몸이 달달 떨렸다. 손발이 얼음처럼 차가웠다.

"이쪽이야."

어느 틈엔가 또 그 '맹세다리' 앞이었다.

"앉아."

시냇물 흐르는 소리가 바로 옆까지 다가왔다. 그 소리가 떨림을 멋게 해 주는 것 같아 나치는 그제야 조금씩 진정할 수 있었다.

풀이 난 강둑에 나란히 앉았다.

얼굴이 보이지 않아서 다행이었다. 멀리서 악기 연주하는 소리
가 태평하게 들려왔다.

"아무것도 몰랐으니까, 당연한 일이야."

후카시가 차분하게 말했다.

"그 할아버지는 괜찮아?"

"응, 얼핏 보기에는 피가 많이 난 것 같지만 상처는 생각보다 작
았어. 유리 값이랑 치료비는 우리 집하고 시로타네 집에서 내 줘
야겠지만."

"그래. 다행이네."

아직도 몸이 조금씩 떨리고 있었다. 공포의 파도는 이미 물러갔
지만 몸에 잔재가 남아 있었다.

"나치는 진행이 너무 빨라. 머루나 링거 가지고는 따라갈 수가
없어."

후카시가 중얼거렸다.

"다들 화가 난 거야."

나치가 무릎을 끌어안은 채 흐느꼈다.

"뭐?"

"캠프 사람들 전부. 나 혼자만 변질되는 바람에 여자애들도 끼
워 주지 않아."

후카시는 말을 잃었다.

"그렇구나. 그래서 아까 배를 좋아하느냐고……."

"타기 싫어, 배 같은 거."

"나치."

그 목소리에 나치가 고개를 들었다.

눈앞에 후카시가 왼팔을 들이밀었다.

나치가 의아한 표정으로 후카시를 바라보자, 후카시는 주머니에서 작은 금속 덩어리를 꺼내 들었다. 칼집에 들어 있지만, 나이프는 아니다. 그렇다, 기묘한 그 형태는 캔 따개를 닮았다…….

통로.

그 말이 퍼뜩 머리에 떠올랐다.

후카시가 오른손으로 재주 좋게 칼집에서 빼낸 그 캔 따개를 닮은 도구를 망설임 없이 자신의 왼팔에 들이대더니, 주먹을 쥐어 팔 한가운데에 솟아난 정맥에 푹 찔렀다.

찌르는 소리가 들리는 것만 같아 나치는 "헉!" 하고 작은 비명을 질렀다.

꼼짝도 할 수 없었고, 후카시의 팔에서 눈이 떨어지질 않았다.

근처 가로등 불빛에 부풀어 오르듯 솟아나는 핏방울이 차츰 비쳐 보이기 시작했다.

둥그렇게 부푼 핏방울이 조금씩 커졌다.

"오빠, 무슨…….."

나치는 그 목쉰 소리가 자신의 목소리라는 사실을 뒤늦게 깨달았다.

"먹어."

한순간 무슨 말인지 알아들을 수가 없었다.
하지만 후카시는 무서울 정도로 차분했다.
"식사로는 해결되지 않을 거야. 넌 상당히 빠른 속도로 피를 토
해 내고 있어. 남의 피를 먹지 않는 한, 이젠 고통에서 벗어나지
못해."

"설마……."

너무나 끔찍한 순간이었다.
나치는 직감적으로 후카시의 말이 옳다는 사실을 느꼈다.
그리고 눈앞에 내밀어진 후카시의 팔을 물어뜯고 싶어 하는 자
신의 모습에 절망과 분노, 그리고 아마도 관능을 더욱 강렬하게
느꼈다.
하지만 다음 순간 나치는 그 직감을 온몸으로 부정했다. 너무나
끔찍한 혐오감이 그 직감을 거부하고 있었다.
"거짓말."
나치는 고개를 천천히 가로저었다.
"거짓말하지 마."
"나치, 제발 먹어 줘. 그 진행 속도에는 영양 보급이 따라가지
못해. 그대로 가다가는 죽을 거야. 맨 처음으로, 내 피를……."
후카시가 나치의 얼굴로 팔을 들이밀었다.

핏방울이 조금씩 커졌다. 팔에 달라붙은 진홍색 꽃잎처럼.

나치는 식은땀을 흘리며 뒤로 슬금슬금 물러섰다.

"싫어."

새로운 눈물이 흘러나왔다.

"난 그런 짓 안 해."

"나치."

나치는 있는 힘을 다해 몸을 일으켜, 엉엉 울며 뛰쳐나갔다.

"어디 가!"

후카시의 외침이 들려왔지만 나치는 정신없이 달리기만 했다.

머릿속에서 붉은 안개가, 유리 파편이, 후카시의 팔에 붙어 있던 진홍색 꽃잎이 빙글빙글 돌았다.

먹어. 먹어. 먹어.

후카시의 뚝심 있는 목소리가 머릿속에서 자꾸만 들려왔다.

싫어. 난 괴물이 아니야. 피를 빠는 괴물이 아니란 말이야. 아무리 피를 많이 토했다 해도 오빠 피는 못 먹어.

달리고 달리고 달리고 또 달리니 또 어느 다리 앞에 와 있었다.

눈알 깊숙한 곳에서 날카로운 통증이 느껴졌다.

거친 호흡을 가다듬으며 땀을 닦고, 잔뜩 지친 나치는 터벅터벅 걷기 시작했다.

그렇게 많은 피를 토한 뒤 전력 질주를 하는 바람에 이젠 기운이 거의 남아 있지 않았다. 눈물도 흘렸고, 완전히 텅텅 비어 버렸다.

어느샌가 낯익은 사당이 나타났다.

바위를 파서 만든 작은 사당이었다.

신령님일까, 부처님일까, 조상님일까, 여우 신령님일지도 모르지만 아무래도 상관없는 일이었다. 누구든 좋으니 내가 후카시 오빠의 피 따위는 빨아 먹지 않아도 살아갈 수 있게끔 해 주세요. 나를 괴물로 만들지 말아 주세요. 제발 부탁드려요.

나치는 사당을 향해 손을 모으고 고개를 깊이 숙였다.
문득 누군가의 시선이 느껴졌다.
나치는 비틀비틀 그쪽으로 고개를 돌렸다.
사당 너머의 급경사면에 흰색의 독한 장미가 점점이 피어 있었다.
그리고 그 위에 그 사람이 서 있었다.
늘씬하고 키가 큰, 남색 기모노를 입은 옅은 머리색의 여자.
여자는 희미한 미소를 지으며 조용히 나치를 내려다보고 있었다.
무섭지는 않았고, 크게 놀라지도 않았다. 거기에 있다는 사실을 쭉 알고 있었던 기분마저 들었다.

"누구세요?"

나치가 지친 목소리로 물었다.
여자가 키득 웃었다.
"얼굴이 많이 상했구나. 대체 무슨 일이 있었을까? 귀여운 얼굴이 엉망이네."

"누구세요?"

나치는 무표정한 얼굴로 다시 한 번 물었다.

여자는 호기심 가득한 눈빛으로 새삼 나치의 얼굴을 바라보며 입을 열었다.

"나는 허주 승선원이야."

나치는 멍한 기분으로 그 말을 들었다. 남자인지 여자인지도 알 수 없는 신기한 목소리였다.

"난 허주 승선원이 되기 싫어요. 후카시 오빠의 피를 빨고 싶지도 않고요."

무의식적으로 그런 중얼거림이 흘러나왔다.

그 말은 거의 혼잣말에 가까웠다.

여자는 발밑의 독한 장미를 가리켰다.

"이걸 왜 독한 장미라고 부르는지 아니?"

"아뇨."

나치는 힘없이 고개를 가로저었다.

"이건 말이지, 원래는 '똑똑한 장미'야. 한마디로 이건 현명한 장미."

여자가 노래하듯 대답했다.

나치는 대조적으로, 신음하듯 중얼거렸다.

"그럼 '썩은 장미'는?"

"어리석은 장미지."

여자가 계속해서 말했다.

"왜 어리석은 장미일까?"

여자는 나치의 얼굴을 보며 생긋 웃었다. 그 미소를 보니 이유는 모르겠지만 또다시 울고 싶어졌다.

"똑똑한 장미는 피어나서, 시들고, 어김없이 져 버리는 꽃이야. 그래서 현명한 거야."

여자는 천천히 양팔을 벌렸다.

"하지만 어리석은 장미는 시들지 않아. 피어난 채 영원히 지지 않고, 말라 죽지도 않아. 그래서 어리석은 장미라고 하는 거지."

2

어린 시절 축제의 기억은 흑백영화처럼 색채가 없다.

한밤중, 희미하고 탁하게 빛나는 돌바닥 위에서 일심불란하게 춤추며 이동하는 사람들.

여자들의 얼굴에는 그림자가 내리고, 남자들의 손가락이 샤미센 위를 생물처럼 미끄러진다.

그런 모습을 가만히 숨죽이고 그늘 속에서 바라보던 기억이 있다.

심지어 기억 속 축제에는 소리가 없다.

실제로 마을 안은 온통 노랫소리와 샤미센 소리로 가득했을 터였다. 길을 가는 사람들의 말소리나 아이들의 환호성도 곳곳에서 울려 퍼지고 있었으리라. 작은 마을 골목에서 울려 퍼지는 샤미센 소리와 가수들의 노랫소리가, 골짜기 바닥에서 물결치는 한 줄기가 되어 밤을 채우고 어둠을 뒤흔든다.

하지만 기억 속에서 소리는 완전히 지워졌다.

골목에서 띄엄띄엄 줄을 서서 움직이는 남녀. 그 인형 같은 움직임, 무언가에 홀린 듯 계속 춤추는 '무리'에서는 다가가기 힘든 거리감이 느껴졌다. 소외감이라 해도 좋다.

자신은 저 고요한 열광 속에 들어갈 수 없으리라, 저 열광의 내부에 있는 인간이 아닐 테니.

그런 예감이 어린 마음에도 이미 싹트고 있었다.

아이란 언제 어느 때든 소외감을 느끼는 존재다.

아이들은 아직 세계의 내부에 들어가지 못한다. 사회 구조도, 어른들의 논리도, 쓰디쓴 현실도 아직 아이들의 내면을 침식하지 못한다. 아무리 험난한 일상을 보낸다 해도 아이들의 내면에는 아직 그것을 받아들일 토대가 만들어져 있지 않기 때문이다.

하지만 나치가 느끼는 소외감은, 그것 때문만은 아니었다.

어디에 있어도 늘 바깥쪽.

다카다 집안에서도, 이와쿠라에 온 후에도, 학교에 가도 영원히 세계의 '내부'에는 들어가지 못하는 것만 같았다.

삼촌과 숙모의 침묵과 동요, 때때로 교차되는 어두운 시선, 목소리를 낮추고 이야기하는 이웃 여자들의 뒷모습.

언제나 자신이 없는 곳에서 자신이 화제가 되곤 한다. 나치는 그 사실을 일찍부터 알아차렸다.

내 이야기인데 나는 그 내용을 몰라. 내 일인데 나는 그 안에 들어갈 수가 없어.

그런 기묘한 소외감은 성장한 후에도 사라지지 않았다.

설마 이런 '진짜' 소외감이라는 것이 존재했을 줄이야. 이젠 세계의 내부는커녕 이 세계와는 전혀 별개의, 이질적인 종류의 소외감이 존재하리라고는 꿈에도 상상하지 못했다.

어딜 어떻게 걸어서 돌아왔는지 잘 기억도 나지 않는다.

정신을 차리고 보니 어느샌가 강가 골목을 터벅터벅 걷고 있었다.

강물이 졸졸 흐르는 소리가 발밑에서 들려왔다.

이와쿠라에서는 어디에 있어도 이 소리에서 벗어날 수가 없다.

강가 가로등이 힘없이 발밑을 비추고 있었다.

요 몇 시간 사이 일어난 일이 마치 머나먼 옛날에 일어난 일 같았다.

지금 몇 시일까.

그 신비로운 여성을 만난 일이 그 전에 느꼈던 충격의 완충재가 되어 준 모양이었다. 어느샌가 욕지기도 가라앉았고, 눈물을 흘려서인지 후련하고 또 몸이 가벼워진 기분도 들었다.

고작 몇 분밖에 이야기하지 않았는데 인상이 몹시 강렬한 동시에 꿈 같기도 했다.

무슨 이야기를 했더라.

나치는 멍하니 여성의 말을 반추해 보려 했지만 조각조각 떠오를 뿐 좀처럼 연결이 되지 않았다.

후카시를 생각하면 집에 돌아가기가 망설여졌다. 하지만 그렇게나 많은 피를 토했으니 지금은 감각이 마비되어 있어도 체력이 몹시 소모되어 있을 것이 뻔해, 빨리 돌아가서 잠을 자지 않으면 회복되지 않을 터였다.

발작이 진정되었을 때는 아무렇지 않지만 몸속 깊은 곳에서 솟구치는 그 파괴적인 욕지기를 떠올리면 오싹해진다. 언제 또 그 발작이 일어날까.

그 생각을 하니 또 심장 박동이 빨라졌다.

난 대체 어떻게 되는 걸까.

식은땀이 등줄기를 타고 흘렀다.

아니, 생각하지 말자. 변질은 이미 예상했던 일이다. 선생님들이 대처 방법을 알고 있겠지. 그것 때문에 찾아온 캠프잖아.

나치는 필사적으로 스스로를 타일렀다.

아무튼 집에 가자. 히사오 이모도 걱정할 테니까.

비틀비틀 걸어 나섰다. 이부자리가 그리워졌다.

문득 산 쪽이 나치의 눈길을 끌었다.

빛이 움직이고 있었다.

한순간 눈의 착각인 줄 알았지만 분명히 빛이 일렁일렁 움직이고 있었다. 그것도 하나가 아니라 너댓 개는 되었다.

등롱이나 뭐 그 비슷한 것인 듯했다. 산길 숲 틈새로 빛나 보이는 모양이었다.

이런 시간에, 산속은 왜?

나치는 눈을 부릅떴다.

빛이 질서정연하게 이동했다.

축제 행사의 하나일까. 하지만 밤중에 산으로 들어가는 행사가 있다는 말은 들어 본 적이 없는데.

잠시 바라보니 빛은 금세 사라졌다.

미카게 여관으로 돌아가자 미닫이문 너머가 환했다. 현관 불을
켜 놓은 것은 나치가 돌아오기를 기다리고 있다는 증거였다.

히사오 이모, 화가 났을까?

조심스럽게 현관문을 밀자 "나치 왔니?" 하고 귀 밝은 히사오의
목소리가 들렸다.

나치는 저도 모르게 몸을 움츠렸다.

부엌에서 히사오가 뛰쳐나와 고개를 푹 숙인 나치의 얼굴을 들
여다보았다.

"괜찮아? 많이 토했다면서? 얼굴이 새파란데."

"네, 지금은 괜찮아졌어요."

"약 먹고 자자. 깜짝 놀랐지?"

그 목소리가 너무나 다정해, 나치는 또 눈물이 날 뻔한 것을 다
급히 꾹 참았다.

"저기, 후카시 오빠는요?"

"너 찾으러 나갔어."

갑자기 허둥지둥하는 발소리가 들렸다.

"엄마, 나치는…… 아!"

숨을 헐떡이며 현관으로 뛰어 들어온 후카시가 나치의 모습을
보고 우뚝 섰다.

뒤를 돌아본 나치와 눈이 마주치자 후카시의 파랗게 질렸던 얼

굴이 점점 빨개지고, 두 사람은 퍼뜩 놀라 서로 시선을 피했다.

나치는 후카시의 팔에 작은 테이프가 붙어 있는 모습을 놓치지 않았다. 아까 통로로 뚫은 상처 부분이었다.

히사오도 그것을 눈치챘는지 나치의 몸을 껴안으며 부엌 쪽으로 시선을 돌렸다.

"자, 여기서 약 먹자. 후카시, 나치는 바로 재울 테니까 너도 가서 자. 피곤하지? 문은 잘 잠그고."

후카시는 살짝 고개를 숙인 채 현관에서 우물쭈물했지만 결국 천천히 미닫이문을 닫고 안에서 걸어 잠갔다. 그러고는 난폭하게 신발을 벗고 복도 안쪽에 있는 자기 방으로 뛰어갔다.

"후카시, 이 녀석. 복도에서 뛰면 안 돼."

히사오가 등 뒤에서 말했지만 후카시의 뒷모습은 그 말을 거부하고 있었다.

후카시의 모습이 사라지자 나치는 저도 모르게 안도해서 온몸의 힘이 빠졌다.

히사오도 그것을 느낀 듯했다.

"후카시가 무슨 말을 했는지 몰라도, 용서해 주렴."

신비한 향이 피어오르는 차를 따르며 히사오가 차분하게 말했다.

"아니에요. 제가 너무 아무것도 몰라서……."

나치는 테이블 위의 한 점을 응시하며 중얼거렸다.

"마셔."

히사오가 격려하듯 찻잔을 내밀었다.

김에서 씁쓸한 향이 피어올랐다.

한 모금 마셔 보니 질척하면서 쓴 듯도 하고, 단 듯도 한 맛이 났다. 검은색에, 누가 봐도 탕약 같은 차였다.

"혼란스러워지는 것도 당연해. 조리 있게 설명해 주고 싶지만 나도 어디서부터 이야기해야 좋을지를 모르겠으니 말이야. 나쓰도 그렇고, 다카다 집안도 그렇고, 이와쿠라도 그렇고. 전부 한마디로 설명할 수가 없어."

히사오가 테이블 위에서 손깍지를 끼고 한순간 아득한 눈빛을 지었다.

또다시 소외감이 돌아왔다. 내 이야기인데, 내게는 해 주지 않는다.

"전 허주 승선원 같은 건 되기 싫어요."

나치가 나직이 중얼거렸다.

"여기가 성지라는 얘길 들었어요. 후보자들을 이곳에 모아 놓고 상태를 지켜본다고. 이곳을 나가면 변질 안 되는 거죠? 저, 다카다 집안으로 돌아가면 안 될까요? 다른 애들은 허주에 타고 싶은 모양이니까, 저 하나쯤은 없어도……."

절박한 얼굴로 묻자 히사오는 당황한 표정을 짓더니 금세 타이르는 얼굴로 바뀌었다.

"물론 변질은 멈출 거야. 이곳 밖에서 변질이 시작되는 일은 드물다고 하더라고."

히사오는 찬장에서 간식을 꺼내 왔다. 말린 무화과. 이것도 빈혈에 좋은 음식이리라. 히사오는 간식 접시를 나치 앞에 툭 내려놓았다.

"하지만 일단 변질이 시작된 단계에서 이곳을 벗어나는 건 오히려 더 힘들 거야. 어정쩡한 상태로 변질이 멈추면 계속 발작을 하면서 어른이 되는 경우도 있어."

"계속……?"

나치는 할 말을 잃었다.

그 고통스러운 발작을 계속 떠안고 살아야 한다니, 잠깐 상상만 했는데도 오싹해졌다.

"변질이 어느 단계까지 진행될지는 모르겠지만 중요한 건 이곳에서 변질의 끝을 봐야 한다는 거야. 이와쿠라 안에서 끝내면 이곳 외의 다른 장소에서 변질이 일어날 일은 없으니까. 넌 지금은 페이스가 빠르지만 앞으로는 어떻게 될지 몰라. 나도 처음에는 빨랐는데, 그 후로는 별로 진행되지 않았고 다른 아이들이 먼저 치고 나가는 사이 결국 적성이 없다는 결론을 내렸거든."

나치가 놀란 표정으로 히사오를 보았다.

"이모도 캠프에 가셨어요?"

히사오가 옅은 미소를 지었다.

"얘기 못 들었니? 이와쿠라의 아이들은 모두 캠프에 간다니까."

"아아."

그러고 보니 후카시도 그런 이야기를 했었다.

그 어둡고, 울분에 찬 눈빛.

후카시는 허주 승선원이 되고 싶었으리라.

"이모도 허주 승선원이 되고 싶었어요?"

나치가 조심스럽게 물었다.

히사오는 고개를 갸웃했다.

"글쎄. 지금 생각해 보면 잘 모르겠네. 하지만 당시에는 되고 싶었어. 모든 아이들의 꿈이었으니까. 그때는 무언가에 선발된다는 일 자체가 기뻤고, 내가 특별한 존재가 되는 것 같았거든. 하지만 특별하다고 꼭 훌륭한 건지 아닌지는, 지금 와서는……."

히사오는 말을 끊었다.

그것이 무슨 뜻인지 지금의 나치는 충분히 알아들을 수 있었다.

"나치는 나쓰, 그러니까 너희 엄마랑 아빠를 얼마나 기억하고 있니?"

히사오의 물음에 나치는 고개를 갸웃했다.

"거의 기억 안 나요. 젊은 남자랑 머리가 긴 젊은 여자가 둘이서 저를 바라보는 모습은 흐릿하게 떠오르는데, 그 외에는 다카다 집 안밖에……."

"그렇구나."

히사오는 살짝 고개를 끄덕였다.

한순간 거북한 침묵이 내려앉은 것 같아, 나치는 히사오를 바라보았다.

히사오는 결심한 표정으로 입을 열었다.

"그럼 두 사람이 어떻게 죽었는지도 들었어?"

"교통사고라고 들었어요."

히사오가 낮은 한숨을 내쉬었다.

"아니에요?"

나치는 저도 모르게 물었다.

히사오는 잠시 망설였으나 결국 고개를 살짝 가로저었다.

"아니야."

히사오는 이야기하기로 결심했는지 무표정해졌지만, 그래도 여전히 주저하는 모양이었다.

나치는 히사오의 말을 기다렸다. 찻잔에서는 아직도 김이 피어올랐다.

히사오가 겨우 입을 열었다.

"나쓰는 말이지, 이곳 이와쿠라에서 살해당했어."

"네?"

생각지도 못했던 말에 나치는 얼굴이 파래졌다.

"그리고 너희 아빠는 그 사건 이후 행방불명이야. 아직도 소식이 끊어진 상태고, 아무도 지금까지 너희 아빠를 본 적이 없어."

풀밭에서 열기가 훅 솟구쳤다.

멀리서 마치 땅울림처럼 매미 우는 소리가 울려 퍼졌다.

산들바람조차 불지 않고, 주위에 퍼진 벼 이삭의 바다가 축 늘어져 하얗게 빛나고 있었다.

멀리 회색 소나기구름이 보였다. 지금은 맑지만 산 윤곽 너머의 하늘은 어두웠다. 오후부터 비가 올지도 모른다.

나치는 밀짚모자를 쓴 채 먼 하늘을 흘끔 보았다.

불길한 하늘. 마치 이와쿠라라는 장소 자체가 불길함 그 자체인 듯했다.

눈으로 흘러내리는 땀을 닦았다.

한 줄로 논두렁길을 걸어가는 아이들의 하얀 셔츠가 눈부셨다.

아이들의 뒷모습은 하나같이 기운이 없었다. 마치 고행을 하듯 축 늘어진 채 느릿느릿 걸어가고 있었다. 워낙 더운 날씨이니 어쩔 수 없는 일이다. 조금이라도 움직이면 땀이 비 오듯 쏟아져 온 몸을 끈적끈적하게 적셨다.

왜 하필이면 오늘 같은 날 나비를 잡으러 가는 걸까.

나치는 들고 있던 곤충망을 의아한 표정으로 올려다보았다.

아침부터 기온이 높아 입맛도 없었지만 그래도 히사오가 만들어 둔 된장 주먹밥과 차가운 머루를 꾸역꾸역 먹었다.

후카시와 얼굴이 마주치면 어쩌나 싶어 내심 초조했지만 후카시도 같은 기분이었는지 일찌감치 집을 나가 버린 모양이었다. 그렇지 않아도 축제 시즌에 돌입한 여관은 아침부터 부산스러웠기에, 어젯밤의 불편함도 많이 사그라진 나치는 잽싸게 집을 나섰다.

습도가 높아 금세 피로가 밀려왔다.

이와쿠라에 온 후 제대로 잠을 이룬 적이 없었다. 머릿속 모터가 계속 돌아가면서 가열되는 느낌이 불쾌하기 짝이 없었다.

그렇지 않아도 어젯밤에는 너무 많은 일이 있었고, 너무 많은 이야기를 들었다. 그중에는 떠올리기 싫은 부분도 꽤 많았고, 조금 더 찬찬히 그 의미를 생각해 보고 싶은 이야기도 있었다. 마을 외곽에서 그 신비한 여자를 만난 시점에서 이미 마음의 허용량을 크게 넘어 버린 상태였다. 히사오에게서 들은 어머니의 죽음, 그것도 살해당했다는 이야기까지 다 받아들일 수가 없었다.

다리는 이미 이와쿠라성으로 가는 길을 기억하고 있었다. 벌써 몇 년이나 그곳에 드나든 기분이었다.

어제까지처럼 독한 장미의 향이 거슬리지 않은 덕분에 마음이 놓였다. 코도 적응된 모양이었다.

하지만 왠지 모르게 어제까지와는 분위기가 다르다는 것이 언덕길 중간부터 느껴졌다.

뭔가가 다르다.

나치는 주위를 두리번거렸다.

어제까지와는 뭔가가 다르다.

문득 조금 앞에서 느릿느릿 걸어가고 있는 소년의 모습이 눈에 띄었다. 그 조금 앞에도 누군가가 느릿느릿 걷고 있었다.

나치는 아연해졌다. 마치 중력을 거부하는 듯, 모두 몸을 숙인 상태였다.

변질. 이것이 변질이구나.

나뿐만이 아니야.

오싹한 광경이기도 했고, 마음이 놓이기도 했다.

성 입구에 쓰러진 소년이 보였다.

도미자와 선생님이 소년을 안아 들고 보건실로 데려갔다. 무심코 보건실을 들여다보니 그 외에도 링거를 맞는 아이가 두 명 더 있었다.

이것이 이와쿠라라는 장소의 영향일까.

성 안도 기묘한 분위기로 가득했다. 안에 모여서 앉아 있는 아이들도 겁을 먹고 새파래진 얼굴로 소곤소곤 귓속말을 주고받았다. 그 파랗게 질린 얼굴에는 당황스럽고 초조한 표정도 떠올랐다. 자신에게 아직 변화가 찾아오지 않은 것이 의아한 모양이었다. 어쩌면 그 아이들도 변화의 전조를 느끼면서 오한을 꾹 참는지도 몰랐다.

마나베 선생님은 아직 오지 않았다. 보건실에 있는지도 모른다.

동요하는 아이들에게서 조금 떨어져, 나치는 법당 마루에 앉았다.

고통스러워하는 친구들을 연달아 본 탓인지 다들 불안한 눈치였다. 그것은 나치도 마찬가지였다. 사람이 괴로워하는 모습을 본다는 건 유쾌한 일이 아니다. 새삼 히사오 이모와 후카시 오빠에게 몹시 걱정을 끼쳤겠다는 생각이 들었다.

후카시의 얼굴을 떠올리니 얼굴이 뜨거워졌다.

내민 팔. 진홍색 꽃잎 같은 피. 진지한, 필사적인 눈빛.

그때 빨려 들어갈 것만 같았던 자신의 모습을 떠올리니 몸이 부르르 떨렸다. 왜 한순간이라도 그 말을 받아들이려 했을까. 떠올리니 부끄럽고 두려워서 더욱 몸서리가 쳐졌다.

오빠는, 자기 피를 먹으라고 했다.

그게 대체 무슨 뜻일까. 아무리 피를 토했다 한들, 정말로 남의 피를? 수혈도 아니고.

그럼, 저 아이들도?

나치는 보건실 쪽을 쳐다보았다.

저 아이들도 마찬가지로?

법당 안에 있는 아이들 쪽으로 시선을 돌린 나치는 아마치 마사키가 보이지 않는다는 사실을 알아차렸다. 어른스럽고 이곳 사정에 유달리 밝던, 미카게 여관에 머무는 그 소년.

보건실에 있을까?

그런 생각에 잠겨 있었기에 누군가가 자신에게 말을 걸었다는 사실을 늦게 깨달았다.

"……들지?"

"응?"

얼빠진 소리를 지르며 돌아보니 새파랗게 질린 작은 얼굴이 보였다.

나치는 당황했다. 다른 소녀들에게서 무시당한다고 생각했기에, 이곳에 와서 또래 소녀와 말을 섞기는 처음이었다.

"그거, 많이 힘들지? 아무래도."

소녀가 낮은 목소리로 다시 한 번 물었다.

"아, 으응."

나치는 어색하게 고개를 끄덕였다.

그리고 조심스럽게 소녀를 관찰했다.

나치와 비슷하게 몸집이 작았지만, 소년처럼 짧게 깎은 머리 아래로 엿보이는 눈동자는 뚜렷한 빛을 내뿜고 있어 총명해 보였다.

"처음에는 욕지기가 심해서 괴로웠어. 엄청나게 토했고."

"지금은?"

"지금은 좀 가라앉은 것 같아."

"그렇구나."

소녀가 불안한 표정을 지었다.

"나는 아직이야. 혹시 틀린 걸까? 오늘 아침에 같이 오는 길에 요시코가 갑자기 몸부림을 치는 거야. 너무 놀라서 어쩔 줄을 몰랐어."

아까 보건실 안에서 링거를 맞는 아이들 중 여자아이도 있었다. 그 아이가 요시코일까. 소녀는 깊은 한숨을 내쉬었다. 아직 변질이 시작되지 않았다는 실망과 시작되면 괴로울 것 같다는 불안이 서로 싸우고 있는 모양이었다.

하지만 그래도 소녀의 눈빛에는 선망이 담겨 있었다. 소녀의 내면에서는 변질을 바라는 마음이 우세한 듯했다.

그 사실이 나치의 가슴을 푹 찔렀다.

다들 정말로 허주 승선원이 되고 싶구나.

그것은 충격이었다. 그런 고통을 견디면서까지 허주에 타고 싶다니.

"난 미카미 유이야. 너는 다카다 나치 맞지?"

소녀가 생각난 듯 나치의 얼굴을 보았다.

"응, 맞아."

"네가 갑자기 고통스러워하는 바람에 말을 걸 기회를 놓쳤어."

유이가 그렇게 말하며 옅은 미소를 지었다.

뭐야, 그랬구나.

나치는 넋이 나갔다. 여자아이들에게서 무시를 당하던 것이 아니라, 마음을 터놓을 타이밍을 놓쳤을 뿐이었다. 하기야 눈앞에서 갑자기 축 늘어져 보건실로 실려 갔으니 거리를 두고 멀리서 지켜봐야만 했을지도 모른다.

"넌 어디서 지내?"

"절 안의 숙방. 생각보다 넓고 쾌적해. 밥도 생각보다 맛있고."

"그렇구나."

"나치, 너는?"

"미카게 여관. 친척집이야."

"좋겠다. 놀러 가도 돼?"

"응."

생각보다 시원시원하고 대담한 성격인 모양이었다.

그때 이이다 교장이 홀연 나타났다.

평소와 다름없는 그 태평한 분위기에, 동요하던 아이들도 안도한 표정을 지었다.

"안녕하세요."

"안녕하세요."

아이들이 합창했다.

"오늘은 이곳에 온 모든 친구들과 함께 나비를 잡으러 가 볼까요?"

"네?"

아이들이 당황한 표정을 지었다.

이이다 교장은 코를 훌쩍 들이마시더니 그때 고개를 내민 도미자와 선생에게 손짓을 했다.

"도미자와 선생, 곤충망 있나?"

"네?"

"오늘은 오전 중에 나비 채집을 가야겠네. 아, 물통도 챙겨야겠구먼."

교장이 느긋하게 손뼉을 짝 치고는 커다란 몸을 흔들며 종종걸음으로 나가 버렸다. 도미자와 선생도 다급히 뒤를 따랐다.

"교장 선생님, 괜찮을까요? 교장 선생님! 너무 이르지 않나요? 아직 사흘째인데!"

멀어져 가는 도미자와 선생의 목소리에서는 당황이 묻어났다.

아직 사흘째인데.

도미자와 선생의 말이 왠지 기묘하게 들렸지만 아이들끼리 서로 얼굴을 마주 보는 사이 두 교사가 어딘가에서 곤충망과 물통을 마련해 와서, 어슬렁어슬렁 밖으로 나가는 꼴이 되고 말았다.

커다란 밀짚모자를 쓴 이이다 교장은 아이들이 통학할 때 사용하는 언덕길이 아니라 좁은 뒷길을 내려가기 시작했다. 모르는 사람은 존재를 알아차리지도 못할, 생울타리 뒤에 숨겨진 길이었다. 학생들도 그 뒤를 따라 일렬로 걸어갔다. 도미자와 선생이 맨 뒤였다.

급경사를 내려가니 논이 나왔다.

차츰 속도를 올리며 성장해 나가는 벼 이삭의 바다 사이를, 일행은 이리저리 누비며 나아갔다. 목가적인 풍경이었지만 찌는 듯한 더위 때문에 걷기가 쉽지 않았다. 변질이 시작되는 게 아닐까 하는 의심에 빠진 학생들을 이런 곳으로 데리고 나오다니.

처음에는 원망스러웠지만 맑은 하늘 아래 느긋하게 걸어가다 보니 차츰 법당에서 느꼈던 동요가 가라앉았다. 어쩌면 목적은 그것이 아니었을까.

교장은 느릿느릿 방향을 전환하여, 논두렁길을 벗어나 삼나무 숲 속으로 들어갔다.

나뭇잎 사이로 띄엄띄엄 비쳐 드는 햇빛이 흔들려 눈이 부셨다. 나무가 강렬한 햇빛을 막아 준 덕분에 조금 편해지기는 했지만 워낙 습해서 그리 시원하지도 않았다.

전방에 어두컴컴한 곳이 보였다. 타원형의 어둠.

아, 또 터널이구나.

이와쿠라에 왔을 때 지나친 길이 떠올랐다. 왠지 조금 불길한 기분이 들었던 것까지도.

나치가 경계하고 있는데 조금 앞에서 걷던 유이가 몸을 휙 돌렸다.

"뭐랄까, 저런 곳이 되게 많네. 여긴."

"어두워서 싫지?"

그렇게 맞장구를 치면서 나치는 정말 그러네, 하고 생각했다.

낡은 벽돌과 석재로 지은 터널. 꽤나 오래된 곳이 분명했다.

눈 깜짝할 사이 산의 경사면을 지나 일행은 터널로 들어갔다. 차갑고 습한 어둠 속을 교장이 성큼성큼 걸어갔다.

곳곳에 간신히 전구 불빛이 붙어 있기는 했지만 새까만 어둠 속에서 하얀 곤충망들이 한 줄로 나아가는 모습은 정말이지 기묘한 풍경이었다.

게다가 내리막길이었다. 마치 땅속 깊은 곳으로 걸어 내려가는 느낌이 들었다.

유이가 속삭였던 것처럼 이런 터널이 곳곳에 존재한다면.

나치는 문득 어제 산속을 이동하던 빛을 떠올렸다.

이와쿠라는 골짜기에 만들어진 좁은 마을이라고 생각했는데, 사실은 산속이나 지하에도 뭔가가 존재할지 모른다.

십오 분쯤 걸었을까.

전방, 그것도 꽤나 아래쪽으로 여겨지는 위치에 햇빛 같은 것이 희미하게 보였다. 탁 트인 장소가 나오리라는 예감이 들었다.

"와!"

앞서 걷던 학생들이 환호성을 질렀다.

"뭐야, 뭐야?"

유이가 몸을 내밀고 앞을 내다보았다. 학생들의 흥분이 뒤쪽까지 전달되었다.

금세 눈앞이 환하게 밝아졌다. 나치도 무심코 소리를 질렀다.

"이게 뭐야?"

머나먼 하늘에서 찬란한 빛이 쏟아져 내려왔다.

하늘은 한참 높은 곳에 있었고, 일그러진 타원형 모양이었다.

아이들이 지금 있는 곳은 지하의 텅 빈 공간이고 그 일그러진 타원형은 정확히 그 모양으로 천장이 무너진 자리인 듯했다. 그래서 한참 높은 곳에 있는 천창에서 빛이 비쳐 드는 듯 느껴졌던 것이다.

그리고 눈앞의 풍경은 더욱 기묘했다.

지하의 뻥 뚫린 공간인데도 거기에는 꽃밭이 펼쳐졌다.

꽃망울이 작은, 야생 독한 장미가 흐드러지게 피어 있었다. 한순간 움찔했지만 이곳의 독한 장미는 꽃잎이 작고 밀집되어 있어 지상의 것과는 종류가 달랐다. 게다가 잘 보니 꽃잎에 다소 붉은 기운이 어려 있었으며 향기도 향긋하고 불쾌하지 않았다.

"와, 너무 예뻐! 저기 봐, 나비가 저렇게……."

유이가 환호성을 질렀다.

쏟아지는 햇살 속에서 흰색과 노란색과 군청색 나비가 정신없이 날아다녔다. 그야말로 꽃보라가 몰아치듯 무수한 나비가 '비처럼 내린다.'라는 말이 딱 맞는 풍경이었다.

마치 이 세상의 것이 아닌 듯한 광경에 아이들은 얼이 빠져서 할 말을 잃어버렸다.

"선생님, 나비 잡아도 돼요?"

"그래. 욕심 부리지 말고 조금씩만 잡아야 한다."

소년들은 벌써 정신없이 하얀 곤충망을 휘둘러 대기 시작했다.

유이도 활기차게 곤충망을 휘둘렀지만 나치는 이곳에 있는 나비를 잡아서 가지고 가기가 두려워서 그럴 수가 없었다. 그만큼 신성하고, 속세에서 벗어난 장소 같았다.

흐드러지게 피어난 독한 장미.

떼 지어 날아다니는 나비.

아이들의 곤충망과 밀짚모자.

나치는 반쯤 황홀경에 빠진 채 우두커니 서서 그 모습을 바라보았다.

저기에는 무서운 무언가가 있다. 하늘에서 내려온 것과, 땅 속에서 올라온 것.

머릿속에 그런 말이 떠올라, 나치는 움찔하며 주위를 둘러보았다.
하지만 주변에는 아무도 없었다.
방금 무슨 말 안 들렸나?
다급히 귀를 기울였으나 아이들의 환성 소리만이 들려올 뿐이었다.
그러나 문득 독한 장미 덤불 사이에 파묻힌, 돌로 된 작은 도리이*가 보였다.
독한 장미 꽃밭은 볼록한 언덕 형태로 한가운데가 높았다. 언덕이라기보다는 아몬드 위에 흙을 덮으면 이런 모양이 되지 않을까 싶은, 깔끔한 곡선을 그렸다.
마치 인공적인 지형 같았다.
나치는 고개를 갸웃하며 그 돌로 된 도리이 쪽으로 다가갔다.
언덕 중턱쯤에 고요히 서 있는 도리이는 나치의 어깨 정도까지 오는 높이였다. 금줄이 둘러져 있고, 공물도 놓여 있었다.
작은 액자가 한가운데에 걸려 있었는데 뭐라고 쓰여 있었지만 너무 흘려 쓴 글씨라 알아볼 수가 없었다.

● 신사 앞에 세우는 커다란 기둥 문. 주로 붉은색으로 칠한다.

풀 밟는 발소리가 들리고 교장이 곁으로 다가왔다.

그러고는 나치가 보고 있는 액자를 무표정하게 들여다보았다.

"교장 선생님, 이게 뭐예요?"

"최초로 흘러들어 왔던 배의 흔적이란다."

"흘러들어 온 배?"

"그래."

교장은 조용히 고개를 끄덕였다.

"우리의 선조가 오랜 옛날 처음으로 이곳에 묻혀 있던 허주를 발견했고, 거기서부터 모든 일이 시작됐지."

"그럼 여기 배가 아직 묻혀 있는 거예요?"

"아니, 배 자체는 이미 파내서 여러 가지로 조사해 본 뒤 나라에서 보관하고 있어. 하지만 발견했을 때 그대로의 형태로 복원해서, 이 안에는 같은 크기의 틀을 넣어 두었다더구나."

"그래서 이런 모양이었군요."

그렇다, 들은 적이 있었다.

허주는 아주 오랜 옛날 이 별에 떨어졌다는 외부의 배를 조사하고, 똑같이 만들어 본 데에서부터 시작되었다고 했다. 그 동력원이 발견된 것은 거의 우연이나 다름없었다고.

"선생님, 이 배에는 누가 타고 왔나요? 정말로 관음보살님이나 지장보살님이 타고 온 거예요?"

교장은 잠시 당황한 표정을 지었다가 금세 미소를 띠었다.

"아, '허주님' 조각을 보고 그렇게 생각했구나."

"네. 거기에는 동물이랑 관음보살님이 가득 타고 있었어요."

"그건 상상으로 그렸을 거야. 최초로 흘러들어 온 배에는 아무도 없었다고 하니까."

"아무도 없었다니, 그럼 어떻게 여기까지 운전해서 온 걸까요?"

"아마 선조님들이 발견하시기까지 긴 세월이 흐르지 않았을까 싶구나. 유기물은 몇 년만 지나면 소멸되어 버리잖니."

"그랬을까요?"

나치는 불만스러웠지만 그냥 말을 꿀꺽 삼켜 버렸다.

자신의 발밑에 먼 옛날 어느 별에서 떨어진 배가 있다니 왠지 신기한 기분이었다.

"어제 도와를 만난 모양이더구나."

"네?"

교장이 지나가는 듯 물었지만 나치는 무슨 말인지 알 수가 없었다.

"어제 사당 근처에서 도와를 만나지 않았니?"

교장이 다시 한 번, 별것 아니라는 듯 물었다.

"네? 아, 혹시 그······."

나치는 머뭇거렸다.

'어리석은 장미' 말이구나.

생긋 웃던 그 얼굴, 그 목소리. 역시 꿈이 아니었다.

도와. 그 사람의 이름일까.

교장이 고개를 끄덕였다.

"그래. 너희의 대선배지. 조만간 너희와도 이야기를 나눌 기회가 있을 거야."

"허주 승선원이죠?"

"……으음."

나치의 물음에 교장은 어째서인지 말을 흐리더니 갑자기 주위를 둘러보고는 크게 박수를 짝짝 쳤다.

"자, 자. 그만 돌아갈 준비들 하자. 점심때까지는 성으로 돌아가야 해."

동굴 안에 "네에." 하는 목소리와 "왜요. 조금만 더." 하는 목소리가 뒤섞여 커다랗게 울려 퍼졌다.

이변은 늦은 오후에 일어났다.

그 동굴에서 성으로 다시 걸어 돌아와 점심을 먹은 후부터 학생들이 차례차례 고통을 호소하기 시작했다.

강렬한 욕지기에 시달리다, 화장실에 갈 틈도 없이 모두가 피를 토한 것이다.

법당 안은 순식간에 야전병원을 방불케 하는 소란에 휩싸였다.

주지와 승려들까지 쫓아와서 학생들을 모두 법당 마루에 눕히고 링거를 놓을 정도였다.

아무 일 없이 지나간 사람은 없었다. 전원이 일제히 변질 상태에 빠져들었다.

나치도 토했지만 전날까지의 발작에 비하면 훨씬 편한 상태였고 토한 피의 양도 적었다. 마나베 선생이 그것은 진짜 혈액이 아니라 급격히 벗겨져서 밀려 나온 오래된 조직이라고 설명해 준 덕분에 정신적으로도 많이 진정되었다.

하지만 오후에 처음으로 변질을 맞이한 아이들은 격렬한 충격을 받았는지 링거로 그치지 않고 진정제까지 맞아야 했다.

겨우 다들 진정되어 잠이 들었을 때는 벌써 4시가 다 되어 있었고, 나치도 꾸벅꾸벅 졸면서 어른들이 소곤소곤 나누는 이야기를 멍하니 들었다. 나치는 진정제를 맞지 않았지만 어른들은 나치도 다른 아이들과 마찬가지로 잠들었다고 생각한 모양이었다.

"교장 선생님, 그러니까 말씀드렸잖아요. 캠프 사흘째에는 너무 이르다고."

도미자와 선생이 질책했다.

"미안하네, 미안해. 이렇게 큰 소동이 벌어질 줄이야."

교장이 미안한 듯 말했다.

"아무리 이야기를 들었어도 자신의 몸에 변질이 실제로 일어나면 동요할 수밖에 없으니까요, 다들."

마나베 선생의 목소리에는 한숨이 섞여 있었다.

"그냥 변질도 아니고 나비 계곡에 다녀왔으니 촉진 속도가 어마어마할 겁니다. 보통은 캠프 절반이 지났을 무렵에도 변질하지 않은 학생들을 데려가는 장소인데, 왜 하필 오늘 데려가신 거죠?"

도미자와 선생은 아직도 화가 가라앉지 않은 듯했다.

"눈치챘을 텐데, 자네들도."

교장의 목소리가 갑자기 바뀌는 바람에 두 선생도 덩달아 목소리를 낮췄다.

"예?"

"무슨 말씀이시죠?"

"최근 들어 변질률이 떨어졌다는 걸. 요 몇 년 사이 거의 성공사례가 없어."

"그건 아닙니다. 원래 낮았으니까요."

"그렇다고 갑자기 나비 계곡에 데려가다니……."

"아닐세. 나는 이와쿠라라는 토지의 힘이 떨어졌다고 생각해."

교장이 낮은 목소리로 딱 잘라 말하자 다른 두 선생이 동요하며 입을 다무는 것이 느껴졌다.

"옛날에는 이곳에 오기만 해도 눈 깜짝할 사이 변질됐지. 물론 변질된 것만으로는 불충분해. 하지만 요즘은 통로를 사용하기는 커녕 그 전 단계의 변질조차 통 이루어지지 않아. 이래서는 앞으로 개발단을 보낼 수가 없을 거야. 앞으로 몇 차를 보내고 나면 끊겨 버릴 거라고."

교장의 목소리에서는 위기감이 배어났다.

"이번에는 괜찮은 재목이 많더구먼. 요 몇 년 사이 가장 변질이 빨라. 그래서 손 놓고 태평하게 기다리느니 아예 한꺼번에 등을 떠밀어 볼까 하는 마음에 데려갔던 거지."

"하기야 그 덕분에 전원 변질이 시작되기는 했습니다만."

도미자와 선생이 떫은 말투로 인정했다.

"하지만 앞으로 견뎌 낼 수 있기나 할지……."

마나베 선생의 불안한 목소리.

"이미 시작되어 버렸으니, 이대로 진행시키는 수밖에 없어."

교장은 냉철한 목소리로 딱 잘라 말했다.

침묵.

세 사람 각각 다른 생각을 하고 있는 모양이었다.

"그러고 보니 아마치는 어쩌고 있나? 아마치 마사키는."

문득 생각난 듯 교장이 말했다.

"아, 그 애는 도서관에 틀어박혀 계속 책만 읽고 있어요. 일단 아이들이 모두 변질되기를 기다리기는 하겠지만, 법당에서 함께 기다리기는 싫다더군요."

교장의 탄식이 들렸다.

"나 원, 그쪽은 또 그쪽대로 애를 먹이는구먼."

"뭐, 특수한 케이스니까요. 원래부터 변질체였다니 정말 드물죠."

"그러게나 말이에요. 오랜 시간 보건교사 노릇도 겸하고 있지만 내가 직접 만난 건 아마치랑 미카게 나쓰 정도예요."

나치는 꿈 속에서 몸을 부르르 떨었다.

아니, 떨었다고 생각했지만 주위에서는 눈치채지 못한 듯했다.

원래부터 변질체. 정말 드문 케이스. 아마치 마사키와 미카게 나쓰 정도.

저기, 선생님. 대체 무슨 얘길 하고 있는 거예요?

등줄기에 식은땀이 흘러내렸지만 몸은 꿈쩍도 하지 않았다.

"미카게 나쓰라. 그리운 이름이구먼."

교장의 목소리가 다소 부드러워졌다.

"저쪽에 따님이……."

마나베 선생의 목소리에 나치의 몸이 굳어졌다.

잠든 척하고 있었던 걸 들키면 어쩌지. 아니, 몸은 거의 잠들어 있다. 하지만 의식은 또렷하다. 아니면 이건 꿈일까?

"음. 알고 있네. 꼭 닮았어."

"저 아이는 원래부터 변질체는 아니었던가 봐요. 어머니의 피를 물려받은 줄 알았는데."

"미카게 나쓰는 태어나고 자란 곳이 이와쿠라니까 조건이 전혀 다르지. 저 아이를 거둬 간 친척은 가능한 한 이곳에서 떨어뜨려 놓으려 했던 모양일세."

"아, 그렇구나. 그래서 영향이 적었나 보네요."

"실제로 이곳에 도착하자마자 제일 먼저 변질이 시작됐으니까요."

영향. 영향. 이와쿠라의 영향. 나비 계곡의 영향. 전원의 변질이 촉진된다.

그 계곡에 일부러 데려간 건가? 최초로 흘러 들어온 배가 묻혀 있다는 그 장소에.

그래, 그곳에는 아직 최초의 배가 묻혀 있다. 꺼내 갔다는 말은 거짓말이다. 철저하게 조사한 뒤, 그 장소에 배를 그대로 묻어 놓았다.

왜냐하면 그곳에 묻혀 있는 배가 우리의 변질을 촉진하기 때문에. 그 배 자체에 무슨 힘이 있어서, 정신이 아득해질 정도로 긴 세월이 지난 지금까지도 우리의 몸을 바꿔 놓기 때문에.

"그나저나 역시 나쓰를 죽인 범인은 다다유키 씨였을까요?"

"그 외에는 생각할 수가 없지. 그날 이후 아무도 본 사람이 없으니."

내뱉는 듯한 교장의 말투.

"말도 안 돼요. 그렇게 금슬이 좋고 잘 어울리는 부부였는데. 나쓰를 꼭 닮은 딸까지 낳았는데……."

마나베 선생은 납득할 수 없다는 투였다.

"그래서 더 그랬던 게 아닐까?"

"네?"

"딸이 아내를 꼭 닮아서가 아니었을까?"

"무슨 말씀이세요?"

"아니, 무얼. 내 혼잣말이야. 어쨌든 놈에게 아내는 연구 대상에 불과했다는 뜻이지."

"맙소사, 그럴 리가요."

목소리가 멀어진다. 그 목소리를 천둥이 덮고, 뱃속에서 쿠르릉 쿠르릉 울려 퍼졌다.

더 듣고 싶은데 천둥 때문에 잘 들리지 않는다.

나치는 비지땀을 흘리다 어느 틈엔가 꿈 속에서 울고 있었다.

빗소리가 들렸다. 오전 중에 보았던 소나기구름이 커져서 저녁 무렵이 된 지금 비를 쏟아 내기 시작한 모양이었다.

무슨 얘기를 하는 거예요? 네? 선생님.

다다유키 씨가 누구예요? 나쓰는 또 누구고?

그건 우리 부모님 얘기인가요?

제발, 내 앞에서 내 얘기를 해 줘요. 우리 가족 얘기를, 나한테.

나치는 계속 부르짖었다.

하지만 구석에서 소곤소곤 이야기를 나누는 세 사람은 나치를 비롯한 학생들 모두가 깊이 잠들어 있다고만 생각하는 모양이었다.

저녁 무렵, 나치는 눈을 떴지만 다른 학생들은 아직 잠든 상태였다.

교사들은 이대로 이곳에 묵으며 학생들을 돌본다고 했다.

비교적 증상이 가벼운 학생들은 먼저 집으로 돌아갔다.

나치는 성을 나와 언덕길을 내려가며 멍한 머리로 하늘을 올려다보았다.

불그스름해진 하늘이 왠지 흉악해 보였다. 그저 태평하기만 한 시골 마을인데도 바닥이 보이지 않는 음침함이 느껴졌다.

오늘 하루가 악몽 같았다. 풀숲에서 느껴지던 열기, 나비 계곡, 아이들의 변질.

때때로 무의식 속에서 떠오르는 기묘한 생각이 자꾸 신경 쓰였다. 마치 오랜 옛날, 태어나기 전부터 이곳에 있었던 느낌이었다.

아까도 나비 계곡에서 무슨 생각이 떠오를 뻔했다. 그게 뭐였더라…….

산골짜기 마을은 일몰이 빠르다.

문득 강 너머로 환한 불이 켜진 창문이 늘어선 커다란 서양식 저택이 보였다. 시퍼런 나무로 둘러싸여, 그곳만 서늘한 분위기가 풍겼다.

어느샌가 나치는 걸음을 멈췄다.

저긴 분명 도서관인데.

선생님의 목소리가 귓가에서 되살아났다.

아마치는 어쩌고 있나?

그 애는 도서관에 틀어박혀 계속 책만 읽고 있어요.

나치의 걸음이 어느샌가 비틀비틀 도서관 쪽으로 빨려 들어가

듯 향했다.

그러고 보니 책 읽는 걸 좋아하는데 아직 이와쿠라의 도서관은 가 본 적이 없었다. 주민이 아니니 대여가 가능할지는 모르는 일이지만, 읽고 싶은 책이 있을지 확인하러 가 보는 것도 괜찮을 듯했다.

계곡은 수량이 줄어들었다.

굽이치는 강바닥이 하얗게 메말라, 모래가 솟아나서 여름풀이 자라났다.

나치는 커다란 다리를 건너 도서관 앞에 섰다.

오래된 2층짜리 서양식 건물은 널빤지 창에 칠한 하얀 페인트가 다 벗겨졌다. 지붕은 녹색 기와로 이루어져 있었다.

커다란 은행나무가 만들어 내는 나무 그늘이 짙었다.

두 개 동으로 만들어진 서양식 저택에서 조금 떨어진 곳에 작은 건물 하나가 더 있었지만, 은행나무에 둘러싸여 무슨 건물인지 알 수가 없었다. 무슨 서고일까.

안에 발을 들이니 도서관 특유의 다소 건조하고 농밀한 정적이 몸을 휘감았다. 왠지 마음이 놓여, 나치는 서가가 늘어선 커다란 방으로 들어갔다.

창가에 오래된 나무 테이블이 가득했고 그곳에서 공부하는 학생과 책을 읽는 노인이 보였다.

나치는 천천히 서가들 사이를 돌아보았다.

작은 마을이라 크게 기대하지 않았는데 서가는 제법 충실했고, 나치가 좋아하는 외국 소설도 많았다.

서가에 꽂힌 책등을 훑어보다가 빌리고 싶은 책이 눈에 띄어 마음이 들떴다.

카운터를 지키고 있는, 자상해 보이는 여성에게 조심스럽게 말을 걸어 캠프 참가자라고 밝히자 여성은 "그럼 캠프 기간 동안에만 빌릴 수 있게 해 줄게."라면서 나치에게 대여 카드를 만들어 주었다. 바로 세 권을 빌리기로 했다. 오랜만에 들뜬 나치는 자신이 얼마나 긴장감에 사로잡혀 있었는지 새삼 뼈저리게 느꼈다.

책을 안고 나가려던 나치는 창가에서 밖을 가만히 내다보는 소년의 존재를 발견했다.

아마치 마사키.

그랬다. 이곳에 온 이유는 책을 보기 위해서만이 아니라, 이 장소와 캠프 자체를 잘 아는 듯한 마사키에게 이야기를 듣고 싶다는 생각이 마음 속 어딘가에 있었기 때문이었다.

나치는 조심조심 마사키에게 다가갔다.

"오늘 학교는 어땠어?"

창가를 바라본 채 갑자기 마사키가 말을 거는 바람에 나치는 움찔했지만 창유리에 자신의 모습이 비친다는 사실을 뒤늦게 알아차렸다.

"아, 오늘은 난리도 아니었어. 다 같이 나비 계곡에 가서 나비를 잡고 놀다가 돌아왔는데 오후부터 애들이 한꺼번에 괴로워하는 바람에 큰 소동이 벌어졌거든."

마사키가 놀란 얼굴로 나치 쪽을 퍼뜩 돌아보았다.

"그래? 나비 계곡에 갔다고?"

그 얼굴에 생각에 잠긴 표정이 떠올랐다.

"아직 사흘밖에 안 됐는데. 그야 무리도 아니겠네."

선생님과 같은 말을 한다.

"나비 계곡에 가면 변질이 빨라져?"

나치는 그렇게 물어보았다. 마사키가 또다시 의외라는 표정으로 나치를 바라보았다.

"누구한테 들었어, 그런 얘기?"

"선생님들이 수군거리는 걸 들었어."

나치는 목소리를 낮췄다. 저도 모르게 변명조가 되고 만다.

"다들 아직 자고 있어. 나는 그렇게 상태가 나쁘지 않아서 집에 가도 된다고 그랬고."

"너는 원래 변질이 빨랐으니까. 이제 몸이 익숙해지기 시작했을 거야."

마사키는 여전히 어른스러운 말투로 잘라 말하더니 망설임 없이 출구를 향해 걸어 나섰다.

나치는 다급히 그 뒤로 말을 걸었다.

"저기, 물어봐도 돼? 우린 앞으로 어떻게 되는 거야?"

"그걸 왜 나한테 물어?"

마사키의 목소리는 쌀쌀맞았다.

나치는 조급해졌다.

"다들 알고 있는 걸 새삼 묻기도 그렇고, 내가 뭘 물어도 다들 불쌍하다는 표정으로 날 쳐다보기만 해. 그런 표정을 보기는 싫어. 너는 잘 아는 것 같은걸. 처음부터 변질된 몸이었다면서, 넌."

마사키가 걸음을 우뚝 멈췄다.

움직이지 않는 등.

"그런 얘기까지 들었어?"

그 목소리는 무서울 정도로 차분했다.

민감한 부분을 건드렸다는 사실을 뒤늦게 깨달은 나치는 얼굴이 파래졌다.

"미안해. 엿들을 생각은 없었어. 하지만 몽롱한 상태였는데 이야기가 들려서……."

진심으로 사과하는 나치의 말을 마사키가 가로막았다.

"됐어. 사실이니까."

"미안."

나치가 풀이 죽자 마사키는 다시 몸을 휙 돌려 나치를 보며 씩 웃었다.

"이와쿠라가 궁금하다면, 거기로 가면 돼."

"응?"

"옆에 있어, 기념관이."

"기념관?"

마사키는 앞서서 활기차게 걸어 나섰다. 나치가 다급히 뒤를 따라갔다.

도서관을 나와서 마사키가 향한 곳은 은행나무숲 안쪽에 있는, 아까 봤던 별관이었다.

"저긴 도서관이 아니야?"

"아니야. 이와쿠라와 허주를 주제로 한 기념관이야."

이곳이.

나치는 소리 없이 숨어 있는 건물을 바라보았다.

다들 그토록 허주 승선원이 되고 싶어 하는데, 이렇게 눈에 띄지 않는 깊은 장소에 있다니. 마치 몸을 숨기고 싶어 하는 것만 같다.

"소박하지?"

나치의 감상을 꿰뚫어 본 듯 마사키가 씩 웃었다.

"아니, 뭐……."

나치가 얼버무리자 마사키는 기념관을 향해 성큼성큼 걸어갔다.

입방체의, 오래된 법당 같은 건물. 화려함이라고는 손톱만큼도 없고, 조용히 썩어 무너져 가는 듯한.

혹시 잠겨 있으면 어쩌나 했지만 입구는 열려 있었다.

현관 천장에 어둑어둑한 조명이 켜져 있었으나 사람은 없었다.

"담당자는?"

조심스럽게 안을 들여다보며 나치가 물었다.

마사키는 쌀쌀맞게 고개를 가로저었다.

"없어. 도서관 직원이 출근하면서 열었다가 퇴근길에 잠그고 가는 곳이야."

조심성 없네, 하는 생각이 들었지만 텅텅 빈 전시실을 보니 딱히 도둑이 털어 갈 것도 없어 보였다.

마사키는 나치의 생각을 완벽하게 읽어 낸 모양이었다.

비아냥거리는 미소를 띠고 어깨를 살짝 으쓱하는 것을 보니.

"아무것도 없지? 쓸 만한 거나 진짜 기념이 될 만한 건 국립박물관과 쓰쿠바의 외해연구소에 보존되어 있거든. 허주 제조와 외해 개척에 관련된 역사도. 지금 우리가 이러고 있는 이유의 모든 시작인 이와쿠라에는 이제 아무것도 남아 있지 않아. 여기 있는 건 이게 전부야. 처음 발견된 허주의 모형과 허주 승선원의 명부뿐."

정말로 작은 기념관이었다. 다다미 열 장 정도 넓이의 판자 한가운데, 유리 상자에 든 허주 모형.

그것은 낯이 익었다.

낮에 나비 계곡 한가운데에서 본, 작은 언덕의 굽은 모양과 닮았다.

모형은 발견된 당시를 본떴는지 땅 속에 파묻힌 모양까지 충실하게 재현해 놓았다. 옆에 단면도가 있는데 작은 방이 여러 칸 늘어선 모양이었다.

나치는 유리 상자로 다가가 모형을 뚫어져라 들여다보았다.

"이게 나비 계곡에 떨어진 허주구나."

"응."

"이것도 실물은 국립박물관에 있어?"

"맞아."

"정말?"

"정말이야. 왜?"

마사키가 의아한 표정을 지었다.

"아니, 실은 거기 다시 묻어 놓았다는 얘길 누구한테 들은 것 같아서."

"그것도 선생님들끼리 수군거렸어?"

"아니, 어디 다른 데서 들었어."

생각에 잠기는 나치를 마사키가 탐색하는 눈빛으로 바라보았다.

"있잖아, 다시 한 번 이름을 물어봐도 될까? 다카다라고 했지?"

"다카다 나치."

"외부에서 왔지? 숙방에 묵어?"

"아니, 친척집. 너도 묵고 있잖아, 미카게 여관. 거기 안채야."

나치는 우물쭈물하며 말했다. 여관에서 마사키를 보았다는 이야기를 하려니, 아까 엿들은 이야기를 할 때처럼 망설여졌다.

하지만 마사키는 갑자기 표정이 밝아지더니 고개를 크게 끄덕였다.

"그렇구나! 너, 미카게 가문의 피를 물려받았구나? 어쩐지."

"어쩐지라니, 뭐가?"

나치는 마사키의 표정을 보고 당황했다.

"미카게 가문은 옛날부터 우수한 허주 승선원을 배출한 명문가야. 외해에 나가기 위해 반드시 필요한 변질체 유전자를 갖고 있어서, 외해에 나가 있는 허주 승선원의 2할은 미카게 가문 출신이지."

명문가. 2할.

그 말은 바로 와닿지 않았지만 마사키의 상기된 얼굴을 보니 아주 명예로운 일이 분명했다.

"봐, 이 명판을."

마사키는 벽에 줄줄이 붙어 있는, 백 개 가까이 되는 직사각형의 동판을 가리켰다.

"선발대를 포함해서 이 명판은 모두 이와쿠라와 이와쿠라의 캠프에서 배출한 허주 승선원의 이름이야."

"아, 그렇구나."

둔탁하게 빛나는 동판에는 이름이 새겨져 있었다.

선발대, 제1차 개발단, 제2차 개발단. 이름, 출신지, 출발 날짜. 작은 판에 그들의 생애가 새겨져 있었다. 가장 새로운 동판에는 제27차 개발단이라고 쓰여 있었고 그 아래 공간은 비어 있었다. 이 자리에 다음 동판은 언제쯤 내걸리게 될까.

마치 비석 같다고 나치는 생각했다. 이 하나하나가 머나먼 외해로 항해를 떠난 뱃사람들이 살아 온 증거였다.

벽에는 '나비 계곡'을 발굴 및 조사했을 때의 사진과 이와쿠라의 풍토를 소개하는 설명판 등이 붙어 있었지만 금세 다 둘러볼 수 있었다.

벽을 따라 가느다란 유리 상자가 붙어 있었고, 그 안에는 오래된 피리와 샤미센, 너덜너덜해진 작은 남색 책이 쓸쓸히 들어 있었다.

"이건 뭐야?"

"기나긴 외해 항해에서 허주 승선원들은 노래를 부르는 일이 많대. 이와쿠라에서 항해를 시작한 뱃사람들은 고향 축제를 배 안에서도 열었다나 봐."

그림자놀이 같은 장면이 머릿속에 떠올랐다.

샤미센을 연주하며 골목으로 천천히 흘러들어 가던 흑백의 남녀. 이 작은 피리가 머나먼 외해를 여행하고 돌아왔다고 생각하니 정신이 아득해졌다. 아니, 얼마나 먼지조차 상상할 수가 없어 무서워지는 기분이었다.

문득 마사키가 낮은 목소리로 노래하고 있다는 것을 깨달았다.

우리는 어린애처럼 어두운 해변에서 노를 저어

새까만 밤을 거듭하며 수많은 별들 사이를 나아가네

방랑의 이불 위로 떠오르는 작년의 꿈

피리 소리여 머나먼 세월 저편의 옛 고향에서 나를 찾아와 다오

"무슨 노래야?"

"작자 미상. 옛날부터 뱃사람들이 부르던 노래야. 그 책에 실려 있어."

너덜너덜 낡아 버린 남색 표지. 전통적 방식으로 제조된 종이를 휘갑쳐 만든 그 작은 책은, 사람들이 셀 수도 없을 정도로 페이지를 넘겨 본 흔적이 뚜렷했다.

"이게 무슨 책인데?"

"뱃사람들이 가져온 책이야. 고향 노래나 오래된 노래가 실려 있어. 그냥 '새까만 밤'이라고만 불리는 책이지."

"왜 가져왔어?"

"글쎄. 고향을 그리워할 매개체로 삼으려는 것 아닐까? 가족들이 뱃사람에게 선물하는 습관이 있대."

매개체.

머나먼 고향을 떠나 새까만 외해를 몇 년이고 항해하다니, 얼마

나 외롭고 불안한 일일까.

　나치는 그 어둠에 오싹함을 느꼈다. 마사키가 흥얼거린 멜로디의 쓸쓸한 울림이 귓속 깊은 곳에 아로새겨져, 지워지질 않았다.

　우리는 어린애처럼 어두운 해변에서 노를 저어……．

　"그만 갈까? 슬슬 기념관도 문 닫을 시간이야."

　"아, 응."

　마사키의 말에 정신이 들었다.

　밖에 나가니 주위는 완전히 어두워져 있었다. 먼 곳에서 피리와 큰북의 음색이 강을 따라 기어 왔다.

　계곡물 너머에서는 부드러운 불빛이 켜진 마을이 숨을 쉬고 있었다.

　"……허주 승선원들도 꿈을 꿔?"

　문득 입 밖에 내고 나서야 그런 의문이 떠올랐다.

　마사키는 당황한 표정으로 나치를 돌아보았다.

　"응? 당연히 꾸겠지. 낮도 밤도 위도 아래도 없는 외해의 배에서 인공적인 수면을 강제로 취하고 있으니까."

　"다들 꿈에서 이런 풍경을 볼까?"

　나치는 강 너머의 등롱과 민가의 불빛을 가만히 응시했다.

　서로의 모습조차 보이지 않을 만큼 어두워졌을 무렵, 나치는 마사키도 자신이 보는 풍경에 시선을 맞추고 있다는 사실을 깨달았다.

　"글쎄……. 뭐랄까, 이상한 기분이네. 외해를 나아가는 배 안에서 잠이 들어 이 장소를 꿈꾸는 기분이야. 어쩌면 사실 지금의 우리는 같이 허주 승선원이 되어서 옆자리 캡슐에 누워 이와쿠라의 꿈을 꾸고 있는지도 몰라."

마사키가 무슨 말을 하는지 나치는 너무나 잘 알았다.

이와쿠라에 온 후로 지금까지 몰랐던 세계가 조금씩 자신의 눈앞에 모습을 드러내는 기분이었다. 지금의 자신이 어젯밤 꿈의 뒷이야기 속에 있는 것이 아니라고, 누가 잘라 말할 수 있을까.

피리 소리여 머나먼 세월 저편의 옛 고향에서 나를 찾아와 다오⋯⋯.

바람과 강물 소리에 섞여 먼 곳에서 피리 소리가 실려 왔다.

두 사람은 누가 먼저랄 것도 없이 걸어 나섰다. 어차피 돌아갈 곳도 같았다.

"넌 무섭지 않아? 앞으로 자기가 어떻게 될지 알고 있는 거야?"

상대의 얼굴이 저녁 어둠 속에 섞여 버린 덕분에 질문하기 쉬웠다.

"뭐, 그렇지. 내게는 허주 승선원이 되는 것 말고 다른 선택지가 없으니까."

마사키의 목소리는 자조적이었다.

"하지만 허주 승선원이 될 확률은 굉장히 낮다고 네가 그랬잖아?"

"응, 맞아. 자연발생적으로는. 선생님들이 애들을 나비 계곡으로 데려가는 등 여러 가지 노력을 해도 모두 다 배에 타리라는 보장은 없어."

남의 일 같은 말투에 나치는 약간 짜증이 났다.

"넌 반드시 될 수 있다는 말이야? 아마치 가문도 명문인 거지?"

나치는 최대한의 비아냥을 담아 내뱉은 말이었지만 마사키는 메마른 소리로 웃었다.

"명문? 아냐. 굳이 말하자면 순혈종이지."

나치는 어이가 없었다.

이 무슨 자신감, 이 무슨 거만함이란 말인가.

아까처럼 어둠 속에서도 마사키는 나치의 생각을 읽은 모양이었다. 나치의 얼굴 쪽을 돌아보는 것이 느껴졌다.

"네가 생각하는 그런 의미가 아니야. 나는 인공적으로 만들어진 변질체거든."

"뭐?"

"우리 아버지는 쓰쿠바 외해연구소의 선임 연구원이야."

외해연구소. 아까 기념관 안에서 들은 이름이었다. 실물은 거의 그곳에 있다는…….

"나는 태어났을 때부터, 아니, 태어나기 전부터 연구소에서 자랐어."

목소리에서 또다시 자조적인 울림이 배어났다.

"불확정 요소가 많은 캠프에 의지하지 않으면서 정기적으로 허주 승선원을 확보하는 게 연구소의, 아니, 국가의 염원이거든. 나는 허주 승선원을 많이 배출한 가계 출신 여성의 난자에서 계획적으로 만들어진 아이야. 어쩌면 너희 집안 사람 피도 들어가 있을지도 모르지."

"계획적으로……."

마사키의 담담한 말투에 나치는 할 말을 잃었다.

"정기적 검사, 약물에 의한 변질 촉진, 철저한 성장 기록."

마사키는 노래하듯 중얼거렸다.

"내가 실패하면 이젠 틀린 거야. 더는 시간을 맞출 수가 없어. 나는 반드시 허주 승선원이 되어야만 하는 운명을 타고났어."

운명.

그 말이 나치의 가슴을 찔렀다.

이 나이에 벌써 그런 말을 마주하다니.

"아버지는 수도 없이 이와쿠라를 방문해서 계속 조사하며 변질체가 태어나는 조건을 찾았다고 해. 그때 늘 숙박했던 곳이 미카게 여관이었다고 하더라고."

"그래서 우리 집에 묵는구나."

그때 마사키와는 닮지 않았다고 생각했는데, 역시 나치의 얼굴을 보고 놀란 사람은 마사키의 아버지였을까.

"저기, 그럼 너희 아버지는 우리 엄마를 아시는 거야? 내가 어렸을 때 돌아가셨는데, 미카게 나쓰라고."

마사키가 갑자기 걸음을 멈췄다.

"……미카게 나쓰의 딸?"

그 목소리는 낮고 조심스러웠다.

"응, 맞아."

나치도 덩달아 목소리를 낮췄다.

"그렇구나. 더 빨리 알아차렸어야 했는데. 듣고 보니 사진을 꼭 닮았어."

마사키의 목소리에서 겁먹은 울림이 묻어났다.

"엄마를 알아?"

나치는 다시 물었다.

마사키가 애매하게 고개를 끄덕였다.

"아버지가 이와쿠라에 찾아올 때는 늘 조수 한 명이 함께였어. 아니, 조수라기보다는 파트너였지. 아주 유능한 연구자였다고 해."

혼잣말 같은 마사키의 목소리에 나치는 귀를 기울였다.

"고시로 다다유키."

나치는 저도 모르게 돌아보았다. 귀에 익은 이름이었다.

"하지만 굉장히 오래 전에 행방불명이 됐어. 아직도 찾지 못했대. 그 사람이 네……."

마사키는 말하려다 망설였다.

나치는 작은 한숨을 내쉬고, 그 뒷말을 이었다.

"……우리 아빠지? 엄마를 죽이고 도망쳤다는."

마을에 들어가자 낮에 있었던 일은 정말 꿈만 같았다.

수가 불어난 관광객이 해 질 녘 상점가를 어슬렁어슬렁 돌아다니며, 샤미센을 켜는 유카타 차림의 동네 사람들을 호기심에 찬 눈으로 바라보았다.

아직 축제가 막 시작되었을 뿐인데도 그야말로 일상적이지 않은 분위기가 가득했다.

환한 노점 불빛에 눈을 깜박거리며 두 사람은 여관으로 돌아갔다. 여관은 저녁 식사 직전이면 늘 그렇듯 살벌할 만큼 분주함으로 가득해 돌아온 나치를 쳐다보는 사람은 없었다.

나치는 들키지 않으려 조심스럽게 현관으로 들어갔다. 히사오 이모가 보면 신경 써 주지 못해서 무척 미안하다는 표정을 짓기 때문이었다.

나중에 틈을 봐서 대충 저녁 먹으러 와야지.

부엌을 들여다보려던 순간 누군가가 "저기……." 하고 부르는 소리가 등 뒤에서 들려 나치는 움찔했다.

누구한테 들켰나?

우물쭈물 뒤를 돌아보니 조심스럽게 현관 안을 들여다보는 그림자가 있었다.

날씬한 감색 원피스 차림.

"시로타라고 하는데요, 후카시 군을 좀 불러 주실 수 없을까요?"

하얀 얼굴에 M자 이마. 도자기처럼 새하얗고 매끄러운 피부. 촉촉하게 젖은 눈동자.

시로타 관광네 아가씨야.

후카시의 목소리가 머릿속에 되살아났다.

먼발치에서 봤을 때보다 훨씬 예쁘고 어른스러웠다.

"아, 네. 잠시만 기다려 주세요."

나치는 어쩔 줄 몰라 했다.

허둥지둥 종종걸음으로 복도를 달려가, 안채 바깥쪽에 있는 후카시의 방 문을 두드렸다.

"후카시 오빠? 후카시 오빠, 있어?"

"나치?"

놀란 목소리가 들리고 후카시가 바로 나왔다.

그때 이후 제대로 얼굴을 마주하는 것은 처음이었지만, 빨리 전달해야 한다는 생각이 앞서 거북한 기분도 날아가 버렸다.

"왜 그래? 몸이라도 안 좋아?"

후카시는 제일 먼저 그런 생각을 떠올린 모양이었다.

나치는 크게 고개를 가로저었다.

"아니, 오늘은 괜찮아. 저기, 시로타라는 사람이 왔어. 후카시 오빠를 불러 달래."

후카시는 노골적으로 얼굴을 찌푸렸다.

"어디 와 있는데?"

"현관에."

"뭐야, 이런 데까지."

후카시는 혀를 찼다. 하지만 무표정하게 나치의 얼굴을 보더니 딱 잘라 말했다.

"없다고 해."

"뭐?"

"외출했다고 해 줘."

나치는 재빨리 자신의 목소리가 현관에 있는 소녀에게 들렸을지 생각해 보았다. '후카시 오빠.' 하고 부르는 소리는 들렸을지도 모르지만, 이 방은 현관에서 꽤 떨어져 있으니 그 후의 대화는 들리지 않았으리라. 나치는 후카시의 눈치를 보며 조심스럽게 물었다.

"그래도 괜찮아?"

"괜찮아. 없는 건 없는 거니까 어쩔 수 없지."

후카시의 대답은 쌀쌀맞았다.

"알았어."

나치는 마지못해 현관으로 돌아가서 가만히 기다리고 있는 소녀를 훔쳐보았다.

밖으로 나가니 소녀의 얼굴이 기대로 빛났다.

가슴속 어딘가가 둔하게 아파 왔다.

나치는 고개를 꾸벅 숙였다. 소녀의 얼굴을 제대로 마주 볼 수가 없었다.

"기다리게 해서 죄송해요. 후카시 오빠는 지금 없어요. 방에 없는 걸 보니 어디 나갔나 봐요. 죄송해요, 혹시 뭐 전할 말 있나요?"

빠르게 말하자 "그렇구나." 하고 낙담하는 기색이 느껴졌다.

들고 있던 보자기로 싼 무언가를 스르륵 푸는 소리가 났다.

"그럼 남동생이 폐를 끼쳐서 미안했다고 전해 주세요. 에이코가 사과하러 왔다고. 이거, 갖다 주고요."

남동생.

꼭 닮은 얼굴의 덩치 큰 소년이 떠올랐다.

깨진 유리. 흐르는 피.

한순간 목구멍 속에서 무언가가 솟구치는 느낌이 들었으나 나치는 꾹 참았다.

"네, 꼭 전달할게요."

나치는 고개를 숙이고 소녀가 내민 과자 상자를 양손으로 공손히 받았다.

고개를 드니 에이코가 나치를 물끄러미 바라보고 있었다.

"처음 보는 아이인데, 어디서 일을 도우러 왔니?"

여관이 바쁜 시기이니 그렇게 생각하는 것도 놀랍지 않다. 에이코의 그 말에 나치는 왠지 대꾸할 수가 없었다.

"네에, 친척이에요."

나치는 횡설수설 맞장구를 쳤다.

그렇구나, 하고 납득한 표정의 에이코가 발걸음을 돌렸다가 현관 너머에서 문득 뒤를 돌아보았다. 나치를 흘끔 쳐다보는 그 눈빛에서는 안도와 우월감이 배어났다.

"잘 부탁해. 히사오 씨한테도 안부 전해 줘."

"네."

에이코는 여유로운 태도로 돌아갔다.

에이코가 문 밖으로 나가는 모습을 지켜보고 나니 식은땀이 갑자기 솟아났다.

"……뭐야, 저 녀석. 무례하게. 넌 왜 아무 말도 못 했어? 일하러 온 거 아니라고."

어두운 복도 너머에서 후카시가 고개를 빠끔 내밀었다.

"캠프 왔다는 말이 안 나와서."

나치가 그렇게 말하자 후카시도 한순간 조용해졌다가 "그건 그래." 하고 고개를 끄덕였다.

에이코의 남동생과 충돌했던 그 사건을 떠올린 모양이었다.

"후카시 오빠, 그렇게 숨어서 얘길 들을 바에야 차라리 나와서 상대해 주는 편이 낫지 않았겠어? 자, 이거."

나치는 한숨을 내쉬며 후카시에게 과자 상자를 내밀었다.

후카시는 포장지를 찬찬히 들여다보았다.

"흐응, 비싼 모나카네. 이건 불단에 올려 두고, 나치, 저녁 먹자."

"응."

거짓말로 돌려보낸 에이코에게는 미안하지만 후카시와의 사이에 생겼던 응어리가 해소된 건 고마운 일이었다. 후카시도 같은 기분이리라.

객실 쪽에서 정신없이 허둥대는 목소리, 주방에서 야단치는 목소리가 들려왔다.

오늘도 만실인 모양이었다.

"엄청 바쁘네, 미카게 여관은."

"응, 이 시기에는 늘 이래."

두 사람은 있는 것을 대충 꺼내 식사 준비를 했다. 물론 히사오 이모가 밥도 해 놓았고, 된장국도 데우기만 하면 먹을 수 있도록 마련해 두었다. 종업원들이 번갈아 드나들며 밥을 먹어야 하므로 음식은 늘 준비되어 있다.

"몸은 좀 어때?"

"응, 많이 좋아졌어. 오늘은 나비 계곡에 갔다가 난리가 났지 뭐야."

"나비 계곡? 요새는 갑자기 그런 델 가나?"

후카시도 놀란 표정이었다.

역시 이례적인 일인가 보다.

"다들 아직 성에서 자고 있어. 선생님들도 오늘은 거기서 묵는대."

"그렇구나. 그렇겠지."

밥을 먹는 후카시를 바라보는 사이 나치의 마음도 차분해졌다.

알고 싶은 것이 정말 많다. 나는 아는 게 하나도 없다.

"있잖아, 후카시 오빠는 우리 엄마를 조금은 알지?"

그렇게 입을 열자 후카시는 경계심을 띤 눈빛으로 나치를 흘끔 쳐다보았다.

"뭐, 조금은."

"히사오 이모가 우리 엄마는 이곳 이와쿠라에서 살해당했다고 알려 줬어. 자세한 얘기는 아직 못 들었지만."

나치는 밥을 퍼서 후카시에게 건넸다.

후카시는 뜻밖이라는 표정을 지었다.

"우리 엄마가 얘기했다고?"

"응."

나치는 고개를 끄덕였다.

"처음 여기 왔을 때는 아무 얘기도 듣고 싶지 않았지만, 지금은 뭐든 다 알고 싶어. 우리 아빠가 엄마를 죽이고 도망친 것 같다는 이야기도 들었어."

"그건 거짓말이야."

후카시는 힘주어 말했다.

"그런 건 아무도 몰라. 다들 무책임하게 소문을 퍼뜨리고 있지만 나쓰 이모가 살해당하고 같은 날 다다유키 아저씨가 사라졌기 때문에 그렇게 생각할 뿐이지, 증거는 없어."

나치를 배려하느라 그렇게 말해 준다는 사실을 충분히 알 수 있었다.

"고마워, 오빠. 하지만 다들 그렇게 생각하는 데에는 이유가 있을 거야. 아직도 아빠를 못 찾았다면서. 다들 아빠가 엄마를 죽이고 자살했다고 생각하겠지."

"으음……."

후카시는 고개를 숙였다. 그 애매하기 짝이 없는 대답은 여론이 그쪽으로 기울었다는 사실을 긍정했다.

"다다유키 아저씨는 조사를 하러 이와쿠라에 왔다고 해."

"허주 승선원 연구지? 어떻게 해야 모든 사람들을 허주 승선원으로 만들 수 있을지에 대한 연구를 했다고 들었어."

"맞아. 그래서 나쓰 이모랑 알게 된 후, 처음에는 연구 대상이었지만 곧 연인으로 발전했다고 들었어. 정말 잘 어울리는 커플이었대."

후카시는 말을 조심스럽게 고르며 조금씩 이야기했다.

후카시는 이런 이야기를 누구에게서 들었을까. 히사오 이모일까. 물론 좁은 이와쿠라 안에서 꽤 소문이 퍼졌을 테니 어른들에게서 들었을지도 모른다.

"그리고 나치가 생겨서 결혼했대."

후카시는 말하기가 쉽지 않은 듯했다.

아이가 생겨서 결혼, 그것도 외부에서 온 연구자와의 결혼을 아마 주위에서는 그리 호의적으로 봐 주지 않았으리라.

"미카게 가문은 이 근방에서는 꽤 유서 깊은 명가거든. 게다가 모계 가문이라 데릴사위를 들이는 경우가 많아. 나쓰 이모의 아버지, 그러니까 다카다 씨도 데릴사위로 미카게 가문에 들어왔는데 미카게 가문과 이와쿠라에 도통 적응하지 못했다고 해. 아이들을 허주 승선원으로 만드는 일에도 반대했다고 하고. 결국 나쓰 이모 가 고등학생이 됐을 무렵 이혼해서 장남을 데리고 고향으로 돌아 갔다나 봐. 나쓰 이모와 그 오빠 사이는 좋았지만 오랜 세월 소원 하게 지냈다고 해. 나쓰 이모가 결혼할 무렵에는 어머니도 돌아가 셔서, 나쓰 이모는 이와쿠라에서 혼자 살고 있었지. 다다유키 아 저씨는 쓰쿠바와 이와쿠라를 왔다 갔다 했기 때문에 이와쿠라에 는 거의 안 살았어. 다카다 집안 쪽에는 가 본 적도 없었대."

다카다 집안이 이와쿠라와 소원했던 것은 그 때문인 듯했다.

"나치가 다섯 살 되던 해의 여름이었는데."

후카시가 헛기침을 했다. 드디어 사건 이야기를 할 모양이었다.

"축제 중에는 언제나 세 가족이 이와쿠라에 있는 집에서 함께 지내곤 했었대. 그런데 축제가 가장 달아오르는, 밤샘 떠돌이 기 간의 첫날 아침 나치가 현관에서 혼자 울고 있는 걸 이웃 사람이 발견했다고 들었어."

"축젯날?"

나치는 저도 모르게 중얼거렸다.

골목을 가로지르는 그림자.

피리와 샤미센 음색.

"집 안에는 아무도 없고 나치 혼자만 남겨져 있었대. 다다유키 아저씨도 나쓰 이모도 보이지 않아서 난리가 났고, 다들 찾아다녔 지. 방 안에 핏자국이 남아 있어서 무슨 사건에 말려든 게 아닌가

하고 말이야."

긴장된다.

그것은 이야기를 하는 후카시도 마찬가지였는지, 왠지 모르게 얼굴색이 파랬다.

"그런데 강가의 커다란 바위 그늘에서 나쓰 이모가 발견된 거야."

두 사람은 서로의 얼굴을 가만히 바라보았다.

머릿속에 같은 광경이 떠오른 것이 분명했다.

"다다유키 아저씨는 그 후로 완전히 모습을 감춰 버렸대. 이미 죽은 게 아니냐고들 해. 당시에는 나쓰 이모와 함께 살해당해서 강에 떠내려간 게 아니냐는 이야기가 나와서, 꽤 하류까지 제법 큰 규모의 수색대를 보냈지만 다다유키 아저씨는 발견되지 않았지."

"아빠가 죽인 거야?"

나치는 나직이 중얼거렸다.

후카시는 쓸쓸한 표정으로 고개를 가로저었다. 부정이 아니라 모르겠다는 듯한 동작이었다.

"나쓰 이모는 가슴에 은 말뚝이 꽂혀 있었어."

"은 말뚝?"

나치는 오싹해진 기분으로 후카시의 얼굴을 바라보았다.

그렇게 끔찍할 수가. 어떻게 그런 잔혹한 짓을.

"그 말뚝에 나쓰 이모와 다다유키 아저씨의 지문이 남아 있었대."

나치는 말을 잃었다.

그렇다면 역시 아버지가 어머니를 죽인 것이 아닐까. 다들 그렇게 생각하는 것도 당연하다.

"그러지 않으면 나쓰 이모를 죽일 수 없다는 사실을 알고 있던 사람은, 당시엔 다다유키 아저씨뿐이었거든."

"죽일 수가 없다니?"

나치는 그 말에서 위화감을 느꼈다.

후카시는 포기한 눈빛으로 나치를 바라보았다.

"나쓰 이모는 변질체였으니까."

변질체.

나치는 자신이 근본적인 부분을 이해하지 못했다는 사실을 알아차렸다.

"오빠."

답답해진 나치가 물었다.

"엄청 창피한 질문이긴 한데, 애당초 허주 승선원이 된다는 건 대체 어떤 의미야? 내가 그렇게 피를 토한 것도……."

"그건 피가 아니야."

"응, 들었어. 오래된 조직이 갑자기 벗겨져 나온 거지, 피는 아니라면서."

나치는 자신이 몹시 신경질이 났다는 것을 비로소 깨달았다. 짜증은 자꾸만 커질 뿐, 억누르려 해도 억눌러지지 않았다.

"변질돼야만 하는 이유가 뭐야? 변질되면 어떻게 되는 건데? 외해에 나가기 위해서는 '썩은 장미'여야만 한다며?"

후카시의 눈에 또 그 낯익은 표정이 스쳤다.

애처로움. 연민. 선망. 복잡한 감정.

"가르쳐 줘."

나치가 다시 말했다.

"다들 제대로 말을 안 해. 아무것도 알려 주질 않아."

"나쓰 이모는."

후카시는 한숨처럼 중얼거렸다.

"더 이상 나이를 먹지 않아."

"응?"

나치는 혼란에 빠졌다. 그 말의 의미를 이해할 수가 없었다.

"죽었으니까? 이젠 죽었으니까, 나이를 안 먹는다는 얘기야?"

후카시는 고개를 크게 가로저었다.

"아냐. 말 그대로의 의미야. 변질됐기 때문에 나이를 안 먹는 거야. 병으로도 죽지 않아. 음식을 먹을 필요도 거의 없어져. 심장에은 말뚝을 박고 자외선을 잔뜩 쐬지 않는 한, 절대 죽지 않아."

"뭐라고?"

나치는 귀를 의심했다.

"그런 어처구니없는 얘기가 어디 있어? 죽지 않는다니, 나이를 안 먹는다니."

그렇게 부르짖으면서도 나치의 머릿속 한구석에는 그 신비한 여자의 모습이 떠올랐다.

어리석은 장미는 시들지 않는다.

"하지만 변질체라는 게 그런 거야."

후카시는 내뱉듯이 말했다.

"외해에 나가려면 아주 기나긴 시간이 걸려. 개발단은 언제 돌아올 수 있을지조차 몰라. 몇십 년이고 외해를 항해해야 해. 병에 걸리거나 거동을 할 수 없게 되면 외해에 나가는 일이 불가능해. 변질체만이 허주 승선원이 될 수 있다는 건 그런 의미야."

외해에 나가기 위해서는 '썩은' 장미여야만 한다.

현명한 장미는 피어나서 시들고, 어김없이 져 버린다.

머릿속에서 수많은 목소리들이 솟아났다.

새까만 밤을 거듭하며 수많은 별들 사이를 나아가네…….

"변질체가 된다는 건 급격한 변화를 맞이한다는 뜻이야. 한창 변질될 때, 그리고 변질한 후에도 기호가 바뀌어서 자꾸만 타인의 피를 찾게 돼."

"피?"

나치는 온몸에서 피가 싹 빠져나가는 느낌을 맛보았다.

피. 타인의 피.

반사적으로 후카시의 팔에 시선이 갔다. 이미 그곳에 반창고는 없고, 검은 점 하나만이 달랑 돋아나 있었다.

후카시도 나치가 바라보는 자신의 팔을 보았다.

"그래서 변질체가 되어 갈수록 맹렬하게 타인의 피를 갈망하는 거야. 일정 기간, 매일 밤 사람의 피를 계속 빨지 않으면 죽어 버려."

죽어 버려.

나치는 후카시의 목소리를 들으며, 후카시의 팔에 돋은 검은 점을 멍하니 바라보기만 했다.

3

새벽녘 법당.

아이들에게도 겨우 평온한 잠이 찾아오고, 어제까지의 야전병원 같은 혼란은 사라졌다.

한때는 숲처럼 정신없이 세워져 있던 링거병도 전부 철거되어 이렇게 보고 있으니 모두 건강하게 새우잠을 자는 듯했다.

마나베 선생은 안심한 표정으로 아이들을 둘러보며 각각의 얼굴에 혈색이 돌아온 것을 확인한 뒤 오늘은 조금 더 재워도 되겠다는 생각에 법당을 나가려 했다.

그러나 무슨 이유인지 마나베 선생은 거기서 걸음을 멈추었다.

뭐가 마음에 걸리는 것일까.

마나베 선생은 어두컴컴한 법당 안을 천천히 둘러보며 자신을 이곳에 붙잡아 둔 것의 정체를 찾아보았다.

이윽고 그 원인이 눈에 띄었다.

아주 약간, 구석진 곳의 미닫이문이 열려 있었다.

아직 해가 뜨지도 않았으니 알아차리지 못한 것도 신기하지 않았지만 한밤중에 날짜가 바뀌었을 무렵 순찰을 돌면서 분명 꼭 닫아 놓았는데 아무리 봐도 문이 열려 있었다. 이곳의 미닫이문은 하나같이 커다란 널빤지 문인데 아주 무거워서 우연히 열리기란 불가능했다.

누가 드나들었을까.

마나베 선생은 조용히 그 널빤지 문 앞으로 다가갔다.

손가락 하나 정도 열려 있었다. 누군가가 문을 움직인 것이 분명했다.

왠지 불안해진 마나베 선생은 몸을 홱 돌려 일단 법당을 나가, 움직인 문 반대편으로 가 보았다.

흐리고 어두컴컴한 여름날 아침. 공기는 습하고, 상당한 수분을 머금고 있어 무거웠다.

햇빛을 받지 못한 나무의 녹색은 회색을 띤 무표정으로 보였다.

법당 툇마루도 살풍경했고, 벗겨져 가는 페인트칠이 곳곳에 드러나 보였다.

문득 마나베 선생의 눈이 툇마루의 한 점으로 빨려 들어갔다.

검붉어진 얼룩이 드문드문 떨어져 있었다.

지금은 말라붙어 버렸지만 그것은 틀림없이 핏자국이었다.

자세히 관찰하니 그 얼룩은 숲 속으로 이어졌다. 희미한, 간헐적인 핏자국.

마나베 선생은 조심스럽게 숲 속으로 들어가 핏자국을 따라갔다. 핏자국은 중간에 사라졌지만 왠지 그쪽 방향으로 갔으리라는 직감이 들었다.

이른 아침 숲 속은 고요했고 새가 지저귀는 소리도 아직 조심스러웠다.

직선을 이루는 삼나무 숲은 경사면에 흔들림 없이 꼿꼿하게 선 채 묵직한 아침 이슬 속에 가라앉아 있었다.

마나베 선생은 숨을 죽이고 주위 기척을 조용히 지켜보다가 발소리를 내지 않고 숲 속을 헤치면서 짐승의 길을 걸어갔다.

정면에서 불길한 무언가의 존재가 기척을 내뿜는 것이 느껴졌다.

무언가가 있다. 저곳에, 무언가가.

아침 이슬 깊은 곳에 희미하게 모습이 보였다. 아침 이슬 속에 섞여서 불쾌한 냄새를 풍겼다.

마나베 선생은 눈을 살짝 크게 떴다.

그곳에는 목이 졸리고, 물어뜯기고, 산산조각이 난 작은 동물들의 사체가 나무 사이로 기묘한 전시물처럼 매달려 있었다.

유리구슬 같은 토끼와 산새의 눈동자가 아침 이슬 너머에서 마나베 선생을 공허하게 마주 보았다.

선생은 그 눈에서 한동안 눈을 뗄 수가 없었다.

"······메아리라고?"

이이다 교장이 지극히 차분한 목소리로 물으며 마나베 선생을 보았다.

마나베 선생은 단호하게 고개를 끄덕였다.

방 한구석 가스레인지 위에 올려놓은 주전자가 부글부글 끓었지만 두 사람은 거기서 피어오르는 김을 무시했다.

"네. 그건 메아리였다고 생각합니다."

"아이들 사이에 '메아리'가 나타났단 말이지."

교장은 새삼 확인하듯 말했다.

"네. 누구인지는 아직 모르겠지만요."

마나베 선생의 얼굴은 새하얗게 질렸다. 파란색을 넘어선 상태였다.

주전자가 계속 자신의 존재를 주장했지만 두 사람은 여전히 무시했다.

"그렇군. 아이들의 손은 확인했고? 피나 흙이 묻어 있는 아이는 없었지?"

"네. 숲 속에서 공물을 발견한 뒤 법당으로 돌아와 전원의 손을 확인했는데 더럽혀진 아이는 없었어요. 토사물은 이미 다 닦아 버렸고······."

마나베 선생이 힘없이 고개를 가로저었다.

"메아리라. 이것도 오랜만이구먼."

교장은 혼잣말처럼 중얼거렸다.

마나베 선생은 망설였다. 그리고 겨우 가스레인지 쪽으로 다가가 불을 껐다.

주전자는 금세 조용해졌다.

"어떻게 할까요? 메아리는 아주 교활하고 잔인하잖아요. 이대로 아무 짓도 안 할 가능성도 없는 건 아니지만, 만일 과격해진다면 아이들이 위험할 거예요."

"아이들뿐만이 아닐세. 마을 전체가 위험해져."

교장이 냉정하게 정정했다.

"네."

"아무튼 최대한 빨리 누가 메아리인지 알아내야 해. 주지 스님에게는 내가 말해 두겠네. 그분이라면 우리보다 빨리 찾아낼지도 모르지."

"그렇다면 좋겠는데요. 도미자와 선생한테는 제가 말하죠."

"음. 부탁하네."

두 사람은 말없이 고개를 끄덕였다.

"이것도 무리한 결과인가. 변질을 서두르는 바람에 뒤틀림이 발생한 건가……."

교장은 스스로에게 묻듯 중얼거렸다.

"그렇지는……."

마나베 선생이 꺼질 듯한 목소리로 대꾸하다 입을 다물어 버렸다.

산비둘기 소리가 멀리서 낮게 들려왔다.

나치는 산비둘기 소리를 자기 방 이불 속에서 들었다.

어린 시절부터 탁하고 굵은 그 낮은 소리를 들을 때마다 의미도 없이 우울해졌던 건, 혹시 이와쿠라와 관계가 있는 일이었을까.

어젯밤 들은 후카시의 이야기는 아침이 되고 보니 마치 못된 농담인 것만 같았다.

설마 날 속이는 건 아니겠지, 오빠?

머릿속으로 그렇게 물어보았지만 당연히 대답은 없었다.

남의 피밖에 먹지 못하게 된다니, 정말 그런 일이 있을까. 발작이 일어났을 때는 정말 어쩔 줄 몰랐지만 지금은 안정되었고, 평범한 식욕도 있다. 도저히 믿을 수 없는 말이었다. 하기야 외해에 나가는 데에는 기나긴 시간이 필요하다는 사실은 알고 있었고 그런 몸이 되는 편이 허주에 타기에는 적합할 터였다. 하지만 설마 자신이 그런 존재가 되다니⋯⋯.

그럼 은 말뚝 이야기는? 그렇게 하지 않으면 죽일 수 없다는 그 이야기는.

나치는 몸을 부르르 떨었다.

엄마가 그런 방식으로 살해당했다니. 너무나 잔혹한 일이다. 심지어 그 방법이 아니면 엄마는 애초에 죽을 수도 없었다니.

후카시가 사실을 이야기한다는 느낌은 들었지만 그 내용이 너무나 황당해서 자신과 엮어 생각하기가 어려웠다. 자신과, 은 말뚝이 가슴에 꽂혀 죽었다는 어머니를 겹쳐 볼 수가 없었다. 하물며 자신이 어머니와 같은 체질로 변화하는 중이라는 이야기를 들어도 통 공감할 수가 없었고, 상상도 되지 않았다.

그렇게까지 해서 허주 승선원이 되어야만 하는 걸까.

문득 근본적인 의문이 솟아났다.

다들 그것이 되고 싶어 한다는 사실은 알고 있었고, 주위에서도 그렇게 되도록 애써 준다는 것도 알았다. 아마치 마사키의 어른스러운 말투에서도, 배를 올려다보는 후카시의 부러움 가득한 눈빛에서도 그것은 충분히 느껴졌다.

하지만 왜 내가? 다카다 집안의 삼촌과 숙모도 싫어하고, 전혀 관심도 없고, 지식도 없는 내가 왜 그렇게나 멀고 새까만 외해로 나가야만 하는 걸까? 다들 그렇게까지 해서 허주 승선원이 되고 싶어 하는 이유가 뭘까?

생각하다 지친 나치는 그만 일어나기로 했다. 다른 아이들은 좀 괜찮아졌을까.

오늘 아침도 바쁜 종업원들 사이를 이리저리 빠져나와 식사를 일찌감치 마친 나치는, 마치 몇 년째 다니는 길 같은 기분을 맛보며 성으로 향하는 언덕길을 올랐다.

성에 도착하니 뭔가가 달라져 있었다.

선생님들의 얼굴도, 아이들의 얼굴도 바뀌었다. 오늘은 아마치 마사키도 왔다. '겨우 시작됐네.' 하는 표정이었다. 지금까지의 애매모호하고 막연하기만 하던 캠프의 분위기가 완전히 바뀌어 버렸다.

나치는 살짝 손을 흔드는 미카미 유이의 표정도 전과 달라진 것을 보고 약간 겁을 먹었다.

유이도 변했어. 그렇게 앳된 여자애였는데, 좀 어른스러워진 것 같아······.

나치는 혼자만 뒤에 남겨진 기분이었다. 다른 아이들은 모두 각오했는데.

교장이 아이들 앞에 서서 그 바뀐 표정을 확인하듯 아이들 각각의 얼굴을 천천히 둘러보다가 마침내 조용히 입을 열었다.

"오늘은 선배가 왔습니다. 여러분의 대선배. 여러 번 외해에 나간 경험이 있으며 아주 뛰어난, 그야말로 전설 같은 허주 승선원 선배입니다."

아이들이 "와아!" 하고 환호성을 질렀다. 실제 허주 승선원을 보는 것은 다들 처음임이 분명했다.

"도와, 들어오렴."

교장이 법당 안쪽의 어둠을 향해 말을 걸자 "네." 하는 시원스러운 목소리가 들리고, 하늘하늘하면서 아름다운 무언가가 아이들 앞에 모습을 드러냈다.

그 사람이구나.

나치는 가슴이 뛰었다.

그날 밤 울다 지친 나치의 앞에 나타난 사람. 현명한 장미는 시들지만, 어리석은 장미는 결코 시들지 않는다고 말했던 그 사람. 그 말의 의미가 조금씩 나치의 눈앞에 모습을 나타내고 있었지만, 역시 아직 이해했다고 하기는 어려웠다.

도와는 오늘도 남색의 신기한 소재로 된 기모노를 입고 있었다. 늘씬하고, 허무한 분위기는 여전했으나 왠지 그 실루엣은 생기 넘치는 투명함으로 가득했고, 긴 머리도 물 흐르듯 허리를 따라 풀어 내린 모습이 인형처럼 아름다웠다.

아이들이 환호성을 지르며 도와를 잡아먹을 듯 응시했다. 그야말로 정교하게 만들어진, 너무나 아름다운 인형을 바라보는 듯한 눈빛이었다.

이 사람이 허주 승선원이라니. 선내 활동을 이렇게 가냘픈 사람이 해낼 수 있을까.

그렇게 생각하던 나치와 눈이 마주친 도와가 생긋 웃었다.

나치는 상대에게 생각을 들킨 것만 같아 갈팡질팡 어쩔 줄 몰라 하며 얼굴을 붉혔다.

"외해는 이 세상이라고는 생각할 수 없을 만큼 아름다워요. 별들이 오싹하리만치 먼 하늘에서 쏟아져 내리며 반짝반짝 빛나는 모습은 말로 표현할 수 없을 정도로 아름다운 광경이죠."

도와가 한숨처럼 이야기를 시작했다.

아이들이 빨려 들어가는 듯, 도와의 입을 주목했다.

아마치 마사키조차 드물게도 몸을 앞으로 내밀다시피 하며 도와를 응시했다.

"물론 외해에서 우리는 마치 다른 세상에 온 것 같은 고독을 맛보게 됩니다. 상하좌우, 어디를 둘러봐도 그 누구의 목소리조차 들리지 않아요. 멀리 떨어진 지구에서 들려오는 메시지, 노래, 음악만이 유일한 소식이죠. 과거에서 들리는 빛과 신호를 어둡기만 한 외해에서, 캄캄한 배 안에서 기다리고 기다리며 또 기다리면서 우리는 멀리로 나아갑니다. 왜일까요?"

도와는 아이들을 둘러보았다.

아이들이 의아한 표정으로 서로의 얼굴을 마주보았다.

도와는 나치의 얼굴을 보았다. 나치는 움찔했다.

그 눈동자에는 '밝은 허무'라고 표현할 수밖에 없는 어떤 감정이 서려 있었기 때문이었다.

도와는 다시 나치를 바라보며 생긋 웃었다.

"우리는 왜 멀리로 가야만 할까요. 사랑하는 사람들을 떠나, 사랑하는 고향을 벗어나, 사랑하는 지구를 나와 외롭고 먼 외해로 노를 저어 나가야만 하는 이유는 무엇일까요."

"이유가 뭔가요?"

나치는 저도 모르게 물었다. 아이들이 놀란 표정으로 나치를 쳐다보았다. 그런 소박한 질문을 입에 담는 사람이 있으리라고는 생각조차 하지 못했을지도 모른다.

"그건……."

도와가 웃으며 대답했다.

"이 세계가 멸망해 가고 있기 때문이에요."

마치 아무 일도 아닌 듯한 말투였다. 도와가 부드러운 미소를 지으며 말했기 때문에, 더더욱.

"우리의 고향은 지금 천천히 멸망하고 있습니다. 앞으로 약 1만 2천5백 년 후 우리의 별, 우리의 지구는 태양에 집어삼켜져 흔적도 없이 사라지게 됩니다. 이젠 우리가 어떻게 할 수 없는 일이죠. 1만 2천5백 년이라는 시간은 인류의 역사, 우주의 역사에서 보면 눈 깜박할 사이인 셈입니다. 최후의 1천5백 년 동안은 아예 인간이 살 수 없을 테고요."

도와는 차분하게, 그리고 생글생글 웃으며 시원스러운 목소리로 말했다.

아아, 나쁜 소식을 전할 때는 이런 목소리로 말해야 하는구나. 나치는 문득 그런 생각이 들었다.

도와는 미소를 띤 채 말을 이었다.

"그 사이 우리는 이주를 끝내야만 한답니다. 이 지구를 버리고 새로운 장소를 찾아내야만 하죠. 그래서 우리는 아무리 쓸쓸하고 아무리 괴로워도 배를 타고 멀리로 나가야만 해요. 그것이 이 지구에서 태어난 자의 사명이거든요. 이곳 이와쿠라의 아이들 또한."

멸망한다고? 이와쿠라가?

그것은 도저히 믿을 수 없는 말이었다. 샤미센 소리와 불이 켜진 등롱이 눈앞에 떠올랐다. 매년 이어지는 그 축제, 느슨하게 계속되는 하루하루의 삶이 전부 지워져 버릴지도 모른다니 그래선 안 된다.

"그래요. 우리는 멸망합니다. 이와쿠라도 멸망해요. 그런 일이 일어나서는 안 되죠. 절대 그래선 안 돼요."

도와는 역시나 나치의 감정을 읽은 듯 천천히 고개를 가로저었다.

"그래서 우리는 가는 거예요. 수많은 괴로움을 대가로 치르고, 긴 고독을 견디며…… 설령 그 어떤 무서운 일을 겪는다 해도."

도와는 아이들을 휙 둘러보았다.

처음으로 그 눈동자에 몹시 냉정하고 잔혹한 빛이 떠오른 것 같아, 나치는 등줄기가 서늘해졌다.

도와는 혼잣말처럼 중얼거렸다.

"네, 설령 그 어떤…… 어떤 무서운 일이 일어난다 해도, 말이죠."

아이들이 일제히 몸을 움츠렸다.

나치도 마찬가지였고, 아마치 마사키조차 다른 아이들만큼은 아니라 해도 어깨가 굳어졌다.

설령 그 어떤 무서운 일이 일어난다 해도.

도와가 내뱉은 한마디는 워낙 자연스러웠기에 더욱 박력이 있었다. 그 고요한 울림에서 진실이 느껴졌다.

이와쿠라가 멸망한다. 그 말은 충격적이었지만, 1만 년 후의 미래라 하니 실감이 나지 않는 것도 사실이었고 그보다 지금 자신들 곁에서 무슨 무서운 일이 일어날 수도 있다는 예감이 아이들 사이로 퍼져 불안에 찬 동요로 분위기가 무거워졌다.

그럼에도 도와라는 여성은 여전히 투명함이 넘치는 아름다움을 내뿜었고, 도와의 주위만 차분하고 고요했다.

"여러분은 지금 급격히 몸이 변질되고 있어요."

도와는 아이들을 안심시키려는 듯 생긋 미소를 지었다.

"당황스러운 일도 많을 테고, 고통스러울 때도 있을 거예요. 하지만 그것을 극복해야만 허주 승선원이 될 수 있어요. 이건 선택받은 여러분이기 때문에 맛보게 되는 시련이죠. 부디 앞으로도 힘내요."

도와의 목소리에도 머릿속 깊은 곳까지 스며드는 듯 신비한 힘이 있었다.

도와는 가볍게 검지를 들어 올렸다.

"그리고 하나 기억해 줬으면 하는 게 있는데, 여러분이 변질되는 과정에서 이상한 일이 일어날 가능성이 있다는 점이에요."

문득 나치는 교사들끼리 살며시 서로 눈짓하고 있다는 사실을 알아차렸다.

도와는 아이들의 얼굴을 둘러보며 입을 열었다.

"몸이 변질되면 의식에도 영향이 가요. 여러분은 변질 도중에 자신이 다른 인간이 되어 버린 느낌을 받을 수도 있어요. 실제로 변질 도중에 지금까지 여러분 스스로가 알지 못했던 다른 인격이 나타나는 일도 있거든요."

아이들이 술렁거렸다.

다른 인격. 나치는 그 말의 의미를 생각했다.

그러고 보니 격렬하게 구토를 일으켰을 때 자신이 괴상한 무언가로 변하는 것만 같은 공포를 느꼈다. 하지만 인격이라니? 그렇게까지 변한다는 것은 어떤 감각일까? 애당초 자신의 인격이 변하는 것을 본인이 알아차릴 수가 있을까?

"그건 자기 스스로 느낄 수 있는 일인가요?"

아마치 마사키의 목소리가 들렸다.

같은 의문을 품은 듯했다. 다른 아이들도 동의하는 목소리를 냈다.

도와는 천천히 고개를 가로저었다.

"느낄 수 없어요."

불안한 술렁거림.

"다른 인격이 나타났을 때는 그 인격에 지배당하기 때문에 스스로는 알 수 없죠. 인간은 원래 일면적인 존재가 아니라 복수의 인격을 갖고 있어요. 무의식 속에 억누르고 있는 충동도 있고요. 그것이 여러분의 변질 과정에서 극단적인 형태로 드러나는 경우가 있습니다."

"극단적인 형태라뇨?"

또다시 아마치 마사키의 목소리가 들렸다. 그 목소리에는 어영부영 얼버무릴 생각일랑은 하지도 말라는 울림이 담겨 있었다.

도와는 한순간 무표정한 얼굴로 아마치 마사키의 얼굴을 응시하다가 차분히 대답했다.

"파괴 충동. 또는 잔학한 행위로 나타납니다."

불온한 술렁거림이 일었다.

도와는 움츠러들지 않고 담담하게 말을 이었다.

"자기 주위에 있는 것들을 파괴하거나, 흙을 파헤치거나, 때로는 작은 동물을 죽이는 일도 있어요."

술렁거림은 멈추지 않았다. 아이들은 모두 서로의 얼굴을 불안한 듯 마주보았다.

"물론 아주 무서운 일이지만 어떤 의미에서는 자연스러운 일이기도 해요. 여러분의 몸속에서 어마어마한 변질이 일어나고 있으니까요. 그러니 만약 그런 짓을 하는 친구를 발견하면 바로 선생님께 알리세요. 부끄러워할 일이 아니라, 오히려 허주 승선원으로서의 적성이 있기 때문에 그런 일이 일어나는 거예요. 눈을 떴을 때 손이 더럽혀지진 않았는지, 손톱 사이에 흙이 끼어 있지는 않은지 확인하세요. 만일 그런 일이 있다면 그 즉시 선생님께 보고해야 합니다. 알겠죠?"

도와는 못을 박듯 아이들을 둘러보았다.

나치는 무심코 반사적으로 자신의 손을 보았다. 더럽혀지지 않았다. 핑크색 손톱도 깨끗했다.

조심스럽게 옆을 보니 미카미 유이 역시 같은 행동을 하고 있어, 왠지 모르게 안심이 되었다. 자신이 모르는 사이 무슨 끔찍한 짓이라도 저질렀다면. 그리고 그 사실을 어느 날 아침 깨닫는다면. 상상만 해도 오싹했다.

"조심해야 할 일이지만, 필요 이상으로 두려워하진 않아도 돼요. 선생님들도 경험이 있고, 지금까지 선배들도 거쳐 온 길이에요."

도와는 다시 생긋 웃더니 손뼉을 짝짝 쳤다.

"왠지 겁주는 말을 한 것 같은데, 그냥 늘 마음속에 잘 담아 두고만 있으면 된답니다. 자, 오늘은 모처럼 이와쿠라까지 왔으니 모두 함께 떠돌이 춤을 출 수 있도록 춤 연습을 하죠. 나중에 마을을 안내하며 이와쿠라의 역사에 대해서도 설명해 줄게요."

아이들이 안도한 표정을 짓고, 분위기도 밝아졌다.

도와가 도미자와 선생을 돌아보자 선생은 어느 틈엔가 샤미센을 꺼내 와서 바치(撥木)*로 챙, 하고 긁었다. 그러자 생각보다 훨씬 힘찬 소리가 천장까지 울려 퍼지고 나치는 꿈에서 깨어난 기분이 들었다.

● 샤미센을 연주할 때 쓰는 삼각형 모양의 도구

바깥에서 지나가다 들으면 섬세하고 부드러운 음색 같은데, 방 안에서 들으면 의외로 야성미 넘치는 소리여서 깜짝 놀랐다.

도미자와 선생은 익숙한 손놀림으로 곡을 연주하기 시작했다. 축제 내내 어디서나 들을 수 있는 주선율. 연주하는 곡은 여러 가지지만 주로 연주하는 곡은 여섯 종류 정도이고, 축제 마지막에 반드시 연주하도록 정해진 곡이나 여성만이 연주할 수 있는 곡 등 그 외에도 많은 곡이 있다고 한다.

도미자와 선생은 중후한 목소리로 노래를 불렀다.

도와가 부드러운 몸짓으로 춤을 추며 아이들을 재촉했다.

모두 자리에서 일어나 도와를 흘끔거리며 따라서 춤을 추기 시작했다.

원래 그렇게 복잡한 춤은 아니었다. 발끝을 세우고 지면에 내리꽂는 번잡스러운 동작도 있지만 대부분은 손을 교대로 내밀며 앞으로 나아가는 고요한 춤이었다. 오봉의 밤샘 무용에서는 하룻밤을 꼬박 새우며 계속 춤을 춰야 하니 그렇게 격렬한 움직임을 취할 수가 없다.

눈 깜짝할 사이 모두가 춤을 배웠다. 신기하게도 다 함께 춤을 춘다는 행위에서 일체감과 흥분이 느껴졌다. 어느샌가 원이 되어 열심히 춤을 추고 있었다.

어째서일까, 그리운 기분이었다.

나치는 춤을 추며 그런 감회를 느꼈다.

물론 어린 시절 여러 번 온 적이 있고, 이 멜로디를 늘 들었으니 그리운 느낌이 드는 것은 당연했다.

하지만 그게 아니었다. 어린 시절의 기억이 아니라 훨씬 옛날, 이렇게 몇 번이고 어른이 된 자신이 춤을 추며 밤거리를 돌아다니는 듯한…….

도와가 미소를 지으며 자신을 보고 있었다. 나치는 마치 망상을 전부 들킨 것만 같아 얼굴이 빨개졌다.

도미자와 선생이 연주하는 샤미센이 꿈 같은 소리를 계속 자아냈다.

나치는 문득 도와가 자신에게 말을 걸고 있는 듯한 기분을 느꼈다.

외해의, 새까만 어둠 속을 여행하다 보면 감각이 예민해지거든. 그러면 인간의 목소리로 부르는 노래나 인간의 손가락이 연주하는 샤미센 음색이 무척이나 특별한 기적처럼 느껴져.

그래서 우리는 밤마다 고향의 노래를 불렀어. 고향에서 축제가 열리는 계절이면 현지와 시간을 맞춰 밤을 새워 춤을 추기도 했지.

외해에서 부르는 이 노래가 얼마나 우리를 슬프게 했는지, 분명 같은 경험을 해 보지 않은 사람이면 상상도 할 수 없을 거야.

이것은 망향의 멜로디. 머나먼 어둠 저편, 시간의 강가로 파도처럼 밀려왔다가 돌아가는 우리의 멜로디야. 모든 이의 신체 기억 속에 스며들어 있는, 우리 모두의 선율…….

이 말이 정말 내게 들리고 있는 걸까, 하고 나치는 멍하니 생각했다.

내가 멋대로 상상했을 뿐인지도 모르고, 아니면 예전에 누군가에게서 들은 이야기일지도 몰라.

그림자 같은 불안이 가슴속을 스쳤다.

예전에? 누군가에게서? 그게 대체 언제지? 그리고 누구?

쓸데없는 생각을 하고 싶지 않아, 나치는 머릿속에 떠오른 의문을 지워 버렸다.

하지만 이쪽을 가만히 응시하는 도와의 시선에서는 도저히 도망칠 수가 없었다.

충격적인 이야기였지만 모두 함께 춤을 추다 보니 신기한 일체감이 생겨났다.

오로지 축제뿐인 이와쿠라에서 캠프생들은 캠프에 참가하고 있다 보니 왠지 모를 소외감을 느끼고 있었는데, 이제 자신들도 춤을 추면서 축제를 즐겨도 된다는 데서 오는 기쁨도 있었다.

"이와쿠라의 축제는 원래 아무나 참가할 수 있었대."

성에서 돌아오는 길에 유이가 말했다.

"축제는 원래 그 동네 사람들만 참가할 수 있는 경우가 많지만, 이와쿠라에서는 누구나 섞일 수 있고 함께 춤을 추는 동안 상대방이 누구인지 물어서는 안 된다는 전통이 있었다고 해."

"그래?"

아직 날이 환했다.

오늘은 일단 해산했다가 저녁 무렵 다시 모여서 모두 함께 축제에 참가하기로 했다. 축제에 갈 수 있게 된 아이들은 모두 잔뜩 들뜬 얼굴로 돌아갔다.

"그럼 6시 반에 미카게 여관으로 갈게."

유이는 손을 흔들며 숙방으로 향하는 길을 가볍게 뛰어갔다. 미카게 여관에 와서 함께 유카타를 입고 가기로 약속한 후였다.

"응, 이따가 봐."

나치도 손을 흔들며 고개를 끄덕였다.

왠지 모르게 한가한 기분이 드는 나치는 어슬렁어슬렁 걸어 나섰다.

나 혼자가 아니구나, 하는 안심이 느껴졌지만 도와의 설명이나 선생님들의 상태에서 위화감이 느껴졌다.

꽤나 돌려 말했지만 결국 변질에 상당한 위험이 따른다는 점은 확실했다.

나치는 저도 모르게 다시 손톱을 내려다보았다.

자신이 아닌 누군가가 잔혹한 행위를 저지른다. 자신이 아닌 누군가가, 후카시 오빠의 피를 빤다. 괴물 같은 자신이.

문득 그런 생각이 떠올라 나치는 움찔했다.

그러고 보니 아직 아무도 그 이야기를 꺼내지 않았다. 오빠의 이야기가 사실이라면 언젠가 모두가 타인의 피를 필요로 하게 되리라. 하지만 그런 분위기는 손톱만큼도 느껴지지 않았고, 도와도 그런 말은 하지 않았다. 어쩌면 잔학한 행위라는 것이 그 일을 가리키는 게 아닐까.

나치는 다리 앞에 멈춰 서서 돌난간에 기댔다.

아니, 그렇지 않다. 오빠가 자신의 팔을 내민 것은 처음부터 그것을 예상했기 때문이다. 피를 토하면 피를 원하게 된다는 사실을 알았기 때문에. 그 변질은 나뿐만이 아니라 모두 다 마찬가지다. 나는 우연히 그 사실을 아는 오빠가 곁에 있었기 때문에 내 안에 그런 욕망이 존재한다는 것을 알았지만 다른 아이들은 거기까지는 모를 수도 있다. 잔학 행위, 파괴 충동이라면 더욱 극단적인 행위일 것이 분명하다.

물소리를 듣고 있으니 신기하게도 생각에 집중이 되었다.

그보다 선생님들이 유난히 정보를 아끼는 것 같다. 피를 원하게 된다는 이야기도 해 주지 않고, 도와의 이야기도 처음 듣는 내용이었고, 애당초 나비 계곡 때 들은 이야기도 전혀 몰랐다. 앞으로 더 무서운 이야기를 듣게 되는 게 아닐까. 아직 모르는 일이 훨씬 많을지도 모른다.

의심이 부풀어 올라 기분이 어두워졌다.

기분 전환을 하기 위해 고개를 든 나치는 문득 정면의 풍경에 눈을 빼앗겼다.

두부를 위에서 손으로 짓눌러 뭉갠 듯한 모양의 커다란 바위.

지금까지 여러 번 본 풍경이었을 텐데 어째서인지 이때 나치는 그 바위에서 눈을 뗄 수가 없었다.

왜일까. 낯이 익다. 뭔가 특별한 느낌이 든다.

나치는 바위를 가만히 응시했다. 그 바위만이 하얗게 빛나 보였다.

나치는 걸어 나섰다.

강 중간의 모래톱과 물가를 잇는 형태의 거대한 바위였다. 꽤나 오래된 듯했고, 잘 보니 금줄이 둘러져 있었다.

왠지 불길하게 가슴이 뛰었다.

후카시의 말이 가슴속에 되살아났기 때문이었다.

'그랬더니 강가의 커다란 바위 그늘에서 나쓰 이모가 발견된 거야.'

심장이 쿵쿵 뛰는 소리가 점점 크게 울렸다.

설마. 착각이겠지. 저게 그 장소였을지는 모를 일이야. 오빠는 어디 있는 바위라고는 말해 주지 않았잖아. 커다란 바위는 강가에 얼마든지 있는데.

하지만 왜 이렇게 가슴이 뛸까. 왜 갑자기 주위에서 저 곳만 도드라져 보일까.

식은땀이 목덜미를 따라 흐르고, 나치는 자신의 얼굴이 파랗게 질렸음을 자각했다.

그래도 다리는 멋대로 자꾸 그곳을 향해 걸어갔다.

이렇게 커다란 직육면체의 바위가 대체 어디서 굴러와 이곳에 눌러앉게 되었을까.

주위 산을 올려다보았지만 울창한 나무로 뒤덮여 바위의 출처를 찾아보려 해도 보이지 않았다.

허주가 불시착했을 때 날아왔다.

그런 문장이 머릿속으로 날아들었다.

설마. 설마, 그럴 리가…….

나치의 걸음이 빨라졌다.

강가에 일렬로 늘어선 삼나무숲 너머에 바위 꼭대기가 삐죽 보였다.

바위 꼭대기는 그야말로 테이블처럼 평평했다. 상당히 넓어, 다다미 열 장 정도는 되어 보였다. 이끼가 나고 움푹 들어간 곳에 동전이 던져져 있었다.

강을 따라 둘러친 돌 울타리 너머로 나치는 가만히 바위를 내려다보았다.

심장은 더욱 세차게 쿵쿵 뛰었다.

어디 내려갈 길이 없을까.

나치는 주위를 두리번거렸다.

조금 떨어진 곳에 가파른 돌계단이 있었다. 혹시나 하는 마음에 그쪽으로 향했다.

역시 자신은 알고 있다. 뭔가 강렬한 인상이 느껴졌다.

돌계단은 이끼가 가득하고 거의 무너져 내린 상태였다. 꽤 높은데 난간도 없고 폭도 매우 좁았다.

움찔거리며 조심스럽게 내려가자 발밑으로 돌과 흙이 와르르 쏟아져 내려, 둔탁한 소리를 내며 강가로 떨어졌다. 겨우 강가로 내려서니 저도 모르게 안도의 한숨이 나왔을 정도였다. 거의 사용하지 않았던 모양이다.

나치는 어색한 걸음걸이로 천천히 바위를 향해 다가갔다.

올려다봐야 할 정도로 거대한 바위였다. 밑에서 보니 그 위압감에 압도되었다.

강가에 면한 부분은 물살로 깊이 후벼 파여, 마치 처마 같았다.

그 대각선으로 푹 팬 바위의 한가운데 부분에 네모난 공간이 있고, 거기에 작은 사당이 만들어져 있었다. 빈 일본주 병도 보였다.

그 사당을 본 순간 또다시 심장이 덜컥 내려앉았다.

저건…… 저건, 혹시, 설마…….

나치는 이제 바들바들 떨었다.

다리가 멈추는 바람에 한 걸음도 나아갈 수가 없었다.

여기가, 엄마가 살해당한 장소구나.

벼락이라도 맞은 듯 확신이 전신을 관통했다.

나치는 동요한 채 비틀거리며 다리를 움직였다.

부자연스러운 위치에 내디딘 발이 뭔가 물컹한 것을 밟았다.

그 감촉에 얼굴을 찌푸리며 나치는 옆을 돌아보았다.

강바닥이 얕은 곳에 풍성한 검은 머리카락이 방사형으로 퍼져 있었다. 나치의 신발은 그 머리카락을 밟고 있었다.

"어?"

나치는 눈을 동그랗게 떴다.

강물 속에 하얀 얼굴이 둥둥 떠 있었다.

새하얗고 핏기가 없는, 거의 투명하리만치 차가운 흰색.

젊은 여자가 물 속에 누워 있었다.

가슴에 커다란 은 말뚝이 꽂힌 채.

"아……."

나치는 양손으로 뺨을 감쌌다.

"아아……."

피도, 아무것도 흐르지 않았다. 새하얀 얼굴. 무표정한 눈동자. 마치 마네킹 인형 같았다. 그리고 차가운 육체에 꽂힌 채 영롱하게 빛나는 은 말뚝.

나치는 긴 비명을 질렀다.

머리카락을 밟은 발이 주르륵 미끄러져 균형을 잃은 순간, 나치
는 겨우 몸을 움직였다.

알 수 없는 비명을 지르며 구르다시피 그 자리에서 도망쳤다.

필사적으로 낡은 돌계단 앞까지 도착한 나치는 발밑이 무너지
거나 말거나 기어올랐다.

하지만 중간에 디딘 발이 제대로 바닥을 밟지 못하고 옆으로 쭉
미끄러졌다.

"위험해! 왼쪽 가지를 잡아!"

고함이 위에서 들려와, 나치는 반사적으로 왼손을 뻗어 포장도
로에서 튀어나온 버드나무 가지를 잡았다. 거의 그와 동시에 발밑
으로 돌계단이 와르르 무너져 내렸다.

쏴아아 하고 마치 빗소리처럼 흙과 모래가 아래로 쏟아졌다.

몸이 떨어진다, 하고 생각한 순간 낙하가 우뚝 멈추고 왼손에
뜨거운 통증이 느껴졌다.

떨어졌다……. 아니, 떨어지지 않았다.

쿵, 쿵, 하고 아래쪽에서 돌 떨어지는 둔탁한 소리가 울려 퍼졌다.

흙먼지가 피어오르고 연갈색 먼지구름이 근처에 솟아났다.

잠시 후 주위는 고요해졌다.

나치가 조심스럽게 눈을 뜨니 발밑에서 돌계단이 사라져 있었다.

간신히 발을 디딘 곳은 거의 수직에 가까운 경사면이었다.

"아······."

오싹해져서 아래를 보자 돌계단이었던 것은 한참 아래에서 갈색 덩어리로 변해 웅크리고 있었다. 조심조심 발을 움직이자 또 흙이 와르르 쏟아졌다.

목구멍으로 흙먼지가 들어와 나치는 저도 모르게 기침을 했다.

"가만히 있어. 절대 버드나무 가지를 놓으면 안 돼."

아까 그 목소리가 이번에는 조금 낮아진 위쪽에서 들려왔다.

그 말을 듣고 버드나무 가지를 움켜쥔 바람에 왼손이 아프다는 사실을 깨달았다. 꽉 쥔 탓에 손바닥이 몹시도 뜨거웠다.

오른손은 돌 울타리 표면을 간신히 움켜쥐었다. 돌 틈새를 더듬거려 다시 잡을 만한 곳을 찾아서 꽉 쥐었다.

"좋아. 버들가지는 놓지 마. 그 가지는 괜찮아. 잘 들어. 오른손을 놓고 내 손을 잡아."

목소리는 침착하고 든든했다.

"자, 여기야."

머리 위로 기척이 느껴져 우물쭈물 고개를 들자 바로 코앞에 하얗고 큰 손이 보였다.

발끝에 힘을 주고 경사면을 간신히 디딘 뒤, 나치는 큰맘 먹고 오른손을 놓고서 그 손을 잡았다. 한순간 왼손에 전신의 체중이 실려 손바닥이 더한층 타는 듯 뜨거워졌다.

아프다는 생각이 들 틈도 없이 커다란 손이 나치의 오른손을 덥석 잡고서 센 힘으로 나치의 몸을 단숨에 도로 위까지 끌어올렸다.

쿵, 하고 하얀 와이셔츠 가슴에 머리를 부딪치며 두 사람은 나란히 도로 위로 쓰러졌다.

나치를 받아 준 가슴은 무척이나 넓었다.

그 가슴이 안도의 한숨을 내쉬었다.

나치는 한동안 떨리는 손으로 셔츠를 움켜쥐고 있었다.

엄마. 거기, 있었어.

"괜찮아? 바보 아냐? 그렇게 다 무너져 가는 돌계단을 뛰어 올라오다니 대체 무슨 생각이야?"

화난 목소리가 쏟아졌다.

하지만 나치는 혼란에 빠진 채 비틀비틀 와이셔츠에서 손을 떼고 도로 위를 기어가 바위 그늘을 내려다보았다.

엄마. 거기서 죽어 있던 엄마.

분명 얕은 여울에 떠 있는 여자가 보일 터였다.

하지만 나치는 자신의 눈을 의심했다.

귀에 익은 물소리.

평소처럼 흘러가는 강물.

거대한 바위도, 새전도 아까와 손톱만큼도 다르지 않은 풍경이었지만 그 그늘에 떠 있던 여자의 모습은 사라졌다.

"맙소사."

나치는 방향을 바꿔 다른 수면을 바라보았지만 어디에도, 아무것도 보이지 않았다.

그럴 수가. 물 위로 퍼지던 그 머리카락을 밟은 감촉이 신발 바닥에 아직도 남아 있는데. 그렇게 선명하게, 은 말뚝이 꽂혀 있는 모습을 보았는데.

"야, 괜찮아? 뭐 떨어뜨렸어?"

그제야 나치는 퍼뜩 놀라 목소리의 주인을 돌아보았다.

"아!"

얼굴을 마주한 두 사람은 동시에 외쳤다.

익숙한 M자 이마의 하얀 얼굴. 여관을 찾아왔던 하얀 얼굴과 겹쳐 보였다.

"너는, 후카시네……."

쏘는 듯한 눈빛이 이쪽을 응시하고 있었다.

"미, 미안해."

나치는 저도 모르게 양손을 들어 자신의 몸을 감싸며 지면에 주저앉은 채 뒷걸음질 쳤다.

하지만 쏘는 듯 쳐다보는 강렬한 시선은 여전했다.

눈앞에 있던 소년은 시로타 에이코의 남동생이었다.

후카시는 문제집을 넘기던 손을 멈추고 살짝 한숨을 내쉬며 창밖을 내다보았다.

이 시기에는 도저히 공부에 집중을 할 수가 없었다. 축제는 장기간 지속되고, 여관은 연일 만실이었다. 손님은 쉴 틈 없이 드나들고, 저녁 무렵이 되면 가슴을 설레게 하는 샤미센 소리가 자꾸 들려오는 등 이미 마음은 엉뚱한 곳에 가 있다. 저도 모르게 어슬렁어슬렁 나가고 싶어진다.

히사오에게 그런 불평을 늘어놓는다면 "손님방에서 먼 곳에 일부러 공부방을 만들어 줬더니!" 하고 화를 내리라. "그렇게 신경이 쓰이면 와서 일이나 도와." 하고 주방 뒤에서 잔뜩 부려 먹을 지도 모른다.

어깨를 으쓱한 후카시는 지루함을 달래기 위해 연필을 깎았다. 조용한 방 안에 사각사각 연필 깎는 소리가 울려 퍼졌다.

해가 저물고 머나먼 곳에 오도카니 켜진 등롱 불빛이 오늘도 창밖으로 보였다.

또다시 정기편 선단이 하늘을 날아갈 시간이 돌아왔다.

후카시는 문득 하늘을 올려다보았다.

창밖으로 커다란 벚나무가 있는데 이 시기에는 잎이 무성하기 때문에 선단의 불빛은 보이지 않는다.

남자아이라면 누구나가 한 번쯤 허주 승선원을 동경하는 법이고, 이곳 이와쿠라에 산다면 더욱 그렇다. 다른 장소보다 될 가능성이 높으며 실제로 수많은 허주 승선원들을 배출했으니 말이다. 이와쿠라의 아이들은 모두 캠프에 참가하며, 자신이 참가하지 않아도 매년 다른 곳에서 찾아오는 아이들을 보기 마련이니 어린 시절부터 자연스럽게 의식할 수밖에 없다.

하지만 자신이 변질되지 않은 지금 캠프에 대해서는 쌉쌀한 감정만이 남았다. 매년 새롭게 찾아오는 후보생들을 보고 있으면 복잡한 기분이 든다. 부러움과 안타까움. 한때 자신이 걸어갔던 길을 저 아이들도 통과한다고 생각하면 응원하고 싶기도 했고, 시니컬하게 관심을 끊어 버리고 싶기도 했다.

게다가 어린 시절에는 무조건적으로 동경하며 주위에서도 등을 떠밀어 주는 것이 당연하다고 생각했지만, 오랜 시간이 흐르며 차츰 환멸을 느끼게 된 부분이 있는 것도 사실이었다.

아이가 허주 승선원이 되면 가족은 후한 보수와 특전을 얻게 되며, 이와쿠라도 캠프생들을 돌본다는 명목으로 상당한 보조금을 받고 있었다. 그 보조금을 둘러싸고 다양한 지자체가 추한 이권 다툼을 벌인다는 이야기도 들었고, 영예와 특전이 있어도 결국 자식을 외해로 내보내기 싫은 것이 본심인 어른들이 많다는 사실도 후카시는 알고 있었다. 하물며 변질체가 되어 나이를 먹지 않는 인간으로 바뀌는 일은 나이를 먹는 가족들 입장에서 자식이 죽지 않고 계속 살아간다는 사실을 기뻐해야 할지, 이질적인 생물이 되어 버렸으니 슬퍼해야 할지 난처한 일이리라. 국가의 방침으로 격려하고 있을 뿐, 그것이 쉽게 입 밖에 낼 수 없는 감정적인 터부라는 사실도 후카시는 어렴풋이 알고 있었다.

게다가 올해는 나치가 찾아오는 바람에 후카시는 더욱 복잡한 심경이었다.

나치가 허주 승선원이 되어 버릴지도 모른다.

그렇게 생각하니 후카시는 가슴 깊은 곳에서 둔하게 욱신거리는 통증을 느꼈다.

이 통증이 대체 무엇인지, 후카시는 여태껏 알 수가 없었다. 자신이 되지 못했던 허주 승선원이 된다는 데서 오는 질투인지, 아니면 자신과 멀리 떨어진 어두운 별들의 바다로 노를 저어 나가 아마도 다시는 만나지 못하게 되리라는 데서 오는 쓸쓸함인지.

아니, 그것은 한참이나 후에 벌어질 일이다. 나쓰 이모처럼 지상 근무자로 이곳에 남을 가능성도 있다. 하지만 잘 생각해 보면 그렇게나 적성이 뛰어났던 나쓰 이모를 허주 승선원으로 파견하지 않은 것은 상당히 아까운 일이었다. 무슨 사정이 있었을까.

후카시는 어느 틈엔가 연필 깎던 손을 멈추고, 겁먹은 얼굴로 눈물을 글썽거리던 나치의 얼굴을 떠올렸다.

나치가 완전히 변질을 끝낼지 어떨지는 신밖에 모른다. 아무튼 나치에게 첫 피를 제공할 사람은 바로 나다. 다른 인간에게 양보할 수는 없다.

그때 누군가가 종종걸음으로 뛰어와 현관으로 들어오는 소리가 들렸다.

후카시는 그 발소리가 마음에 걸렸다. 긴장하고, 서두르는 소리. 그러면서도 눈에 띄지 않으려 숨을 죽인 느낌이었다.

누굴까.

후카시는 조심스럽게 일어나 방을 나가서 현관 쪽의 상황을 살폈다.

히사오와 일을 돕는 여성이 현관에 서서 작은 소리로 소곤소곤 대화를 나누고 있었다.

불온한 기척.

슬며시 엿보니 찾아온 사람은 근처 반장 집의 부인이었다. 왠지 표정이 어둡고 험악했다.

"정말이에요? 혹시 착각한 게 아니라?"

히사오가 심각한 표정으로 물었다.

부인은 고개를 살짝 가로저었다.

손에는 회람판이 들려 있었다. 무슨 연락 때문에 온 듯했다.

"착각이라면 좋겠지만 오늘 아침에 선생님들이 산에서 발견했다잖아요."

산에서 발견해? 뭘?

후카시는 조금 더 다가갔다.

문득 회람판에 빨간 끈이 묶여 있는 모습이 보였다. 그 붉은색이 유달리 불길하게 선명해 보였다.

"마지막으로 나왔던 게 꽤 한참 전이잖아요? 웬만하면 안 나온다고 들었는데. 특히 최근 들어서는 나오기 어려워졌다고."

히사오는 당황한 표정으로 회람판을 들여다보았다.

회람판에 쓰여 있는 글씨는 보이지 않았다.

"아무튼 오늘 밤부터 조심하자고요. 엄하게 통지가 내려왔으니 문단속 철저히 해요. 자기 전에 밖에다 문틀 버팀목 단단히 세워 두라고. 잊으면 안 돼요."

부인은 목소리를 낮췄다.

밖에다 문틀 버팀목.

후카시는 정신이 퍼뜩 들었다.

그런 방은 하나밖에 없다. 나치가 있는 그 방. 밖에서 봉인할 수 있는 기묘한 방이다. 후카시도 캠프에 다닐 때는 그 방을 썼는데, 바깥에서 문틀 버팀목을 세워 놓았던 기억은 없었다. 아니면 자신이 알아차리지 못했거나.

설명하기 힘든 불안이 솟구쳤다.

무슨 일이 일어나고 있는 걸까.

"뭐라고 해야 좋을까요?"

히사오가 한숨을 내쉬었다.

"메아리가 나오다니. 맙소사. 설마, 왜 하필 올해……."

후카시가 그 말의 의미를 이해하기도 전에 여자들이 무거운 발걸음으로 안쪽 방에 들어가 버렸다.

"피가 나잖아."

소년이 멍하니 말했다.

"응?"

나치는 소년의 시선을 따라갔다.

오싹해졌다.

왼쪽 손바닥이 피투성이였다. 아까 버들가지를 잡았을 때 마찰로 쓸린 모양이었다. 한순간 정신이 아득해질 뻔했으나 지난번처럼 욕지기가 솟구치지 않은 것만은 다행이었다. 하지만 피가 난 것을 본 순간 나치는 유독 더 얼얼한 통증을 느꼈다.

나치가 얼굴을 찌푸리자 소년이 자리에서 일어나, 나치의 오른팔을 잡고 일으켜 세웠다.

"빨리 손을 씻어 내는 게 좋아. 상처에 모래가 들어갔을 거야."

그렇게 말하며 성큼성큼 앞서 걸어갔다.

가까운 곳에 작은 공원이 있었고, 그 안에 수돗가가 있었다. 나치는 그곳에서 손을 씻었다. 상처에 찬물이 닿으니 펄쩍 뛸 정도로 아팠지만 덕분에 상처는 깨끗해졌다.

그러나 피는 계속 쿨럭쿨럭 흘러나왔다.

"손, 이리 줘."

소년이 말하자 나치는 반사적으로 왼손을 내밀었다.

소년은 그 손을 파란 체크무늬 손수건으로 둘둘 말아 꽉 묶었다.

나치는 소년의 얼굴을 보았다.

소년은 날카로운 눈빛으로 나치의 얼굴을 보았다. 불만 있느냐는 눈빛이었다.

"내 도시락 보자기로 쓰던 거라 미안하지만 더럽지는 않으니까, 일단 지혈은 될 거야."

소년은 덜렁 남겨진 도시락 통을 딸그락딸그락 흔들었다.

"미안해, 피를 묻혀서."

나치는 손수건에 배어난 피를 보고 당황했다.

"쓰던 거니까 네가 알아서 버려."

소년은 길옆에 버려 놓았던 자전거 쪽으로 돌아가, 하얀 캔버스 천 학생 가방을 열고 도시락 통을 집어넣더니 자전거를 일으켰다.

"도와줘서 고마워."

나치는 깊이 고개를 숙였다.

"아, 잠깐만 기다려."

소년은 무언가 생각이 난 듯 다시 자전거에서 내리더니 주위를 두리번거렸다.

"응?"

"돌 좀 찾아봐. 절임 항아리 눌러놓는 돌만한 크기."

"아, 응."

나치는 시키는 대로 길 옆을 찾아보았다.

"이거면 되겠네."

나치가 찾기도 전에 소년이 한 아름은 되는 커다란 타원형 돌을 찾아서 가져왔다.

그리고 아까 나치가 밟았다가 무너진 돌계단으로 넘어가는 도로 경계에 그 돌을 쿵 내려놓았다. '통행금지' 표시였다.

"또 어떤 바보가 뛰어내릴지 모르니까."

"미안해."

나치는 움츠러들었다. 갑자기 창피해지고 얼굴이 뜨거워졌다. 꼴사납게 패닉에 빠진 상태에서 저지른 무모한 행위를 처음부터 끝까지 다 들키고, 구조까지 받은 처지라니.

"후카시한테 말해 둬. 유리 값은 우리 집에서 다 냈다고."

소년이 쌀쌀맞게 말했다.

그때 어느 가게에 충돌했을 때 깨진 유리 값 이야기인 모양이었다.

나치는 더욱 움츠러들어 거의 사라져 버릴 듯한 기분이었다.

대체 무슨 짓을 저지른 걸까, 난.

"죄송합니다."

그렇게 말하는 자신의 목소리가 떨리고 있다는 사실을 알아차린 순간, 눈물이 왈칵 쏟아졌다.

소년이 기겁하는 것을 보니 어지간히도 갑작스러운 눈물이었던가 보다.

나치는 다급히 고개를 돌리고 종종걸음으로 자리를 벗어났다.

무슨 눈물인지 알 수가 없었다. 한심함과 비참함 때문이었을 수도 있고, 여러 가지 의미에서 무서운 일을 겪은 후의 안도감 때문일지도 모른다.

눈물을 흘리면서 한참 달리다가 낯익은 다리 앞에서 걸음을 멈춘 순간 귓가에서 "야!" 하는 소리가 들리는 바람에 저도 모르게 펄쩍 뛰었다.

자전거로 쫓아온 소년이 바로 옆에 있었다. 나치는 너무 놀라 눈물이 쏙 들어가 버렸다.

소년은 조금 쑥스러운 표정으로 "흥!" 하고 코웃음을 쳤다.

"그러면 내가 울린 것 같잖아. 뒷맛 찝찝하다고. 자."

소년은 다른 손수건을 나치의 눈앞에서 팔랑팔랑 흔들었다.

"이것도 쓰던 거니까 줄게."

나치는 넋이 나간 채 반사적으로 손수건을 받아들었다.

소년은 말없이 달려가 버렸다.

나치는 손수건을 들고 그 뒷모습을 멍하니 바라보았다.

미카게 여관에 찾아온 유이는 후카시를 보자마자 넋이 나가고 말았다.

"나치 친척 오빠야? 멋있다. 여자 친구 있어?"

유이는 얼굴을 붉히며 나치를 팔꿈치로 쿡쿡 찔렀다.

그 표정을 보니 후카시가 여자들한테 인기가 많다는 사실이 새삼 실감났다.

절벽에 매달려 떨어지기 직전까지 간 것치고는 교복도 먼지를 털어 버리니 더러워진 데가 없었고, 긁힌 곳 외에는 상처도 없어 나치는 정말 행운이었다며 가슴을 쓸어내렸다. 어디 다치기라도 한 채로 집에 돌아왔다가는 히사오 이모에게 어떻게 설명해야 할지 난감했으리라.

왼쪽 손바닥에는 부엌 구석 선반에 놓여 있던 구급상자에서 커다란 반창고를 하나 꺼내 붙였다. 주먹을 쥐고 있으면 들키지 않을 터였다.

친구가 오니까 후카시도 같이 유카타를 입고 놀러 나가자고 권하자 왠지 표정이 굳어지는 눈치였다.

"응, 갈게, 갈게."

명랑하게 대답은 했지만 왠지 상태가 이상했다.

"무슨 일 있었어?"

나치가 묻자 후카시는 놀란 표정을 지으며 오히려 나치를 물끄러미 바라보았다.

"아니, 아무것도 아냐. 너야말로 무슨 일 있었던 거 아냐?"

"없는데."

서로 부정하면서도 피차 속내를 탐색하려는 눈빛이었다.

그때 유이가 왔기에 그 이상의 이야기는 하지 않았다.

셋이서 문 밖으로 나선 순간 나치는 문기둥에 빨간 매듭을 발견했다.

"이게 뭐지? 어제까지 없었는데."

나치는 그렇게 말하며 후카시를 돌아보았다. 후카시는 안색이 홱 바뀌었지만 아무 말도 하지 않았다.

축제가 하루하루 일상이 되어 가고 있었다.

이곳저곳에 자연스럽게 원이 생기고, 줄이 생기고, 돌아다니며 연주하는 샤미센 소리와 느긋한 노랫소리가 골목에 울려 퍼졌다.

부드러운 등롱 불빛에 술렁거리는 사람들의 윤곽이 비쳤다가는 사라지고, 어둠 속으로 녹아들었다.

후카시와 유이와 함께 줄에 섞여 춤을 추고 골목을 이리저리 돌아다니는 사이 나치는 겨우 이와쿠라의 내부로 들어온 안도감을 느꼈다.

그와 동시에 이곳에 온 후 여러 번 느꼈던 기시감이 점점 더 강렬하게 솟구쳤다.

어린 시절의 기억이 아니라 더 예전의 기억. 아니, 어쩌면 미래의 기억일지도 모른다. 어른이 된 자신이 이렇게 인파에 섞여 골목을 돌아다닌 적이 있었다는 확신 어린 기억이 인파처럼 흔들리며 밀려와서는 나치의 안을 찰랑찰랑 채웠다.

이건 누구의 기억이지? 누구의 그리움이야?

한 시간 가까이 춤을 추니 거의 몇 년은 춤을 추었던 것처럼 몸에 익고, 언제 끝나는지도 모르는 리듬에 흠뻑 잠겨 있으니 그야말로 미래와 과거가 뒤섞이고 너울거리며 가만가만 흔들렸다.

문득 나치는 두 장의 손수건에 대해 생각했다.

에이코의 남동생이 준 파란색과 흰색 손수건. 비누로 깨끗이 빨아서 창밖에 널어 둔 손수건. 여러 번 빨았으니 이제 핏자국은 보이지 않을 것이다.

그 손수건도 돌려줘야 하는데.

머릿속 한구석에서 손수건 두 장이 나부꼈다.

어쩌면 좋을까. 집에 가져다 줘야 하나? 에이코와 마주치면 어쩌지. 후카시에게 부탁해서 에이코를 통해 돌려 달라고 할까? 후카시는 분명 싫어할 텐데.

게다가 에이코의 남동생과 접촉했다는 이야기는 안 하는 편이 좋겠다고, 나치의 본능이 외치고 있었다. 격노한 후카시의 옆얼굴이 뇌리를 스쳤다.

쓰던 거니까 알아서 버리라고 쌀쌀맞게 말하던 목소리가 되살아났다. 어쩌면 괜히 돌려주려 하는 편이 더 폐가 될지도 모른다.

쏘는 듯한 시선이 자꾸만 생각났다.

그러고 보니 유리 값은 냈다고 전달하라고 했었지. 그런 말을 후카시에게는 도저히 할 수 없었다. 어쩌지. 말 안 하면 또 무슨 문제가 될까. 후카시는 유리 값을 반반씩 내겠다고 했다. 괜히 돈을 또 내기라도 하면.

불안해졌지만 역시 그 이야기를 할 수는 없었다.

오늘 그 소년에게 도움을 받았다는 이야기는.

"후카시 오빠, 라무네* 마시면 안 돼요?"

유이는 후카시와 완전히 친해져, 소맷자락을 잡고 놓아 주지 않을 정도였다.

후카시도 에이코한테 하는 것처럼 쌀쌀맞지 않고 상냥하게 대했기에 나치는 안심했다.

문득 시야 한구석에 빨간 무언가가 보였다. 기둥이 피를 흘리는 것 같았기에 나치는 움찔해서 걸음을 멈췄다.

빨간 매듭.

● 일본의 탄산음료. 병 속에 구슬이 들어 있는 것이 특징

미카게 여관의 문에 묶여 있었던 매듭과 똑같았다.

나치는 그리로 다가갔다.

역시 같은 끈이었다. 민가 입구에 묶여 있다. 어린애 장난일까. 하지만 그렇다 하기에는 꽤나 튼튼해 보이는 매듭이었고, 아이 손이 닿을 만한 위치도 아니다.

"나치?"

그 모습을 알아차린 후카시가 불렀다.

"오빠, 저거 우리 집 문에 묶여 있는 거랑 똑같지 않아?"

"어? 아, 그럴 수도 있겠네."

후카시의 목소리가 쌀쌀맞아졌다.

"오빠, 저게 뭔지 알아?"

"몰라."

후카시는 고개를 휙 돌리고 유이 쪽으로 가 버렸다.

그날 밤 축제를 즐기고 돌아온 나치와 후카시를 맞아 주는 히사오의 표정도 왠지 굳은 것 같았지만 나치는 처음으로 축제에 참가한 후 밀려오는 편안한 피로로 흥분된 상태였기에 깊이 생각하지 않았다.

"히사오 이모, 다리미 써도 돼요?"

"다리미? 뭐 하게?"

"손수건을 빨았거든요. 다림질을 하고 싶어서."

"부엌에 있으니까 갖다 쓰렴."

유카타 차림으로 아무에게도 들키지 않으려 조심하며 재빨리 손수건 두 장을 다림질한 뒤, 두 번 접어서 다시 한 번 다렸다.

이제 깔끔하게 돌려줄 수 있다.

하지만 접어 놓은 손수건을 가지고 복도로 나간 순간 후카시와 마주치고 말았다.

순간 등 뒤로 감추었으나 오히려 더 시선을 끈 모양이었다.

"뭐야?"

"잘 자, 후카시 오빠."

누가 봐도 남성용품인 커다란 손수건을 자연스럽게 후카시의 시선에서 숨기며 나치는 손을 살며시 흔들었다.

"어? 나치, 손 왜 그래? 다쳤어?"

나치는 움찔했다. 반창고를 붙인 손바닥을 내보이며 흔들었던 모양이었다.

"아, 응. 오는 길에 강가에 내려가려다가 넘어졌어."

"괜찮아? 보여줘 봐."

후카시가 손을 뻗었기에 나치는 다급히 손을 뒤로 뺐다.

"괜찮아. 덜렁대다 넘어진 거라서 창피해. 보지 마."

수상하다는 표정의 후카시를 복도에 남겨 두고, 나치는 빠른 걸음으로 방에 돌아갔다.

그날 밤 나치는 기나긴 악몽을 꾸었다.

누군가가 나치의 방 문을 덜컹덜컹 흔들며 침입하려 했다. 그 덜컹덜컹 소리가 무서워서 나치는 방 안에서 떨었다.

들어오지 마, 들어오지 마, 하고 나치는 필사적으로 외쳤다.

하지만 덜컹덜컹 소리는 멈추지 않았다.

들어오지 마. 나치는 머리를 부둥켜안았다.

괜찮아. 여긴 결계를 쳐 놓았으니까.

그렇게 말한 것은 시로타 에이코의 남동생이었다.

소년은 천장에 늘어진 빨간 매듭을 가리켰다.

새빨간 매듭은 마치 거미줄처럼 천장에 달라붙어 늘어뜨려져 있었다.

저게 결계야?

나치가 떨면서 물었다.

소년이 응, 하고 고개를 끄덕였다.

저게 있으면 괜찮아. 아무도 들어오지 못해. 설령 메아리라 해도 *끄떡없어*.

메아리.

어디서 들은 말이었다. 메아리.

그래도 불안하면 이 손수건으로 감싸 줄게.

소년은 주머니에서 파란 체크무늬 손수건을 꺼냈다. 손수건은 점점 커졌다. 마치 마술사의 주머니처럼 여러 장이 줄줄이 이어진 채 끌려 나왔다.

괜찮아. 그렇게 많이 주면 다림질하기 힘들어. 이제 그만. 네 손수건은 이미 다림질을 다 끝냈단 말이야. 돌려줄게.

하지만 손수건은 끊임없이 계속해서 끌려 나와 온 방 안이 어느 샌가 손수건으로 꽉 차 버렸고 소년도 나치도 허리까지 손수건에 파묻히고 말았다.

정말 괜찮아. 손수건은 이미 다림질을 다 해 놨어, 나중에 돌려줄게.

소년은 그래도 계속 주머니에서 손수건을 꺼냈다.

감싸 줄게. 이제 안전해. 아무도 못 볼 거야. 쓰던 거니까 알아서 버려. 쓰던 거니까.

그만해, 그만.

나치는 비명을 질렀다. 하지만 이젠 나치의 눈높이까지 파란 체크무늬 손수건이 차올라 숨이 막힐 것 같았다.

방 밖에서는 여전히 누군가가 덜컹덜컹 문을 흔들며 방 안의 두 사람을 위협했다.

그만해, 그만. 다림질 다 해 놨다니까.

나치는 손수건에 파묻히며 정신없이 외쳤지만 누구의 귀에도 가 닿지 않았다.

다음 날 아침 시로타 고지도 어디 다쳤느냐는 질문을 여러 차례 받았다.

어제 입었던 교복 셔츠에 피가 묻어 있었기 때문이었다.

가정부도 도시락 보자기로 쓰던 손수건의 행방을 끈질기게 캐물었다.

같이 있던 친구가 자전거를 타고 가다 넘어져서 다치는 바람에 도와주었다고 설명했다. 피는 그때 묻었고, 도시락 보자기는 붕대 대신 썼다고.

거짓말은 아니다. 다친 원인이 자전거를 타다 넘어진 일이 아니었을 뿐이다.

새 도시락 보자기로 싼 따뜻한 도시락을 받아 든 고지는 어제 구했던 소녀를 받아 안았을 때의 가냘픈 어깨 감촉과, 무슨 충격을 받았는지 떨고 있던 모습을 떠올렸다.

그렇다. 거짓말은 아니다. 친구인지 아닌지는 모르겠지만.

아침을 먹고 있는데 누나가 허둥지둥 일어나 나왔다.

누나는 아침잠이 많아서 항상 아슬아슬 늦잠을 자다가 요란을 떨며 옷을 갈아입고 나온다.

아침을 먹고 가라고 아버지가 말했지만 누나는 식욕이 없다며 고개를 흔들었다.

고지가 신발을 신고 있자니 누나가 서둘러 옆으로 다가왔다. 오늘도 아침을 거르고 나갈 모양이었다.

후카시와는 잘 되어 가고 있을까.

고지는 누나의 옆얼굴을 흘끔 쳐다보았다.

보아하니 별로 상대해 주지 않는 눈치였다. 아니, 어쩌면 피하고 있을지도 모른다. 귀찮아하는 후카시의 표정이 떠올랐다.

그런 놈은 빨리 정리해 버리는 게 나을 텐데.

고지는 싸늘한 눈빛으로 누나를 보았다.

"다녀오겠습니다."

누나가 잽싸게 나갔다.

후카시가 순간적으로 그 소녀의 등을 감싸던 모습이 눈앞에 뚜렷하게 떠올랐다.

그 녀석은 분명, 그 애를.

그렇게 생각한 순간 무언가가 둔하게 꿈틀댔다.

"다녀오겠습니다."

그 감각을 뿌리치듯 자리에서 일어난 고지가 학생 가방을 집어 들었을 때, 밖에서 찢어지는 듯한 누나의 비명이 들려왔다.

집안에 있던 고용인들과 밖에 있던 운전수들이 그쪽을 주목했다.

누군가가 밖으로 뛰쳐나가고, 누나의 비명 위로 겹쳐지듯 다른 비명이 울려 퍼졌다.

"무슨 일이야?"

고지는 현관을 나가 모여 있는 사람들을 보았다.

하나같이 공포로 얼굴을 일그러뜨리며 누나를 그 자리에서 끌 어내고 있었다.

"무슨……."

거듭 물으려던 고지는 움찔 놀랐다.

문기둥 위에 무언가가 놓여 있었다.

둥글고, 험상궂고, 커다란 무언가.

"아아악! 아악!"

누나는 얼굴을 가리고 몸을 웅크린 채 비명을 질러 댔다.

"누구야, 저런 걸 저기 올려놓은 게?"

"파출소에 가서 누굴 좀 불러와."

노성과 비명이 뒤섞여 교차했다.

고지는 눈앞의 것에서 시선을 뗄 수가 없었다.

아침 햇빛을 받아 역광이 된 위치에서도 긴 털이 빛 속에서 두드러져 보였다.

문기둥은 붉게 물들어 있었다. 아니, 아래쪽은 거의 검붉게 변색되어 가는 중이었다.

높은 문기둥 꼭대기에 놓여 있는 것은 커다란 멧돼지의 잘린 머리통이었다.

4

시로타 저택의 문기둥 위에 '장식되어' 있던 것의 이야기는 금세
이와쿠라 마을 전체로 퍼져 나갔다.

메아리가 한 짓일까. 아니면 단순히 시로타 집안에 원한을 품은
자의 소행일까. 이와쿠라 경찰서의 다마키 서장은 현장 사진을 보
며 불온한 예감을 느꼈다.

귀찮은 일이 됐군.

다마키는 저도 모르게 찻잔의 차를 한 모금 들이켰다.

오래된 건물 안은 찌는 듯 덥고 어두컴컴했다.

어째서인지 경찰들이 동요하고, 다소 들떠서 술렁거리고 있었다.

어쩌면 이와쿠라 사람들 자체의 불안일지도 모른다. 또는, 더
솔직히 말하면 기대와 흥분일 수도 있다. 장기간의 여름 축제 때

문에 이미 이와쿠라는 일상적이지 않은 공간이 되어 버렸다. 그런 이와쿠라에서, 그 문기둥 위에 바쳐진 짐승 모가지라는 공물은 어떤 의미에서는 지극히 어울린다는 느낌마저 들었다.

그런 말을 입 밖에 냈다가는 불경하다, 천벌 받을 놈, 하고 다들 미간을 찌푸리며 뒤에서 손가락질과 욕설을 퍼붓겠지.

하지만 이곳은 그런 장소였다.

다마키는 슬그머니 자리에서 일어나 먼지가 잔뜩 쌓인 블라인드 너머로 거리를 내려다보았다.

골짜기 마을의 밑바닥에 습한 더위가 고여 있었지만, 그러면서도 또 등줄기가 서늘해지는 순간이 오고 땀이 차가워지곤 했다.

거리에 드문드문 작은 피 얼룩처럼 보이는 것은, 특정 조건이 갖춰진 집에 묶여 있는 빨간 매듭이었다.

경고의 표식.

이 집에 메아리가 될 가능성이 있는 아이가 있다는 신호.

《아라비안나이트》였던가. 도적이 노리는 집의 문에 표시를 해 두었지만, 그 집 딸이 임기응변으로 다른 모든 집에도 같은 표시를 해 놓았다는 이야기가 있다.

이미 통지는 보내 두었다. 서에도 메아리로 여겨지는 무언가가 나왔다는 보고가 캠프의 교사들로부터 날아왔다.

경찰은 일단 그 건에는 관여하지 않는다. 그것은 본래 그들이 관리할 구역이 아니기 때문이다. 이곳 이와쿠라에는 다양한 세계가 있고 그 대부분은 집합의 도식처럼 겹쳐지지만 각각 튀어나온 부분이 있다.

다마키는 얼핏 보기에는 출세 못 한, 어디에나 흔히 있는 오십 대 후반의 수염이 덥수룩한 남자 같지만 사실은 세세한 부분까지 신경 쓸 줄 아는 날카로운 관찰력의 소유자였다. 그렇지 않고서야 이 자리에 앉아 있을 수가 없다.

이와쿠라 경찰서는 작지만 오래 전부터 중요한 위치를 차지하고 있었다. 이곳의 서장 자리는 요직으로 가는 길 중 하나라고 들었고, 또 숨겨진 출세 코스라 불리기도 했다.

유서 깊은 고도(古都)이자 허주 기원의 전설이 있는 땅. 지금도 캠프가 열리고, 국가 예산으로 인재를 발굴하는 특별한 장소.

즉 여러 가지로 민감한 사정이 있으며 이해와 이권, 자긍심과 풍습 등이 복잡하게 뒤엉켜 오래 전부터 대인 관계, 지자체, 또는 국가와의 관계를 조정하는 데 상당한 노력이 소요된 곳이라는 의미다.

정말로 메아리일까.

다마키는 책상 위의 사진을 돌아보았다.

통지를 보냈으니 아이들이 야간에 밖에 나가지 못하도록 어른들이 감시하고 있었을 텐데. 물론 철저하게 가둬 두지 않았을 가능성도 있다.

그러나 다마키는 그 가설을 의심했다.

시로타 관광은 최근 악독한 수법으로 동업자들을 망하게 만들어 솔직히 말하면 별로 평판이 좋지 못했다. 전형적인 가족 경영 기업이지만 외부의 수상쩍은 인간도 한몫 거들고 있었다. 그들은 관광객이 집중되는 이 축제를, 신비롭고 신성한 이미지를 지닌 이와쿠라를 관광 자원으로 독점하고 싶은 것이다. 그것은 '위'로 이어지는 길을 의미하므로 노골적으로 권력을 지향하는 시로타 가문이 어딘가에서 원한을 사는 바람에, 우연히 축제가 있는 이 시기에 누군가가 일부러 몹쓸 짓을 했을 가능성도 제로는 아니다. 오히려 이쪽이 더 현실적인 생각 아닐까.

메아리는 다마키의 관할은 아니었다. 하지만 시로타 가문에서 주거 침입 및 악의가 있는 피해를 당했다고 호소했으니 움직이지 않을 수가 없다.

우리는 현실적인 노선으로 접근해야 한다고 다마키는 생각했다.

부하에게 시로타 관광 주위를 조사하라는 지시를 이미 내려 두었는데, 또 다른 부하가 슬그머니 여러 장의 보고서를 내밀었다.

"캠프에서 올라왔습니다. 역시 통지가 철저하지 못했던 모양입니다. 대부분의 집에서 문 버팀목을 받쳐 놓지 않아서, 밖에 나가지 않았다는 사실이 완벽하게 확인된 사람은 네 명밖에 없었습니다. 아마 오늘 밤부터는 그런 일이 없겠지요."

"그랬군."

다마키는 복잡한 표정으로 보고서를 받아 들었다.

"혈흔 등의 흔적은 발견되지 않았습니다. 물론 메아리는 매우 똑똑하기 때문에 웬만해서는 흔적을 남기지 않을 거라고 선생님이 그러더군요. 손도 씻고 뒷정리도 마친 뒤 의식 속으로 돌아가는 놈이라고 합니다."

부하는 애써 침착하게 보고하려 했지만 처음 겪는 일이어서인지 어쩐지 으스스하다는 말투를 감추지 못했다.

"그렇겠지. 웬만해서는 꼬리를 잡히지 않을 테니."

다마키는 건성으로 대답했다.

지난번에 메아리가 나타난 것이 언제였더라. 그 끔찍한 사건 전이였던가, 후였던가.

수면에 퍼지는 검은 머리가 머릿속에 문득 떠올랐다.

그때 다마키는 막 부임한 참이었다.

차라리 메아리의 소행인 게 나을까. 아니면 현실의 인간이 감정 때문에 저지른 몹쓸 짓인 편이 나을까.

다마키도 그 점은 알 수가 없었다.

아이들은 마을의 불안한 분위기를 느꼈지만 그것이 무슨 의미인지 확실히 알지는 못했다. 아무도 아이들을 똑바로 마주 보고 그 점을 지적하거나 설명해 주지 않았다. 관광객은 여전히 늘어나기만 했고, 축제의 소란이 그 불안한 분위기를 덮어 감추었으며 오히려 그 불안함이 마을에 기묘한 활기를 더욱 불어넣어 주는 듯했다.

그래도 캠프는 완전히 다른 세계였다. 교사들은 평소처럼 담담했고, 이 날도 아이들을 데리고 산에 하이킹을 나갔다.

하늘은 흐렸지만 찌는 듯 더운 날이었다. 가만히 있어도 어느샌가 땀으로 흠뻑 젖어 버렸다.

나치는 문득 함께 걷던 아이들의 얼굴을 바라보다가 다들 꽤나 달라졌다는 사실을 알아차렸다. 고작 며칠 사이에 막 도착했을 때의 천진함과 앳된 분위기는 사라지고 어른스러워졌다고나 할까,

표정이 명백히 달라진 느낌이었다.

나도 그런가?

나치는 오늘 아침 거울에서 본 자신의 얼굴을 떠올리려 했다.

깊은 잠을 자지 못했는지 일어나니 기분이 우울했다. 이곳에 온 후로 자고 일어나면 항상 얼굴이 퉁퉁 붓고, 늘 울고 난 후의 모습 같았다.

유이도 변했다.

조금 앞에서 걷는 유이의 옆얼굴을 보았다.

활달하고 겁 없는 소녀라는 인상은 그대로지만 왠지 표정이 침착해지고, 내면에서 복잡함이 드러나는 듯했다.

이것이 변질인가? 육체적인 변화도 변질에 포함되나?

캠프생 모두가 자신의 내면까지 급격히 바꾸어 버리는, 그 몸부림칠 정도로 지독한 고통을 겪고 있다. 고통이란 사람의 얼굴을 확실히 바꿔 놓는 법이다.

"역시 메아리가 나왔나 보네."

옆에서 아마치 마사키가 중얼거렸다.

"메아리라니?"

나치는 낮은 소리로 물었다.

"어제 말했잖아? 변질될 때 나오는 또 다른 인격."

나치는 반사적으로 자신의 손톱을 내려다보았다.

오늘 아침 일어났을 때 무심코 봤는데, 깨끗하고 아무 이상도 없었다.

"소용없어. 메아리는 아주 똑똑하고 교활하거든. 만일 나나 네가 메아리를 갖고 있다 해도, 메아리는 나나 너 자신에게 들킬 만한 증거를 남기지 않아."

"맙소사."

안도했던 마음이 산산조각 나고, 나치는 할 말을 잃었다.

늘 이런 식으로 충격을 주는 마사키가 원망스러웠다. 하지만 한편으로 이와쿠라와 캠프에 대해 너무나도 아는 것이 없는 자신이 마사키가 건네는 정보를 갈망하고 있는 것도 사실이었다.

"오늘 아침에 멧돼지를 죽였대."

마사키는 천연덕스럽게 말을 이었다.

"뭐?"

"시로타 씨네 집 문기둥에 절단된 멧돼지 머리가 얹혀 있었다나 봐."

나치는 한순간 숨이 멎을 뻔했다.

신음하듯 간신히 물었다.

"시로타 씨라면, 그……."

"시로타 관광 사장네 집."

"정말?"

"응. 아주 난리가 났대. 경찰은 메아리가 아니라 시로타 관광에 원한을 품은 사람을 찾고 있는 모양이지만."

그 말을 듣고 나치는 오싹해졌다.

어째서일까. 시로타 관광을 원망하는 사람이라는 말을 들으니 에이코와 그 남동생의 얼굴이 떠오르고, 혐오감을 노골적으로 드러내던 후카시와 손수건을 열심히 빠는 자신의 모습이 되살아났다.

설마. 설마, 그럴 리가. 나는 딱히 원한은 없어. 게다가 내가 어떻게 멧돼지 같은 걸 잡겠어. 붙잡아서 머리를 자르다니, 그러려면 엄청난 힘이 필요할 텐데.

"멧돼지를 잡는 건 어른한테도 어려운 일일 텐데."

나치는 아무렇지 않은 척하며 자연스럽게 대답했다.

"응. 우리가 사냥한다는 건 말도 안 되지."

마사키는 어깨를 으쓱했다.

"하지만 오늘 아침의 그 멧돼지는 사냥꾼이 산장에 해체해 놓았던 것을 훔쳐 왔다고 해. 그러니까 모든 사람에게 다 가능성이 있어."

나치는 실망했다. 마사키는 어떻게 저렇게 냉정하게 그런 이야기를 할 수가 있을까. 자신에게도 그럴 가능성이 있었을지도 모른다는 생각이 무섭지 않을까.

"우리도?"

나치는 약간의 비아냥을 담아 물었다.

"그렇지."

마사키는 당연하다는 듯 고개를 끄덕였다.

해도 없는데 구름을 통과해 비치는 약간의 빛이 나뭇잎의 윤곽을 희미하게 녹이고 있었다.

산길은 좁고, 숨이 막힐 정도로 솟구치는 풀숲의 열기와 나무의 풋내가 걸어가는 호흡에 섞이는 데다 지긋지긋한 더위 때문에 모두 기분이 좋지 않았다.

"메아리는 사람한테도 못된 짓을 해?"

나치가 조심스럽게 물었다.

가장 두려운 것이 바로 그 점이었다. 도와도 그 인격에는 잔학성이 있다고 말하지 않았던가.

"그런 얘기는 못 들었어."

마사키는 고개를 갸웃했다.

"게다가 오히려 메아리가 나타나는 건 좋은 징조라는 얘기도 있어. 물론 죽은 짐승들은 불쌍하고 다들 기분도 나쁘겠지만, 메아리가 나오면 반드시 훌륭한 허주 승선원이 나오는 법이거든."

"그런 거야?"

훌륭한 허주 승선원.

나치는 석연치 않은 기분으로 그 말을 반추했다.

왠지 모순된 느낌이었다. 그렇게 무서운 인격이 튀어나오는데 어떻게 좋은 일이란 말인가.

허주 승선원이라는 존재가 점점 이해하기 힘든 괴물처럼 느껴졌다.

그렇게까지 해서 그런 존재가 꼭 되어야만 할까. 아무리 지구가 멸망한다 해도.

마사키는 나치의 생각을 읽었는지 서늘한 눈빛으로 나치를 응시했다.

"우리는 지금 이 상태로 외해에 나갈 수 없어. 육체적으로나 정신적으로나, 이렇게 상처받기 쉬운 상태로는. 완전히 다른 사람, 다른 존재가 되어야만 해. 다른 단계를 목표로 하지 않으면 배에 탈 수 없어."

뒷부분은 자기 자신에게 하는 말 같았다.

나치는 그 말투에서 처음으로 필사적인 무언가를 느꼈다.

저도 모르게 마사키의 얼굴을 돌아보았다.

마사키는 이제 나치 따위는 안중에도 없고, 험악한 표정으로 자신의 생각에만 잠겨 있었다.

나치는 충격을 받았다.

순수한 혈통이라며 자조하던 마사키. 늘 평온한 태도로 사실을 이야기하던 마사키. 그 뒷면에는 상상도 할 수 없을 정도의 각오와 사명감이 존재하던 것이 아닐까.

나치는 고개를 푹 숙였다.

완전히 좌절하고 말았다. 그런데 무엇 때문인지 스스로도 알 수가 없었다. 자신이 너무 어린애 같아서일까, 마사키의 각오 때문일까. 하지만 부끄러움과 한심함이 뒤섞인 복잡한 감정이 가슴속에서 소용돌이쳐서 괴로웠다.

나치도 마사키도 고개를 숙인 채 한동안 말없이 걷기만 했다.

아무도 말이 없었다. 찌는 듯한 더위 속에서 산길을 오르고 있기 때문일 수도 있고, 앞으로 찾아올 자신의 운명을 생각하느라 그랬을 수도 있었다.

그나저나 선생님들은 어딜 향해 가고 있는 걸까.

호흡이 가빠졌다.

문득 높은 곳에 작은 도리이가 보였다. 낯이 익었다. 올려다본 순간 이마를 타고 흐른 땀이 눈에 들어가 따가워졌다.

"얼마 안 남았다."

선생님의 목소리가 들렸다. 저곳이 오늘의 목적지인가 보다.

도리이 안으로 들어간 아이들의 환호성이 들렸다.

나치도 도리이 안으로 들어가 고개를 든 순간 "와아!" 하고 소리를 질렀다.

눈앞에는 아름다운 타원형 광장이 있었다.

무척이나 넓고 탁 트여 있어, 다들 넋이 나가 입만 딱 벌린 채 눈앞의 광경을 응시했다.

약간 절구 모양이라고나 할까, 한가운데로 갈수록 낮아지고 그 한가운데에는 울타리와 금줄로 둘러친 타원형 공간이 있었다.

산봉우리와 산봉우리 사이를 이용해 만든 모양이었다. 누가 봐도 인공적으로 만든 공간이었지만, 원래의 형태를 교묘하게 사용한 듯했다.

기묘하게도 그 타원형 안에는 풀이 자라고는 있으나 짧은 풀들뿐이어서 평지를 이루고 있었다. 그것도 반쯤은 말라죽었는지 광장 전체가 다소 노란색을 띠었다.

타원형 주위로는 산에서 쏟아져 내려오는 흙을 막으려는 듯 야트막한 돌담이 쌓여 있었다. 돌담 위에는 석등롱이 일정 간격으로 놓여 있었다.

인공물이지만 아득히 긴 시간을 지내 온 물건 특유의 자연미가 있었다. 주위 풍경에 완전히 녹아들어서 처음 봤을 때는 놀랐지만 위화감은 금세 사라졌다.

아이들은 각자 광장 안을 뛰어다녔다.

선생님들은 태평하게 수다를 떨고 있었다.

나치는 천천히 광장을 둘러보았다.

주위로는 산봉우리가 줄줄이 이어졌다.

마치 공중 정원 같았다. 산속에, 심지어 이렇게 높은 곳에 이런 장소가 있다니.

그나저나 꽤 넓다. 학교 교정보다도 넓다. 산기슭에서 이 장소를 올려다본다 한들, 이런 곳이 있으리라고는 상상도 할 수 없으리라.

"무척 오래된 장소인가 봐."

나치가 중얼거리자 마사키가 고개를 끄덕였다.

"여긴 고대 선착장이야."

"허주가 내리는?"

"응. 우리 선조가 만들었는지, 아니면 최초에 허주를 타고 온 사람들이 만들었는지는 모르지만."

하늘이 가깝다.

멀리서 다가오는 선단이 보이는 느낌이었다. 그중 하나가 천천히 하늘에서 내려오는 모습이 눈앞에 나타났다.

거대한 고래 같은 선체가 소리 없이 커다란 흰 배를 보이며 다가온다.

석등롱이 서치라이트처럼 광장을 환하게 원형으로 밝혔다.

광장에 반사된 빛이 선체를 하얗게 빛내고, 배는 조용히 광장으로 강림한다…….

아름다워.

환상 속 배를, 나치는 찬사 어린 눈빛으로 바라보았다.

"잠깐만. 저긴 혹시……."

마사키가 뭔가 생각난 듯 뛰었다.

"왜 그래?"

나치도 다급히 따라갔다.

마사키는 광장 한복판, 울타리로 둘러싸인 장소를 향해 달려갔다.

울타리는 튼튼했고 금줄이 쳐진 데다 나치와 마사키의 키보다도 컸다.

하지만 울타리 틈새로 5센티미터 정도 공간이 있었기에 안을 들여다볼 수가 있었다.

"구멍이 뚫렸어."

마사키가 중얼거렸다.

듣고 보니 광장 중앙에 거대한 타원형 구멍이 뚫려 있었다. 그 속은 새카맸고 바닥이 보이지 않았다. 상당히 깊다는 인상이 들었다.

"역시."

마사키가 살짝 고개를 끄덕였다.

"뭐가?"

구멍 속을 들여다보려 애쓰며 나치가 물었다.

"여기, 나비 계곡 위야."

"뭐?"

듣고 보니 정말 그랬다.

그 신비로운 풍경.

분명 지하로 내려갔는데 천장이 뻥 뚫려 빛이 쏟아지고, 수많은 독한 장미들이 피어 있었다.

그리고 하늘에 타원형 구멍이.

"정말이네."

나치도 고개를 끄덕였다.

그때 봤던 하늘 구멍과 같은 모양이었다. 아까 산길을 다 올라왔을 때 있었던 도리이도, 나비 계곡의 허주가 묻혀 있던 장소에 있었던 것과 똑같았다.

"굉장한 유적지네. 그러니까 선착장에 착지를 실패해서 지하로 내리꽂혔다는 뜻인가?"

나치의 눈앞에도 마사키가 떠올리고 있을 광경이 그려졌다.

원래는 수직으로 내려와서 착륙해야 하는데, 운전석을 아래로 하고 지면에 처박아 버렸던 모양이다. 그렇지 않고서야 그런 형태로 땅에 꽂혀 버릴 리가 없다.

어마어마한 굉음이 울려 퍼졌으리라. 밤이었다면, 빛도. 먼 곳까지 진동이 퍼지고, 어쩌면 지구를 한 바퀴 돌았을지도 모른다.

"그럼 그 사람들은 원래 여러 번 여기 왔었다는 말이네?"

그렇게 말한 뒤 나치는 '응?' 하는 생각이 들었다.

뭔가 이상하지 않은가.

나치는 고개를 갸웃했다.

"하지만 허주는 우연히 사고로 불시착해서 기술이 전해지게 된 거 아냐? 선생님은 그러셨는데."

마사키는 움찔한 얼굴로 나치를 돌아보았다.

"배가 발견됐을 때 안에 있던 사람들은 이미 다 죽어 있어서, 남겨진 배를 가지고 승선 기술을 배웠다는 얘기였잖아."

나치는 생각나는 대로 천진난만하게 의문을 늘어놓았다.

"하지만 이렇게 어엿한 선착장까지 만들었다면 빈번하게 왔었다는 얘기 아닐까? 그럼 계속 왕래해도 이상하지 않은데, 왜 지금은 안 오는 거지? 지금은 어디 간 거야?"

마사키의 얼굴이 순식간에 새파래졌다.

알아들을 수 없을 정도의 낮은 중얼거림이 입술 밖으로 새어 나왔다.

"설마, 그럴 리가."

나치는 마사키가 무슨 생각을 하는지 신경 쓰지 않고, 울타리 틈새로 뻥 뚫린 타원형 구멍만을 가만히 바라보았다.

왜 그렇게 갑자기 입을 다물어 버렸을까.

나치는 고대 선착장으로 여겨지는 그 유적지에서 갑자기 표정을 바꾼 마사키를 의아하게 여겼으나 그 후 마사키가 가끔 보이는, 타인이 다가가기 힘들 만큼 깊은 생각에 빠진 모습을 보였기에 말을 걸 기회를 잡지 못했다.

내가 무슨 이상한 말이라도 했나?

차츰 불안해졌다.

하늘 저편에서 내려온 사람들은 지금 어디 있을까? 왜 지금은 없을까?

그런 소박한 의문을 내뱉었을 뿐인데, 그게 어쨌다는 걸까. 나치가 그 의문을 입 밖에 냈을 때부터 마사키의 안색이 달라진 느낌이었다.

마사키는 어른스러운 소년이며 평소에는 건조한 말투로 이야기하곤 하지만 가끔 자신의 내면에 깊이 갇혀 버리는 느낌이 든다.

그것은 마사키가 허주 승선원이 될 운명을, 태어날 때부터 갖고 있었던 숙명으로서 무겁게 받아들인다는 증거였다.

담담한 표정 뒤에서 얼마나 큰 무게를 짊어지고 있을까.

나치는 마사키의 옆얼굴을 살며시 바라보았다.

같은 목적으로 찾아온 캠프에서 이렇게나 자각에 차이가 있다니.

나치는 미안하기도 하고 도망치고 싶기도 한, 복잡한 기분이 들었다.

아무 예비지식도 없이 캠프에 온 나치는 허주 승선원이 되는 일, 그리고 허주 승선원 그 자체에서 위화감을 느꼈다.

훌륭한 일, 모두가 동경하는 직업, 인류의 사명.

겉으로 볼 때는 그런 이미지인 모양이지만 나치가 느낀 인상으로는 어딘가 모르게 끔찍하고, 금기에 가까운 무언가가 느껴진다. 다른 사람들은 그렇게 생각하지 않는 걸까.

아니, 어쩌면 내 경우 이곳이 엄마가 죽음을 맞이한 장소라는 악연 때문인지도 몰라.

나치는 생각을 바꿨다.

허주 승선원이라는, 육체의 변질을 동반하는 존재가 유난히도 피비린내 나고 흉악하게 다가오는 건 분명 그때 보았던, 은 말뚝이 가슴에 꽂혀 죽은 어머니의 이미지 때문이리라.

발바닥에서 그때 밟았던 머리카락 감촉이 느껴져, 나치는 몸을 부르르 떨었다.

말없이 생각에 잠긴 마사키 옆을 떠나기가 왠지 어려워, 둘이서 함께 미카게 여관으로 돌아가자 문 앞에 시커먼 차량이 주차를 하고 있었다.

차에서 정장 차림의 중년 남자가 내렸다. 비서인지 뭔지, 누가 봐도 시중드는 사람이라는 분위기를 풍기는 젊은 남자도 함께였다.

여름 내내 이어지는 축제 시즌, 관광객들 속에서 그 두 사람은 유달리 이질적인 느낌이었다.

마사키는 걸음을 멈추고 "뭐 하러 온 거야?" 하고 중얼거렸다.

어? 하고 나치가 돌아보니 마사키는 별안간 얼굴을 구기며 문 안으로 들어갔다.

나치는 그 남자가 지난번에 여관에서 마사키와 대화를 나눈 남자였다는 사실을 알아차렸다.

남자는 마사키를 보더니 그 뒷모습에 말을 걸면서 쫓아가서 얼굴을 보려 했지만, 마사키는 굳은 표정으로 상대도 해 주려 하지 않았다.

그러고 보니 지난번에 봤을 때도 두 사람의 분위기는 썩 좋지 않았다. 나이로 미루어 볼 때 마사키의 아버지뻘은 되는 연배인데도 두 사람 사이에는 싸늘한 공기가 맴돌았다. 그것도, 굳이 말하자면 마사키 쪽에서 남자를 꺼려하는 듯했다.

마사키는 귀찮기 짝이 없다는 얼굴로 한두 마디 무슨 대답을 했지만 결국 도망치듯 여관 안으로 들어가고 말았다.

씁쓸한 얼굴로 그 뒷모습을 지켜보던 중년 남자에게 비서 같은 남자가 무표정으로 무어라 말하자, 중년 남자는 사무적인 표정으로 돌아가 잠시 무슨 이야기를 나누었다.

나치는 멀찍이서 그 모습을 지켜보고 있었으나 젊은 남자가 빠른 걸음으로 여관에 들어가고, 중년 남자는 발걸음을 돌려 문 밖으로 나왔다.

나치를 발견한 남자는 지난번처럼 소름 끼치는 표정까지는 짓지 않았으나 한순간 놀란 얼굴을 하더니 금세 "아." 하고 납득한 듯 고개를 끄덕였다.

"미카게 나쓰 씨의 딸이지? 마사키와 함께 캠프에 다닌다면서?"

남자가 온화한 말투로 나치에게 말을 걸었다.

그 표정이 생각지도 못하게 부드러워, 나치는 당황했다.

그래도 고개를 끄덕이며 그 자리를 떠나지 않았던 것은 마사키에 대해 묻고 싶었기 때문인지도 모른다.

남자는 나치의 그런 마음을 알아차렸는지 "이와쿠라에 와서 산책하는 것도 오랜만인데, 안내 좀 해 줄 수 있겠니?" 하고 앞서서 걸어 나섰다.

안내라고는 해도 나치에게는 별다른 지식이 없고, 아마 지리는 남자가 더 밝으리라는 생각이 들었지만 자신을 유도하는 구실이라는 것을 알고 있었기 때문에 나치도 나란히 걸었다.

"저기……."

나치가 조심스럽게 입을 열었다.

"마사키 아버님 맞으시죠?"

남자의 옆얼굴이 한순간 얼어붙었다가 쓸쓸한 미소를 띠었다.

나치는 물어서는 안 될 것을 물었나, 하고 당황했지만 남자는 나치를 향해 안심시키려는 듯한 미소를 지었다.

"법률상으로는 그렇지. 그래, 내가 마사키의 아버지야."

남자는 스스로 되새김질하듯 말했다.

혈연관계는 아닌 걸까.

나치는 그런 의문을 꿀꺽 삼켰다. 아무래도 마사키와의 관계는 이 남자에게 미묘한 문제인 듯했다.

"이 시기의 이와쿠라는 참 좋아. 축제 소리가 이곳저곳에서 울려 퍼지지."

남자는 강을 바라보며 부드러운 표정을 지었다.

강가의 바람이 얼굴을 쓸고 지나갔다.

정말로 건너편 강가에서 피리 소리가 들려왔다.

남자의 말대로 저 음색은 우울해진 기분을 고양시켜 주는, 명랑한 울림이 있었다.

"마사키는 자기가 허주 승선원이 되기 위해 태어났다고 했어요."

나치는 조심스럽게 말을 골랐다.

남자는 신중하게 고개를 끄덕였다.

"그래. 마사키는 쓰쿠바에서 태어난 아이야. 친부모를 만난 적은 손가락에 꼽을 정도의 횟수밖에 안 되지. 애당초 그 애의 부모는 결혼한 사이도 아니었어. 유전적으로 가장 허주 승선원의 적성이 있는 남녀의 정자와 난자를, 아주 세심한 주의를 기울여 체외수정 시켜서 나온 아이니까."

담담한 말투지만 그 내용은 목가적인 풍경에 전혀 어울리지 않을 정도로 잔혹했다.

나치는 저도 모르게 남자의 얼굴을 바라보았다.

그렇게 중요한 일, 말하자면 마사키의 비밀을 내게 말해도 되는 걸까.

내심 어쩔 줄 몰라 했지만 남자는 신경 쓰지 않는 눈치였다. 아니, 거의 독백에 가까웠기에 남자 입장에서는 옆에서 걷는 어린 소녀 따위는 아예 눈에 들어오지도 않는 모양이었다.

"하지만 마사키에게는 보호자가 필요해. 그래서 여러 가지 사정을 고려한 끝에 내가 아버지가 되었지. 마사키도 어린 시절부터 그 사실을 잘 알고 있어. 보호자와 피보호자. 그렇게 명쾌한 관계이자, 마사키가 성인이 될 때까지 맡아야 하는 임무. 나도 그렇게 생각하고 있단다."

"법률상의 어머니는 안 계신가요?"

나치가 참지 못하고 물었다.

남자는 한순간 허를 찔린 표정이었다.

"어머니?"

마치 처음 듣는 단어처럼, 남자는 입 속으로 그 말을 되풀이했다.

어색한 정적이 흘렀다.

"어머니는, 그 애한테는, 없지."

남자가 느릿느릿 중얼거렸다.

"보호자는 한 명이면 충분하다고, 다들 그렇게 생각했으니까. 그 애가 성인이 될 때까지 서류에 기입하기 위한 존재였거든. 실제로 마사키를 돌봐 주는 사람은 많이 있었어. 부모 이상으로, 그야말로 헌신적으로 돌봤지. 마사키를 위해 조직된 팀에서 항상 컨디션과 정신 상태와 능력을 관리하고 있거든."

마사키를 위해 조직된 팀. 관리.

그런 삶은 상상조차 할 수 없었다.

아무리 세심하게 보살펴 준다 해도 결국은 늘 감시당하는, 숨 막히는 삶일 뿐이다. 결코 마사키를 사랑해서가 아니라, 마사키 의 장래를 위해 노력하는 사람들.

캠프에 가지 말라던 삼촌과 숙모의 얼굴이 머릿속에 떠올랐다.

이렇게 생각해 보니 자신을 붙잡아 주었던 두 사람의 애정이 새 삼 뼈저리게 느껴졌다. 모든 아이들이 선망하는 허주 승선원이라 는 명예보다, 두 사람은 조카딸이 자신들 곁에 있기를 원했다.

나치는 가슴이 턱 막히는 기분이었다.

어른스러운 마사키의 언동은 곧 본인이 철저하게 고독한 존재 라는 사실을 증명했다.

마을 번화가로 다가갈수록 화려한 소음이 몸을 감쌌다.

왠지 마음이 놓이고 어깨 힘이 빠졌다.

"아, 축제 수레구나. 오랜만에 보네."

남자가 그리운 듯 목소리를 높였다.

마을 중심에 있는 작은 광장에 지붕 달린 수레가 놓여 있었다. 그 위에서 악기 연주자들이 연주를 하고, 사람들은 수레를 둘러싸 고 원이 되어 춤을 추었다.

지금은 연습 시간인 듯했다.

샤미센을 퉁겼다가는 멈추고, 피리를 불다가는 또 멈춘다. 나이 든 사람들이 젊은이들을 지도하는 모양이었다.

문득 나치는 광장 위로 펼쳐져 있는 그물에 달린 커다란 등롱을 발견했다.

　기묘한 모양이었다.

　성에 있던 그 신기한 그림 속 여자가 들고 있던 등롱도 저것과 같았다.

　별 모양을 본떴을까. 가시 같은 돌기가 여러 개 튀어나온, 기하학적인 디자인이었다.

　"저건 별님인가요?"

　나치가 등롱을 물끄러미 올려다보자 남자도 덩달아 그쪽으로 시선을 주었다.

　"아마 그렇겠지. 참 재미있게도, 서양에도 저것과 같은 디자인이 있어. 그쪽에서는 베들레헴의 별이라고 부르는데, 저 돌기가 일곱 개의 대죄를 뜻한다는 설도 있단다."

　"베들레헴의 별……."

　나치는 신기한 기분이었다.

　그리운 듯, 가슴이 자꾸 설레는 듯. 뭘까, 이 감정. 이와쿠라에 온 후로 가끔 불현듯 가슴을 스치는 이 기분은 대체 무엇일까.

　"고시로도 저 등롱의 디자인에 관심을 갖고 있었지."

　남자가 중얼거린 그 한마디의 의미를 깨닫기까지 약간의 시간이 걸렸다.

　"네?"

　나치는 저도 모르게 남자의 얼굴을 쳐다보았다.

　남자는 등롱을 가만히 올려다보기만 할 뿐, 나치를 돌아보지 않았다.

"하긴, 그 친구는 허주 승선원의 적성을 찾아내는 게 전문이긴 했지만 이 이와쿠라는 장소 자체에도 강렬한 관심이 있었어. 이와쿠라가 허주 승선원의, 말하자면 성지가 된 과정이나 이곳에 내려오는 전설 등에도. 고시로는 허주 승선원이 태어나는 과정에 관심이 있었던 거야."

그랬다. 그러고 보니 마사키가 말하지 않았던가.

갑자기 기억이 되살아났다.

마사키의 아버지는 예전에 나치의 아버지와 함께 연구를 했다고……

"저희 아빠는 지금 어디 있을까요? 정말로 이미 죽은 걸까요?"

나치가 덤벼들듯 물었다.

"아니."

남자는 짧게 대답했다.

"살아 있어."

"정말로요?"

나치가 그렇게 캐묻자 남자는 그제야 시선을 나치 쪽으로 돌렸다.

그 눈에는 공포를 닮은 감정이 떠올라 있었다.

"그래, 살아 있어. 나는 그렇게 믿어."

그 말투에서도 불온한 분위기가 스멀스멀 피어올랐다.

나치는 남자가 느끼는 그 감정이 조금씩 자신에게도 전염되는 것을 느꼈다.

"엄마를 죽인 게, 아빠가 맞아요?"

나치가 묻자 남자는 생각에 잠긴 눈치였다.

"그건 모르겠다. 고시로일지도 모르고, 다른 사람일지도 몰라. 하지만 한 가지 말할 수 있는 건, 고시로가 그런 짓을 했다면 반드시 무슨 이유가 있었을 테고 고시로는 나쓰 씨를 지극히 사랑했으니까 나쓰 씨를 위해서 꼭 해야만 하는 일이었음이 분명해."

나치는 구원받은 기분이었다.

소문이나 들은 이야기 속에서만 접했던 아버지가, 처음으로 한 인간으로 느껴졌다.

"살아 있어."

남자는 나치에게서 시선을 떼고 느릿느릿 주위를 둘러보았다.

어슬렁어슬렁 걸어 다니는 관광객들. 수레 위에서 악기 연주를 연습하는 사람들.

"나는 고시로가 분명, 의외로 바로 근처에 있는 게 아닌가 하는 생각이 자꾸만 든다."

"바로 근처에?"

나치는 저도 모르게 주위를 둘러보았다.

온화한 소음이 두 사람을 감싸고 있었다.

하지만 숨을 죽이고 우두커니 멈춰 선 두 사람은 마치 이질적인 존재처럼 광장 안에서 붕 떠 있었다.

미카미 유이는 무슨 기척을 느끼고 벌떡 일어났다.

무서운 꿈이라도 꾸었는지 "악!" 하는 작은 소리를 지른 기분이었다.

자신이 어디 있는지 떠올리는 데에도 시간이 좀 걸렸다.

어두컴컴한 숙방.

이곳저곳에 놓인 사방등 불빛이 칸막이 틈새로 비쳐 들었다.

아직 소름 끼치는 기분이 남아 있었으나 조금씩 진정이 되고, 다른 아이들의 잠든 숨소리가 겹겹이 들려왔다. 작은 소리로 코를 고는 아이도 있었다. 잠들었을 때의 모습이 사람마다 조금씩 다르다는 것을, 유이는 이곳에 온 후 알았다.

처음 왔을 때는 남자와 여자의 공간을 나누는 칸막이밖에 없었다.

하지만 며칠 전부터 더 많은 칸막이가 실려 와서 한 명 한 명의 공간을 나누었다.

자신만의 공간이 생겨서 마음이 편하기는 했지만 왠지 죄수가 된 느낌도 들어, 희미한 불안에 사로잡힌 것은 모두 마찬가지인 듯했다.

동시에 다들 소곤소곤 소문 이야기를 했다.

피먹임이 멀지 않았다고.

어디서 듣고 왔는지 다들 여러 가지 소문을 알고 있었다.

칸막이가 생긴 게 그 증거야.

누군가가 의기양양하게 말했다.

이제 곧 통로를 받게 될 거야. 원래 변질이 진행되지 않은 아이에게는 안 주지만, 올해는 다 받을 수 있을 거래.

올해가 특별하다는 이야기는 유이도 들었다. 많은 허주 승선원을 배출할지 모른다고 기대되는 해라고 했다. 그 말을 들으니 조금 자랑스러운 기분이었다.

캠프에는 다양한 소문이 있었다.

캠프. 그 단어에서는 미묘한 뉘앙스가 느껴졌다.

오랜 세월에 걸쳐 열린 행사인데 캠프를 제대로 설명할 수 있는 어른을 만난 적은 한 번도 없었다. 캠프 졸업생은 많지만 '그 너머'로 나아간 사람이 별로 많지 않고, '그 너머'로 나아간 사람들은 허주 승선원이 되어 버리기 때문에 결국 잘 모르는 사람들만이 남아 소문만 퍼뜨리는 상황이었다.

실제로 캠프는 국가 기밀이었으며 '그 너머'로 간 사람들은 허주 승선원이 되는 과정에서 자신이 경험한 일을 입 밖에 내서는 안 된다는 규정이 있는 모양이었다. 이 규정을 어기면 무거운 처벌이 내려진다고 한다. 그래서 허주 승선원이라는 존재는 국민들이 보기에 선망의 대상인 동시에 항상 비밀스러운 베일에 가려진 신비로운 존재이기도 했다.

선망에는 다양한 종류가 있다.

외해를 향한 순수한 선망. 그 아름답고 거대한 배를 향한 선망. 머나먼 세계로 떠나는 모험을 향한 선망. 대부분 이런 것들이 아이들의 마음을 지배했지만 그렇지 않은 사람도 있었다. 특히 어른들 사이에서는.

유이는 동네 이웃 중 허주 승선원을 배출한 집안을 본 적이 있었다.

유이의 고향에서는 유일한 집안이었기에 동네 사람들이 선망하는 대상이었다. 높은 곳에 있는 거대한 저택은 국가에서 내려 준 보상금으로 지었다고 했다. 일가친척에게는 다양한 특전이 주어지고, 후한 연금도 따라온다는 이야기였다.

그 집에 대해 이야기할 때 어른들의 표정은 복잡했다. 단순히 그 사회적 지위를 부러워하기만 하는 것이 아니라 질투와 경멸 등의 부정적인 감정도 가득해, 그런 어른들의 표정이 천박하거나 또는 어두워 보였다.

우리랑은 달라, 그 집은 특별하니까, 하고 말하면서도 우리 애가 그렇게 된다면 얼마나 좋을까, 어쩌면 우리 집도, 하는 선망이 투명하게 들여다보였다.

유이의 캠프 참가가 결정되었을 때, 평소에는 별로 친하지 않았던 친척들이 차례차례 '축하'하러 찾아와서는 유이 본인을 제쳐두고 요란스러운 연회를 벌였다.

유이네 집은 별로 유복하지 않았고 친할머니와 외조부모도 함께 살고 있었다. 게다가 유이 밑으로 남동생이 셋이나 더 있다. 부모는 '축하'를 하겠다며 몰려든 친척들 때문에 당황한 눈치였지만 커다란 초밥 상자를 여러 개 배달시켰기에 유이가 저도 모르게 "그렇게 비싼 걸 시켜도 돼?" 하고 어머니에게 물었을 정도였다.

하지만 "그래서 얼마 받았어?" 하고 여러 어른이 아버지에게 묻는 모습을 보고 캠프 참가가 결정되면 보조금이 나오는구나, 하고 유이도 알아차렸다. 연회에 쫓아온 어른들은 그것이 목적인 듯했다.

심지어 소질이 있어서 변질이 진행되면 보조금이 더 많이 나온다는 사실도 알았다. 유이네 집 입장에서는 적잖은 금액일 테니 가계에 도움이 될 것은 뻔했다. '허주 부호'라는 단어도 처음 알았다. 물론 비난과 야유가 담긴 말이었다. 그래도 덕분에 집안 형편이 피고, 남동생들을 학교에 보낼 수 있다면 얼마든지 가겠다는 각오로 유이는 이곳에 찾아왔다.

그러는 한편 허주 승선원은 선택된 존재인 동시에 기피당하는 대상이라는 사실도 유이는 어렴풋이 느끼고 있었다.

아무리 훌륭한 직업이라도 결국은 괴물이잖아.

누군가의 그런 험담을 들은 적이 있다. 캠프에 선발되지 못한 아이가, 역시 자기 집 아이가 선택되지 못한 어른이 한 말을 그대로 내뱉은 모양이었다.

괴물? 허주 승선원이?

유이는 당황했다. 어쩌다 그런 얘기가 됐을까.

아이들이 뭔가를 조사할 수 있는 방법은 한정되어 있다. 어른도 아이도 허주 승선원에 대해 이런저런 소문을 떠들어 대고는 있지만 하나같이 들은 이야기일 뿐이고, 무엇이 올바른 정보인지는 알 수 없었다.

캠프에 간 적 있는 사람에게 이야기를 물어보기도 했지만 캠프 운영 방식은 매해 다르다고 하고, 심지어 그 사람은 적성이 없어서 빨리 돌려보낸 축이기에 아무 도움도 되지 않았다.

결국 캠프에 가서 다른 아이들에게 물어보고 나서야 가장 정확한 정보를 얻을 수 있었다. 모두 필사적으로 정보를 긁어모았기 때문이었다. 하지만 제일 먼저 변질이 시작된 다카다 나치만은 초반에 대화를 나눌 기회가 없었고, 또 막상 이야기를 나눠 보니 아는 것이 전혀 없어서 오히려 놀랐다.

피먹임은 변질의 다음 단계로, 처음으로 타인의 피를 빼는 일이기 때문에 그렇게 불린다고 했다.

피를 빨아? 설마, 그런 일이.

유이는 그 이야기를 들은 순간 깜짝 놀랐고 도저히 믿을 수가 없었다.

넘어져서 무릎이 심하게 긁혔을 때, 울면서 맛봤던 피의 맛이 입 안 가득 퍼졌다.

그런 걸 빨아 먹는다고? 그게 허주 승선원의 조건이라고?

코피가 났을 때 목구멍으로 따뜻한 피가 넘어가서 고통스러웠던 경험이 떠올랐다. 솔직히 도저히 이해가 되지 않았다.

맹렬하게 피를 빨고 싶은 충동이 느껴진다고 했다. 그리고 피를 빨 때는 몹시 기분이 좋다고.

그렇게 이야기해 준 여자아이는, 마지막 부분에서는 손으로 입을 가리고 의미심장하게 목소리를 낮췄다.

기분이 좋아? 타인의 피를 빠는 게?

유이는 고개만 갸웃거릴 뿐이었다. 누군가가 질문했다.

소박한 질문이긴 한데, 남의 피를 먹어도 괜찮은 거야? 수혈할 때도 피가 안 맞으면 거부 반응이 일어나잖아?

똑똑하게 생긴 아이의, 지극히 당연한 질문이었다.

괜찮대, 하고 앞서 이야기하던 여자아이가 말했다.

그러면서 혈액을 식량으로 삼게끔 육체가 조금씩 바뀌어 간대. 외해에 나갈 때는 평범한 음식을 거의 안 먹어도 되는 상태가 되고, 엄청나게 장수한다고 해.

타인의 피를 먹어야 한다면, 우리끼리 서로서로 피를 먹어도 된다는 뜻이야?

다른 누군가가 질문했다.

여자아이는 고개를 갸웃했다.

우리끼리는 안 된다나 봐. 변질되는 도중이기도 하고, 피를 빠는 상대는 평범한 사람이면서 16세 이상이어야만 한대.

그런 으스스한 짓을 누가 허락해 주겠어? 심지어 피를 빨리면 죽을지도 모르잖아.

아까 질문했던 아이가 회의적인 말투로 다시 말했다.

그게 말이야, 평범한 사람도 피를 빨리면 몸에 좋대. 글쎄 변질되는 도중의 세포가 몸에 들어가면 그 사람도 장수하게 된다잖아. 그래서 빨리는 쪽도 좋아한대.

넌 어떻게 그렇게 잘 알아?

유이가 여자아이에게 물었다.

아마치한테 들었어. 걔는 쓰쿠바 출신이고, 아빠가 연구자래.

여자아이는 왠지 의기양양하게 말했다.

아마치라면, 하고 다들 납득했다. 원래 변질체라는 사실은 누구나 다 알고 있었고, 그 초연한 태도에 다들 한 수 접고 들어가는 면이 있는 상대였다.

하지만 그 상대를 어떻게 찾아? 아무리 몸에 좋다고 해도, 길을 가는 사람을 붙잡고 갑자기 피 좀 주세요, 할 수는 없잖아.

알음알음 정해져 있나 봐. 우리가 처음 왔을 때부터 피를 제공해 줄 사람을 은근슬쩍 골라 놓았대. 그래서 그 사람 집에 매일 밤 드나드는 거래.

매일 밤 드나들어? 한 번으로 끝나는 게 아니고?

유이는 놀랐다.

그렇다나 봐.

여자아이는 그 부분은 잘 모르는지 살짝 얼버무렸다.

꼭 같은 사람이어야만 해? 다양한 사람의 피를 빠는 게 나을 것 같은데.

유이는 계속 물었다. 여자아이는 고개를 갸웃했다.

같은 사람인 경우가 많다고 들었어. 하지만 다양한 사람에게서 받아먹는 사람도 있대.

흐응, 하고 다들 고개를 끄덕인 뒤 동시에 생각에 잠겼다. 자신이 타인의 피를 빠는 모습을 상상하는 모양이었다. 도저히 상상할 수가 없어, 모두가 당혹스러운 표정이었다.

옛날에 서양의 《흡혈귀》라는 책을 읽은 적이 있어. 거기 나왔던 것처럼 목덜미를 물어뜯어서 빨아 먹는 걸까?

누군가가 곤혹스러운 목소리로 중얼거렸다.

아니야, 팔을 빠는 거야.

다른 누군가가 말했다.

팔을? 모두가 그 아이를 일제히 돌아보았다.

통로라는 캔 따개 비슷한 도구가 있어. 캔을 딸 때 구멍을 두 개 뚫는 것처럼, 팔의 혈관에 꽂아서 피가 나오기 쉽게 하는 거래.

아, 하고 아이들이 또 일제히 반응했다.

나도 들은 게 있어, 하고 누군가가 말했다.

이와쿠라의 가옥에는 방바닥에 화로가 박힌 방이 반드시 있대.

다실인데, 사실 다실이 된 건 나중 일이라고 해. 원래는 통로를 물에 끓여 소독하기 위한 솥을 놓아두는 게 목적이었는데 거기서 화로가 다른 용도로 사용되는 바람에 다실이 퍼졌다는 거야.

또다시 감탄하는 목소리가 울려 퍼졌다. 유이도 허주 승선원이 된다는 것이 어떤 일인지 어렴풋이나마 차츰 알게 된 기분이었다. 동시에 왜 허주 부호를 바라보는 어른들의 시선에 경멸이 섞여 있었는지도 조금씩 이해가 되었다.

타인의 피를 빨면서 육체가 바뀌어 간다. 그것은 분명 인간이 아닌 다른 생물이 되어 간다는 뜻이었다. 어떤 의미에서는 같은 종족을 잡아먹는, 그야말로 동족상잔에 가까운 짓이니 인류의 금기로서 꺼리는 것도 당연했다.

아무리 훌륭한 직업이라도 결국은 괴물이잖아.

그렇게 내뱉던 소년의 목소리가 뇌리를 스쳤다.

유이는 완전히 잠이 깨는 바람에 어둠 속에서 일어나 앉았다. 지금까지 있었던 일들이 머릿속에 떠올랐다가는 사라졌다.

우리는 뭔가 다른 존재가 되어 가는구나.

멍하니 그런 생각이 들었다.

막연한 불안이 느껴졌지만, 신기하게도 메마른 자포자기의 감정이 더 컸다.

유이가 캠프로 떠날 때, 부모님이 손을 잡고 비장한 표정으로 배웅해 주던 일을 잊을 수가 없었다. 새 옷을 사 입혀서 딸을 보내는 어머니의 얼굴은 새파랬다. 긴 말 없이 "몸조심하렴.", "열심히 해야 한다." 하는 말만 던진 뒤, 한없이 딸의 뒷모습을 지켜보던 부모.

이젠 돌이킬 수 없다. 이렇게 된 이상 훌륭한 허주 승선원이 되어 집을 호강시켜 주어야 한다. 모두가 편하게 잘 수 있는 커다란 집을 지어서.

유이는 결심했다. 소외감과 동시에, 나는 선택된 자라는 긍지를 새롭게 느꼈다.

피먹임. 내 상대는 이미 선생님들이 정해 놓았을까.

문득 후카시의 얼굴이 떠올랐다. 나치의 친척 오빠.

아무나 상관없다면 후카시 오빠가 좋겠어.

가슴이 설레고, 마음이 들떴다.

정말 멋있는 사람이야. 내가 아는 고등학생 중에 그런 사람은 없어. 늘씬한 자태와 다정하고 부드러운 미소. 친척 오빠라니, 나치가 부러워.

유이는 축제 때 옆에서 함께 걷던 후카시의 기척을 되새겨 보았다.

그때 휘잉 하고 차가운 한줄기 바람이 불어 들어, 유이는 움찔했다.

숨을 죽이고 주위 상태를 살폈다.

주위는 고요하기만 했다.

누가 나갔나? 화장실?

유이는 조심스레 일어나 칸막이 밖으로 나가서 숙방의 상황을 살펴보았다.

어둠에 눈이 익었지만 줄줄이 칸막이가 늘어선 바람에 누가 뭘 하는지 알 수가 없었다.

그러나 유이는 아주 살짝 문이 열려 있음을 알아챘다. 틈새가 희푸르게 빛나고 있었다.

유이는 슬금슬금 그쪽을 향해 걸어갔다. 바람이 부는 쪽이라서 인지 발이 시렸다.

방금 전까지는 바람이 느껴지지 않았으니, 방금 전 누군가가 이 문을 열고서 채 닫아 놓지 못한 모양이었다.

유이는 조심조심 미닫이문을 잡고 살며시 밖을 내다보았다.

그 순간 불어 든 바람에 유이는 무심코 얼굴을 찌푸렸다.

뭘까, 이 냄새. 비릿한 냄새.

또다시 입 안에 피 맛이 퍼졌다. 옛날의 기억. 긁히고 까진 무릎. 목구멍으로 넘어가던 코피.

유이는 문을 열고 그 냄새의 정체를 보았다.

나치는 어두컴컴한 강가를 달리고 있었다.

필사적으로 달려갔다. 때때로 뒤를 돌아보면 검은 그림자가 보였다.

누군가가 쫓아오고 있었다. 무서워서 심장이 펄떡펄떡 뛰었다.

구조를 요청하려 주위를 둘러보았지만 썰렁하기만 할 뿐 아무도 없었다. 축제 기간인데 다 어딜 갔을까.

히사오 이모. 후카시 오빠. 삼촌, 숙모. 그렇게 외쳤지만 목소리가 나오질 않았다.

상당히 빠른 속도로 달리는데도 신기하게 지치지 않았다.

하지만 돌아볼 때마다 그림자는 착실히 나치의 등 뒤로 따라붙고 있었다.

갑자기 발밑의 흙이 무너져 내렸다. 몸이 허공에 붕 떴다.

위험해!

화난 듯한 목소리가 들리고 누군가가 나치의 손을 붙잡았다.

나치는 절벽에 대롱대롱 매달렸다. 아래로는 깊은 나락이 있었고, 바닥조차 보이지 않았다.

내가 울린 것 같잖아.

시로타 에이코의 남동생이 퉁명스럽게 이쪽을 내려다보고 있었다.

아, 손수건을 돌려줘야 해.

힘찬 손이 나치를 절벽 위로 끌어올렸다.

또 도움을 받았네.

올려다보자 눈앞에 있는 사람은 시로타 에이코의 남동생이 아니라 아버지였다.

눈에 핏발이 선 채 양손으로 은 말뚝을 쥐고 있는, 무시무시한 형상의 아버지.

나치를 쫓아온 사람은 아버지였다.

아버지는 나치의 심장에 말뚝을 박기 위해 쫓아온 것이다.

너도 죽여야 해. 넌 살아 있으면 안 돼.

아버지는 나치를 노려보며 중얼중얼 말했다.

네 엄마와 마찬가지로, 내가 내 손으로 끝장을 내야겠어.

몰라, 난 아무것도 몰라. 나치가 정신없이 고개를 가로저었다.

나는 아무것도 몰랐어, 캠프에 대해서도, 변질이 무엇인지도, 미카게 가문의 혈통도, 피먹임도, 아무것도. 그러니까 살려 주세요. 허주 승선원 같은 건 안 될게요.

나치는 손을 맞잡고 목숨을 구걸했다.

하지만 아버지는 눈을 번들번들 빛내며 계속 나치에게로 다가왔다.

움켜쥔 은 말뚝도 둔한 빛을 내뿜었고 그 끝은 뾰족했다.

제발, 아빠. 살려 줘요, 아빠.

나치는 벌벌 떨며 손을 맞잡았다. 하지만 아버지는 말뚝을 치켜들었고, 그 끝이 번쩍 빛났다. 빛이 난 부분을 나치를 향해 내리친다…….

어둠 속에서 눈을 뜬 나치는 한순간 자신이 어디 있는지, 또 누구인지도 몰랐다.

그러나 이곳이 미카게 여관 안의 어느 방이고, 한밤중에 악몽을 꾸다가 눈을 떴다는 사실을 금세 깨달았다.

꿈 속에서 쿵쿵 뛰던 심장이 아직 가라앉지 않아, 나치는 짙은 어둠 속에서 눈을 뜬 채 가만히 심장 소리를 느꼈다.

전신이 땀으로 흠뻑 젖었다. 목 뒤가 젖어서 축축했다.

찝찝한 기분에 나치는 이불 위로 올라앉았다. 목덜미를 손으로 닦고 휴우, 하고 한숨을 내쉬었다.

다음 순간 눈을 뜬 이유가 오로지 악몽 때문만은 아니라는 사실을 알았다.

이 기묘한 초조함. 피부가 근질거리는 듯, 내장이 냄비 속에서

절절 끓는 듯, 불쾌해서 고함을 질러 대고 싶어지는 이 감각은……

갈증.

그 단어가 머릿속에 떠올랐다.

목이 말랐다. 바싹 말랐다. 그래, 이렇게나 땀을 흘렸는걸. 물을 마셔야겠어. 수분을 보충해야 해. 무서운 꿈을 꾸는 바람에 괜히 더 목이 말라서 눈을 뜬 거야.

나치는 스스로를 납득시키려는 듯, 그렇게 자신에게 설명했다.

하지만 피부 속에서 무언가가 기어 다니는 듯한 이 격렬한 충동, 이 참기 힘든 갈증은.

목이 말라. 물. 물을 마시고 싶어.

거짓말이야, 하고 누군가가 속삭였다.

원하는 건 피잖아. 피먹임이 먹여 줄 피.

아니야. 아니란 말이야. 물을 마시고 싶은 거야.

나치는 어둠 속에서 격렬하게 고개를 가로저었다. 홑이불 위로 엎드리니 이불을 움켜쥔 손이 바르르 떨렸다. 떨림을 참으려 했지만 참을 수가 없었다. 식은땀이 끊임없이 솟아났다.

싫어! 내가 원하는 건 피가 아냐. 살려 줘요, 삼촌! 역시 캠프 같은 덴 오지 말 걸 그랬어요. 삼촌 말대로 이와쿠라 근처에는 얼씬도 하지 말았어야 했어……

하지만 흉악한 충동은 계속 커지기만 했다. 그 충동을 억누르려 하니 경험한 적 없는 고통이 파도처럼 밀려왔다. "우우우! 우우우!" 하는 짐승 같은 목소리에 깜짝 놀랐지만 그것이 자신이 내뱉은 소리라는 사실을 깨닫기까지는 시간이 다소 걸렸다.

물을. 물을 마시면 가라앉을 게 분명해.

나치는 이불에서 비틀비틀 기어 나와 방을 나가려 했다.

미닫이문을 잡았지만 단단하게 버티는 감각에 나치는 깜짝 놀랐다.

버팀목.

덜컹덜컹 흔들었으나 밖에서 받치고 있는 버팀목은 꿈쩍도 하지 않았다.

나갈 수가 없어. 갇혀 있는 거야.

나치는 패닉에 빠질 뻔했다.

직감적으로 메아리를 가둬 두기 위한 조치라는 사실을 알았다. 문에 묶여 있던 빨간 실의 의미도.

캠프에 참가한 아이들이 있는 집. 메아리가 될 가능성이 있는 아이가 사는 집. 그것은 그 표식이었다.

나치는 신음하며 미닫이문을 계속 흔들었지만 손만 아파질 뿐이었다. 그러나 그 통증이 오히려 갈증을 완화시켜 주는 것 같기도 했다.

나치는 다시 이불 위로 쓰러져, 가만히 엎드려 충동을 견뎠다.

어쩌지. 어쩌지. 이런 고통이 계속 이어지는 거야?

머릿속이 붉게 물들었다.

둥글게 부풀어 오르는 핏방울.

후카시가 자신의 팔을 통로로 찔러, 아름다운 피를 나치에게 내밀었던 그 순간. 아아, 이 얼마나 아름다운 피인가. 이 얼마나 감미롭고, 이 얼마나…….

그만! 왜 그런 생각을 하는 거야?

이 얼마나 맛있어 보이는…….

아니야! 아니라니까!

나치는 울었다. 한심하고 괴로워서 이를 악물며 눈물을 흘렸다.

어둠에 조금씩 눈이 익자 문득 검게 빛나는 전화기가 눈에 들어왔다.

만약 힘들어지면 날 불러야 해. 한밤중이든, 언제든.

후카시의 목소리가 들렸다. 그래, 전화하면 돼. 22번. 내선으로 후카시 오빠를 부르면, 후카시 오빠가 버팀목을 치우고 이 방에 와 줄 거야. 그러면, 그때 그…….

손이 전화를 향해 천천히 뻗어 갔다.

그 아름답고 맛있어 보이는 피를 맛볼 수 있게 된다.

그렇게 생각했다가 나치는 금세 후회했다. 이 얼마나 한심한 일인가. 나는 괴물이 되고 말 거야. 나는 이미 괴물인 걸까.

나치는 손을 뒤로 빼고 이불을 머리끝까지 뒤집어썼다. 생각해서는 안 된다. 후카시 오빠의 피 따위. 예쁘고 맛있어 보이는 피 따위, 절대로.

하지만 눈앞에는 자꾸만 후카시가 내미는 팔이 떠올랐다.

둥글게 부풀어 오르던 핏방울.

그 핏방울을 입에 머금는 상상을 했다. 입술을 적시며 빠는 모습도.

아아, 이 얼마나······. 그 감각을 상상한 나치는 황홀경에 잠기는 스스로의 모습을 떠올렸다.

어느 틈엔가 나치의 입가에는 미소가 떠올라 있었다. 후카시 오빠의 피는 너무나 맛있을 것이 분명해······.

하지만 다음 순간 온몸이 얼어붙는 듯한 자기혐오에 몸을 떨었다.

대체 무슨 끔찍한 생각을 하는 거야, 내가!

나치는 소리 죽여 울었다.

살려 줘! 이대로는 미쳐 버릴 것만 같아!

대체 얼마 동안이나 이불을 붙잡고서 웅크려 떨고 있었을까.

차차 피로가 밀려와 겨우 잠기운과 뒤섞이기 시작했다.

장지문 너머로 창밖이 밝아 오는 것을 멍하니 바라보며 나치는 질척한 잠 속으로 빠져 들어갔다.

잠은 한순간이었고, 정신을 차리니 아침이었다. 온몸이 진흙탕처럼 무거웠다.

그 초조한 기분과 충동은 사라졌지만 나치는 완전히 지쳐 버렸다. 햇빛에 눈이 시렸다.

"나치, 괜찮니? 눈 밑에 그늘이 다 졌네."

히사오가 깜짝 놀라서 나치의 얼굴을 뜯어보았다.

"괜찮아요. 잠을 제대로 못 자서 그래요. 땀이 나서, 그······ 목이 말라서. 저기, 오늘 밤부터 물 주전자 갖다 놓고 자도 돼요?"

나치는 애써 미소를 지으며 '목이 말라서'라는 한마디를 자연스럽게 내뱉으려 노력했다.

"그럼. 나중에 방으로 갖다 줄게. 자, 아침 다 됐다. 네? 아, 네. 지금 가요."

히사오는 고개를 끄덕이다가 누군가에게 부름을 받고 허둥지둥 복도로 뛰어나갔다.

나치는 된장국을 뜨려고 국그릇에 손을 뻗었다가 움찔했다.

후카시가 부엌 입구에 서서 이쪽을 물끄러미 바라보고 있었다.

"……밤중에 목이 말랐다고?"

후카시는 차분하게 물었다. 히사오와의 대화를 들은 모양이었다.

"오빠 것도 떠 줄게."

나치는 웃으며 후카시 몫의 국그릇을 집어 들었다.

"밥도 퍼 줄까?"

"날 부르지 그랬어."

후카시는 그냥 넘어가 주지 않고, 슬그머니 나치 곁으로 다가와 섰다.

"왜? 물 주전자가 있으면 충분한데."

"거짓말이지?"

나치는 후카시에게서 등을 돌리고 밥통에서 밥을 펐다.

"나치, 피먹임은 나쁜 일도 부끄러운 일도 아니야. 외해에 나가기 위해서는 당연한 일이라고."

"난 괴물이 아니야!"

나치가 외쳤다.

"오빠는 날 괴물로 만들고 싶어?"

그렇게 후카시에게 따지려던 나치의 눈에 문득 그 팔이 들어왔다.

자꾸만 팔꿈치 안쪽의 정맥으로 시선이 빨려 들어가게 된다.

어젯밤의 부끄러움과 끔찍함이 밀려와 나치는 금세 얼굴이 새빨개졌다. 결국 된장국과 밥을 팽개치고 그 자리에서 달아나고 말았다.

"나치!"

후카시의 목소리를 등 뒤에서 들으며 나치는 정신없이 복도를 뛰어갔다.

이런 장면이 익숙하다고 생각한 것은, 어젯밤 꿈속에서 있었던 일이기 때문이라고 집을 나선 후에야 깨달았다.

"힘이 엄청나네."

"인간의 짓이라고는 생각할 수가 없어요."

법당 구석에서 교장과 교사들이 얼굴을 맞대고 소곤소곤 이야기를 나눴다.

미카미 유이가 발견한 것은 사지가 찢긴 늙은 개의 사체였다. 그것이 법당 밖에 뿌려져 있었다.

유이는 얼굴이 파래져서 어른들을 찾았고, 보고한 후에는 몸 상태가 나빠져 쓰러지고 말았다.

오전 내내 자고 있으라고 한 뒤 진정제를 먹였으므로 지금은 많이 가라앉아서 푹 자고 있다.

"메아리. 대체 누구의 메아리지?"

"상당히 교활하네요. 증거를 일절 남기지 않다니."

모두 공포에 질린 목소리로 말했다.

"어떻게 할까요, 선생님?"

도미자와 선생이 교장의 얼굴을 바라보았다.

"미묘한 시기입니다. 다들 피먹임을 시작할 때가 왔으니 계속 문 버팀목을 받쳐 놓고 아이들을 방에 가둬 둘 수도 없어요. 하지만 이번 메아리는 흉악하네요. 피먹임을 위험에 노출시킬 수도 없는데."

"음. 피먹임은 아주 중요해. 여기서 제대로 하지 않으면 나중까지 영향이 갈 거야. 걱정은 되지만⋯⋯."

교장은 다른 교사들의 얼굴을 돌아보았다.

"피먹임을 우선한다. 앞으로 사흘 후 버팀목을 치우도록."

그렇게 딱 잘라 말했다.

교사들은 한순간 숨을 들이켰으나 "네." 하고 고개를 끄덕였다.

"그럼 다시 회람판을 돌리겠습니다."

"그렇게 해 주게. 단 밤에는 모두 함께 순찰을 돌자고. 축제 기간이니까 모두 저항 없이 순찰에 협조해 주겠지."

"그렇겠죠."

"첫 피가 우선이야."

교장은 다시 한 번 그렇게 못을 박았다. 그 눈은 무표정했고, 아무 감정도 드러나지 않은 듯했다.

무거운 발걸음으로 성에 온 나치는 유이의 모습이 보이지 않는다는 것을 알고 다른 학생들에게 무슨 일이냐고 물었다.

몸이 안 좋아서 자고 있대, 하고 대답하는 학생도 유이가 밤중에 무엇을 보았는지 몰랐던 모양이었다.

나중에 병문안을 가야겠다고 결심한 뒤 나치는 작은 하품을 했다. 새벽 무렵 몇 시간 정도밖에 자지 못했으니 무리도 아니었다.

마나베 선생이 종이 상자를 안고 들어왔다.

아이들이 술렁거렸다.

"통로야.", "통로인가?" 하고 여기저기서 중얼거리는 것이 들렸다.

나치는 반사적으로 등을 곧게 폈다.

저거구나.

전신에서 핏기가 싹 빠져나가는 기분이었다.

마나베 선생이 작은 파우치에 든 단단한 무언가를 나누어 주었다. 아이들 사이에 조용한 흥분이 퍼져 나갔다.

생각해 보면 캠프에 처음 왔을 때, 마사키가 떨어뜨린 것을 주워 준 적이 있었지.

그때는 아직 아무것도 몰랐다. 자신을 기다리는 운명도, 어젯밤의 견디기 힘든 고통도.

나치는 절망적인 기분으로 파우치를 받아 들었다.

작지만 묵직했다. 그 무게가 이 도구의 역할이 얼마나 중요한지 드러내 주는 듯했다.

나치는 또 눈물이 솟아나려는 것을 꾹 참았다.

역시 나는 괴물이었어. 괴물이 되어 버렸던 거야.

전원이 파우치를 다 받은 것을 확인하고 마나베 선생이 앞으로 나섰다.

"다들 이미 알고 있는 모양이네요."

마나베 선생이 한 바퀴 둘러보자 이곳저곳에서 고개를 끄덕였다.

"이것은 통로라 불리는 물건입니다. 여러분이 피를 받을 때 사용하는 거예요. 중요한 물건이니 소중히 다뤄야 해요. 여러 번 사용해야 하기 때문에 늘 소독을 빠뜨려서는 안 돼요. 한 번 쓸 때마다 반드시 열탕소독을 하세요. 끓인 물에 최소한 십 분은 소독해야 합니다. 이것은 반드시 지켜야 해요."

마나베 선생은 담담히 사용법을 설명했다. 게다가 반창고와 비타민제도 나누어 주고, 세트로 사용하라는 설명까지 늘어놓았다.

"누구에게서 피를 받든 상관은 없지만 일단 익숙해질 때까지 지금 당장 담당해 줄 사람은 골라 놓았어요. 나중에 한 명씩 지도와 담당자의 이름을 적어서 나누어 줄 테니, 처음에는 그곳을 찾아가도록 해요. 담당자는 '포도'라고 부릅니다."

과일 포도를 의미하는 말일까. 나치는 문득 그런 생각을 했다.

이런 그로테스크한 일을 자못 당연하다는 듯 설명하는 일이 굉장히 기묘하게 느껴졌다.

"관광객에게서 피를 받아서는 안 됩니다. 관광객 중에도 이 풍습을 아는 사람이 있지만 거의 대부분이 모른다고 생각하세요. 트러블이 일어날 수 있으니 반드시 이 동네 사람에게서만 피를 받아야 합니다."

자세한 주의가 이어졌다. 당연하지만 가능한 한 건강한 사람을 고를 것. 동성이든 이성이든 상관없지만 이성에게서 받는 편이 효과가 더 좋다는 사실이 경험적으로 알려져 있으니 이성의 피를 받는 편이 낫다는 것. 같은 사람에게 여러 번 찾아가도 되지만 그럴 경우 한 번에 받는 피의 양을 줄일 것. 변질되어 가는 사람이 피를 빨면 상대를 마취시키는 작용을 한다. 따라서 피를 받는 동안 상대는 움직이지 못하지만 과정이 다 끝나면 원래대로 돌아오므로 언제나 상대의 상태를 신경 써서 관찰할 것…….

그리고 나서 이번에는 마나베 선생이 작은 봉투 다발을 꺼냈다.

아이들이 또 술렁거렸다.

저 봉투 속에 아이들 각각의 포도 이름이 쓰여 있는 모양이었다.

선생은 봉투 뒷면에 적힌 이름을 보면서 아이들에게 봉투를 나누어 주기 시작했다.

받은 학생은 조심스럽게 봉투를 뜯어 내용물을 확인했다.

나치도 봉투를 받았으나 한동안 뜯지 못했다.

캠프생을 안정시키기 위해 최대한 지인 위주로 선발한다는 이야기를 들은 적이 있었다. 그렇다면 역시 후카시 오빠일까…….

나치는 숨을 들이마시고, 각오를 다진 뒤 봉투를 뜯었다.

하지만 속에 든 종이를 본 펼친 순간 머릿속이 새하얘졌다.

응? 이건 설마…….

한동안 얼어붙어 있던 나치는 새삼 종이에 적힌 이름을 뚫어져라 들여다보았다.

거기에 적힌, '시로타 고지'의 이름을.

5

    '드나든다'는 이야기를 듣기는 했지만 구체적으로 어떤 일을 하는지는 시로타 고지도 잘 몰랐다.

    시로타 가문은 대대로 허주 승선원이 되는 데서 아무런 영예도 느끼지 못했고, 그것이 되는 과정에 대해서도 '그런 끔찍한 풍습, 우리 집안은 이해가 안 돼.'라고 딱 잘라 말했을 정도였다. 하물며 시로타 가문의 아이들은 소중한 후계자이기 때문에 동네 아이들이 참가하는 캠프에도 참가시키지 않으려 일부러 도쿄의 학원에 보내는 등 신경을 썼을 정도였다.

    하지만 지역이나 국가에 대한 체면 때문에 그런 생각을 드러내도 되는 것은 집 안에서뿐이었고, 다른 곳에서는 절대 그런 말을 해서는 안 된다는 암묵적인 양해가 있었다. 물론 시로타 가문이 국가사업인 허주 승선원을 배출할 생각이 전혀 없다는 사실은 주위에서도 아주 잘 알고 있었지만.

어린 시절부터 "잘 들어라, 그런 야만적인 풍습에는 엮이는 게 아니야. 너희는 집안을 이어야 하니까 괴물이 되지 않아도 돼."라는 이야기를 듣고 자란 탓인지 고지도 아이들이 배를 동경하고 허주 승선원을 선망하는 일을 내심 냉소했다.

누나 에이코는 미카게 후카시가 캠프에 참가하는 동안 어쩔 줄 몰라 했을 정도였다. 만일 후카시가 허주 승선원이 되어 버리면 어쩌지, 미카게 가문에서는 많은 허주 승선원을 배출했는데, 하면서 캠프 내내 울고 소란을 피워 난리도 아니었던 일을 고지는 기억하고 있다. 그때 아주 지긋지긋했던 기억이 있어서인지 고지는 한층 더 허주 승선원이 싫었다.

하지만 캠프생의 변질이 진행된 단계에서 일반인과 접촉하는, '드나드는' 일에 대해서는 적잖은 흥미가 있었다. 그것이 변질 과정에서 필요한 피를 제공하는 일이라는 이야기를 들었기 때문이었다. 그렇게 함으로써 변질체의 인자가 몸에 들어와, 장래 그 제공자의 자식도 변질체가 될 가능성이 높아진다고 했다. 심지어 변질된 자는 변질되지 않은 자보다 평균 수명이 길다는 결과도 나왔기에, '캠프생이 드나들면 건강해진다.'라는 소문이 퍼져 있었다.

그래서 제공자가 되기 원하는 사람이 너무 많아, 항상 추천으로 선발된다고 했다. 대부분 이와쿠라 내에서 제공자를 뽑지만 요즘 들어서는 '수명도 늘어나고, 장래에 집안에서 허주 승선원을 배출할 수 있다.'라는 이유로 뒤에서 큰돈을 지불하고 이와쿠라에 머물며 제공자 권리를 얻는 일도 자행된다는 모양이었다. 소문에 따르면 최근 들어서는 '외부인 쿼터'를 도입했는데 지자체에서 기껏해야 한두 명 자리를 입찰제로 내놓고 계속해서 가격을 올리고 있다고 했다.

물론 소중한 허주 승선원이 되기 위한 피 제공이니 건강한 인간이어야만 하며, 제공자가 될 사람은 꼼꼼하게 건강검진을 받는다. 자연히 제공자 중에는 젊은 사람이 많다.

그러나 장수니 인자니 하는 부분을 제외하고, 많은 사람들이 제공자가 되고 싶어 하는 큰 이유가 따로 있다는 사실을 고지는 어렴풋이 눈치채고 있었다.

제공 경험이 있는 어른들의 말 곳곳에서 은근히 드러나는 우월감. 문득 교차되는 황홀한 눈빛. 모두 확실히 입 밖에 내어 말하지는 않지만, 제공한 적 없는 사람에 대한 우월감을 품고 있다는 사실을 고지는 긴 관찰을 통해 느꼈다.

그렇다면 체험해 보고 싶은 것이 인지상정 아닌가?

그런 생각이 든 것은 극히 최근의 일이었다. 제공자의 건강 상태를 끝까지 확인하고 가려내기 위해, 제공자 결정은 피먹임의 가장 직전까지 미루어진다. 고지는 뒤늦게 건강진단을 받고 제공자 자격을 얻었다.

체험해 볼 뿐이다.

고지는 그렇게 생각했다. 앞으로도 이와쿠라에서 계속 장사를 해 나간다면 체험해 봐서 손해 볼 일은 없다고, 스스로를 타이르면서.

문득 그 가능성을 떠올린 것은 바로 얼마 전 밤의 일이었다.

친구와 놀러 나간 축제 한복판, 인파 속에서 그 소녀를 발견했다.

미카게 후카시의 집에 머물고 있는 캠프생 소녀. 고지가 강가에서 구해 준 그 소녀.

어쩌면 저 소녀에게 피를 제공할 수 있을지도 모른다.

그런 생각이 번득인 순간 고지는 기분이 고양되었다.

불가능할 리가 없다. 나는 시로타 가문의 장남이니까. 지금까지 시로타 가문이라는 집안에 태어난 일을 지긋지긋하게 여긴 일은 있어도 감사한 적은 없었지만, 이번만큼은 그것이 행운이라고 느껴졌다. 건강진단서를 써 준 사람도 시로타 가문의 주치의였다.

할머니의 약을 받으러 간 김에 고지는 슬쩍 의사에게 '제공할 상대를 고를 수 있느냐'고 물어보았다.

오랜 세월 시로타 가문에서 일한 의사는 고지가 무슨 말을 하고 싶은지 바로 이해하고 '누굴 원하느냐'고 단도직입적으로 물었다. 고지도 단도직입적으로 이름을 말하자 의사는 짧게 끄덕일 뿐이었다.

그리고 고지는 정식으로 다카다 나치의 포도가 되었다.

흐응, 이런 곳을 사용하는구나.

고지는 그 작은 다실을 둘러보았다.

지금까지 시로타 가에서는 그 다실을 사용한 적이 없음이 분명했다.

부지 외곽에 있는, 눈에 잘 띄지 않는 장소에 오도카니 있는 별채인데다 정식으로 사용되는 다실이 안채에 따로 있으니 말이다.

옛날부터 이와쿠라의 집안에 있는 다실은 '드나드는' 자를 위한 곳이었지만, 아마 처음 지었을 때부터 시로타 가문에서는 이 다실을 본래의 목적으로 사용할 생각이 없었으리라.

하지만 제공자가 된 이상 제공이 시작될 사흘 후 밤에 맞춰 이곳을 정리해 두어야 한다. 최소한의 청소는 해 두었지만 방 안에서는 쉰내가 났다.

집안 사람들에게 들키지 않도록 조심하며 방을 환기시켜야 했다. 고지는 몰래 장지문을 열어 바깥 공기가 통하게끔 해 놓았다.

차 솥에 물을 끓이고 다실에서 기다리는 것이 제공자의 신호라고 들었다. 다도는 어린 시절부터 배웠으므로 화로에 불을 피우고 물을 끓이는 데에도 익숙했다.

제공자에게도 여러 가지 규칙이 있는데 비밀 엄수 의무도 그중 하나였다. 제공한 상대가 누구인지는 절대 다른 사람에게 말해서는 안 되었다.

고지는 다실의 작은 출입구로 그 소녀가 들어오는 모습을 상상했다.

무심코 뺨이 달아올랐다.

상대의 얼굴을 보아서는 안 된다. 불빛은 차 솥 옆에 켜 놓은 촛대 하나가 전부다.

작은 불빛 정도라면 한밤중에 내가 여기 왔다는 사실을 가족들에게 들킬 리 없으리라.

고지는 그렇게 확신하고 고개를 살짝 끄덕였다.

그러고 나서 다다미 위에 벌렁 드러누워 보았다.

여기서 물을 끓이고 매일 밤 기다리기만 하면 된다. 그렇게 생각하니 심장이 빠르게 쿵쿵 뛰었다.

물론 최후의 선택권은 캠프생에게 있다.

고지는 그렇게 스스로를 타일렀다.

그 애가 반드시 이 집에 드나든다는 보장은 없어. 너무 기대하면 안 돼. 바보처럼 뭘 그렇게 기대하고 있는 거야.

고지는 눈을 감고 심호흡했다.

일단 각각의 제공자가 정해져 있기는 하지만, 그 제공자의 피가 마음에 들지는 모르는 일이다. 사람에 따라서는 복수의 제공자들 집에 두루두루 드나드는 경우도 있고, 개중에는 제공자가 아닌 사람의 피를 원하는 자도 있다고 했다. 가끔 아무것도 모르는 관광객의 피를 빨려다 큰 소동이 벌어지는 일도 생긴다고 한다.

끔찍한 인습. 미신 같은 풍습. 너는 거기 엮여서는 안 돼.

아버지의 내뱉는 듯한 목소리가 떠올랐다.

이제 곧 그 아이가 저 출입구로 들어오리라.

그냥 체험만 해 볼 뿐이라고, 고지는 다시 한 번 스스로를 타일렀다.

포도가 누구인지는 비밀을 엄수할 의무가 있다.

그런 지시를 받은 것은 나치 역시 마찬가지였다. 누구의 피를 빠는지는 가족에게도 이야기하면 안 된다고 했다.

시로타 고지의 이름을 본 순간 나치는 혼란에 빠졌다.

어쩌면 좋지. 어쩌면.

통로가 든 파우치에 이름과 주소가 적힌 종이를 집어넣었다.

그것을 늘 몸에 지니고 다녀야만 했는데, 유달리 파우치가 무겁게 느껴졌다.

일단 제공자가 정해져 있기는 하나 반드시 그 상대여야만 한다는 법은 없다. 하지만 제공자는 건강이 보증되어 있으므로 건강한 피를 받는 편이 바람직하다고 선생님은 못을 박았다.

드나들지 않는다는 선택지는 없을까.

나치는 그 생각밖에 없었다. 계속 밖에서 문 버팀목을 받쳐서 막아 주면 그 집에 드나들지 않아도 되지 않을까.

하지만 사흘 후부터는 메아리를 가둬 놓는 문 버팀목도 해제될 예정이라고 누군가가 말했다. 메아리보다 피먹임이 우선이라는 모양이었다. 그 사실을 통해, 선생님들이 무슨 짓을 해서라도 우리 중에서 허주 승선원을 배출하려 한다는 강렬한 의지가 느껴졌다.

히사오 이모나 후카시 오빠한테 문 버팀목을 계속 받쳐 놓아 달라고 부탁하는 건 어떨까.

그런 생각이 들었으나 두 사람이 허락해 줄 것 같지 않았다. 특히 후카시 오빠는 그런 짓을 할 바에야 자신의 피를 빨라고 할 게 뻔했다. 그리고 자유롭게 드나들 수 있게 되면 자신은 분명 피를 빨고 싶어지리라. 아마 휘청거리며 밖으로 나가 버릴 것이다.

나치는 오싹해졌다.

어쩌면 좋지. 어쩌면.

나치는 식사도 목구멍으로 넘어가질 않았다.

오늘도 여관은 매우 바빴고, 부엌 한구석에서 혼자 저녁을 먹었지만 밥을 삼킬 수가 없었다. 일찌감치 방으로 올라가려 했지만 왠지 복도 쪽이 시끄러웠다.

평소보다 훨씬 더 야단법석이었다.

그렇구나, 그 일 때문이야. 짚이는 데가 있었다.

출퇴근하며 일하던 여관 직원 한 명이 갑자기 충수염으로 입원했다. 베테랑이었기 때문에 그 사람 한 명이 빠지면 일손이 크게 부족해진다. 오늘 밤에도 연회가 예정되어 있다는데.

새파래진 얼굴로 이리 뛰고 저리 뛰는 히사오 이모를 발견한 나치는 일을 도와야겠다고 결심했다. 지금까지도 여러 번 도운 적 있었고, 쟁반에 음식 차리는 순서 정도는 나치도 알았다.

나치는 주방으로 들어가 수북이 쌓여 있던 쟁반 하나를 집어 들었다.

"아니, 나치."

다른 직원이 별생각 없이 돌아보다가 뒤를 따라온 나치를 보고 깜짝 놀랐다.

"저도 도울게요. 오늘 가쓰타 씨가 안 계신다면서요."

"맞아. 아, 이러면 안 되는데. 나치한테 이런 일을 시키면……."

정말로 난감하기 그지없는 목소리였다.

"괜찮아요."

나치는 딱 잘라 말한 뒤 함께 식사 쟁반을 나르기 시작했다. 다른 직원들도 나치가 일을 돕는다는 사실을 알았지만 시간이 없는지 모두 바짝 긴장이 들어 있어, 저리 가 있으라는 말은 하지 않았다. 히사오조차 나치를 보고 놀란 표정을 짓기는 했지만 차례차례 들어오는 손님들에게 인사하느라 바빠 나치에게 말을 걸 틈이 없었다.

술을 나르고, 잔을 나르는 사이 순식간에 눈이 빙빙 돌 정도로 바쁜 소용돌이로 말려들어 갔다.

하지만 그 바쁜 상황 덕분에 오히려 마음이 편해져 방금 전까지의 혼란도 다 날아가 버렸기에 나치는 일을 돕길 잘 했다고 생각했다. 몸을 움직이는 것이 오히려 편했다.

안 갈 거야. 나는 절대 피를 빨러 가지 않을 거야.

나치는 그렇게 다짐하며 손님방과 주방 사이를 부산스럽게 오갔다.

"다녀왔습니다아."

현관으로 들어온 후카시가 누구에게라고 할 것 없이 말을 걸었다.

어차피 오늘도 여관은 전쟁터처럼 바쁠 것이라는 생각에 잽싸게 안으로 들어갔다.

"나치? 같이 밥 먹자. 응?"

아직 저녁을 먹지 않았으리라는 생각에 주방을 들여다보았지만 안은 이미 다 치워진 후였다.

그 녀석, 어딜 간 걸까. 방에 돌아가기엔 아직 이른데.

후카시는 주위를 두리번거렸다.

여관 쪽 통로를 빼꼼 내다보니 복도를 종종걸음으로 돌아다니는 나치의 모습이 보였다.

뭐 하는 거야, 저 녀석.

"국화실에 술 두 병이요."

나치의 맑은 목소리가 복도 안쪽에서 울려 퍼졌다.

후카시는 어이가 없었다. 왜 나치가 일을 돕고 있는 거람.

그때 문득 베테랑 직원 한 명이 갑작스러운 병으로 병원에 실려 갔다고 어머니가 한탄하던 일이 떠올랐다.

그렇구나, 그래서 일을 도와주고 있는 거야.

굳이 따지자면 내성적이고 얌전한 성격의 나치가 의외로 시원시원하게 일하는 모습을 보고 후카시는 감탄했다.

후카시는 히죽거리며 복도 안으로 들어가 나치에게 말을 걸었다.

"나치, 일하는 자세가 그럴싸한데?"

"아, 오빠. 미안, 식사 준비……."

나치는 쟁반을 들고 당황한 표정으로 돌아보았다. 후카시가 손을 내저었다.

"됐어, 됐어. 내가 알아서 먹을게."

그렇게 말하며 왔던 길을 돌아가려던 후카시는 문득 바닥에 떨어진 작은 파우치를 발견했다.

가슴이 철렁해져서 걸음을 멈추었다.

아직 새것으로 보이는, 빨간 파우치.

시선이 그쪽으로 쏠렸다.

나치의 통로다. 벌써 배부됐구나.

후카시는 아주 잠깐 망설였다가 그것을 재빨리 집어 들었다.

그리고 주머니에 쑤셔 넣고서 복도를 빠져나갔다.

심장이 쿵쿵 뛰는 것이 느껴졌다.

쟁반을 나르다가 떨어뜨린 모양이었다. 누구랑 부딪히는 바람에 주머니에서 튀어나왔나 보다.

후카시는 파우치를 꽉 움켜쥐었다.

이 안에, 나치의 포도 이름이 적혀 있다.

후카시는 제공자 신청을 하지 않았다. 나치의 가장 가까운 곳에 있는 사람은 자신이니, 나치가 자신을 선택하면 괜찮을 것이라고 생각했기 때문이었다.

최후의 선택권은 캠프생에게 있다. 게다가 만일 제공자 자격을 얻었다가 다른 아이의 담당으로 배정될 경우 그쪽을 우선시해야 한다.

그러니까 괜찮다. 나치의 피먹임을 함께할 사람은 바로 나다.

전신에서 식은땀이 솟아났다.

이것을 나치에게 건네줘야 하는데.

너, 중요한 거 떨어뜨렸어. 선생님이 항상 몸에 지니고 다니라고 하지 않았어? 하고 잔소리를 늘어놓아야만 한다.

만일 누군가가 주웠다가 안을 들여다보면 어쩌려고 그래? 포도가 누구인지는 절대 들키면 안 되잖아.

후카시는 바지 주머니 속에서 파우치를 다시 한 번 꽉 쥐었다. 파우치가 땀에 젖어 미지근해져 갔다.

후카시는 빠른 걸음으로 자기 방에 돌아가 문을 닫았다.

작은 한숨을 내쉬고 조심스럽게 빨간 파우치를 꺼내, 그것을 물끄러미 내려다보았다.

나치의 피먹임 상대는 나야.

후카시는 자신의 손가락이 슬금슬금 파우치를 여는 모습을 바라보았다.

안에 접힌 종이가 들어 있었다.

제공자가 누구인지는 절대 들키면 안 된다.

손가락이 제멋대로 움직였다. 작은 종이가 펼쳐지고, 거기 적힌 글자가 보였다.

후카시는 종이에 쓰여 있는 이름을 읽었다.

다음 날 아침 잠에서 깨어 일어난 순간 나치가 제일 먼저 느낀 감정은 안도감이었다.

오랜만에 푹 잤다는 만족감이 느껴지고, 머리도 맑고 개운했다.

반사적으로 양손을 보았다. 당연히 더럽혀지지 않고, 아주 깨끗했다.

괜찮아. 나치는 저도 모르게 가슴을 쓸어내렸다.

아무래도 한밤중에 빠져나간 적은 없었던 듯했다. 앞으로도 계속 여관 일을 도와야겠다. 낮에 활발하게 활동하면 밤에 잠을 잘 수가 있다.

내내 등에 달라붙어 있던 불안이 작아지고 희망이 솟아나는 느낌이었다.

하지만 교복으로 갈아입던 중 나치는 주머니에 통로가 없다는 사실을 알아차렸다.

전신이 얼어붙고, 꼼짝도 할 수가 없었다.

떨어뜨렸나? 언제지? 언제부터 없었지?

얼굴이 새파래진 나치는 우선 방 안을 찾아보았으나 어디에도 없었다. 선명한 빨간색 파우치다. 못 보고 놓칠 리가 없었다.

어쩌지.

전신에서 심장이 쿵쿵 뛰고, 마치 파도처럼 출렁였다.

나치는 머릿속이 새하얘진 채로 다다미에 손을 짚고 넋이 나갔다.

잠깐만, 잘 생각해 보자. 반대로 언제까지 갖고 있었더라.

나치는 필사적으로 기억을 더듬었다.

집에 왔을 때는 있었다. 그건 확실하다. 그러니까 밖에서 떨어뜨린 것은 아니다. 어제 집에 온 후 밖에는 나가지 않았으니, 떨어뜨렸다면 집 안에 있을 터.

마음이 다소 진정되었다. 집 안이라면 돌아다닌 범위는 한정되어 있다. 통학로를 찾아다닐 필요는 없다.

어젯밤 식사 쟁반을 나를 때 떨어뜨린 것이 분명하다고, 나치는 생각했다.

그렇게 정신없이 바쁘게 뛰어다녔고, 쪼그려 앉았다 일어났다 하는 일을 반복했으니 여관 어딘가에 떨어뜨렸으리라.

어쩌지, 손님방에 떨어뜨렸다면? 손님이 그걸 주웠다면?

나치는 오싹해졌다.

통로 그 자체보다 함께 들어 있는 제공자의 이름을 누가 보는 편이 더 큰 문제가 되리라는 사실을 나치는 깨달았다. 심지어 나치의 상대는 저 시로타 관광의 아들이었다.

나치의 얼굴이 더욱 새파랗게 질렸다. 일이 커졌다는 공포가 전신을 스멀스멀 잠식했다.

아무튼 찾아보자. 집 안에 있는 건 분명하니까.

간신히 자신을 격려한 나치는 방을 나섰다.

두리번거리며 안채 주방으로 향했다. 어디 주변에 떨어져 있는 건 아닐지 눈을 부릅뜨고 둘러보았지만 어느 곳이고 깨끗하게 청소가 되어, 먼지 하나 없었다.

"나치, 잘 잤니? 아침 먹어야지. 어젠 정말 미안했어. 하지만 솔직히 덕분에 살았지 뭐야. 고맙다."

안에 있던 히사오가 나치를 보고 절하는 시늉을 했다.

"괜찮아요. 저야말로 지금까지 전혀 도와드리지 않아서 죄송했어요."

나치가 다급히 손을 내저었다.

"앞으로도 일 많이 시켜 주세요. 그러는 게 저도 더 편하고, 컨디션도 훨씬 나아지는 것 같아요."

고개를 꾸벅 숙이자 히사오는 난처한 표정을 지었다.

"아니, 그래도…… 캠프에 참가하러 왔다는 핑계로 널 편리하게 써먹는 것 같잖아. 그러긴 싫어. 다카다 집안에서 알면 또 야단치실 테고."

"그럼 가쓰타 씨가 안 계시는 동안만이라도."

히사오도 망설여지는 모양이었다. 베테랑 직원이 빠져서 상황이 난처해진 것은 사실이고 나치가 의외로 일을 잘해서 꽤 활약하기도 했기에, 그것과 다카다 집안과 나치에 대한 미안함 중 어느 쪽이 더 클지 고민되는 듯했다.

"히사오 이모, 제발요. 저도 돕고 싶어요. 거짓말 아니에요."

나치도 필사적이었다.

괴물 따위는 절대 안 될 테다. 머릿속에서 그렇게 외치는 자신의 목소리가 들렸다.

히사오는 휴우, 하고 한숨을 내쉰 뒤 떫은 얼굴로 입을 열었다.

"나 원 참, 상황이 상황이다 보니 덮어놓고 거절할 수도 없네. 그럼 부탁할게."

"고마워요, 히사오 이모."

나치는 다시 한 번 고개를 꾸벅 숙였다.

"아참, 맞다. 나치."

히사오가 갑자기 생각난 듯 소리를 지르며 기모노 소매에 손을 집어넣었다.

"이거 떨어뜨렸지? 조심해야지, 중요한 물건이잖아."

히사오가 목소리를 낮춰 그렇게 말하며 나치에게 살며시 건넨 것은 빨간 파우치였다.

"앗!"

나치는 무심코 소리를 질렀다.

"다행이다, 이거 찾고 있었어요. 떨어뜨렸다는 걸 오늘 아침에야 알아서. 다행이야, 역시 집 안에 있었구나."

나치는 히사오에게서 파우치를 받아 들고 속을 슬쩍 들여다보았다. 통로와 함께 종이도 잘 들어 있었다.

안도한 나머지 갑자기 피로감이 밀려들었다. 나치는 파우치 주둥이를 조이고 꽉 움켜쥐었다.

"히사오 이모, 이거 어디 있었어요?"

"복도 구석에 떨어져 있었다더라."

나치는 고개를 들었다.

"네?"

떨어져 있었다더라. 다른 사람에게서 들은 듯한 말투였다. 불안해졌다.

"누가 주워 줬나요?"

"후카시가 어젯밤에 주웠다면서 갖고 왔어."

나치는 움찔했다.

"후카시 오빠가? 몇 시쯤에요?"

후카시가. 빤히 후카시가 자신을 응시하던 모습이 떠올랐다. 그 눈빛이 왠지 수상쩍고, 나치를 책망하는 듯 느껴졌다.

"아침에 나가는 길에 나한테 주고 갔어."

"네? 오빠 벌써 나갔어요?"

"응. 뭐라더라, 학교에 볼일이 있다면서."

"그랬군요."

나치는 멍하니 주방을 쳐다보며, 싱크대에 설거지가 끝난 밥그릇을 응시했다.

후카시에게 들켰다.

정리된 식기를 보며 나치는 그런 직감을 느꼈다.

후카시가 그 파우치를 주워서 속에 쓰여 있는 이름을 본 것이 분명했다. 후카시는 시로타 가문의 남매를 싫어한다. 나치의 제공자가 시로타 고지라는 사실을 알고 화가 났음이 분명했다.

"이거 달아 줄게. 주머니에 넣는 것보다 목에 걸고 다니는 편이 보관하기 더 좋을 거야. 알고 있겠지만 잃어버리면 큰일이니까."

나치는 힘없는 눈빛으로 히사오를 바라보았다.

히사오의 눈동자에는 격려의 빛이 떠올라 있었다.

히사오도 속을 보았을까. 아니, 이 사람은 안 봤을 것이다. 이 사람은 그런 짓을 할 사람이 아니다.

히사오는 가느다란 끈을 꺼내 나치의 손에서 파우치를 받아 들고, 파우치를 조이는 끈을 연결해 목걸이를 만들어 주었다.

"네, 조심할게요."

나치는 풀이 잔뜩 죽은 채 그것을 목에 걸었다. 확실히 이러는 편이 더 안심이 되었다.

"그럼 나는 회의가 있으니까 아침 잘 챙겨 먹고 가렴."

히사오는 미소를 지은 뒤 빠른 걸음으로 여관으로 가 버렸다.

후카시에게 들켰다. 그 누구에게도 들켜서는 안 되는데.

그 사실에 마음이 무거워진 나치는 비틀비틀 밥통 쪽으로 다가가 뚜껑을 열었다.

후카시가 화가 난 것은 사실이었지만 그것은 나치의 생각과는 다른 이유에서였다.

평소보다 빠른 걸음으로 강가 통학로를 걷고 있자니 머릿속으로 다양한 감정이 밀려들어 와, 고함을 지르고 싶어졌다.

시로타가 왜?

그 종이를 본 순간 후카시는 자신이 잘못 본 줄 알았다. 동성동

명의 다른 사람이라고 생각했을 정도였다.

하지만 이 근방에서 시로타라고 하면 시로타 관광 집안밖에 없다. 아무리 생각해도 그 꼴보기 싫은 남동생의 이름일 터였다.

그 다음으로 느껴진 감정은 곤혹이었다.

시로타 집안 사람들이 허주 승선원과 거기에 얽힌 사정을 '야만적이고 으스스한 무언가'라며 꺼려한다는 사실을 이와쿠라에서는 누구나 다 알고 있었다. 후계자가 될 아이들에게도 절대 엮이지 말라고 대대로 가르친다는 사실도.

그런데 왜 갑자기, 하필이면 고르고 골라 그 녀석이 나치의 제공자가 된 거지?

후카시는 고개를 갸웃했다.

제공자는 스스로 희망하지 않으면 될 수 없다. 건강한 혈액을 제공하는 것이 대전제이기 때문에 여러 번의 검사가 이루어진다. 지금까지 시로타 가문의 누군가가 제공자가 되었다는 이야기는 들어 본 적이 없었다.

시로타 고지는 당연히 캠프에 참가한 적이 없고, 게다가 허주 승선원에 대한 편견과 경멸을 감추지도 않았다. 그 누나 역시 확실하게 입 밖으로 내어 말한 적은 없지만 찜찜하게 여기는 눈치가 있었다. 글쎄 후카시가 캠프에 참가하기 전에 몰래 찾아와서 '제발 거기 가지 마.'라고 말하고 갔을 정도였다.

왜 그런 위험한 곳에 참가하는 거야? 나랑 같이 도쿄에 있는 학원에 가면 참가 안 해도 돼.

에이코의 목소리가 아직도 귓가에서 떠나질 않았다. 마치 자신이 후카시에게 좋은 것을 가르쳐 준다는 듯한 말투였다. 그 일을 떠올리니 화가 났다. 적성이 없었다고 낙심하는 후카시와 달리 에이코가 기뻐한다는 소문을 듣고 격심한 분노를 느꼈던 일도.

다음으로 떠오른 것은 이것이 자신에 대한 괴롭힘일지도 모른다는 생각이었다.

고지는 누나 일 때문에 후카시에게 적의를 품고 있어, 툭하면 트집을 잡으며 시비를 걸거나 덤비곤 했다. 후카시가 누나를 농락하고 있다고 생각하는 모양이었다.

누가 좋아서 너희 누나 따위를. 오히려 나는 피해를 보는 입장이라고.

끈질기게 계속 접근하는 누나도 짜증나지만 제멋대로 착각하고 자꾸 싸움을 거는 남동생도 지긋지긋했다. 정말 귀찮은 남매다.

또 화가 났다.

그래서 이 또한 고지가 번거로운 방법으로 자신을 괴롭히는 것이 아닌가 하는 생각이 들었다. 유리가 깨진 그날 밤, 후카시가 나치를 감싸며 화를 냈기 때문에 그런 나치의 제공자가 됨으로써 후카시에게 앙갚음을 하려는 모양이었다.

시로타 가문이라면 특정 상대의 포도가 되는 일은 너무나 간단하다. 경제적으로 이와쿠라를 좌지우지하는 시로타 관광은 정치적인 힘도 있다.

어처구니없는 놈이다.

후카시는 새로운 분노가 뱃속에서 부글부글 끓어오르는 것을 느꼈다.

하지만 금세 새로운 의문이 솟아났다.

포도가 되었다. 그 시로타 고지가. 분명 아버지에게는 비밀로 했겠지. 그 아버지가, 아들이 제공자가 되는 일을 허락했을 리가 없다. 그런데 혼자서 누군가에게 손을 써서 일부러 나치의 포도가 되었다.

왜지?

후카시는 저도 모르게 걸음을 멈추고 강을 돌아보았다.

오늘도 깊이 파인 강바닥을, 하얀 물보라를 일으키며 물이 흐르고 있었다.

문득 불길한 예감이 들었다.

설마 그 녀석, 정말로 나치를…….

그 뒷말은 너무나 끔찍해서 입에 담을 수조차 없었다.

배 속에서 시커먼 무언가가 스멀스멀 퍼져 나갔다.

용서 못 해.

후카시는 저도 모르게 고개를 흔들었다.

그 자식, 허주 승선원을 그렇게 무시해 놓고 이제 와서 그럴 수가. 심지어 나치에게 손을 대다니. 그런 건 절대 용서 못 해. 무슨 짓을 해서라도.

후카시는 눈에 어두운 빛을 띠고 다시 걸어갔다.

나무들 사이로 고요히 가로지르는 그림자가 있었다.

긴 머리를 나부끼며 나아가는 옆얼굴에 부드러운 햇볕이 내리쬐는 모습은 왠지 이 세상의 것이 아닌 듯한 분위기를 풍겼다.

산속이었다. 그림자는 가볍게 산길을 올라갔다. 꽤나 급경사인데도 숨을 헐떡이는 기색조차 없었다.

여름의 산은 소란스럽다.

이곳저곳에서 새 울음소리가 울려 퍼지고, 나무뿌리 옆으로 작은 동물들이 뛰어다닌다. 숨 막힐 정도로 습한 수풀의 열기와 함께 생명의 기척으로 가득 차 있다.

도와라 불렸던 여성이었다. 옅은 푸른색과 녹색이 섞인 색의 기모노를 입은 여성은 산의 색깔 속에 녹아들 것만 같았다.

문득 여성의 모습이 사라졌다.

어두컴컴하고 좁은 터널에 들어간 것이다. 어둠 속 어딘가에서 물 떨어지는 소리가 났다.

터널은 자연적으로 생긴 것과 인공적으로 만든 것, 두 종류가 있지만 워낙 오래 전에 만들어진 터널인 탓에 어느 쪽인지 구분하기 어려웠다. 자연 속에 파묻혀 알아보기 힘든 터널은 마치 미로처럼 온 산에 퍼져 있었다. 그 전체를 파악하는 사람은 두 손에 꼽을 정도밖에 안 된다고들 한다.

도와는 익숙한 걸음걸이로 터널을 통과해 조금 넓은 장소로 나갔다.

눈앞에 우뚝 솟은 거대한 바위. 굵은 금줄이 쳐진 기묘한 조각.

허주.

그렇게 불리는 벽화였다.

도와는 그 벽화를 물끄러미 올려다보았다.

그 눈에는 아무런 감회도 감정도 나타나 있지 않았다.

그러나 도와는 천천히 손을 뻗어, 웅크린 자세의 인체로 보이는 돌을새김 조각을 살며시 어루만졌다.

"안녕, 도와."

갑자기 나무 그늘에서 목소리가 들려, 도와는 움찔하며 손을 뒤로 뺐다.

덤불이 부스럭거리며 흔들리고 나타난 사람은 아마치 마사키였다.

"어머나."

도와는 의외라는 표정으로 마사키를 빤히 바라보았다.

"이런 데서 뭐 해?"

"그건 내가 물을 말이야. 도와는 여기서 뭐 해?"

마사키는 정면으로 도와를 마주 보며 되물었다. 그 눈은 날카롭게 도와를 응시하고 있었다.

"말해 줘. 도와는 왜 이와쿠라로 돌아온 거야? 귀중한 허주 승선원이 왜 지금 여기 있는 건데? 도와랑 같이 돌아온 선단은 이미 다음 항해를 떠났잖아. 왜 도와만 남았어?"

마사키의 눈에는 어설픈 대답은 허락하지 않겠다는, 분노와도 닮은 감정이 떠올랐다.

도와는 그런 마사키에게 미소를 지었다.

"글쎄, 왜일까. 한 가지 이유는 너희 모두를 돕기 위해서야."

"우리 모두를?"

"응."

도와는 크게 고개를 끄덕였다.

"변질체가 되는 일을 돕는다고?"

"아마 그렇겠지. 그것만은 아니지만."

"어떻게 도와줄 건데?"

"그 방법은 지금 찾는 중이야. 올해의 너희가 굉장한 기대를 받고 있는 건 사실이고."

그때 마사키가 다소 망설였다.

"혹시, 메아리가 나올 것을 예상해서?"

도와의 얼굴이 다소 험악해진 듯했다.

"메아리……."

도와가 내뱉듯 중얼거렸다.

그러더니 갑자기 마사키에게 등을 돌리고 나무숲 쪽으로 다가가 잎사귀를 어루만졌다.

"그건 예상 못 했어."

뚝, 하고 손가락으로 잔가지를 꺾었다.

"하지만 위험해진 건 확실해. 그와 동시에 너희에 대한 기대가 더욱 높아진 것도."

"메아리가 나오는 해에는 적성 있는 아이가 많다는 이야기는 들었는데."

마사키가 혼잣말처럼 말하자 도와는 퍼뜩 놀란 얼굴로 마사키를 돌아보았다.

두 사람의 눈이 마주쳤다.

"네가 쓰쿠바 출신이었다는 사실을 잊고 있었어. 어린 시절부터 많은 얘기를 들었겠네."

"나도 중요한 건 잘 몰라. 이 캠프에서 허주 승선원을 육성하는 방법이 막다른 골목에 막혔다는 것 정도밖에."

도와는 쓴웃음을 지었다.

"그건 무척 '중요한 것' 아닐까?"

"뭐. 그건 그렇겠지만."

마사키는 인정했다.

도와가 문득 하늘을 올려다보았다.

"맞아. 원정대는 열심히 노력하고 있지만 필요한 수의 허주 승선원을 확보하는 게 점점 어려워지고 있어."

도와의 눈은 어딘가 먼 곳을 바라보고 있었다. 머나먼 저편, 도와가 여행했던 그 어두운 허공을.

마사키는 왠지 오싹해져서 저도 모르게 도와가 보는 방향으로 시선을 돌렸다.

그쪽에서는 나뭇잎 사이로 환한 햇빛만이 비쳐 들 뿐이었다.

"이제 곧 선단이 돌아올 거야."

도와는 하늘을 올려다보며 말을 이었다.

"저 먼 별에서 오랜만에 이 별로 돌아오는 거야. 아마 우리에게 아주 중요한 소식을 가져오겠지."

"중요한 소식?"

"응, 중요한 소식. 또는 결단일 수도 있고."

도와의 눈이 신비롭게 반짝였다. 보는 사람을 불안하게 만드는, 열기 띤 불길한 반짝임이었다.

"그게 뭔데?"

마사키는 파랗게 질린 얼굴로 물었다. 그 눈에는 알고 싶은 마음과 알기 싫은 마음이 혼재되어 있었다.

"글쎄, 좋은 일일지도 모르고 나쁜 일일지도 몰라."

도와는 노래하듯 말했다.

"하지만 사실 좋은 일과 나쁜 일의 차이는 아주 작아. 그렇게 생각하지 않아? 허주 승선원이 되는 일 자체도 훌륭한 일인 동시에 무시무시한 일이기도 해. 너는 이미 알고 있겠지만."

"그건 그래."

마사키는 고개를 끄덕였다.

"이 별이 태양에 잡아먹히는 일도 운명이고, 내가 이렇게 태어난 일도 운명이겠지."

잠시 침묵이 내려앉고 새 소리가 그 공백을 채웠다.

"그러고 보니 다카다 나치가 재미있는 말을 하던데."

잠시 후 마사키가 화제를 바꿨다.

도와가 마사키의 얼굴을 보았다.

"다카다 나치……?"

"미카게 여관에 있는 애야. 한참 이와쿠라를 떠나 있다가 캠프에 참가한 애."

도와의 시선이 허공을 헤맸다.

"아, 그 애구나. 그 애……."

그러다 문득 무언가가 떠오른 표정을 지었다.

"나비 계곡 위, 선착장에 갔을 때였는데."

마사키의 눈동자에 날카로운 빛이 돌아왔다.

"애당초 선착장이 있는 것 자체가 이상하지 않느냐는 거야. 우연히 불시착한 허주에서 항해 기술을 배웠다고 하는데, 선착장이 있는 이상 옛날부터 허주가 여러 번 왔던 게 아니겠느냐고."

도와의 눈도 날카로워졌다.

두 사람의 시선이 또다시 뒤엉켰다.

"맞아. 옛날 허주가 여러 번 여기 왔다면 그 배에 탄 사람들은 어딜 갔을까? 왜 지금은 허주가 안 오는 걸까? 당연히 그런 생각이 들지."

마사키는 도와를 향해 몸을 아주 살짝 내밀었다.

도와는 차분한 표정으로 가만히 서 있었다.

"무슨 말을 하고 싶은 거야, 너는?"

마사키는 도와의 눈을 똑바로 응시했다.

"나는 생각해 봤어, 그 이유를."

"말해 봐."

도와는 당황하지 않고 마사키의 시선을 받아냈다.

"간단해. 그들은 지금도 여기 있는 거야."

마사키가 지면을 가리켰다.

"여기?"

도와가 어깨를 으쓱했다.

"그래. 계속 여기 있어. 우리 안에."

마사키의 목소리가 커졌다.

"변질체는 외부에서 허주를 타고 온 자들의 흔적이야. 그들은 우리의 선조 중에 있고, 우리는 그 후예지. 우리는 그 유전자를 물려받은 거야."

두 사람 사이에 침묵이 내려앉았다.

"여기에."

마사키의 손가락은 어느샌가 자신의 심장을 가리키고 있었다.

"있어. 처음으로 찾아온 그들의 후예가."

도와의 표정은 여전히 바뀌지 않았다. 희미한 미소에 가까운 표정을 지은 도와는 마치 먼 곳에 있는 듯 마사키의 얼굴을 바라보았다.

마사키는 한동안 도와와 얼굴을 마주 보다가 문득 표정을 누그러뜨리며 어깨를 으쓱했다.

"더 빨리 알아차렸어야 했는데. 반대였던 거야."

"반대?"

도와가 물었다.

"응. 외해를 여행하려면 어마어마한 시간이 걸려. 그래서 나이를 먹지 않고, 많은 영양분을 필요로 하지 않는 자만이 여행을 할 수 있지. 그렇잖아? 하지만 원래 지구에 장수하는 종족이 있었기 때문에 외해에 나가려고 마음먹은 게 아니라, 외해에서 온 자들이 장수하는 종족이었기 때문에 그런 시스템이 된 거야."

마사키는 말을 고르며 이야기했다.

"그자들은 장수하는 종족이었기 때문에 지구에 올 수 있었어. 물론 처음에는 사고로 불시착했겠지. 사망자도 다수 나왔을 거야. 하지만 살아남은 자들도 있었어. 그자들에게 배우고, 그자들을 흉내 내고, 외해에 나가기 위해 그자들 같은 존재가 되려 했지."

마사키는 바위에 새겨진 그림을 올려다보았다.

"고향에 돌아가고 싶었던 그자들이 지구인들에게 도움을 청한 건 자연스러운 일이었어. 그렇게 커다란 허주로 항해하려면 어느 정도 인원이 필요했겠지. 살아남은 이들끼리는 도저히 떠날 수가 없었을 거야."

배에 조각된 승선원들. 지장보살과 관음보살, 소, 말. 작게 그려진 인간.

"난 지금까지 이게 옛날이야기 같은 그림이라고만 생각했고 그렇게 받아들였지만, 사실은 '이질적인 생물들'이 배에 탄 것을 가리켰는지도 몰라. 말 그대로 외계인과 지구인이. 그런 의미에서는 정말로 리얼한 묘사였을 거야. 소와 말을 데려간 건 지구인의 식량이었기 때문일 테고."

나뭇잎 사이로 비쳐 드는 햇살과 불어 드는 바람이 두 사람을 부드럽게 감쌌다.

이렇게 평화로운 광경 속에서 나누기에는 스케일이 너무 큰 화제인데, 하고 마사키는 생각했다.

요정처럼 서 있는 도와의 모습도, 이렇게 코앞에서 바라보고 있는데도 현실감이 없었다.

"하지만 문제가 있었어. 지구인의 수명이 너무 짧았던 거지. 그들은 지구인이 너무나 빨리 죽어 버린다는 사실에 놀랐을 거야. 고향까지 돌아가기에는 수명이 어림도 없었거든."

그 사실을 알았을 때의 충격을 상상해 보았다.

명주잠자리는 고작 하루. 코끼리의 시간, 쥐의 시간. 마사키는 동물의 수명과, 생물에 따라 느끼는 시간의 차이를 처음 알았을 때의 충격을 떠올려 보았다.

머나먼 별에 불시착한 외계인들도 같은 느낌을 받았으리라.

어떻게 해야 좋을까. 어떻게 하면 고향에 돌아갈 수 있을까.

"여러 가지로 머리를 굴려 봤을 거야. 결과적으로 그들은 지구인과의 사이에 자손을 낳아, 자신들과 같은 장수 종족을 키우려했어. 장기 계획이지. 어마어마하게 시간이 걸렸겠지만."

그제야 도와가 고개를 끄덕였다.

"그렇구나, 재미있네. 잘 만들어진 이야기야."

"아니야?"

마사키가 고개를 갸웃했다.

"설명할 수 없는 점이 많잖아. 왜 이곳 이와쿠라에 있으면 변질이 일어나는지. 땅의 힘이란 무엇인지. 메아리도."

도와는 나무를 살며시 쓰다듬으며 몸을 기댔다.

그 시선은 나무숲 너머 능선을 향했다.

"응, 하긴 모르는 점이 많긴 해. 내가 지금 이야기한 내용도 그냥 문득 떠오른 생각이었을 뿐이야. 어떤 과정을 거쳐 이 캠프나 피먹임 같은 시스템이 만들어졌는지는 상상도 안 돼."

마사키도 겹겹이 푸르게 이어지는 산 능선을 바라보았다.

"분명 오랜 세월에 걸쳐 자신들의 풍토와 습관에 맞춰 나갔을 테지. 허주에 타는 일과 허주 승선원이 되는 일을 자신들의 사명으로 만들어 나가면서."

"사명……."

도와가 중얼거렸다.

"좋은 말이네. 괴로운 말이기도 하지만."

마사키는 그 의미를 굳이 묻지 않았다.

"다음 선단은 언제쯤 돌아와? 그 중대한 소식을 가져온다는 선단은."

마사키가 도와의 얼굴을 바라보았다.

"올 여름…… 밤샘춤 즈음 아닐까, 아마."

도와가 남의 일처럼 말했다.

"밤샘춤이라. 나도 같이 춤추고 싶네, 올해는."

"춤춰 본 적 없어?"

"있을 리가. 춤 안 춰, 나는. 피먹임도 필요 없고."

마사키는 이제 와서 무슨 말을, 하는 표정으로 중얼거렸다. 그러다 문득 무슨 생각이 떠올랐는지 도와를 보았다.

"저기, 혹시 당신은 메아리가 누구인지 알고 있는 거야?"

"왜 그렇게 생각해?"

도와가 마사키를 놀리듯 고개를 갸웃하며 웃었다.

"그냥, 느낌으로. 도와는 뭐든 다 아는 것 같아서."

"아니, 아무것도 몰라. 사실은 아무 도움도 못 돼."

도와가 천천히 고개를 가로저었다. 하지만 표정이 금세 험악해졌다.

"찾고는 있어, 메아리를. 오랜만이네, 메아리를 만나는 건."

마사키는 도와의 어두운 눈빛에 움찔했다.

"찾아내고 싶어, 메아리를. 하지만 메아리는 늘 교활해. 특히 올해 메아리는 유달리 똑똑해. 좀처럼 꼬리도 잡히지 않는 데다 왠지 우리의 허를 찌르려는 것 같아."

"그런 게 가능해?"

마사키는 회의적이었다.

"저 아이들을 좀 봐. 기껏해야 겨우 어린애를 벗어난 정도밖에
안 되는데."

"메아리는 그런 것과는 상관없어. 아니, 그렇기 때문에 오히려
그렇게 심한 짓을……."

도와가 내뱉듯 말했다.

"그래, 방금 네가 말한 가설과 상관이 있을지도 모르겠네. 어쩌
면 그건 일종의 격세유전일 수도 있어."

"격세유전?"

"아, 물론 모르는 일이지만."

도와가 다급히 덧붙였으나 마사키는 그 말이 왠지 마음에 걸렸
다. 의미도 없이 불안한 기분이 치솟았다.

"괜찮은 걸까? 이제 피먹임이 시작될 텐데. 이미 시작한 사람도
있을지 모르고. 한밤중에 큰일이 벌어지지 않아야 할 텐데 말이야."

메아리는 잔혹하다. 신체 능력도 뛰어나다.

시로타 저택의 문기둥 위에 놓여 있던 것이 떠올랐다.

설마 인간에게 그런 몹쓸 짓을 저지르지는 않겠지만 메아리 자
체가 정체 모를, 너무나도 정보가 없는 존재였다. 무슨 일이 일어
날지 알 수가 없다.

"메아리……."

그렇게 중얼거린 도와의 눈에 작은 빛이 깃들었다.

"그래, 너도 협력해 주지 않을래?"

도와가 마사키의 팔을 살며시 건드렸다. 마사키의 눈이 둥그레졌다.

"내가? 메아리 찾기를?"

"그래. 너라면 찾을 수 있어. 부탁할게. 너도 꼭 도와줬으면 해."

도와가 코앞에서 빤히 쳐다보니 아무리 마사키라도 눈을 돌릴 수가 없었다.

나치가 어두운 기분으로 성을 향해 터벅터벅 걸어가고 있는데 무슨 일인지 앞이 소란스러웠다.

무슨 일일까. 축제의 소란과는 다른 느낌인데. 뭔가 살벌하고, 술렁거리고, 불온한 느낌…….

앞을 보니 다리 부근에 사람들이 모여 있었다. 다들 강가를 내려다보는 듯했다.

문득 그때 강가에서 밟았던 머리카락의 감촉이 되살아나, 나치는 반사적으로 몸을 뒤로 뺄 뻔했다.

설마, 그런 식으로 또 누가.

저도 모르게 지면을 내려다보았다. 신발 바닥에 그 감촉이 남아 있는 기분이었다. 물론 그곳에는 아무것도 없었지만.

안심과 동시에 심장이 두근거렸다. 다가가기 싫은데, 발은 자꾸만 인파 쪽으로 슬금슬금 다가갔다.

나치는 구경꾼들 틈새로 조심스럽게 다리 아래를 내려다보았다.

응?

퍼뜩 눈에 들어온 것은 하얀 덩어리였다.

한순간 무엇인지 알 수가 없어 나치는 눈을 깜박거렸다.

저건…….

적어도 누군가가 다쳤거나 추락하지는 않은 듯했다.

등롱이었다.

성에 있던 그림이 생각났다. 도와를 닮은 여성이 들고 있던 등롱. 별사탕을 닮은, 특징적인 모양.

저 등롱은 분명 광장 한가운데에 위치하도록 허공에 매달려 있었다. 그곳이 바로 축제의 중심이었고, 악기 연주도 춤도 그곳에서부터 시작되었다.

"왜 저런 곳에……?"

"어젯밤엔 분명 제자리에 있었잖아. 읍사무소 앞에."

"세상에, 무슨 벌 받을 짓을."

"어떻게 저기까지 가져왔지? 그게 더 힘들었겠는데."

주위에서 소곤소곤 이야기하는 목소리가 들려왔다.

등롱은 망가지지는 않았으나 물에 잠겨서 흠뻑 젖어 버린 듯했다.

어른 여럿이 강으로 들어가 등롱을 건져 올리는 모습을 구경꾼들이 지켜보는 중이었다. 하지만 위치가 위치인데다 등롱이 너무 크고 무거워서 작업은 난항을 겪고 있었다.

그러고 보니 이곳에 막 왔을 때 등롱을 매다는 모습을 봤는데, 소형이긴 해도 크레인까지 동원해서 매달았더랬다. 겉으로만 봐서는 전통 종이로 만들고 속이 텅 비어 있어서 가벼울 것 같았는데 실제로는 꽤 무거운 듯했다. 심지어 아래에 수레를 매달 수 있도록 상당히 높은 위치까지 달아 올렸는데 말이다.

아무리 봐도 이상했다. 단순한 충동이나 장난 정도로 할 수 있는 일이 아니다. 저 등롱을 한밤중에 몰래 떼어서 가지고 내려와, 강가로 날라 오는 일은 몹시 힘든 작업이고 혼자서는 도저히 불가능할 터였다.

몸에 줄을 묶고 흐르는 물 속으로 들어간 남성이 겨우 등롱을 붙잡는 데 성공했다.

남성은 손으로 천천히 등롱을 끌어당기면서 느릿느릿 강가로 옮겼다.

강가에서는 줄을 붙잡고 있던 남자들이 격려의 함성을 지르며 줄을 끌어당겼다.

등롱을 회수하는 데 성공할 가능성이 보이자 안도했는지 구경꾼들은 조금씩 흩어져 각자 갈 곳으로 돌아갔다.

나치도 한동안 등롱을 옮기는 모습을 지켜보다가 마침내 난간 옆을 벗어났다.

하지만 그 순간 깨달았다.

혹시 저것도 메아리가 한 짓인가?

문득 온몸이 서늘해졌다.

어떤 초인적인 힘을 지닌 생물이 한밤중에 말도 안 되는 속도로 등롱을 안고 하늘을 날아가는 모습이 불현듯 머릿속에 떠올랐다.

메아리는 교활하고, 힘도 세다. 메아리라면 하룻밤 안에 허공 높이 매달려 있던 등롱을 강가로 옮길 수 있지 않을까?

그 상상이 유난히도 생생하게 느껴져, 다리 기슭을 달려가는 소리마저 들려오는 듯했다.

왠지 으스스해졌다. 축제의 중심이 되는 장소에서 그 상징인 등롱을 없애는 행위는 강렬한 악의가 느껴졌다.

물론 반드시 메아리가 저지른 짓이라고 확신할 수는 없지만.

나치는 성으로 향하는 언덕길을 오르며 생각했다.

한 가지 말할 수 있는 것은, 만일 그것이 메아리의 소행이라면 절대 나는 메아리가 아니라는 점이야.

나치는 그 사실에 마음속으로 안도했다. 저렇게 큰 등롱을 안고 다녔다면 아무리 무의식중에 저지른 일이라 해도 전신에 피로감이 남지 않을 리가 없다. 어젯밤엔 여관 일도 열심히 도왔으니 도저히 그럴 체력이 없었으리라.

무엇보다 오늘은 아침까지 푹 잤다. 그런 작업을 하려면 시간도 제법 걸렸을 테니, 이 개운함으로 미루어 볼 때 오랜만에 제대로 긴 시간 잠을 잤음이 틀림없다.

스스로를 그렇게 타이르면서도 자꾸만 무심코 자신의 양손을 내려다보는 것이 완전히 습관이 되어 버렸다. 물론 통증이나 상처 등, 무슨 격렬한 작업을 한 흔적은 없었다.

성에 도착하니 역시나 술렁거리는 분위기였다.

강에 떨어진 등롱 사건은 이미 온 동네에 다 퍼진 듯했다.

선생님들이 다소 부산스럽게 드나드는 것도 그 때문이리라.

"저기, 역시 메아리가 한 짓일까?"

어느 틈엔가 유이가 곁에 다가와 슬그머니 나치에게 속삭였다.

"글쎄, 어떨까?"

나치는 고개를 갸웃했다. 가능하면 그렇지 않을 거라고 생각하고 싶었다.

"선생님들은 그게 메아리가 한 짓이라고 생각해?"

"그런 것 같아. 심지어 그거 하나만이 아닐 거래."

"뭐?"

나치는 저도 모르게 유이의 얼굴을 바라보았다.

하지만 유이의 얼굴을 본 순간 무슨 위화감이 느껴졌다.

변했다. 유이가 변했다.

위화감이 더 컸기에, 나치는 한순간 자신들이 무슨 이야기를 나누고 있었는지 잊어버렸을 정도였다.

"그러니까, 그 등롱뿐만이 아니라는 말이야? 광장에 있던 큰 등롱 얘기잖아."

나치는 한순간 말을 잃었다가 뒤늦게 다시 물었다.

"응."

유이는 나치가 머뭇거리고 있다는 사실을 모르는지, 살짝 열에 들뜬 듯한 얼굴로 고개를 끄덕였다.

"다른 작은 등롱들도 몇 개 떼어 갔다나 봐. 가정집 마당에 마구 던져 놨대."

"그랬구나."

"마을 안에 광범위하게 뿌려 놓은 것 같아. 하룻밤 안에 그런 짓을 저지른 걸 보니 메아리의 짓일 거래."

나치는 어두운 기분이 들었다.

역시 그것은 메아리였다. 자신이 아니라는 확신은 있지만, 역시 한밤중에 메아리가 이와쿠라를 배회한다고 생각하니 끔찍했다.

이 가운데 있는 것이다. 우리 가운데…….

나치는 저도 모르게 학생들을 조심조심 둘러보았다. 왠지 다들 비슷하게 꺼림칙한 기분을 맛보는 듯했다. 다른 사람을 의심한다는 것부터가 기분 좋은 일도 아니고, 하물며 자신일지도 모른다고 생각하면 불안하고 불쾌할 터였다.

그나저나.

나치는 다시 유이 쪽을 슬쩍 돌아보았다.

역시 다르다. 어제까지 본 유이의 얼굴이 아니다. 어딘가 모르게 멍하면서도 얼굴 전체에 안개가 낀 느낌.

아니, 그런 표현으로는 부족하다. 내면에서부터 유이의 몸 자체가 다른 무언가로 바뀌어 버린 것만 같다.

유이는 멍하니 정면을 보고 있었지만, 딱히 무언가에 시선을 고정한 것도 아니었다.

무언가에 완전히 정신이 팔려 버렸다. 지금 나치가 옆에서 초인적인 힘을 지닌 메아리 이야기를 하고 있는데도 유이는 별로 불안한 눈치가 아니었다.

어른스러워졌다.

나치는 그런 생각이 들었다.

그 소탈하고 태평한 유이가 아니라, 왠지 '어른 여자'가 된 듯했다. 표현하기 힘들지만 속눈썹 부분도 그렇고, 어딘가 모르게 나른하고 흐릿해 보였다.

'요염하다'는 말은 이럴 때 사용하는 게 아닐까.

나치는 저도 모르게 자꾸만 유이를 관찰하는 스스로의 모습에서 자기혐오와 호기심을 동시에 느꼈다.

"있잖아, 유이. 무슨 일 있었어?"

결국 나치는 참지 못하고 입 밖에 내어 물었다.

"어?"

유이가 퍼뜩 놀라며 나치를 돌아보았다.

하지만 그 눈은 여전히 나치가 아니라 어딘가 먼 곳을 보는 듯했다.

"유이, 너 뭔가 달라. 평소랑."

나치는 다시 한 번 물었다. 그래도 유이는 의아한 표정이었고, 나치가 뭘 묻는지 모르는 눈치였다.

"유이?"

나치는 조심스럽게 다시 한 번 불러 보았다.

그제야 유이는 "아아." 하면서 주위를 두리번거렸다.

"왜 그래?"

유이의 눈이 갑자기 번득인 듯 보여, 나치는 으스스해졌다.

혹시 또 열이 난 걸까?

"나쁜이야? 아니, 나쁜은 아닐 텐데."

유이는 그렇게 중얼거리며 주위를 둘러보는 것을 멈추지 않았다.

"뭐가?"

유이는 뒤늦게 생각난 듯 나치의 얼굴을 정면으로 바라보았다.

이번의 눈빛은 아까와 또 전혀 달랐다. 크게 부릅뜨고, 나치의 얼굴을 뚫어져라 응시하는 눈빛이었다.

그 시선 앞에서 저도 모르게 어쩔 줄 몰라 하던 나치는 몸을 뒤로 젖혔다.

"나치는? 나치는 아직이지?"

유이의 눈에는 기이한 감정이 떠올랐다.

흥분, 우월감, 안타까움, 답답함, 설명해도 어차피 이해받지 못하리라는 무력감. 그런 감정들이 뒤섞인, 성인 여자 같은 눈.

나치는 압도당한 채, 몸을 뒤로 젖힌 자세로 유이를 쭈뼛쭈뼛 쳐다보았다.

역시 어제까지의 유이가 아니었다. 어제까지의 유이는, 이렇게 복잡한 표정을 짓는 아이가 아니었다.

"뭐가?"

망설이다가 물었다.

"……피먹임."

유이가 나직이 말했다. 나치는 가슴이 철렁했다.

분명 알고 있었는데도, 유이의 입에서 그 말을 들은 순간 '이젠 돌이킬 수 없다.'라는 말이 떠올랐다.

"어제 제공받았어."

이번에는 유이가 쭈뼛거리며 시선을 피했다.

"그랬구나."

나치는 충격을 받은 채 중얼거렸다.

그래서 어땠어? 하는 질문이 목구멍까지 솟아났으나, 간신히 그 질문을 꾹 참았다.

유이는 양손으로 얼굴을 가렸다. 눈가가 또다시 부옇게 흐려지고, 시선이 아득해졌다.

"무서웠어……. 그치만."

입술이 아주 살짝 떨렸다.

"그치만?"

나치는 묻지 않고는 견딜 수가 없었다.

피먹임. 제공자. 후카시의 팔에서 동그랗게 부풀어 오르던 새빨간 액체.

등으로 무언가가 역류하는 느낌이었다. 그것은 한순간 전류처럼 온몸을 뚫고 지나가, 머릿속이 새하얘졌다.

안 돼. 간신히 잊었는데.

나치는 필사적으로 스스로를 달랬다. 잊어야 해. 일하고, 푹 자는 거야.

"하지만 이젠 그만둘 수가 없어."

유이는 그렇게 말하며 나치를 말끄러미 바라보았다.

그 눈동자에는 공포와 환희가 뒤섞여 있었다. 신기하게도 열기를 띤, 매혹적인 무언가로 가득한 그 눈에서 나치는 시선을 뗄 수가 없었다.

이젠 그만둘 수가 없어.

그렇게 말하는 유이의 눈빛이 그날 하루 종일 나치의 머릿속에서 떠나지 않았다.

나치는 그 빨려 들어갈 듯한 눈동자와 요사스럽게 빛나는 입술에서 한참 시선을 떼지 못했다.

누군가가 마을 곳곳에 달려 있던 등롱을 떼어다가 강과 민가에 던졌던 오늘 아침 사건 때문에 선생님들과 어른들은 꽤 동요한 듯했다.

오전 중에는 캠프생 한 명 한 명과 교사들이 면담을 했다. 캠프생들에게는 들키지 않으려 한 모양이었지만 경찰관이 교사들을 찾아온 모양이었다. 다들 모르는 척했지만 역시 내심 불안하지 않을 수가 없었다.

우리 중에 메아리가 있다.

모두가 자기 손을 흘끔흘끔 내려다보았다. 나는 괜찮아, 하고 확신하는 나치조차 무의식중에 손을 쳐다보았을 정도였다.

거북하기 짝이 없는 분위기 속에서 모두의 면담이 끝났으나 교사들의 표정은 여전히 밝아지지 못했고, 자기들끼리 모여 얼굴을 맞대고 고개만 갸웃거리는 모습을 보니 역시 메아리가 누구인지 잡아내지 못한 듯했다.

그런 중노동을 해 놓고 아무 증거도 남기지 않다니.

나치는 으스스해졌다.

한 번도 보지 못한 메아리가 슬그머니 자기 뒤에 서 있는 것만 같아, 어쩐지 뒷골이 서늘했다.

얼굴은 보이지 않는다. 눈도 코도 없이 밋밋하고, 그림자가 져 있다.

하지만 입은 살짝 벌어진 채 히죽히죽 웃는다.

나치는 몸을 부르르 떨었다.

대체 얼마나 교활한 존재일까. 그리고 얼마나 힘이 셀까. 그렇게 행동 반경이 넓은데 흔적도 남기지 않았다면, 아무도 자기가 그런 일을 저질렀다는 사실을 깨닫지 못했으리라. 그렇다면 아직 나일 가능성이 남아 있는 게 아닐까.

그렇게 생각한 순간 오싹해졌다.

소설에서 읽었던, 《지킬 박사와 하이드 씨》라는 이중인격 남자의 이야기가 떠올랐다. 잔혹한 인격을 감추고 있어도 스스로는 알아차리지 못하는…….

하지만 정말 우리 중에 메아리가 있는 걸까?

문득 그런 의문이 들었다.

다들 우리의 변질 과정에서 나타난 메아리라고 생각하는 모양이지만, 우리 말고 다른 사람이 저질렀을 가능성은 없을까.

나치는 주위를 둘러보았다.

솔직히 학교 주변에는 아무나 들어올 수 있다. 마을 한복판도 조건은 마찬가지다. 상황만 보면 건장한 어른이 저지른 일이라고 생각하는 편이 더 자연스럽지 않을까.

그런 생각이 들었지만, 그 말을 입 밖에 내뱉지는 않았다. 그런 말을 하면 비난받을 것만 같아서였다.

게다가 마음에 걸리는 다른 일도 있었다.

유이가 중얼거렸던 '나쁜은 아닐 텐데.'라는 말이 자꾸 신경 쓰였다. 즉 이 가운데 피먹임을 치른 사람이 여럿 있을 것이라는 뜻이었다.

왠지 자꾸 마음이 산란해졌다.

바로 곁에 있던 유이의 변화가 워낙 극적이어서 유이 말고 또 있다면 바로 알아볼 수 있으리라 생각했는데, 얼핏 봐서는 쉽게 찾을 수가 없었다. 왠지 어른스러운 느낌이 든다 해도 메아리 때문에 풀이 죽어서 그럴 수도 있으니, 한눈에 '저 애구나.' 하고 느껴지는 아이는 없다고 봐야 했다. 그래도 나치는 끈질기게 아이들의 얼굴을 살폈다.

저 애는 어떨까? 이쪽 애는?

이젠 그만둘 수가 없어.

돌아가는 길에도 유이의 목소리가 귓가를 떠나지 않았다.

아, 싫다. 대체 왜 그러는 거야. 변해 버렸잖아. 하는 혐오의 감정이 느껴지는 동시에 어딘가에는 '부럽다'고 느끼는 마음이 있어, 놀랍기도 하고 끔찍하기도 했다.

그렇게까지 맛있을까?

어느샌가 그런 생각을 하는 자신이 있었다. 나치는 다급히 고개를 가로저어 그 생각을 떨쳐 내려 했다.

하지만 잠깐 시간이 지나면 또 같은 생각을 하기 시작한다.

유이의 제공자는 누구였을까. 아마 모르는 사람이겠지만, 어떤 사람일까.

후카시의 피는 어떤 맛이 날까?

간질간질하기도 하고 두렵기도 한, 기묘한 떨림이 등 쪽에서 느껴졌다.

아까 유이의 표정을 보고 느꼈던, 머릿속이 새하얘지고 자신이 더 이상 자신이 아니게 되는 듯한 감각이 발밑에서부터 기어 올라왔다.

나치는 혼란스러운 기분으로 휘청휘청 다리를 건넜다.

지금 히사오 이모나 누군가가 이 얼굴을 본다면 이런 끔찍한 생각을 하고 있다는 것을 다 꿰뚫어 볼지도 몰랐기에, 나치는 바로 미카게 여관으로 돌아가지 않았다.

하물며 후카시와 얼굴을 마주한다니 상상도 할 수 없는 일이다.

문득 오늘 아침 등롱은 무사히 원래 자리로 돌아갔는지 확인해야겠다는 생각이 들었다.

그 커다란 등롱. 그림 속에서 본 것과 똑같은 등롱. 광장 중앙에 매달려 있던, 신기한 모양의 등롱.

강 한가운데에 첨벙 잠겼는데 괜찮을까. 새로 만들기는 힘들 텐데.

느릿느릿 이어지는 축제이기에 이즈음 들어서는 관광객 수가 너무 많지도 않고, 적지도 않은 느낌이었지만 문득 마을 중심을 어슬렁어슬렁 걸어가는 그룹이 눈에 띄었다. 다시 조금 붉어났다. 사흘간 이어지는, 축제의 절정이라고도 할 수 있는 오봉이 가까워졌기 때문이었다.

외부에서 온 듯 보이는, 예쁜 유카타를 입은 여자들과도 스쳐지나갔다. 나막신도, 허리띠도, 전부 새로 산 물건 같았다. 화사한 웃음소리.

좋겠다. 나치는 솔직하게 그 여성들이 부러웠다.

그런 끔찍한 일을 하려고 이곳에 온 게 아니라, 천진난만하게 축제에 참가하기 위해 찾아왔다면 얼마나 좋았을까.

그냥 여름방학이었다면 괜한 생각 따위 할 필요 없이 후카시 오빠와 함께 축제를 즐길 수 있었을 텐데. 완전히 거북한 사이가 되어 버렸다.

나치는 어두운 기분으로 광장을 향해 걸어갔다.

올려다보니 등롱은 원래 자리에 매달려 있었다. 완전히 복구된 모양이었다.

새것으로 바꾸지 않고, 강에 빠졌던 등롱을 그대로 올려놓은 듯했다.

역시 일본 전통 종이는 물에 강하다. 그러고 보니 상인 가문에서는 화재가 났을 때 장부를 우물에 던졌다는 이야기를 들은 적이 있다. 불에는 약하지만, 전통 종이는 먹물로 직접 글씨를 써 두는 것이 가장 오래 간다고 누가 그랬더라.

마을 읍사무소 앞에 광장이 펼쳐지고 악기 연주자들을 태운 수레가 축제 내내 그곳에 나와 있었다. 임시 음식점도 가득했다.

나치는 읍사무소 주차장 구석에 서서 광장을 넓게 둘러보았다.

광장 바닥은 돌로 되어 있었지만 네모난 돌을 깔아서 채운 것이 아니라, 중심이 있고 거기서부터 소용돌이를 그리듯 돌이 깔려 있었다. 광장 전체를 바라보니 중심에 원을 둔 거대한 소용돌이 모양을 띠고 있었다.

그리고 등롱은 그 소용돌이 중심의 바로 위에 내걸렸다.

지금까지 제대로 본 적이 없었는데 생각보다 희한한 모양이었다.

나치는 광장의 돌바닥을 물끄러미 내려다보다가 머리 위에 내걸린 등롱을 올려다보았다.

별사탕의 돌기를 길게 늘려 놓은 모양.

이것은 아무리 봐도 별을 형상화한 것으로밖에 보이지 않는다. 심지어 밤하늘에 빛나는 별을 구체적으로 표현한 것으로밖에.

그것도 꽤나 생생하다. 실제로 일등성 정도의 밝은 별은 빛이 방사형으로 뿜어져 나오기 때문에 이런 모양으로 보인다.

누가 디자인했을까. 언제부터 이런 것이 존재했을까?

새삼 세세하게 들여다본 나치는 감탄했다.

게다가 이 돌바닥은? 저 중심 아래에는 뭐가 있을까?

가만히 소용돌이의 중심을 바라보았다.

그 점은 광장의 중심이 아니었다. 광장은 직사각형에 가까운 모양이었지만 소용돌이의 중심은 마을 읍사무소 앞에서 볼 때 왼쪽 위에 있었다. 광장의 중심이 꼭 그 중심이라고 정해진 것은 아닌 듯했다.

게다가 춤도 저곳에서부터 시작된다.

나치는 밤마다 되풀이되는 춤을 떠올렸다.

악기 연주하는 사람들이 탄 수레가 이곳에 있으니 당연한 일일지도 모르지만 춤은 언제나 이 광장에서 시작된다. 심지어 기억 속에서도 저 소용돌이의 중심을 빙 둘러싸고 원이 되어 춤을 추고 있었다.

정확히 저 등롱 아래로 모이도록.

그렇게 생각한 순간 왠지 신기한 기분이 들었다.

춤추는 사람들의 원은 저곳에 중심을 두고 차츰 퍼져 나가, 마치 파도처럼 마을 안에서 출렁인다. 그러다 바깥쪽 원부터 천천히 '흐르기' 시작하면서 춤을 추며 나아간다.

이와쿠라 마을에는 여러 가지 춤이 있다. 무언가를 파내는 듯한 포즈로 추는 춤, 하늘을 올려다보며 손을 흔드는 춤, 하루의 마지막에는 추지 않는 춤. 개중에는 무엇을 흉내 내는지 모를 기묘한 동작도 있었다.

나치는 광장 구석에 우두커니 서 있었다.

천 년 이상 이어져 내려왔다는 축제.

어쩌면 이것은 허주와의 관련성을 표현하는 행사가 아닐까. 먼 별과, 이곳 이와쿠라의 관계를 축제와 춤으로 그려 내는 것이 아닐까.

문득 나치는 환각을 보았다.

광장의 소용돌이가 머나먼 별들의 회오리로 바뀌어, 아득한 성운이 되어 천천히 돌아가는 모습을.

그 성운 위에서 무수한 사람들이 양팔을 벌리고 느릿느릿 춤을 추고 있다……

뒤에서 바스락, 하고 풀 밟는 소리가 들려 퍼뜩 놀란 나치는 몽상에서 깨어났다.

돌아보니 하얀 셔츠를 입은 가슴이 보여 움찔했다.

"아."

나치는 말을 잃었다.

시로타 고지.

설마, 느닷없이 이런 곳에서 마주칠 줄이야.

고지는 아무 말 없이 나치를 가만히 바라보았다.

그 눈은 화가 난 것 같기도 하고, 슬픈 것 같기도 했다.

"저기……."

어떻게 해야 좋을지 몰라 나치는 저도 모르게 손으로 치맛자락을 쓸어내렸다. 그러다 주머니에 들어 있던 손수건의 존재를 뒤늦게 알아차렸다.

지난번에 받았던 손수건.

"아, 지난번에는 정말 고마웠어요. 저기, 이거."

나치는 어쩔 줄 몰라 하며 손수건을 꺼내 고지에게 내밀었다.

고지는 놀란 표정이었다.

"필요 없다고 했잖아."

"감사합니다, 죄송했어요."

나치는 고개를 꾸벅 숙이며 손수건만 열심히 내밀었다.

온몸이 뜨거웠다. 얼굴이 새빨개졌다는 사실을 알고 있었기에 고개를 들 수가 없었다.

"왜 안 와?"

고지의 조용한 목소리가 머리 위에서 들려왔다. 고지는 나치가 내민 손수건을 받으려 하지도 않았다.

"제공자가 나라는 거, 알잖아?"

목소리가 딱딱했다. 나치는 고개를 들지 않았다.

"그거, 우리 집에 올 때 가져와. 그럼 받아 줄 테니까."

계속 내밀고 있던 팔이 아파 왔다.

"기다릴게."

고지가 발걸음을 돌려서 가 버리는 것이 느껴졌다.

기다릴게.

온몸이 바들바들 떨렸다.

고개를 들면 눈앞에는 아무도 없으리라는 사실을 알면서도, 나
치는 손수건을 내민 채 계속 땅바닥만 내려다보았다.

6

남자는 강가 옆으로 난 길을 천천히 걸어갔다.

아마치 마사키의 부친이라는 남자다.

찌는 듯 더운 오후인데도 정장을 반듯하게 입고 있었다. 하지만 빈틈없이 차려 입었는데도 묘하게 불길한 인상이 느껴졌다.

어쩐지 모르게 이상한 분위기를 띠고 있어서인지 관광객이나 동네 주민들도 스쳐 지나가는 남자를 주목했다가, 이윽고 별것 아니라는 듯 시선을 돌리고는 처음부터 보지 못한 척했다.

남자 역시 주위에 아무도 없고 이 세상에 오직 자신 혼자만 남아 거리를 걷고 있는 듯, 느긋한 고독감을 풍겼다.

실제로 남자의 머릿속에는 주위를 어슬렁어슬렁 걷는 관광객들 따위는 존재하지 않았다. 눈에도 들어오지 않는 모양이었다.

색이 약간 들어간 안경을 끼고, 장신의 육체를 다소 힘겨운 듯 움직여 걸어와서는 강가의 모래와 흐르는 강물을 가만히 바라보는 남자의 눈앞에는 옛날 그곳에 누워 있던 한 여자의 모습이 떠올랐다.

고시로 다다유키가 아내를 죽이고 실종되었다.

그 소식을 들었을 때의 충격은 지금도 온몸에 선명하게 되살아난다.

물론 가장 처음 들은 소식은 그것이었지만, 정확히 말하면 살해당한 미카게 나쓰의 시체가 강에 떠올랐고 같은 날 고시로 다다유키가 모습을 감추었다는 것이 정확하다.

직접 현장을 보지는 않았다. 하지만 현장을 본 여러 사람의 증언을 듣다 보니 그 현장이 완전히 머릿속에 그림으로 바뀌어 아로새겨지고 말았다.

가슴에 은 말뚝이 박혀, 새파란 얼굴로 물 속에 누워 있던 미카게 나쓰.

그 모습은 죽어서도 너무나 아름다웠다고 한다.

나쓰와 결혼한 고시로 다다유키는 매우 유능한 조수였고, 장래가 촉망되던 연구자였다.

허주 승선원의 탄생과 그 역사는 인류의 미래에 대단히 중요한 영향을 미치는 데에도 불구하고, 그만큼 많은 수수께끼가 남아 있었다. 연구가 맹렬히 진행되고 있지만 아직까지 중요한 부분은 하나도 판명되지 않았다 해도 과언이 아니었다.

성립 자체가 전설과 결코 어겨서는 안 되는 금기로 뒤덮여 감취져 있고, 모든 사람이 아무 말도 하지 않으려 했기 때문이었다. 애당초 근현대까지 전승된 일 자체가 기적에 가까운 상태였다.

변질체라는 육체가 일반적인 육체와 어떻게 다른지 본격적으로 연구가 진행된 것도 기껏해야 오십 년 정도밖에 되지 않았다. 쓰쿠바 같은 국립 종합 연구소가 세워졌을 때는 '저주를 받을 것'이라느니 '천벌 받을 놈들'이라며 두려워하는 사람들에게서 어마어마한 비난과 불만이 쇄도했다고 한다.

남자는 갑자기 멈춰 섰다.

낯익은 커다란 바위.

당시 난리가 났던 신문과 주간지 속 흑백사진에서 이 바위를 보았다.

고시로는 왜 모습을 감추었을까. 정말로 고시로가 미카게 나쓰를 죽였을까.

그것은 오늘에 이르기까지 남자의 머릿속에서 떠난 적 없는 의문이었다.

얼마 전 미카게 나쓰의 딸에게는 '반드시 살아 있을 거다.'라고 말했지만, 솔직히 자신은 없었다. 지금까지 가족에게도, 또 자신에게도 고시로는 단 한 번도 연락하지 않았고 목격하거나 접촉했다는 사람이 있다는 이야기조차 들은 적이 없었다.

그러니 이젠 죽었다고 생각하는 편이 자연스럽겠지만, 그렇다고 또 고시로가 죽었다는 확신을 가질 수는 없었다.

만일 살아 있다면 고시로는 대체 어디에 있을까. 왜 모습을 드러내지 않을까. 딸을 보고 싶지는 않을까.

나쓰와 꼭 닮은 그 딸아이의 얼굴이 떠올랐다.

나쓰가 이 세상에 더는 존재하지 않는다는 사실도 잊고 저도 모르게 말을 걸었을 정도였다. 고시로가 보면 나쓰가 되살아났다고 생각할 것이 틀림없다.

그리고 그 딸 또한 변질체를 목표로 캠프에 참가했다.

남자의 가슴속에 불길함이 퍼졌다.

변질체는 죽지 않는다. 나이도 먹지 않는다. 그러니 언제까지든 생식은 가능하다(고 한다).

음식은 섭취하려 들면 할 수는 있지만 섭취하지 않아도 살 수 있다. 타인의 혈액을 대량으로 원하는 일은 주로 변질 과정 중이며, 그 후에는 극히 소량이어도 상관없고 현대에 와서는 대체품으로도 연명이 가능하다.

변질체를 죽이려면 육체를 크게 파손시키는 방법밖에 없다. 어느 정도의 파손은 금세 재생된다는 사실은 이미 확인되었다. 숨통을 확실하게 끊어 놓기 위해서는 심장에 은 말뚝을 박고 자외선에 노출시켜야 한다는 전승이 있는데, 의도치 않게 미카게 나쓰는 그 전승이 옳다는 사실을 자신의 육체로 증명한 셈이었다. 지금까지 연구자들도 이야기로는 들었으나 시험해 보기란 당연히 불가능한 일이었다.

누군가가 미카게 나쓰를 죽였다. 나쓰가 변질체라는 사실을 알고, 그에 어울리는 방법으로 전혀 망설임 없이 일격에 나쓰를 살해했다.

애당초 왜 미카게 나쓰를 죽였을까. 그 동기가 무엇일까.

세간에는 고시로 다다유키가 아내를 죽였다는 견해가 정착되고, 그 동기에 대해서는 아무도 깊이 검토해 보지 않는 듯했다. 사건 자체가 너무나 충격적이어서 사건을 화제로 올리는 일이 특히 이 지역에서는 금기시되었기 때문이다.

나쓰는 아이를 낳았기 때문에 유예를 받기는 했지만, 언젠가는 허주 승선원이 되어야 할 운명이었다.

변질체는 매우 귀중하기 때문에 원정대에는 변질체를 한 명이라도 더 넣고자 한다. 대부분의 변질체들은 항상 원정에 참가했기에 지구에는 연구 대상밖에 남아 있지 않았다.

고시로에게 동정적인 견해로는 언젠가 아내가 자신을 떠나 외해로 나가야 한다는 사실에 비관하여, 늘 자신의 곁에 있어 주기를 바랐기 때문에 저지른 일이 아닐까 하는 목소리도 있었다.

물론 그럴 가능성도 있다고 남자는 생각했다.

정말로 그림으로 그린 듯 잘 어울리는 커플이었고, 서로를 지극히 사랑한다는 사실을 옆에서 봐도 알 수 있을 정도였다. 질투가 날 만큼 아름다운 커플이었다.

고시로 다다유키는 결혼 후 연구자로서 독립하여 다양한 접근 방법을 통해 허주 승선원 성립의 가설을 세우고 막 주목을 받고 있었다. 조금 심술궂게 말하면 연구 대상으로나 파트너로나 더할 나위 없이 훌륭한 그 여성을 잃는 일은 너무나 큰 손실인 셈이었다.

'하지만 한 가지 말할 수 있는 건, 고시로가 그런 짓을 했다면 반드시 무슨 이유가 있었을 테고 고시로는 나쓰 씨를 지극히 사랑했으니까 나쓰 씨를 위해서 꼭 해야만 하는 일이었음이 분명해.'

남자가 다카다 나치에게 그렇게 말했던 건 머릿속에 그런 생각이 있었기 때문이리라.

　하지만 연구자로서 고시로를 오래 전부터 알았던 남자는 고시로의 애정이 그런 충동적인 형태로 폭발했다는 사실을 믿기 어려웠다.

　고시로라면 만일 앞으로 이별이 기다리고 있다 해도, 연구에 몰두하고 딸을 키우며 참을성 있게 아내를 기다리다가 그 괴로움을 견디는 방향으로 애정을 표현하지 않았을까. 그런 고시로가 귀중한 연구 재료이자 사랑하는 여자였던 나쓰의 육체를 이 세상에서 없애 버리고 싶다는 충동을 느꼈다는 것이 말이나 될까.

　생각하면 생각할수록 이해하기 어려운 사건이었다.

　남자는 자신이, 아니 연구자들이 무슨 근본적인 착각을 하고 있는 것이 아닐까 하는 생각이 자꾸만 들었다.

　선임 연구원으로서, 과학적인 접근 방법을 통해 허주 승선원을 연구하고는 있지만 사실 자신은 본질적인 면에서 아무것도 이해하지 못한 것이 아닐까 하는 초조함이 이곳 이와쿠라에 온 뒤로 강렬하게 느껴졌다.

　축제의 음악 소리가 멀리서 들려오는 바람에 남자는 움찔했다.

　남자에게 저 소리는 어쩐지 무섭게 느껴지는 음색이었다.

　언제 이곳에 와도 음악 소리는 들려온다. 늘 완전히 같은 선율, 같은 춤. 그들은 연구 따위와 상관없이 몇백 년에 걸쳐 이곳에서 피리를 불고, 춤을 추고, 배가 오기를 기다렸다. 남자는 이 장소에 올 때마다 자신이 외부인이라는 느낌에 자꾸만 불편해졌다.

그리고 남자의 아들.

늘 차분하기 그지없고, 지극히 냉정한 마사키를 볼 때마다 남자
는 동요했다. 누구의 자식인지 모를 아들. 쓰쿠바 연구의 결정체.
그야말로 과학의 정수를 모은 작품이라 해도 좋다.

하지만 하루하루 성장해 가는 마사키를 볼 때마다 가슴이 아팠
다. 마사키가 얼마나 큰 것을 짊어졌는지 생각하면 가슴이 메었
다. 무어라 표현할 방법이 없는, 돌이킬 수 없는 죄책감이 가슴속
에 차올랐다. 연구자들의 죄를 상징하는 아이. 그런 생각이 자꾸
떠올랐다.

그래도 남자는 마사키의 얼굴을 보지 않고는 견딜 수가 없었다.
아이가 짜증을 내고 쌀쌀맞게 굴어도, 남자는 아들을 만나고 싶었
다. 어쩌면 자신보다 훨씬 어른일지 모르는 그 소년을, 마치 애처
로운 작은 동물처럼 아끼고 사랑하고 싶은 욕망이 솟아났다.

그런 의미에서 마사키는 틀림없이 남자의 아들이었다.

남자는 자조적인 미소를 지었다.

문득 한참 앞에서 다리 난간에 몸을 기대고 강을 내려다보는 소
년의 모습이 눈에 들어왔다.

그 얼굴은 낯이 익었다.

미카게 여관의 소년이었다.

남자가 주목한 이유는 그 소년이 무척이나 어두운 표정을 짓고 있
었기 때문이었다. 소년 또한 남자처럼 주위를 스쳐 지나가는 관광객
들의 얼굴 따위는 이 세상에 전혀 존재하지 않는다는 얼굴이었다.

남자는 퍼뜩 놀랐다.

마치 세월을 단숨에 되감은 듯, 기묘한 현기증이 느껴졌다.

이 광경을 본 적이 있다.

남자는 필사적으로 기억을 더듬었다.

그렇다, 나는 이것과 똑같은 장면을 본 적이 있다. 아주 오래전, 저렇게 난간에 기댄 채 어둡기 그지없는 표정을 짓고 있는 젊은이를.

그 얼굴이 눈앞에서 되살아났다.

고시로 다다유키. 그랬다, 한참 젊었던 시절 나와 함께 조수로서 이곳에 찾아왔을 때. 아니, 아니다. 훨씬 나중이다. 그것은 고시로가 이미 연구자로서 독립한 후의 일이었던가.

완전히 잊고 있었다. 고시로도 저렇게 우울한 면모를 보이던 때가 있었다. 그 이유를 물은 적도 있었다. 딱 한 번이지만. 그때 그 친구가 뭐라고 대답했더라?

남자는 계속해서 기억을 더듬었다.

지금도 눈앞의 난간에 몸을 기댄, 수심 어린 얼굴의 소년을 바라보면서.

그랬다, 그때 고시로는 분명 이렇게 말했다.

그래서는 안 돼요.

고시로는 깊은 고민이 담긴 눈빛으로 말했다. 자신이 상사의 질문에 대답하고 있다는 자각마저 없는 듯했다.

그래서는 안 돼요. 그런 무서운 일을, 그냥 내버려 둬서는.

강을 멍하니 내려다보는 후카시는, 자신을 보며 과거의 사건을 떠올리는 남자가 있으리라는 생각은 꿈에도 하지 못했고 주위를 흐르는 소란스러운 축제 소리도 귀에 들어오지 않았다.

어린 시절부터 무슨 생각을 할 때는 이렇게 다리 난간에 기대서 강을 내려다보는 습관이 있었다. 물의 흐름을 바라보면 생각이 중단되지도 않고, 원하는 만큼 멍하니 있을 수 있었다.

흐르는 물에 몸을 맡긴 채 살짝 열기를 띤 난간의 감촉을 느끼며 서 있자니 풍경의 일부가 되어 버린 기분도 들었다. 텅 빈, 투명한 존재가 되는 일은 이 좁은 동네에 사는 소년에게 때로 무척 편안하게 느껴졌다.

하지만 지금은 멍하니 서 있기보다 여러 가지로 서둘러 고민해야 할 일이 있었기에 후카시는 내내 험악한 표정이었다.

흐르는 강물을 바라보니 그 빨간 파우치가 자꾸만 눈앞에 떠올랐다.

속에 든 종잇조각을 펼쳐 보았을 때의 충격도 좀처럼 사라지지 않았다.

생각하면 생각할수록 시로타 고지 때문에 화가 치밀었다. 분노가 부글부글 끓어올라 몸이 뜨거워졌다.

그 녀석이 제공자가 되도록 내버려 둘 수는 없다. 하물며 상대가 나치라니. 어떻게든 저지해야 한다.

그 방법은 이미 생각해 두었다.

그렇다, 알고 있다.

가장 단순하면서도, 제일 효과적인 방법이 있다.

하지만 그러기 위해서는 제일 하기 싫은 일을 해야만 한다. 그 생각을 하니 씻기 힘든 혐오감이 밀려왔다.

아아, 제길. 왜 내가 이런 짓을 해야 하는 건데.

후카시는 고개를 좌우로 흔들었다.

내가 먼저 찾아갔다는 걸 들키면 사람들에게 무슨 소리를 들을지 모른다.

하지만 아무리 생각해도 이 방법밖에 없다.

시로타 가문에, 아들이 제공자라는 사실을 밝히는 일.

그것이 최선의 방법이었다.

고지는 당연히 가족들에게 이야기하지 않았으리라. 만일 그 아버지가 알면 난리가 날 것이 뻔하다. 고지가 가족들에게 비밀로 하고, 몰래 제공자가 되었을 것이다.

에이코 또한 난리를 피우리라. 그렇게나 '허주 승선원 따위'라면서 무시했는데 동생이 제공자가 되다니 견딜 수가 없겠지.

에이코에게 접촉해서 동생이 제공자가 되었다는 사실을 알리면…… 금세 그 아버지의 귀에도 들어갈 것이다.

문제는 자신이 그 사실을 어떻게 알았느냐였다.

그 점을 생각하니 머리가 아팠다.

고지가 제공자라는 사실을 후카시가 어떻게 알았지?

조금만 생각해 보면 에이코도 의아하게 여길 터였다. 제공자 정보는 비밀 엄수 의무가 있어 그리 쉽게 알아낼 수 있는 일이 아니다. 납득할 수 있고, 신뢰할 수 있는 이유를 설명해야만 한다.

후카시는 생각에 잠겼다.

아니, 딱히 직접 말할 필요는 없지 않을까? 편지 같은 것을 써서 시로타 저택의 우편함에 집어넣고 오는 건 어떨까? 익명 편지를 보내면 그것이 사실인지 본인에게 확인해 볼 테니.

하지만 금세 생각을 바꿨다.

그 방법은 안 된다.

시로타 저택의 정문 문기둥에 누가 끔찍한 무언가를 올려놓고 간 이야기가 이와쿠라 안에 쫙 퍼졌다. 아무도 드러내 놓고 말하지는 않지만 모두 다 알고 있는 이야기였다.

그래서 시로타 집안에서는 범인을 찾을 때까지 저택 주위에 경비를 세우기로 했다고 들었다. 우편함 같은 곳은 특히 삼엄하게 지켜보고 있을 터였다. 슬그머니 익명 편지를 투서하러 갔다가는 금세 붙잡힐 게 뻔했다. 그러면 다른 의미에서 난리가 날 테고, 그 끔찍한 것을 올려놓고 갔다는 의심까지 산다면 무슨 소동이 벌어질지.

역시 에이코에게 접촉하는 방법밖에 없겠다.

후카시는 긴 한숨을 내쉬었다.

그것만은 피하고 싶었지만, 이미 이곳저곳에서 피먹임이 시작되었다는 소문이 퍼지고 있으니 언제 나치가 제공자와 접촉할지 모를 일이었다.

제공자와의 접촉. 시로타 고지와, 나치가.

그렇게 생각한 순간 끔찍함과 분노로 몸이 부들부들 떨렸다. 한시라도 빨리 시로타 집안에 이 사실을 알리고, 녀석이 제공자가 되는 일을 저지해야 한다.

집을 직접 찾아가는 일은 별로 마음이 내키지 않았다. 에이코가 돌아올 때 붙잡아서 이야기하는 수밖에 없다.

해야만 한다.

후카시는 결심을 굳히고, 난간을 밀치며 허리를 폈다.

하지만 결론부터 말하면 이 날 후카시는 에이코를 만나지 못했다.

후카시는 가족이 전혀 알아차리지 못했으리라고 생각했지만 사실 에이코는 또 에이코대로 어렴풋이 동생의 행동이 수상하다는 느낌을 받았다.

에이코는 처음에 그 이유를 몰랐다.

피차 고등학생이니, 이 나이쯤 되면 동생이라고는 하나 남학생과는 아무래도 교류가 소원해진다. 고지가 왠지 자신을 피하는 것 같기는 했지만 아무래도 어린 시절과는 다르겠지, 이 나이니까 어쩔 수 없어, 하고 에이코는 생각했다.

그러는 주제에 에이코가 후카시에게 홀딱 반한 것이 마음에 들지 않는지 툭하면 후카시에게 시비를 건다. 지난번에도 무슨 트러블을 일으킨 모양이라고, 에이코도 눈치는 챘다. 웬 민폐인가 싶으면서도 또 누나를 걱정해 주기는 하는구나, 하는 마음도 들었다.

하지만 요즘 동생의 행동은 소원하다기보다는 은밀한 행동을 취하는 쪽에 가까웠다. 집 안에서는 거의 모습을 보이지 않고, 그렇다고 다른 활동에 전념하는 느낌도 아니다. 몰래 숨어서 무슨 짓을 하는 느낌이었다.

부모님은 바쁘기 때문에 "고지가 요즘 이상하지 않아?" 하고 물어도 아무 대답이 없다.

내 착각인가?

에이코는 고개를 갸웃했다.

느낌이 온 건, 전날 밤이었다.

찌는 듯 무더운 밤이 이어져 에이코는 깊은 잠을 자지 못했다.

물론 그 끔찍한 사건 탓도 있었다. 한밤중에 누가 집에 숨어들어 그런 것을 올려놓고 갔다고 생각하니 한밤의 어둠이 두려워 견딜 수가 없었다. 창문이 잘 잠겼는지 거듭 확인하고, 어두운 정원에서 무슨 일이 일어나는 것은 아닐지 귀를 기울이며 빤히 쳐다보는 일이 늘어났다.

정원을 너무 자주 쳐다봐서 스스로도 좀 이상하다고 생각할 정도였다.

뭐가 움직인다고 난리를 피우고 보니 늘 정원을 지나치는 동네 길고양이인 경우도 있어서, 부모가 자신을 양치기 소년 취급하는 것이 싫었다.

그런데 어젯밤엔 달랐다.

날짜가 바뀔 무렵.

발소리가 들렸다.

잠자리에 누운 상태로 그것을 느낀 에이코는 '착각이겠지.' 하고 스스로를 타이르며 이불 속에서 몸을 웅크렸다.

하지만 발소리는 사라지지 않았다. 이어서 어딘가의 문이 열리는 소리가 들렸다.

에이코는 얼어붙은 채 귀만 기울였다.

심장이 쿵쿵 빠르게 뛰다가 목구멍으로 튀어나올 것만 같았다.

착각이 아니었다. 착각으로 그런 소리를 들을 리가 없다. 심지어 발소리는 집 안에서 밖으로 나가지 않았던가.

어쩌지, 어쩌지. 엄마를 깨울까. 아빠는 바로 화를 낼 테니까, 엄마를.

식은땀을 흠뻑 흘리며 에이코는 꾸물거렸다.

소리의 주인을 확인하고 싶었지만 무서워서 몸이 움직이질 않았다.

어쩌지, 어쩌지…….

이윽고 에이코는 꾸벅꾸벅 졸다가, 긴장했음에도 불구하고 피로 때문에 어느 틈엔가 잠이 들어 버렸다.

하지만 역시 깊은 잠이 들지는 못했는지 몇 시간 후 무슨 기척 때문에 문득 눈이 떠졌다.

잠이 덜 깬 눈으로 고개를 들자 창밖이 희미하게 밝아 오고 날이 새고 있었다.

왜 눈을 떴지?

에이코는 눈을 비비며 몸을 뒤척였다.

맞아, 누가 집 밖으로 나가는 소리가 들렸어.

순간 정신이 번쩍 든 에이코는 반사적으로 몸을 일으켰다.

그럼 지금 일어난 이유는?

무의식중에 주위를 두리번거렸다.

저도 모르게 커튼을 살짝 들추고 정원을 내다보았다.

누군가가 움직이고 있었다.

에이코는 놀라서 얼어붙었다.

정원을 빠르게 이동하는 그림자. 저건.

그것이 동생이라는 사실을, 에이코는 짧은 순간 알아차렸다. 동생이 몸을 수그리고 어딘가에서 집으로 돌아오는 중이었다.

그럼 어젯밤 밖에 나간 게 고지였나?

에이코는 그런 생각이 들었다. 어젯밤 들은 소리는 고지가 뒷문을 통해 밖으로 나가는 소리였다. 그리고 한밤중에 어딜 갔다가, 용건이 끝나자 새벽녘 집으로 돌아온 것이다.

저 애는 대체 어딜 다녀온 걸까?

에이코는 의아한 기분이었다. 밤에 놀러 다닌다고 하기에는, 이 동네에 그럴 만한 곳은 없었다. 친구 집? 누구네 집이지?

에이코가 아는 동생의 교우 관계 내에서 밤새 같이 놀 만한 친구는 없었다. 저 애는 의외로 인간관계가 건조하니까.

에이코는 혼란에 빠졌다.

다음 날 아침 동생은 평소와 다름없이 일어나 있었다. 슬쩍 안색을 살폈으나 지친 기색은 없었고, 딱히 달라진 부분도 없었다.

에이코는 망설였다.

여기서 어젯밤 어디 다녀왔느냐고 물어야 하나?

하지만 에이코는 그러지 않았다. 왠지 묻기가 두려웠다. 고지가 완벽하게 평소와 다름없이 행동하고 있다. 즉 고지가 자기 의지로 몰래 외출했다는 사실을 깨달았기 때문이었다.

게다가 에이코는 더 중요한 사실을 알아차렸다.

어젯밤이 처음이 아니다.

그런 직감이 느껴졌다. 요 며칠간 누군가가 정원에 있어서 무섭다고 느꼈던 것도, 그런 식으로 동생이 집을 비운 적이 있었기 때문이다. 그렇게 생각할 수밖에 없다.

그렇다면 오늘 밤에도 나가지 않을까?

그때 뒤를 밟아 보면 고지가 어디로 가는지 알아낼 수 있을지도 모른다. 그 장면을 확인한 다음에 본인을 추궁해도 결코 늦지 않다.

에이코는 스스로를 타일렀다.

에이코가 그렇게 스스로를 타이르기 전날 밤.

에이코의 남동생은 첫 체험을 했다. 시로타 일족 중 그 누구도 경험한 적 없었던 첫 체험을.

한밤중, 세계는 고요했다.

여름밤. 끈끈하고 농밀한 이와쿠라의 밤, 그 바닥에서 소년은 기다렸다.

딸랑, 하는 방울 소리가 들렸다.

다다미에 누워 꾸벅꾸벅 졸던 고지는 퍼뜩 놀라 펄쩍 뛰어 일어났다.

잘못 들었나? 아니, 분명 들렸다.

그 소리는 누군가가 방문했다는 표시였다. 나무로 된 뒷문에 달린 방울. 그것은 누군가가 나무문을 밀어서 열 때 나는 소리였다.

멧돼지 대가리가 문기둥 위에 놓여 있던 그 소동 때문에 저택 주위에 경비가 서서 일이 귀찮아졌다고 생각했지만, 경비는 주로 안채 위주였고 거의 버림받다시피 한 이 별채의 다실에는 아무도 신경을 쓰지 않아 정말 다행이었다.

고지는 가슴이 설렜다.

왔다. 왔구나, 정말로.

며칠째 기다려도 기다려도 오지 않았던 상대였기에, 아직 믿을 수가 없었다.

살며시 장지로 된 창문을 열어 보았다.

멀리서 언뜻 그림자가 보였다. 작은 그림자.

가슴이 두근거렸다. 왔다, 정말로 왔다.

다급히 장지를 닫고 원래 있던 자리에 앉아 벌렁 드러누웠다.

관습은 여러 가지였다.

고지는 제공자로서 받은 매뉴얼의 내용을 머릿속으로 되새겨 보았다. 매일 밤 질릴 정도로 읽고 또 읽었던 내용이었다.

다실 한가운데 바닥을 떼어 내고 만든 화로에 불을 피우고, 물을 가득 담은 차 솥을 올려놓는다. 그리고 물을 끓인다. 부젓가락은 옆에 놓여 있다.

다실 한가운데에 칸막이를 세운다.

발이나 커튼이어도 상관없다. 중요한 것은 찾아온 상대의 얼굴을 보지 않는 일이다. 작은 다실 입구로 들어오는 모습도 보면 안 된다. 상대도 마찬가지로, 제공자의 얼굴을 보면 안 된다는 규칙이 있다. 대화도 엄금. 제공자는 칸막이 건너편으로 팔만 내밀고 가만히 기다린다. 말 그대로 제공할 뿐이다. 불평 한마디조차 하면 안 된다.

가슴이 두근두근 뛰었다.

이제부터 무슨 일이 일어날까. 이것은 시로타 일족이 처음으로 경험하는 일이다.

정원 한구석에 있는 작은 다실. 자그마한 입구. 그리로 들어올 사람은 단 한 명뿐이다.

고지가 피를 제공할 그 소녀.

차 솥의 물은 이미 끓어오르며 쉭쉭 규칙적인 소리를 냈다.

칸막이 커튼 너머로 내놓은 팔이 마치 다른 사람의 것 같았다. 맨살을 무방비하게 드러낸 육체.

고지는 작게 심호흡을 했다.

지금 대체 몇 시일까?

오늘일까, 내일일까? 이 축제 기간 동안에는 실제로 낮과 밤의 구분이 없지만, 지금 이 순간이 대체 몇 시인지조차 전혀 가늠할 수 없었다.

희미한 발소리가 들렸다.

천천히 풀 밟는 소리가 다가오고 있었다.

심장이 격렬하게 쿵쿵 뛰었다.

누가 들어온다. 좁은 입구로 허리를 숙이고, 이 방으로 들어온다. 고지가 팔을 내놓은, 발로 칸막이가 쳐져 있는 이 좁은 방에.

새삼 생각해 보니 정말 어이없는 상황이었다. 이런 한밤중에 바보처럼 팔을 내놓고 헌혈을 하다니.

역시 어른들의 말이 옳았을까?

고지는 흥분했다. 불안하기도 했다.

하지만 그때 서늘한 바람이 느껴졌다.

누가 들어왔다.

분위기로 미루어 볼 때 몸집이 작은, 젊은 여성이었다. 그것이 기척으로 느껴졌다. 금세 좁은 다실 안의 공기 밀도가 높아져 긴장이 되었다.

너머에 누군가가 있다. 그 애가 있다.

고지는 가슴이 두근거렸다. 무슨 일이 일어난 것도 아니고, 그저 누가 들어왔다는 사실만으로.

후카시의 뒤에 숨던 소녀. 강가에서 구해 준 소녀. 울고 있던 소녀. 손수건을 돌려주겠다던 소녀. 우는 얼굴과 당황한 얼굴, 난처한 얼굴밖에 보지 못했다. 웃어 주면 좋을 텐데. 나를 향해 웃어 준다면 얼마나…….

누군가가 호흡을 하고 있었다. 고요한 숨소리.

어떻게 해야 좋을까.

고지는 작은 발 너머로 내놓은 팔을 아주 살짝 움직여 보았다. 움직인다. 아직 내 팔이구나. 내 몸이야.

하지만 지금은 그 너머에 누군가가 있고, 무슨 준비를 하는 중이다. 쉭쉭거리며 물이 끓었다. 커다란 차 솥 속에서 비등점에 달한 물이 펄펄 끓어올랐다.

고지는 저도 모르게 마른침을 꿀꺽 삼켰다. 소녀에게 들렸을까 생각하니 초조한 기분이었다. 하지만 발 너머의 그림자는 꼼짝도 하지 않았다.

팽팽하게 긴장된 분위기. 한밤중의 다실에 긴장감이 차올랐다.

의식. 아주 먼 옛날부터 이어져 온 의식.

딸랑 소리와 함께 차 솥의 뜨거운 물에 무언가가 잠기는 소리가 났다. 아마 통로이리라. 소독하기 위해 끓는 물에 넣은 것이다.

매뉴얼에서 읽었다. 소독을 하려면 십 분 이상 펄펄 끓일 필요가 있습니다.

뽀글뽀글, 끓어올라 거품이 터지는 소리가 났다.

가만히 앉아 있는 발 너머의 그림자.

그나저나 대체 뭘까, 이 심상찮은 분위기는. 낮에 본 그 애와는 분위기가 전혀 다른, 왠지 인간이 아닌 듯한 기척. 그 애가 이런 분위기였나?

고지는 언제부턴가 몽롱하게 넋을 놓고 있었다.

그것은 갑자기 찾아왔다.

느닷없이 건너편에서 팔을 붙잡고 투둑, 하고 무언가로 팔꿈치 안쪽을 찔렀다.

통증보다 갑자기 찔린 쇼크가 더 커서 머릿속에 섬광이 번쩍인 느낌이었다.

반사적으로 몸을 움찔하며 팔을 빼려 했다.

하지만 생각보다 붙잡고 있는 힘이 세서, 팔을 끌어당길 수가 없었다.

한순간 패닉에 빠졌다. 날 죽일지도 몰라! 이게 무슨 어리석은 짓이야! 역시 놈들은 괴물이었어! 팔을 자르고 나를 죽일 거야!

기겁을 한 고지는 도망치고 싶어졌다. 하지만 어째서인지 몸이 움직이지 않았다. 마치 다다미에 못이 박힌 듯 꼼짝도 하지 못했다. 어쩌면 벌이나 모기처럼 찌른 순간 마취약 같은 것이 몸에 퍼졌을까?

고지는 천장을 올려다보며 입을 뻐끔거리면서 신음했다.

하지만 차갑고 부드러운 무언가가 팔에 닿았다.

통로를 꽂았을 때와는 다른 충격에 온몸이 또다시 크게 요동쳤다.

무언가 부드러운, 달콤하고 차가운, 편안한 감촉.

그것이 소녀의 입술이라는 사실을 느끼자마자 전신의 피가 끓어오르는 기분이었다.

빨고 있다. 먹고 있다. 내 피를, 지금 그야말로, 바로 옆에서, 저 작고 부드러운 입술을 내밀고.

고지는 또다시 패닉에 빠졌다.

하지만 이번 패닉은 환희라 해도 좋을 정도였다.

그로부터 몇 분 동안 전신에서 차츰 피가 빠져나가고 있는데도, 고지가 느낀 이미지는 그와 정반대였다.

무언가가 흘러 들어온다…….

고지의 머릿속에서는 반짝반짝 빛나며 차례차례 색채를 바꾸는, 화려하고 자극적인 무언가가 끊임없이 몸속으로 흘러 들어오는 이미지가 펼쳐졌다.

우와, 뭐야, 이게.

고지는 눈을 부릅뜨고 파르르 떨며 신음했다.

비가 그친 후 고인 물웅덩이에 덮인 기름막처럼 끈끈하게 움직이며, 비단벌레색으로 조금씩 색을 바꿔 가는 에너지.

고지의 눈에는 좁은 다실 천장에서 그것들이 소용돌이치며 반짝반짝 눈부신 빛을 내뿜으면서 펼쳐져 다실을 채워 나가는 모습이 보이는 듯했다.

색채뿐만이 아니었다. 이 자극, 웃음을 터뜨리고 싶어질 정도의 우월감, 정신이 번쩍 들 정도의 편안함, 쾌락.

쾌락이라는 단어가 퍼뜩 머릿속에 떠오른 순간, 그 글자가 크게 부풀어 올라 고지의 내면에 낙인처럼 아로새겨졌다.

고지는 직감했다. 이것이 바로 어른들이 목소리를 낮추고 눈짓을 하며 공유했던 이 세상의 쾌락, 그것도 가장 극상의 쾌락이었음을. 성교나 마약으로 얻는 쾌락에 결코 뒤처지지 않는, 육체와 정신이 느끼는 지고의 기쁨임을. 그렇기 때문에 누구나가 서로 제공자가 되겠다며 나서서 피를 내놓아, 이 의식이 면면히 이어져 왔음을. 이 쾌락을 얻기 위해 재산을 아끼지 않는 사람이 존재하는 이유도 이해가 되었다.

그리고 고지는 마음속 한구석에서 다른 생각을 했다.

시로타 가문이 이 쾌락을 피하는 이유는 이 쾌락이 인간을 너무나 쉽게 굴복시키고, 자기 몸까지 내던지게 만들 위험성이 있다는 사실을 알고 있었기 때문이다. 즉 옛날 시로타 가문에도 피를 제공한 사람이 있었다는 소리다. 누구나가 다 이 쾌락을 알고 있었으리라. 그리고 그 때문에 선조들 중 누군가가 시로타 가문을 몰락시켰음이 분명하다. 그렇기 때문에 경제활동을 우선하기 위해 '끔찍한 일'이라는 딱지를 붙여, 자손들에게 이 행위를 금지시킨 것이다.

그만큼 무시무시한, 그야말로 고지의 짧은 인생관을 바꿔 놓을 정도로 '어질어질하다'고밖에 말할 수 없었던 몇 분간이었다.

그리고 그것은 아마도 '제공'받는 측에서도 저항하기 힘든 쾌락일 것이라고, 고지는 느꼈다.

팔에 새겨진 한 점으로 이어져 있는 사이 두 사람은 같은 쾌락을 공유했다. 소녀가 피를 빠는 소리가 점점 열렬한, 또 정신없는 소리로 바뀌어 가는 것이 느껴졌다. '잡아먹는다'는 표현이 너무나도 딱 들어맞았다.

하지만 그것은 갑자기 끝났다.

소녀가 퍼뜩 정신을 차린 듯 고개를 들었던 것이다.

덩달아 고지도 깜짝 놀라며 눈이 번쩍 뜨인 기분이 느껴졌다.

꿈에서 깬 두 사람.

잠시 동안 두 사람은 그 자세 그대로 발을 사이에 둔 채 앉아 있었다.

썰물이 빠져나가듯 쾌락과 흥분도 차츰 사라졌다.

극채색의 에너지로 가득하던 다실이 그냥 어두컴컴한 방으로 돌아갔다.

대신 피로감이 방을 가득 채웠다.

소녀가 비틀비틀 일어나, 다시 차 솥에 통로를 떨어뜨리는 소리가 났다. 사용한 후 소독할 모양이었다.

펄펄 끓는 물 속에서 춤추는 통로가 내는 달각달각 소리를 들으며 고지는 자신의 전신이 축 늘어지는 데 놀랐다. 대체 시간이 얼마나 흘렀을까?

차 솥에서 부젓가락으로 통로를 끄집어내는 것이 느껴졌다.

그림자가 움직여, 느린 동작으로 입구를 통해 나갔다.

기척이 사라지고 발 너머가 텅 비었다는 사실을 안 후에도 고지는 한동안 움직이지 못했다.

나른한 몸을 아무렇게나 눕히고 천장을 가만히 올려다보며 방금 일어난 일을 반추해 보려 애를 썼지만, 그렇게 커다란 쾌락을 맛보았는데도 그 감각은 손가락 사이로 차츰 흘러내리는 모래알처럼 어딘가로 사라져 버렸다.

"휴우."

고지는 일부러 소리 내어 한숨을 내쉬었다.

그리고 조심스럽게 팔을 당겼다.

팔꿈치 안쪽에 작은 상처가 오도카니 나 있었다. 무슨 약이라도 발랐는지 피는 이미 그치고, 상처 자국도 말라 있었다.

부스럭거리며 일어난 고지는 책상다리를 하고 앉았다. 왠지 머리가 좀 무거웠지만 딱히 이상은 없었다. 그저 깊은 피로감이 남고, 전신이 긴장한 탓인지 근육통 같은 것이 느껴졌을 뿐이었다.

살짝 발을 젖혀 보았다.

그곳에는 누가 있었던 흔적이 전혀 없었다. 차 솥 속의 뜨거운 물은 많이 줄어들었다.

별 뜻 없이 차 솥 속을 들여다보았다. 통로를 소독할 때의 피가 남아 있지 않을까?

하지만 얼핏 봐서는 물에도 아무런 변화가 없고, 아무 일 없었던 듯했다.

고지는 커다란 한숨을 내쉬었다.

뭐라고 해야 좋을까. 이 얼마나 굉장한…… 아니, 굉장하다는 말만으로는 부족한, 엄청난 체험이었다.

무심코 목덜미를 만져 보니 식은땀으로 흠뻑 젖어 있었다.

고요한 다실 밖으로 나가자 구름 낀 달이 보였다.

마치 요 한 시간 사이 완전히 다른 사람이 되어 버린 기분이었다.

아니, 정말로 나는 다른 사람이 되고 말았다. 지금의 시로타 가문 내에서 아무도 체험하지 못했던 일을 체험했으니.

그리고 자신은 내일도 이곳에 와서 계속 기다리리라는 확신이 들었다.

이젠 그 쾌락을 한 번 맛보고 말았으니 그만둘 수가 없다.

이미 자신은 그 위험한 환희에…… 선조가 봉인하고, 자손들에게 금지시켰던 금기에 굴복해 버렸다.

광장에서 시로타 고지와 마주친 뒤 터벅터벅 집으로 돌아온 나치는 주차장에 늘어선 시커먼 차량들 앞에서 압도당했다.

마을의 높은 사람들이 모였다고 했다.

눈매가 사나운 남자 몇 명이 주위를 둘러보고 있었다.

왠지 묘한 분위기였다. 나치는 재빨리 집 안으로 들어갔다.

상황을 보아하니 바쁠 것이 뻔했다. 오늘도 일을 도와야겠다는 생각에 주방으로 가 보니 어째서인지 팽팽한 긴장감이 감돌고, 종업원의 표정도 굳어져 있었다.

"오늘은 됐어."

나치를 본 히사오가 다급히 다가왔다.

"하지만 바쁘잖아요?"

"괜찮아, 오늘은."

히사오가 단호하게 고개를 가로저었기에 나치는 "알겠습니다." 하고 물러났다. 무슨 비밀 회합이라도 열리는 중일까.

자기 방으로 가던 나치는 안쪽 별채에 있는 객실에 낯익은 모습이 들어가는 것을 보았다.

교장 선생님이었다.

가슴이 철렁하고 불안해졌다. 그 모임이 자신들 캠프생과 관련이 있으리라는 직감이 느껴져서였다.

무슨 모임일까.

자꾸만 신경이 쓰였다.

그늘에 숨어 복도를 지나가는 사람들을 지켜보니 경찰도 있었다. 다른 사람들이 고개를 숙이는 모습과 그 제복을 보니 서장이 분명했다. 그 객실에 들어가는 사람들은 하나같이 험악한 표정이었다. 전부 일고여덟 명쯤일까.

나치는 옷을 갈아입으면서도 초조한 기분이었다.

뭘까, 왜 이렇게 마음이 불안할까. 무슨 중요한 이야기를 저곳에서 나누고 있으리라는 확신이 든다.

급히 밥을 먹고 몰래 현관으로 나가 뒤뜰로 향했다. 뒤뜰에서 별채로 접근하기 위해서였다.

숨 막힐 정도로 솟아나는 풀숲의 열기. 여름밤, 생물의 냄새가 풍겼다.

별채는 연못 위로 튀어나온 구조여서 바로 근처까지 다가갈 수는 없었지만, 연못 쪽 장지문이 활짝 열려 있고 안에서 빛이 새어 나왔다.

벌레 우는 소리가 울려 퍼지는 가운데 조심스럽게 다가가니 목소리가 들렸다.

이 정도라면 어찌어찌 이야기를 들을 수 있을 듯했다.

나치는 별채와 옆 건물 사이의 어둠 속에 쪼그리고 앉아 귀를 기울였다.

"무슨 착각을 하고 계시는 것 아닙니까?"

귀로 날아든 것은 분노를 잔뜩 억누른 것이 느껴지는 교장 선생님의 목소리였다.

거북한 침묵.

"마을 재정이 어렵다는 사실은 잘 압니다. 하지만 근래 들어 부당하게 액수를 올린다는 이야기도 들었습니다. 요 몇 해 사이 '입찰'도 이루어지고 있다는 말이 사실입니까? 아무리 그래도 그것은 너무 지나치지 않습니까?"

자, 자, 하고 누군가가 달래는 목소리가 들렸다. 모르는 목소리였다.

교장 선생님은 울분을 감추지 못하는 목소리로 말을 이었다.

"그것도 상당한 액수라고 하지 않습니까? 그 돈은 어디로 들어갔죠? 캠프생들의 보상금에 사용되었다는 이야기는 못 들었습니다만."

"선생님, 한 말씀 드리겠습니다."

뚱한 목소리가 들렸다.

"입찰 형식이 된 건 오히려 희망자 측의 요구입니다. 저희는 계속 거절했지만 입찰시켜 달라고 먼저 말한 건 그쪽이죠. 저희가 제안한 일이 아닙니다."

코웃음을 치는 소리가 들렸다.

"캠프, 캠프 하시는데 최근 들어 이와쿠라에서 허주 승선원이 몇이나 나왔습니까? 매년 정부 보조금도 줄어들고 있어요. 쓰쿠바에서는 유전자 조작으로 변질체를 만들어 낸다던데 이미 그쪽이 주류가 되지 않았을까요?"

부드러운, 하지만 어딘가 모르게 공갈 협박이 느껴지는 말투.

교장 선생님은 말문이 턱 막힌 듯했다.

하지만 잠시 후 금세 말을 이었다.

"그건 그럴지도 모릅니다. 하지만 그건 세계적인 경향이죠. 원인이 무엇인지는 모르지만 이런 장소의 힘으로 변질을 시킨다는 것은 어쩌면 시대에 뒤떨어진 방식일지도 모르겠군요. 하지만 그렇다고 피먹임을 돈 받고 판다는 건 말이 안 됩니다. 듣자하니 피먹임의 제공자가 되면 불로불사의 몸을 얻을 수 있다는 소문도 퍼졌다던데요."

"설마, 그럴 리가요."

실소가 터졌다.

"아니, 사실입니다."

이번에는 다른 목소리가 들렸다.

목소리의 느낌으로 볼 때 경찰서장 아닐까, 하는 느낌이 들었다. 웃음소리가 멎었다.

"난감하게도 다들 그렇게 믿고 있습니다. 아무리 그것은 사실이 아니라고 말해도 왜 숨기느냐, 제발 좀 시켜 달라는 부탁이 쇄도합니다. 심지어 높은 사람들까지 눈빛이 달라져서는 얼마를 내면 되겠느냐고 자꾸 돈을 욱여넣으려 하죠. 저희도 난감한 상황입니다. 지금까지 정부가 허주 승선원에 관한 정보를 거의 공개하지 않은 바람에 수많은 억측이 또 억측을 불러, 그야말로 전설이나 다름없는 꼴이 되고 말았습니다."

온화한 목소리가 이어졌다.

"실제로 면역력이 좋아진다는 데이터는 있다고 합니다. 그러니 완전히 허무맹랑한 이야기라 할 수도 없지요. 그래서 일이 공연히 더 골치 아파졌습니다. 이와쿠라 놈들이 치사하게 자기들끼리만 장수한다는 의심까지 받는 상황입니다."

사람들이 입을 다물었다.

"문제는 대신을 어떻게 대응해야 하느냐는 거죠."

또 다른 목소리가 담담하게 들렸다. 다소 젊은 사람인 듯했다. 모두 긴장하는 것이 느껴졌다.

대신?

나치는 귀를 의심했다.

대신이라니, 나라의 높은 사람? 그 이외는 생각할 수가 없다.

"이미 대신이 일찌감치 전액을 준비해 두셨습니다. 모레 이와쿠라에 도착해서 일주일간 체재하실 예정이고요."

신음 소리 비슷한 것이 들렸다. 일이 귀찮아졌다는 분위기였다.

"강제할 수는 없습니다."

교장 선생님의 어두운 목소리였다.

"선택권은 아이들에게 있으니까요."

"하지만 이야기를 그렇게 끝내 버릴 수는 없어요."

이 젊은 사람은 이와쿠라 사람이 아닌 듯했다. 도쿄 사람, 정부 사람. 그런 느낌이었다.

"돈을 준비해서 이와쿠라까지 왔는데 아무도 드나들지 않는다니, 그래서는 대신이 납득하지 못 할 겁니다."

침묵. 거북한 분위기였다.

"솔직하게 말씀드리겠습니다."

교장 선생님의 목소리.

"대신은 건강 상태에 문제가 있습니다. 아니, 사실은 꽤 심각하죠. 그런데 아이들에게 그런 사람을 상대로 피먹임을 치르라니 정말 끔찍한 일입니다. 이와쿠라에서 제공자가 되는 조건이 얼마나 까다로운지 아시지 않습니까. 의식 직전까지 거듭 검사를 받고, 조금이라도 컨디션이 나빠지면 즉각 실격입니다. 그런데 그렇게 조건 나쁜 피를 제공한다니, 그야말로 생떼를 쓰는 것 아닙니까?"

"……알고 있습니다."

젊은 사람이 나직이 말했다.

"하지만 대신께서는 여기에 운명을 거셨습니다. 아직 하고 싶은 일이 많다, 무슨 짓을 해서라도 오래 살아야겠다고."

이번에는 왠지 모르게 슬픈 침묵이 내려앉았다.

"하지만……."

신중한 목소리가 들렸다.

"아무 보증도 없어요. 피먹임을 치렀다고 해서 반드시 장수한다는 보증이 없다고요. 실제로 상관관계가 입증된 것은 아니니, 나중에 뭐라고 하시면 안 됩니다."

"네, 그 점은 괜찮습니다. 그 부분에 대해서는 여러 번 이야기를 나눴습니다. 결과가 어찌되든 돈은 전액 치를 예정이고, 이 이후 아무런 책임도 묻지 않겠다고 하셨습니다. 이 건에 대해서는 언질을 받아 놓았습니다."

일동은 압도당한 눈치였다. 다시 침묵이 이어졌다.

"누가 갈지는 정해졌습니까?"

불안한 목소리가 물었다.

"아직 정해지지 않았어요."

교장 선생님의 머뭇거리는 목소리.

"닷새 내내 같은 아이에게 드나들게 할 수는 없습니다. 그……
건강하지 않은 피를, 최대한 적게 섭취하게 하고 싶습니다."

"아니, 오히려 반대로 한 명만 보내는 편이 낫지 않겠어요?"

누군가가 차가운 목소리로 말했다.

"대신께 만일 무슨 일이 생겼을 경우 상대가 다섯 명이나 된다면 어떤 애가 원인인지 알 수가 없을 테니까요."

"무슨 일이라뇨?"

젊은 남자가 날카롭게 물었다.

"글쎄요, 저도 모르죠."

차가운 목소리의 주인은 오히려 당당하게 내뱉었다.

"아이들 쪽에서도, 피해자를 다섯 명이나 만드는 것보다 한 명으로 줄이는 편이 나을 겁니다. 그렇게 건강하지 못한 피를 먹여야 한다면."

그 목소리에는 도전하는 듯한 울림이 담겨 있었다.

"저희는 여러분의 제안을 따를 뿐입니다."

젊은 사람은 명백히 기분이 상한 눈치였다.

"어마어마한 금액을 제시했는데 그것이 통과되었으니, 그 돈을 받으시려거든 어느 정도는 준비를 해 두셔야겠지요."

험악한 분위기.

나치는 저도 모르게 마른침을 삼켰다가, 건너편에 들릴 리가 없는데도 반사적으로 입을 틀어막았다.

"……알겠습니다. 대신께서 방문하시기를 기다리고 있겠습니다. 연락처와 주소는 이미 드렸으니, 잘 부탁드립니다."

누군가가 상황을 수습하듯 그렇게 말하며 자연스럽게 이야기를 마무리했다.

사람들이 부스럭거리며 일어나 움직이는 소리가 들리고, 누군가가 방을 나가는 기척이 느껴졌다. 복도에서 이야기하는 소리가 나고 사람들이 긴장을 풀었다.

"일이 번거롭게 되었군요."

경찰서장의 목소리가 들렸다.

아무래도 몇 명은 나가고, 방 안에 소수의 인원만이 남은 모양이었다.

"메아리 이야기는 했습니까?"

교장 선생님이 속삭이듯 물었다.

"그런 이야기를 어떻게 하겠습니까? 저 읍장이 그런 말을 했을 리가 없죠. 했다면 대신도 조금은 생각을 바꿨을지도 모르지만."

경찰서장은 경멸을 감추지 않았다.

"경비는 당연히 서겠지요?"

"최소한으로 붙이겠지만, 아무래도 피먹임이니까요. 어려운 부분도 있지요. 저희 측에서도 붙여야 하고요."

두 사람은 어두운 목소리로 소곤소곤 이야기를 나누었다.

"대체 그 돈은 어디로 들어가는 거죠? 축제 비용인가요?"

"잘 보관해 두고 있다고만 할 뿐 알 수가 없습니다. 읍장은 입찰 액수를 계속 부추기는 눈치더군요. 입찰하는 사람들이 상당히 높은 지위이다 보니 그쪽에서도 굳이 캐묻지 않습니다. 그 점을 알고서 그러는 것이겠지요."

"이게 웬 민폐랍니까. 아이들에게는 뭐라고 말해야 좋을지."

교장 선생님의 탄식이 들렸다.

나치는 몸이 차츰 차가워지는 느낌이었다.

심장이 쿵쿵 뛰었다.

대신의 피를.

누가 그 피를 빨라는 걸까? 교장 선생님은 정말로 우리 중 누군가에게 그런 일을 시킬 생각일까?

나치는 자리에서 일어나려다 다리가 저리는 바람에 땅바닥에 손을 짚었다.

설마, 말도 안 돼. 피를 빨릴 권리를 돈 받고 팔다니.

동요한 상태로 나치는 그 자리를 벗어났다.

너무 큰 충격에 자신이 어떻게 방으로 돌아왔는지도 기억나지 않을 정도였다.

같은 시각.

멀리서 소란스러운 축제 음악 소리를 들으며 아마치 마사키는 습한 숲 속을 걷고 있었다.

물론 소년의 마음속에 음악도 축제도 파고들 여지가 없었다.

저것은 자신과 아무 상관도 없는 것. 평범한 사람들이 즐기는 행사.

이와쿠라에 몇 번을 와도 그 사실은 달라지지 않았다. 말하자면 이곳에는 앞과 뒤, 두 개의 세계가 있고 자신이 소속된 세계는 당연히 뒤쪽이다. 자신은 이 세상에 태어난 순간부터 뒤쪽 세계에서 살아갈 것이 결정되어 있었다고, 마사키는 꽤나 오래 전에 달관했다.

하지만 이번에 이와쿠라에 와서 캠프에 참가하는 사이 차츰 생각이 바뀌었다.

어쩌면, 어쩌면 앞면이라고 생각했던 세계가 뒷면이었던 것은 아닐까?

마사키는 그런 생각을 하기 시작했다.

이 소박하고 순진해 보이는, 하루하루 춤을 추고 노래를 부르는 풍습. 이와쿠라에서 가장 중요한 행사이며 커다란 관광 자원이기도 한, 이 두 달에 걸친 축제는 자신들이 사는 뒤쪽 세계와 밀접한 관련이 있을지도 모른다. 아니, 구체적으로 말해 이 축제는 '뒷면'이 지닌 여러 가지 얼굴 중 하나가 우연히 앞을 돌아보았을 뿐이며 겉으로 보이는 모습 그대로가 아니라고 한다면. 이 행사 자체에 어떤 커다란 의미가 있다면.

한 번 그런 생각을 하기 시작하니 다양한 것들이 자꾸 마음에 걸렸다.

성에 걸려 있던 그림, 내걸린 등롱, 춤의 내용과 동작.

그리고 무엇보다 마사키의 마음에 걸리는 것은 저 도와가 지금 이곳에 있다는 사실이었다.

도와는 왜 여기에 있을까.

올해, 지금, 이 시기에 이곳 이와쿠라에?

도와는 허주 승선원이다. 매우 귀중한 인재로, 마을도 국가도 한 명이라도 더 확보하고 싶어 하는 자질을 지닌 베테랑 허주 승선원.

그런 귀중한 인재가 왜 이런 곳을 어슬렁어슬렁 배회하고 있을까? 바로 다음 선단에 참가할 준비를 하거나, 아니면 후진 양성을 해야 하는 게 아닐까? 어떤 의미에서는 후진을 지도하고 있다고 볼 수도 있겠지만 도와의 태도는 썩 적극적이지 않았다.

마사키는 도와와 나누었던 수수께끼 어린 대화의 의미를 다시한 번 생각해 보았다.

마사키의 질문에 도와는 확실히 대답해 주지 않았지만, 그 눈빛은 마사키의 생각을 긍정도 부정도 하지 않았다. 아니, 그건 긍정이었을까?

그 신비한 눈. 모든 것을 꿰뚫어 보는 듯, 모든 것을 체념한 듯 차분하고 냉철한 눈빛.

드넓은 외해를 바라보며 오랜 세월을 살아간다는 것은 대체 어떤 일일까.

한동안 그런 상상을 해 본 적이 있었다.

자신은 허주 승선원이 될 운명을 타고났다. 언젠가는 자신도 저 어두운 외해로 노를 저어 나아가게 되리라고.

그러면 자신도 저런 눈빛을 갖게 될까?

발밑으로 빠직, 하고 나뭇가지 부러지는 소리가 났다.

마사키는 움찔하며 주위를 둘러보았다.

멀리서 들려오는 축제의 음악 소리. 자신의 몸을 감싸고 있는 수많은 벌레들의 울음소리.

다급히 앞을 보자 껌벅껌벅하는 빛이 앞으로 앞으로 이동하고 있었다.

마사키는 다급히 걸어 나섰다. 저것을 놓쳐서는 안 된다.

꾸불꾸불 이어지는 산길은 흐릿하게 빛나 보였다.

그만큼 풀이 없어서 밤에도 더듬더듬 찾아 올라갈 수가 있다.

올라가는 빛. 그렇구나, 앞에 오르막길이 있구나. 대체 어딜 향해 가는 걸까.

마사키는 빛을 놓치지 않으려 걸음을 빨리했다.

도와는 왜 지금 이곳에 있을까.

그렇게 생각하던 마사키가 결국 얻은 것은 극히 심플한 해답이었다.

도와가 지금 이곳에 있어야 할 필요가 있으므로. 도와가 없어서는 안 되는 무언가가, 도와가 이곳에 있어야만 하는 무언가가 지금 여기에 있기 때문에.

마사키는 그 후로 도와를 찾아다녔다.

그리고 도와를 발견하면 최대한 그 뒤를 밟으며 행동을 감시했다.

도와가 숙식하는 곳은 성 어딘가가 분명했다. 꼬박 하루 내내 밖에 나오지 않는 경우도 있는가 하면, 아침 일찍부터 외출하는 일도 있다. 그리고 어떻게 된 일인지 툭하면 시야에서 놓치곤 했다.

이렇게 산길을 따라가다가 길모퉁이를 꺾은 순간 사라져 버리는 경우도 있고, 덤불 속에 들어갔나 싶으면 다음 순간 벌써 없어지는 일도 있었다.

도와가 사라진 곳을 열심히 찾아보았지만 무슨 비밀 입구 같은 게 존재하는 것도 아니었다.

마사키는 고개를 갸웃했으나 도와는 언제나 마치 일부러 자취를 지워 버린 듯 모습을 감추었다.

오늘은 우연히 도와의 모습을 발견했다.

여관으로 돌아가던 도중, 강가로 향하는 도와의 모습이 어쩌다 눈에 띈 것이다.

도와가 성으로 돌아가는 모습을 본 적은 여러 번 있지만 이렇게 어두워진 후에 어딘가로 향하는 모습은 처음이었다.

이미 주위는 어둠이 깔렸고 도와의 모습도 얼핏 보았을 뿐이지만, 이미 여러 날 도와의 뒤를 밟았기 때문에 사람을 잘못 보았을 리는 없었다.

어딘가, 중요한 곳으로 향하고 있음이 분명했다.

마사키는 그런 직감을 느꼈다.

도와는 가벼운 발걸음으로 산길에 진입했다. 나무 사이로 작은 불빛이 외로이 비추는 모습을 보니 도와가 회중전등이나 그 비슷한 무언가로 불을 켠 모양이었다.

이거, 목적지가 어딘지 확인해야겠어.

마사키는 그렇게 결심하고 바로 도와의 뒤를 쫓기 시작했다.

둘 사이에는 상당한 거리가 있었으나 마사키는 빠른 걸음으로 따라가, 간신히 그 불빛을 놓치지 않을 정도까지 따라잡았다.

오르막의 경사가 차츰 급해져 마사키는 숨을 헐떡거렸다.

꽤 한참을 올라가네. 이 길은 지금까지 가 본 적이 없는데.

끈끈한 어둠이 짙어지고 풀 냄새가 강렬해졌다.

머리 위로 나뭇가지가 뒤덮여 식물 터널 속을 걸어가는 느낌이 들었다. 사방팔방에서 들려오는 벌레 울음소리.

늘 냉정하고 침착하던 마사키도 원시적인 공포가 솟아난다는 사실을 인정할 수밖에 없었다.

인간의 태곳적 기억. 어둠을 두려워하는 마음. 밤의 공포.

마사키는 숨을 헉헉 몰아쉬며 계속 올라갔다.

저 불빛에만 집중해야 해. 쓸데없는 생각은 하지 마.

깜박깜박 빛나는 불빛은 언덕길임에도 불구하고 상당히 빠른 속도로 올라갔다.

저렇게 강인할 수가. 변질되면 운동신경도 발달하는 걸까.

그런 생각을 하고 있는데 갑자기 불빛이 사라졌다.

어?

마사키는 당황했다.

흐릿하게 보이기는 했지만 주위는 온통 밤의 어둠으로 뒤덮여버렸다.

사라졌나? 또 없어진 건가?

필사적으로 발밑을 확인하며 계속 올라가자 갑자기 뻥 뚫린 공간이 눈앞에 나타난 것이 느껴졌다.

아치를 그리는 칠흑의 어둠.

터널 입구였다.

마사키는 그 앞에 서서 안을 빤히 들여다보았다.

건조한 공기.

한참 들여다보니 안쪽이 흐릿하게 밝다는 사실을 알 수 있었다.

제법 먼 곳에 불빛이 있었다.

발밑은 내리막이었다. 아무래도 이 너머에 커브가 있고, 그 안쪽에 불빛이 있는 듯했다.

도와는 이 안으로 들어갔을까.

마사키는 한순간 망설이다가 결국 안으로 발을 들였다.

자기 방으로 돌아온 후에도 나치의 동요는 가라앉지 않았다.

피를 빨 권리. 입찰. 대신은 전액을 준비⋯⋯.

듣지 말 걸 그랬어.

나치는 진심으로 후회했다.

그렇지 않아도 캠프가 불안한 상황인데 거기다 마을 재정 상태나 정치적인 문제 등, 쓸데없는 일까지 알고 싶지 않았다.

쓰쿠바에서 변질체를 유전자 조작으로 만들어 내는 쪽이 주류…….

그쪽도 신경이 쓰였다. 혹시 자신들은 쓸데없는 노력을 하고 있는 게 아닐까. 허주 승선원이 될 가능성도 낮은데 굳이 캠프에 참가하는 건 헛수고일지도 모른다.

선생님들이 다양한 수단을 동원하고, 오늘 밤에도 유이를 비롯한 아이들이 피먹임을 하고 있을 텐데?

그렇게 생각한 순간 강렬한 충동이 솟구쳤다.

먹고 싶어. 그걸/먹고 싶어. 그/빨간 걸.

나치는 아차 싶었다. 이야기를 들은 일이 더한층 후회되었다.

그 강렬한 이야기를 들어 버리는 바람에 피를 빠는 이미지가 한순간도 머릿속에서 떠나질 않았다.

대신의 피, 건강하지 못한 피, 한 아이에게 먹일까, 여러 명에게 따로따로 먹일까…….

유이의 황홀한 눈빛이 머릿속에 떠올랐다. 새빨간 피의 이미지와 동시에, 그 도취된 표정이 자꾸만 거듭거듭, 머릿속에…….

전신에 소름이 쫙 끼쳤다.

그것은 현기증이 날 정도로 폭력적인 충동이었다.

온몸에 뜨거운 무언가가 내달리며 끔찍한 감정이 몸속 깊은 곳에서부터 콸콸 솟아나는 느낌이었다. 몸이 지금의 두 배 정도는 부풀어 오른 듯했다.

큰일 났다.

나치는 패닉에 빠졌다.

책상에 앉아 있어도 누가 머리를 붙잡고 마구 끌어당겨 일으켜 세우려는 것만 같았다.

눈앞이 깜깜해졌다가, 밝아졌다가, 새빨개졌다.

먹고 싶어/원해.

나치는 필사적으로 눈을 깜박거리며 목덜미로 땀을 뻘뻘 흘렸다.

통로를 꽂아, 동그란 핏방울이 새하얀 피부 위로 솟아나는 모습을/

안 돼, 자꾸 생각이 나.

식은땀인지 뜨거운 땀인지 알 수가 없었다. 추운지 더운지도 구분이 되지 않았다.

하지만 위장 속이 뜨겁게 느껴지는 것은 확실했다. 마치 불을 꿀꺽 삼켜, 배 속에 불이 들어 있는 듯했다.

뜨거워.

나치는 손으로 배를 짚었다. 정말로 안에서 열을 내뿜는 듯 뜨거웠다.

땀이 뻘뻘 솟아나 손이 젖었다.

머리가 어질어질했다. 이렇게 엄청난 충동이 자신의 내면에 숨어 있다니 너무나 두려웠다.

누군가가 자신을 일으켜 세우려는 듯했다.

나치는 비틀거리며 천장을 올려다보았다.

물론 아무도 없었다. 하지만 천장이 유달리 어둡고, 마치 누가 내려다보는 것 같았다.

저곳에 있는 누군가가 나를 꼭두각시 인형처럼 천장에서 조종해서 어딘가로 보내려 해.

나치는 방석에 무릎을 꿇고 앉아, 전신을 감싸 안으며 바들바들 떨었다.

어쩌지.

나치는 눈물을 글썽거렸다. 무섭고, 끔찍하고, 한심한 눈물. 콧물도 흘렀다. 아니, 이건 땀일까?

충동은 끊임없이 작은 폭발처럼 몸 곳곳에서 터졌다. 자, 일어나서 저 밤의 어둠 속으로 나가라고 집요하게 꼬드기고 있었다.

여관 일을 도우며 다른 곳으로 정신을 돌리고, 몸을 피로하게 만들어 잠드는 방법을 오늘은 쓸 수가 없었다. 아직 체력이 충분히 남아 있었다. 금방이라도 양팔을 벌리고 전속력으로 뛰쳐나갈 것만 같았다.

유이의 황홀한 눈. 아름답고 어딘가 모르게 음탕한, 그 촉촉한 눈빛.

그만둘 수가 없어/그만둬지지가 않아.

빨려 들어갈 것만 같은 목소리가 머릿속에서 계속 울려 퍼졌다.

나치는 온몸을 죽어라 감싸 안고 책상에 엎드렸다.

내가 필사적으로 버티는 동안에도 유이는 희희낙락 숙방을 뛰쳐나갈까. 충동에 몸을 맡기고 밤거리를 내달리고 있을까.

유이뿐만이 아니라 다른 소년소녀들도 눈을 번들번들 빛내며 한밤의 어둠에 몸을 숨기고 피를 갈구하며 지금도 헤매지 않을까.

아니, 이미 피를 빨고 있을지도 모른다. 깨끗한 피를, 건강한 피를. 황홀하게, 환희에 잠긴 채.

귓가에서 피를 빠는 소리가 여러 겹으로 포개지며 들려왔다.

나치는 어느 순간부턴가, 피를 빠는 유이의 모습을 몽롱한 기분으로 바라보고 있었다.

유이가 정신없이 누군가의 팔을 부둥켜안고 있었다. 찰박찰박, 쭈룹쭈룹, 분명치 않은 그 소리가 방 안에 울려 퍼졌다.

방 안은 어두워서 유이의 모습이 흐릿하게 보였다.

유이는 몸을 웅크리고 마치 짐승 같은 자세로 정신없이 피를 빨았다. 때때로 몸을 부르르 떨며, 움츠린 그 모습은 한순간 통곡하는 듯 보이기도 했다. 깊이 슬퍼하며 엉엉 우는 모습으로도 보였다.

하지만 그렇지 않았다. 유이는 환희에 빠져 있었다. 쾌락에 잠겨 있었다. 맛있어, 아아, 맛있어. 눈이 어질어질해질 정도의 기쁨에 완전히 몸을 맡기고 있었다.

그리고 피를 빨리는 쪽에서도…….

어둠 속에 누운 채 유이에게 팔을 맡긴 누군가 역시, 어둠 속에서 웃고 있었다.

아아, 이 얼마나 멋진가. 얼마나 편안한가. 팔에서 흘러나온 피가 유이의 입술을 통해, 유이에게 빨려 들어가는 감촉은…….

나치는 퍼뜩 놀랐다.

그 얼굴은 후카시였다. 후카시가 눈을 감고 환희에 찬 얼굴로 어둠 속에서 웃고 있었다.

"헉!"

나치는 비명을 지르며 머리를 움켜쥐고 책상에 엎드렸다.

쿵, 하는 둔탁한 소리가 났다. 통증에 한순간 숨이 멎었다.

계속해서 머리를 쿵쿵 내리찍으니 통증이 커져 갔다.

왜 거부하는 거야?

누군가의 목소리가 울려 퍼졌다. 누구의 목소리일까. 남자의 목소리. 선생님 목소리는 아니었다. 왠지 모르게 슬픈 듯한 목소리. 그 사람이다. 아빠 이야기를 해 준 사람. 아마치 마사키의 가족. 왠지 슬퍼 보이는 얼굴. 상처 입은 얼굴. 이것은 그 사람의 목소리다.

왜 거부해?

빨려 들어갈 듯 새까만 그 눈동자가 코앞으로 다가왔다.

왜 충동에 따르지 않아? 누구나가 원하는 일인데. 모두가 널 원하는데. 아무도 뭐라고 하지 않아. 오히려 축복해 줄 거야. 기다리고 있어. 메아리의 위험도 무시하고, 모두가 너의 그 행동을 기다리고 있어. 모두가 바라는 일인데, 왜?

하지 마.

나치는 머리를 감싸 쥔 채 외쳤다. 책상이 땀으로 젖어 있었다. 숨 쉬기가 괴로웠다.

뜨거워. 온몸이 뜨거워. 누가 날 책상에서 끌어내려 해.

대체 왜?

나치는 마음속으로 외쳤다.

왜 나는 이렇게 필사적으로 거부하는 걸까? 왜 이렇게까지 싫을까? 캠프생이 되었으니 이렇게 되는 건 당연한 일이고, 선생님들도 이렇게 되기를 바랐을 텐데. 아이들이 모두 이렇게 되면 누구나 기뻐할 거야. 이렇게 되기 위해 우리는 여기 왔으니까. 아무도 말리지 않아. 오히려 다들 그걸 바라고 있어…….

하지만, 그게 정말일까?

다른 목소리도 들렸다. 이건 내 목소리다. 내 안에 있는, 또 하나의 내 목소리.

다들 정말로 바랄까? 다들 정말로 괴물이 되고 싶을까? 시로타 집안을 봐. 그 집안은 캠프를 싫어하잖아. 아이들을 괴물로 만들지 않겠다면서. 오히려 그게 본심 아닐까. 다들 사실은 기분 나쁘게 여기는 것 아닐까. 대체 누가 자기 아이를 허주 승선원으로 만들고 싶을까. 삼촌이랑 숙모는 싫어했잖아. 날 여기 보내기 싫다고 했어.

그래, 이리로 보낸다는 건 자식을 잃을 가능성도 있다는 뜻이야. 대체 누가 그러길 원할까?

'돈'이라는 목소리가 들렸다.

어째서인지 그것은 유이의 목소리였다.

캠프에 가면 돈을 받을 수 있어. 우리 가족도, 우리 동네도. 보조금이 나오거든. 대신이 전액 준비해 줬대.

나치는 무언가를 이해한 기분이었다.

혹시 엄마가 살해당한 것도, 엄마가 외해에 나가기 싫어했기 때

문일까? 그러면 계속 지구에 있을 수 있으니까. 나는 괴물이 되기
싫어. 피를 빠는 괴물 따위. 그러면 계속 지구에 있을 수 있어……

그러면.

나치는 이를 악물었다.

그러면 후카시 오빠 곁에 있을 수 있어. 앞으로도 쭉.

나치는 퍼뜩 놀랐다.

전신이 무겁고, 격렬한 피로감이 느껴졌다.

지금 내가 무슨 생각을 하는 거지? 몽롱하고 혼란스러운 머리
로 방금 무슨 생각을 했지?

대체 얼마 동안이나 머리를 감싸 쥐고 있었을까?

이곳저곳이 아팠다.

부자연스러운 자세로 계속 몸을 억누르던 탓이었다.

어질어질 고개를 드니 책상에 땀으로 홍수가 났다.

어느 틈엔가 충동은 가라앉았다. 온몸이 땀으로 흠뻑 젖어서 싸
늘하게 식어 버렸다. 둔한 피로감과 근육통만이 온몸에 남아, 나
치는 단번에 나이를 열 살은 먹어 버린 기분이었다.

나는 괴물이 되기 싫어.

나치는 다시 한 번 그렇게 생각하며 아주 느린 동작으로 방석
위에서 자세를 고쳐 앉았다.

새벽이 되기 조금 전.

여름밤은 농밀하지만 짧다. 그래도 아직 아침의 기척은 멀고, 밤의 영역이 온 세상을 지배하고 있는 오전 4시경.

벌레 소리도 없고 초목도 잠든 상태였다.

이와쿠라는 깊은 골짜기에 있는 마을이기 때문에 날이 밝기까지는 시간이 조금 더 남아 있었다.

눈을 크게 뜨고 보니 나무들 사이로 움직이는 그림자가 있었다.

긴 머리, 가냘픈 몸.

주위 사람들에게 도와라 불리는 자가 산길을 고요히 오르고 있었다.

짙은 어둠 속을 미끄러지듯 가볍게 이동하는 모습은 마치 지면에서 살짝 떠 있는 것 같기도 했다. 지금 누가 도와를 본다면 산에서 죽은 여자의 유령이라 생각할지도 모른다.

걸어가는 도와의 얼굴은 마치 조각상처럼 무표정했다. 눈은 떴는지, 감았는지.

어쩌면 눈을 감은 채 이동하는 게 아닌가 의심이 될 만큼 눈꺼풀이 거의 눈 아래에 닿을락말락한 상태였다. 실눈이라 부르는 것이 가장 가까운 상태이리라.

도와의 관자놀이가 파르르, 희미하게 떨렸다.

어딘가를 흘끔 쳐다보더니 금세 다시 정면을 돌아보았다.

보인다. 느껴진다.

다가온다. 참극의 전조가. 막을 내리려는 자가, 머나먼 길을.

도와의 눈이 한밤의 정적 사이로 날카로운 빛을 내뿜는 광원을 보았다.

새카만 산길을 달려오는 자동차 헤드라이트.

시커멓게 칠한 커다란 차 세 대가 일정한 거리를 유지하며 앞뒤 한 줄로 달려왔다. 번쩍번쩍하게 닦은, 똑같은 차 세 대. 창에는 선팅이 되어 있어 탄 사람이 보이지 않고, 따로따로 보면 어느 차가 어느 차인지 구분할 수 없을 정도였다.

근엄한 차량들이 이와쿠라를 향해 곧장 달려오고 있었다.

그들은 나쁜 피를 몰고 온다. 나쁜 피로 캠프의 아이들을 더럽히러 온다. 그것이 어떤 재앙을 가져올지도 모르면서.

도와는 걸음을 멈추고 눈을 부릅떴다.

이곳은 지구다. 그리고, 그리운 이와쿠라다.

도와는 귀를 기울이며 주위를 한 바퀴 둘러보았다.

정말?

어두워도 생명의 기척만큼은 농밀하게 느껴진다. 무수한 벌레들, 앞으로 삼십 분만 더 있으면 지저귀기 시작할 새들, 나무와 잡초의 깊은 호흡. 그것들이 이와쿠라를 고루고루 채우고 있었다.

하지만 도와는 가끔 자신이 지구에 돌아왔다는 사실을 잊어버릴 때가 있었다.

어쩌면 이곳은 허주 안에서 꾸는 꿈이 아닐까.

칠흑 같은 어둠 속, 어두운 별들의 바다 사이를 떠돌며 이와쿠라에 있는 꿈을 꾸고 있는 게 아닐까. 문득 눈을 뜨면 창밖으로 빨려들 것만 같은 암흑이 펼쳐지지 않을까…….

그런 어지러운 감각에 사로잡히곤 한다.

허주 안에서는 거의 강제적으로 '수면'을 취해야 하지만(육체를 쉬게 하기 위해서, 그리고 생활 리듬을 만들기 위해서) 지구에서는 그럴 필요가 없었다. 자고 싶으면 잘 수 있고, 계속 깨어 있고 싶으면 깨어 있을 수 있다.

도와는 생각했다.

영원은 순간과 같다.

영원히 살 수 있다는 것은 눈 깜짝할 사이 모든 것이 끝나 버린다는 것과 마찬가지다. 올 오어 낫싱(All or Nothing). 올과 낫싱은 등가다.

도와에게는 기나긴 외해 여행도, 지금 이렇게 이와쿠라 마을을 걷는 일도 크게 다르지 않다.

확실한 차이라면 대기를 통해 보는 별들이 외해에서 볼 때보다 부드럽고 사랑스럽다는 점이었다. 지금 보이는 별은 어린 시절 기억처럼 옅은 비단이 씌워져 있다.

어린 시절. 대체 얼마나 아득한 나날일까. 이젠 전설이나 신화 같다. 아버지와 어머니가 있었고, 오빠와 언니가 있었다.

일족 가운데 허주 승선원이 된 사람은 도와뿐이었다. 그래서 부모님도 형제들도 이미 오래 전에 세상을 떠났다.

누구일까, 처음 자신들을 '어리석은 장미'라 불렀던 사람은.

도와는 누군가가 소곤소곤 이야기하는 목소리를 떠올렸다.

어리석은 장미는 시들지 않는다. 영원히 지지 않고 계속 피어 있다. 자신의 생명이 이미 끝났다는 사실도 모른 채, 어리석기 때문에 시들지 않는다.

물론 얼굴을 마주하고 그런 말을 하는 사람은 없다.

하지만 누구나가 그 이름을 알고 있다. 허주 승선원뿐만 아니라
그 가족과 주위 사람들도.

시들지 않는 장미. 영원한 장미.

도와의 입술에 냉소가 피어났다.

시들지 않는 장미는 과연 아름다울까. 시들기 때문에 아름다운
것이 아닐까. 그것은 종이나 플라스틱으로 만들어진 조화와 무엇
이 다를까.

도와는 소리 없이 작은 한숨을 내쉬고 다시 고요히 걸어갔다.

이렇게 낮이고 밤이고 이와쿠라를 돌아다니고 있다. 이와쿠라
를 감시하고 있다고 해도 좋을 정도지만, 어째서인지 메아리를 목
격한 적은 한 번도 없었다.

이상하다. 왜 메아리가 모습을 안 드러내지? 나조차 메아리를
보지 못한다는 건 대체 무슨 의미일까?

어둠 속 깊은 곳에서 피먹임을 하는 기척이 느껴졌다. 피먹임을
통한 교류와 환희의 에너지가 느껴진다. 그렇다면 메아리의 기척
도 느낄 수 있을 텐데.

도와는 고개를 갸웃거렸다.

이유를 알 수 없는, 이와쿠라 안을 흐르는 악의. 불온한 전조.
그것이 지금 먼 산길을 달려온 검은 차량들로 이어진 느낌이 든
다. 이와쿠라에 숨죽이고 있는 통주저음(通奏低音) 같은 기척이 그
세 대의 차를 불러들인 것이다.

차에 탄 사람들은 그런 사실을 손톱만큼도 모르겠지. 스케줄을 조정하고, 국민들에게 비밀로 하고, 머릿속에는 온통 자신의 수명밖에 없는 사람들.

캠프의 아이들이 얼마나 많은 것을 희생하고, 얼마나 많은 것과 맞바꾸어 저 머나먼 외해로 나가는지 생각조차 해 본 적 없는 사람들.

그 캠프의 목적마저 지금은 커다란 위험에 노출되어 있는데.

몸속 깊은 곳에서 한동안 잊고 지냈던 '분노'와 '노여움' 등의 감각에 가까운 무언가가 꿈틀거리는 느낌이 도와로서는 의외였다.

아직 이런 감각이 남아 있었던가.

기묘한 그리움에 사로잡혔다.

허주 승선원이 되면 차츰 감정 기복이 사라진다. 모든 것이 의미가 없거나, 또는 모든 것이 기호처럼 느껴진다. 애정도, 기쁨도 완만하게, 보다 보편적인 감정으로 변화한다. 개별적인 대상을 향하는 애정보다 확산된 인류애라 불러야 좋을 무언가로 깎여 나간다.

특정한 한 사람을 사랑한 것이, 대체 언제가 마지막이었을까.

도와는 불현듯 그런 생각을 했다.

키가 큰 누군가의 모습이 흐릿하게 머릿속을 스쳤지만 그것도 금세 지워졌다.

왜일까, 오늘 밤은 자꾸 옛날 생각만이 떠오른다.

천천히 고개를 가로저으며 도와는 길을 걸어갔다.

올해 캠프는 무슨 일이 있어도 성공시켜야만 한다.

도와는 먼 하늘의 한 점을 응시했다.

이제 곧 선단이 돌아온다. 결단과 선택을 강요하는 선단이 돌아온다. 좋은 소식과 좋지 않은 소식을 가지고, 선단이 돌아온다…….

어쩌면 나는 이미 유령이 되어 버렸는지도 몰라.

도와는 자신의 손을 내려다보았다.

새하얗고 가느다란 손가락.

나는 아직도 외해를 떠돌고 있거나, 머나먼 저 별에서 선외활동 중에 쓰러져 영혼만이 고향에 돌아와 있나 보다. 애당초 유령과 허주 승선원은 큰 차이가 없다. 대화를 나눌 수 있거나, 대화가 불가능하거나일 뿐. 어쩌면 유령이 인간에게 메시지를 더 강렬하게 줄 수 있을지도 모른다.

무슨 기척이 있는 것 같아 고개를 든 도와는 산 너머가 밝아지리라는 예감을 느꼈다.

아직 주위가 어둠으로 뒤덮여 있지만 새벽이 바로 코앞까지 와 있었다.

둥지로 돌아가자. 메아리의 기척은 없다.

그렇게 마음먹으며, 문득 도와는 자신이 사는 곳을 그야말로 동물처럼 '둥지'라고 부르는 것이 정말 잘 어울린다고 생각했다.

하지만 전신을 감싸는 불길한 기운만은 떨쳐 낼 수가 없었다.

먼 곳을 달리는 차의 헤드라이트도 어딘가에서 번쩍번쩍 빛나고 있다.

모든 것은 몰려온다. 나는 그것을 막을 수 없다.

도와는 피로감을 느꼈다.

그조차 몹시 그립게 느껴졌다.

과거가 부르고 있다. 그것도 그리 먼 과거가 아니다.

도와는 별생각 없이 뒤를 돌아보았다.

그건 내 과거조차 아닐지도 몰라. 이와쿠라의 기억인가?

물론 주위는 고요하기 그지없었고 한 점의 불빛도, 짐승의 모습도 없었다.

그래도 도와는 한동안 가만히 등을 돌린 채 그 자리에 우두커니 서 있었다.

7

아침에 눈을 뜨면 자신의 손을 내려다보는 일이 완전히 습관이
되어 버렸다.

나치는 어두컴컴한 방 안에서 자신의 양손을 가만히 폈쳤다.

창백하고 작은 손바닥.

한 점의 티끌조차 없는 평소 그대로의 손이다. 괜찮아.

하지만 몸을 일으키려던 나치는 전신에 묵직한 피로감이 남아
있음을 느끼고 기겁했다.

왜지?

그러다 어젯밤 그 충동을 꾹 참고 견뎠던 일을 떠올리고 희미하
게 안도했다.

그 때문이야. 그 때문일 거야.

나치는 비틀비틀 일어나 주위를 관찰했다. 아무 이변은 없었지만, 혹시 한밤중에 혼자 빠져나간 흔적이 없는지 찾아보았다.

별다른 변화가 없어 나치는 안심하며 몸단장을 했다.

날씨는 별로 좋지 않은 모양이었다. 공기가 무겁고 찌는 듯 더웠다.

창밖을 내다보니 예상대로 짙은 먹구름이 하늘에 꽉 차 있었다. 그렇지 않아도 골짜기 마을인데 날씨가 나쁘면 구름이 바로 머리 위까지 내려와서 더욱 강렬하게 폐쇄적인 느낌이었다.

나치는 자신이 사로잡힌 몸이라는 사실을 뼈저리게 느꼈다.

이와쿠라를 나가고 싶다. 여기서 멀어지고 싶다. 하지만 캠프에서 도망칠 수는 없다.

갑자기 숨이 갑갑해져, 나치는 심호흡을 했다.

나는 이제 어떻게 될까. 이대로, 계속해서 버텨 낼 수 있을까. 캠프가 끝날 때까지 이 충동을 참을 수 있을까.

그렇게 생각하자 마음이 불안해지고, 발밑이 갑자기 꺼지는 기분이었다.

어젯밤 몸속 깊은 곳에서부터 솟아나던 그 흉악한 충동이 되살아날 것만 같아 다급히 눈을 감고 고개를 마구 가로저으며 떨쳐 내려 애썼다.

잊자. 잊어야 해.

나치는 방을 나와 아래로 내려가려다 움찔했다.

복도 구석에 놓여 있던 버팀목이 부러져 있었다.

나치는 오싹했다.

왜지? 어젯밤에 봤을 때는 아무렇지도 않았는데?

나치는 조심스럽게 버팀목으로 손을 뻗었다.

버팀목은 두께가 4센티미터쯤 되는 각목이었다. 버팀목으로 삼을 정도이니 재질도 상당히 단단한 나무다. 그것이 두 동강이 나있었다. 부러지기는 했지만 아주 조금은 붙어 있는 상태였다. 꽤나 강한 힘이 필요했을 것이다.

잘 보니 주위에 자잘한 나무 부스러기들이 떨어져 있었다.

누가 여기서 부러뜨린 것이다.

나치는 으스스해졌다.

대체 누가? 요즘은 버팀목을 세워 두지 않았을 텐데. 왜 이걸 일부러 부러뜨린 거지?

나치는 버팀목을 제자리에 두고, 천천히 아래로 내려갔다.

세면장으로 가서 세수를 하려고 얼굴을 건드린 순간 움찔 놀랐다.

무심코 거울 속 자신의 얼굴을 바라보았다.

얼굴이 새파랗고 퀭한 소녀가 거울 속에서 자신을 마주하고 있었다. 몹시 겁을 집어먹고, 놀란 얼굴.

나치는 떨리는 손으로 얼굴을 살짝 만져 보았다.

까칠까칠한 감촉.

그 자잘한 것을 손으로 떼어 내, 눈앞 가까이에서 빤히 들여다보았다.

작은 나뭇조각.

차가운 무언가가 등줄기를 타고 내달려 올라왔다.

아냐, 그냥 먼지야. 나뭇조각이라고 할 수는 없어.

하지만 스스로를 그렇게 타이르는 동안에도 나치의 직감은 이것이 나뭇조각이라고 외쳤다.

문득 눈앞에 생생한 기억이 떠올랐다.

부스스 일어나 방 밖으로 나간 자신이 눈을 반쯤 감은 상태로 버팀목에 화풀이라도 하듯, 양손으로 힘주어 반으로 뚝 부러뜨리는 모습이.

설마.

아냐, 내게는 그럴 힘이 없어. 그렇게 단단한 나무 막대기를 부러뜨렸다면 몸에도 흔적이 남았을 거야.

그렇게 생각한 순간 다리에 위화감이 느껴졌다.

뭐지, 이게?

이불에 누워 있을 때는 느끼지 못했으나 일어나서 걸어 다니며 피가 돌자 왼쪽 무릎 위가 희미하게 아팠다.

착각이야. 다 착각일 거야.

나치는 반쯤 패닉에 빠졌다.

떨리는 손으로 살짝 치마를 들춰 보았다.

무릎 위에 무언가를 세게 짓누른 듯 불그스름한 자국이 남아 있었다. 직선으로 두 개.

그렇다. 그 버팀목과 똑같은 너비의 멍이었다.

무릎 위로 막대기를 대고 꽉 눌러 두 동강을 냈을 때 생기는 멍.

나치는 멍하니 거울을 바라보았다.

혼란에 빠진, 낯선 소녀의 얼굴이 있었다.

이게 정말 나야? 내가 저지른 일이라고? 하지만 멍이 있어. 버팀목은 부러졌고. 그걸 내가?

나치는 저도 모르게 거울에 손을 짚었다.

그렇게 자신의 얼굴을 응시하다 보면 마치 답이라도 들려올 듯.

그 다음엔? 그 다음엔 어떻게 했지?

어디로 나갔나?

필사적으로 기억을 더듬었으나 아무것도 떠오르지 않았다. 그 충동과 싸우며 간신히 잠든 순간만이 자꾸 되살아날 뿐이었다.

아니, 나가진 않았다. 분명 버팀목만 부러뜨리고 나서 방으로 돌아왔을 것이다.

나치는 세수도 하는 둥 마는 둥 하고 서둘러 현관으로 향했다.

주방 쪽에서는 늘 그렇듯 누군가가 바쁘게 일하는 기척이 났지만 그쪽을 신경 쓸 때가 아니었다. 아무도 없다는 사실을 확인하고 나서, 나치는 한구석에 놓여 있던 자신의 신발을 살며시 집어들었다.

그리고 이를 악물고 뒤집었다.

신발 바닥은 깨끗했다.

현관 앞에서는 매일 저녁마다 넓은 범위로 물을 뿌린다. 어제도 물을 뿌렸을 테니 만일 밤중에 나갔다면 신발 바닥도 더럽혀져 있었을 것이다.

나치는 크게 안도의 한숨을 내쉬었다.

다행이다. 버팀목을 부러뜨린 게 나였다 해도 밖에 나가지는 않았다.

하지만 내일은?

안도 이후에 강렬한 불안이 솟구쳤다.

이 다음엔 나 스스로를 억제하지 못하고 결국 나가 버리는 것이 아닐까.

"나치, 그런 데서 뭐 해?"

갑자기 누가 부르는 바람에 나치는 펄쩍 뛰었다.

돌아보니 후카시가 의아한 표정으로 복도 안쪽에서 이쪽을 내다보고 있었다.

현관에서 시멘트 바닥으로 넘어가는 위치에 쪼그리고 앉아 있으니 누가 보면 의아해하는 것도 당연할 터였다.

"아, 아무것도 아냐."

나치는 다급히 신발을 내려놓고 몸을 일으켰다.

"잘 잤어, 후카시 오빠?"

"잘 잤어. 깜짝 놀랐네. 갑자기 현관을 뛰쳐나가는 줄 알았잖아."

"아냐, 아냐. 신발이 안 맞아서 발이 까졌거든. 그래서 신발을 좀 고쳐 보려고."

"뭐? 어디 줘 봐, 내가 해 줄게."

후카시가 현관으로 나와 신발을 들여다보려 했기에 나치는 다급히 손을 내저었다.

"괜찮아. 그럴 필요는 없어 보여. 고마워."

나치는 일어서서 신발을 숨기려 했다.

"아침, 빨리 먹는 게 좋겠다. 오늘도 바쁠 것 같아."

후카시가 신경 쓰지 않고 먼저 부엌 쪽으로 들어갔기에 나치는 가슴을 쓸어내렸다.

"뭔지 몰라도 오늘은 평소보다 더 엄청난 분위기야. 도쿄에서 무슨 높은 사람들이 왔대."

"높은 사람?"

"글쎄, 나도 잘 모르겠네. 읍사무소 사람들이나 경찰서장까지 계속 전화하는 걸 보면 그런 것 같은데."

나치는 가슴이 철렁했다.

대신이다.

대신이 왔다.

우리에게 피를 먹이기 위해.

어떻게 될까. 누가 그 역할을 맡을까. 선생님들은 어쩔 생각일까.

"……저기 말이야, 나치."

후카시가 등을 돌린 채 중얼거리듯 말했다.

"왜?"

그러고 보니 후카시와 대화를 나누는 것도 퍽 오랜만인 기분이었다. 왠지 거북해져서 서로를 피했던 것 같다.

"안 가도 돼."

"어?"

"거긴 안 가도 돼. 결정권은 너한테 있어."

나치는 말문이 턱 막혔다.

역시 후카시는 자신의 상대가 누구인지 알고 있다.

"그 자식, 난 용서 못 해. 내가 어떻게든 해 줄게."

후카시의 등이 바짝 굳었다. 하필이면 시로타 고지일 줄은 상상

도 못했으리라. 고지 때문인지, 나치 때문인지, 아니면 다른 누군
가 때문인지 몰라도 후카시가 몹시 화가 났다는 사실은 명백했다.

"안 가."

나치는 나직이 대답했다.

"난 아무 데도 안 가. 계속 여기 있을 거야."

그것은 후카시가 아니라 자기 자신에게 하는 말 같았다.

"여기 있을 거야."

나치는 다시 한 번, 괴로운 기분으로 중얼거렸다.

정말로 여기 계속 있을 수 있을까.

무릎 위에서 둔한 통증이 느껴지며 붉은 멍이 존재를 주장했다.

두 사람은 아무 말 없이, 서로의 얼굴을 보지 않고 주방으로 들
어갔다.

나치는 우울한 기분으로 성을 향하는 언덕길을 올랐다.

하루하루 캠프로 가는 발걸음이 무거워지는 것이 스스로도 느
껴졌다.

캠프라고는 해도 이제는 거의 자습이나 다름없었다.

오히려 낮에 모두 모여서 밤을 대비해 쉬자는 분위기가 형성되었
고, 선생님들도 캠프생들의 컨디션을 가만히 지켜보는 눈치였다.

실제로 축 늘어져서 거의 꼼짝 못 하는 사람도 있었다. 그야
말로 한밤의 전장에 나갈 병사들이 캠프에 돌아와 휴식을 취하
는, 일종의 살벌한 분위기가 감돌았다.

나치는 자신들을 멀찍이서 지켜보는 선생님들이 무서웠다.

우리에게 기대하고 있어. 우리는 기대에 부응해야 해. 우리는 결과를 내야만 해.

팽팽한 압박감이 몸에 스며들어, 다리가 더욱 무거워졌다.

선생님들이 매일 우리의 모습을 지켜보는 이유는, 그냥 확인하기 위해서야. 그러니까…… 모두 순조롭게 '드나들고' 있는지를.

내 모습은 어떻게 보일까?

거울을 보니 처음 이와쿠라에 왔을 때보다 눈이 훨씬 퀭해지고, 헬쑥해진 느낌이었다.

내 경우 '드나드는' 일을 필사적으로 피하고 있지만 선생님들의 눈에는 '드나들고' 있기 때문에 그렇게 된 것처럼 보일까?

그렇게 생각한 순간 무릎 위 멍이 욱신거렸다.

아니, 오늘 아침의 내 몸에는 분명 한밤중에 버팀목을 꺾어 버린 타박상과 피로가 남아 있지 않았던가.

"좋은 아침."

뒤에서 목소리가 들려와, 나치는 비틀비틀 뒤를 돌아보다가 깜짝 놀랐다.

거기에는 유이가 서 있었다.

목소리로 유이라는 사실을 알았지만, 이렇게 아침 햇살 속에서 코앞으로 다가온 유이의 얼굴을 통해 그 변화를 목격하니 형언하기 힘든 불안과 조급함이 전신에 차오르는 듯했다.

유이는 완전히 먼 곳으로 가 버렸다. 나를 놔두고 가 버렸다.

나치는 자신의 감정을 설명할 수가 없었다.

쓸쓸한 것 같기도 하고, 부러운 것 같기도 했다. 왠지 질투심도 있었고 고통스러운 느낌도 들었다.

다카다 집안의 이웃 중에 친하게 지내던 화과자집 언니가 어느 날 사라졌다. 누구에게나 다정하게 말을 걸어 주고, 아이들이 잘 따르던 언니였다.

어떻게 된 일인가 물어 보니 먼 곳으로 시집을 갔다고 했다.

그때의 기분과 조금 비슷했다. 그때 느꼈던 감정은 뒤에 남겨졌다는 쓸쓸함과 나를 놔두고 가 버렸다는 분노였지만, 어른에 가까워진 지금이 되어서는 그 당시에도 스스로 깨닫지 못했던 복잡한 감정이 있었다는 사실을 깨닫게 된다.

예쁘구나, 유이.

나치는 솔직하게 그렇게 생각했다.

얼핏 보면 퀭하다는 인상이 더 강하게 느껴질지 모른다.

'드나드는' 데에는 그에 상응하는 에너지가 필요하고, 한밤중에 활동을 하고 있으니 아침 이 시간에 일어나 캠프에 나오려면 아무래도 휘청거릴 수밖에 없다.

'드나든' 적 없는 나치도 그것은 이해가 되었다.

하지만 뺨이 약간 핼쑥하긴 해도 또 그와는 반대로, 유이의 온몸에서는 충만함이라 부를 만한 무언가가 조용히 넘쳐흘렀다.

무언가에 몰두하며 그에 만족할 때의 자신감 같은 것에 나치는 압도당했다.

그 충만감은 유이를 신기하게도 아름답게 만들어 주었다.

지난번 '그만둘 수가 없다.'라고 말할 때 나치를 주눅 들게 만들고, 또 위축시켰던 생생한 아름다움이 아니라 한 꺼풀 벗었다고 해도 좋을, 한층 더 어른스러운 아름다움이었다.

나치는 감탄 섞인 눈빛으로 친구의 얼굴을 바라보았다.

'드나드는' 일의 의미, '드나듦' 자체가 주는 영향을 유이의 안에서 찾아낸 것이다.

그리고 유이는 더욱 먼 곳으로 가리라. 운명으로 정해진 길을 망설임 없이 나아가겠지.

어쩔 수가 없다.

나치는 문득 그런 무력감을 느꼈다.

우리는 커다란 흐름 속에서 흘러가는 작은 잎사귀 하나에 불과하다. 고작 한 장의 잎사귀가 흐름의 한구석 둑에 걸려 흐름을 거스른다고 뭐가 달라질까.

"저기, 나치네 집에 높은 사람들 와 있다면서?"

나란히 걷던 유이가 그렇게 속삭였다.

"그걸 어떻게 알았어?"

나치는 놀라서 유이의 얼굴을 쳐다보았다.

"다들 알고 있어. 여기저기 소문이 퍼졌거든."

유이는 당연하다는 얼굴로 대답했다.

뭐야, 그랬구나.

나치는 맥이 빠졌다. 도쿄에서 대신이 왔다는 이야기는 무조건 비밀인 줄만 알았는데.

하지만 높은 사람이 왔다는 이야기는 퍼졌어도, 그 목적이 무엇인지는 모를지도 모른다.

"뭐 하러 왔을까?"

나치가 그렇게 떠 보자 유이는 또 아무렇지 않게 대답했다.

"당연히 돈을 내고 피먹임을 하러 온 거지."

이번에야말로 나치는 깜짝 놀랐다. 그런 소문까지 퍼져 있었다니.

"설마."

그렇게 말했지만 유이는 당연하다는 눈빛으로 나치를 쳐다보았다.

"아니…… 하지만, 그렇잖아. 제공자가 되려면 엄격한 검사도 받아야 하고 조건도 까다롭다고 선생님들이 그랬는데."

나치는 말을 흐렸다.

물론 대신이라면 꼭 그렇지만은 않을 수도 있지만, 설마 유이가 천연덕스럽게 그 말을 할 줄은 생각도 못 했다.

"다들 알고 있어. 그 높은 사람이 별로 건강하지 않아서 선생님들은 싫어하지만, 마을 입장에서는 돈이 필요하니까 액수를 잔뜩 올려서 받아들였대. 가끔 그런 일이 있다나 봐."

"세상에."

나치는 말을 잃었다.

그와 동시에 이와쿠라라는 땅, 성지라는 이미지 밑바닥에 똬리를 틀고 있는 질척질척한 기운이 선명하게 느껴졌다. 자신이 몰랐을 뿐, 그것은 잘 알려진 사실이었다.

마을 네트워크를 무시해서는 안 된다. 누가 어디서 무엇을 하러 왔는지 아무도 감춰 주지 않는다. 생각해 보면 좁은 동네이니, 처음 보는 사람이 오면 바로 알아볼 수 있다. 대신급쯤 되면 아무리 정체를 숨기고 몰래 온다 해도 여러 가지 준비가 필요하리라. 실제로 후카시도 여관의 상황을 보고 대충 눈치를 챘다. 하물며 이곳에 사는 어른들이라면 바로 뉴스가 퍼졌을 것이다.

"우리한테 엄청난 돈이 걸려 있대."

유이가 혼잣말처럼 중얼거렸다.

"모두가 다 반드시 허주 승선원이 되는 것도 아닌데, 캠프에 드는 비용은 늘 똑같잖아. 나치네 집에서도 보조금 받았을걸?"

"뭐?"

나치는 저도 모르게 되물었다.

유이는 냉정하게 고개를 끄덕였다.

"부모 입장에서는 사실 아이를 멀리 보내고 싶지 않을 거야. 다들 허주 승선원이 되는 일은 굉장한 명예라고 생각하고, 되고 싶은 사람이 많은 것도 사실이지만 아이를 내주고 싶진 않겠지. 하지만 경제적인 이유로 허주 승선원을 배출하고 싶어 하는 사람도 적지 않을 거야. 우리 집은 그랬어."

유이는 걸으면서 담담하게 말했다.

보조금. 그런 이야기는 전혀 몰랐다. 정말로 삼촌은 그런 돈을 받았을까?

나치는 왠지 모르게 불쾌한 기분이었다.

그렇게나 싫어했는데. 안 가도 된다고 했는데, 최종적으로는 돈을 받고 자신을 보냈을까?

"나치는 아직이야?"

갑자기 유이가 나치의 눈을 똑바로 들여다보았다.

"어?"

허를 찔린 나치는 제대로 대답하지 못했다. 유이가 무슨 질문을 하는지 바로 알아들었고, 동시에 유이가 그 대답을 이미 들었음도 느꼈다.

"왜?"

유이의 그 말에는 소박한 의문과 아주 약간의 비난이 담겨 있어, 나치의 가슴을 푹 찔렀다.

"나치가 싫어한다는 건 어렴풋이 느끼고 있었어. '드나들기' 싫다고, 변하기 싫다고. 나치는 허주 승선원에 대해서도 아무것도 모르는 것 같던데 캠프에는 왜 왔을까, 하는 생각이 들었지."

유이는 차분하게 말을 이었다.

"하지만 그건 이상해."

유이가 걸음을 멈추고 나치의 얼굴을 바라보았다.

나치는 유이의 시선을 받을 수가 없어 고개를 숙이고 발밑만 내려다보았다.

"나치, 우리는 굉장한 행운아야. 이곳에 있을 수 있다는 건 정말 굉장한 일이야. 이제 우리 가족은 동생들을 학교에 보낼 수 있어. 내가 허주 승선원이 되면 모두가 큰 도움을 받을 수 있어. 다들 돈을 들여서 나를 지원해 주고 있어."

유이의 목소리가 차츰 열기를 띠었다.

"싫으면 캠프에 안 왔으면 될 일이잖아. 뭐, 그러지 못할 이유가 있었을지도 모르지만 실제로 여러 가지 핑계를 대고 안 온 사람도 있어. 하지만 캠프에 온 이상, 하는 수밖에 없어."

캠프에 안 왔으면 될 일이잖아.

나치의 머릿속에서 유이의 말에 동의하는 마음과 그렇지 않은 마음이 싸웠다.

여기 오지 않았다면 그걸로 끝날 일이었을까? 정말로?

여러 가지 마음이 뒤죽박죽 섞여, 대답을 할 수가 없었다.

"나치가 고통스러워한다는 건 얼굴을 보면 알아. 사실은 '드나들고' 싶은데 참고 있는 거잖아? 흥분이 되지? 맛보고 싶지? '드나들고' 싶은 마음과 싸우다가 지쳐서 얼굴이 그렇게 퀭해진 거지?"

정곡이었다. 거기까지 꿰뚫어 볼 줄이야.

나치는 얼굴이 뜨거워졌다.

유이는 그 마음까지 다 들여다본 듯, 의기양양한 목소리로 말했다.

"나도 딱히 널 책망하고 싶은 건 아냐. 그냥 아깝다는 생각이 들었을 뿐이야. 왜냐하면 나는 '드나드는' 게 너무나 행복하니까. 이런 체험은 처음이야. 이 행복을 나치 너도 맛보고, 같이 이야기를 나눴으면 좋겠어."

유이의 목소리는 더욱 달아올랐다.

안 된다. 이 목소리를 들어서는 안 된다. 지금, 유이의 얼굴을 봐서는 안 된다.

나치는 그런 직감을 느꼈다.

지금 유이의 얼굴을 보면 그쪽으로 끌려가 버릴 것이다.

하지만 나치는 어느샌가 고개를 살짝 들고 유이의 얼굴을 훔쳐보았다.

열기를 띤 빛을 내뿜는 유이의 두 눈동자가 금세 나치를 덥석 사로잡았다.

"나치의 포도가 누구인지는 모르겠지만, 사실 그건 누구든 상관없어. 나치, 넌 아무나 고를 수 있어. 제발 부탁이니까 날 믿어. 속는 셈 치고."

유이는 나치의 손을 부드럽게 잡았다.

나치는 서늘하며 희고 가느다란 유이의 손가락을 내려다보았다.

뿌리치고 싶었지만, 나치는 그럴 수가 없었다.

거긴 안 가도 돼. 결정권은 너한테 있어.

오늘 아침 후카시가 했던 말이 떠올랐다.

내가 어떻게든 해 줄게.

그 말에 대답하는 자신의 목소리도.

난 아무 데도 안 가. 계속 여기 있을 거야.

어쩌면 좋지. 어쩌면.

나치의 눈에는 둑에 걸린 채 흐름을 거스르는 작은 나뭇잎이 비쳤다.

빙글빙글 돌며 간신히 구석에 걸쳐 있는, 연약한 나뭇잎.

유이는 나치의 손을 잡은 채 천천히 걸어 나섰다.

나란히 걷고 있어도 나치의 눈앞에서는 나뭇잎이 사라지지 않았다.

반짝반짝 깨끗하게 닦인, 크고 시커먼 차량 두 대가 천천히 도로를 달려왔다.

그것은 이 목가적인 골짜기 마을과는 명백히 어울리지 않는 이질적인 기운을 내뿜었다.

차를 발견한 관광객과 동네 사람들은 누구나 의아한 표정으로 차를 지켜보며 안에 누가 타고 있는지 확인하려 했다.

하지만 차창은 암갈색 선팅이 되어 있어, 안을 들여다볼 수가 없었다.

강가의 좁은 길을 느릿느릿 나아가던 차는 결국 모퉁이를 돌아 시야에서 사라졌다.

미카게 여관 부지에 그 차가 들어오는 모습을 보고 히사오는 어째서인지 무척 불안한 기분이 들었다.

넓은 보닛에 나뭇잎이 거울처럼 비쳤다. 그 잎이 조금씩 거울 위를 이동하는 모습을 바라보며 대체 왜 이렇게 기분이 심란할까, 하는 생각이 들었다.

미카게 여관의 방 한 칸을 대신의 측근과 호위들에게 제공하라는 지시가 반강제적으로 내려온 것은, 고작 이틀쯤 전의 일이었다.

그것은 그야말로 아닌 밤중의 홍두깨 같은 일이었다. 이런 성수기에, 밤샘춤 때까지 예약이 꽉 차 있는데 그렇게 말씀하시면 곤란하다고 완곡하게 거절했지만 마을 측에서는 양보하지 않았다.

결국 객실이 아닌, 주인 가족들이 사는 쪽의 창고 대신 사용하던 어느 방을 제공하기로 했다. 갑작스러운 이야기였기에 청소하는 데 애를 먹었고, 여성 직원들과 함께 방 정리를 하면서 히사오는 귀찮은 일이 벌어지지 않으면 좋겠다고 생각했다.

여관 앞에 선 차는 한 대뿐.

예상대로 안에 탄 사람은 측근과 호위들뿐인 모양이었다.

대신 본인이 어디에 숙박하고, 어디에 체재하며 '드나드는' 사람을 기다리는지 히사오는 몰랐고 알고 싶지도 않았다. 아마 아는 사람은 경찰서장과 읍장 등 극히 일부뿐이리라.

얼마 전 별채에서 열렸던 회의도, 숨어서 듣던 나치와 마찬가지로 히사오 역시 그들의 시중을 들면서 몰래 엿들었다.

히사오는 딱히 할 말은 없었지만 역시 왠지 석연찮은 기분이었다. 요 몇 년 사이 거액을 지불하고 찾아오는 높으신 분들을 못 본 체하고는 있었지만 한없이 환자에 가까운 고령자들에게 아이들을 '드나들게' 한다는 것은 아무리 그래도 무리가 있었다.

그나저나 읍장은 상투적인 문구로 이와쿠라의 재정적 위기를 호소하는데, 매년 상당한 액수가 들어오고 있을 텐데 대체 그건 어디로 다 사라진 걸까. 물론 장기간의 축제에는 그에 상응하는 비용이 소요되지만, 마을 사람들도 어느 정도의 액수를 부담하고 있으며 관광객들이 쓰고 가는 돈도 적잖게 늘어나고 있다. 그 말을 있는 그대로 받아들일 수는 없다. 누가 좀 지적해 주면 좋을 텐데.

하지만 오래 알고 지낸 사이라 마을 간부들 사이에 친목이 유지되고 있음은 분명했다. 경찰서장조차 그 친목 관계를 무시하고 일을 진행하기는 어려울 정도였다.

히사오는 한숨을 내쉬었다. 그렇지 않아도 바쁜 시기인데 이즈음 거의 잠을 자지 못했다.

대체 아이들 중 누구를 대신에게 보낼 생각일까. 설마 나치가 그중 하나로 뽑히지는 않겠지. 메아리의 진상은 어떻게 된 걸까.

히사오의 불안은 커져만 갔다.

게다가 오늘 아침 단골 업자가 하고 간 이야기도 불안을 부채질했다.

글쎄 시로타 관광 쪽에서 대신의 숙소를 제공하는 것 같다는 이야기였다.

대체 왜, 하고 놀랐지만 대신이 이곳 이와쿠라에 온다는 이야기를 시로타 관광 사장이 제일 먼저 듣고 연줄을 만들어 두자는 꿍꿍이를 품었던 듯했다.

히사오는 벌린 입을 다물 수가 없었다.

시로타 가문은 이 일에 대해서는 전혀 상관하지 않았다. 뿐만 아니라 노골적으로 경멸하고 기피해 온 역사가 있었다. 캠프에 관련된 수많은 행사와 뒤치다꺼리에 그들은 전혀 엮이려 들지 않았다. "그건 미카게 씨네 영역이죠."라는 것이 사장의 입버릇이었고, 그것을 말할 때의 표정도 늘 똑같을 정도였다.

그런데 정부 고관이 관련된 순간 자기들도 한몫 거들겠다며 끼어든 것도 어이가 없는데 지금까지 아무 관련도 없었던 그들이 과연 대신을 제대로 보필할 수 있을지도 의문이었다.

업자의 이야기에 따르면 자택의 일부를 제공하거나, 또는 시로타 관광에서 갖고 있는 호텔이나 요정 등에 대신의 대기실을 마련하려는 것 같다고 했다. 극진히 대접하며 맞아들이고, 체재비의 일부를 부담하겠다는 말까지 했다는 모양이었다.

히사오는 불안해졌다.

시로타 가문이 무슨 결정적인 실수를 저지르지는 않을까. 그들은 지금까지 키워 온 관습에 대해 아무것도 모른다. 예전에는 열심히 협력하던 시기도 있었다고 하지만 지금 대, 적어도 선대 당주 대에서는 그런 기억도 다 지워졌으리라.

대신에게 무슨 일이 생기기라도 한다면.

결코 입 밖에 내어 표현하고 싶지는 않았지만, 자꾸만 그런 불안이 가슴속에 솟아났다.

만일 그런 사태가 벌어질 경우 시로타 가문만으로 끝날 일이 아니다. 마을 전체의 책임이 된다.

게다가 시로타 가문의 성격으로 미루어 볼 때 무슨 트러블이 생겼을 경우 누군가에게 책임을 전가할 것이 불 보듯 뻔했다. 자칫 잘못하면 원래는 미카게 여관에서 체재 기간을 책임질 예정이었는데 억지로 자기들한테 떠맡겼다, 우리 집안은 피해자다, 하는 소리 정도를 늘어놓아도 전혀 놀랍지 않다. 그 집안 사람들은 옛날부터 나쁜 일은 전부 남의 탓으로 돌렸으니.

"그건 미카게 씨네 영역이죠."라던 사장의 얼굴이 눈앞에 떠올랐다.

가장 오래된 여관인 미카게 여관과 굳이 따지자면 신흥 부자인 시로타 관광은 오랜 악연 때문에 사이가 나빴다. 히사오는 가능한 한 일을 키우고 싶지 않았지만 시로타 관광 쪽에서는 대항 의식을 자꾸 드러내고, 암암리에 미카게 여관을 중상모략하는 것도 사실이었다.

후카시가 시로타 가문 딸과의 사이에 귀찮은 문제를 안고 있다는 사실도 히사오는 알고 있었다. 그 딸이 짝사랑을 하고 있다는 것은 둘째치고, 그 집 아들과 옥신각신했다는 이야기까지 귀에 들어오는 바람에 어찌어찌 소문이 퍼지지 않도록 수습하기는 했지만 히사오는 머리가 아팠다.

그리고 나치.

다카다 집안 쪽에서 이와쿠라를 피하는 일은 어쩔 수 없다고, 히사오는 포기했었다.

하지만 이와쿠라에 온 나치를 보니 정말 아무것도 몰랐고 캠프에 대해 복잡한 갈등을 품고 있다는 사실도 명백했다. 나치는 이캠프에 격렬한 저항과 중압감을 느끼고 있었다. 후카시가 그것 때문에 분개하는 것은 이해가 되지만, 히사오 입장에서는 다카다 집안에도 동정이 가는 만큼 어느 쪽의 편을 들 수도 없었다.

나쓰, 난 대체 어떻게 해야 해?

히사오는 깊은 한숨을 내쉬었다.

캠프 자체에 참견할 수도 없으니 이렇게 나치의 상태를 지켜보는 방법밖에 없다.

히사오 이모도 캠프에 가셨어요?

나치의 목소리가 머릿속을 스쳤다.

히사오 이모도 허주 승선원이 되고 싶었어요?

글쎄. 지금 생각해 보면 잘 모르겠네.

나치에게 그렇게 대답했을 때, 가슴속 깊은 곳에서 묵직한 아픔이 느껴졌던 일이 떠올랐다.

나뭇잎 사이로 쏟아지는 햇살.

나쓰의 웃음소리.

내게도 그렇게 눈부신 계절이 있었다. 천진난만하게 허주 승선원이 되고 싶어 하던 여름이 있었다.

히사오는 멍하니 하늘을 올려다보았다.

오늘은 날이 흐리다. 나뭇잎 사이로 쏟아지는 햇살은 보이지 않는다.

이와쿠라의 아이들은 모두 캠프에 간다. 그것은 말하자면 올림픽의 '개최국 특별 전형' 같은 것이어서, 이와쿠라에서 태어나 자란 아이들이라면 누구나 당연히 참가하는 행사였다. 다른 곳 출신에게는 복권에 당첨되는 확률이나 다름없는 일이지만 이와쿠라에서는 연중행사 중 하나에 불과했다. 실제로 이와쿠라에서 태어나 자란 아이들은 다른 곳 출신 아이들보다 소질이 있었다.

당시에는 지금보다 변질률이 높았던 것 같다. 자신의 몸에 일어나는 변질이 당황스럽기는 했지만 흥분도 느껴졌다. 괴로웠지만 그 피먹임의 쾌락을 한 번 맛보고 나니, 지금은 황홀하고 도취된 기억밖에 남아 있지 않다.

하지만 그 이상의 변질은 진행되지 않았다.

캠프가 끝나도 히사오의 이름이 불리는 일은 없었다.

그때의 낙담. 실은 상당한 안도가 포함되어 있었다는 사실을 깨달은 것은 한참 뒤의 일이었다. 어린 시절에는 그저 허주 승선원이 되고 싶어 안달 냈지만, 실제 되고 나면 그 대가는 너무나도 크다. 그것을 마음속 어딘가에서 알고 있었던 듯했다.

같은 일이 후카시의 캠프 때도 반복되었다.

마치 자신의 옛날 모습이 담긴 필름을 되감아 보는 기분이었다.

동경, 흥분, 혼란, 도취, 낙담.

하지만 소년인 탓인지 후카시의 낙담은 히사오보다 훨씬 컸던 듯했다. 예나 지금이나 소년들이 선망하는 직업 상위에는 허주 승선원이 들어가 있다.

허주 승선원이 되지 못했다는 좌절감은 캠프 이후 후카시의 일부가 되어 버린 듯했다. 상공을 가로지르는 배를 가끔 쓸쓸한 눈빛으로 올려다보는 모습을 보면 히사오도 조금은 가슴이 아팠다.

그것은 옛날 히사오 역시 맛보았던 감정이었다.

허주 승선원이 되는 코스에서 탈락하고도 그 뒤로 이와쿠라에 계속 살면서 매년 찾아오는 새로운 캠프생들을 지켜보아야 한다는 사실이 너무도 괴로웠던 시기가 있었다.

특히 자매처럼 사이좋게 자랐던 나쓰가 허주 승선원 코스로 나아갔을 때는.

나뭇잎 사이로 햇빛이 쏟아지던 산길. 나쓰의 웃음소리.

그러다 약혼해서 고시로 다다유키와 함께 인사를 왔을 때는 깜짝 놀람과 동시에 질투가 나서 눈앞이 새하얘졌던 일도 기억이 난다. 그때가 가장 이와쿠라에 있기 힘든 시기였던 것 같다.

하지만 나치가 태어나고 나쓰가 외해로 나갈 시기가 다가올 무렵에는 그런 감정이 있었던 일조차 잊어버렸다.

게다가 그 비극이 일어났을 때는 나쓰를 잃은 일이 생각보다 큰 충격이어서, 질투했던 것을 후회했을 정도였다.

그렇게 완벽한 커플이었는데. 그렇게 행복해 보였는데.

하지만 사건 현장을 지나칠 때마다 히사오의 마음에는 의문이

솟았다.

나쓰, 너 정말 행복했어?

하루하루 다가오는, 지구를 떠나야 할 날.

사랑하는 남편과 딸을 두고 나가야만 한다는 것이 나쓰에게는 정말 행복한 일이었을까.

난 견딜 수 없었을 거야. 후카시를 두고 한없이 머나먼, 저 새까만 공간을 헤매야 한다니 그건 불가능해.

하지만 허주 승선원이 되면 성격이 달라지는 것은 사실이다. 조금씩 감정이 평탄해진다. 사고방식이 장기간을 전제로 하게 되고, 자신을 제쳐 두고 매사를 바라보게 된다고 한다.

그것은 나쓰와 대화를 나눈 마지막 날에도 얼핏 느낀 일이었다.

나쓰는 몸도 마음도 허주 승선원이 되어 버렸구나, 하고 쓸쓸하게 여겼던 일이 생각난다.

그리고 지금 와서 자꾸 떠오르는 것이 그 고시로 다다유키라는 청년이다. 아름답고 멋진 사람이어서 마음속으로 몰래 흠모했지만, 이렇게 생각해 보면 신기한 사람이었다는 생각이 매해 커져 갔다.

쓰쿠바의 연구원이라는 그 청년에 대해 히사오는 놀랄 만큼 아무것도 몰랐다. 결혼 당시 나쓰보다 여덟 살 정도 연상이었을 것이다. 나쓰가 살해당하고 고시로가 행방불명이 된 후에도 고시로의 가족이라는 사람은 단 한 명도 나타나지 않았다. 말 그대로 어디 사는 누구인지 전혀 모르는 채 지금에 이르렀다는 뜻이다. 몹시 우수한 연구자였다고 하지만 동료들조차 고시로의 두뇌와 인품을 칭찬할 뿐, 사실은 고시로라는 사람에 대해 아무것도 몰랐다는 사실을 뒤늦게 깨달았다고 한다.

히사오는 올해 나치가 왔을 때, 나쓰를 꼭 닮아서 깜짝 놀랐지만 고시로의 그림자도 어른거리는 것을 보고 두 사람이 처음 인사 왔을 때의 일을 선명하게 떠올렸다.

그리고 그 기억에서 위화감을 느끼는 스스로를 알아차렸다.

뭘까, 이 위화감은?

그것은 지금까지 한 번도 느껴 본 적 없는 위화감이었다.

그 정체를 알아차릴 실마리가 되었던 것은 나치가 떨어뜨린 통로가 든 파우치를 후카시가 주워서 히사오에게 건넨 일이었다.

이건 그 위화감과 비슷하다.

히사오는 생각했다.

나치를 오랜만에 만났을 때 느꼈던 위화감과 같은 느낌을 지금 후카시가 파우치를 건넬 때도 느꼈다. 왜지?

일을 하면서 계속 생각하다가 결국 잊어버렸다.

하지만 지금 여관 부지에 들어오는 차의 보닛을 보면서 히사오는 불현듯 그 이유를 깨달았다.

고시로 다다유키.

나는 한참 전에 그 청년을 만난 적이 있어.

나쓰에게 처음 소개받았을 때 놀랐던 것도, 마음속 어딘가에서 내가 이 청년을 알고 있다는 사실을 알아차렸기 때문이야.

그래, 그 청년은 내 제공자였어.

내가 캠프에 다닐 때 통로와 함께 주어진 종이에 쓰여 있던 이름이 분명 고시로 다다유키였어.

히사오는 혼란에 빠져, 어쩔 줄을 몰랐다.

이 사실이 뭔가 중요한 의미를 갖고 있지 않을까?

그때의 히사오는 그 해답을 찾아낼 수 없었다.

차가 바로 코앞까지 다가와 소리도 없이 정차했다.

"야, 고지. 너 그거 알아?"

시로타 고지가 아침에 보충수업을 받으러 집을 나가려던 그때, 누나 에이코가 복도 안쪽에서 뛰어나와 등에 대고 말했다.

"뭘?"

고지는 쌀쌀맞게 대꾸하고 나서 신경 쓰지 않고 밖으로 나갔다.

에이코는 뒤를 따라와 고지의 옆에서 나란히 걸었다.

"대신이 우리 호텔 귀빈실에 묵는대."

"뭐?"

고지는 누나가 귀찮았지만 그 이야기의 내용에는 깜짝 놀라 저도 모르게 돌아보았다.

"언제?"

"오늘 저녁쯤에 도착한다나 봐."

아무도 없는데 에이코는 목소리를 낮추며 주위를 두리번거렸다.

"어쩐지 어른들이 계속 초조해하더라니."

듣고 보니 짚이는 데가 있었다. 중요한 손님이 온다는 느낌은 받았지만 설마 그것이 대신일 줄이야.

"그래. 아빠도 엄청 신경질적이잖아. 예의를 똑바로 지키라고,

우리한테까지 진짜 귀찮게."

에이코는 어깨를 으쓱했다.

"이와쿠라 같은 덴 왜 온 걸까? 밤샘춤 구경이라도 하러 왔나?"

고지는 고개를 갸웃했다.

"아니, 그게 아니야."

에이코는 지긋지긋하다는 듯 고개를 가로저었다.

"그 기분 나쁜 행사에 참가하러 온대."

"어?"

고지는 귀를 의심했다.

"왜, 피를 빨리면 건강해진다는 소문이 있잖아. 그래서 일부러 피를 빨리러 온다는 거야."

에이코가 소곤소곤 말했다.

고지가 무관심했던 것과 대조적으로 에이코는 옛날부터 캠프의 관습에 대해 혐오감을 감추지 않았다. 부모가 계속 그렇게 가르쳤기 때문이리라. 지금도 너무나 '끔찍하다'고 여기는 것이 뻔히 들여다보였다.

"그렇구나……."

고지는 다양한 의미에서 놀랐다.

"아빠가 그런 걸 용케 받아들였네."

"고지도 그렇게 생각하지? 평소에는 그렇게 캠프에 가까이 가지 마라, 엮이지 말라고 잔소리했던 주제에 용케 그런 기분 나쁜 걸. 그리고 오는 사람도 오는 사람대로 문제야."

"하지만 대신이라면 노인이잖아? TV에서 본 바로는 건강도 안 좋아 보이던데. 그런 영감탱이 피를 누가 빨겠어?"

제공자 조건이 얼마나 엄격한지 몸으로 겪은 고지는 잘 알았다.

"글쎄, 거액을 지불하고 그 권리를 샀대."

"돈으로?"

"응. 지금까지도 마을에서 돈을 받고 몰래 피를 빨게 해 줬다나 봐. 나 참, 돈을 내고 그런 짓을 하는 사람들이 있다니 믿어지지가 않아."

에이코는 화가 난 듯 그렇게 내뱉었다.

고지도 화가 났지만 에이코의 분노와는 다른, 자신은 건강 상태에 신경 쓰라는 말을 그렇게 지긋지긋하게 들었는데 돈으로 편법을 써서 제공자가 되는 방법에 대한 분노였다.

그놈도 그 체험을 할까.

문득 그런 생각을 하니 강렬한 분노가 느껴졌다.

치사하게 돈을 써서 끼어든 그 영감탱이가, 그 체험을 한다고?

용서할 수 없었다. 원래 그놈에게 그럴 자격은 없다. 제공자는 40세 이하라는 나이 제한이 있기 때문이었다. 그 쾌락을 돈으로 사다니, 비겁하다.

분노가 부글부글 끓어올랐다.

"그러고 보니 말이야."

문득 생각이 나, 에이코에게 물었다.

"귀빈실이라면, 시로타 관광호텔의 별채에 있었던 그 귀빈실?"

"맞아."

"거기 다실 같은 거 없잖아?"

에이코는 의아한 표정으로 고지를 쳐다보았다.

"고지, 너 잘 안다. 피 빨 때 꼭 다실이어야만 한다는 걸 알고 있었어?"

"아니, 친구 중에 제공자였던 녀석이 있어서 얘기 들었어."

내심 '실수했다'고 생각하며 얼버무렸다. 하지만 에이코는 그 말을 곧이곧대로 믿어 준 모양이었다.

"그래, 다실이 필요하대. 그래서 아빠가 서둘러 수리 공사를 시켰나 봐. 구석에 일부러 다실로 쓸 공간을 만들었다는 거야."

"그렇게까지 해서?"

고지는 쓴웃음을 지었다.

아버지가 일꾼들을 재촉해서 무리한 스케줄로 공사를 진행시키는 모습이 뻔히 보였다.

"엄마가 우리 집 별채에도 다실이 있으니 그쪽을 쓰면 되지 않느냐고 했는데, 우리 집 안에서는 제대로 대접을 할 수도 없고 경비도 붙여야 한다면서 아빠가 고집을 부렸대. 엄마가 얼핏 말하는 걸 들었어. 너무 갑작스러운 공사인 바람에 일꾼 모으기가 쉽지 않아서 돈을 엄청 줬다는 거야. 진짜 쓸데없는 지출이라면서."

고지는 등골이 서늘했다.

별채의 다실.

그곳은 현재 자신이 매일 밤 쓰고 있다. 혹시 내가 거길 사용한다는 걸 들켰나?

최근 어머니의 모습을 떠올려 보았다.

식사 때나 되어야 겨우 얼굴을 마주하는 정도지만, 줄곧 '중요한 손님'에게 정신이 빼앗겨 있는 눈치여서 고지에게는 신경도 쓰지 않았다.

아마 안 들켰을 거야, 하는 결론을 내릴 수 있었다.

"흐응, 그런 영감탱이 피를 빨자니 빨아 먹는 쪽도 어렵겠네. 진짜 그놈한테 드나들어야 하나?"

문득, 그쪽이 마음에 걸렸다.

최종적인 결정권. 누구의 피를 빨지는 캠프생이 정하는 문제다.

"하지만 돈을 엄청나게 받았을 테니 아무도 안 빨고 지나갈 수는 없을걸. 누군가를 강제로 보내겠지."

고지는 어째서인지 가슴이 철렁했다.

설마 그 애를 보내지는 않겠지.

팔에 닿았던 입술의 감촉이 떠오르고 전신의 피가 역류하는 기분이었다.

그 애가 검버섯투성이 늙다리의 팔에서 피를 빠는 모습을 상상하니 몹시도 끔찍했다. 그로테스크하다고밖에 표현할 수가 없었다.

고지는 몸을 부르르 떨었다.

건강하지 못한 피를 빨라고 강요하다니, 마을 놈들은 정말 너무하다.

새삼 분노가 솟아났다.

더럽혀졌다는 기분이었다.

신성한 행위, 신성한 피가 늙은이의 돈 때문에 더럽혀졌다.

"왜 그래, 고지? 표정이 무서워."

에이코가 조심스럽게 얼굴을 들여다보는 통에 정신이 퍼뜩 들었다.

"아니, 아무것도 아니야."

고지는 다급히 억지 표정을 지었다.

에이코는 고지의 얼굴을 계속 쳐다보다가 불안한 듯 중얼거렸다.

"고지, 무슨 일 있었어?"

"어?"

고지는 에이코의 질문이 무슨 뜻인지 알 수가 없어, 반사적으로 누나의 얼굴을 쳐다보았다.

"무슨 일이냐니, 뭐가?"

"아니, 요즘 좀 피곤해 보여서."

에이코가 시선을 돌리며 우물쭈물했다.

"피곤해 보인다고? 내가?"

"응, 안색이 나빠. 왠지 수면이 부족한 것 같아."

고지는 오싹해졌다.

혹시 누나가 알아차린 것은 아닐까? 내가 매일 밤 다실을 찾아 간다는 사실을.

"아니, 괜찮은데. 잠은 푹 자. 요즘 밤늦게까지 공부하느라 그런가 봐."

고지는 딱 잘라 부정했다.

"그래?"

에이코가 힘없이 중얼거렸다.

"그렇다니까. 완전히 야행성이 되어 버렸어. 밤중에 기분 전환 삼아 산책도 나가고."

"산책?"

에이코가 고개를 들었다.

"응. 답답해지면 정원을 어슬렁거리곤 해."

"그랬구나. 그럼 다행이네."

에이코의 얼굴이 눈에 띄게 밝아지는 모습을 보니 '역시 내가 다실 쪽으로 가는 모습을 봤구나.' 하는 생각이 들었다.

큰일 날 뻔했네.

고지는 내심 식은땀을 흘렸다.

아마 에이코는 동생이 제공자가 아닐까 하는 어렴풋한 의심을 품고 있었으리라.

언제 알아차렸을까? 지금 생각해 보면 말을 걸려고 나를 찾아다니는 것 같긴 했는데. 오늘 아침에 말을 걸었던 것도 대신 이야기를 핑계 삼아, 사실은 한밤중에 내가 뭘 하는지 캐물으려 했던 거야.

누나도 누나대로 만만찮게 불안했으리라. 캠프에 관련된 일련의 풍습을 몹시도 기피하던 에이코는 설마 동생이 그런 것에 관련되었을 것이라고는 애당초 생각하지도 않았다. 그래서 고지가 '산책 갔다.'라고 던진 말을 곧이곧대로 받아들였던 것이다.

당분간 에이코는 그렇게 믿어 줄 것이다.

"밤에도 경비 서는 사람들 있었어?"

에이코가 문득 생각난 듯 물었다.

"그건 모르겠네. 요즘은 그냥 차 타고 순찰만 돌지 않나?"

"그렇구나. 너도 밤 산책하는 건 좋은데, 그 범인이 아직 안 잡혔으니까 조심해."

"그러게."

그랬다. 문기둥 위에 그 끔찍한 것을 올려놓은 범인은 아직도 발견되지 않았다. 수사가 진행되고 있다는 이야기도 없다.

피먹임 체험에 들뜨기는 했지만 그런 짓을 한 놈을 그냥 내버려 두고 있다니 등골이 오싹하다.

이렇게 보니 제공자라는 존재는 참 경계심이 없다. 한밤중에 누군가를 자기 집에 자유롭게 드나들도록 내버려 두다니.

"빨리 잡았으면 좋겠네. 집에 있어도 불안하잖아."

에이코는 계속 주위를 두리번거렸다.

그랬구나, 그래서 동생의 행동을 눈치챘던 거다.

고지는 슬그머니 누나의 눈치를 살폈다.

"대신의 비서나 스태프들은 벌써 도착해서 미카게 여관에 묵고 있대."

미카게 여관.

에이코는 그 이름을 내뱉으며 쑥스러운 미소를 지었다.

아마 후카시를 떠올린 모양이었다. 나 참, 그런 자식이 대체 뭐가 좋다고.

고지의 머릿속에는 그 소녀의 모습이 떠올랐다.

"꽤 많이 왔나 보네."

"경비 인원은 또 별개래."

듣고 보니 대신을 안채에 묵도록 하지 않고, 별채가 된 귀빈실을 제공한 아버지의 판단은 옳았다. 별채로 만들어야 경비하기 쉬울 테니. 경비원들에게는 어떻게 설명했을까? 한밤중에 어린애가 홀연히 나타나면 안으로 들여보내라고? 피먹임을 하는 동안에도 계속 밖에서 지키고 있을까?

자신이 피먹임을 하는 사이 누군가가 망을 보는 모습을 상상하니 견딜 수가 없었다. 피차 그쪽에만 신경이 쓰이지 않을까.

그렇게 생각하니 큰돈을 내고, 수많은 사람들을 끌고서 이 먼 곳까지 찾아온 대신의 존재 자체가 몹시도 그로테스크하고 우스꽝스럽게 느껴졌다.

"그럼 난 집으로 돌아갈 테니까 조심해서 가."

"응."

에이코는 걸음을 멈추고 집 쪽으로 몸을 돌렸다.

혼자 남으니 고지는 자신이 불온한 생각을 하고 있었던 것을 깨달았다.

저기, 당신. 아직 자유롭게 돌아다니고 있다면 그놈이 있는 귀빈실에나 가 보지 그래?

고지의 머릿속에는 대문 문기둥 위에 있던 멧돼지 대가리가 떠올랐다.

어디 사는 누구인지 모르지만 돈다발을 흔들며 밖에서 쳐들어와 이 행사를, 이 성지를 더럽히는 놈한테나 피투성이 괴물 대가리를 던져 넣고 오란 말이야.

대신이 시로타 관광호텔에 체재한다는 소문은 이제 이와쿠라 마을 전체에 퍼져 있었다. 아침 일찍 미카게 여관에 도착한 선발대 이야기도 다 퍼졌고, 그날 해 질 녘쯤 시커멓고 근엄한 차량이 저녁 어둠에 몸을 숨긴 채 이와쿠라로 들어왔을 무렵에는 그 차에 누가 타고 있는지 마을에 모르는 사람이 없었다.

주민들 사이로 당황과 동요가 퍼졌다.

뭔가가 다르다.

모두가 그렇게 느꼈다.

지금까지와는 뭔가가 다르다.

다들 얼굴을 마주 보며 서로의 얼굴에 떠오른 불안과 의구심을 찾아냈다.

지금까지도 의혹은 있었다. 늘 소문도 있었고, 실제 정말로 그것이 이루어지기도 했다고 들었다. 하지만 그것은 어디까지나 남몰래, 비밀리에, 떳떳하지 못하게, 불명예스러운 일로 취급되었을 터였다.

그런데 대체 이게 무엇인가.

아랫사람들을 잔뜩 거느린 채 백주대낮에 당당하게 차를 타고 침입한 자들.

무언가가 결정적으로 달랐다. 이와쿠라는 넘어서는 안 될 선을 넘어 버렸다는 동요가, 축제에 나와 즐겁게 춤을 추는 관광객들과는 대조적으로 마을 전체에 서늘하고 긴장된 분위기를 드리웠다.

주민들은 읍장과 경찰서장에게 불만을 표하기 시작했다.

대체 저게 무슨 짓인가, 축제 한복판에 저렇게 근엄한 놈들이 왜 찾아왔단 말인가, 하고 추궁하는 주민들 앞에서 평소처럼 '재정이 힘들다'는 설명으로 어물어물 넘기려던 읍장은 마음속으로 어쩔 줄 몰라 했다. '당신 대체 얼마 받았어?' 하고 정면으로 캐묻는 사람도 적지 않았고, 지금까지와는 명백히 달랐다. 주민들의 분노와 불만은 상상 이상으로 커서 지금까지 표면에 드러나지 않았을 뿐 오랜 시간 부글부글 끓고 있었다는 사실을 깨달은 읍장은 얼굴이 파래졌다.

읍장은 '대신이 피서를 왔을 뿐'이라는 설명으로 바꾸고, 결코 돈으로 그 권리를 산 것이 아니며 그것은 오래 전부터 있었던 헛소문이라고 계속 우겼지만 당분간 이렇게 눈에 띄는 일을 해서는 안 되겠다고 마음속으로 결심한 것은 사실이었다.

경찰서장은 더한층 변명할 말이 없었다. 중앙에서 요인이 왔다는 사실은 인정했지만, 그 때문에 경비 인력을 동원해야 한다고 말할 수밖에 없었다. '대체 무엇 하러 왔느냐'는 질문에는 '보안상 알려드릴 수 없다'라고 대답했지만 누구나가 다 아는 사실을 무시하는 것은 화도 나고 불쾌한 행위였다.

사실 그보다 더 스트레스를 받는 것은 '메아리는 찾았느냐'는 질문이었다.

살육한 짐승을 문기둥 위에 올려놓은 인간이 존재하는 것은 사실이고, 아마도 그것이 메아리이리라는 것은 자명했지만 아직까지 아무런 단서도 나오지 않았다. 마을 안에 있을 메아리도 못 찾는데 요인 경호는 무슨 요인 경호냐고 누군가가 묻는다면 대꾸할 말이 없다.

메아리.

서장의 신경은 온통 그쪽에 쏠려 있었고, 지금도 죽어라 수사를 진행하는 중이었다.

이야기로는 들었지만 실제는 처음이었다. 노인들의 이야기에
따르면 상당히 교활하다던데, 실제로 그런 엄청난 짓을 저질러 놓
고 아무런 흔적도 남기지 않았다. 솔직히 인간이 저지른 짓이라고
는 도저히 생각할 수 없을 만큼 으스스한 데가 있어서, 지금까지
한 번도 느껴 본 적 없는 불안이 솟아날 정도였다.

놈은 틀림없이 있다. 이곳, 이와쿠라 안에 존재한다.

그 기척이 느껴진다. 어마어마하게 영리하고 잔혹한 놈이.

분명 이쪽이 쫓는 입장, 감시하는 입장인데도 오히려 반대인 기
분이다. 놈이 어디선가 우리를 보고 있다. 가만히 이쪽 눈치를 보
고 있다. 그런 기척이 느껴진다.

머리가 아프다. 자꾸만 불길한 예감이 든다.

경찰서장은 창밖을 내다보았다.

대신의 직속 SP*를 믿을 수밖에 없지만, 그들도 대체 어떤 존재
를 상대하고 있는지 모를 터였다.

부디 별 탈 없이 머물다 가면 좋겠는데.

읍장과 경찰서장보다 훨씬 깊은 고뇌를 품은 사람들이 있었다.
교사들이었다.

대신이 방문한다는 이야기를 들은 후 교사들은 그 문제를 계속
검토했다. 이야기는 계속 같은 곳만 뱅뱅 돌았다. 언제나 도저히

● Security Police의 준말. 일본 경시청의 요인 경호 전담 경관

안 되겠다, 아이들을 지켜야만 한다, 거절하자는 결말에 도달하지만 그걸로 끝나지 않는다는 사실을 교사들은 뼈저리게 잘 알았다.

교사들은 수도 없이 분노하고, 침묵하고, 고뇌했다.

제공자는 이미 전원에게 할당되었다. 누군가를 골라 대신에게 일부러 보내지 않는 한 대신은 절대로 피먹임을 할 수가 없다.

대신은 이미 도착해 버렸다.

하루나 이틀 정도는 드나들지 않아도 얼버무릴 수 있지만 사흘, 나흘씩 기다리게 할 수는 없다. 마을에서는 이미 돈을 받았다. 아무도 안 가겠답니다, 하는 말로 때울 수는 없다.

아니, 그렇다면 차라리 아무도 보내지 않아서 읍장에게 창피를 주는 것은 어떠냐는 의견도 나왔다. 대신은 몹시 화를 낼 테고, 돈을 내놓으라고 할지도 모른다. 읍장도 격노하여 앞으로 절대 캠프에 협조하지 않을지도 모르지만 그때는 그때다. 사리사욕이 통하지 않는 세계라는 것을 지금 여기서 확실히 보이면 나중에 누가 또 비슷한 요구를 했을 때 거절할 근거로 써먹을 수 있을지도 모른다. 애당초 우리 교사들이 학생 편에 서지 않으면 누가 서겠는가.

날이 밝았지만 해결책은 도무지 찾을 수가 없었다.

인신공양이라는 사실을 뻔히 아는데 학생들 중 누군가를 지명하다니, 교사들로서는 도저히 견딜 수 없는 행위였다.

어쩌면 좋지.

교사들은 궁지에 몰렸다. 희생 제물 선택은 그들에게 맡겨져 있었고, 그 기한이 바로 코앞까지 닥쳐온 상태였다. 교사들의 얼굴에는 깊은 피로와 고뇌가 아로새겨져 있었다.

아예 제비뽑기라도, 하는 생각까지 나왔을 때였다.

덜컹 소리가 들리는 바람에 교사들은 퍼뜩 놀랐다.

"누구지?"

교장이 날카롭게 물었다.

어두운 복도에 누군가가 서 있었다.

"들어오렴. 화 안 낼게."

마나베가 말을 걸자 조심조심 들어오는 작은 그림자가 있었다.

"유이!"

교사들은 모두 놀라 소리를 질렀다.

미카미 유이가 무언가 결심한 표정으로 조용히 방에 들어왔다.

"왜 그러니, 유이? 무슨 일 있었어? 어디 안 좋아?"

마나베가 새파란 얼굴의 유이에게로 다가가 얼굴을 가만히 뜯어보았다.

"아뇨, 아무렇지도 않아요."

유이는 고개를 살짝 가로저으며 우물쭈물했다.

"무슨 일이냐, 유이. 하고 싶은 말이 있으면 해 보려무나."

교장이 격려하듯 말하자 유이는 잠시 주저하다가 마침내 마음을 먹었는지 고개를 들었다.

"저, 갈 수 있어요."

"응?"

"높은 사람한테."

교사들이 깜짝 놀라 서로 얼굴을 마주 보았다.

"선생님들, 그것 때문에 계속 회의하고 계셨죠?"

유이가 차가운 얼굴로 교사들을 둘러보았다.

교사들은 저도 모르게 시선을 피했다.

"제가 갈게요. 높은 사람한테. 며칠만 드나들면 되는 거잖아요?"

유이는 딱 잘라 말했다.

교사들은 당황했다. 바라 마지않던 제안이었으나 학생이 나서서 먼저 그 말을 했다는 것이 교사들 입장에서는 실책으로 여겨졌기 때문이었다.

"유이, 네가 지금 무슨 말을 하는지 알고는 있니?"

교장이 차분하게 물었다.

"제공자가 되는 건 아주 힘든 일이야. 여러 번 검사를 해서 완전히 건강한 몸이라는 사실이 증명된 사람만이 될 수 있어. 아주 조금이라도 감기에 걸리거나 열이 나도 안 돼. 많은 사람들이 아주 꼼꼼히 골라낸 사람만이 될 수 있는 거야. 하지만 유이가 지금 가겠다는 사람은 그렇지 않아. 오히려 너희 같은 아이들에게 독이 될지도 몰라. 그런 사람을 찾아가는 건 한마디로 말해 바람직하지 못한 일이지."

교장은 자상하게 타일렀지만 유이는 답답하다는 표정으로 고개만 끄덕였다.

"그런 건 저도 알아요. 선생님들이 저희를 보내기 싫어하신다는 것도 잘 알고요. 하지만 어차피 누군가는 가야 하잖아요? 누군가가 가지 않으면 다들 난처해지잖아요?"

유이는 필사적이었다.

교사들은 압도되어 아무 말도 할 수가 없었다. 워낙 정곡을 찌르는 말이었기에 아무도 대답조차 하지 못했다.

"저도 그냥 가겠다는 건 아니에요."

유이는 잠시 말을 끊었다.

얼굴이 금세 새빨개졌다.

"제가 갈 테니까…… 그러니까, 그, 조금만, 지원금을……."

지원금이라는 말을 내뱉은 순간, 유이의 얼굴은 수치의 빛깔로 물들었다.

"지원금, 주시면 안 될까요? 그러면 막내 남동생도 학교에 갈 수 있어요."

그리고 거기까지 말을 끝내자 안도한 표정으로 돌아왔다.

이번에는 교사들의 얼굴이 수치의 빛깔로 물들 차례였다.

돈. 자기들이 이곳에 모여 얼굴을 맞대고 상의하는 것도, 새벽녘까지 고민한 것도, 결국 마을에서 돈을 받아 버렸기 때문이다. 돈 때문에 여기서 얼굴을 붉혀야만 했던 것이다.

우리는 돈을 받고 학생을 팔아넘기려 한다. 그런 사실이 갑자기 눈앞에 닥친 기분에, 교사들은 소녀의 얼굴을 볼 수가 없었다.

"유이."

마나베 선생이 말을 걸자 유이는 그 목소리에 담긴 회유의 울림을 냄새 맡았는지 고개를 핵 돌렸다.

"뭐 어때요? 저는 돈이 필요해요. 그러니까 나서서 이 역할을 맡겠다는 거예요. 제가 굳이 하겠다고 고집을 부린 걸로 하면 되잖아요? 그러면 저도, 선생님들도 모두 행복해질 수 있어요. 그러니까 선생님, 후회하거나 저를 불쌍하다고 생각하지 말아 주세요."

유이의 목소리에는 위엄이 있었다.

그 표정에는 소녀의 자존심이 차올랐다.

마나베 선생은 회유하려던 자신이 부끄러워져 눈을 내리깔았다.

"……게다가."

유이는 문득 떠오른 듯 중얼거렸다.

"게다가?"

교장이 물었다.

유이가 이번에는 수줍은 표정을 지었다.

"저, 피먹임 좋아해요. 그래요. 피먹임, 정말 즐거워요. 매일 밤 피먹임을 하고 나서 돌아오면 제가 굉장히 강해진 기분이 들어요. 뭐든 다 할 수 있을 것 같고요. 그러니까 몇 명이고 가릴 것 없이 계속 피먹임을 하고 싶어요. 그러니까, 저한테 시켜 주세요. 맹세컨대 저는 전혀 불쌍한 애가 아니에요."

그때 교장은 일말의 불안을 느꼈다.

어둡고 요사스럽게 빛나는 유이의 눈동자에서 뭔가 불길한 느낌이 들었다.

"제발 부탁드려요, 저한테 시켜 주세요. 마을에 돈이 들어오면 그중 일부를 저희 집으로 보내 주세요. 제발요."

유이는 고개를 꾸벅 숙였다. 깊이 숙인 자세로 고개를 들지 않았다. 허락해 주지 않는 한 고개를 들지 않을 생각인 듯했다.

교사들은 더욱 곤혹스러워진 채 서로 얼굴만 쳐다보았다.

자신들이 어차피 이 소녀의 제안을 받아들이리라는 사실은 알고 있었다. 교사들에게 그 이외의 선택지는 없었다. 하지만 과연 그것이 어떤 결과를 불러올지는 아무도 몰랐다.

　유이가 교사들에게 직접 담판을 하러 가기로 결심했을 무렵.

　그날은 오후가 되어감에 따라 하늘이 어두워지고, 찌는 듯 더워졌다.

　저기압이 다가오는 듯했다. 공기가 묵직하고 미지근한 바람이 불기 시작했다. 습도가 높아 조금만 움직여도 금세 땀이 나고 몸이 무거워진다.

　나치는 다리 앞에 멍하니 서 있었다.

　이제 곧 오봉이 찾아온다.

　장기간 열리는 이 축제의 절정이기도 한, 사흘간의 밤샘춤이 다가오면서 관광객들도 더욱 늘어났다.

　하지만 나치를 비롯한 캠프생들에게 축제는 그야말로 남의 일이나 다름없었다.

　바로 옆에서 수많은 사람들이 춤을 추고 마을을 돌아다니며 즐기고 있는데도 마치 유리창 너머로 보이는 그림자놀이를 보는 듯했다.

　처음에는 몇 번 춤을 추러 가기도 했지만 지금은 그럴 생각마저 완전히 사라져 버렸다.

　나치는 강가로 터벅터벅 다가가, 나무 그늘 밑 작은 벼랑에 걸터앉았다.

　이와쿠라의 축제도 이렇게 반대편 강가에서 지켜보는 것이 왠지 습관이 되어 버렸다.

그나저나 정말이지 찌는 듯 더운 날씨다. 평소에는 아무리 더운 날에도 강가에 오면 바람이 불고 시원해지곤 했는데.

경치가 눈에 들어오질 않았다.

나치는 불안해서 견딜 수가 없었다.

또다시 밤이 온다.

또다시 그 시간대가 온다.

그렇게 생각하니 다리가 아팠다. 무의식중에 버팀목을 꾹 눌러 부러뜨렸던 그 부분이.

불안이 스멀스멀 솟아올랐다.

이 불쾌한 더위.

그리고 자신이 무엇을 하는지 알 수가 없는 시간. 자아를 잃어버리는 시간.

어쩌지, 또 그런 일이 일어나면 제정신을 유지할 자신이 없는데.

게다가 미카게 여관에 세워져 있는 그 시커먼 차량이 눈앞에 아로새겨진 채, 계속 무언가를 호소하고 있었다.

불길한 일이 일어날 듯했다. 어마어마하게 불길한 일이.

그것이 무엇인지는 알 수가 없지만 그런 느낌을 받는 사람이 자신 하나뿐은 아닐 것 같았다.

선생님들. 히사오 이모를 비롯한 여관 사람들. 그리고 마을 사람들.

무엇보다 마을 전체에 숨을 죽이고 무언가를 기다리는 듯한 기척이 퍼져 있었다. 결코 노골적으로 드러내지는 않지만 그들의 시선이 그 시커먼 차량을 훔쳐보고, 그 차와 차를 타고 온 사람들의 존재감을 의식하는 것만 같았다.

다들 알고 있다. 느끼고 있다.

그 차량이 무엇 때문에 왔는지를.

그리고 선생님들의 얼굴에 떠오른 고뇌를 아이들도 모두 알아
차렸다.

누군가가 선택된다. 그러지 않을 도리가 없다.

물론 선생님들이 그것을 원치 않는다는 사실도 알고는 있었지
만, 그렇다고 거절할 수도 없다는 것 역시 알고 있었다.

어떻게 될까. 누가 갈까.

만약 지명되면 어쩌지?

그런 생각이 든 순간 나치는 오싹해졌다.

적극적으로 피먹임을 하지 않는 사람은 아마 나치 하나뿐이지
않을까. 선생님들도 그걸 알고 있지 않을까? 그렇다면 의욕 없는
나를 보낼 수도 있지 않을까?

그럴 리 없다고 생각하려 해도, 그 생각은 좀처럼 사라지지 않
았다. 피먹임을 피하는 죄책감 때문인지 자꾸만 지명당할 것이 분
명하다는 생각이 들었다.

싫어. 싫어. 병에 걸린 대신과 피먹임을 하다니.

그런 짓을 할 바에야, 차라리 후카시 오빠와…….

"여기 있었구나."

갑자기 바로 뒤에서 목소리가 들려오는 바람에 두 가지 의미로
가슴이 철렁했다. 누가 느닷없이 말을 건 것과, 그 목소리의 주인
에게 마음속을 읽힌 것 같은 기분 때문에.

무심코 펄쩍 뛰어오르다시피 뒤를 돌아보았을 정도였다.

"아차차, 놀라게 해서 미안."

돌아보니 아마치 마사키가 양팔을 벌리고 달래는 듯한 동작을 하며 서 있었다.

"아, 깜짝 놀랐네."

나치는 가슴을 쓸어내렸다.

온몸에서 땀이 흠뻑 배어났다. 식은땀과 더위서 난 땀 양쪽이 섞여서 찝찝했다.

"너 평소엔 어디 있는 거야? 요즘은 잘 안 보이던데."

나치는 비틀비틀 주저앉았다.

마사키도 옆에 가볍게 앉았다.

"응. 뭐, 여러 가지로 조사할 게 있어서."

"조사?"

"응. 어차피 난 피먹임을 할 필요가 없어서 한가했거든."

나치는 마사키의 얼굴을 돌아보았다.

이미 변질체인 아이. 그런 운명을 타고난 소년.

마사키는 처음 만났을 때와 전혀 인상이 달라지지 않았다. 다른 아이들은 점점 표정이 바뀌고 마치 모르는 사람 같아지는데…….
그래, 유이처럼.

가슴속 깊은 곳이 욱신거렸다.

유이의 얼굴, 유이의 목소리를 떠올리면 왜 이렇게 괴로워질까.

나치는 억지로 그 감정을 지워 없앴다.

그런 의미에서 내내 변치 않고 담담한 마사키의 존재가 이제 와서는 신기하게도 자신을 안심시켜 주었다.

"뭘 조사하는데?"

"이와쿠라의 역사나 허주 승선원의 역사 같은 거. 알아 두고 싶은 게 많거든."

"쓰쿠바 출신인 네게도 그런 게 있어?"

"있지. 아무래도 이와쿠라는 허주의 성지니까. 현지에서만 알수 있는 건 얼마든지 있어."

"그렇구나."

나치는 무심코 자신의 무릎으로 시선을 떨어뜨렸다. 이런 식으로 마치 제삼자처럼 '연구'할 수 있는 마사키가 부럽고, 또 동시에 멀게 느껴졌다.

"저기, 그거 알아? 높은 사람이 피먹임을 하러 왔다는 거."

"아, 그런 것 같더라. 진짜 구제불능의 멍청이야. 시간과 자원의 낭비고."

마사키는 흥, 하고 코웃음을 쳤다. 진심으로 경멸하는 목소리였다.

나치는 당당하게 잘라 말할 수 있는 마사키를 보고 감탄했다. 아주 조금 속이 후련해지기도 했다.

"……그보다 너희 아버지, 고시로 다다유키 맞지?"

갑자기 그런 말이 날아드는 바람에 퍼뜩 놀랐다.

"그걸 어떻게 알았어?"

"조금 조사해 봤어."

마사키는 여전히 쌀쌀맞았다. 지극히 민감한 사정을 건드리고 있다는 자각조차 없는 모양이었다.

"아버지 기억나?"

"아니, 전혀. 어릴 때 이와쿠라에 살았다는 기억도 없을 정도인 걸."

"그렇구나."

마사키는 생각에 잠겼다.

나치를 찾으러 온 이유가 고시로 다다유키에 대해 묻기 위해서 였던 모양이었다.

"그게 왜?"

"아니, 고시로 다다유키는 우리 아버지도 연구 동료라서 아는 사이였던 것 같은데 왠지 수수께끼가 많은 사람이더라고."

마사키의 부친은 법률상의 아버지라고는 하나 정말로 마사키를 걱정하는 듯했다.

그리고 나치의 얼굴을 보고 어머니의 이름을 내뱉은 남자이기 도 했다.

우리 아빠를 아는구나, 하고 생각하니 기묘한 기분이었다. 나 치가 갖고 있는 아버지의 이미지는, 한 번도 만나 본 적 없었지만 남들에게서 들은 이야기로는 젊은 남성이었다.

마사키의 아버지는 상당히 나이가 있어 보였다. 그 정도 연령대 의 남자가 아버지와 같은 시간을 보냈다니 통 와닿질 않았다.

"수수께끼라니?"

나치는 물었다.

"그 사람, 쓰쿠바의 연구원이었는데 데이터가 거의 없어. 출신 지도 본적도 쓰쿠바로 되어 있으니 실질적으로 불명인 셈이야."

"불명?"

오싹한 감각.

"그런 게 가능해?"

"보통은 불가능하지. 그래서 신기하다는 얘기야. 우리 아버지한 테도 물어봤는데 말을 안 해 줘. 무슨 사연이 있을지도 몰라."

"사연이라니……."

"그리고 그 사람은 이와쿠라를 여러 번 찾아와서 변질체에 대한 연구를 지속했어."

그것은 알고 있다. 그 과정에서 어머니와 알게 되었다고 들었다.

"아무래도 그 사람은 여기서 제공자 노릇도 했던 모양이야."

"우리 아빠가?"

나치는 저도 모르게 물었다.

"이 지역 사람도 아닌데?"

"응, 뭐, 그 사람의 경우에는 순수한 연구였던 것 같지만. 여러 번 하면서 아주 자세한 혈액 데이터를 여러 해에 걸쳐 얻어 낸 것 같아."

연구라는 사실은 알고 있어도 돈을 내고 피먹임을 하러 온 대신 이 자꾸만 연상된다.

"혹시 그 후로 그 사람의 연구가 어떻게 됐는지 알아?"

마사키가 나치의 아버지를 '그 사람'이라고 부르니 왠지 자꾸 가 슴이 철렁했다.

'그 사람'이라는 단어와 '아빠'라는 단어, 그리고 '고시로 다다유 키'라는 단어가 도무지 겹쳐지질 않았다.

"몰라. 그보다 우리 아빠가 우리 엄마를 죽였을지도 모른다는 얘기는 알지?"

큰맘 먹고 묻자 마사키는 처음으로 허를 찔린 표정을 지었다.

"응, 알아. 하지만 증거는 없잖아. 그런 얘기 믿지 마."

마사키가 어깨를 으쓱하며 너무나도 쉽게 대답했기에 나치는 맥이 빠졌다.

그런 얘기 믿지 마.

그 말에 뜻밖에도 나치는 마음이 가벼워졌다.

그렇다. 아빠가 그런 짓을 저질렀다는 증거는 없다.

"그리고 그 사람 연구 말인데, 조금 특이한 연구였어. 변질체 연구이긴 한데 그 사람이 조사하던 건 의식이었거든."

"의식?"

나치가 묻자 마사키는 고개를 끄덕였다.

"들어 본 적 있지? 완전한 변질체가 되면 점점 감정을 잃어 가서 얼핏 보면 아주 차분한, 왠지 인간 같지 않은 느낌이 된다고."

"아, 맞아. 장기간의 항해도 버틸 수 있도록 몸도 마음도 바뀐다고 들었어."

문득 나치는 마사키의 얼굴을 쳐다보았다.

변질체.

마사키가 담담해 보이는 이유가 그래서일까.

마사키는 늘 그렇듯 나치의 생각을 다 꿰뚫어 보았는지 쓴웃음을 지으며 고개를 가로저었다.

"아냐, 아냐. 난 그냥 원래 이런 성격이야."

"아니야?"

나치도 덩달아 쓴웃음을 지었다. 인간 같지 않아 보인다는 사실을 마사키 스스로도 알고 있다는 것이 우스웠다.

"아니야. 나는 쓰쿠바 연구소 출신이라 워낙 기복이 없는 환경 때문에 이렇게 된 거야. 완전한 변질체의 의식 변화는 이 정도가 아니거든. 도와를 보면 알잖아?"

"아, 그 사람."

"도와처럼 된다는 거야. 그래도 도와에게는 상당히 우리에게 가까운 부분이 남아 있지만."

"그런 거야?"

"응."

나뭇잎 사이로 비쳐 드는 햇살 속에 서 있던 그 신비로운 사람의 모습이 떠올랐다.

처음 만났을 때 뭐라고 했더라?

그 서늘한 목소리를 떠올리고 싶었지만 떠오르지가 않았다.

"그래서 그 사람이 말하기로는, 변질체의 의식은 결국 하나가 아니냐는 거지."

"하나?"

나치는 고개를 갸웃했다.

무슨 말인지 이해가 되지 않았다. 의식이 하나라는 것이 대체 무슨 뜻일까.

"나도 정확히 파악한 건지 아닌지 모르겠는데."

마사키는 생각하고 또 생각하면서 천천히 말했다.

"완전한 변질체가 되면, 변질체들끼리, 의식을 공유하는 게 아닐까. 그런 얘기야."

"공유한다니, 그럼⋯⋯."

마사키가 살짝 고개를 끄덕였다.

"응. 완전한 변질체가 되면 커다란 의식의 일부가 된다, 즉 모두가 똑같은 하나의 의식을 공유하는 것이 아닐까, 그 사람은 그렇게 말했다고 해."

깊은 밤.

찌는 듯 더운 공기가 온몸을 휘감는 밤이었다.

하늘은 흐리고 별도 보이지 않았다. 시커먼 산줄기의 기운은 농후했으나 축축한 구름이 이와쿠라 마을을 누르는 듯, 기묘한 압박감이 느껴졌다.

마을 외곽에 있는 계곡 옆 호텔. 그리고 그 호텔 부지 안에서도 별채로 떨어져 있는, 마치 독립된 단독주택 같은 귀빈실.

고요한 어둠의 바닥에 시커먼 정장을 입은 남자들 여럿이 서 있었다.

"엄청 덥네, 오늘 밤은."

빡빡 깎은 머리에 체격이 건장한 남자가 낮게 중얼거렸다.

"바람이 없어서 더 힘드네요."

늘씬하고 젊은 남자가 낮은 목소리로 대꾸했다.

침묵.

그들은 침묵에는 익숙했지만 이 기묘한 임무는 당황스러웠다. 지금까지 아무 인연도 없었던, 이와쿠라의 풍습이라는 무언가에 자신들이 엮이게 되었다는 것 자체가 신기했다. 아무도 입 밖에 내어 말하지는 않지만 대체 이런 짓을 해서 무슨 소용이 있는 건가, 하는 의문도 떠나질 않았다. 하지만 자신들은 그저 대신의 호위만 열심히 하면 된다는 결론에 이를 뿐이었다.

경비하기 편한 장소라고 빡빡머리 남자는 생각했다.

절벽 위의 별채인데다 출입구는 딱 한 곳뿐. 지금 그들이 감시하는 장소 외에는 드나들 곳이 없다. 안에도 여러 명이 대기 중이니 호위 입장으로서는 비교적 마음이 편했다.

그나저나 정말로 올까?

손목시계를 흘끔 쳐다보았다.

벌써 새벽 3시에 가까운 시각이었다.

대신이 지푸라기에라도 매달리고 싶은 심경이라는 사실은 알겠지만 그래도 미신이라고밖에 생각할 수가 없었다. 이야기로는 들었으나 정말로 이런 일이 끊임없이 이어져 내려왔다니.

문득 이어폰에 잡음이 들어왔다.

"여자애가 하나 왔습니다."

호텔 입구 근처에 있던 경비의 연락이었다.

"……그건가?"

"아마 그것 같습니다. 빈손이고, 뭐랄까 그…… 몽유 상태라고 해야 좋을까요?"

그런 식으로 구분하라고 들었다.

피먹임을 하러 찾아오는 자는 잠에서 덜 깬 상태로, 개중에는 자신의 행위를 기억하지 못하는 경우도 있다고 했다.

"좋아, 들여보내. 말은 걸지 마."

아무 무기도 없는 소녀라면 무슨 일이 있어도 바로 제압할 수 있다. 이쪽은 건장한 남자가 여섯이나 있다.

남자는 옆에 서 있던 늘씬한 남자에게 고개를 끄덕이고는 귀빈실 내부에 있는 경비에게 연락했다.

이윽고 그들이 대기하던 현관 근처, 골목 깊은 곳에 하얀 그림자 하나가 홀연히 나타났다.

휘청거리며 다가오는 작은 그림자.

남자의 첫인상은 '유령'이었다.

하얀 블라우스에 감색 치마.

좌우로 몸을 희미하게 흔들며 이쪽으로 다가온다.

바람 한 줄기 없는, 무더운 한밤중. 이런 산속 깊은 곳에서 기껏해야 열서너 살쯤 먹은 소녀가 혼자 돌아다닌다는 일 자체가 기묘했다.

남자는 왠지 으스스한 기분이 들었다.

심지어 소녀는 계속 고개를 숙이고 있어, 얼굴이 보이지 않았다.

왠지 공중에 떠 있는 듯도 했다.

갑자기 하얀 그림자가 커졌다.

어느새 소녀가 바로 코앞까지 와 있었다.

남자는 적잖이 놀랐다. 마치 공중을 스윽 가로질러 날아온 느낌마저 들었다.

설마.

남자는 움직이지 않았다.

젊은 남자도 긴장한 기색이 역력했다. 이쪽을 흘끔 쳐다보는 그 눈에는 짙은 경계심, 그리고 아마도 공포감이 담겨 있었다.

순수한 공포. 그런 감정을 그들의 눈에서 보기란 드문 일이다. 그리고 남자는 이 젊은 남자가 자신의 눈에서도 비슷한 감정을 발견했으리라는 예감이 들었다.

둘은 서로 마주 보며 고개를 끄덕였다.

어쩔 수 없다. 이 으스스한 소녀를 들여보내지 않을 수는 없는 노릇이다. 오히려 대신 입장에서는 첫날부터 와 주었으니 고맙게 여길 것이 분명했다.

게다가 피먹임을 하러 오는 자에게 절대 말을 걸거나, 몸을 건드려서는 안 된다는 엄중한 지시도 받았다. 그들의 행위를 방해해서는 안 된다.

남자들은 가만히 서 있었다.

소녀가 흐느적거리며 귀빈실 부지 쪽으로 들어가는 모습만 바라볼 뿐이었다.

옆을 스쳐 지나가는 소녀는 존재감이 전혀 없었다. 그야말로 '유령'처럼 그림자만이 지나가는 듯했고, 숨도 쉬지 않는 것 같았다.

남자들은 소녀를 지켜보았다.

소녀는 부지로 들어가 한순간 멈춰 섰다.

여전히 고개를 숙인 채 천천히 주위 상황을 살폈다.

다실을 찾는 모양이었다.

그들의 목적지는 다실. 뒷문이 열려 있고, 들어갈 입구가 존재하면 그것이 제공자가 있다는 표식이었다.

이곳 다실은 위치를 찾기가 어렵다. 과연 도달할 수 있을까.

남자는 망설였다. 그렇다고 '저쪽이야.' 하고 가리켜 줄 수도 없는 노릇이었다.

그러나 소녀는 본능적으로 위치를 감지했는지 갑자기 걸어갔다. 똑바로 다실 방향을 향해서.

일단은 다행이다.

남자는 안도했다. 그리고 조금 떨어진 채 소녀의 뒤를 따라갔다.

하얀 뒷모습이 나무 사이로 놓인 징검돌 위를 스르륵 미끄러지듯 나아가, 새로 지은 다실 앞에 멈추어 섰다.

이쪽에서는 보이지 않지만 다실 주위에도 동료들이 대기하고 있다. 들어온 소녀의 모습도 보았을 터였다.

소녀는 잠시 제자리에 서 있다가 천천히 입구로 다가가, 장지문을 열고 안으로 스르륵 들어갔다.

남자들은 조금 떨어진 곳에서 걸음을 멈췄다.

이제부터 저 소녀가 대신의 피를 빤다고 생각하니 왠지 오싹한 기분이었다.

잠시 후 딸그랑 소리가 났다.

차 솥의 물로 통로를 소독하는 소리라는 사실을 알 수 있었다.

자기 피를 빨리는 것도 아닌데 맥박이 빨라졌다.

정말로 이런 행위를 하고 있었단 말인가.

남자는 마치 이세계로 떨어진 기분이었다. 그야말로 천 년 전 중세의 세계에 온 듯했다.

정적.

귀를 기울이니 물이 끓어 쉭쉭거리는 소리가 들렸다. 하지만 그 이외에는 아무 소리도 없었다.

주변도 신기할 정도로 고요했다. 바람 소리는 물론 벌레 소리조차 들리지 않았다.

남자는 기묘한 스트레스를 받았다.

마치 산 전체가 귀를 기울이며 이제부터 다실에서 무슨 일이 일어나는지 주목하는 느낌이었다.

이제부터 무슨 일이 일어날지 알고 있는 것만 같다…….

문득 그런 생각이 들었다.

무슨 일이 일어난다고?

문득 무슨 움직임이 느껴졌다.

부스럭거리는 기척.

"앗!" 하는 낮은 목소리가 들린 듯했다. 대신의 목소리인가?

잠시 후 쭈릅쭈릅, 질척질척 소리가 들렸다.

물웅덩이에 낙숫물이 떨어지는 듯한 소리. 얼마나 끔찍하고 생생한 일이 벌어지고 있는지를 알리는 소리.

빨고 있다.

남자는 직감했다.

피를 빠는 소리였다.

끔찍한 나머지 뒷목에 소름이 돋았다.

상상만 해도 두려운 광경이었다.

하지만 잠시 후 조용해졌다.

누군가가 일어서는 기척이 느껴졌다. 다음으로 기묘한, 굵직한 목소리가 들렸다. 아니, 목소리인지 뭔지 알 수 없는 소리였다. 굳이 표현하자면 짐승의 포효 같았다.

남자들은 움찔하며 얼굴을 마주 보았다.

그 포효 소리가 다시 한 번 들려왔다.

"뭐지?"

남자들이 다실로 뛰어갔다.

그때 고함이 들렸다.

"부정(不淨)!"

부정. 그런 말이 들린 것 같았다. 그 소녀가 냈다고는 도저히 생각할 수 없는, 낮고 갈라진 목소리였다. 그 목소리에는 깊은 분노가 담겨 있었다.

갑자기 무언가로 입이 틀어막힌 듯한 비명이 들리고 다실이 크게 쿵, 하고 흔들렸다.

우당탕, 털썩, 하고 무언가가 부딪히는 소리가 나고 여러 명의 비명이 뒤섞였다.

누가 뛰어 들어가는 기척.

"대신님?"

빡빡머리 남자가 좁은 입구로 서둘러 달려가 장지문을 열었다.

그때 검은 머리 하나가 튀어나오다 부딪혔다.

그 소녀였다.

그 기세에 밀린 남자가 저도 모르게 비틀거렸다.

그때 남자는 차가운 무언가를 느끼고 오싹했다.

선혈.

아직도 고개를 숙이고 있어 얼굴은 보이지 않지만 입가가 피로 젖어 있었다.

아주 잠시 남자가 움츠러든 틈을 타, 그림자가 스르륵 빠져나갔다.

"붙잡아!"

남자가 외치자 뒤에서 대기하던 젊은 남자가 뛰어들었다.

하지만 소녀는 재빨랐다.

마치 짐승처럼 눈 깜짝할 사이 뛰어올라 남자의 팔에서 도망치더니 바깥으로 후다닥 뛰쳐나갔다.

"거기 서!"

뒤쫓는 젊은 남자의 뒷모습을 보다가 남자는 다실 쪽을 문득 들여다보았다.

그러다 저도 모르게 욱, 하고 입을 틀어막았다.

선혈 냄새가 물씬 풍겼다.

다실 전등이 팟, 하고 켜졌다.

다른 입구를 통해 다실로 들어온 경비원이 할 말을 잃고 방 안을 보고 있었다.

제일 먼저 눈에 띈 것은 커다랗게 부릅뜬 대신의 누런 눈동자였다.

무시무시한 형상으로, 꿈쩍도 하지 않았다.

목을 꺾어 버렸는지 기묘한 각도로 목이 뒤틀리고, 검붉은 혀가 튀어나왔다. 또 팔은 축 늘어지고 팔꿈치 안쪽에서 피가 흘렀다. 그것이 피먹임의 흔적인 듯했다.

그리고 다음으로 눈에 띈 장면은 도코노마에 걸려 있던, 흐트러진 족자에 튄 대량의 핏자국이었다.

다실 안에 대기하고 있던 경비원 남자가 벽에 기댄 채 쓰러져 있었다.

다다미 위에도, 또 벽에도 방금 뿜어져 나온 피가 마구 흩뿌려진 상태였다.

날카로운 무언가로 죽은 경비원의 목을 단번에 찢어 버린 듯했다. 끔찍한 광경이었다.

입구에 서 있던 경비원이 대신에게로 다가가 목에 손을 대 보았다.

그러더니 절망적인 눈빛으로 고개를 가로저었다. 이미 숨통이 끊어진 듯했다.

"그쪽은?"

목이 찢어진 남자는 아직 숨이 붙어 있는 것 같았다.

"구급차!"

"여자애를 찾아!"

빡빡머리 남자가 지시를 내리며 밖으로 뛰쳐나갔다.

칠흑 같은 어둠. 묵직하게 몸을 휘감는 공기.

하늘이 무겁다. 누군가가 어둠 속에서 이 모습을 지켜보고 있다는 느낌이 들었다.

현관으로 나오니 소녀를 쫓아갔던 젊은 남자가 돌아오는 모습이 보였다.

"놓쳤나?"

젊은 남자가 얼굴을 찌푸리며 고개를 끄덕였다.

"꼭 짐승 같았습니다. 엄청나게 빠른 속도로 뛰어가 산의 경사면을 타고 올라가 버리더군요. 이렇게 어두우니 도저히 잡을 수가 없습니다."

"제길."

둘은 신음했다.

호텔 불빛이 휘황찬란하게 켜지는 모습이 보였다.

호텔 내부도 난리가 난 모양이었다.

"이거 큰일났군."

남자는 나지막이 중얼거렸다.

하지만 남자는 사실 다른 곳에 신경이 쏠려 있었다.

방금 소녀가 외쳤던 "부정!"이라는 단어가 머릿속에서 통 지워지질 않았던 것이다.

대신은 벌을 받았다…….

왠지 자꾸만 그런 기분이 들었다.

새벽녘에 꾸는 꿈은 늘 몹시도 쓸쓸하고, 손가락 사이로 모래처럼 스르륵 빠져나가 버린다.

꿈은 시각적으로 또렷이 기억에 남는 것과, 그 속에서 체험한 감정의 흔적만이 남는 것으로 갈린다.

나치의 오늘 아침 꿈은 후자였다.

흐릿하고 애매한 사람 그림자가 어렴풋이 움직이던 모습만은 기억이 난다. 그것이 키가 큰 남성의 것으로 여겨지는 그림자였다는 것도.

하지만 얼굴과 입은 옷 등 구체적인 요소는 단 하나도 보이지 않았고, 형체를 확실히 파악할 수 없는 그 그림자는 어딘가 먼 곳으로 가 버렸다.

나치는 그 그림자를 따라가려 했다. 멀어져 가는 그 그림자에, 몹시도 집착하고 있었다.

가지 마. 날 두고 가지 마.

필사적으로 외쳤지만 그림자에게는 전혀 들리지 않는 듯했다. 심지어 나치는 그 자리에서 움직이지도 못했다. 그저 어쩔 줄 몰라 하며 손을 흔들 뿐, 뒤를 따를 수도 없었다.

심장을 꽉 움켜잡힌 감각만이 뚜렷하게 남아, 언제부턴가 나치는 꿈 속에서 울고 있었다.

"가지 마."

자신의 그 목소리에 놀라 나치는 퍼뜩 눈을 떴다.

어두컴컴한 방 천장이 보였다.

귀가 차갑게 느껴졌다. 울면서 잠든 탓에 눈물이 흘러 귀에 고였던 모양이었다.

누굴 따라가려 했을까.

나치는 눈을 문지르면서도 꿈 속의 감정에서 헤어 나오지 못했다.

괴롭고, 슬프고, 안타깝기 그지없는 마음.

그 흔적을 느끼며 침상 속에서 축 늘어졌다.

다시 잠들 수가 없었다.

나치는 한숨을 내쉬고 조심스레 몸을 일으키려 했다. 하지만 피로감이 격심해, 좀처럼 일어날 수가 없었다.

이 피로감은 대체 어디서 왔을까.

반사적으로 손가락을 보았다.

아냐, 아무렇지도 않아. 깨끗해.

조심조심 다리를 움직여 보니 별다른 통증도 없었다.

어딜 다녀온 건 아니겠지?

스스로에게 물어보았지만 알 턱이 없다.

일어난 순간 무언가가 팔랑거리며 떨어졌다.

움찔 놀라 주워 보았다.

작은 조릿대잎.

가슴이 철렁해서 그 잎사귀를 물끄러미 들여다보았다. 까칠까칠한 감촉, 뒷면은 유난히 희었다.

언제 붙었지?

떨리는 손으로 잎을 뒤집어 보았지만 어디서 붙여 왔는지 기억이 없다.

설마, 그럴 리가.

나치는 머리를 만져 보았다.

만일 밖에 나갔다 왔다면 잎이 더 붙어 있을지도 몰라.

하지만 잎이라고는 그 작은 한 장뿐이었고, 그 외에는 외출한 흔적이랄 것이 없었다.

마음이 조금 편해졌다.

어쩌면 내가 붙이고 들어온 게 아니라 창이 열려 있어서 방 안으로 떨어졌던 건지도 몰라. 바로 옆에 대나무숲이 있으니까. 아니면 어제 밖에서 나도 모르게 붙이고 들어와서 떨어졌을 수도 있고.

그렇게 스스로를 타일렀지만 축축하게 들러붙는 불안은 사라지지 않았다. 밖에 나갔을지도 모른다는 생각만으로도 온몸에 소름이 쭉 끼치고 공포가 느껴졌다.

그럼 방금 전 그 꿈은?

흐릿한 그림자를 떠올려 보려 애썼다.

설마 정말로 누굴 쫓아갔던 걸까?

나치는 비틀비틀 잠옷을 갈아입었다.

그리고 창을 열려고 손을 뻗은 순간, 평소와 다른 분위기가 느껴졌다.

이렇게 이른 시간인데 밖에서 사람들이 정신없이 돌아다니는 기척이 있었다.

이상한데.

퍼뜩 그런 말이 머릿속에 떠올랐다. 아까와는 다른 불안으로 심장이 꽉 죄어들었다.

무슨 일이 일어난 게 분명해.

성에 도착하니 그곳에도 이상한…… 아니, 누가 봐도 긴박한 분위기가 드리워져 있었다.

나치를 비롯한 캠프생들은 평소보다 이른 시간에 성에 모이라는 연락을 받았다.

무슨 일이 일어난 것이 분명했다.

한눈에 보아도 기묘한 사태라는 사실을 알 수 있었다. 검은 정장 차림의 남자들이 이곳저곳 어슬렁거리고 있었기 때문이었다.

이와쿠라에 온 대신의 부하들이 틀림없었다.

아이들은 당황한 듯 어쩔 줄 몰라 하며 주위를 두리번거렸다.

남자들의 눈매가 사나워졌다.

왠지 캠프생들을 보는 눈이 험악했다.

교사들의 얼굴은 새파랬다.

대체 무슨 일이 일어났을까. 저 사람들은 왜 여기 왔을까.

"빨리 모이라고 연락이 왔어."

그렇게 말해 준 히사오 이모도 사정은 모르는 눈치였다.

무슨 일이 있었던 것은 분명한데, 아무 이야기도 듣지 못했나 보다. 하지만 도쿄에서 왔다는 대신과 관계가 있다는 것만은 확실하다.

유이가 아직 안 왔네.

나치는 주위를 둘러보았다.

그 애는 언제나 빨리 오는데.

남자들이 캠프생을 흘끔흘끔 쳐다보고 있었다. 머리를 빡빡 깎고, 남들보다 훨씬 험악한 분위기를 풍기는 남자가 자신을 물끄러미 쳐다보는 것만 같아 나치는 마음이 불편했다.

그 남자는 교장 선생님과 목소리를 낮춰 이야기를 나누고 있었다.

이야기를 하면서 캠프생들을 빤히 쳐다보는 그 모습에 아이들은 불안해졌다.

"난리도 아니네."

갑자기 누가 말을 거는 바람에 나치는 펄쩍 뛰었다.

돌아보니 아마치 마사키가 바로 뒤에 있어, 가슴을 쓸어내렸다.

"너도 왔구나."

"응. 귀찮은 일이 벌어진 모양이야."

마사키는 나치 옆에 걸터앉았다.

"대체 무슨 일이 있었던 거야? 저 사람들은 누구고?"

"나도 확실히 들은 건 아냐."

마사키는 남자들을 훑어보았다.

평소처럼 차분한 마사키의 표정을 보니 왠지 안도가 되었다.

"그런데 새벽에 갑자기 소리 없이 구급차가 왔어. 아마 대신을 태우고 간 것 같아."

"대신을?"

"그렇지 않고서야 부하들이 저렇게 우왕좌왕할 리가 없잖아."

"몸이 안 좋아졌나?"

"원래도 그렇게 건강한 사람은 아니었대."

마사키가 무심하게 어깨를 으쓱했다.

새벽. 마사키는 계속 깨어 있었던 걸까.

그런 생각이 들었다. 왠지 마사키는 잠을 잘 자지 않을 것 같았다. 불면증이라고 할 정도는 아니겠지만 뭐랄까, 마사키가 푹 잠들어 있는 모습을 상상할 수가 없었다.

"누가 드나들었나?"

문득 나치가 중얼거렸다.

누군가가 대신을 찾아가야만 한다는 사실은 알고 있었는데, 혹시 어젯밤 누가 갔던 걸까. 아니면 아직 아무도 안 왔는데 갑자기 상태가 나빠졌을까.

"그럴 가능성도 있지. 혹시 피를 빨려서 쇼크라도 일으켰다면 정말 어처구니없는 일이고."

"그래서 우릴 살펴보러 온 건가?"

"설마. 기껏 원하시는 대로 해 드렸는데 우리한테 뭐라고 할 수는 없겠지. 오히려 우리 쪽에서 피해를 입었을지도 몰라."

"그치만 아까부터 계속 이쪽을 뚫어져라 쳐다보고 있지 않아?"

"그건 그래."

문득 마사키가 뭔가 알 것 같다는 표정을 지었다.

그러더니 조심스럽게, 천천히 주위를 둘러보았다.

"설마, 혹시……."

"설마라니 뭐가?"

"혹시 메아리가 나왔는지도 몰라."

나치는 등골이 오싹해졌다.

메아리. 이런 타이밍에, 메아리가 대신을 찾아갔다고?

그때 머릿속에 오늘 아침 보았던 조릿대잎이 또렷하게 떠올랐다.

설마.

아이들이 불안한 얼굴로 이야기를 나누고 있었다. 그 목소리는 차츰 높아졌다. 선생님들도 평소에는 수다를 떨지 못하게 하는데 오늘만은 아무 말도 하지 않았다. 그럴 때가 아니라고나 할까, 오히려 일부러 그렇게 내버려 두는 것 같기도 했다.

교장 선생님과 빡빡 깎은 머리의 남자가 같은 방향을 휙 돌아보았다.

나치도 덩달아 그쪽으로 시선을 주었다.

마침 유이가 들어오고 있었다.

"안녕, 나치."

무척이나 피곤한 표정이었다.

"안녕, 유이."

눈 밑에 희미한 그늘이 진 것이 마음에 걸렸다.

"왜 이렇게 집합 시간이 빨라진 거야? 도저히 일어날 수가 없었어."

유이는 퀭한 얼굴로 후아암, 하고 하품을 했다.

그리고 나치의 옆에 느릿느릿 앉으려 할 때였다.

"유이, 잠깐 좀 와 보겠니?"

교장 선생님이 유이에게 손짓을 했다.

그 말투는 평소와 다름없이 느긋했지만 옆에 서 있는 빡빡머리 남자는 그렇지 못했다.

남자의 표정이 명백히 변했다.

팽팽한 긴장감.

작고 날카로운 눈이 유이를 응시했다.

"아, 네."

낯선 남자의 모습에 당황한 표정으로 유이가 대답했다.

엉거주춤 앉으려다 멈춘 탓인지 살짝 비틀거렸다.

"괜찮아, 유이?"

나치가 다급히 붙잡아 주자 "미안." 하고 힘없이 웃었다. 간신히 다시 일어서긴 했지만 그 동작도 몹시 힘겨워 보였다.

어느샌가 주위는 조용해졌다.

유이는 의아한 표정으로 교장 선생님에게 다가갔다.

빡빡머리 남자가 교장 선생님을 향해 살짝 고개를 끄덕이는 모습이 보였다.

교장 선생님이 유이에게 무어라 소곤소곤 말을 걸었다. 모두가 귀를 기울였지만 무슨 말을 하는지 잘 들리지 않았다.

유이는 더한층 당황한 표정으로 약간 고개를 끄덕하기는 했지만 의아한 눈빛으로 주위만 둘러보았다.

그러다 나치와 눈이 마주쳤다.

유이의 눈에 '?' 하는 물음표가 떠오른 듯했다.

교장 선생님이 손을 휘휘 내저었다.

"너희는 잠깐만 여기 있어 주겠니? 할 얘기가 있는데 금방 돌아올 거야. 가만히들 있어라."

교장 선생님과 남자가 유이를 가운데에 끼고서 데리고 나갔다. 검은 정장을 입은 또 다른 남자들이 슬그머니 다가오는 모습이 보였다.

유이는 놀란 얼굴로 걸음을 멈췄다.

하지만 교장 선생님이 재촉하고, 남자들이 둘러싸는 바람에 금세 모습이 사라져 버렸다.

설마.

나치와 마사키는 얼굴을 마주 보았다.

유이가 메아리였나?

마사키도 같은 생각이라는 사실을 바로 알 수 있었다. 그렇지 않고서야 저 남자들이 유이를 끌고 나갈 이유가 없었다.

유이가 드나든 거야?

그만둘 수가 없다며 황홀한 미소를 짓던 유이의 얼굴이 떠올랐다.

유이가, 그 대신한테.

그렇게 생각하니 왠지 지독한 죄책감이 느껴졌다.

그러는 한편 혼란스러워하면서도 마음속 어딘가에서 안도하는 자신이 있었다.

아니야. 내가 아니었어. 그 잎은 아무 상관도 없었어…….

교장 선생님이 오늘 아침 유이가 드나들던 상대가 급사했다는 이야기를 캠프생들에게 해 준 것은 그로부터 삼십 분쯤 후, 혼자 돌아와서였다.

그것이 대신이라는 사실은 모두가 다 알고 있었지만 아무도 입 밖에 내지는 않았다.

대신은 심부전에 의한 사망으로 처리되었고, 공식적으로는 그렇게 발표되었다.

하지만 사실은 메아리에게 무참히 살해되었다는 소문이 어디서부터인지 모르게 흘러나와, 주민들 사이로 스멀스멀 퍼져 나갔다.

천벌이 내려졌다고 사람들이 수군거리기 시작했다.

대신이 심부전으로 사망했다고 발표된 뒤 하루가 꼬박 흐른 후의 일이었다.

공식적인 병사 발표는 그날 저녁에 이루어졌고 부하들 중 대부분은 그날 바로 철수했지만 아마도 경비 관계자 스태프 몇 명, 즉, 경찰 관련자들만은 눈에 띄지 않게 몇 명이 남았다.

그들은 험악한 표정으로 몰래 수사 비슷한 일을 진행하고 있었다.

대신뿐만 아니라 자신들의 동료도 실려가던 도중 사망했다. 범인을 찾고 싶었겠지만 아직 미성년자이며, 또 무슨 일이 생겨도 결코 책임을 묻지 않겠다고 약속한 이 특수한 상황에서 과연 그것을 '범인'이라 부를 수 있을까. 그리고 그 '범인'을 어떻게 취급해야 좋을지가 큰 문제라는 점도 그들은 충분히 잘 알고 있었다.

물론 중앙정부 쪽에서는 대신의 사망을 사건으로 키울 생각이 없고, 어디까지나 자연사 처리하겠다는 의지가 뚜렷했다.

대신이 무엇 때문에 이와쿠라에 체재했는지, 그리고 왜 죽음을 맞았는지.

그것은 앞으로도 결코 공공연히 밝혀질 일이 없으리라.

이와쿠라에 머물던, 사정 모르는 관광객들이나 외부에서 온 사람들은 어쩐지 소란스럽고 무슨 사건이 일어난 것 같다고 느끼기는 했지만 피서를 온 '높은 사람'이 이와쿠라에서 급사했다는 발표를 의심하지는 않았다.

그들은 금세 시커먼 차량이나 경찰관 무리에게서 흥미를 잃고 '관광지의 일상'으로 돌아갔다.

물론 겉으로는 관광객들과 같은 태도를 취했지만 마을 사람들은 무슨 일이 벌어졌는지 어렴풋이 눈치챘다.

대신의 죽음은 결코 자연사가 아니고 아주 끔찍한, 이 세상의 것이라고는 생각할 수조차 없는 괴력으로 벌어진 일이라는 사실을.

더 정확히 말하자면 사리사욕 때문에 이와쿠라의 전통을 이용하려던 자에게 메아리가 나타나 벌을 내렸다는 인식이 공유되고 있었다.

현직 대신이 살해당했다는, 몹시도 충격적인 사건임에도 불구하고 자연사 발표가 난 후로 마을에는 기묘한 차분함이 감돌았다.

마을 사람들의 걱정은 이 불행한 사건 때문에 축제가 중단되거나, 또는 캠프가 중지될지도 모른다는 데 있었다.

캠프생의 변질을 막을 수는 없다.

하물며 축제를 중지한다니 그것은 말이 안 되는 일이다.

이것이 마을 사람들의 공통 인식이었다.

대신의 자연사 발표는 곧 축제와 캠프의 속행을 의미했다.

모두가 깊은 안도감을 느끼며 겨우 이 사건을 차분하게 생각해 볼 기회를 얻었다.

그 결과 지금까지 긴 세월에 걸쳐 아무도 직접 거론하지 않은 채 그저 답답하게 느끼기만 했던 일이 백일하에 드러났다.

돈으로 피먹임의 권리를 사는 사람들이 있다. 심지어 그 보수의 적잖은 부분을 마을의 일부 인간이 자기 주머니에 슬쩍 넣고 있다. 그런 의혹이 확실하게 눈에 보이는 형태로 드러났고, 심지어 끔찍한 보복을 당했다는 사실을 속 시원하게 느끼는 사람들도 꽤 존재한 것은 틀림없는 사실이었다.

'천벌'이라는 말에는 그런 배경이 있었다.

누가 들었는지 대신이 살해당할 때 '부정한 피다.'라는 외침이 들렸다는 소문이 퍼져, 대신이 응보를 받았다는 생각이 차츰 짙어졌다.

지금까지 재정난을 핑계 삼던 사람들은 이 사건에 대해 일절 언급하지 않았고 그 후로도 침묵을 지켰다.

앞으로 당분간 재정난을 구실로 피먹임 권리를 팔지는 못하리라. 또한 이 사건이 권리를 돈으로 사려던 사람들 사이에 퍼져 나가면, 억지로 돈을 쥐여 주고 권리를 사려 드는 사람도 줄어들 것이 분명했다.

사건의 첫 소식을 들었을 때는 눈앞이 깜깜했지만, 어쩌면 이것은 전화위복일지도 몰라.

그런 불경한 생각 속에 얼굴을 마주 보며 서로 고개를 끄덕이는 사람들이 있었다.

이제 겨우 옛날 모습 그대로, 우리가 지켜 온 축제로 돌아가리라고 생각하는 사람들도 있었다.

물론 그런 일면이 있을지도 모른다.

하지만 사람들은 한 가지 문제에 눈을 감아 버렸다. 이 사건의 본질이라 불러도 좋을 부분이었다.

올해 캠프생 중에는 지극히 잔학성이 높은 메아리를 가진 자가 있다는 사실을.

그리고 그것이 누구인지 아직도 판명이 되지 않았다.

모든 문제가 여기에 있었다. 살인을 저지를 정도의 잔학성을 발

휘하는 메아리는 아주 드물다. 최악의 결과이기는 하지만 아직 이 것이 끝이라고 누가 선언한 것도 아니었다. 앞으로 더 비참한 사건이 일어날지도 모른다.

교장과 경찰서장의 골치를 썩이는 것도 그 점이었다.

대신 사건이 일어났을 때 이들은 메아리의 정체가 유이라고 확신했다. 비참한 사건이기는 하지만 유일한 희소식은 메아리를 특정할 수 있게 되었다는 점이라고 생각했을 정도였다.

뭐니 뭐니 해도 유이 스스로가 강력하게 희망하여 대신의 곁을 드나들게 되었으니 말이다. 유이 외에 일부러 대신을 찾아갈 사람이 또 나타나리라고 생각할 수는 없었다.

무엇보다 대신이 어디 체재하는지 아는 사람은 마을 안에서 극히 소수의 인물뿐이었다. 하물며 '드나드는' 대상인 캠프생 중 대신이 있는 곳을 아는 자는 유이 하나뿐. 그렇다면 유이가 메아리라고 단정해도 무리는 아니었다.

모든 사람들이 사건에 충격을 받았지만, 문제 중 하나가 해결되었다며 마음속 어딘가에서 안도하기도 했다.

대신의 경비를 섰던, 대신을 죽인 소녀를 목격한 자들도 당시 그것이 유이가 맞다고 입을 모아 증언했다.

하지만 그것을 입증할 단계가 되니 사람들은 당혹스러워졌다.

유이가 메아리라는 근거가 어디에도 없었던 것이다.

대신이 사망한 다실에서는 지문이 전혀 나오지 않았다. 그리 뚜렷하지 않은 지문은 여러 개 있었지만 전부 대신 자신이나 경비원, 또는 호텔 스태프의 것뿐이었고 범인의 것으로 여겨질 만한 지문은 단 하나도 없었다. 그야말로 쓸데없는 것을 건드리지 않으려 일부러 조심한 것이 아닌가 생각될 정도였다.

또 현장에서 사용한 것으로 추정되는 통로도 발견되지 않았다.

아무리 샅샅이 찾아도 나오지 않았고, 유이가 갖고 있던 통로를 조사해 보아도 깨끗하게 닦여 있었기에 대신의 피는 확인되지 않았다. 다른 사람들의 다실도 드나들었기 때문인지 루미놀 반응은 있었지만 누구의 피인지까지 식별할 수는 없었던 것이다.

유이가 메아리라는 물적 증거가 나오지 않으니, 유이를 목격했다고 주장한 경비원들도 점점 확신을 잃어 가는 눈치였다.

범인이 몸을 앞으로 숙이고 휘청거리며 아주 깜깜한 길을 걸어왔기 때문에 얼굴을 뚜렷하게 본 사람이 아무도 없었다는 사실이 밝혀진 것이다. 그러니 얼굴은커녕 키가 어느 정도인지조차 애매했다.

캠프생들을 보니 비슷한 체격이 여럿 있어, 반드시 그것이 유이였다고 결론을 내릴 수가 없는 상태였다.

과연 메아리는 유이였을까?

교장과 경찰서장 등 여러 사람들이 밤늦게까지 이야기를 나누었으나 결국 결론은 나지 않았다.

지금까지의 예로 미루어 볼 때 메아리는 무시무시하리만치 냉정하고 머리가 좋은 존재임은 틀림없었다.

그렇게 요란한 행동을 벌이고 다니면서도 증거를 전혀 남기지 않고, 수사 권역 밖에 몸을 숨겨 버릴 정도였으니.

물론 유이 자신에게는 사건 당시의 기억이 전혀 없으므로 메아리 수색은 다시 처음으로 돌아가 버렸다.

"……라는 모양이야."

아마치 마사키는 그렇게 말하며 어깨를 으쓱했다.

다음 날도 등교는 했지만 그냥 출석만 부른 후 자습이었다.

마사키는 늘 그렇듯 자신이 아는 사실을 담담하게 알려 주었고, 나치는 도저히 믿을 수가 없다는 표정으로 이야기를 들었다.

"그럴 리가."

나치는 우물쭈물했다.

물론 실제로 그런 이야기를 하는 걸 들었고, 이와쿠라에 그런 뒷사정이 있다는 사실도 알고는 있었지만 이렇게 노골적인 이야기를 들으니 불안을 감출 수가 없었다. 그나저나 마사키는 이런 내부 사정을 대체 어디서 들었을까.

"유이가……."

나치는 조심스럽게 주위를 둘러보았다.

유이는 오늘 결석했다. 어제 선생님과 함께 나간 후 아무도 유이를 본 사람이 없다고 했다.

"아직도 조사 중일까? 이미 의심은 풀리지 않았어?"

"뭐, 그건 그렇지만 아직 경찰이 있는 걸 보니 어쩌면 지독한 취조를 받고 있을지도 모르겠네. 그쪽 입장에서는 범인을 찾아내고 싶을 테니까. 어차피 입건은 못 하더라도."

마사키는 싸늘한 말투로 말했다.

"하지만 정말로 역습을 가할 줄은 나도 생각 못 했어. 아무리 메아리가 냉철하다는 이야기는 많이 들었어도, 실제로 사람을 해쳤다는 말은 들은 적이 없는데."

"하지만 아무리 변화의 과정에서 출현할 가능성이 있다고는 해도……."

나치는 낮은 목소리로 중얼거렸다.

"이렇게 잔혹하다니. 이중인격의 일종이라는 말은 들었는데, 원래의 인격과 그렇게나 심하게 달라지는 거야?"

그 말을 뱉은 순간 오싹 소름이 돋았다.

이중인격.

나도 모르는 나. 몸에 붙어 있던 이파리.

"글쎄. 이상심리에 대해서는 나도 아는 바가 별로 없어서."

마사키는 아무렇지 않게 대답했으나 '이상심리'라는 말에 나치는 움찔 반응하고 말았다.

"하지만 메아리가 있는 자는 허주 승선원으로서 높은 적성과 지성을 갖고 있다고 하잖아. 메아리의 의미에 대해 생각해 본 적 있어?"

마사키가 질문에 질문으로 답했다.

"메아리의 의미?"

"응."

"그거 아냐? 야호 하고 부르면 건너편에서 야호 하고 돌아오는 소리."

그렇게 대답하면서도 나치는 자신의 유치한 답변이 부끄러워졌다.

"응, 그거야. 뭐, 오리지널을 꼭 닮은 무언가, 즉 그림자지. 한마디로 매우 닮았지만 오리지널은 아닌 것. 하지만 오리지널이 없으면 절대 출현하지 않아. 따라서 오리지널과 완전한 이퀄 관계는 아니지만 전혀 이퀄이 아니라고 할 수도 없단 말이야."

"그래서?"

"결국은 오리지널의 일부이자, 의식하지 않는 부분을 강렬하게 반영하고 있다고 생각해. 즉 그것이 어떤 식으로 추출되었든, 그림자가 높은 지성을 갖고 있다면 오리지널도 그에 필적하는 지성의 소유자가 아닐까."

"그럼 역시 이번 메아리의 오리지널도 매우 잔혹한 사람이라는 뜻이야?"

"으음……. 그건 잘 모르겠네. 하지만 어떤 의미에서 걸출한 존재인 것은 틀림없을지도."

마사키가 허공을 바라보았다.

걸출한 존재.

나치는 그것이 칭찬인지 아닌지 알 수가 없었다.

대신과 경비원을 죽인 메아리는 무시무시한 운동 능력을 갖고 있다고 했다. 그것을 '걸출한 존재'라 불러도 좋을까.

"그보다 운이 좋았어."

"어?"

멍하니 그런 생각을 하는데 옆에서 말을 거는 바람에 후다닥 돌아보았다.

"운이 좋았다니? 뭐가?"

"미카게 여관 말이야."

마사키는 가볍게 대답했다.

"우리 집? 왜?"

"대신이 거기 묵지 않아서 다행이라고."

마사키는 미소를 띠고 있기까지 했다.

나치는 정신이 퍼뜩 들었다.

맞는 말이었다. 어젯밤 후카시가 했던 말이 떠올랐다.

시로타 관광 측에서는 극비로 진행했다고 하지만 일부러 다실을 증축해서 대신에게 제공했다는 이야기는 이미 이와쿠라 전체에 쫙 퍼져 있었다.

결국 애써 만든 그 다실을 다시 부순다나 봐.

후카시는 어이없다는 표정으로 그렇게 말했다.

그리고 앞으로 이런 야만적인 풍습 따위는 절대 엮이지 않겠다고 화를 내더래. 새삼스럽게 무슨 소린지. 지금까지도 전혀 관여하지 않았으면서.

에이코에게서 들은 이야기인 모양이었다.

후카시 오빠, 이러니저러니 해도 결국 에이코랑 만나 주는 모양이네, 하는 생각이 들었다.

그렇게 싫어했으면서.

그 때문에 마음이 답답해졌던 것까지 떠올려 버렸다.

"그런데 갑자기 다실을 짓게 됐으니 돈이 굉장히 많이 들지 않았을까?"

나치가 걱정스러운 목소리로 말했다.

"응? 라이벌 주머니 사정까지 걱정해 주다니 인정이 많은데?"

마사키는 의외라는 듯, 동시에 또 놀리는 듯한 말투로 그렇게 말하며 눈을 둥그렇게 떴다.

그 애는 어쩌고 있을까.

문득 에이코 남동생의 얼굴이 떠올랐다.

원래는 내가 드나들어야 했을…….

다급히 그 이미지를 떨쳐 냈다.

하지만 한 번 떠올리니 자꾸만 그 얼굴이 생각났다.

피먹임을 우습게 여기던 시로타 가문 출신이면서 제공자가 된 그 소년. 내가 드나들지 않아서 화를 내고 있을까. 아니면…….

왠지 가슴속 깊은 곳에서 둔한 통증이 느껴져 나치는 혼란에 빠졌다.

유이는 하얗고 텅 빈 방 안에 혼자 누워 있었다.

자신이 왜 이런 곳에 있는지 도무지 알 수가 없었다.

선생님들과 시커먼 옷을 입은 무서운 얼굴의 남자들이 그날 밤 일을 묻고 또 물었지만 유이는 전혀 기억이 없었다.

자신이 그날 밤 뭔가 무시무시하고 엄청난 짓을 저질렀는지도 모른다는 것은 어렴풋이 눈치를 챘지만, 아무튼 유이는 매우 피로하고 지쳤으며 머릿속에 짙은 안개가 낀 기분이고, 전신이 나른해서 꼼짝도 할 수가 없었기에 그들의 목소리도 어딘가 먼 곳에서 들려오는 느낌이었다.

이곳이 경찰서 안의 유치장이라는 사실을 유이는 이해하지 못했다. 가자는 대로 얌전히 끌려왔고, 와 보니 그냥 텅텅 빈 살풍경한 방이라는 생각밖에 들지 않았다.

유이, 정말 미안하다. 아주 잠시만 여기 있어 주지 않겠니. 금방 더 좋은 곳을 찾아 줄 테니까.

교장 선생님이 자신의 손을 잡고 그렇게 잘 타이르던 일은 기억이 난다.

선생님의 눈에서 고통과 깊은 회한이 엿보여, 유이는 깜짝 놀랐다.

선생님, 전 괜찮아요. 왜 그런 눈빛을 지으시는 거예요? 대신한테 드나든 것도 제가 우겨서 한 일인데.

그렇게 말하자 선생님의 얼굴이 일그러졌다.

미안하다, 유이. 정말 미안해. 선생님들이 잘못했어. 너무 네게만 매달렸다. 미안하구나.

선생님의 목소리가 떨렸다.

유이가 놀라는 가운데 선생님은 비틀비틀 일어나 나가고, 유이만 방에 혼자 남겨져 버렸다.

금세 잠기운이 밀려와 어느샌가 누워서 잠이 들었다.

대체 무슨 일일까.

난 아마 대신의 피를 빨았나 봐. 건강 상태가 좋지 않은 사람이라고 했으니까, 아마 그것 때문에 이렇게 컨디션이 나쁜 거야. 선생님이 사과한 것도 그것 때문이겠지.

멍하니 그런 생각을 하고 있는데 문득 무슨 이미지가 거품처럼 둥실둥실 조금씩 떠올랐다.

처음으로 떠오른 것은 기하학적인 형태의 네모난 무언가였다.

그렇다, 네모난 돌⋯⋯.

그 위를 걷고 있었다.

규칙적인, 길고 가느다란 돌이 번갈아 놓여 있고 그 위를 내가 걷고 있었어.

다음으로 떠오른 것은 족자였다.

탁한 노란색 벽에 기다란 족자가 걸려 있었다. 먹인지 무엇인지로 지렁이 같은 글자가 꾸불꾸불 쓰여 있었던가. 뭐라고 쓰여 있는지 전혀 읽지 못했지만 긴 선이 뻗어 있고, 끄트머리가 긁혀 있고…….

거기에 무슨 물보라 같은 것이 튀었다.

문득 전신이 파르르 굳어졌다.

그 이미지가 몸속 깊은 곳에서부터 급격한 공포를 불러일으켰다.

얼굴을 일그러뜨린 채, 유이는 희미하게 신음했다.

뭘까, 그게. 족자에 무언가가 튀었다. 끈끈한 액체…….

어둠침침한 이미지. 하지만 그 이미지는 불쾌감을 동반했다. 아니, 불쾌감이라기보다는 분노…… 그렇다, 격렬한 분노였다.

뱃속이 뜨거워졌다.

그래, 화가 났었다. 그날 밤, 나는 무척이나 화가 났었어…….

문득 유이는 자신이 이 하얀 방 안에 혼자 있는 것이 아니라는 사실을 알아차렸다.

누군가가 방 한구석에 서 있었다.

그때까지 꾸벅꾸벅 졸던 유이는 갑자기 눈을 번쩍 뜨고 펄쩍 뛰어오르다시피 몸을 일으켰다.

그곳에 그녀가 있었다.

'도와'라 불리던 그 신비로운 사람이.

처음 본, 현실에 존재하는 허주 승선원.

유이는 도와를 물끄러미 바라보았다.

도와는 늘 그렇듯 잔잔한 미소를 지은 채 눈앞에 서 있었다.

유이는 저도 모르게 뒤를 돌아보았다.

감옥 같은 철창살. 문은 꽉 닫혀 있다. 열리는 소리도 들리지 않았다. 자물쇠도 잠겨 있는데. 방금 전 문을 잠그는 소리가 난 후 아무도 문 쪽으로 다가오지 않았다. 그런데 도와는 그곳에 서 있었다. 이 방 안에.

유이는 조심스럽게 도와의 얼굴을 올려다보았다.

아름다운 사람. 도와는 나이를 먹지 않는다. 사실은 몇 살일까?

문득 유이는 도와가 유령이 아닐까 하는 생각이 들었다.

그래서 도와가 서 있는 곳을 바라보았다.

하지만 바닥에는 그림자가 있고, '그곳에 있다'는 존재감도 느껴졌다.

그런데 이 안에는 대체 어떻게 들어온 걸까?

"안녕, 유이."

도와가 조용히 말을 걸었다.

확실히 들린다. 매우 부드러우면서 듣기만 해도 마음이 편안해지는 목소리가.

"언니는 유령이에요?"

유이는 저도 모르게 그렇게 물었다.

"허주 승선원이라는 건 유령이에요? 여긴 어떻게 들어왔어요?"

도와가 미소를 지었다.

"날카롭구나. 유령이라는 말은 어쩌면 맞을지도 몰라."

"네?"

도와가 천천히 팔을 벌렸다.

"지금 네가 보고 있는 건 변질체의 완성형이야."

"변질체의 완성형?"

무슨 말인지 알 수가 없었다.

"변질체라는 건, 허주 승선원을 말하는 거죠?"

"맞아, 여기선 그렇게 부르고 있지."

도와가 얼굴에 쏟아진 머리카락을 쓸어 올렸다.

사르륵, 하는 조용한 소리. 역시 도와는 눈앞에 있다. 확실히 존재하고 있다.

"너한테는 알려 줄게. 넌 이미 우리 같은 존재에 상당히 가까워졌으니까."

"허주 승선원에?"

유이는 얼굴을 환하게 빛냈다.

"저, 허주 승선원이 될 수 있는 거예요?"

"그래. 네 메아리는 아주 강력하니까."

유이는 깜짝 놀랐다.

"메아리? 제가요?"

"그래. 선생님들은 말 안 했지만 그날 밤 네 메아리가 대신을 죽였어."

너무나 충격이 큰 나머지 움직일 수가 없었다.

머릿속이 새하얘지고, 플래시처럼 번쩍번쩍 터졌다.

내가? 대신을?

입술을 뻐끔거렸다.

선생님의 일그러진 얼굴. 족자에 튄 자국.

"내가?"

유이는 부들부들 떨었다.

도와가 다가와 살며시 유이를 껴안았다.

"네겐 아무 잘못도 없어. 오히려 네가 옳았지. 그렇게 될 수밖에 없었던 거야. 네게는 허주 승선원이 될 아주 훌륭한 소질이 있어서, 어쩔 수 없었어."

"제가, 제가 그런 거예요?"

"내 말 좀 들어 봐, 유이."

도와는 유이의 얼굴을 가만히 들여다보았다.

유이는 그 눈동자로 빨려 들어가는 기분이었다.

"내 몸은 의식으로 이루어져 있어."

"의식?"

유이는 자신의 몸을 감싼 도와의 팔을 내려다보았다.

분명히 그곳에 있다. 체온도 느껴진다. 근육의 움직임도.

"응. 실체는 여기 있지만, 이것도 내가 의식으로 구현화시킨 거야."

"구현화?"

"그래. 요 몇 년 사이 겨우 알게 된 일이야. 유이, 다크 에너지라는 말을 들은 적 있니? 우주 공간의 대부분을 차지하는, '암흑 에너지'라고 불리는 존재를."

유이는 고개를 갸웃했다.

갑자기 다크 에너지라니, 이야기가 너무 비약한다.

"그, 이름은 들어본 적 있는데 그게 우리랑 무슨 상관이에요?"

"암흑 에너지가 무엇인지, 또 왜 존재하는지 인류는 오랜 세월 연구했어. 그리고 최근 들어서 겨우 알게 된 점이 있어."

도와가 잠깐 입을 다물었다.

"그게 뭔데요?"

유이는 물었다.

도와는 한동안 아무 말이 없다가 이윽고 결심한 듯 입을 열었다.

"그건 말이지, 암흑 에너지가 성간 이동에 사용되는 도구라는 거야."

"성간 이동?"

"응. 별과 별 사이를 이동한다는 말이야. 그야말로 우리, 허주 승선원들이 하는 일이자 역할이지."

"허주 승선원들의……."

"알겠니? 우리 변질체들은 의식으로 이루어져 있어. 몸이 차츰 변모해서, 유기체에서 의식으로 치환되는 거야. 그리고 그 의식은 우주를 이동할 수 있다는 사실을 알게 된 거지. 암흑 에너지라는 이름의 바다를 건너서 말이야."

유이는 도와의 이야기를 이해할 수가 없었다.

하지만 도와는 계속 이야기했다.

"이건 획기적인 발견이었어. 지금까지는 굳이 배를 만들어, 그걸 타고 기나긴 세월을 여행해서 우주를 이동해야 했거든."

그 눈은 유이를 지나쳐 어딘가 먼 곳을 보고 있었다.

"우리는 나이를 먹지 않아. 그것이 오랜 동안 허주 승선원들의 조건이었지. 그런데 실은 우리 자체가 허주였다는 사실을 알게 된 거야."

도와가 고요한 미소를 지었다.

"알겠니?"

유이는 혼란에 빠진 채 주위를 두리번거렸다.

"그러니까 변질체가 되면 우리는 굳이 우주선을 건조해서 그걸 타고 가지 않아도 다른 별로 이동할 수 있다는 말이야."

도와의 이야기 스케일이 너무 커서 따라갈 수가 없었다.

"그러니까, 이제 우주선은 필요가 없단 말이에요?"

"맞아."

유이는 도와의 이야기를 이해해 보려고 필사적으로 머리를 굴렸다. 도와는 끈기 있게 그 모습을 지켜봐 주었다.

"하지만, 그럼 우리는 갈 수 있어도 다른 사람들은?"

유이가 고개를 들었다.

"엄마나 동생들, 다른 사람들은요? 배가 없으면 결국 이동하지 못하는 거죠?"

"맞아."

도와는 천천히 고개를 끄덕였다.

"평범한 사람들은 아무래도 살아 있는 육체를 옮기지 않으면 이동할 수가 없지. 그리고 지금 지상에 있는 사람들도, 지구가 태양에 집어삼켜지기 전까지 전부 이동시키기 어렵다는 건 알고 있어. 하지만 우리가 배 그 자체라는 사실을 알게 된 것만으로도 인류를 이동시킬 새로운 방법이 발견된 거야."

"정말요?"

유이가 적극적으로 물었다.

"응."

도와가 고개를 살짝 끄덕였다.

"하지만 그건 아마 당분간 발표되지 않을 거야. 그게 정말 유효한 방법이라는 사실을 모든 사람이 납득하기 전까지는."

도와의 목소리에는 어딘가 모르게 불길한 울림이 담겨 있었다. 유이는 그것이 어떤 방법인지 물을 수가 없었다.

"그러니까 메아리라는 건 커다란 진화인 셈이야. 옛날부터 메아리가 출현하는 건 허주 승선원으로서의 적성이 있다는 증거라고 했지만, 거기에는 또 다른 의미가 있었어. 메아리는 의식을 먼 곳으로 날려서 우주의 암흑 에너지에 태우는 첫걸음이었던 거지."

메아리라는 말에 유이는 얼굴을 흐리며 고개를 숙였다.

"제가, 정말 그런 짓을 저지른 거예요? 멧돼지 머리통을 기둥에 올리고…… 그, 그런, 무서운 짓을?"

유이는 얼굴이 파래지며 몸을 떨었다.

도와는 격려하듯 유이를 다시 한 번 껴안아 주었다.

"아니야."

"네?"

도와의 단호한 부정에 반응한 유이가 또다시 도와의 얼굴을 바라보았다.

어디까지나 도와의 표정은 차분했다.

"대신 사건은 안타깝게도 유이의 메아리가 저지른 일이지만, 그것도 다른 메아리에게 촉발돼서 일어난 사건이야."

"다른?"

"응."

도와는 유이의 머리를 살며시 쓰다듬었다.

"메아리는 한 명 더 있어. 아주 강력하고, 아주 커다란 잠재 능력을 지닌, 변질체가 되어 가는 아이가 하나 더."

"저것 좀 봐. 이제 완전히 일상으로 돌아왔네."

아마치 마사키는 강가 나무 그늘에서 턱을 쑥 치켜들고 눈앞에 펼쳐진 평화로운 풍경을 둘러보았다.

그리고 "그치?" 하며 동의를 구하듯 옆에 서 있던 남자를 올려다보았다.

"음."

남자는 고개만 슬쩍 끄덕일 뿐이었다.

마사키의 법률상 부친인 그 남자였다.

두 사람 사이에는 기묘한 서먹서먹함과, 그러면서도 어딘가 모르게 음울한 친밀감이 감돌았다.

늘 있는 일이라고 마사키는 생각했다.

자신들 사이에는 결코 메울 수 없는 커다란 간극이 있다. 평생 입 밖에 내지 않을 대화가 시커멓고 탁한 응어리가 되어 둘 사이를 가로막고 있었다.

그러면서도 왠지 공범자 같은 느낌도 들었다. 마치 둘이서 과거에 저지른 범죄를 함께 묻어 버리기는 했지만 잊고 싶어도 잊을 수 없는 그 한 점으로 이어져 있어 결코 떨어질 수가 없는, 그런 느낌이었다.

마사키는 그런 연상을 한 뒤 속으로 쓴웃음을 지었다.

당신 잘못이야.

옆에 서 있던 남자를 흘끔 쳐다보았다.

당신이 나를 볼 때마다 죄책감 어린 표정을 지어서 그래. 수치심과 후회로 점철된 고통스러운 표정을 지으니까. 기왕이면 나를 연구 대상으로밖에 보지 않는, 냉철한 매드 사이언티스트로 있어 주는 편이 피차 마음도 편할 텐데. 당신은 어정쩡하게 정이 너무 많아.

관광객의 환호성과 웃음소리가 바람을 타고 실려 왔다.

고작 이틀 전에 처참한 살인 사건이 일어났던 곳이라고는 도저히 상상할 수 없었다.

"대단한 거지, 관습의 힘이라는 게."

마사키가 중얼거리자 '아버지'는 의아한 표정으로 내려다보았다.

"무슨 말을 하고 싶은 거야?"

"이와쿠라는 참 신기한 곳이야. 아니, 이와쿠라뿐만 아니라 이 나라, 또는 인간 그 자체가 참 신기해."

'아버지'는 곤혹스러운 표정을 지었다.

"옛날부터 내려온, 그야말로 야만스럽다고 표현할 수 있을 풍습이 남아 있고 아무 특징도 없는 이 시골 마을에 세계 최첨단 과학 기술이 투입되어 있다니. 이렇게 눈앞에서 보고 있어도 믿어지지가 않아. 이곳은 마법과 과학이 기적적인 밸런스로 공존하고 있는 곳이야. 그런 생각 안 들어?"

'아버지'는 대답하지 않았다.

두두두, 하는 드릴 소리가 강을 타고 들려왔다.

그쪽을 쳐다보니 건너편에서 강으로 내려오는 오래된 돌계단을 부수고 있었다. 원래 거의 무너져 가던 것을 아예 부수고 새로 지을 모양이었다.

근처에 거대한 바위가 있었다.

그곳은 미카게 나쓰가 죽은 곳이었다.

"그런 사건이 일어났는데 이젠 거의 잊어버린 것 같아. 그래도 다들 결국 아무 일 없었다는 표정을 지으며 계속 이어 가겠지. 메아리도 못 찾았으면서. 이건 대체 누구의 의지일까? 허주 승선원을 배출할 가능성이 매해 낮아져 가고 있는데."

마사키는 혼잣말처럼 중얼거렸다.

"어쩌면 앞으로 몇십 년, 몇백 년이 흘러 캠프가 사라지고 축제는 유명무실해질지도 몰라. 관광 행사의 메인인 밤샘춤은 당연히 남을 테고, 뒤에 숨겨진 기묘한 풍습으로서 피를 빼는 행사가 남을 수도 있지. 하지만 그 목적이 무엇이었는지도 잊히고 그때쯤 되면 그냥 남녀의 피먹임이라는, 전혀 의미가 다른 행사가 되어 있을지도 몰라."

마사키는 그런 이야기를 하다가, 문득 그 광경이 실제로 눈앞에 보이는 기분이 들었다.

역사와 풍습은 알기 쉽고 이야기하기 편한 방향으로 치환되는 경향이 있다.

이와쿠라처럼 결코 전면에 드러날 일 없는 역사를 지닌 장소는 특히 그런 운명을 맞기 쉽지 않을까. 물론 그때쯤 되면 지구는 이미 태양에 집어삼켜지기 직전일지도 모르고, 어쩌면 그런 풍습 따위는 진작 사라졌을지도 모르지만.

"웬일로 네가 먼저 불러내나 했더니 그런 이야기를 하고 싶었던 거니?"

'아버지'가 눈치를 보듯 물었다.

하기야, 마사키가 먼저 '아버지'에게 만나자는 이야기를 하는 경우는 거의 없다.

"아니, 당연히 아니지. 묻고 싶은 게 있어."

마사키는 천연덕스럽게 고개를 가로젓더니 새삼 옆에 있던 남자를 올려다보았다.

두 사람의 눈이 마주쳤다. '아버지'는 마사키와 눈이 마주치면 반드시 아주 조금 동요했다. 기억 속에 있는, 평소의 '죄책감 어린' 표정이 되곤 했다.

"아버지는 고시로 다다유키와 같이 일했다고 했지?"

이번에는 '아버지'의 얼굴에 뚜렷한 동요의 빛이 떠올랐다.

"그래."

아주 조금 늦게, '아버지'는 고개를 끄덕였다.

"꽤 오래 전 얘기다만."

견제하는 듯한 말투였다.

"그런 건 왜 묻지? 그 친구 이름은 왜?"

"고시로 다다유키의 딸이 이번에 캠프에 참가한 건 알지? 그 애는 아무것도 모르는 눈치였지만. 자기 부모도, 이와쿠라도. 그게 너무 부자연스럽게 느껴져서 말이야. 그래서 신경이 좀 쓰여서, 조사해 봤어. 어차피 난 한가하니까."

'아버지'는 경계심 어린 표정으로 마사키를 응시했다.

"그 사람, 이미 죽었지? 아무리 생각해 봐도 그래. 아마 아내가 죽었을 때 전후로 죽었을 거야."

마사키가 말하자 '아버지'는 드물게도 불쾌감을 노골적으로 드러냈다.

"아니, 그건 모르는 일이야. 그 친구는 지금도 어딘가에 살아 있을 거다."

"정말 그렇게 생각해?"

마사키는 쓴웃음을 지었다.

"그럼 왜 안 나타나는 건데? 아내를 죽여서? 지금도 어딘가에 몸을 숨기고 살아가고 있다는 거야?"

"그 친구는 자기 아내를 죽이지 않았어."

'아버지'는 고집스럽게 고개를 가로저었다.

마사키는 강으로 시선을 돌리고 생각에 잠겼다.

"그러게. 죽이지는 않았어……. 어쩌면 아내를 해방시켜 준 것이었을지도 몰라."

'아버지'는 움찔한 얼굴로 마사키를 쳐다보았다.

"나는 그 사람이 어떤 연구를 했는지 알고 싶어. 그 사람은 변질체의 의식을 연구했잖아? 변질체는 완성형에 가까워 질수록 극단적으로 감정이 평탄해지고, 개인으로서의 '나'가 사라지지."

"묻고 싶은 게 뭐지?"

여전히 '아버지'의 말투에는 경계심이 담겨 있었다.

"오늘 있잖아, 도와라는 사람이 캠프에 왔어. 이와쿠라에 머무르고 있는 허주 승선원이야."

마사키가 화제를 바꿨다.

느닷없이 정면으로 들이받아도 '아버지'는 자백하지 않을 것이라고.

그런 예감이 들었기 때문이었다.

"누구지, 그게?"

"그러니까 허주 승선원이라니까. 신기하지 않아?"

마사키는 천진난만하게 '아버지'를 올려다보았다.

"도와는 언제 돌아왔을까? 선단이 마지막으로 돌아왔던 건 이년 전이야. 그때 배에 타고 온 걸까? 그럼 그 이 년간 어디서 뭘했을까? 외해 경험이 있는 귀중한 허주 승선원이. 그렇게 희소한 인재가, 지구에서 인류에게 남겨진 얼마 안 되는 시간을 생각하면 놀고 있을 틈은 없을 텐데."

두두두.

드릴 소리가 마사키의 귀를 뒤덮었다.

"문제는 '언제'가 아니라 '어떻게'야."

마사키는 자문자답했다.

"도와는 대체 어떻게 돌아왔을까? 그게 중요하다는 생각이 들었어."

"대체 무슨 말을 하고 싶은 거야?"

'아버지'가 초조해진 목소리로 물었다.

그 대답을 듣고 싶기도 하고, 듣기 싫기도 한 상대방의 마음을 마사키는 느꼈다.

"변질체가 허주 승선원으로서 가장 적합한 이유는 단순히 장수하기 때문일까?"

마사키는 또 화제를 바꾸었다.

"변질체가 의식을 바꿔 가는 것도, 지금까지는 장수에 따른 부산물이라고 생각해 왔지만 사실은 다른 이유가 있었던 게 아닐까?"

"······그 이유가 뭐지?"

결국 '아버지'의 호기심이 이긴 모양이었다.

"나비 계곡."

마사키가 중얼거렸다.

"뭐?"

"저 산 너머에 나비 계곡이 있잖아. 최초의 배가 추락했다고들 하는."

"그게 왜?"

"아버지도 알잖아. 그 배 안이 텅 비어 있었다는 걸. 일설에 따르면 '허주(虛舟)'라는 말의 어원은 거기에 있다던데."

"그래, 물론 알지."

"승선원들은 어디로 갔을까?"

'아버지'는 '그런 말이었나.' 하는 표정을 지었다.

"유기물이라면 오랜 세월 속에서 소멸되었을 가능성이 있지. 우주인의 신체 구성은 아직 알려져 있지 않으니."

"처음부터 안 타고 있었다면?"

"자동 조작이었단 말이니?"

"아니, 그런 의미가 아냐. 소위 말하는 유기체로서의 인간이 타고 있지 않았다면?"

"그게 아니었다면?"

"의식. 의식만 타고 온 거야."

'아버지'는 입을 딱 벌리더니 잠시 후 웃음을 터뜨렸다.

"이거 놀랍군. 새로운 가설인데, 굉장해."

"왜?"

이번에는 마사키가 놀랄 차례였다.

"유기체는 파손되기 쉽고 불안정하며 유지하기 어렵잖아. 그러니까 의식만 태워 보내는 게 우주 항해에는 적합하지 않을까 생각했는데."

'아버지'는 웃음을 멈추고 진지한 표정을 지었다.

"음. 웃어서 미안했다. 물론 네 말에는 일리가 있어. 게다가 고시로가 변질체의 의식을 연구했던 것도 사실이야. 그 친구는 애당초 인류의 공유 의식을 연구했거든. 인류의 정신 속 고층(古層) 부분은 공유되었지만 개개의 의식이 발달함에 따라 공유 부분이 잊힌 게 아닐까 하는 생각이었지. 옛날에는 정말 말 그대로 '공유' 상태여서 인류 자체가 하나의 의지를 갖고 감각을 공유했는데 점점 뿔뿔이 흩어져서 그걸 잃어버린 게 아닌가 하는 가설을 세웠던 거야."

'아버지'는 그리운 표정으로 말했다.

역시 과학자일 때는 진지해지고, 본래의 냉정함이 돌아온다.

"그리고 변질체도 그렇지 않을까 생각했었다."

"의식 공유?"

"그래."

'아버지'는 고개를 끄덕였다.

"고시로의 말로는 변질체란 오히려 '격세유전'에 가까운 존재일 수도 있다고 했지. 옛 인류처럼 뿔뿔이 흩어져 서로 단절되었던 개개의 의식이 하나의 생명체로 모여, 융합되어 가는 과정을 우리가 실제로 보고 있는 것인지도 모른다고."

"흐응, 재밌네."

"그걸 아내를 관찰함으로써 검증하려 했지."

'아버지'는 거기서 어두운 표정을 지었다.

"하지만 갑자기 그런 일이……."

침묵.

바람을 타고 관광객들의 환호성이 또다시 들려왔다.

두두두.

드릴의 리듬도 이어졌다.

"혹시……."

마사키는 입을 열었다.

"그 사람이 뭔가 발견한 게 아닐까?"

"무엇을?"

"잘 모르겠어. 하지만 변질체의 의식 변용에서 무슨 중요한 사실을 발견한 게 아닐까? 그래서 사라진 거야."

"네 이야기는 대체 어떤 결론을 향해 가는 거니?"

'아버지'는 곤혹스러운 빛을 감추지 않았다.

"글쎄. 그건 나도 잘 모르겠어. 바로 코앞까지 와 있는데. 아버지랑 이야기하면 그걸 알 수 있지 않을까 했는데……."

갑자기 비명이 들렸다.

둘은 깜짝 놀라 동시에 고개를 들었다.

으악! 꺄악! 하고 외치는 소리.

"뭐지?"

돌아보니 건너편 강가의 공사 현장에서 나는 소리였다. 돌계단을 부수던 일꾼들이 우왕좌왕하고, 어딘가로 뛰쳐나가는 사람도 있었다.

작업이 중단되고, 사람들이 무너진 돌계단 밑을 내려다보고 있었다.

"무슨 일이야?"

두 사람은 몸을 내밀며 건너편 강가를 바라보았다.

누군가가 외치는 소리가 들렸다.

"뼈가 나왔어!"

헉, 하고 숨을 들이마시며 둘은 얼굴을 마주 보았다.

"돌계단 밑에서 인골이 나왔다! 누가 경찰 좀 불러와!"

9

강가 돌계단 밑에서 백골 시체가 나왔다는 이야기는 금세 이와쿠라 전체에 퍼져 나갔다.

대신이 변을 당했던 사건의 충격 때문에 마을 전체의 열기가 아직 식지도 않았으므로 '왜 자꾸 이렇게 불길한 일이 이어지지?' 하고 불안해하는 목소리도 들려왔다.

단골 업자에게서 그 이야기를 들은 히사오는 가슴이 철렁했다.

강. 시체.

벌써 여러 해 전의 영상이 갑자기 머릿속에 떠올랐다.

들것에 덮인 천 밑으로 빠져나와 있던 창백한 팔.

그날.

퍽 추운 날이었던 것을, 어째서인지 기억하고 있다.

나쓰가 강에서 죽었다.

그 소식을 처음 알려 준 사람이 누구였더라. 지금은 생각나지 않지만 누군가가 제일 먼저 이야기를 전달하러 왔던 것은 분명했다.

머릿속이 새하얘졌다.

어떻게?

처음 떠오른 의문이 그것이었던 것도 기억하고 있다.

죽을 리가 없는데. 허주 승선원은 죽지 않는 존재 아니었어?

그렇게 물었던 일도 기억난다.

그랬더니 그 누군가가 고개를 숙이고 목소리를 낮췄다.

심장에 말뚝이 박혀서 죽었대.

그 말을 들은 히사오의 머릿속이 또다시 하얘졌다.

누가 그런 무서운 짓을.

소름이 오싹 돋고 온몸이 싸늘하게 식으면서 현기증이 났다.

누군가에게 들은 적이 있었다. 허주 승선원이 된 자를 죽이려면 심장에 은 말뚝을 박고 자외선에 노출시키는 방법밖에 없다고. 허주 승선원의 목숨을 끊을 방법은 그것이 유일하다고.

그런 지식을 어디서 얻었더라, 하고 소식을 들었을 때 생각했던 일도 떠올랐다.

실제로 지금까지 누군가가 시험해 봤기 때문에 그렇게 판명되었다고밖에 생각할 수가 없다. 즉 허주 승선원을 죽이려 한 사람들이 있었고, 실행에 옮긴 사람도 있었다는 뜻이다.

그게 대체 무슨 말일까? 옛날에는 허주 승선원이 미움 받는 존재였나? 아니면 허주 승선원이 된 자들 중 흉악한 범죄자라도 있었나?

하지만 허주 승선원들은 감정이 평탄해진다. 증오도, 슬픔도 전부 잃어 간다. 그런 사람들 중에서 범죄자가 나오리라고는 생각하기 어렵다.

당시에는 메아리의 존재를 몰랐기 때문에 그렇게 생각했지만 이후 어쩌면 흉악한 메아리를 퇴치하기 위해 벌였던 일이 아닐까, 하는 깨달음을 얻었다.

아무리 그래도 정말 그런 짓을 저지르다니. 그렇게까지 해서 나쓰를 죽이고 싶어 한 사람이 있었다니.

그날 정신을 차리고 보니 히사오는 집을 뛰쳐나와 내달리고 있었다.

주위에서 말리는 소리도 듣지 않고 강을 향해 달려갔다.

믿을 수가 없어. 믿을 수가 없어.

그렇게 수도 없이 중얼거렸다는 것을 스스로는 알아차리지 못했다.

달리고, 달리고 또 달려 강이 보이는 곳까지 오니 하천 부지 부근에 사람들이 모여 있었다.

파란 비닐 시트가 퍼뜩 눈에 들어왔다.

다리 위, 강가 위에도 사람들이 모여서 모두 강을 내려다보고 있었다.

히사오는 계속 달려서 현장으로 다가갔다.

그러자 들것에 실린 사람 형상의 무언가가 운반되는 모습이 눈에 들어왔다.

들것에 씌운 천 밑으로 창백한 팔이 툭 떨어져 덜렁덜렁 흔들렸다…….

그 창백한 팔.

눈에 아로새겨져 좀체 사라지지 않았던 그 팔…….

"……괜찮아요?"

히사오는 문득 정신을 차렸다.

업자가 걱정스러운 표정으로 쳐다보고 있었기에 "아, 괜찮아요." 하고 대답했다.

"얼굴이 새파란데요."

"그게, 갑자기 옛날 일이 생각나서."

뺨을 감싸고 살며시 고개를 돌렸다.

"글쎄 상당히 오래 전에 묻힌 백골이라던데요. 심지어 가슴 앞에서 손깍지를 낀 형태로 묻혀 있었다지 뭡니까."

업자는 짐을 나르며 계속 이야기했다.

"손깍지를 꼈다고요?"

저도 모르게 되물었다.

"네. 왜 그러고 있는지 다들 신기하다고."

시체에 경의를 표하기라도 한 걸까.

"살해당해서 묻힌 것 아닌가요?"

"글쎄요, 그건 조사해 보지 않으면 모르겠죠. 어쩌면 눈사태에 휩쓸려서 거기 파묻힌 사람 아닐까 하는 얘기도 있고."

"그래요?"

"그럼 저는 이만 실례하겠습니다. 사흘 있다 또 올게요."

고개를 꾸벅 숙이고 나가는 업자를 배웅했다.

히사오는 한동안 그 자리에 우두커니 서 있다가 "잠깐 나갔다 올게." 하고 안에 말한 뒤 밖으로 나섰다.

세월이 되감긴 기분이었다.

그날처럼 어느 틈엔가 강을 향해 걷고 있었다.

물론 뛰지는 않았지만, 무언가에 재촉당하기라도 하는 양 빠른 걸음이었다.

강가로 다가가니 데자뷔라도 보는 듯했다.

다리 위와 강가 위에서 아래를 내려다보는 사람들.

무너진 돌계단 부근에 경찰들이 모여 있었다.

혹시 들것이 있지는 않을까 생각하니 등골이 서늘했지만 들것으로 보이는 물건은 없었다.

왠지 우스꽝스러울 정도로 안도가 느껴졌다.

설마 같은 광경이 연출되진 않겠지. 백골 시체라고 하지 않던가.

히사오는 걸음을 늦추고 천천히 강가를 향해 다가갔다.

하지만 경찰들이 있는 장소를 보니 가슴이 철렁했다.

그때의 현장과 가깝다. 거의 같은 장소라 해도 좋다.

이건 우연일까.

가슴이 두근두근 뛰었다.

설마.

갑자기 그런 생각이 머리를 스쳤다.

저 시체가 고시로 다다유키인 것은 아닐까?

그런 생각이 들자 다음 순간 그것은 확신으로 바뀌었다.

그날 이후 계속 행방불명이었던 남자. 아무도 소식을 모르고, 지금까지 한 번도 발견된 적 없었던 사람. 나쓰가 지극히 사랑하던 남편. 나치의 아버지.

당시에는 고시로가 나쓰를 죽였다는 설이 유력했다. '설마' 하고 생각하기는 했지만 그렇지 않고서야 왜 자취를 감췄겠어, 하는 질문에는 대답하지 못했다…….

분명 그럴 거야. 히사오는 혼자 고개를 끄덕였다.

고시로 다다유키는 나쓰와 비슷한 시기에 죽었던 것이다. 누군가가 두 사람을 죽였다.

역시 고시로는 범인이 아니었다. 그 사람이 나쓰를 죽였을 리가 없다.

그럼 대체 누가?

그렇게 생각하다가 아니, 그건 이상해, 하고 생각을 고쳐먹었다.

고시로 다다유키는 손깍지를 낀 자세로 묻혀 있는데 왜 나쓰만 내동댕이쳐 둔 걸까?

히사오는 고개를 갸웃했다.

강가를 걸어 다니는 경찰관.

공사를 하던 일꾼이 현장을 가리키며 무어라 설명하고 있었다.

들킬 것 같아 도망쳤나? 시간이 부족했나? 하지만 그렇다 해도 뭔가 이상하다. 시체에 경의를 표할 정도의 인물이 왜 사람을 둘이나 죽였지?

히사오는 경찰을 물끄러미 응시했다.

무너진 돌계단.

그곳은 꽤 오래 전부터 붕괴하고 있어 위태로웠다. 그랬다, 나쓰가 죽었을 때도 이미 여기저기 무너지고 있었다.

당시의 모습이 흐릿하게 떠올랐다.

문득 기묘한 이미지가 솟아났다.

여자의 뒷모습. 쪼그리고 앉았다. 여자는 돌계단 아래를 파헤치고 있다.

누구야, 이 여자는?

여자가 누군가에게 불린 양 문득 뒤를 돌아본다.

무언가에 골몰하는 표정. 나쓰다.

골똘히 생각하는 듯했지만 나쓰는 냉정하다. 차분한 표정으로 묵묵히 땅을 파헤치고 있다.

돌계단 돌을 끄집어내서 구멍을 넓힌다. 담담하게 작업을 계속하는 나쓰.

나쓰가 꽃삽 대신 사용하는 물건은……

은 말뚝.

히사오는 오싹해서 등을 곧게 폈다.

뭘까, 이 이미지는.

저도 모르게 주위를 두리번두리번 둘러보았을 정도였다.

아무도 히사오를 보지 않고, 하나같이 강 아래 작업만 지켜보고 있다. 딱히 새로운 것이 나오지 않을 것 같다고 생각했는지 흥미를 잃고 떠나는 사람들도 많았다.

히사오는 갑자기 떠오른 이미지를 혼자 반추했다.

또다시 이미지가 떠올랐다.

나쓰가 슬쩍 뒤를 돌아본다.

그곳에는 한 남자가 누워 있다. 눈을 감고 가슴 앞에서 손깍지를 끼었다. 핏기는 없다. 이젠 차갑게 식어 버린 남자.

나쓰의 남편, 고시로 다다유키다.

나쓰는 남편에게 다가간다.

온화한 표정으로 눈을 감은 남편.

나쓰는 그 뺨을 살며시 쓸어내린 뒤, 자리에서 일어나 남편의 다리를 잡고 방금 판 구멍 쪽으로 질질 끌고 간다.

어떻게 된 거지?

히사오는 혼란에 빠졌다.

왜 이렇게나 뚜렷한 이미지가 떠오를까?

하지만 지금 눈앞에 보이는 이미지가 진실이며 바로 그날의 진상이었다는 확신만이 히사오의 마음속에서 굳어져 갔다.

고시로 다다유키를 죽인 사람은 나쓰였다. 나쓰는 남편을 죽이고, 그리고……

새로운 이미지가 또다시 팟, 하고 떠올랐다.

나쓰는 은 말뚝을 들고 있다.

강물로 그 은 말뚝을 씻는 중이다.

구멍을 팔 때 묻은 흙을 닦아내는 모양이다.

깨끗해진 말뚝을 내려놓고 이번에는 자신의 손을 씻는다. 진흙

투성이가 된 손을, 깨끗하게.

둔한 빛을 내뿜는 말뚝.

나쓰는 그것을 집어 들고 자리에서 일어난다.

그리고 고요히 말뚝을 치켜들고는…….

히사오는 다급히 눈을 감고 고개를 가로저으며 방금 떠오른 이미지를 떨쳐 내려 했다.

거짓말이야, 이건 거짓말이야.

방금 본 이미지는 다 거짓말이야.

히사오는 비틀비틀 걸어 나섰다.

새파래진 얼굴로 강가를 벗어났다.

그냥 망상이야. 내가 멋대로 지어낸.

그렇게 스스로를 타이르려 했지만 그것이 진실이라는 확신은 사라지지 않았다.

온몸이 차가워졌다. 그날처럼.

거짓말이야, 거짓말. 그럴 리가 없어.

히사오는 고개를 가로저으며 계속 걸었다.

하지만 방금 그 이미지는.

나쓰는 남편을 죽이고 스스로 목숨을 끊었다.

히사오의 노력을 비웃듯 그런 생각이 머릿속을 스쳤다.

그게 그 사건의 진상이야. 이미 깨달았을 텐데?

누군가의 목소리가 그렇게 속삭였다.

히사오는 격렬하게 동요했다.

그럼, 대체 왜?

그 누군가에게 물었다.

만일 그것이 진실이라면 나쓰가 왜 그런 짓을 했다는 거지? 왜 사랑하는 남편을 죽이고 자살해야만 했던 거야? 귀여운 딸을 남기고, 왜 동반 자살을?

왜 그런 짓을? 대체 왜?

히사오는 계속해서 물었지만 그 물음에는 아무도 답해주지 않았다.

그 소식을 들었을 때, 나치는 어떻게 반응해야 좋을지 알 수가 없었다.

아빠의 백골 시체가 발견되었다.

사람은 보통 이럴 때 어떤 반응을 보여야 하는 걸까?

제대로 얼굴도 기억나지 않고, 철이 들었을 때는 이미 없었던 부친이 사실 한참이나 오래 전에 죽었다는 사실을 알았을 때는?

애당초 아버지가 행방불명이며 어머니를 죽였을지도 모른다는 이야기를 들은 것 자체가 이곳 이와쿠라에 오고 나서였다. 그 충격적인 사실조차 아직 소화하지 못했는데, 거기에 이번에는 아버지의 시체가 발견되었다는 뉴스라니.

나치는 감정이 마비되어 그저 멍하니 서 있을 따름이었다.

심지어 발견된 장소가 얼마 전 자신이 위험한 일을 겪었던 그 강가 돌계단 아래라니.

쭉 그 자리에 있었다.

매일 지나다니면서 수도 없이 보았던 그곳에 쭉 있었다.

그렇게 생각하니 기묘한 기분이었다.

아무도 모르는 채로, 쭉 그 자리에 잠들어 있었다…….

그럴 수가.

히사오는 나치가 충격을 받았다고 생각했는지 그야말로 불쌍할 만큼 어쩔 줄 몰라 하며 나치를 신경 썼다.

"아뇨, 그게 아니에요."

나치가 다급히 고개를 가로저었다.

"아무 감정도 느껴지지 않아서, 오히려 그쪽이 더 놀라워요."

히사오는 한동안 나치의 감정을 헤아리려 하는 듯했지만 거짓말은 아니라고 판단했는지 조금 안도하는 기색을 보였다.

"그래……. 그럴 수도 있겠네. 같이 산 기억도 거의 없을 테니."

"네, 그보다 왜 그런 곳에 묻혀 있었을까요? 아니, 그럼 엄마는 왜 묻히지 않았던 걸까요?"

히사오는 심각한 표정을 지었다.

"그것도 조만간 어차피 네 귀에 들어갈 테니까 말해 줄게."

히사오는 시체가 손깍지를 끼고 반듯하게 누워 있었다는 사실에서, 당시 퍼졌던 소문과는 반대되는 상황이었다고 생각할 수 있다는 이야기를 설명했다.

즉 나쓰가 먼저 다다유키를 죽이고 자살한 것이 아닌가 하는 가설이었다.

나치는 그 설명에 아연실색했다.

"엄마가? 아빠를 죽이고 나서?"

시체가 발견되었다는 이야기를 들었을 때는 아무 생각도 들지 않았는데, 이번에는 무언가로 얻어맞은 듯한 충격에 저도 모르게 등을 곧게 폈다.

동반 자살.

그런 단어가 머릿속에 떠올랐다.

아빠와 엄마가 함께 죽었다.

"그럼, 대체 왜요?"

히사오는 모르겠다며 고개를 가로저었다.

"굉장히 사이가 좋았다면서요?"

"응. 정말 잘 어울리는 부부였어. 당시 나쓰는 배에 탈 날이 가까워지고 있었지."

"헤어지기 싫어서? 가족이라도 배에 같이 탈 수는 없다고 하지 않았어요?"

"맞아. 결혼은 할 수 있지만 가족을 데려갈 수는 없어."

히사오는 고개를 끄덕였다.

"하지만 나쓰는 이미 변질체가 된 후 시간이 많이 흘렀기 때문에 감정을 거의 다 잃었을 거야. 타인에게 집착하는 마음도 옅어지고 있었고."

"그렇겠죠."

허주 승선원은 변질이 진행됨에 따라 차츰 감정이 평탄해진다는 이야기를 들은 적이 있다. 캠프에서 변질체로 인정받으면 그후 몇 년에 걸쳐 연수를 받게 되는데, 그러는 동안에도 느릿느릿 변화가 이어진다고 한다.

"그럼 아빠가 부탁한 걸까요? 엄마한테, 자기랑 같이 죽어 달라고."

"그럴 가능성도 있지만 과연 그 말에 나쓰가 동의했을까? 허주 승선원은 무조건 배에 타야 해. 연수에서도 그런 교육을 받았을 테니 배에 타고 싶었을 텐데."

심지어 나치를 놓아두고 가 버렸다. 아내와 함께 있고 싶다면 딸은 대체 어쩌려는 생각이었을까? 아무리 생각해도 앞뒤가 맞지 않는다.

"게다가……."

차례차례 의문이 떠올랐다.

"왜 밖에서였을까요?"

"뭐?"

히사오가 나치를 쳐다보았다.

"그…… 만약 동반 자살이었다면 왜 굳이 그런 강가까지 가서 죽었을까요? 다리에서 뛰어내렸다면 또 모를까, 밖이면 혹시 누가 보거나 방해할 가능성도 있잖아요. 대체 왜 밖에서?"

"듣고 보니 또 그러네."

히사오도 고개를 갸웃했다.

"뭔가 꼭 그 장소여야만 하는 이유가 있었을까요? 게다가 아빠의 시체는 왜 숨긴 걸까요? 동반 자살이라는 사실이 밝혀지는 게 싫어서?"

의문이 봇물처럼 터져 나왔다.

"온통 이상한 일뿐이에요. 돌계단 밑에 묻는 것도 잘 생각해 보면 이상하지 않아요? 우연히 오랜 세월 발견되지 않았을 뿐이지, 예를 들어 강이 범람하면 바로 들킬 수도 있었잖아요."

"그게 무슨 말이니?"

"어쩌면 빨리 발견될 거라고 생각했을지도 몰라요."

"으음……."

생각하면 생각할수록 이해가 되지 않았다.

허주 승선원.

그 말에 가장 먼저 떠오르는 것은 도와의 이미지다. 흐릿하지만, 매우 냉정하고 차분하다. 확실히 인간 같지 않다는 인상이 느껴지고, 자신들과는 다른 생물이라는 느낌이 든다.

엄마도 그런 존재가 되어 가고 있었다면 감정에 휩쓸리지는 않았으리라. 그래도 엄마는 아빠와 함께 죽었다. 그렇다면 반드시 무슨 명확하고 논리적인 이유가 있었음이 틀림없다.

대체 왜?

둘은 아무 말이 없었다.

하지만 히사오가 문득 입을 열었다.

"그나저나 네가 캠프에 와 있을 때 발견되다니 참 신기한 일이네. 마치 다다유키 씨가 널 기다린 것 같아. 무서운 일이지만, 생각하기에 따라서는 차라리 잘된 일인지도 몰라."

기다렸다. 아빠가, 나를.

히사오의 그 말을 듣고 보니 정말 그런 것 같기도 했다.

하지만 의문만이 자꾸 부풀어 올라 나치의 머릿속은 '왜?'로 가득했다.

대체 그 장소에서 무슨 일이 일어났을까, 왜 그런 짓을 저질렀을까.

왜? 대체 왜 그랬어? 나를 두고 왜 둘이서만 죽어 버렸어?

알고 싶어서, 너무나 알고 싶어서 미칠 것 같았다.

"잠깐 나갔다 올게요."

나치는 가만히 있을 수가 없어 자리에서 일어났다.

현장에는 아직 파란 시트가 쳐져 있었지만 이미 현장검증이 끝났는지 공사 재개 준비가 진행되고 있었다.

이미 인파도 다 사라지고 현장을 구경하는 사람은 아무도 없었다.

저곳에 잠들어 있었다. 내내 저곳에 있었다.

우리 부모님 두 분 모두 저곳에 있었다.

그런 문장이 자꾸만 머릿속에 반복적으로 떠올랐다.

과거에 무슨 일이 일어났는지는 결코 알 수 없다. 저곳에는 이제 아무것도 없고, 두 사람의 흔적도 남아 있지 않다.

어떻게 해야 알 수 있을까?

나치는 다리 위에 서서 난간을 꽉 잡았다.

난 아무것도 몰랐어.

문득 그런 분한 마음이 솟구쳤다.

난 아무것도 몰랐어. 아빠와 엄마 이야기도, 캠프 내용도, 허주승선원이 무엇인지도. 아무것도, 정말 아무것도 가르쳐 주지 않았어.

그것은 분노를 닮은 감정이었다.

나 혼자만 남겨 두고 죽은 아빠와 엄마. 대체 왜? 어떻게 그런 짓을 할 수가 있지? 날 사랑하지 않았던 거야?

지금까지 그런 생각은 해 본 적도 없었다.

부모를 거의 모른 채로 자라서 약간의 결핍은 있었지만 결코 누군가를 원망하거나 미워하지는 않았다.

너무해. 너무해. 왜 남겨진 내 생각은 안 한 거야?

나치는 자신이 눈물을 글썽이고 있다는 사실을 깨닫고 놀랐다.

분해서 터져 나온 눈물이기 때문이었다.

"나치, 괜찮아?"

그때 갑자기 그런 목소리가 날아들었다.

돌아보니 조금 떨어진 곳에서 후카시가 걱정스러운 표정으로 바라보고 있었다.

오랜만에 후카시를 정면으로 본 기분이었다.

"후카시 오빠."

"엄마가, 나치가 얼굴이 새파래져서 뛰쳐나갔으니까 가서 좀 보고 오라는 거야. 분명 여기 와 있을 거라고 생각했지."

후카시는 일부러 다가오지 않는 눈치였다.

모자의 배려가 뼈저리게 느껴졌다.

"얼굴이 파래지긴 뭘."

나치는 쓴웃음을 지었다.

"그냥 그 장소를 보고 싶었을 뿐이야."

"깜짝 놀랐지?"

후카시는 천천히 다가와 나치의 곁에 섰다.

"설마 지금까지 그런 곳에 묻혀 있었을 줄은 몰랐어."

"응. 이렇게 가까운 곳에 있었다니."

"대체 뭐가 어떻게 된 걸까?"

후카시는 고개를 갸웃했다.

"하지만 무슨 큰 이유가 있었을 거야, 분명. 단순한 동반 자살이었다면 널 놔두고 갔을 리가 없어."

다정하네, 후카시 오빠는.

홀로 남겨진 나치가 상처를 받았다는 사실을 알아차렸다. 그리고 나치와 같은 생각을 했으리라.

"대체 뭐였을까? 승선도 포기하고 함께 죽을 만한 이유가."

나치가 수면을 내려다보며 중얼거렸다.

"으음……. 어쩌면 이와쿠라나 허주 승선원 그 자체와 관련이 있을지도 몰라."

후카시가 한참 생각한 끝에 대답했다.

"이와쿠라?"

"아니, 이건 그냥 내 생각이야. 하지만 고시로 아저씨는 허주 승선원 연구를 했다고 하니까……. 그 사건 후 여러 가지로 찾아봤는데 나쓰 이모네 부부가 무슨 트러블이 있었다거나, 상태가 이상했다는 이야기는 전혀 없었대."

"정말?"

"응, 엄마도 그랬고."

연구.

문득 그 단어가 귀에 남았다.

두 사람은 무언가를 조사했던 걸까? 그리고 그것을, 어쩌면 자기들에게 직접 시험해 본 게 아닐까?

그런 생각이 떠올랐지만 금세 지워 버렸다.

하지만 연구 때문에 둘이 함께 죽다니 그건 말도 안 된다. 아무리 연구라 해도 죽어 버리면 무슨 소용이란 말인가.

그래도 '연구'라는 단어는 좀처럼 사라지지 않았다.

히사오의 이야기에 따르면 두 사람은 담담하게 죽은 것 같다. 발작적으로, 또는 충동적으로 죽은 분위기는 전혀 아니었다.

심지어 밖에서. 그 장소에서.

새삼 왜 그곳에서 죽었을까, 하는 의문이 솟아났다.

다음 순간 나치는 생각지도 못했던 영감이 불현듯 스치고 지나가는 바람에 깜짝 놀랐다.

저도 모르게 퍼뜩 고개를 들었다.

"왜 그래?"

덩달아 놀랐는지 후카시가 의아한 표정으로 나치를 바라보았다.

나치도 놀란 얼굴로 후카시를 보았다.

"아니, 아무것도 아니야, 아무것도."

"진짜?"

"응, 진짜."

나치는 다급히 시선을 돌렸다.

하지만 그때 머릿속을 스친 생각에 나치는 완전히 절망하고 말았다.

허주 승선원이 되면.

내가 허주 승선원이 되면 엄마가 무슨 생각을 했는지, 그곳에서 무슨 일이 일어났는지 알 수 있지 않을까?

설마, 그럴 리가 없지. 내가 허주 승선원이 된다 한들 수수께끼가 풀리진 않을 거야.

나치는 필사적으로 그 생각을 부정했지만 한 번 마음속에 자리를 잡은 그 생각은 쉽게 지워지지 않았다.

미카게 여관에 또다시 사람들이 모여들었다.

꽤 많은 인원이었기에 갑갑한 분위기가 떠돌고, 객실은 매우 고요했다.

교사들, 경찰서장, 마을 사람들.

유이를 앞으로 어떻게 해야 좋을까.

모두가 아무 말 없이 머리만 싸맸다.

거북한 침묵이 이어지고 아무도 얼굴을 마주 보려 하지 않았다.

왜 그때 더 단호하게 거절하지 못했을까. 왜 제안을 받아들였을까.

교사들은 몹시도 씁쓸하게 후회하며 표정을 일그러뜨렸다.

대신이 살해당했다. 유이가 살인을 하게 내버려 두고 말았다.

아무리 원통해해도 모자란 일이었다. 더는 돌이킬 수 없는 상황에, 이와쿠라 사람들은 눈을 멀뚱멀뚱 뜬 채 유이를 궁지로 몰아넣어 버렸다.

"……그 애는 좀 어떻습니까?"

마을 사람이 조심스럽게 물었다.

"차분해요. 처음에는 자기가 왜 거기 있는지도 몰랐던 모양이지만 조금씩 받아들이고 있습니다."

경찰서장이 침착하게 대답했다.

"자기가 무슨 짓을 저질렀는지 이해하고 있나요?"

"도와가 이야기했다더군요. 충격을 받았지만 지금은 진정이 되었습니다."

"그…… 이제 그 애를 어떻게 하죠? 죄를 물을 겁니까?"

경찰서장은 아주 잠시 입을 다물었지만 결국 마지못해 말했다.

"무슨 일이 일어나도 책임을 묻지 않겠다는 계약을 맺었고, 본인이 자각한 상태에서 저지른 일도 아니니 아마 사건으로 발전하진 않을 겁니다."

"하지만 측근들은 여기저기서 수사를 진행하는 모양이던데요."

읍장이 불안한 얼굴로 중얼거렸다.

당당하고 뻔뻔하던 지난번의 태도와는 전혀 다르게 얼굴이 퀭해지고 왠지 겁을 먹은 눈치였다.

"사건으로 발전시키진 않아도, 그 사람들 입장에서는 무슨 일이 일어났는지 검증하지 않을 수는 없으니까요. 경비원들 체면도 완전히 뭉개진 셈이고, 동료도 같이 살해당했으니. 분명 울분이 치밀어 어쩔 줄 모르는 상태겠지만 무엇보다 대신의 의지를 존중해야 할 테고, 또 대신 스스로가 책임을 묻지 않겠다고 확고하게 언질을 주었습니다."

경찰서장은 억누른 분노가 배어나는 말투로 말하며 읍장을 노려보았다.

읍장은 움찔하며 반사적으로 움츠러들었다.

"돈은 돌려주는 거죠?"

교장이 읍장의 얼굴을 쳐다보며 다짐하듯 물었다.

읍장은 말문이 턱 막힌 표정으로 살짝 헛기침을 했다.

"아니, 그, 무슨 일이 일어나도 환불할 필요는 없다고 계약서에도 쓰여 있으니까……."

"안 돌려줄 겁니까?"

질책하는 목소리가 솟구쳤다.

"아니, 돌려주는 편이 좋겠다고 생각은 하고 있습니다만."

"생각? 안 돌려줄 작정입니까?"

어이없다는 목소리도 들려왔다.

"설마, 벌써 다 써 버린 건가요?"

탐색하는 듯한 목소리에 읍장은 머쓱한 얼굴이 되었다.

"왜 썼다는 거요? 꼭 내가 돈을 몰래 빼돌려서 유용한 것처럼. 이미 적립금에 넣어 버려서 다시 빼려면 애를 좀 먹겠다고 생각했을 뿐입니다."

"전부터 궁금했던 건데."

읍장의 목소리에 겹쳐지듯 누군가가 말했다.

"이번뿐만이 아니라 꽤 오래 전부터 돈을 받고 피먹임 권리를 팔았잖아요? 꽤 큰 액수가 들어왔을 텐데 이와쿠라나 캠프에 그 돈이 별로 가는 것 같지 않다는 생각이 드는 건 나쁩니까?"

끈적한 그 말투는 주위에 동의를 구하는 듯했다.

테이블을 둘러싼 차가운 침묵이 무언의 동의를 표했다.

읍장이 주위를 날카롭게 노려보았다.

"무슨 말이죠? 캠프 그 자체에 비용이 얼마나 드는지 알아요? 그 가족들한테 주는 지원금도 있고."

"그건 국가 부담이잖아요? 캠프 자체도 국가가 개최하는 건데."

"하지만 실제로 운영하는 건 우립니다. 캠프생들을 돌봐 주고 제공자를 선별하는 일에도 상당한 인건비가 들어요."

"애당초 대체 돈이 얼마나 드는 겁니까? 그 부분은 전혀 공개가 안 돼 있죠?"

차츰 목소리가 높아졌다.

"그런 걸 왜 이제 와서 묻습니까? 다들 모르는 척하고 있었으면서. 지금까지 아무도 그런 걸 물어본 적도 없잖아요. 마을에 돈이 들어오기만 하면 된다고 생각하던 것 아닙니까?"

"자, 자."

험악한 분위기가 되자 경찰서장이 중재에 나섰다.

모두가 거북한 표정을 지으며 시선을 피했다.

서장은 지긋지긋하다는 듯 입을 열었다.

"지금은 딱 잘라 말해 그런 건 아무래도 상관없는 일이오. 지금 우리가 할 일은 그 애의 처분을 결정하는 일이지. 우리 사정 때문에, 원래 자기 역할도 아니었던 일을 떠맡게 된 그 애의 미래를."

모두가 새삼 그 문제를 생각하는지 더욱 무거운 침묵이 내려앉았다.

"계속 유치장에 넣어 두고 있을 수도 없습니다. 이미 이틀이 경과하긴 했지만, 그것도 사정이 사정이다 보니 그런 거고."

"하지만 원래 숙박 장소로 되돌려 놓을 수도 없어요. 그 애는 메아리의 소유자니까. 또 튀어나와서 무슨 짓이라도 저지르면……."

겁먹은 목소리가 들려왔다.

"내가 한밤중에 그 아이의 모습을 관찰했습니다."

교장이 낮은 목소리로 말했다.

모두가 교장을 쳐다보았다.

"그 아이는 지금까지 매일 밤 상당히 광범위하게 '드나들었던' 모양입니다. 한밤중이 되니 일어나서 나가려 하더군요. 하지만 나갈 수가 없어서 짜증이 났는지 유치장 안을 뱅글뱅글 돌아다녔습니다. 그것을 두 시간 정도 되풀이하다 마침내 포기도 하고, 또 지치기도 했는지 침대에 털썩 쓰러졌어요. 이틀 밤 내내 똑같더군요."

신음 소리가 들려왔다.

"할 수 없는 일입니다. 아직 캠프 도중이고 그 아이의 변질은 이어지는 중이니. 그 아이는 피를 필요로 합니다. 허주 승선원이 되기 위해서는 이 시기에 대량의 피를 섭취해야만 해요. 벌써 이틀 밤이나 낭비했어요."

"선생님, 설마……."

누군가가 오싹한 표정으로 고개를 들었다.

"그 애를 밖에 내보내서 계속 '드나들게' 할 생각은 아니겠지요?"

"네, 맞습니다."

교장이 천천히 고개를 끄덕였다.

비난의 목소리가 일제히 치솟았다.

"설마, 그런 짓을!"

"그냥 내버려 둬도 괜찮은 겁니까?"

"또 누굴 덮치기라도 하면……."

걱정하는 목소리들이 연달아 들려왔다.

"애당초 우리가 대체 무엇을 위해 캠프를 열었죠?"

교장이 씁쓸한 표정으로 말했다.

목소리들이 뚝 멈췄다.

"허주 승선원을 배출하기 위해, 허주 승선원을 늘리기 위해. 이것은 국가의 계획입니다. 그야말로 막대한 비용을 지출하면서 이렇게까지 하는 것은 한 명이라도 더, 한시라도 빨리 허주 승선원을 만들어 내야만 하기 때문이죠. 그 아이도 그 때문에 이와쿠라에 왔고요. 아니, 일부러 돈을 주고 우리가 불러온 겁니다. 그 의미를 잘 생각해 봐요."

교장에게 압도되어, 모두가 다시 입을 다물었다.

"불행 중 다행이라고 해야 좋을까요. 이 사건은 외부에 유출되지 않았습니다. 관광객들에게도, 세간에도."

경찰서장이 끼어들었다.

"서장님도 찬성하시는 겁니까? 그런 걸 그냥 밖에 내놔도 괜찮은 거예요?"

비난 어린 목소리.

경찰서장은 어깨를 으쓱했다.

"이번 사건으로 메아리를 찾아낼 수 있었습니다. 그것이 유일하게 다행인 점이죠. 여러분의 불안도 충분히 이해합니다. 저도 걱정이 되니 그 애에게는 야간에 감시를 붙이겠습니다. 밖에 나와도 그 애의 행동을 항상 파악할 수 있도록."

"그런 게 가능해요?"

"그렇다면 다행이고요."

희미한 안도의 기색이 주위에 퍼졌다.

"그러니 내일 아침 그 아이를 돌려보내겠습니다. 이 사실은 공표하지 않을 겁니다. 그러니 여러분도 너무 소동을 피우지는 마십시오. 마을 사람들에게 괜한 걱정을 끼쳐서는 안 됩니다."

경찰서장이 눈을 번득이며 주위를 둘러보았다.

아무도 서장과 눈을 마주치지 않았다.

다 퍼지겠군, 하고 교장은 생각했다.

마을 사람들 사이에 금세 유이가 나왔다는 이야기가 알려지리라.

서장도 그것은 잘 알고 있다. 그래도 일부러 못을 박은 것이다.

"지금까지처럼 자연스럽게 지켜봐 주십시오. 우리가 평정심을 유지하면 메아리도 나쁜 짓을 하지는 않을 거라고 믿습니다."

교장이 깊이 고개를 숙였다.

사람들은 하나같이 거북한 표정으로 몸을 꿈틀거렸다.

"오늘은 이상입니다. 추후 또 경과를 보고하는 모임을 열겠습니다."

경찰서장은 그렇게 마무리한 뒤 자리에서 일어났다. 다른 참가자들도 일제히 일어나 어슬렁어슬렁 객실을 나섰다.

이번 회의 때도 나치는 뒤뜰에 쪼그리고 앉아 가만히 귀를 기울였다.

침묵만이 이어지고 결국 아무 대화도 나누지 않으려는 건가 생각했지만.

유이가 나왔다.

다행이다, 하는 마음과 괜찮은 걸까? 하는 마음이 동시에 솟아오르는 바람에 깜짝 놀랐다. 하지만 감시가 따라오는 걸 보니 괜찮은 듯했다.

이번 사건 때문에 질책을 받지는 않아서 정말 다행이었다. 그것 때문에 살인죄라도 뒤집어쓰게 된다면 너무나 충격적일 것이다. 앞으로의 캠프에도 영향을 미치게 될 테고.

그나저나 메아리가 유이였다니.

충격이었지만, 동시에 어딘가 희미한 안도감을 느꼈다.

내가 아니었구나. 내가 아니었어.

그렇게 스스로를 달래니 마음속 깊은 곳이 편안해졌다.

이제 안심하고 잠들 수 있어.

안심하고 잠든 뒤, 그리고……

그 다음은?

나치는 무의식중에 자신이 통로를 들고 나가는 모습을 몇 번이고 상상했다.

그것을 깨닫고, 동요했다.

왜지? 지금까지 그런 상상은 해 본 적도 없었는데.

하지만 허주 승선원이 되면…….

교장 선생님의 강렬한 말투가 뇌리에서 재생되었다.

허주 승선원을 배출하기 위해. 허주 승선원을 늘리기 위해.

한 명이라도 더, 한시라도 빨리 허주 승선원을 만들어 내야만
한다.

지금까지 내가 그 말의 의미를 제대로 생각해 본 적이 있었던
가. 국가 계획으로 지구에서 탈출하기 위해, 우리가 인류 전부를
구하기 위해 허주 승선원이 되어야만 한다는 사실을.

중요한 캠프. 중요한…….

강가에서 본 파란 시트가 갑자기 눈앞에 떠올랐다.

그리고 아빠와 엄마가 죽었다. 이곳 이와쿠라에서. 강가에서.
자신들의 의지로.

나치는 저도 모르게 얼굴을 두 손으로 가렸다.

알아낼 수 있을까. 허주 승선원이 되면, 그 이유를. 나 혼자만
놓아두고 죽어 버린 두 사람의 목적을.

될 수 있을까. 내가, 허주 승선원이.

변질은 이어지고 있다. 이 시기에 대량의 피를 섭취해야만 해요.
목젖 깊은 곳에서 꿀꺽, 하고 울리는 소리가 났다.

대량의 피를 섭취해야만 해요.

교장 선생님의 목소리가 머릿속에서 빙글빙글 맴돌며 울려 퍼
졌다.

나치는 갑자기 현기증 같은, 오한 같은 무언가가 전신을 훑고
지나가는 느낌을 받았다.

오싹해져서 저도 모르게 양팔을 쓸어내렸다.

나도 변질되고 있어. 나도, 필요로 하고 있어. 대량의 그것. 생
각하지 않으려 했던 그것, 결코 괴물이 되어서는 안 된다고 계속

다짐했던 그것.

어쩌면 좋지.

나치는 비명을 지르고 싶은 마음으로 한밤의 뒤뜰에서 혼자 벌벌 떨었다.

✦ 10 ✦

유이가 돌아왔다.

모든 이가 그 사실을 조용히 받아들였다.

대부분의 캠프생들은 기묘한 일이 일어났다는 사실을 알고 있었고, 그것이 유이와 관련이 있다는 것도 눈치를 챘지만 깊이 캐묻는 사람은 없었다. 솔직히 모두가 자기 자신의 일만으로도 벅찼기 때문에 유이가 처음 나타났을 때는 깜짝 놀라는 표정을 짓기는 했지만, 금세 다 잊어버렸다.

교사들도 지극히 침착하게, 아주 당연하다는 듯 유이를 받아들였으므로 학교에서는 거의 아무런 변화가 없었다고 해도 좋을 정도였다.

경찰서장과 읍사무소 사람들의 대화를 훔쳐 들은 나치도 유이가 나타나기 전까지는 조금 긴장이 되었지만 애당초 유이 본인이 매우 차분한 상태였고 동요한 기색도 없었기에 내심 무척 마음이 놓였다.

게다가, 뭐라고 해야 좋을까.

나치는 마을 사람들이 오히려 유이에게 감사하는 것 같다는 분위기마저 느꼈다.

이 공동체 안은 최근 들어 불안과 의심, 분노 등이 계속 부글부글 끓고 있었다. '대신 살해'라는 충격적이면서도 끔찍한 사건이 그 계기였겠지만, 그 덕분에 속이 후련해졌다고나 할까, 캠프생들과 캠프에 대한 자긍심을 새삼 다시 느끼게 해 주었다고나 할까……

그것은 나치 혼자만의 착각일지도 모르고 마을 사람들이 불만을 표출하는 것을 직접 들었기 때문일 수도 있지만, 평소에는 마치 공기처럼 캠프와 캠프생들을 자연스럽게 받아들여 주던 마을 사람들이 어째서인지 자신들을 격려해 주는 느낌이었다.

게다가 유이에게는 미안하지만 메아리의 정체가 밝혀진 덕도 컸다. 이 점에서 선생님들은 꽤나 안심했으리라.

물론 메아리는 위험한 존재이고, 주의와 감시도 필요하지만 대체 어디에, 대체 누가, 하는 점을 몰라서 근심하고 염려하는 것과 누구인지 알아낸 것은 하늘과 땅 차이였다.

처참한 이번 사건 중에서도 유일하게 불행 중 다행인 점이었다.

선생님들도 주의 깊게 유이를 지켜보고 있겠지만, 그래도 많이 차분해진 분위기였다.

"나치."

유이가 나치를 보고는 손을 살짝 흔들었기에 마주 흔들어 주었다.

"집에 같이 가자."

"응."

그 말투도 이전과 변함이 없어, 나치는 무척 기뻤다.

"몸은 괜찮아?"

나치가 조심스럽게 물었다.

"응, 괜찮아."

유이가 조용히 고개를 끄덕였다.

"아무 기억도 안 나. 무슨 풍경 같은 게 띄엄띄엄 남아 있기는 한데."

그 눈빛에는 초점이 없어, 나치는 움찔했다.

기억이 나지 않는다.

그것이 얼마나 무서운 일인지, 나치도 뼈저리게 알고 있었다.

아픈 다리. 막대기를 짓눌러 생긴 상처 자국.

허벅지의 통증이 되살아나는 바람에 나치는 등골이 서늘해져, 다급히 고개를 가로저었다.

"그 도와라는 사람이 날 찾아와서 이것저것 설명해 주었어. 내가 무슨 짓을 했는지도 다 알고 있더라고."

유이는 담담하게 말을 이었다.

"나치도 내가 무슨 짓을 했는지 알지?"

문득 유이가 나치의 얼굴을 정면으로 바라보았다.

갑작스러운 일이었기에 나치도 시선을 돌리지 못하고, 저도 모르게 마주 고개를 끄덕이고 말았다.

유이는 침착했다. 겁먹지도, 부끄러워하지도 않고 그저 침착할 뿐이었다.

평탄해진 감정.

나치는 그 단어를 떠올렸다.

유이는 변질이 진행되고 있다. 그 속도가 매우 빠르다.

어쩌면 유이의 감정도 허주 승선원으로서 변화가 진행되고 있을지 모른다. 이렇게까지 침착한 태도는 예전과 묘하게 이질적으로 느껴졌다. 그런 사건을 일으켰는데 혼란스러워하지도 않고, 평안하고 고요하게 받아들이는 듯 보였다.

"있잖아, 허주 승선원이라는 건 지금까지 내가 생각했던 거랑 꽤 다른 모양이야."

유이가 다시 앞을 바라보며 살짝 허공을 올려다보았다.

"다르다고? 어떤 식으로?"

저도 모르게 물었다.

새삼 자신이 허주 승선원의 실체를 전혀 몰랐다는 것이 느껴졌다. 배를 타고 외해에 나가, 인류의 이주 계획을 돕는다는 지식 외에는. 그것이 대체 무엇을 뜻하는지, 구체적으로 어떤 일을 하는지, 어떤 옷차림으로 출발하는지, 무엇을 하는지조차도.

"도와 언니 이야기는 정말 신기한 이야기였어. 지금도 잘 이해가 안 돼."

유이는 생각에 잠긴 채 고개를 숙였다.

"들려줘."

나치가 졸랐다.

그 신비로운 도와라는 사람. 정면에 섰을 때 느꼈던, 묘하게 이 세상 사람 같지 않은 느낌. 유령 같고 요정 같았던.

"그게 있지, 나. 경찰에 끌려갔잖아. 감옥 같은 데 갇혔거든."

유이가 고개를 갸웃하며 나치를 바라보았다.

"유치장?"

"응, 맞아. 그런 데였어. 그런데 밤에 정신을 차리고 보니 도와 언니가 내 옆에 서 있는 거야. 아무도 문을 열어 주지 않았는데. 그런데도 내 바로 옆에 서 있었다니까. 신기하지?"

"네가 자는 동안에 들어온 거 아냐?"

"그건 아니야."

유이는 고개를 좌우로 흔들었다.

"정말 창살을 넘어서 슈욱 들어왔어. 나갈 때도 창살을 빠져나 갔는걸. 내가 분명 똑똑히 봤어."

"빠져나갔다니, 어떤 식으로?"

"그게 있지, 꼭 쌓인 눈 위로 철망을 꾹 누르는 것처럼 그냥 그 대로 뚫고 나갔다고 말할 수밖에 없어."

"뭐?"

상상해 보았지만 도저히 믿기 힘든 이야기였다.

"설마. 꿈을 꾼 거 아냐?"

나치는 저도 모르게 목소리를 높였다.

"아니, 꿈은 아니었어. 도와 언니 스스로도 그렇게 말했거든. 자기는 '의식'으로 이루어져 있다고."

"의식? 의식이라니, 어떤 의식?"

"'무의식중에'라는 말이 있잖아. 그럴 때 쓰는 의식."

머릿속이 혼란스러워졌다.

이게 다 무슨 말일까?

"그러니까 의식이란 눈에 보이지도 않고, 도대체 뭐가 뭔지 알수도 없잖아. 그런데 도와 언니는 만질 수도 있었고, 만져 보면그냥 평범한 인간이었어. 그런데 의식이래. 뭐라더라, 의식을 구현화한다던가, 그랬어."

의식을 구현화한다.

그 순간 나치는 몸 어딘가에서 오싹한 느낌을 받았다.

이유는 알 수 없었다. 하지만 유이의 말, 즉 도와의 말이 진실일것이라고 직감했다.

그리고 그 사실이 부모님의 죽음과 관계가 있지 않을까, 하는생각도.

어째서일까. 왜 이렇게 가슴이 뛰고, 자꾸만 그것이 중요한 일이라는 느낌이 들까.

"내가 그런 짓을 저지른 것과도 상관이 있는 일이라고 도와 언니는 말했어. 허주 승선원은, 그러니까, 의식을 날려서…… 뭐랬더라, 잊어버리긴 했는데 우주에 있는 무슨 에너지에 태운대."

유이는 자기 입으로 이야기를 하면서도 혼란에 빠진 모양이었다.

"의식을 날려서 태운다고?"

나치도 묻기는 했지만 구체적인 이미지가 전혀 떠오르지 않았다.

"그래서 있지, 차차 앞으로는 배가 필요 없어질 거래."

유이가 나직이 중얼거렸다.

"뭐?"

나치는 저도 모르게 유이의 얼굴을 빤히 쳐다보았다.

"배라니, 허주 말이야?"

"응. 다들 배를 타지 않아도 우주로 뛰어올라 날아갈 수 있을 거래. 그리고 그 어쩌고 에너지를 사용하면 배를 탈 때보다 훨씬 짧은 시간 내에 더 먼 곳으로 갈 수 있대."

나치는 또다시 기묘한 데자뷔를 느꼈다.

배를 타지 않아도 우주로 날아올라…….

뭘까, 이 감각은. 머리가 어질어질해지는 느낌이다.

이때 나치는 자신의 목소리를 들었다.

그랬다. 얼마 전 히사오에게 물었던 목소리였다.

왜 굳이 그런 강가까지 가서 죽었을까요. 밖이면 혹시 누가 보거나 방해할 가능성도 있잖아요. 대체 왜 밖에서? 뭔가 꼭 그 장소여야만 하는 이유가 있었을까요?

자신의 목소리가 머릿속에서 뱅뱅 맴돌며 소용돌이쳤다.

심장이 점점 더 아플 정도로 쿵쿵 뛰었다.

어째서일까, 그때 자신이 내뱉었던 그 의문의 대답이 바로 코앞까지 와 있는 느낌이 든다. 유이의 이야기, 아니, 도와의 이야기는 무언가 아주 중요한 사실을 내게 전달하려 하는 것만 같다.

"아니, 하지만 그건 좀 이상하잖아."

유이는 질렸다는 듯 중얼거렸다.

"우리는 허주 승선원을 목표로 하는데 배가 필요 없어진다니. 그럼 대체 어떻게 우주로 나가란 말이야? 그럼 매번 저 난리를 피우면서 하늘을 날아 돌아오는 선단은 어떻게 되는 거야? 난 도무지 이해가 안 돼."

계속 고개를 가로젓는 유이보다 나치 자신이 더 혼란스러워하는 느낌이었다.

"내가 도와 언니의 말을 뭔가 잘못 이해했을까? 아니면 도와 언니가 먼 곳에 나갔다 온 사이 단어의 의미가 달라져서, 사실은 전혀 다른 이야기였던 걸까?"

그렇지 않다고 말할 뻔하다가 다급히 꾹 참았다.

그렇지 않다니, 대체 뭐가.

어떻게 그런 말을 할 수가 있단 말인가.

스스로도 전혀 모르면서 유이 앞에서 잘난 척할 수가 있을까.

"왠지 생각했던 것보다 훨씬 신비로운 직업이었어. 상상했던 거랑 전혀 달라."

유이는 그래도 계속 말을 이었다.

"하지만 선생님들은 그런 얘기, 한 마디도……."

나치가 느릿느릿 중얼거렸다.

"응. 그게 있잖아, 이건 아직 완전히 새로운 이야기라 아는 사람도 얼마 안 된대."

"정말?"

"응. 아마 도와 언니는, 내가 내 손으로 그런 짓을 저질렀다는 이야기를 듣고 굉장히 충격을 받았기 때문에 특별히 얘기해 준 게 아닐까 싶어."

그렇구나.

나치는 유이를 흘끔 쳐다보았다.

역시 유이에게도 충격적인 일이었겠지. 그도 그럴 터였다. 만일 자신이 유이의 입장이었다면.

차가운 무언가가 위 속에서 솟구쳤다.

정말로 유이를 진정시키기 위해 도와는 훨씬 '큰' 이야기를 했을지도 모른다.

자신의 사명 이야기. 인류를 위해 봉사하는 이야기.

둘은 한동안 아무 말 없이 언덕길을 느릿느릿 걸어갔다.

"나도 그런 게 가능해질까?"

유이는 자신의 양손을 물끄러미 내려다보았다.

"도와 언니는 틀림없이 그곳에 있었어. 나를 껴안아 줬는데 따뜻한 체온이 느껴졌고, 호흡도 느껴졌어. 그런데 철창살 사이를 스윽 빠져나가 사라져 버렸어."

"으음……."

나치는 신음했다. 그 말만은 아무리 그래도 믿을 수가 없었다.

"안 믿어지지? 나도 그래. 지금 와서는 자꾸 꿈이 아니었을까 하는 생각이 들어. 너도 꿈이라고 생각해?"

유이가 진지하게 물었기에 나치는 한순간 입을 다물었다가 금세 웃음을 터뜨렸다.

"그걸 내가 어떻게 알아?"

"그렇겠지."

유이도 덩달아 웃었다.

"도와 언니가 한 가지 더, 신경 쓰이는 말을 했어."

"뭔데?"

"메아리는 나 하나뿐이 아니래."

"어?"

"나 말고도 메아리를 가진 아이가 있대. 심지어 아주 강력한 메아리랬어."

나치는 이번에야말로 발밑이 꿀렁꿀렁 흔들리는 듯한 충격에 사로잡혔다.

유이뿐만이 아니라고?

그 외에도? 아주 강력한 메아리가?

왜 그 말이 그렇게 충격적인지 스스로도 알 수가 없었다. 하지만 방금까지 느끼던 어렴풋이 싸늘했던 직감이, 뭔가 무시무시하고도 중요한 진실의 바로 옆에 와 있다는 확신으로 바뀌어 나치는 온몸에 식은땀을 흘렸다.

나뭇잎 사이로 비쳐 드는 햇살이 살랑살랑 흔들렸다.

피어오르는 풀 냄새. 이곳저곳에서 쏟아져 내리는 매미 울음소리.

나치는 휘청휘청 산길을 걷고 있었다.

유이와 어디서 어떻게 헤어졌는지 잘 기억이 나지 않는다.

머릿속에는 유이의 말만이 뱅글뱅글 맴돌고, 온통 정체 모를 불안으로 가득했다.

대체 내가 왜 이렇게 불안할까. 유이의 어떤 말에서 충격을 받았을까.

자신에게 그런 질문조차 던질 수 없을 만큼 나치는 혼란스럽고 겁을 집어먹은 상태였다.

그곳에 진실이 있다. 유이의 말. 아니, 그것은 즉 도와의 말인 셈이지만, 그곳에 결코 알아서는 안 될, 무언가 아주 두려운 '진짜' 이야기가 있다.

나치의 직감이 그렇게 외치고 있었다.

아버지와 어머니는 분명 그 '진짜'와 관련이 있을 것이다.

발밑에서 나뭇가지가 뚝 부러졌다.

왠지 그 소리에 깜짝 놀라 나치는 걸음을 멈췄다.

미지근한 바람이 뺨을 쓸어내렸다.

이 길은.

주위를 천천히 둘러보았다.

아, 그래. 여긴 '나비 계곡'으로 향하는 길이야. 완만한 일직선 길이니까 앞으로 계속 걸어가면 그 탁 트인 장소가 나와.

다리가 다시 움직였다.

숨 막히는 풀 냄새.

문득 나치는 기묘한 감각에 사로잡혔다.

나는 왜 그리로 가려는 걸까.

다리가 제멋대로 길을 나아갔다.

무언가를 연상했을까, 유이의 말을 듣고 무언가를……

그 신비로운 공간. 옛날 허주가 불시착했다는 장소. 아마도 현재로 이어질, 지금 우리가 이렇게 이곳에 있는 이유, 모든 것이 시작된 장소.

나치는 멍하니 계속 걸었다.

그 계곡까지는 꽤 거리가 되었을 텐데도 나치는 흔들림 없는 걸음걸이로 길을 쭉쭉 나아갔다.

왠지 누군가가 부르는 듯했다.

누구지? 거기 누가 있어?

나치는 마음속으로 물었다.

그곳에는 아무도 없어. 허주 안에도 아무도 없었잖아.

텅 빈 공간이 눈앞에 떠올랐다.

비쳐 드는 빛 속에서 나비들이 팔랑팔랑 날고 있었다.

정말?

갑자기 그런 의문이 솟아났다.

정말 허주 안에는 아무도 없었을까? 아무도 타고 있지 않았을까? 그곳은 빈 공간이었을까?

문득 머릿속에 고요하고 새까만 공간이 떠올랐다.

그것은 기묘한 체험이었다.

밝은 한낮 산속을 걷고 있는데, 눈앞에 암흑이 펼쳐졌다.

여긴 어디지?

나치는 어둠 속을 들여다보았다.

'배 안이야.'

그런 생각이 들었다.

아, 이게 허주 안이구나.

나치에게는 그것이 보였다. 암흑 속에 심플한 기계들이 보였다. 둔한 빛을 내는 금속이, 2인용 좌석이 어둠 속에서 떠올랐다.

커다란 타원형 창.

그 너머에 또다시 어둠이 펼쳐져 있었다.

외해.

나치는 몸을 부르르 떨었다.

끝없이 이어지는 진정한 어둠. 그 크기가 너무나도 커서, 그에 비해 자신은 너무나도 작아서 발밑이 불안해지고 어둠 속으로 떨어져 내리는 기분이 들었다.

저런 곳으로 배를 타고 나아가야 한다니.

압도적인 고독. 압도적인 무(無).

그렇다. 제정신이라면 저런 곳에서는 버텨낼 도리가 없다. 인간의 정신 자체가 저 거대한 허무를 견딜 수 없다. 그래서 그들은 평탄해진다. 허무를 견딜 수 있는 '마음'을 손에 넣지 못하면 저곳에는 갈 수가 없다.

문득 좌석이 흐릿하게 빛나 보였다.

심해어가 내뿜는 빛처럼 너무나도 연약하지만, 좌석이 어둠 속에서 희미하게 빛을 내고 있었다.

나치는 눈을 부릅떴다.

아니, 좌석이 빛나는 게 아니라 그곳에 누군가가 있다. 누군가가 타고 있다. 앉아 있다.

잘 보니 그것은 인간 같은 형상이었다.

드문드문 흔들리는 빛의 입자가 완만한 형태를 그려, 그곳에 무슨 생명체가 앉아 있음을 표시해 주었다.

생명체, 의식?

그렇게 생각한 순간 그것이 한층 더 뚜렷한 형태를 취했다.

남녀 한 쌍이 2인용 좌석에 앉아 있었다.

저건…… 아빠랑 엄마?

그런 생각이 들었지만 남녀는 등을 돌리고 앉아 있었기에 나치 쪽에서 얼굴이 보이지 않았다. 심지어 몸이 투명해서 그 너머로 창이 보이고, 창 안쪽으로 펼쳐진 고요한 어둠이 보였다.

어떻게 된 거야?

나치는 그 뒷모습을 향해 말을 걸었다.

아빠랑 엄마는 이미 죽은 것 아니었어? 어디 갔었어? 그건 뭐야?

뒷모습은 대답하지 않았다. 그러다 스윽, 하고 모습이 사라졌다.

앗.

나치는 저도 모르게 손을 뻗었지만 그곳에는 밝고 환한 공간만 이 있을 뿐, 배 안의 풍경은 온데간데없었다.

나치는 계속 걸었다.

눈앞에 터널이 보였다. 저곳을 빠져나가면 계곡으로 내려가는 길이다.

여전히 다리는 제멋대로 성큼성큼 앞을 향해 나아갔다.

방금 본 것, 허주 안의 풍경은 그냥 백일몽에 불과했을까? 아니 면 정말로 옛날에 있었던 광경을 보여 준 걸까?

멍하니 그런 생각을 하며 나치는 계속 걸었다.

걷다 보니 혼란과 불안이 조금씩 어딘가로 흘러가 버려, 이젠 아무 느낌도 들지 않았다.

감정이 마비된다. 아무 생각도 없이, 그저 일심불란하게 걷기만 할 뿐.

이제 곧, 이제 곧 그 장소에 도착한다.

터널에 들어가니 숨 막힐 정도의 습기가 느껴지고, 어딘가에서 물이 떨어지는 소리가 났다.

미지근한 어둠. 마치 태내 같은…… 거대한 생물의 몸속에 들어온 듯한.

이러다 벽에 집어삼켜져 소화 흡수되어 결국 사라져 버리는 것은 아닐까. 그런 착각에 빠진다.

하지만 금세 앞쪽이 밝아졌다.

한참 앞에서 부드러운 빛이 보였다.

아, 저기가 출구구나.

나치는 걸음을 더욱 빨리했다.

탁 트인 장소.

하늘이 뻥 뚫린 공간에서 빛이 쏟아져 들어온다.

수많은 빛이 선을 이루며 똑바로 떨어져 내려온다.

나치는 반사적으로 걸음을 멈췄다.

그 빛이 너무나도 장엄해 보여 경외심이 느껴졌다.

오늘은 나비가 없다.

전에 왔을 때는 엄청난 숫자의 나비들이 팔랑팔랑 날아다녔는데 오늘은 하나도 없었다. 그저 똑바로 떨어지는 빛만이 쏟아질 뿐이었다.

문득 무언가가 나치의 주의를 끌었다.

뭐가 있나?

빛의 입자가 빛줄기 속에 드문드문 떠 있었다.

그냥 먼지겠지?

나치는 그것을 물끄러미 응시했다.

방금 전, 배 안의 광경이 떠올랐다.

에너지? 의식?

알 수가 없었다. 하지만 무수한 빛 입자가 꽉 차 있음은 틀림없었다.

텅 빈 게 아니었어.

갑자기 나치는 자신이 혼자가 아니라는 것을 깨달았다.

있다. 누군가가 있다. 심지어 한두 명이 아니라 수많은 누군가.

오싹해지고 전신의 피가 역류했다.

아무 느낌도 없고 감정이 마비된 줄 알았는데, 갑자기 공포에 집어삼켜질 것만 같아 나치는 패닉에 빠졌다.

부웅. 부웅. 부웅.

갑자기 진동이 느껴졌다.

아니, 음파라고 해도 좋을까, 무언가가 공명하는 듯한 공기의 떨림.

나치는 그 소리 아닌 소리에 온몸이 부르르 떨리며 저릿해지는 느낌을 받았다.

공명. 한 명이 아닌, 무언가가 꽉 차 있는 느낌······.

혼란이 밀려들었다. 내 정신이 이상해진 게 아닐까? 패닉에 빠진 거야, 난 지금 패닉에 빠져 가고 있어.

기묘한 감각이 몸 안에 넘쳐흘렀다.

팔이, 다리가, 입이, 코가 어디 있는지 알 수가 없었다. 모든 기관이 뿔뿔이 흩어지고 엉뚱한 방향으로 떨어져 나가는 듯했다.

산산조각 날 것만 같아. 전부 다른 방향으로 잡아당겨져서 풍선껌처럼 쭉 늘어나다 찢어져서 날아갈 것만 같아…….

"아니, 괜찮아."

귓가에서 뚜렷한 목소리가 들려왔다.

"어?"

나치는 외쳤다.

"진정해. 넌 이상하지 않아. 아래를 봐."

"아래?"

나치는 시선을 내렸다.

그러자 그곳에 자신이 있었다.

입을 딱 벌린 나치가 뒷걸음질을 하는 포즈로 서 있었다.

"왜지? 내가 왜, 저기에…….'"

"그래. 넌 지금 날고 있어. 의식을 날린 거야."

"내가?"

나치는 목소리가 들리는 방향을 조심스럽게 돌아보았다.

그러자 눈앞에는 도와가 있었다. 허공에 뜬 나치를…… 형태가 없는, 의식만의 나치를 껴안아 주고 있었다.

나치는 자신의 몸을 내려다보았다.

아래에 우두커니 서 있는 몸이 아니라, 지금 도와와 대화를 나누는 자신의 몸을.

처음에는 아무것도 없는 줄 알았는데 찬찬히 뜯어보니 반짝반짝 빛나는 빛의 입자가 형태를 이루고 있었다.

도와도 빛의 입자로 만들어져 있었다. 나치가 아는 긴 머리의 도와가 흐릿한 모습으로 이쪽을 가만히 바라보고 있었다.

기묘한 진동과 공명은 아직도 이어졌다.

계곡 전체가 부웅부웅 하면서 넘실거리는 파도가 밀려왔다 물러가는 듯 반향하고 있었다.

"이게 뭐예요?"

나치가 어쩔 줄 몰라 하며 물었다.

자신이 보고 있는 것, 자신이 느끼고 있는 것을 이해할 수가 없었다. 받아들일 수가 없었다.

"메아리야. 이게 바로 진정한 메아리란다."

도와가 차분하게 말했다.

이것은 도와의 목소리일까. 머릿속에 직접 울려 퍼진다.

"진정한, 메아리……."

"그래. 남들보다 한 발 앞서 이곳에 온 걸 보니 역시 네 메아리는 상당히 강력하구나."

도와는 온화하게 말을 이었다.

"내 메아리."

나치가 힘없이 중얼거렸다.

"제가 무슨 짓을 저지른 건가요? 혹시 무슨 돌이킬 수 없는 짓을…… 유이처럼 누군가를 상처 입힌 짓을 하진 않았나요?"

"아니, 그런 일은 없어."

도와가 단호하게 고개를 저었다.

"이제부터야."

"이제부터?"

도와의 눈이 나치를 보고 있었다. 빛의 입자가 뭉쳐 만들어진 도와의 눈이, 마찬가지로 빛의 입자 덩어리가 된 나치를.

"앞으로 네가 해야만 하는 수많은 일들이 기다리고 있어."

"내가 해야만 하는 일……?"

그렇게 중얼거린 순간, 나치는 자신이 바닥에 내려와 있음을 깨달았다.

입을 벌리자마자 '진짜 육체' 안으로 돌아와 버린 것이다.

"앗!"

그 갑작스러운 감각에 나치는 저도 모르게 주위를 두리번두리번 둘러보았다.

눈앞에 도와가 서 있었다.

나치와 같은 '진짜 육체'의 모습으로.

"유이한테 들었어요. 언니는…… 그…… 의식으로 이루어져 있어서, 철창살 사이도 빠져나갔다고."

나치는 무의식중에 손을 뻗어 도와를 만졌다.

도와는 틀림없이 그곳에 있었다. 옷의 감촉, 옷을 통해 느껴지는 팔의 감촉.

하지만 방금 전까지 실체가 없었다. 빛의 입자 같은 것으로 이루어져 있어, 나치와 함께 허공에 떠 있었다.

자신은 그 사실을 납득할 수가 없었다.

"어떻게 된 건가요?"

나치는 손을 빼고, 자신의 손을 빤히 들여다보았다.

"암흑 물질. 암흑 에너지. 그런 말을 들어 본 적이 있니?"

도와가 차분하게 되물었다.

나치는 당황했다.

"들어 본 적은 있는데……. 우주의 대부분을 차지하는 미지의 무언가라면서요?"

"응, 맞아. 그게 사실 성간 이동을 위해 존재한다는 사실이 최근 밝혀졌어. 암흑 에너지를 이용하면, 암흑 물질을 따라 지금까지보다 훨씬 먼 곳까지 빠르게 이동할 수 있다는 것도."

이야기의 의미를 알 수가 없었다.

"그리고 그 계기가 된 게 너희 부모님의 죽음이었어."

나치는 고개를 퍼뜩 들었다.

"우리 부모님?"

"응. 바로 얼마 전 너희 아버지의 뼈가 발견되었다면서?"

도와가 나치를 온화하게 바라보았다.

그것도 알고 있었구나.

"사실은 엄마가 먼저 아빠를 죽이고, 그 다음에 자살한 게 아니냐고들 해요."

목소리가 떨렸다. '죽였다.', '자살했다.'라는 말을 내뱉는 것 자체에서 거부감이 들었다.

"엄마랑 아빠는 왜 그런 데서 죽었을까요. 나만 혼자 남겨 두고."

목소리가 작아졌다.

나만 혼자 남겨졌다. 나는 버림받았다.

원망하는 마음이 가득 차올랐다.

"너희 아버지는 어머니와 함께 살다가 알게 됐어. 변질체라는 것이 의식의 변용이고, 심지어 그 변용된 의식을 자유자재로 실체화할 수 있다는 걸."

도와가 조용히 말을 이었다.

"너희 어머니는 메아리가 무척 강력해서 우주까지 '날았어'. 그걸 안 너희 아버지는 의식이 성간 이동을 할 수 있지 않을까 생각하게 된 거야."

도와가 나치를 가만히 바라보았다.

"심지어 어머니는 아버지를 '끌고 나갈' 수가 있었어. 즉, 변질체가 아닌 인간의 의식까지도 변질체가 '운반할 수 있다'는 사실을 알게 된 거지."

"운반?"

"그래."

도와의 강렬한 시선이 자꾸 신경 쓰였다. 마치 '아직도 모르겠니?' 하고 무언가를 재촉하는 듯한 눈빛이었다.

그리고 퍼뜩 정신이 들었다.

도와는 마치 직접 듣고 오기라도 한 듯, 나치의 부모님 이야기를 하고 있었다.

"……도와 언니."

나치는 심장이 빨라지는 것을 느꼈다.

"설마, 설마, 언니는……."

머릿속에 커다란 소용돌이가 생겨났다.

"언니는, 우리 아빠랑 엄마를……."

도와가 크게 고개를 끄덕였다.

"만났어."

머릿속에 환한 빛이 비쳐 드는 기분이었다.

만났대. 우리 부모님을.

"어디서?"

"저쪽에서. 우리가 이주를 진행하고 있는 저쪽 별에서 만났어."

도와는 격려가 담긴 미소를 지었다.

"정말로요?"

나치는 비틀거리며 제자리에 주저앉고 말았다.

"맙소사, 정말 그런 일이……."

"정말이야. 너희 어머니는 이미 실체화되었어."

"아빠는요?"

"아버지는 변질체가 아니기 때문에 쉽게 실체화가 되지 않았지. 한참 동안 아까처럼 빛의 입자 같은 상태였어. 하지만 두 사람은 저쪽 별에서 계속 연구한 끝에 변질체가 아니어도 실체화될 수 있는 기술을 개발했지."

"그럼 지금은……."

"응. 아버지도 실체화됐어."

나치는 할 말을 잃었다.

도저히 믿기 힘든 이야기라고 머릿속 어딘가에서 생각하고는 있었지만, 도와가 그렇게 말하니 사실일 터였다.

"그럼 엄마랑 아빠가 죽은 건⋯⋯."

"어머니는 아버지의 의식을 데리고 얼마나 멀리 날아갈 수 있을지 수도 없이 시험해 보셨어. 어머니는 어디까지든 원하는 대로 갈 수 있었지. 하지만 아버지는 변질체가 아닌 몸이기 때문에 끌고 나가는 거리에 한계가 있었어. 결국 두 사람은 어떤 결론에 도달한 거야. 육체가 소멸하면 두 분의 의식이 함께 어디든 갈 수 있을 거라는 결론에."

육체가 소멸하면.

"그래서⋯⋯."

나치는 몸을 떨었다.

"두 사람은 직접 그 사실을 증명하려 했어. 하지만 목숨을 건 실험에 너까지 끌어들일 수는 없었던 거야."

목숨을 건 실험.

"그래서 널 놓아두고 간 거지."

침묵이 내려앉았다.

"그것 때문에 밖에서 한 거였군요. 밖이 아니면 의식이 우주까지 날아갈 수가 없으니까."

"그래, 맞아."

"하지만 바깥 어디든 상관없었을 텐데, 왜 굳이 그렇게 눈에 띄는 곳에서……."

"빨리 발견될 필요가 있었거든. 그렇지 않으면 만일 실험이 실패했을 경우 행방불명 처리가 되어서 네가 보험금을 받을 수가 없어."

"아빠 시체는 왜 감춘 거예요?"

그때까지 바로바로 대답하던 도와가 그 질문만은 고개를 갸웃했다.

"그건 잘 모르겠다고 어머니도 말했어. 아버지의 시체를 그냥 드러내 놓는 게 왠지 싫었다고밖에."

그런 감정이 남아 있었던가.

나치는 신기한 기분이었다.

이젠 완전히 평탄해져 버려, 애정조차 전부 사라진 줄 알았는데.

아니, 하지만 애당초 함께 외해에 나가고 싶다고 생각했던 것을 보면 두 사람은 정말 강한 인연으로 맺어져 있었던가 보다.

"서로 떨어지기 싫었던 거군요. 그렇게까지 해서."

"응, 맞아. 그리고 두 사람 덕분에 우리에게도 길이 열렸어. 그래서 나도 이렇게 이곳으로 돌아올 수 있었던 거야."

나치는 도와를 바라보았다.

"그럼 도와 언니도 의식만으로……."

"응. 이렇게 지구에 오는 데 성공했지."

신기하게 느껴졌다.

"시간은 얼마나 걸렸나요?"

"글쎄……. 지구의 감각으로 말하면 꼬박 일주일 정도?"

"그렇게 빨리?"

할 말을 잃을 정도였다. 허주를 타고 기나긴 시간을 들여 도착한 그 머나먼 별에도 그렇게나 빨리 다다를 수가 있다니.

"그건 정말 굉장하네요. 그래서 배가 필요 없다고 했군요."

이야기의 스케일이 너무 커지는 바람에 정신이 아득해졌다.

배가 필요 없어진다.

문득 의문이 들었다.

그럼 허주 승선원은 어떻게 되는 걸까? 우리 캠프는?

나치는 도와를 바라보았다.

도와도 나치의 의문을 읽은 듯했다. 지금까지 늘어놓은 사실이 나치에게 얼마나 침투했는지 가늠하는 듯도 보였다.

불안이 고개를 쳐들었다.

지금 도와의 이야기 속에는 뭔가 무서운 사실이 감춰져 있다.

어마어마하게 무서운 무언가.

불안이 스멀스멀 점점 커져, 그것은 거의 공포에 가까워졌다.

"도와 언니, 그럼 이주 계획은 어떻게 되는 거예요? 변질체가 평범한 인간의 의식을 나른다면, 어떻게 이주시키는 거예요?"

나치는 새파래진 얼굴로 도와를 바라보았다.

도와는 입을 다문 채 가만히 나치를 응시했다.

"그래. 지금까지의 이야기가 무엇을 의미하는지 너는 이미 알고 있을 거야."

육체를 소멸시킨다.

나치의 머릿속에서 방금 도와가 내뱉은 목소리가 울려 퍼졌다.

"설마, 모든 사람들이 다……."

도와는 천천히 고개를 끄덕였다.

"그래. 장기적으로는 의식만 데리고 나가게 될 거야. 그러기 위해서는 육체를 소멸시켜야만 해."

"맙소사⋯⋯."

"어디까지나 장기적으로 볼 때의 이야기야. 최후의 수단으로 육체를 소멸시키고 의식만 '운반할' 계획을 세우게 되겠지. 당분간 이 사실은 발표하지 않아. 연구도 비밀리에 진행되고 있어."

나치는 할 말을 잃었다.

육체를 소멸시킨다⋯⋯.

강에 쓰러져 있던 엄마.

나치의 머릿속에는 강변에 수많은 사람들이 쓰러져 있고, 완전히 고요해진 이와쿠라의 풍경이 떠올랐다.

육체를 소멸시킨다.

"아직 한참 후의 일이야. 우리 변질체들이 얼마나 많은 의식을 운반할 수 있는지, 육체를 소멸시키는 일 외에 다른 방법은 없는지. 모르는 게 너무 많아서, 연구할 일도 정말 많아."

도와가 냉정하게 말했다.

"그러기 위해서라도 우리에게는 더 많은 변질체가 필요해. 실제로 '날아'서 외해로 나갈 수 있는 변질체가."

도와는 아주 살짝 몸을 앞으로 내밀었다.

나치는 반사적으로 뒷걸음질 쳤다.

"유이의 메아리는 강력해. 그 아이는 조금만 더 있으면 외해로 '날' 수 있을 거야."

나 말고도 메아리를 가진 아이가 있대. 심지어 아주 강력한 메아리랬어.

유이의 목소리가 들렸다.

"너는 금방이라도 '날' 수 있고."

도와의 그런 목소리가 들렸다.

내가.

아주 강력한 메아리랬어.

도와의 눈이 나를 보고 있다. 빨아들이듯 아주 격렬하게, 커다란 눈이 나를 보고 있다.

"변질되어 줘. 네게는 많은 양의 피가 필요해. 너도 그 사실을 알고 있잖니? 사실은 빨고 싶어서 견딜 수가 없잖아."

도와의 입이 움직이고 있었다.

"변질되어 줘. 너는 이미 허주 승선원이 되어 가고 있어. 그건 네 사명이기도 해. 네가 완성된 변질체가 되면 아빠랑 엄마도 금방 만날 수 있어."

아빠랑 엄마도 만날 수 있다.

허주 승선원이 되면. 변질체가 되면.

"아아……!"

나치는 저도 모르게 귀를 틀어막고 비명을 질렀다.

자신이 느끼는 감정이 과연 기쁨인지 절망인지 알 수가 없었다.

갑자기 시야 전체가 새로운 풍경으로 보였다.

나치는 왔을 때와 똑같이 비틀거리며 산길을 걸어갔지만, 그 눈에 비치는 모든 것이 왔을 때와는 전혀 달랐다.

뺨을 스치는 바람, 발밑에서 솟아나는 풀숲의 열기, 살랑살랑 흔들리는 나무들 사이로 비쳐 드는 햇빛.

나치는 빛을 향해 손을 내밀었다.

실체? 이것이 나의 실체?

손이 희미하게 비쳐 보이고, 붉은색을 띠었다.

나뭇가지에 머리가 딱 부딪혀 아팠다.

나치는 무심코 뒤를 돌아보고는, 흔들리는 나뭇가지를 가만히 응시했다.

이게 정말 내가 느끼는 감각일까? 내 몸이 느끼는 일이야?

아까 몸에서 빠져나와 자신을 내려다보았을 때의 감각이 자꾸 되살아나려 했다.

그 믿기 힘든 체험. 내가 나 자신을 허공에서 내려다보던 그때의 나.

마음 가는 대로 하렴.

도와의 목소리가 머릿속에서 울려 퍼졌다.

헤어질 때 도와는 나치를 똑바로 바라보며 마치 꿰뚫는 듯한 목소리로 명령했다.

마음 가는 대로. 부끄러워할 필요 없어.

부끄러워할 필요 없어…….

나치의 마음을 전부 읽은 듯한 목소리였다. 저도 모르게 덜컥 엎드려 복종하고 싶어질 정도로 단호한 목소리.

눈앞이 탁 트이고 이와쿠라 마을이 펼쳐졌다.

강가를 따라 좁고 길게 뻗어 있는, 산맥에 착 달라붙은 작은 마을. 마치 모형 정원 같다.

나치는 갑자기 그 풍경이 멀게 느껴졌다.

이렇게 작은 마을 위로 겹쳐지듯 우주의 모습이 보인 느낌이 들었다.

이곳에는 우주의 비밀이 숨겨져 있다. 몇백 년도 더 전부터, 쭉.

강가에 누워 있던 부모님.

두 사람의 몸은 내내 이곳에 남아 있었다. 하지만 두 사람의 영혼은 먼 곳으로 날아가 버렸다. 머나먼 저편, 외해의 별로.

새삼 되짚어 보아도 도무지 믿기 힘든 이야기였다. 스케일이 너무 커서 자신에게 일어난 일이라는 실감이 나질 않았다.

하지만 그러는 한편 몸속 깊은 곳에서 그것이 진실이라는 깨달음이 올라왔다. 도와는 진실을 말하고 있다. 거짓말을 할 사람이 아니다.

아빠와 엄마가 살아 있다. 살아서 그곳에 있다. 은하의 저편, 둘이 함께.

그렇게 생각하니 신기한 기분이었다.

지금껏 얼굴도 몰랐던, 기억 속에도 없는 부모님. 그 두 사람이 젊은 모습 그대로, 지금은 멀리 있다고는 하지만 어쨌든 존재한다는 말을 듣자 갑자기 마음속에 작은 불빛이 켜진 기분이었다.

만날 수 있다. 허주 승선원이 되면 부모님을 만날 수 있다.

배 속이 뜨거워졌다. 허주 승선원이 되면 가족을 볼 수 있다니, 설마 그런 일이 가능할 줄이야.

정말이야? 정말?

스스로에게 거듭 물었다.

내가 허주 승선원이 되는 거야?

그런 생각을 하니 저도 모르게 걸음이 멈추었다.

허주 승선원이 된다.

애당초 자신이 이곳에 있는 것은 그 때문이었다. 하지만 불안과 거부감이 앞서, 정면으로 맞서 보지도 않고 계속 도망치기만 했었다.

허주 승선원이 된다는 말은…….

마음 가는 대로 하렴.

도와의 목소리가 또다시 울려 퍼졌다.

반사적으로 목젖 깊은 곳이 꿀꺽, 하고 울렸다.

늘 느끼던 갈증. 필사적으로 억누르며 못 본 체했던 목마름. 그것을 간신히 이겨 내고 있었다. 지금까지 잘 버텨 왔다(아마도).

변질을 진행한다. 드나들며 누군가의…… 피를 빤다.

'괴물'이라는 목소리가 어딘가에서 들려왔다. 누구 목소리일까? 내 목소리? 아니면 다른 누군가의 목소리?

하지만 그 목소리는 이전처럼 크지 않았다. 바로 얼마 전까지 온몸의 구석구석까지 꺼리는 마음으로 가득했는데.

희미한 현기증이 느껴졌다.

내가 변질되고 있는 건가? 어쩌면 전처럼 혐오감을 느끼지 않는 것도 감정이 평탄해졌기 때문에?

어렴풋한 공포가 솟아났다.

유이도 변질이 됐어. 감정 기복이 완만해져 가고 있었어.

그리고, 도와. 이젠 감정적인 모습이 거의 보이지 않고, 초월자로서 인간에게 연민 비슷한 것을 희미하게 갖고 있는 정도였다.

나도 저렇게 될까. 저렇게 되어 갈까.

두려운지 슬픈지 알 수가 없었다. 솔직히 말하면 눈앞에 느닷없이 나타난 사실을 파악하는 것만으로도 벅차, 자신의 감정 따위는 신경 쓸 상황이 아니었다.

나치는 휘청거리며 걸어 나섰다.

돌아가야 해.

생각하는 데 지쳐서 그냥 멍하니 산을 내려갔다. 마을이 가까워짐에 따라 조금씩 마음이 진정되고, 겨우 '현실'로 돌아온 기분이 들었다.

강물 흐르는 소리가 들리자 저도 모르게 안도의 한숨이 흘러나왔다.

강변이 보이니 자꾸만 부모님 생각이 난다.

이 세상의 육신을 소멸시키고, 하늘로 여행을 떠난 아빠와 엄마.

도와는 건너편 별에서 실체화된 두 사람을 만났다고 했다. 그리고 도와 혼자만 의식을 날려서 지구로 돌아왔다…….

문득 위화감이 느껴졌다.

도와만 돌아왔다. 두 사람은 건너편 별에서 실체화되어 있다.

그렇다면 부모님도 돌아오면 될 것을. 두 사람은 이미 성간 이동이 가능하다는 사실을 증명했고 그 방법도 확립시키는 중이라고 한다. 부모님을 직접 만나면 나치도 허주 승선원이 되겠다는 의욕이 높아질지도 모르는데.

아니, 그럴 수는 없겠구나.

나치는 고개를 가로저었다.

부모님은 지구상에서 '죽었다'. 그런데 갑자기 돌아오면 큰 소동이 벌어질 테고, 육체가 소멸해야만 성간 이동을 할 수 있다는 사실이 밝혀지면 패닉이 일어날 것이다. 그래서 도와도 입막음을 하지 않았던가. 아직 공표할 시기가 아니며 어쩌면 그 외에도 이동시킬 방법이 또 있을지 모른다고.

납득은 했지만 한순간 느낀 위화감은 아직 어딘가에 남아 있었다.

마을길로 들어서니 평소의 소란스러운 분위기가 돌아왔다.

이렇게 강가를 걷고 있으니 평범한 중학생일 뿐이다.

바람이 편안하게 불어왔다.

멀리서 악기 연주 소리가 들렸다.

완전히 귀에 익어 버린 이와쿠라의 소리.

그러고 보니 이제 곧 밤샘춤 시기가 온다. 오봉이 가까워지면 사흘 낮 사흘 밤 내내 밤을 새우며 계속 춤추는 축제의 절정, '밤샘춤'이 열린다.

저도 모르게 축제 수레가 출발하는 광장을 향해 걸어 나섰다.

지난번 그곳에 갔던 일이 아주 먼 옛날 일처럼 느껴졌다.

관광객은 여전히 많았다. 유카타를 입고 걷는 사람이 많지만 '외부인'이라는 느낌이 확 느껴져, 동네 사람이 아니라는 것을 금세 알 수 있었다.

전에는 자신이 캠프생이라는 이유로 소외감을 느꼈지만 지금은 오히려 그래서 더 마음이 편했다. 그림자처럼 군중 속에 섞여 들 수 있으니 안심이 되었다.

광장 한구석에 서서 주위를 멍하니 둘러보았다.

물결 같은 웃음소리. 간식을 먹으며 돌아다니는 아이들. 사진을 찍는 관광객. 평화로운 악기 연주 소리.

공기가 부드럽고, 어딘가에서 풍겨 오는 화사한 향기는 오로지 노점 때문만은 아닌 듯했다. 관광객이 뿌린 향수일까, 아니면 화장품 냄새?

기묘한 현기증이 또다시 급습했다.

전에 이곳에 왔을 때도 비슷하게 취하는 느낌을 받았던 것 같다.

나치는 소용돌이 모양의 광장 돌바닥을 내려다보다가 멍하니 고개를 들고 광장 위에 장식된 저 별 모양의 기묘한 등롱을 쳐다보았다.

뭘까, 이 느낌. 그때도 느꼈던…….

별사탕의 돌기를 뾰족하게 쭉 늘려 놓은 모양의 등롱. 마치 초신성 폭발 같다.

그래, 그때도 비슷한 생각을 했다. 이 광장을 중심으로 무언가가 소용돌이처럼 흘러 나가는 것 같다고 생각했었지.

문득 '나비 계곡'의 풍경이 되살아났다.

위에서 빛이 비쳐 들고 나비들이 정신없이 날아다니는 계곡. 그곳에 불시착했다는 허주.

안에는 사람이 없었다고 했다. 아무도 타고 있지 않았다. 유기 생물체는 이미 소멸하여 먼지가 되어 버렸을 것이라고.

그리고 인간들은 그 배를 조사하여, 직접 허주를 개발했다······.

또다시 위화감이 느껴졌다.

응? 뭔가 이상하지 않아, 이 이야기?

나치는 저도 모르게 고개를 갸웃거렸다.

도와의 이야기가 진실이라면 '허주'에 탄 것이 반드시 유기 생물체이리라는 보장은 없다.

불시착한 그들도 '성간 이동 방법'을 사용했다면?

긴 여행이기 때문에 의식만을 태워서 이곳 지구에 도착한 뒤 지상에서 실체화되었다면.

이 땅에 내린 '그들'이 이와쿠라에 살기로 결정했다면.

나치는 발밑이 꺼지는 듯한 충격에 사로잡혔다.

혹시 여기 사는 사람들이 '그들'의 후손인 것은 아닐까?

핏기가 싹 가시는 기분이었다. 얼굴이, 등이 서늘해졌다.

이와쿠라 자체가 '그들'의 후손이 만든 마을이라면? 그렇기 때문에 이와쿠라 사람들에게는 허주 승선원이 될 소질이 있었던 것이다. 물론 이 장소 자체에도 무슨 힘이 있었을지도 모른다. 자기장 같은 힘이나, 변질을 재촉하는 무슨 조건이 갖춰져 있었을 수도 있다.

하지만 진정한 이유는 '그들'의 자손이었기 때문이 아닐까. 그렇기 때문에 이곳에 태어나는 아이들은 모두 캠프에 가고, 다른 아이들보다 '소질'이 있었다. 그렇게 생각할 수 있지 않을까.

최근 캠프 성공률이 떨어지고 변질도 잘 되지 않는 이유는 다른 지역과의 교류가 진행되어, 점점 자손의 피가 옅어졌기 때문이 아닐까. 그렇다면 이해가 된다.

그래도 우연히 격세유전 같은 일이 일어난다. 올해는 적성이 있는 아이가 많다.

선생님들도 그렇게 말하지 않았던가.

어쩌면 엄마도, 나도…….

그 피가 몇 세대를 지나 다시 깨어났을지도 모른다.

그렇다면 이 축제는.

나치는 비틀비틀 주위를 둘러보았다.

물결 같은 웃음소리. 잔잔하게 되풀이되는 악기 연주 소리.

광장을 중심으로 원을 그리며 춤추는 사람들.

허공에 매달려 있는, 초신성을 닮은 등롱.

이것은 '그들'의 기억을 기념하는 축제다. 머나먼 별에서 지구로 흘러 들어와, 착륙해서 살아남은 '그들'의 자손이 스스로의 뿌리를 잊지 않기 위해 시작한 축제였던 것이다.

현기증이 점점 더 심해지고, 나치는 주위의 풍경 자체가 빙빙 돌기 시작한 느낌이 들었다.

머나먼 별의 기억. 옛날의 꿈. 내 몸에도 흐르는 그들의 핏속 기억.

돈다. 풍경이 빙빙 돈다.

광장이, 이와쿠라가, 세계가, 지구가 소용돌이를 그리며 여기서부터 무언가가 퍼져 나간다.

몸이 차갑다.

나치는 광장 위로 겹쳐지는 은하계를 보았다. 어두운 별들이 거대하게 소용돌이치며 한없이 펼쳐져 나가는 광경을.

눈앞이 어두워지고, 나치는 더 이상 서 있을 수가 없었다.

대체 무슨 장소일까, 여긴.

나치는 거의 주저앉다시피 광장 돌바닥에 쪼그리고 앉아 버렸다.

⤞ 11 ⤝

밤샘춤이 코앞으로 다가온 이와쿠라 마을은 차츰 고요한 흥분을 키워 가고 있었다.

입 밖에 내어 말하는 사람은 없지만 억눌린 에너지가 이곳저곳에서 치솟았다.

캠프생들이 있는, 불길한 분위기를 공유하는 이와쿠라가 아니라 관광지로서의 마을, 오랜 전통이 있는 마을로서 오랜 세월 이어져 온 축제의 절정이 가까워졌다는 흥분이었다.

밤샘춤은 오봉을 맞이하는 주말, 사흘 낮 사흘 밤에 걸쳐 펼쳐진다. 저녁 무렵부터 새벽녘까지 아주 약간의 휴식을 제외하면 참가자들은 한없이 춤을 추고 또 추게 된다.

관광객 수도 피크를 맞이했다. 그들의 목적도 밤샘춤 구경과 참가였다.

　무언가가 찰랑찰랑 밀려오는 듯한 흥분과 열광을 누구나가 피부로 느끼고 있었다.

　그리고 동시에 위화감도 느꼈다.

　뭔가가 다르다. 지금까지와는 다르다. 작년까지와는 다르다.

　이 마을에 가득한 흥분과 광기에는 한 번도 본 적 없는 무언가가 담겨 있다. 좋은 것인지 나쁜 것인지는 모르겠지만 미지의 무언가가 바로 곁으로 다가와 있음은 분명했다.

　그렇게 느끼는 것은 교사들도 마찬가지였다.

　"드디어 밤샘춤이네요."

　찌는 듯 더운 해 질 녘. 법당 한구석에서 보리차를 마시며 세 사람은 이야기를 나누었다.

　평소보다 긴장된 말투로 마나베 선생이 말했다.

　"음."

　교장도 마나베 선생의 말뜻을 바로 알아들었는지 고개를 끄덕였다.

　밤샘춤.

　그것은 캠프에서 매우 중요한 시기였다. 올해 캠프의 성패는 여기서 정해진다 해도 과언이 아니다.

　"어떻게 될까요, 올해는?"

　도미자와 선생이 불안한 기색을 지우지 못하며 교장을 바라보았다.

"무슨 일이 일어날지 전혀 예상이 안 되는군요……. 지금까지도 통 알 수 없는 일들뿐이었고."

"올해는 적성이 있어 보인다는 말이 사실인가요?"

마나베 선생은 매달리는 듯한 눈빛이었다.

"유이가 그런 상황이 되어 버렸으니, 아니, 그런 짓을 시켜 버렸으니 우린 대체 어떻게 속죄해야 좋을까요. 그 애가 허주 승선원이 되면 다행이지만, 만약 탈락한다면……."

목소리가 떨렸다.

"이미 다 지나간 일일세."

교장이 차가운 목소리로 말했다.

"그건 이제 우리가 생각할 일이 아니야. 그 건은 이미 끝났어. 게다가 도와는 유이가 거의 확실하게 허주 승선원이 될 것이라고 했다네."

"정말요?"

마나베 선생이 희미한 안도를 내비쳤다.

"원래는 매년 이 시기에…… 밤샘춤 즈음에 변질도 피크를 맞이하잖아요. 여기서 변질을 끝내지 못하면 다음엔 거의 변하지 않는 일이 많고. 맞죠?"

도미자와 선생이 혼잣말처럼 나지막이 말했다.

"그래. 원래는, 그렇지."

교장이 의미심장하게 되풀이했다.

마나베 선생도 도미자와 선생도 교장의 표정을 훔쳐보았다. 이미 여러 가지 트러블을 겪은 세 사람은, 달관한 듯 또 참회하는 듯 복잡한 표정을 공유하고 있었다.

"참 신기해, 이 축제는."

교장이 중얼거렸다.

"대체 뭘까. 아마 이곳 이와쿠라라는 땅에 깃든 힘을 기억하고, 되찾고, 아로새겨 나가기 위한 축제겠지. 한없이 이어지는 춤이 마치 밀물과 썰물처럼 매일 조금씩 기세를 높여 가다가, 밤샘춤 기간 동안 가장 강력한 에너지를 끌어당겨 이 땅의 힘을 드높여서 이곳에 사는 모든 사람들, 특히 캠프생들에게 아주 커다란 영향을 끼치는 거야. 그런 일이 실제로 일어나지."

담담하게 이야기하는 교장을 두 선생들이 가만히 바라보았다.

"원래 축제란 그런 것이니까. 비일상적인 장소를 마련해서 사람들의 기운을 끌어 모으는 곳. 그곳에 슬그머니 기묘한 무언가를 출현시키고. 그것이 축제지. 특히 이곳 이와쿠라에서는. 이곳 축제에서는, 특히나."

"축제와 캠프 아이들이 동시에 영향을 받는다는 말씀이신가요?"

"음. 조석 간만이나 달의 차고 이지러짐이 자연계에 영향을 끼치는 것과 비슷할지도 몰라."

"올해는 관광객의 수도 예년보다 많다고들 하더군요. 그런 것과도 상관이 있을까요?"

"없다고도 할 수 없지."

"교장 선생님은 뭘 걱정하시는 건가요?"

마나베 선생이 망설이면서도 물었다.

"걱정? 내가 걱정을 하고 있다고?"

고개를 들고 마나베 선생을 쳐다보는 교장의 말투는 자못 뜻밖이라는 투였다.

"네. 교장 선생님, 요즘 들어 뭔가에 정신을 빼앗기신 것 같아요. 안 그래도 생각할 일이 많은데 그 외에 뭔가 마음에 걸리는 게 있어서, 뭐랄까……. 마음이 딴 데 가 있는 느낌이에요."

"마음이 딴 데 가 있다……."

교장은 쓴웃음을 지었다.

"그렇게 보였나. 다 들켰구먼."

"그럼 정말로……?"

"확실히 마음에 걸리는 게 있긴 해. 내가 채 감당할 수 없을 정도로, 아니, 솔직히 말하면 어떻게 받아들여야 좋을지 알 수 없을 만큼 너무나도 커다란 이야기야."

"교장 선생님이 감당하실 수 없을 정도로? 유이나 대신 사건보다 더 큰 이야기라는 말씀이세요?"

도미자와가 놀라서 물었다.

"음. 뭐랄까, 차원이 다른 이야기라서. 나도 잘은 모르겠구먼. 도와에게서 듣기만 했을 뿐이라, 지금은 좀."

"도와 씨도 참 신기한 분이에요."

마나베 선생은 문득 뒤를 돌아보았다. 마치 그곳에 도와가 서 있기라도 한 듯.

"신출귀몰하다고나 할까, 왠지 통 인간 같지가 않달까. 현역 허주 승선원은 처음 봐서……. 정말 아름다운 분이에요. 꼭 여신 같고. 하지만 너무 속세를 벗어난 느낌이에요."

"도와가 이곳에 있는 이유를 알겠나?"

"이곳에 있는 이유?"

"음. 그게 내 고민과도 관련이 있어."

마나베 선생과 도미자와 선생은 수수께끼 어린 교장의 말에 얼굴을 마주 보았다.

"……메아리가 어떻게 나올지도 궁금하고."

잠시 침묵이 흐른 후 교장이 나직이 중얼거렸다.

마나베 선생과 도미자와 선생은 또다시 마주 보았다.

"메아리요? 그건 이미 유이로 결론이 내려진 것 아닌가요?"

"그거야말로 이미 다 끝난 일이잖아요."

두 사람은 거의 동시에 말했다.

"그래. 그건 유이였지."

교장이 느릿느릿 고개를 끄덕였다.

"그렇다면 왜……."

"유이 하나뿐이 아니야."

"네?

"유이 외에 또 있어. 그것도 어쩌면 여럿일지도 몰라."

"메아리가?"

두 사람은 이번에도 동시에 외쳤다.

"음. 확증은 없지만 그런 느낌이 들어."

"그럼 대신 사건 말고 다른 일은, 다른 메아리가?"

"그럴 수도 있고, 유이가 한 일일지도 몰라. 하지만 전부 유이가 했다고는 생각하기 힘들어. 아무리 그래도 너무 이곳저곳에 출몰했으니."

"그건 저도 느꼈어요."

마나베 선생이 조심스럽게 말했다.

"아무리 어마어마한 힘을 지녔다고는 해도 좀 이상하다 싶더라고요."

"만일 메아리가 또 있다면 밤샘춤 때는 어떻게 하죠? 지금까지 교장 선생님의 경험으로는 메아리가 출몰한 해에 대체 무슨 일이 벌어졌습니까?"

도미자와가 불안한 목소리로 물었다.

교장은 퍼뜩 놀란 표정을 지었다가 입을 다물고는 천천히 고개를 가로저었다.

"그건 생각하고 싶지도 않아······. 그때는 무슨 집단 히스테리 같은 소동이 벌어졌어. 엄청난 사건이었지."

"집단 히스테리? 아이들이 말인가요?"

"아이들도, 마을 사람들도 모두."

"그럴 수가······."

교장은 낮은 한숨을 내쉬었다.

"다카다 나치 문제도 있어."

세 사람 사이에 침묵이 내려앉았다.

"설마 다다유키 씨가 그런 곳에 있었을 줄이야."

그 사실을 들었을 때의 충격도 세 사람은 이미 공유했다. 그 사실의 무게를 새삼 곱씹듯 셋은 씁쓸한 표정을 지었다.

"반대였다니…… 나쓰 씨가, 오히려 다다유키 씨를……."

"나치도 큰 충격을 받았겠지."

세 사람 모두 왠지 모르게 죄책감 어린 표정을 지었다. 지금껏 다다유키가 아내를 죽이고 도망쳤다고만 생각했기 때문이리라.

"그 애는 아직 한 번도 '드나들지' 않았다더구먼."

교장이 나직이 말했다.

"네, 그런 것 같더라고요."

"스스로 거부하는 모양이에요."

그들은 캠프생들의 행동을 꽤 상세히 파악하고 있었다.

"다른 아이들은 거의 대부분 '드나들고' 있어요. '드나들었'다가 '드나들지 않았'다가, 하는 식으로 기복이 있는 아이도 제법 있지 만요."

"그래선 곤란해."

교장이 한탄하듯 고개를 가로저었다.

"왜 그렇게까지 고집스럽게 거부하는 건지……. 부모님 때문일까요?"

"여러 가지 이유가 있겠지. 이와쿠라를 떠나서 성장한 탓도 있을 테고."

"처음 왔을 때보다는 많이 침착해졌고 상황을 파악하고 있는 것 같아요. 하지만 역시 아버지 시체가 나왔으니 어떤 영향을 받을지……."

"변질되는 과정에서는 정신적으로도 불안정해지기 쉬우니 말이죠."

"불안정……. 그 정도로는 끝나지 않을 거야."

교장이 말했다.

"그 아이는 열쇠니까……. 그 아이가 어떻게 되느냐에 따라 캠프의 향방이 결정될 수도 있어."

"다카다 나치가?"

도미자와 선생이 의아한 표정을 지었다.

"그것도 도와 씨가 한 말인가요?"

마나베 선생이 물었다.

"도와뿐만이 아니야."

교장은 먼 곳을 바라보았다.

"나도 그렇게 느꼈거든. 밤샘춤 기간 동안 그 애가 어디까지 변질될지, 애당초 변질을 끝낼 수는 있을지."

탄식.

"그렇지 않아도 밤샘춤 때문에 잠을 제대로 못 잘 텐데, 이번 밤샘춤 기간에는 거의 잠잘 틈이 없겠구먼."

마나베 선생과 도미자와 선생은 교장의 시선 끝에 무엇이 있는지 확인하려 했지만 그곳에는 벽이 있을 뿐, 무엇을 보는지 도통 알 수가 없었다.

뭘까, 이 이상한 느낌은.

아마치 마사키는 연일 이와쿠라 마을 안을 걸어 다녔다.

내내 느껴지던 위화감의 정체를 확인하기 위해서였다.

그것은 감이라고밖에 표현할 수 없는 기묘한 감각이었다.

무슨 일이 일어나고 있다. 이 장소에서, 뭔가 어마어마하게 거대한 일이.

찌는 듯 덥고 불쾌한 공기 속에서 마사키는 오싹함마저 느낄 정도였다.

쓰쿠바 출신인 마사키도 어린 시절 어른들 손에 끌려 이와쿠라를 여러 번 방문했다. 거기에는 여러 가지 이유가 있었으리라. 연구 때문이기도 했을 테고, 마사키에게 스스로의 상황을 이해시키기 위해서이기도 했을 터.

하지만 마사키는 쓰쿠바에 있을 때도 항상 '이와쿠라'를 느끼고 있었다.

몸의 일부가, 의식의 뿌리가 늘 이곳에 있다고 느껴지는 이와쿠라.

그리 넓은 곳도 아니다. 산간 지방, 강으로 둘러싸인 이렇다 할 특징도 없는 마을.

이번 캠프에 참가하기 위해 찾아왔을 때 마사키는 솔직히 맥이 빠졌다.

워낙 오랜만의 방문이었다고는 해도, 어렸을 때 느꼈던 신비로움과 신성함이 전혀 느껴지지 않았기 때문이었다.

이런 곳이었던가?

쓰쿠바에서 언제나 느꼈던, 헤어지기 싫고 늘 자신의 일부라고 생각했던 장소가 이렇게 별 볼일 없는 곳이었나?

낙담, 아니, 환멸에 가까운 감정마저 느껴졌다.

하지만 특별한 장소임은 분명했다.

벽에 새겨진 선조들의 그림.

축제의 풍경 속에 남아 있는 고대 신앙.

그런 것들을 찬찬히 맛볼 수 있어 감회가 새로웠다. 마사키는 다른 캠프생들과 달리 태어난 순간부터 허주 승선원이 될 운명인 존재였으므로.

하지만 그것도 며칠이 지나니 질렸다.

교과서에 실려 있던 것들을 현지에서 확인했다. 또는 가이드북에 나온 경치를 직접 두 눈으로 보았다.

그런 느낌에 가까웠다.

이것이 정말 그 '이와쿠라'일까?

마사키는 매일같이 자문자답하며 스스로를 납득시키려 했다.

나는 허주 승선원이 될 것이다. 그것은 이미 기정사실이고, 이제 와서 운명을 바꾸려는 건 아니지만 그래도 자신을 설득하고 싶었고, 자발적으로 그 길을 선택하고 싶었다.

그런데 이 환멸은 대체 무엇일까.

체재 기간이 길어질수록 환멸은 더욱 짙어졌다.

같은 캠프 참가자들의 낮은 수준과 그 차이에도 놀랐고, 사정을 전혀 모르는 아이까지 있었다.

이래서야 정말 다른 별로 이주할 수나 있을까?

솔직히 말해 그런 걱정마저 들었다.

심지어 피비린내 나는 살인 사건까지 일어나고, 메아리라는 망령도 나타났다. 심지어 그 배후에는 놀랍게도 '피먹임을 할 권리'라는 것이 존재했다니 마사키는 놀람을 뛰어넘어 웃음이 날 정도였다.

대체 어느 시대 얘기야?

허주 승선원을 배출한다는, 인류의 절박한 과제 바로 옆에서 시골 정치와 돈 계산이 얽히다니!

물론 어떤 의미에서 감탄한 것도 사실이었다.

그래, 독창적인 장사라고 표현 못 할 것도 없다. 인간은 건강해지기 위해서라면 제아무리 수상쩍고 괴상한 것조차 돈을 내고 구입하고, 돈을 필요로 하는 사람은 언제 어느 때나 존재하기 마련이다. 그것이 설령 인류의 미래가 걸린 성지라도 예외는 아니다.

하지만 그날 갑자기 전환점이 찾아왔다.

메아리가 유이라는 사실이 밝혀졌을 때였다.

그때 어째서인지 마사키가 본 것은 다카다 나치였다.

다들 유이를 주목하고 있을 때, 마사키는 반사적으로 나치 쪽을 쳐다보았다.

나치는 왠지 마음이 다른 곳에 가 있는 듯했다.

무언가에 정신이 팔린 듯, 모두가 안도하고 호기심을 드러내는데 반해 혼자 멍하니 딴 세상에 있었다.

처음 만났을 때부터 왠지 자꾸 나치가 신경이 쓰였다.

캠프와 이와쿠라에 대한 지식이 전혀 없고, 어쩔 줄 몰라 하며 불안한 태도만 보이던 아이. 언덕길 중간에서 토하던 아이. 깜짝 놀란 눈으로 마사키를 보던 아이. 이와쿠라에서도 오래된 집안에 속하는 미카게 가문의 후예인데도 이곳에 처음 왔다는 아이.

마사키는 나치에 대해서도 생각했다.

대체 정체가 무엇일까?

그리고 메아리 소동 다음으로 일어난 것이 다카다 나치의 아버지의 시체가 발견된 사건이었다.

이 타이밍에, 딸이 있을 때 나타난 일이 과연 우연일까. 심지어 죽인 사람이 당시의 아내, 나치의 모친이었다고 한다. 사람들이 생각하던 상황과는 완전히 다른 구도의 사건이었다.

완전히 다른 구도……, 구도.

머릿속에 그 단어가 자꾸만 메아리쳤다.

마사키는 미카게 여관과 학교를 자연스럽게 관찰해 보았다.

모여서 무언가 심각한 이야기를 나누는 어른들, 선생들, 마을 사람들.

그리고 납득이 되었다.

그랬구나, 올해 이 캠프의 중심은 다카다 나치였어.

왠지 갑자기 그런 예감이 들었다.

교사들이 신경 쓰는 중심에는 다카다 나치가 있었다. 올해 캠프의 열쇠는 나치였다. 모두가 숨을 죽이고 나치를 주의 깊게 관찰하고 있었던 것이다.

왜지? 소질이 있어서?

아직까지 나치는 눈에 띄는 변질을 보이지 않는다. 어디까지나 겉으로 그렇다는 말이지만. 늘 불안한 표정이고, 안색도 좋지 않은데도 통로 사용을 고집스럽게 거부하고 있단다.

다른 아이들을 보면 하나같이 하루가 다르게 변질되고 있는데 나치 혼자서만 명백히 제자리걸음을 하고 있었다.

왜일까. 교사들이 나치를 주목하는 이유가 결코 허주 승선원이 될 가능성뿐만은 아니라는 생각이 들었다. 다른 무언가, 나치에게 무슨 일이 일어나기를 기대하는 느낌이었다.

대체 뭐지?

마사키는 한참을 조용히 생각했다.

그리고 다른 변질도 알아차렸다.

이와쿠라의 변질.

밤샘춤을 맞이하여 관광객은 더욱 늘어났다.

늘 밤샘춤 때 붐빈다는 사실은 알고 있었지만, 올해는 평소보다 훨씬 더 많게 느껴지는 건 과연 착각일까.

웃으며 걸어가는 사람들을 지켜보며, 마사키는 시끌벅적한 길을 둘러보았다.

사람만 늘어난 것이 아니었다.

왠지 마을 분위기 자체가 달라진 느낌이었다.

축제는 원래 준비 기간에 가장 흥분되는 법이다. 당일이 다가올수록 기분도 차츰 들뜨고, 본무대에서 모든 에너지를 연소시키기 위해 타이밍을 차츰 조절해 간다.

하지만 그런 것과는 뭔가가 달랐다.

마사키는 날카로운 눈빛으로 여기저기 둘러보며 사람들의 마음속에 가라앉은 생각을 읽어 내려 했다.

캠프에 처음 왔을 때의 느긋하고 맥 빠진 분위기는 이제 완전히 사라져 버렸다.

무언가가 모여든다. 무언가가 차곡차곡 쌓인다. 고인다. 그런 느낌이었다.

이 이와쿠라라는 장소의 바닥에 주위 에너지가 흘러든다. 그것은 조금씩이지만 착실히 한곳에 모이고 있었다.

묘하게 심장이 자꾸만 뛰었다.

무슨 일이 일어나려 한다.

아무도 예상조차 할 수 없고, 아무도 몰랐던 무언가가 이곳에서.

마사키는 주위를 둘러보았다.

누구한테 물어야 좋을까? 이 의문에 누가 답해 줄 수 있을까?

교장 선생과 아버지, 도와의 얼굴이 떠올랐다가는 사라졌다.

가장 근접한 대답을 해 줄 수 있는 사람은 역시 도와일 것이다. 하지만 도와조차 이곳에서 진행되는 일의 전모를 파악한 것 같지는 않았다.

답을 알고 싶다. 누가 가르쳐 줬으면 좋겠다.

이렇게 초조해진 건, 마사키 입장에서는 처음 겪는 일이었다.

뭐든 다 알고 있는 줄 알았다. 아버지보다 자신이 허주 승선원에 대해 더 잘 안다고 생각했다.

누군가에게 가르침을 청하는 일 따윈 지금까지 거의 없었고, 절실하게 바란 적도 없었다.

하지만, 지금은.

정신을 차리고 보니 마사키는 다리 앞에 서 있었다.

이렇게 무언가를 알고 싶다는 생각이 들다니. 누군가에게 매달려, 안심시켜 달라고 애원하고 싶을 정도라니.

아무도 모르는 곳에서 마사키는 얼굴이 파래진 채 입술을 꽉 깨물었다.

그토록 불안한 심경으로 서성거리는 소년이 있다는 사실을, 지금 이곳 이와쿠라를 오가는 그 누구도 알 길이 없었다.

그건 대체 언제 벌어진 일이었을까.

옛날, 자신이 아직 그들과 같은 나이의 같은 어린아이였을 때 처음 이곳에, 이와쿠라에 온 게?

틈만 나면 산으로 들로 돌아다니는 일이 도와의 일과가 되어 버렸다.

이곳 풍경은 아무리 봐도 질리지 않는다.

신선하기도 하고, 그립기도 하다.

숨 막힐 정도로 짙은 녹색, 눈부신 햇빛, 뺨을 쓰다듬는 바람.

이렇게 산길을 걷고 있으면 내내 이곳에 살았던 기분이 든다.

하지만, 예전에는?

애당초 정말 이곳에 있었을까? 하는 것이 도착했을 때의 인상이었다.

정말로 내가 이곳에 있었다고?

여기서 태어나서 여기서 자랐고, 부모와 친척들도 있었을까?

물론 '가족'이었던 사람들은 이제 이 세상에 존재하지 않는다. 아주 먼 옛날…… 지구의 시간을 세는 법도 잊어버렸지만, 지구식으로 말하자면 '머나먼 옛날'에 전부 죽어 버렸다.

지구의 시간. 시간?

이젠 의미도 없다. 외해에 나간 후로는 의미가 없어졌다.

자신에게 시간이란 그 어두운 별들 사이를 채우는 어두운 공간과 같은 말이었다. 또 건너편 공간에 체류……, 착착 진행되는 테라포밍*(아니, 애당초 지구와 매우 비슷한 조건의 별이었다.)에 소비해 버린 것, 그것과 동의어였다.

이렇게 돌아올 때까지 다 잊고 있었다. 이렇게, 또다시 이 장소를 두 눈으로 보게 될 일은 없으리라고 생각했고 이젠 고향이라는 개념도 없었다. 자신이 누구인지 의식조차 하지 않았다.

나는 무엇이었지? 남자였나, 여자였나?

햇빛이 눈을 찔렀다.

실체화된 눈은 착실히 빛에 적응했다.

돌아와서 가장 당황스러웠던 것은 사람들이 사용하는, '나'라는 일인칭이었다.

그리고 기억 속 깊은 곳에서 떠올랐다. 변화가 진행됨에 따라 제일 먼저 희박해진 것이 '일인칭'이라는 감각이었다는 것도.

그런 것까지 기억하고 있었다는 사실이 오히려 놀라웠달까, 신기하게 느껴졌다.

그리고 흥미를 느꼈다.

그렇구나, 내 기억 속 깊은 층에서 이곳이 나의 뿌리라는 실감이, 지구에서 시간을 보냄에 따라 조금씩 솟아났던 거야.

표정이 풍부한 아이들. 교장과 선생들. 마을 사람들.

● 지구가 아닌 행성을 인간이 살 수 있도록 만드는 작업

그들의 얼굴을 보니 그야말로 격세유전이라 불러도 좋을 법한, 정신의 중심 부분에서 무언가가 스멀스멀 배어 나오는 감각이 느껴졌다.

그들의 '감정'이, '정서'가, '갈등'이 되살아날 것만 같았다.

몸속 깊은 곳이 희미하게 꿈틀대고 일렁인다.

특히 그 소녀, 나치. 그 한없이 천진난만하면서도 있는 그대로 다 드러낸 정신……. 금방이라도 외해로 의식을 날려 보낼 정도의 힘을 갖고 있는 그 소녀의 표정을 보면 신체 어딘가가 자꾸 반응한다고나 할까, 자신의 내면에 있는 무언가가 '움직이는' 기척이 느껴진다.

인간은 이토록 불안정하고, 흔들리고, 불확실하고, 덧없는 존재였다는 뜻이겠지.

처음에는 당황스럽기만 했으나 차츰 그것도 적응이 되고, 오히려 흥취마저 느껴지니 신기할 정도였다.

그들의 표정을 보고 있으면 자신의 내면에도 예전에는 저런 것이 있었지, 하는 확신이 느껴졌다.

그나저나 지금 여기서 이러고 있는 것 자체가 믿어지지 않는다.

혼자 걸으며 세계가 인류에게, 이 생명체에게 준비해 준 것들이 참 기묘하고 현묘(玄妙)하다고, 도와는 감탄했다.

감정을 거의 다 잃은 자신도 놀람이라고밖에 부를 수 없는 감정을 느꼈으니 말이다.

누가 알았을까?

'신'이라는 개념은 이해는 하되 믿지는 않았으나…… 그래도 역시 이 세계를 창조한 자, 이 세계를 창조한 의지, 또는 에너지라 불러야 좋을지 모르겠지만 그 주도면밀함과 정밀함이 무시무시하게 느껴졌다.

대체 언제부터 계획했을까? 그 모든 것을 예상하고 준비했을까?

우주가 만들어졌을 때부터 우주 공간을 채우고 있던 암흑 물질과 암흑 에너지가, 생명체가 우주로 날아가 이동하기 위해 존재하던 수단이었다니.

아직 미지의 부분이 많고, 연구가 막 시작된 참이기는 하지만 마치 인류의 이 때를 기다리기라도 한 듯 용의주도하다.

그런 생각을 하고 있으니 이 세계의 방향, 이 세계의 사상, 모든 것이 누군가의 의지에 의해 만들어진 것 같아 현기증이 느껴졌다.

그리고 그것을 깨달은 사람이 두 명 더 있었다.

나치의 부모인 그 두 사람.

지구에서 스스로의 생명을 끊으면서까지 그것을 전하러 찾아온 두 사람…….

그들이 그 타이밍에 찾아온 일에도 무슨 의미가 있으리라는 생각이 들었다.

이젠 인류를 다 이동시킬 수가 없다. 테라포밍은 몰라도 모든 인류를 실어서 데리고 나올 수가 없으리라는 사실이 거의 명확해지려던 그 타이밍에 갑자기 나타난, 아름다운 그 두 사람…….

결국 인류는 살아남아야 하고 이동시켜야 한다는 누군가의 의지, 인류의 운명을 시사하는 일이었다고 받아들여야 하지 않을까.

실제로 건너편 별에서는 그런 의견이 활발해졌다.

그때까지는 여론의 대부분을 비관론이 지배했고, 이젠 지금 있는 사람들끼리 새로운 문명을 개척할 수밖에 없다는 비장한 각오가 만연했으며 지구에 남은 대부분의 사람들은 천천히 멸망할 운명을 감내해야 한다고들 생각했는데 말이다.

그 두 사람도 누군가가 준비한 자들이었을까?

대체 언제부터? 일부러 이 타이밍을 노렸다가 인류에게 선물한 걸까?

그렇다면 그 소녀는.

이곳 이와쿠라는.

도와는 한없이 생각에 잠긴 채 계속 걸었다.

물론 앞으로가 더 힘들 것은 잘 알고 있었다. 인류가 납득해 줄까? 그들의 의식만을 끌어내서 우주 공간을 헤엄쳐 외해로 날아가야 한다고 설명하고, 이해시키려면 도대체 얼마나 걸릴까? 인류가 생명체의 다음 단계로 이행한다는 말을 받아들여 줄 사람이 얼마나 될까?

이 사실은 아주 조심스럽게, 앞으로도 한참 동안은 더 숨겨질 것이다. 지금은 건너편 별과 이쪽 지구 사이에서 아주 조용한 협의가 막 시작된 참이니.

지구에 남겠다는 사람은 얼마나 될까. 선택지가 주어지기는 할까. 아직 모든 것이 다 혼돈일 뿐이고, 앞으로의 여정은 가늠조차 되지 않지만.

하지만 그날은 틀림없이 온다. 지구가 태양에 집어삼켜져, 형체조차 남지 않을 날이.

준비를 진행해야 한다.

이제부터 차례차례 순서대로 사람들을 데리고 나가야 한다.

그러니 그 소녀도 꼭 우주로 날아올라 줘야 한다…….

무슨 일이 있어도, 요 며칠 안에.

뚝, 하고 발밑의 나뭇가지가 부러져 도와는 움찔했다.

퍼뜩 놀란다는 감각 자체가 왠지 그립게 느껴지고 기묘한 감각이었다.

그리고 그 순간 따스한 무언가가 몸속에서 차올라 도와는 아주 짧은 순간 오랜만에 '동요(動搖)'와도 비슷한 것을 느꼈다.

소란스러운 웃음소리.

뛰어다니는 소년, 소녀.

갑자기 입 안에 무언가가 되살아났다.

미각? 그래, 이건 미각이다.

무언가를 먹은 맛……. 달콤한 것도 있고, 아무 맛이 나지 않는 것도 있고, 쓴맛이 도는 것도 있다.

너무나 선명하게 되살아나는 바람에 정말로 자신이 뭔가를 먹었나 싶을 정도였다.

별로 맛이 없어.

불만스러운 소녀의 목소리가 들렸다.

아직 좀 이르지 않아?

그렇게 대답한 것은 소년의 목소리였다.

뭐? 그치만 벌써 이렇게 큼직하고, 쉽게 딸 수 있었는데.

나도 하나 줘.

어때?

음, 원래 이런 맛 아냐? 그렇게 맛있을 거라고 기대할 만한 것
도 아닌걸.

하지만 우리 애는 맛있게 먹던데.

우리 애?

그랬다, '나'는 다람쥐를 키웠다…….

도와의 머릿속에 팔 위로 폴짝폴짝 뛰어다니는 다람쥐의 감각
이 되살아났다.

그래, 그 다람쥐 이름이 뭐였지? 맞아, '폴짝이'였어.

그리고 '나'는 다람쥐에게 해바라기 씨앗을 먹였다. 늘 맛있게
먹는 폴짝이를 바라보며 나도 먹어 보고 싶다고 생각했었다.

캠프에 온 '나'는 시들어 가는 해바라기를 보고 씨앗을 땄다. 친
하게 지내던 그 애와…… 그 애와.

누구더라?

늘씬하고 키가 큰, 새까맣게 그을린, 조금 어른스러운 목소리로
말하던 소년.

가슴속 깊은 곳에서, 정말로 깊디깊은 곳에서 아주 작은 한 점
이 찌르르 울렸다.

그래, '나'는 그 소년이 신경 쓰여서 늘 눈으로 좇곤 했다. 캠프
기간 동안에도 그 소년만 바라봤었다.

아하하하, 하는 호쾌한 웃음소리가 들렸다.

그래, 이건 그 소년의 목소리다.

'나'는 그 소년과 함께 캠프에 왔다. 자신이 변질체가 된다는 것

쯤은 별 상관없는 일이었고, 그저 그 소년과 함께 캠프에 온다는 것에만 들떴다.

'나'는 그냥 아무것도 모르는 어린애였다…….

하지만 소년은 변질되지 않았다. '나'만이 쭉쭉 앞으로 나아가, 결국 소년과의 사이에 거리가 생겼다.

결국 탈락한 소년은 돌아가 버렸다…….

왜 이런 일을 떠올리고 있는 거지?

도와는 주위를 둘러보았다.

왜 하필 오늘 이런 생각을 하고 있는 걸까.

심지어 자신이 캠프생이었던 시절을 이렇게나 생생하게 떠올리다니.

아무리 생각해도, 상당히 '동요'한 모양이다.

그리고 자신의 몸이 어떤 진동에 반응하고 있다는 사실을 알아차렸다.

뭐지?

멈춰 서서 귀를 기울였다.

그것은 희미한 진동이었다. 처음에는 지면이 울리나 싶었는데 지면이 아니라 공기가 흔들리고 있었다.

그것도 아주 작고, 아주 희미한, 떨림이나 다름없는 리듬이었다.

인공물?

도와는 하늘을 올려다보았으나 그 진동의 정체를 알아낼 수는 없었고, 그러다 진동은 뚝 끊겨 버렸다.

그날 아침은 고요하게, 그리고 아주 평화롭게 밝았다.

물론 아직 여름이 한창이었기에 태양이 얼굴을 내밀기도 전부터 이미 찌는 듯 더우리라는 예감이 들었다.

하지만 그래도 여름은 차츰 변하고 있었다.

여름의 정점이라는 것이 있다면 이젠 그곳을 지난 느낌. 언제인지 몰라도 이미 꼭대기는 지났고 이젠 내려가기 시작한, 그런 기운이 감돌았다.

바람도 없고 고요한, 그러면서도 왠지 모르게 억눌린 에너지로 가득한 아침.

저녁 무렵부터 다음 날 아침까지 계속 춤만 추는 사흘간이 시작된 것이다.

조용한 마을에 기대가 가득했다.

이제부터 긴 하루가 시작된다. 비일상적인 하루가 찾아온다는, 희미한 흥분도 느껴졌다.

막 시작된 이와쿠라의 아침. 하지만 이날, 앞으로의 사흘간이 대체 어떻게 흘러갈지는 아직 아무도 몰랐다.

✦ 12 ✦

시로타 고지는 황홀한 기분과, 거의 그와 비슷할 정도의 불만을 안고 느릿느릿 잠에서 깨어나고 있었다.

'드나든' 후의 깊은 잠.

그것은 한없는 충족감에 차 있지만, 설명하기 힘든 피로감도 동반한다.

하지만 일어날 때는 깊은 구멍의 바닥에서부터 밝은 곳으로 떠올라 확실하게 정신이 들면 몸 깊은 곳에서부터 새로운 힘이 차오르는 느낌이 든다.

그렇구나, 제공자가 된 사람들이 하나같이 넋을 잃고 빠져드는 것도 이해가 된다.

고지는 수긍했다.

그 떳떳하지 못한 공감의 눈빛은 이것을 체험했기 때문이었다.

'드나드는' 동안에는 대체 어떤 작용 때문인지 평소와는 다른 정신 상태에 빠져들고(육체도 그렇지만) 냉정함을 잃지만, 반드시 같은 사람이 '드나드는' 것이 아니라는 사실은 알 수 있었다.

하룻밤 안에 같은 사람이 두 번 오는 경우도 있는가 하면, 여러 명이 올 때도 있었다.

흐릿한 의식 속에서 알아차린 범위로도 상대가 최소한 세 명은 있는 느낌이 든다. 여러 번 온 사람도 있고, 한 번만 온 사람도 있었다.

말 그대로 '맛을 들여서' 오는 사람도 있는가 하면 그렇지 않은 사람도 있는 듯했다.

단, 그러나.

고지는 내내 '그 아이'가 오고 있다고 생각했다.

지명된 제공자는 자신이니, 당연히 오는 사람은 '그 아이'가 틀림없다고 생각하고 '그 아이'의 모습을 그리며 가슴이 뛰고, 한층 더 커다란 황홀감을 느꼈다.

그러나 문득 명백히 다른 사람이 왔다는 것을 느낀 날, 그래서는 안 된다는 사실을 알면서도 상대방 쪽을 흘끔 쳐다보고 말았다.

예상대로 아니었다.

심지어 상대는 소년이었다.

내심 움찔하기는 했지만 황홀감은 여전했기에 그대로 내버려 두었는데, 그 후 하룻밤 푹 자고 나서 일어났을 때 문득 그런 의문이 들었다.

맨 처음 온 아이는 누가 봐도 가냘픈 소녀였고, 그 후로도 여러 번 '드나들었다'. 그건 '그 아이'였을까? 자신이 지명한 다카다 나치였을까?

고지는 기억을 더듬었다.

몸집은 비슷했고, 분위기도 비슷했다. 하지만 이렇게 한동안 '제공자' 노릇을 하다 보며 알게 된 사실인데 반드시 정해진 상대가 오는 것은 아니며 오히려 고정된 상대가 찾아오는 일이 더 드물었다.

마을에서 가만히 귀를 기울여 보니 그럴싸한 정보가 들어왔다.

지금까지 흘려들었던 잡담 속에 그 힌트가 있었다. 의식하지 않았기에 전혀 신경 쓰지 않았는데, 사람들은 일상생활 속에서 빈번히 그 이야기를 화제 삼았다.

고지의 의혹은 깊어졌다.

'그 아이'가 아니었던 건가? 캠프생이니 '그 아이'도 어딘가에 '드나들고' 있을 텐데, 대체 어디에 '드나들고' 있을까?

확인을 하고 싶었지만 맨 처음 왔던 '그 아이'는 그 후 좀처럼 다시 나타나지 않았다. 어쩌면 이젠 찾아오지 않을지도 모른다. 그렇다면 그게 '그 아이'였는지는 영원히 알 수 없게 되어 버린다.

고지는 불만스러웠다.

이젠 '드나드는' 쾌락을 포기할 수 없었고, 상대가 누구든 그 쾌락은 똑같이 얻을 수 있다. 하지만 일부러 손을 써서 '그 아이'의 제공자가 되었는데 제대로 오는지 확인할 수도 없다는 건 너무……

그런 답답한 불만을 품고 있던 어젯밤.

누군가가 찾아왔다.

고지는 직감적으로 옆에 와 있는 사람이 맨 처음 왔던 '그 아이'라는 사실을 알아차렸다.

가슴이 두근거렸다.

확인해야 해. 이 기회를 놓치면 두 번 다시 확인할 방법이 없을 거야.

이미 통로가 꽂히고, 그 꺼림칙하면서도 미칠 듯 기분 좋은 시간이 시작되었다.

안 돼, 여기서 휩쓸리지 마. 확인하란 말이야.

확인하는 거야.

고지는 쾌락에 잠기면서도 마음속 어딘가에서 스스로를 계속 붙잡았다.

확인하자. 이 아이가 나갈 때 아주 잠깐, 고개를 쭉 빼고 보기만 하면 돼. 아주 잠깐만. 그러면 충분해.

강렬한 쾌락 속에서 계속 그 생각을 유지하기란 쉽지 않았다.

끝났을 때는 몸이 축 늘어져서 손가락 하나 까딱하기도 힘든 상태였다.

달캉, 하고 차 솥 속에 통로를 집어넣는 소리.

보글보글보글, 끓어오르는 물소리.

이윽고 그림자가 스르륵 빠져나가는 기척이 느껴졌다.

지금이다. 얼른 봐. 봐야 해. 고개를 들고 목을 뻗으란 말이야.

고지는 이를 악물고 몸을 일으키려 했다.

하지만 말 그대로 몸이 진흙탕처럼 무거워 움직일 수가 없었다.

간신히 얼굴의 방향을 바꿔서 고개를 아주 조금 들어 올리는 것만
해도 벅찼다.

그래도 한순간 시야에 그 모습을 넣을 수 있었다.

가냘프고 작은 몸집.

다실 밖으로 나가는 조그마한 등.

그것만으로도 충분했다.

고지는 힘이 빠져 다다미 위에 팔다리를 쭉 뻗어 버렸다.

……아니었다.

아아, 역시. 하는 실망감과 뭐야, 속았잖아, 하는 분노가 반반
씩 엄습했다.

머리 모양만 봐도 한눈에 알 수 있었다.

숏컷 소녀.

'그 아이'는 머리가 길다. 얼마 전, 낮에 봤을 때도 여전히 긴 머
리였으니 저런 머리일 리가 없다.

평소보다 훨씬 짙은 피로감이 밀려와 두 번 다시 몸을 일으킬
수 없을 것만 같았다.

역시 '그 아이'는 한 번도 나를 찾아오지 않았던 것이다.

그 사실이 스멀스멀 온몸에 스며들었다.

대체 왜지? 왜 안 오는 거야?

그것은 쓰디쓴 굴욕감이었다.

몸은 방금 맛본 쾌락의 여운에 잠겨 있었지만, 마음은 굴욕감으
로 가득했다.

대체 왜?

고지는 어둠 속에서 가만히 누운 채 생각했다.

'그 아이'의 '제공자'는 나인데.

물론 머리로는 알고 있다. '제공자'로 지정되더라도 선택권은 '드나드는' 쪽에게 있다는 것을. 선택하는 사람은 상대방이지 자신이 아니다.

하지만 마음으로는 납득할 수가 없었다. 납득이 안 된다.

어쩌면 좋을까, 어쩌면.

이미 이 쾌락을 알아 버린 만큼 불만이 더 커져서 억누를 수가 없었다. '그 아이'와 이 쾌락을 맛보지 못한다니, 도저히 견딜 수가 없다.

고지는 잔뜩 부풀어 오른 불만을 주체할 수가 없었다.

한편 고지가 그런 불만으로 몸이 달았다는 사실을 전혀 모르는 다카다 나치는 거의 한숨도 자지 못한 채 새벽을 맞이했다.

아니, 잠들려고 노력조차 하지 않았다.

그저 여러 가지 생각을 했을 뿐이었다.

이부자리에 누워 눈을 부릅뜬 채 천장을 응시하면서 자신의 결심에 대해 생각했다.

내가 할 수 있을까?

내가 날 수 있을까?

도와와 함께 자신의 몸을 내려다보았을 때의 감각을 수도 없이 반추했다.

아빠랑 엄마가 한 일을 나도 할 수 있을까?

나치의 머릿속에는 온통 그 생각뿐이었다.

몸속에서 무언가가 바뀐 느낌이 들었다.

여태껏 캠프와 자신의 운명을 원망하고 괴로워하며 '괴물'이 되기 싫다는 갈등만이 온몸을 지배했는데, 언제부턴가 거기서 벗어나 조금 더 멀찍이서 자신을 바라보고 있었던 것이다.

나치는 몹시 냉정했다.

캠프에 온 후로 겪었던 혼란이, 공포와 절망이 어느 틈엔가 침전물처럼 어딘가에 가라앉아 완전히 연못 바닥에 고여 버린 것처럼 꿈쩍도 하지 않았다.

그 때문인지 매일 밤 불안해했던 '피'를 갈구하던 조급증도 잠잠해졌다.

그 불온하고 불길한 '갈증'이 진정된 것이다.

하지만 나치는 알고 있었다. 결코 그 '갈증'은 사라지지도, 억눌러지지도 않았다는 것을. '갈증'을 인정했기 때문에 더는 자신을 불안하게 만들지 못할 뿐이라는 것을.

그래, 나는 '피'를 원해.

나는 '피'를 갈구해야만 해.

나치는 차분하게 그 사실을 인정했고, 결심도 했다.

시험해 봐야 해.

나치는 몹시도 싸늘한 마음으로 생각했다.

내가 정말로 더 먼 곳까지 '날아갈' 수 있을지 아닐지. 그리고…….

그 이름을 떠올렸을 때만은 나치도 아주 잠깐 주저하며 눈을 감았다.

누군가를 데려갈 수 있을지.

후카시 오빠를.

나와 함께.

그 이름을 마음속으로 중얼거렸을 때만은 전신이 훅 뜨거워진 느낌이 들었다. 뺨이 달아오르고 얼굴이 붉어진 것이 어둠 속에서도 느껴졌다.

이래도 되는 걸까.

나치는 문득 잊고 있던 불안이 솟아나는 느낌을 받았다.

정말 이래도 되는 거야? 아빠, 엄마?

고요한 새벽녘, 나치는 그렇게 불러 보았지만 당연히 대답은 어디서도 들려오지 않았다.

그날 아침 '뭔가 다르다'고 느낀 것은 후카시도 마찬가지였다.

밤샘춤이 시작된 첫날, 축제는 절정을 맞이하고 있었다. 마을은 끓어오르고, 미카게 여관도 연중 최고의 성수기였다. 실로 바쁜 아침이었다.

어린 시절부터 익숙하게 겪었던, 어른들이 바쁘게 일하며 돌아다니는 바람에 '내팽개쳐지는' 감각을 올해 또한 맛보게 된다.

매년 이 가장 바쁜 시기에 찾아오는 임시 도우미가 며칠 전부터 와 있었기에 나치도 이미 일 돕기를 그만둔 상태였다.

하지만 차분하고 내성적인 나치가 의외로 시원시원하게 일하는 모습을 보고 '역시 미카게 집안의 피를 물려받았구나.' 하는 생각이 들었다.

그러나 '미카게 집안의 피'라는 말을 떠올리니 아직까지 가슴이 욱신거렸다.

나도 미카게 집안 사람인데.

이러니저러니 해도 이와쿠라의 아이들은 결국 허주 승선원을 선망하게 된다.

그 직업이 의미하는 고난과 고독을 머리로는 알고 있어도, 명예로운 일이라는 사실은 변함이 없다.

캠프생이 되어도 결국 '변질'이 진행되지 않은 사람은 크든 작든 좌절감을 품게 된다.

엄마도 그렇잖아.

후카시는 자신의 어머니가 같은 좌절감을 품고 있음을 알았다. 어머니가 나치의 어머니를 동경하고 질투했던 일도, 아마도 나치의 아버지에게 남몰래 연심을 품지 않았을까 싶었던 것도.

그나저나 정말이지 너무나도 정신없이, 너무나도 많은 일들이 일어난 여름이었다.

나치가 처음 왔을 때 오랜만에 만난 모습이 사랑스럽기 그지없어 잔뜩 들뜬 채 '나를 불러.'라고 말했던 일이 이미 먼 옛날 일 같았다.

지금 와서는 참 무신경한 말을 내뱉어 버렸다는 생각이 든다. 나치는 정말 아무것도 몰랐다. 그렇다, 부모님 일도 포함하여 불쌍할 정도로 혼란스러워하고, 동요하고, 고뇌했다. 너무나 많은 사실이 밀려와 뭐가 뭔지 모르는 상태였으리라.

메아리의 출현, 대신의 죽음. 심지어 나치 아버지의 시신이 이 타이밍에 발견되다니.

후카시는 나치를 무척 동정했다.

물론 동정뿐만은 아니었다.

처음 만났을 때부터 끌리는 마음을 느꼈지만 이렇게 하루하루를 바로 곁에서 보내는 사이 더 고요하고, 더 깊은 곳에서 첫 만남 때와는 다른 사랑스러움이 솟아나는 것을 강렬하게 자각했다.

나치를 만났을 때 다른 누구도 피먹임을 하지 못하게 만들어야겠다고 생각했던 건, 지금 돌아보면 유치한 독점욕이나 다름없었다.

그건 자신이 발견한 새로운 장난감을 남에게 빼앗기기 싫다는 감각과도 비슷했다.

하지만 그 감각은 조금씩 변해 갔다.

물론 지금도 타인에게 나치의 피먹임을 양보할 생각은 없었다. 오히려 그 마음은 더욱 짙어졌다.

나치는 아직 그 누구와도 피먹임을 하지 않았다.

그것은 후카시의 직감이었다.

어머니와 선생님들, 무엇보다 나치 본인을 보고 있으면 자신의 직감이 옳다고 확신할 수 있었다.

나치가 고집스럽게 피먹임을 거부한다는 것도 알아차렸다.

초조한 모습, 고뇌에 찬 표정. 매일 아침 피로한 표정으로 나타나는 나치를 보면 피먹임이라는 행위 자체, 아니, '변질' 그 자체에 저항하고 있다는 사실은 명확했다.

나치의 처지를 생각하면 무리도 아니었다.

어머니의 죽음, 부모님 이야기는 하나도 모른 채 캠프에 편견을 가진 삼촌 부부 밑에서 자라 예비지식도 없이 찾아온 캠프에서 느닷없이 그로테스크한 피먹임을 강요당했으니 말이다.

만일 자신이 겪었다고 생각하면 모든 사실이 무척이나 충격적으로 느껴졌을 것이다.

그것을 견디는 나치를 보며 후카시의 마음속에서는 존경에 가까운 감정이 날로 커져 갔다.

나치가 충격적인 사실을 최선을 다해 받아들이고, 자신의 내면에서 소화시키려 발버둥치는 모습은 기특하면서도 또 내면의 굳은 심지가 느껴졌다.

이대로 계속 지켜봐 주고 싶다.

후카시는 한동안 나치에게서 조금 거리를 두었다.

나치를 신경 쓰면서도 나치의 존재를 어딘가에서 느끼며, 차분히 바라보았다.

나치의 표정은 하루하루 달라져 갔다.

한 소녀의 안에 이토록 다채로운 표정이 있었을 줄이야.

후카시는 그것이 감탄스럽고 놀라웠다.

그리고 요 며칠간, 또다시 명백하게 나치는 달라졌다.

그런 확신이 들었다.

지금까지는 전혀 본 적 없었던 차분한 분위기가 있었다. 노련해졌다고 해야 할까, 갑자기 나이를 몇 살은 더 먹어 버린 듯했다. 오히려 '체념'에 가까운 것이 그 표정에서 느껴졌다.

내면에서 무슨 일이 일어났을까.

대체 무슨 생각을 하고 있을까.

그 수많은 사실들을 어떻게 받아들이고 있을까.

묻고 싶은 마음은 굴뚝같았지만 그런 기회는 쉽사리 찾아오지 않았다.

그러나 이 날 아침, 식사 자리에 나타난 나치를 보고 후카시는 놀랐다.

"잘 잤어, 후카시 오빠?"

나치가 나타나 내뱉은 목소리의 울림에 후카시는 왠지 움찔 놀라 저도 모르게 뒤를 돌아볼 수밖에 없었다.

왠지 그 목소리가 무척이나 먼 곳에서 들려오는 것 같았다. 무슨 계시 같기도 했다.

"아, 으응. 잘 잤어?"

잠시 뜸을 들였다가 후카시는 갑자기 생각났다는 듯 인사를 건넸다.

가볍게 방으로 들어온 나치는 금세 밥통 쪽으로 다가가 밥을 푸기 시작했다.

오늘 아침의 나치는 망설임이 없다.

그렇게 느껴진 건 기분 탓일까.

후카시는 슬쩍 나치의 얼굴을 바라보았다.

차분하기 그지없는, 고요한 옆얼굴.

"아침부터 다들 바쁜가 보네."

"응, 늘 일찍 일어나지만 오늘은 다들 유난히 일찍 일어나더라."

평소처럼 별것 아닌 대화.

식사는 늘 그렇듯 눈 깜짝할 사이 끝났다.

"잘 먹었습니다."

후카시가 젓가락을 내려놓자 나치도 함께 내려놓고 등을 곧게 폈다.

"있잖아, 오빠."

낮은 목소리에 후카시는 고개를 들었다.

그리고 정면으로 자신을 바라보는 나치의 얼굴에 퍼뜩 놀랐다.

너무나도 강렬한 눈빛.

빨려 들어갈 듯 깊은 눈동자.

예쁘네.

후카시는 새삼 그렇게 생각했다.

여름 초엽, 처음 만났을 때와 전혀 다른 사람 같았다. 그때의 앳되고 순수한 사랑스러움과는 다른, 완전히 성숙한 아름다움이 배어났다.

"뭐야, 왜 그렇게 심각해?"

넋이 나간 채 바라보던 후카시는 저도 모르게 쑥스러움을 감추려 웃으며 말했다.

하지만 나치는 웃지 않았다. 여전히 후카시를 빤히 응시하고 있었다.

그러다 결심한 듯 차분한 목소리로 이야기를 시작했다.

"캠프에 처음 왔을 때 오빠가 그랬지? 힘들어지면 날 불러야 한다고."

후카시는 가슴이 덜컥 내려앉았다.

그래, 내가 그렇게 말했지. 그때 순진하고 유치한 독점욕으로, 그런 말을 했어.

"응."

자신의 목소리가 살짝 쉰 것이 느껴졌다.

"……그거, 지금도 마찬가지야?"

나치는 속내를 캐내려는 듯한 눈빛으로 후카시를 보았다.

솔직히 대답하지 않으면 용서하지 않겠다는 눈빛.

"오빠, 지금도 같은 말을 할 수 있어?"

거듭 묻는 나치에게 후카시는 그저 여러 번 크게 고개를 끄덕이는 수밖에 없었다.

나, 진짜 바보 같네.

얼굴이 훅 뜨거워졌다.

하지만 방금 그 말은? 나치, 말실수한 건 아니겠지? 정말로 나랑 피먹임을 하겠다는 뜻이야?

환희와 흥분, 의심과 당황이 솟구치는 것을 드러내지 않으려 후카시는 스스로를 죽어라 억눌렀다.

나치는 눈에 띄게 안심한 표정이었다.

"그렇구나. 고마워, 오빠."

그제야 처음으로 나치는 쓴웃음 같기도 한, 힘없는 미소를 아주 살짝 지었다.

처음 봤을 때와 같은 당황이 섞인 미소.

그 미소를 본 순간 후카시의 마음속에 하늘의 계시 같은 확신이
내려왔다.

아아, 나치는 외해에 가겠구나.

그것은 반드시 그렇게 되리라는, 자명한 진실이었다.
나치는 변질체가 된다. 지금까지 한 번도 없었던 아주 걸출한,
그야말로 나치의 어머니 같은, 아니, 그 이상의 변질체가 되어 허
주 승선원으로서 머나먼 외해로 노를 저어 나가리라.
나치의 이름은 전설이 되겠지. '도와' 같은, 아니, 나치의 이름
그 자체가 자자손손 대를 이어 이야기할 이름이 될 것이다. 그런
존재가 될 것이다.
그렇게 확신한 순간 후카시는 또다시 가슴 속의 둔한 통증을 느
꼈다.
이미 이 세상에 없는 나치의 부모의 모습이 자신과 나치에게 겹
쳐졌다.
아아, 나치의 아버지도 이런 느낌이었을까.
사랑하는 사람이 고향을 떠나 머나먼 곳으로 갈 운명이라면.
벌써부터 상실의 예감을 느끼며 그 사실을 알면서도 깊이 사랑
하기를 선택하고 확신했을까.
그럼, 그건 대체.
후카시는 강변의 파란 시트를 문득 떠올렸다.
그 두 사람의 죽음은 무엇을 의미할까? 왜 그런 결과가, 그런

일이 일어났을까?

자신과 나치의 미래는 대체 어떻게 될까?

"왠지 긴 하루가 될 것 같네."

나치가 밥그릇을 정리했기에 후카시의 생각은 거기서 끊겼다.

"그러게."

두 사람이 싱크대에서 설거지를 시작할 무렵, 후카시의 마음속에는 잔뜩 들뜬 흥분과 환희밖에 남아 있지 않았다.

"오늘은 35도까지 올라간대."

"끔찍하다."

설거지를 재빨리 끝낸 두 사람이 방을 나서자 방금 전의 대화 따위는 금방 잊히고, 정신없는 축제의 하루가 시작되었다.

"……역시 그랬구나."

아마치 마사키는 혼자 고개를 끄덕였다.

"이 캠프의 중심은, 가장 큰 목적은 다카다 나치의 각성, 그거였어."

도와는 긍정도 부정도 하지 않았다.

아침의 강변.

이미 습관이 되어 버린 산책길에서 마사키는 도와와 마주쳤다.

"안녕."

도와는 늘 그렇듯 가냘픈 요정처럼 그곳에 서 있었다. 왠지 자신을 기다린 느낌이었다.

도와는 신기한 존재다.

이쪽에서 만나고 싶어 한다는 것을 아는 느낌이었다. 그리고 어디에든 나타난다.

마사키는 가만히 도와를 바라보았다.

"묻고 싶은 게 있어."

단도직입적으로, 그간 품고 있던 의문을 털어놓았다.

다카다 나치. 나치의 부모님. 그리고 도와가 대체 왜, 어떻게 지구에 돌아왔는지.

도와는 조용히 마사키의 질문을 들었다.

왠지 그 질문의 내용도 듣기 전부터 다 파악하고 있었던 것만 같았다.

그리고 도와는 대답해 주었다.

고요하게, 담담한 말투로, 타이르듯이.

"암흑 에너지. 설마 그런 방법이 있었다니……."

생각지도 못했던 도와의 설명에 마사키는 놀람과 흥분을 느꼈다.

"그렇구나, 성간 이동을 위해 존재했던 것이었어."

다양한 생각들이 떠올랐다.

"신기하네. 우주가 만들어진 단계에서 인류의 성간 이동이 준비되어 있었던 걸까?"

"글쎄? 그 이야기를 하자면 신학 논쟁이 벌어지겠는걸."

도와가 고요한 미소를 지었다.

마사키는 다시 한 번 도와를 물끄러미 응시했다.

"그걸 왜 나한테 알려 주는 거야? 다른 사람들은 아직 모르지?"

도와는 마사키를 진지하게 마주 보았다.

"너는 어차피 늦든 빠르든 사실을 알게 될 테니까. 게다가 당사자이기도 하고."

마사키는 어깨를 으쓱했다.

"하지만 난 변질체로서 엘리트인 줄 알았는데, 실은 그렇지도 않았던 것 같아."

"어머, 넌 엘리트야. 이미 변질이 끝났잖아."

"하지만 나는 '날' 수 없어. 의식을 '날린' 적은 한 번도 없고, 그런 기척을 느껴 본 경험도 없어."

도와는 고개를 갸웃했다.

"아마 아직 깨닫지 못했을 뿐일 거야. 나와 같은 변질체들의 대부분도 오랜 세월 동안 알아차리지 못했으니까."

"어떻게 하면 돼?"

마사키가 흥미를 보였다.

"글쎄."

도와는 가볍게 양손을 들어 마사키의 어깨에 얹었다.

'눈을 감아.'

마사키는 움찔했다.

도와의 목소리가 머릿속에 직접 울려 퍼졌기 때문이었다.

다급히 눈을 감았다.

소리가 들렸다. 눈을 뜨고 있을 때는 느끼지 못한 소리를, 공기를 온몸으로 느꼈다.

'의식을 집중해. 네 몸이 높은 곳으로 가볍게, 똑바로 힘차게 상승하는 이미지를 그려 봐.'

도와의 목소리가 머릿속에서 들렸다.

그랬다. 도와는 소리 내어 말하지 않았다. 내 머릿속에, 이미지로 말을 걸고 있는 것이다.

문득 기묘한 감각이 느껴졌다.

떠 있다.

쑤욱 떠오르는 부유감과 함께 바람이 느껴졌다.

상승하고 있다.

몸이 떠 있는 것이 느껴졌다. 위로 올라간다. 슬슬, 가볍게, 꽤나 빠른 속도로.

무서워져서 눈을 뜨고 싶었지만 '눈 뜨면 안 돼.'라는 도와의 목소리가 날카롭게 울려, 간신히 눈을 감은 채 견뎌냈다.

올라간다. 한없이 높은 곳으로……. 대체 어디까지?

'이제 눈 떠.'

도와의 목소리가 울리자 마사키는 조심스럽게 눈을 떴다.

암흑.

어? 하고 마사키는 소리를 질렀다. 아니, 소리를 질렀다고 생각했지만 그 목소리는 들리지 않았다.

우주 공간.

마사키는 망연해졌다.

옆에서 도와가 마사키를 껴안은 채 함께 떠 있었다.

어? 어?

마사키는 혼란스러웠고, 패닉에 빠졌다.

새까만 우주 공간에 떠 있다. 덥지도 춥지도 않고, 아무 느낌도 들지 않는다.

말도 안 돼.

도와가 아래를 내려다보기에 덩달아 그쪽을 보자 거대한 푸른 지구가 있었다.

지구를 내려다보고 있다고? 우주 공간에서? 고작 일 분 전만 해도 이와쿠라의 강변에 있었는데?

이게 대체 어떻게 된 거지? 내가 정말 우주에 있는 건가?

'그래. 네 의식이.'

이미지가 아니고? 정말, 진짜로, 내 의식이, 지금 이곳, 우주 공간에 존재해?

'맞아.'

이럴 수가.

마사키는 할 말을 잃고, 발밑으로 펼쳐진 푸른 별을 바라보았다.

소리 없는 우주에 기적처럼 떠 있는 지구. 그것은 조용히 빛을 내는 듯했다.

신성하고 눈부신 지구.

아름답다. 이 얼마나 아름다운가.

'그래. 우리의 고향.'

감동이 뭉클하게 차올랐다.

이 별도 언젠가는 태양에 집어삼켜진다고 한다. 무수한 생물이 운명을 함께하리라.

'돌아가자. 다시 눈을 감아.'

갑자기 몸이 꺼지는 감각.

이번에는 하강하고 있다.

점점 속도를 올려, 하강하고 있다……

소리가 돌아왔다. 무음의 우주가 아니라 강물 흐르는 소리, 새 지저귀는 소리, 아침의 바람까지 다 돌아왔다.

마사키는 눈을 깜박이며 주위 풍경을 조심스럽게 둘러보았다.

평소와 같은 아침.

평소와 같은 이와쿠라.

"대단해."

이번에는 자신의 목소리가 들렸다.

눈앞에 도와가 서 있었다.

도와는 마사키의 어깨에서 손을 내렸다.

"이런 느낌이야."

도와의 목소리가 들렸다. 이번에는 똑똑히 목소리를 냈다.

"대단해."

마사키는 거듭 말하고는 안도의 한숨을 내쉬었다.

살짝 뛰어올라, 자신의 다리가 제대로 땅바닥을 밟고 있는지 확인해 보았다.

그리고 하늘을 올려다보았다.

방금 전까지 저 하늘보다도 아득히 높은 곳에 있었다니.

너무나도 기막힌 체험에 머리가 따라가질 못했다.

"무슨 속도가 그렇게 빨라? 하긴, 이 정도라면 건너편 별에도 엄청 빠르게 도착할 수 있긴 하겠네."

"그래."

마사키는 자신의 몸을 찬찬히 내려다보았다.

"지금 내 몸은 여기 남겨져 있었던 거지? 생명 활동은 그 사이에도 계속 이루어진 거야?"

"응. 너무 오래 떨어져 있을 수는 없지만."

마사키는 가만히 손을 쳐다보았다.

"이건, 뭐랄까……. 확실히 사람들에게 알리기에는 너무 이르기도 하고, 어렵겠네. 패닉이 일어날지도 몰라."

"맞아. 그래서 우리도 신중한 거야. 물론 너도 다른 데 가서 말하지 말고."

"알아. 이것도 내가 혼자서 할 수 있게 되는 거야?"

"응, 조금만 훈련하면 금방 가능해질걸."

"다카다 나치도?"

"그래. 그 애는 곧 '날' 수 있을 거야."

마사키는 강을 바라보았다.

도와도 덩달아 그쪽으로 시선을 돌렸다.

"그래서 어떻게 되는 건데?"

마사키가 혼잣말처럼 중얼거렸다.

도와는 강을 바라보며 마찬가지로 혼잣말처럼 중얼거렸다.

"……끝이 시작되지."

✦ 13 ✦

그것은 그날 오후, 2시가 되기 조금 전의 일이었다.

해가 중천을 지나 한창 더위가 기승을 부리고 있었으나 바람이 조금씩 불어와 계곡 마을의 오후 공기를 흐트러뜨려 놓았다.

끝이 시작되지.

아마치 마사키는 아침에 도와가 했던 말을 내내 생각하고 있었다.

끝의 시작. 그게 대체 무슨 말일까.

주위는 시끌벅적했다. 밤샘춤이 시작될 때까지 아직 시간이 꽤 남았는데 성급한 사람들이나 관광객들이 벌써 춤을 추고 있었다.

샤미센 소리. 여러 악기 소리.

고작 몇 명이 연주하고 있을 뿐인데도 그 소리와 리듬에 몸이 움직이고 싶어진다.

왜 나는 하필 오늘 이런 곳에 있을까.

그렇게 생각하니 마사키의 얼굴에 약간의 쓴웃음이 떠올랐다.

누구보다, 그 무엇보다도 인파와 소란을 싫어하는 자신이. 이와쿠라에 와서도 중심부에는 거의 다가가지도 않았으면서.

이렇게 마을 한가운데 벤치에 걸터앉아 있는 일 자체가 매우 드문 일이었다.

끝이 시작되지.

도와의 말 어딘가에서 공포를 느꼈음이 분명했다. 그렇지 않고서야 자신이 사람을 필요로 할 리가 없었다.

마사키는 주위에서 웃으며 춤을 추는 사람들의 모습이 그림자놀이로밖에 보이지 않았다.

아니면 이것은 지구가 꾸는 꿈일까. 지구의 기억이, 지금 이렇게 내게 환각을 보여 주고 있는지도 모른다…….

그때 마사키는 무언가를 느끼고 고개를 들었다.

땅울림, 도 아니었다. 진동, 도 아니었다.

무언가 커다란 것이 다가오리라는 예감.

어마어마하게 커다란 것…….

가만히 귀를 기울이니 금세 그 기척이 커졌다.

뚜렷하게 느껴지는 존재감.

행인들도 그것을 감지했다.

"어?"

누군가가 소리를 질렀다.

고오오 하고 둔탁하고 낮은 소리가 울려 퍼지다 차츰 커졌다.

갑자기 그림자가 드리워졌다.

"앗!"

"선단이다!"

모두가 하늘을 올려다보았다.

계곡인 이와쿠라 마을에서 올려다볼 수 있는 하늘은 좁다.

그 하늘을 거대한 그림자가 가로막았다.

고오오 하는 소리는 끊임없이 울려 퍼지며 축제의 음악 소리와 샤미센 소리를 지워 버렸다.

다들 멈춰 서서 하늘을 올려다보았다.

주위가 어두워졌다.

허주가 하늘을 가로질렀다.

"정기선인가?"

"이상하게 낮게 나는 것 같네."

근처에 있던 남녀가 소리를 질렀다.

듣고 보니 낮네, 하고 마사키는 생각했다.

배 바닥에 붙은 기관과 기재들까지 뚜렷하게 보였다. 이렇게 낮게 나는 일은 드물다.

한 척. 두 척. 세 척.

천천히 나아가는 선단이 전부 지나갈 때까지 꽤 긴 시간이 소요되었다.

별생각 없이 그 모습을 멍하니 올려다보던 그때.

문득 몸이 떠오르는 감각이 느껴졌다.

'어라?' 오늘 아침 도와가 체험시켜 주었을 때의 그것과 같은 감각에 사로잡혔던 것이다.

실제로 다음 순간 마사키의 의식은 허공에 떠올랐다.

그렇게 높지는 않았다. 도로 근처로 늘어선 집들의 2층 정도 되는 높이였다.

그리고 그것은 마사키 하나뿐이 아니었다.

문득 주위를 둘러보니 마찬가지로 허공에 뜬 사람들이 몇 명 있었다.

춤추던 사람들이 멍한 얼굴로 공중에 떠 있었다.

어? 이 사람들도?

마사키는 눈을 의심했다.

누가 봐도 이와쿠라 사람도 아닌, 당연히 변질체도 아닌, 관광객.

주위가 밝아졌다.

마사키는 퍼뜩 놀라며 정신을 차렸다.

순식간에 벌어진 일이었고, 자신은 여전히 벤치에 앉아 있었다.

하늘은 밝고 선단은 이미 흔적도 없었다.

술렁거리는 소란이 돌아왔다.

문득 둘러보니 멍하니 고개를 가로젓는 사람들이 있었다.

"방금 뭐였지? 이상한 느낌이었는데."

"너도? 나도 왠지 현기증이 좀 났어."

"뭘까? 선단 아래에 있어서 저주파 같은 걸 맞았나?"

"공중에 떴던 것 같은데."

"맞아, 맞아. 그런 느낌이었어."

고개를 갸웃하며 눈을 껌벅거리는 사람들.

하지만 금세 정신을 차리고 다시 춤을 추기 시작했다.

그러나 마사키는 꼼짝도 할 수가 없었다.

강렬한 충격을 받았기 때문이었다.

저들도 같은 체험을 했다.

저들도 틀림없이 느꼈다.

허공에 떠 있다고. 의식이 육체를 이탈해서 부유하는 체험을.

왜지? 왜 변질체도 아닌 저 사람들이 같은 체험을 한 거지?

무슨 일이 일어난 거야? 이걸 어떻게 해석해야 해?

온화한 샤미센과 다른 악기 소리들이 돌아온 후에도 마사키는 한동안 혼란이 가라앉지 않았다.

생각해 보자. 생각해야 해.

마사키는 자신의 심장이 뛰는 것을 느꼈다. 흥분과 혼란으로 박동이 빨라진 모양이었다.

악기 소리가 흐르고, 사람들이 그림자놀이처럼 춤을 춘다.

인류의 준비가 다 된 것이다.

문득 하늘의 계시처럼 그런 생각이 번득였다.

무언가가 딱 들어맞은 느낌이었다.

옛날…… 아주 오래 전, 인간들 사이에 '어브덕션 현상'이라는 것이 유행했다. 우주인에게 유괴되었다, 우주선에 납치되었다, 생체 실험을 당했다고 주장하는 사람들이 세계 각지에서, 특히 북미 대륙에서 대량으로 출현했다고 한다.

그것은 혹시 이런 현상이 아니었을까.

인류가 의식만으로 우주까지 운반되어, 이동하리라는 예감.

어쩌면 격세유전일지도 모른다.

인류의 고향은 지구가 아니라 원래 우주였을지도 모른다. 머나먼 우주 한구석에서 태어난 의식이, 생명이 우주 공간을 건너 지구에 불시착했을지도 모른다.

그 기억은 인류의 의식 밑에 내내 남아 있었다. 그리고 문명의 진보와 함께 우주선을 건조하는 데에 이르러, 그것을 시각적으로 눈앞에 보여 주는 시대를 맞이하면서 의식 밑에서 일부의 인간들 사이에 되살아났던 것이다. 그것이 우주인에게 유괴 당했다는 착각으로 퍼져 나가 사람들을 동요시켰다.

그리고 인류는 먼 옛날부터 준비를 하고 있었다. 쭉 기다리고 있었다.

변질체가 나타나서 자신들을 다시 우주로 데려가 줄 날을. 또는 우주로 돌아갈 시기를.

아주 오래 전부터 인류는 준비가 다 되어 있었다.

마사키는 비틀거리며 주위를 둘러보았다.

스쳐 지나가는 사람들.

춤추는 사람들.

악기를 연주하는 사람들.

아까 본 풍경이 되살아났다.

마사키와 함께 허공에 떠 있던 것은, 춤을 추던 사람들이었다.

현기증이 느껴졌다.

노래하고 연주하며 춤을 추지 않는 인류는 없다. 어느 나라든, 어느 민족이든 무용이라는 풍습은 반드시 존재한다.

그 또한 의식 밑에 숨겨져 있던 준비 중 하나. 스위치의 하나.

인간은 연주로 트랜스 상태를 이끌어 내어 허공에 의식을 날리는 유사 체험을 했던 것이 아닐까. 옛날에 맛보았던 감각, 성간 이동이라는 체험을 다시 체험하고 다시 떠올리려는 시도가 아닐까.

이와쿠라에 전해져 내려오는 춤 또한…….

마사키는 몸이 떨렸다.

대체 누가 이런 계획을. 장대한 준비를 바탕으로, 누가 그 설계도를 그렸을까.

이번에는 틀림없는 공포였다.

무서웠다. 대체 누가.

마사키는 하늘을 올려다보았다.

이제 선단은 어디에도 없었다.

쓰쿠바의 항구까지 얼마나 걸릴까?

하지만 이제는 배가 필요치 않다. 우리 같은 변질체들이 사람들을 우주로 끌어낼 테니까. 인류는 머나먼 외해를 변질체와 함께 여행하리라. 우주로 날아가리라.

그럴 날이 바로 코앞까지 다가왔다.

마사키는 눈을 가늘게 떴다.

이미 자신의 의식은 우주로 날아가 한없이 먼 곳을 헤매고 있는 느낌이었다.

끝이 시작되지.

마사키는 그 말을 다시 한 번 반추했다.

그런 말이었구나.

혼자 가만히 고개를 끄덕였다.

인류의 지구 시대가 맞이할 종막. 그것이, 지금 막 시작되려는 것이다.

해가 천천히 기울었다.

그와 동시에 밤샘춤에 대한 기대감이 차츰 높아지는 시간대였다.

이제부터 사흘 낮 사흘 밤 동안 해가 진 후부터 다음 날 아침까지 말 그대로 밤을 새워서, 동네 사람도 관광객들도 모두 뒤섞여 춤을 추게 된다.

이제 곧 저녁 식사를 들어야 할, 여유로운 시간대.

미카게 여관은 연일 만실이었다. 저녁을 일찌감치 먹고 밤샘춤을 추러 나가거나, 또는 견학하러 갈 손님이 대부분이었기 때문에 지금은 모두가 밤을 대비하여 짧은 휴식을 취하는 중이었다.

나치도 자잘한 여관 일을 도운 뒤 방에서 잠시 쉬고 있었다.

물론 몸은 쉬고 있을지 모른다. 아주 잠깐의 휴식을 취하고 있을지도 모른다.

하지만 내면은 그렇지 못했다.

살면서 이렇게까지 긴장한 적은 없었던 것 같다.

오늘 밤, 자신은 새로운 세계에 발을 들인다.

그 예감이 전신을 팽팽하게 감싸고 있었다.

조금씩 어두워져 가는 나치의 방.

2층 객실 창에서 새어 나오는 빛이 천천히 방 안쪽으로 이동했다.

나치는 아침부터 계속 자신의 결심을 확인하고 있었다.

정말?

정말 괜찮은 거야?

이곳 이와쿠라에 온 후로 계속 생각했던 일. 지금껏 저항하던 일. 쭉 고민하며 거부했던 일.

망설이고, 주저하고, 두려워하고, 의심했던 일.

그것에 오늘 밤 손을 대려 한다. 일종의 종지부를 찍는 셈이다. 아직까지 그것을 믿을 수가 없었고, 지금도 고민하고 있었다.

다다미 위에 아무렇게나 드러누운 몸 위에서 무언가가 둔하게 빛났다.

통로.

실물을 이렇게 뚫어져라 쳐다보는 것은 아마도 처음이나 두 번째가 아닐까.

작은 캔 따개를 닮은 도구.

하지만 둔하게 빛나는, 그러면서도 날카로운 이 칼날이 구멍을 뚫을 곳은 사람의 팔이다.

거기서 넘쳐흐르는 피.

그 모습을 떠올리니 눈앞이 새빨갛게 물들었다.

편하게 누운 몸이 갑자기 확 달아오르며 공중에 떠오르는 기분마저 들었다.

나치는 얼굴이 빨개진 것을 느꼈다.

그것도 아주 천천히 물드는, 마치 체념 같은 홍조였다.

지금까지 나는 그 욕망을, 충동을 억누르려 했었나.

온 힘을 다해, 정신력으로, 알아차리지 못한 척했었나.

그렇게 객관적으로 자신을 볼 정도의 여유일까, 달관일까, 무엇일지는 모르겠지만 나치는 자신의 내면에 똬리를 튼 충동을 결국 무시할 수는 없었다.

그리고 객관적으로 그것을 인정한 후에는 두 번 다시 억누를 수 없으리라는 것도 자각했다.

이 작은 도구. 인간의 몸에 구멍을 내고, 피를 빨기 위한 도구.

대체 얼마만큼의 세월을 거쳐 이 형태가 되었을까. 얼마나 많은 사람이 이 도구를 사용하여 피를 빨고, 피를 제공하고, 다양한 기쁨과 슬픔을 반복했을까.

최종적으로 군더더기가 다 사라지고 완성된 형태가 곡옥을 닮게 된 이유도, 결국 이 나라 사람들의 기원(祈願) 또는 저주를 상징하는 그 모습을 따랐기 때문이라는 생각은 너무 정곡을 찌르는 것일까.

애당초 피를 빠는 행위, 변질체로 넘어가는 과정에서 대량의 피를 필요로 하는 이유는 대체 무엇일까. 인간이 아닌 존재로 바뀌기 위해서는 인간의 피가 필요하다니, 그건 대체.

문득 광장을 보니 데자뷔가 떠올랐다.

별 모양 등롱이 달린 광장에서, 원을 그리며 춤추는 사람들과 우주 은하를 보았던 환각.

그렇구나. 역시 답은 우리의 핏속에, 우리의 피에 잠든 유전자 속에 들어 있었던 것이다. 우리는 대량의 핏속에서 격세유전을 촉진하는 무언가를 갈구하고 있었다. 머나먼 별에서 찾아온, 머나먼 옛 선조들의 유전자를.

이곳 이와쿠라도 그렇다.

옛날 이곳에 불시착했던, 이곳에 찾아온 먼 선조들의 기억이 잠든 땅. 이 땅에 체재함으로써 옛날의 기억을, 옛날의 피를 되살리려 하는 것이다. 그것이 이곳 이와쿠라 캠프의 의미였다.

멍하니 그런 생각을 하면서도 나치는 문득 서늘한 불안이 차오르는 것을 느꼈다.

나는 대체 언제부터 매사를 이런 식으로 생각하게 되었을까.

인류니, 유전자니, 격세유전이니.

이렇게 '거대한' 일, 추상적인 일은 지금까지, 이곳에 온 후에도 전혀 생각한 적이 없는데.

문득 도와의 얼굴이 떠올랐다.

나도 그렇게 될까. 모든 것을 꿰뚫어 보고 모든 것을 초월한, 그 투명하고 세속과는 상관없어 보이는…… 더 확실히 말하면 인간 같지 않은 존재가.

오싹해지고 온몸이 굳어졌다.

변질체. 한없이 평탄하게, 감정을 잃고, 사랑하는 마음도 잊고…….

이번에는 후카시의 얼굴이 떠올라 가슴이 철렁해졌다.

후카시의 다정한 미소.

나치를 바라보는 눈빛.

짜증을 내며 시선을 돌리는 표정.

다 잊는다. 동경하던 마음도, 가슴을 꽉 죄던 그 씁쓸하면서도 아주 약간 달콤한 감정까지.

나치는 자신의 손바닥을 가만히 내려다보았다.

모든 것이 다 손가락 사이로 흘러내려 버리는 걸까.

아니, 하지만 엄마와 아빠는 끝까지, 지구 최후의 순간까지 서로 사랑하지 않았던가? 이미 변질체가 되어 버린 엄마도 아빠를 데려가기 위해 자신의 몸을, 자신의 심장을 직접 말뚝으로 꿰뚫지 않았나?

나치는 알고 싶었다.

지구 최후의 나날, 엄마가 어떤 심경이었는지. 어떤 식으로 아빠를 사랑했는지.

아빠는 아내의 변질 앞에서 당황하고, 불안하고, 초조해지진 않았을까.

있잖아, 엄마. 괴물이 된다는 건 어떤 느낌이야?

그래도 사람을 사랑할 수 있어?

아빠를 생각하는 마음은 변치 않았어?

나치는 고통스럽게 물었다. 머나먼 외해 저편에 있는 부모님에게.

그러다 출입구 쪽을 흘끔 돌아보았다.

밖에서 잠긴 문.

그 후 메아리는 나타나지 않은 모양이었다. 역시 유이로 밝혀졌기 때문이라고 생각하고 싶다.

그런 생각이 든 순간 허벅지 일부에서 둔한 통증이 느껴진 듯했다.

아침에 일어났을 때, 통증이 남아 있던 허벅지.

나치는 몸을 부르르 떨며 반사적으로 고개를 저었다.

내가 아냐. 난 아무 짓도 안 했어.

그보다 오늘 밤 일을 생각해야 해.

자신의 제공자인 그 소년의 날카로운 표정이 떠올라 나치는 이번에도 다급히 떨쳐 내 버렸다.

그곳에는 안 가. 내겐 선택권이 있어. 나는 후카시 오빠에게로 갈 거야.

그렇게 결정하기는 했지만, 왠지 모를 희미한 죄책감 같은 것이 드는 이유가 뭘까.

하지만 그 소년의 집에는 이미 다른 사람이 드나든다는 소문을 들은 적이 있었다.

신기하게도 이와쿠라 안에 있으면 누가 제공자인지 주위에서도 어렴풋이 아는 모양이었다.

그리 놀라운 일은 아니었다. '드나드는' 사람이 있는 자들에게서는 특유의 피로감과 동시에 우월감 같은 것이 풍기기 때문이었다.

더 명확한 증거는, 팔꿈치 안쪽에 붙어 있는 하얀 반창고였다.

그것을 확인하면 명확해지지만, 반대로 이 시기에는 굳이 남의 팔꿈치 안쪽을 들여다보지 않거나 또는 모두가 일부러 팔꿈치까지 가리는 긴팔 셔츠를 입는다고 한다.

나치는 어느 틈엔가 자리에서 일어나 해가 저무는 방 안에서 무릎을 꿇고 앉아 있었다.

미카게 여관에도 다실이 있다.

여관 외곽.

작은 출입구가 있는 다실. 정원 한구석에.

이와쿠라 사람들은 누구나 차를 즐긴다. 일본의 전통에 기반한 것이지만, 그와 동시에 이와쿠라에서 살아가는 캠프생들을 맞이할 준비도 할 겸.

언제였을까, 어린 시절 나치는 후카시의 다도 예법을 본 적이 있다.

아주 어렸을 때부터 배운 만큼 당당하면서도 아름다운 다도였던 기억이 난다.

차 끓이는 물과 통로가 한 세트라니 왠지 신기한 기분이었다. 물을 끓이고, 차 솥으로 통로를 열탕 소독해서 가지고 돌아가다니. 그 작은 입구로 기어 들어오는 자. 단 한 번뿐인 다도회에서 서로 주고받는 것은 피이며 에너지이니, 그것은 곧 생명의 교환인 셈이었다.

우리의 핏속에 가라앉아 있는 것은 도대체 어떤 기억일까…….

나치는 멍하니 창밖을 올려다보았다.

저녁 무렵의 햇빛은 옆으로 이동하여 벽 위로 올라가 있었다.

나치의 얼굴에도 네모난 빛의 일부가 비쳤다.

그 얼굴에는 아직 망설임과 혼란, 그리고 동시에 체념과 수심이 뒤섞여 있었다.

그리고 그곳에는 명백히 소녀가 아닌 다른 얼굴, 성인 여성의 얼굴이 차츰 모습을 드러내고 있다는 사실을 나치는 몰랐다.

밤샘춤이 있는 날에는 숙박객들도 전부 춤 쪽으로 정신이 팔려 있어, 저녁 식사는 대충 해치우고 잽싸게 나가 버린다.

그래서 5시부터 7시 사이에 대부분의 손님이 저녁을 끝낸다.

그 시간대에는 전쟁터처럼 바쁘지만 6시 반이 넘었을 무렵에는 여관이 텅 비고, 축제 따위는 이제 지겹도록 본 듯한 나이 많은 단골손님 한두 팀 정도가 남아 객실 한구석에 앉아 느긋하게 술을 마시는 것이 전부였다.

주방 일도 어느 정도 일단락되어 히사오는 겨우 한숨을 돌렸다.

"하아, 겨우 끝났네."

선 채로 보리차를 벌컥벌컥 마시고 나서야 자신이 얼마나 목이 말랐는지를 깨달았을 정도였다.

"사장님도 축제 구경 다녀오시지 그래요?"

마찬가지로 한숨 돌리던 주방장이 그런 히사오를 보고 말을 걸었다.

타이밍을 맞추기라도 한 듯, 활짝 열어 둔 뒷문으로 편안한 산들바람이 불어 들고 동시에 멀리서 악기 연주 소리가 들렸다.

"으음……. 매년 이 시기에는 저 연주 소리만 들어도 충분하긴 한데."

히사오는 쓴웃음을 지었다.

하지만 주방장의 권유에 왠지 나갈 마음이 생겼다.

"글쎄, 아침부터 계속 정신없었으니까 잠깐 산책 나가서 기분 전환이나 하고 올까."

"여긴 이제 괜찮으니까 다녀오세요."

고참 여종업원도 그렇게 권했다.

하기야 이제 손님들은 밤늦은 시각까지 돌아오지 않을 테고, 자신이 할 일도 없어 보였다. 밤샘춤 동안에는 여관 문을 하룻밤 내내 열어 놓는다.

"그럼 다들 그렇게 말해 주니까 잠깐 갔다 올게."

히사오는 헝클어진 머리를 매만지며 뒷문 밖으로 나갔다.

"여관 잘 부탁해."

"다녀오세요."

여러 사람들에게서 배웅을 받으며 저녁의 어둠 속으로 나아갔다.

아직 날씨는 덥지만 그래도 밤공기를 맡으니 이제 여름의 절정이 지나간 냄새가 났다.

몇 번째 여름일까.

문득 그런 생각이 들었다.

이와쿠라의 여름은 몇 번이나 반복되었을까.

한순간 자신이 몇 살인지 헷갈렸다.

평소와 다름없이 그리운 여름. 언제였는지 기억나지 않는 그리운 여름.

그런 생각을 하다 보니 미카게 나쓰의 옆얼굴이 떠오르고, 동시에 소녀 시절로 돌아간 기분이 들었다.

발걸음은 제멋대로 축제 음악이 들리는 쪽으로 향했다.

평소와 다름없는 여름. 그 옛날의 여름.

차츰 미카게 나쓰의 옆얼굴이 오늘 아침 본 나치의 옆얼굴 위로 겹쳐졌다.

아침에 나치의 얼굴을 보고 움찔 놀랐던 생각이 났다. 아침 식사 준비로 너무 바빠서, 그 애의 얼굴을 봤던 건 아주 잠깐이었지만.

놀랄 정도로 나쓰를 닮았다.

심지어 마지막으로 보았을 때의 나쓰를.

먼 곳을 바라보던 나쓰. 바로 곁에 있는데도 손이 닿지 않을 것만 같던 나쓰.

무언가를 결심하고 무언가를 포기한, 신기하게도 어른스러운 표정이었다.

나치도 허주 승선원이 되는구나.

문득 그런 직감이 느껴졌다. 그 아이도 먼 곳으로 가 버리는 거야. 자기 엄마와 마찬가지로 어두운 별들이 가득한 바다로 나가 버리겠지…….

그렇게 생각하니 쓸쓸하기도 하고 비참하기도 한 기분이 차올라, 히사오는 다급히 감정을 떨쳐 냈다.

명예로운 일이잖아.

다들 원하는 일이잖아.

이와쿠라 사람들은 스스로를 그렇게 타이르며 위로하는 데 익숙하다. 허주 승선원이 되고 싶은 자신과 되기 싫은 자신, 양쪽 주장을 다 갖는 데에도 익숙하다.

그런데도 자꾸 쓸쓸해지는 이유가 뭘까.

히사오는 멍하니 그런 생각을 하면서 어두운 골목길을 터벅터벅 걸어갔다.

축제의 소음이 차츰 가까워졌다.

아직 초저녁인데 벌써 열기가 풍겼다.

관광객뿐만 아니라 동네 주민들까지 춤을 추기 시작한 모양이었다.

정말 다들 성질이 급하다니까. 어쩌면 저렇게들 좋아하는지.

히사오는 "후훗." 하고 작게 웃었다.

어린 시절부터 익숙했고, 때론 지겹다고 생각했는데도 빨리 춤을 추고 싶어 팔다리가 근질근질한 건 역시 이곳 출신이기 때문이겠지.

춤추는 원에 낄 생각은 없지만 히사오는 샤미센 멜로디를 흥얼거리며 밝은 쪽으로 걸어갔다.

큰길에서 떼를 지어 춤추는 사람들이 마치 그림자놀이처럼 움직이고 있었다.

나치는 어디 있을까? 후카시는? 오늘은 둘 다 춤을 추러 나간다고 들었던 것 같은데.

춤추는 원 안에서 아는 얼굴이 보여 문득 그리운 기분이 들었다.

어머, 저게 누구였더라.

젊은 남성……, 예전에 잘 알았던, 친숙한 얼굴……, 그래, 저건, 저 얼굴은.

갑자기 히사오는 전신이 굳어진 채 제자리에 멈춰 서고 말았다.

어? 저 사람은.

온몸에서 핏기가 싹 빠져나가는 기분이었다. 그리고 동시에 식은땀이 흘렀다.

다다유키 씨.

싱글싱글 웃으며 춤을 추는 젊은 남자. 감색 유카타를 입고 즐겁게 양팔을 든 채 나막신으로 바닥을 딱딱 울리면서 주위 사람들과 시선을 맞추고, 조금 어색하긴 하지만 매끄러운 동작으로 춤추며 이동하는 저 남자…….

말도 안 돼.

히사오는 눈앞의 광경을 믿을 수가 없었다.

많이 닮은 다른 사람인가? 아무리 봐도 저건 다다유키 본인인데. 저 표정, 고개를 기울이는 모습까지.

아니, 잠깐. 이상하지 않아?

히사오는 정신없이 머리를 굴렸다.

너무 젊어. 행방불명 당시의 모습이잖아. 그 후로 몇 년이 지났는데? 아무리 그래도 다다유키 본인이라면 어느 정도는 나이를 먹었을 터였다. 그런데도 그때와 전혀 달라지지 않은, 기억 속의 다다유키 그대로였다.

그리고 무엇보다 강변에서 백골 시체가 발견되지 않았던가.

히사오는 멈춰 선 채 새파란 얼굴로 그 남자만 멍하니 응시했다.

같은 시각, 아마치 마사키는 아버지와 함께 큰길 한구석에 있었다.

"별일이 다 있네. 밤샘춤 시간에 본무대를 찾아오고."

마사키는 여전히 침착한 말투로 옆에 선 남자를 올려다보았다.

"그 말, 그대로 네게 해 주마. 너야말로 웬일로 날 끌고 나올 생각을 다 한 거지?"

남자는 소란을 피우며 춤을 추는 사람들을 멍하니 바라보았다.

마사키는 어깨를 으쓱했다.

"글쎄, 기념이라고나 할까. 캠프 기념. 아마 내년 이후로는 이와쿠라에 올 일이 없을 것 같아서. 이게 마지막일지도 모르잖아?"

이번에는 아버지가 어깨를 으쓱했다.

"그렇게 생각할 것 없이 매년 오면 되지 않겠니? 여기 오면 기운을 얻어갈 수 있을지도 모르고, 자신의 뿌리를 확인할 수도 있잖아."

"뿌리? 진심으로 하는 소리야, 그거? 내 고향은 쓰쿠바잖아. 아니면 시험관이나…… 어쩌면 태곳적의 외해일지도 모르고."

뒤로 갈수록 목소리가 작아져, 아버지가 "뭐?" 하고 물었다.

"아무것도 아니야."

마사키는 굳이 대답해 주지 않았다.

"뭐, 물론 내 감상일지도 모르지만……."

아버지는 혼잣말처럼 중얼거렸다.

"네가 나를 정서가 불안정한 인간이라고 생각한다는 건 안다. 네 부모라 나서기에는 너무 약하다고."

"그건 아니야."

마사키는 가볍게 부정했다.

"당신도 그럭저럭 괜찮은 부모야. 난 당신이 내 부모인 걸 감사해."

아버지가 놀란 표정으로 마사키를 쳐다보았다.

"그렇게 놀라지 마. 내 진심이야."

"네 입에서 감사와 진심이라는 말이 나온 것 자체가 놀라운데."

"그런가?"

마사키는 다시 한 번 어깨를 으쓱했다.

"그나저나 이 춤을 보면 왜 이렇게 그리운 느낌이 들까?"

"너도 그런 느낌이 드니?"

아버지는 또다시 신기하다는 표정으로 마사키를 바라보았다.

마사키는 고개를 끄덕였다.

"그립다는 감정은 연령과 상관없이 갖게 되는 법인가 봐. 어쩌면 '그립다'는 감정은 과거를 향한 감정이 아니라, 미래를 향한 감정일 수도 있어."

"미래를?"

"응. 그리운 미래라는 것도 있잖아."

마사키가 단호하게 말하자 아버지는 당황한 듯 아무 대답도 하지 않았다.

"그러니까 '그립다'는 표현 자체가 실은 잘못된 묘사이고……."

그렇게 말하던 마사키가 걸음을 멈췄다.

옆에 있던 남자가 얼어붙어 버렸기 때문이었다.

그 옆얼굴에 마사키는 오싹해졌다.

튀어나올 듯한 눈동자. 떡 벌어진 입. 옆얼굴에 경악이 아로새겨져 있었다.

"왜 그래?"

마사키는 아버지의 시선을 따라갔다.

느릿느릿 춤을 추며 이동하는 사람들.

마사키는 움찔했다.

춤추는 원 안에 자신이 아는 얼굴이 있었다.

어? 나치?

생글생글 웃으며 춤을 추는, 하얀 유카타 차림의 젊은 여자. 즐겁게, 여유롭게, 나긋나긋한 동작으로 이동한다.
아니, 아니잖아.
마사키는 생각을 바꿨다.
나치보다 훨씬 연상이다. 나치보다 키도 크고, 젊다고는 해도 성인 여성이다.
하지만 아무리 봐도 얼굴은 나치를 꼭 닮았는데…….

"미카게 나쓰."

옆에 서 있던 남자가 멍한 목소리로 중얼거렸다.
"어? 저 사람이?"
그렇게 물으면서도 마사키는 자신이 어처구니없는 말을 하고 있다고 생각했다.
"그럴 리가 없잖아. 미카게 나쓰는 죽었는데."
"아니."
아버지는 딱 잘라 부정했다. 그 눈은 여전히 여자를 향한 채 꼼짝도 하지 않았다.
그러다 확신에 찬 낮은 목소리로 말했다.

"저건 본인이야. 당시의…… 죽기 직전의 미카게 나쓰 그 자체야."

귀를 기울이니 차 솥이 쉭쉭 끓는 작은 소리가 리듬을 자아내고 있었다.

그리고 멀리서 희미하게 들려오는 축제의 음악 소리.

이 어두컴컴한 방 안에 있으니 세계가 오로지 여기밖에 없는 것 같지만, 바깥 세계는 틀림없이 존재했고 시끌벅적하고 화려한 장소에서 사람들이 각자 즐거운 시간을 보내고 있다는 느낌이 든다.

그리고 그런 소란스러운 세계에서 떨어진 곳에서 이제부터 아무도 모르게 시작될 일에, 나치는 더는 아무런 망설임도 없었다.

더 긴장할 줄 알았는데 지극히 침착한 스스로의 모습이 신기했다.

"저기, 사실은 서로의 얼굴이 보이지 않도록 칸막이를 세워 놓고 팔만 내민다고 들었는데."

나치는 조금 떨어진 곳에 책상다리를 하고 앉아, 다소 긴장한 표정을 짓고 있는 후카시의 얼굴을 바라보았다.

"맞아, 서로의 얼굴을 봐서는 안 되고 대화를 나눠서도 안 돼."

후카시는 진지한 얼굴로 당연하다는 듯 고개를 끄덕였다.

나치는 몸을 내밀었다.

"후카시 오빠, 지금까지 제공자 역할을 맡은 적이 있었어?"

후카시는 흠칫하더니 떨떠름하게 인정했다.

"응. 딱 한 번 있어. 나치, 이건 사실은 말하면 안 되는 거야."

"흐응, 어땠어?"

나치는 몸을 앞으로 더욱 내밀었다.

후카시가 반사적으로 뒤로 빼며 시선을 돌렸다. 얼굴이 살짝 붉어진 것을 나치는 놓치지 않았다.

"가르쳐 줘."

나치가 빤히 쳐다보고 있었기에, 이야기해 줄 때까지 포기하지 않으리라는 사실을 깨달았는지 후카시는 작은 한숨을 내쉬었다.

그러더니 문득 아득한 곳을 바라보는 눈빛을 지었다.

"아니, 그건 정말 신기한 체험이었어. 굉장히 특별했지. 설명하기가 힘들어. 아무튼 강렬한 체험이었다고밖에 표현할 방법이 없어."

"흐응……."

후카시가 머리를 긁적거렸다.

"정확히 말하면 나는 그때 정규 제공자가 아니었어. 너도 알겠지만 제공자는 일단 정해져 있다고는 해도 선택권은 상대방에게 있거든. 개중에는 잡히는 대로 아무 집이나 숨어들어서 매번 제공자를 바꾸는 사람도 있어. 나한테도 그런 사람이 찾아왔던 거야."

"흐응."

"그래서 깜짝 놀라서 무슨 일이 일어났는지 알 수가 없었어. 꿈이 아니었을까 싶었을 정도였지. 하지만 남들한테서 얘기를 듣고 그렇구나, 그게 '드나든' 거였구나, 하는 사실을 깨달았어."

나치는 유이의 얼굴을 떠올렸다.

한 걸음 먼저 어른의 얼굴이 되어 버린 유이.

황홀한 눈빛으로 그 체험 이야기를 하던 유이.

"칸막이를 세우는 건 상대방이 누구인지 알아낼 수 없게 하려는 목적도 있겠지만, 나는 다른 이유도 있다고 생각해."

"다른 이유라니?"

후카시는 여전히 아득한 눈빛으로 고개를 갸웃했다.

"아마 충격적이어서일 거야."

"충격?"

"누가 자기 피를 빠는 모습을 보면 충격을 받지 않겠어?"

"아아."

나치는 고개를 끄덕였다.

"응, 조금 놀랄 것 같아."

"조금이 아닐걸."

후카시는 쓴웃음을 지었다.

그러더니 정색을 했다.

"먹고 마신다는 건 인간의 생존과 관련된 행위야. 하지만 나는 그게 왠지 굉장히 노골적이고 슬픈 행위라는 생각도 들어. 그래서 보면 안 된다는 느낌이 들었어."

"흐응, 오빠는 그런 생각을 했구나."

"내 개인적인 의견일 뿐이야."

경쾌한 리듬으로 쉭쉭 소리를 내며 물이 끓었다.

"오빠, 진짜 괜찮겠어?"

나치가 새삼 물었다.

후카시는 등을 곧게 펴고 희미한 미소를 지었다.

그러고는 단호한 얼굴로 나치를 정면에서 바라보았다.

"당연히 괜찮지. 오히려 나 말고 누구랑 할 건데?"

"그치만 오빠."

나치는 처음으로 망설여졌다.

"나는 변질이 아주 느리게 진행되고 있어. 요즘 들어서 그 사실을 자각했거든. 조금씩, 몸뿐만이 아니라 사고방식까지도 바뀌어 가는 게 느껴져. 내 스스로도 그걸 조금씩 받아들이고 있고. 하지만……."

나치는 아주 조금 주저했다.

"역시 무섭고 싫은 건 어쩔 수가 없어. 도와 언니처럼 세속을 벗어난, 인간다운 감정이 옅어져 버린 사람이 되어 버리는 게."

손이 살짝 떨렸다.

그렇다. 변한다. 잊어버리게 된다. 감정이 평탄해지고, 희로애락이 사라진다.

사랑을 하는 마음. 동경하는 마음. 부끄러움과 수줍음까지도.

"오빠의 피를 빨면 나는 한층 더 그렇게 되어 버릴 거야. 그런 예감이 들어. 그러면 오빠는 나를 꺼리게 될 거야."

목소리가 떨렸다.

마음은 차분한데, 몸이 거부하고 있었다.

"아니, 그럴 일 없어."

후카시가 딱 잘라 말했다.

나치를 배려해서가 아니라 마음속 깊은 곳에서 우러난, 확신에 찬 목소리였다.

후카시는 부드러운 미소를 지었다.

"나는 너희 부모님을 기억해. 살짝 봤을 뿐이지만, 어린 마음에도 참 좋아 보이고 부럽다고 생각했어. 정말로 서로를 굳게 신뢰하는 느낌이었거든. 그때의 나쓰 이모는 완전히 변질이 끝난 상태였지만, 두 사람은 정말 좋은 분위기였어."

나치의 가슴이 뜨거워졌다.

아빠와 엄마.

엄마에게 목숨을 맡기고, 멀리로 여행을 떠난 두 사람.

"있잖아, 오빠."

"왜?"

"한참 나중에…… 정말 한참 나중 일이겠지만, 혹시…… 혹시,
같이 외해로 나가자고 하면 오빠는 따라와 줄 거야?"

후카시의 눈동자에 의아한 빛이 떠올랐다.

"외해로 같이? 허주 승선원도 아닌 내가?"

"응, 그런 방법이 발견된다면 말이야."

이번에는 나치가 시선을 돌렸다.

후카시는 고개를 갸웃하며 나치를 물끄러미 바라보다가 고개를
끄덕였다.

"응, 갈게. 너랑 함께라면 어디든 갈 거야."

"고마워."

"그나저나 이렇게 태평하게 대화나 나누고 있어도 되는 건지 모
르겠네. 사실은 말도 섞으면 안 되는데."

"그럼 그냥 칸막이만 세울까?"

"그래."

후카시와 나치는 방 한구석에 놓여 있던, 발이 쳐진 칸막이를
가져왔다.

"여기쯤이면 되겠지?"

"응. 이 정도면 안 보여."

두 사람 사이에 칸막이가 놓이자 서로의 모습이 희미하게밖에 보이지 않았다.

문득 긴장을 띤 침묵이 내려앉았다.

이제 자신들은 끊임없이 이어져 내려온 역사의 사슬 속 하나의 고리가 되는 것이다.

나치는 살며시 통로를 꺼냈다.

둔하게 빛나는, 캔 따개 같은 모양의 물건.

후카시 오빠가 같이 가 준다고 했어.

하지만 정말 자신이 해낼 수 있을까. 아버지와 어머니처럼…… 어머니처럼 사랑하는 사람을 직접 죽이고, 의식만 데려갈 수가 있을까.

손이 무척이나 차가워진 느낌이었다.

차가운 피.

그리고 이제부터 빨게 될 따뜻한 피.

"……나치?"

나치의 망설임을 느꼈는지 후카시가 불렀다.

그 목소리가 유난히도 멀게 느껴졌다.

"아무것도 아니야, 오빠."

나치가 나직이 중얼거렸다.

눈앞에, 햇볕에 그을린 후카시의 팔이 있었다.

매끈하고 젊은, 남자의 팔.

그것을 보고 있자니 나치는 왠지 울고 싶어졌다.

방금 전 후카시가 했던 말이 머릿속에 떠올랐다.

몹시도 노골적이고 슬픈 행위.

손이 움직였다.

소리는 나지 않았지만 푹, 하는 날카로운 소리가 들린 것도 같았다.

후카시의 몸이 순간적으로 굳어졌다.

금세 붉은색이 둥글게 부풀어 올랐다.

움찔할 정도로 선명하고, 윤기가 있고, 에로틱한 것.

눈앞이 새빨갛게 물들었다.

무의식중에 입술을 들이대고 있었다.

그 순간 후카시의 몸이 다시 한 번 굳어졌다.

맛있다.

그 충격이 나치의 전신을 꿰뚫었다.

이 얼마나 감미로운가. 정말이지 놀라운 쾌감이었다. '맛있다'는 감격만이 나치를 움직이게 만들었다.

그러면서도 나치는 동시에 절망했다. 슬프고, 안타까웠다.

역사의 사슬 속 한 고리가 되고, 끝없이 이어지는 생명의 흐름과 하나가 된다.

그 사실이 한없이 슬프고 안타깝게만 느껴졌다.

후카시의 작은 신음 소리가 들렸다.

후카시 또한 나치와 함께 감미로운 충동에 잠겨 있을 터였다.

그의 내면으로 흘러들어 간다. 그 반대도 또한……

아무 생각도 하지 말자.

지금은 그저 충동에 휩쓸리기만 하면 된다. 눈앞의 쾌락에 몸을 맡기기만 하면 된다. 그 후의 일은 나중에 생각하면 된다.

그렇게 스스로를 타이르면서도 나치는 어느 순간부턴가 눈물을 흘리고 있었다.

그것이 무슨 눈물인지는 스스로도 설명하기 힘들었지만.

다음 날 아침 눈을 뜬 히사오는 아아, 그건 꿈이었구나, 하고 제일 먼저 생각했다.

밤샘춤을 추는 군중들 사이에서 고시로 다다유키를 발견한 꿈.

하지만 이불을 걷고 일어났을 때 아니야, 꿈이 아니라 정말로 봤어, 하고 깨달았다.

어제 저녁 무렵 직원들의 권유에 밤샘춤을 보러 갔다가 감색 유카타를 입고 춤을 추는, 옛 모습 그대로의 고시로 다다유키를 보았던 것이다.

그때 히사오는 너무 놀라서 한동안 우두커니 서 있었지만, 문득 정신을 차리고 다급히 뒤쫓아 가 보니 다다유키는 이미 사라지고 없었다.

분명히 있었다. 바로 코앞에.

히사오는 한동안 춤추는 무리들을 따라가며 다다유키가 향했을 방향을 찾아보았지만 결국은 발견하지 못했다.

그림자놀이처럼 춤추는 무리만이 히사오 주위에서 계속 흔들리고 있었다.

그건 대체 무엇이었을까.

몸단장을 하며 생각했다.

틀림없이 고시로 다다유키였다. 하지만 고시로 다다유키는 강변 돌계단 절벽 밑에 묻혀 있었다는 사실이 판명되지 않았던가. 아내를 죽이고 도망간 줄 알았던 남자가, 실은 아내와 같은 시기에 사망해서 백골만이 발견된 것이다. 그러니 그 사람이 고시로 다다유키였을 리가 없다.

유령?

그런 생각에 오싹해졌다.

혹시 백골이 발견됐기 때문에 유령이 되어 나타난 게 아닐까?

환한 미소로 춤을 추던 모습을 떠올려 보았다.

발견되었으니 이제 성불할 수 있다는 뜻일까? 그래서 그리웠던 이와쿠라의 축제에 나타나 춤추는 사람들 속에 섞여 있었나?

아니, 설마.

히사오는 다급히 그 생각을 떨쳐 버렸다.

아무리 그래도, 유령이라니.

옛날 모습을 그대로 꼭 닮은 인간이 존재한다.

상식적으로 생각해 볼 때 가장 납득이 되는 것은 그 사람이 고시로 다다유키의 아들인 경우다. 그렇다면 그렇게 나이도 젊고, 본인을 꼭 닮았다 해도 이상하지 않다. 하지만 고시로 다다유키에게 아들이 있다는 이야기는 들어 본 적 없었다. 미카게 나쓰와는 초혼이었고, 자식은 딸인 나치 하나뿐이다.

그렇다면 친척일까? 친척은 잘 모르지만 조카일 가능성이 있을지도 모른다.

그것이 가장 그럴싸한 가능성이라는 생각이 들었으나, 히사오의 본능은 그것이 고시로 다다유키 본인이라고 계속 외치고 있었다.

그 분위기. 표정. 기억 속의 그 남자가 그대로 눈앞에서 춤을 추고 있었다는 직감이 들었다.

하지만 아무리 생각해도 불가능하다는 것도 동시에 알고 있었다.

그렇다면 대체 어떻게 된 일일까.

왜 그때 그 남자가 그곳에 존재했을까.

생각하면 생각할수록 모순이었다. 혼란이 커지기만 할 뿐이어서 히사오는 생각을 억지로 멈췄다.

오늘도 바쁘다. 일에 집중해야 한다.

하지만 히사오의 머릿속 한구석에서는 다른 예감이 떠올랐다.

밤샘춤이기 때문이야.

축제 중에서도 가장 특별한 사흘간. 특별한 밤이기 때문에, 그 남자는 나타났다.

그렇다면, 어쩌면 오늘과 내일 밤에도 나타나지 않을까…….

왠지 그런 생각이 들었다.

"안녕히 주무셨어요, 히사오 이모."

그 목소리에 퍼뜩 놀라 고개를 드니 나치가 있었다.

히사오는 어째서인지 흠칫했다.

눈앞에 서 있는 소녀가, 어제까지 자신이 알던 소녀와는 완전히 다른 사람처럼 느껴져서였다.

이 아이는 허주 승선원이 되겠구나, 하고 느꼈을 때의 표정과는 전혀 달랐다. 오늘은 명백히 다른 존재가 되어 버린 것만 같았다.

"응, 잘 잤니?"

한순간 당황하는 바람에 대답이 늦었다.

"오늘은 뭐 도와 드릴 일 없을까요?"

나치가 물었다.

"아냐, 사람이 부족하지 않으니까 괜찮아."

"그렇군요."

"됐으니까 아침 먹으렴."

"네."

아아, 통로를 사용했구나, 하고 히사오는 직감했다. 이 아이가 드디어 통로를 사용한 거야.

그것은 확신이었다.

나치가 통로 사용에 거부감을 느끼며 갈등한다는 것은 알고 있었다. 이것만큼은 누가 충고를 해 줄 수도 없고, 도와줄 수도 없다. 본인의 의지에 맡기는 수밖에 없는 일이었다.

그러나 나치는 드디어 첫걸음을 떼었다. 통로를 사용하여, 진정한 허주 승선원으로 가는 길을 향해.

히사오는 복잡한 기분이었다.

축복과 슬픔, 그리고 아주 약간의 질투.

상대는 누구일까.

복도를 걸어가는 나치의 뒷모습을 바라보며 생각했다.

나치의 제공자가 어디 사는 누구인지는 모르지만, 그곳에 다녀왔을까.

그때 건너편에서 후카시가 다가왔다.

두 사람이 스쳐 지나갈 때 작은 소리로 "잘 잤어?" 하고 인사를 나누는 것이 들렸다.

왠지 모르게 어색하고 서먹서먹한 분위기가 느껴진 것은 기분 탓일까.

"좋은 아침."

히사오가 말을 걸자 후카시는 흠칫하는 표정을 짓더니 부끄러운 듯 시선을 피했다.

"응, 좋은 아침."

우물우물하는 대답이 돌아왔다.

그 순간 히사오는 나치의 제공자가 누구인지 알아차렸다.

이 아이구나.

그때의 충격은 스스로도 놀랄 정도였다.

두 사람이 서로 끌리고 있다는 사실은 눈치챘지만 실제로 후카시가 나치의 제공자임을 알았을 때 느낀 감정은 고통스러울 정도의 슬픔이었고, 그 슬픔은 질투와 증오로 덧칠되어 있었다.

히사오는 그 충격을 견디며 억눌렀다.

이런 생각을 해서는 안 된다. 이것은 나치에게도, 후카시에게도, 또 이와쿠라에도 좋은 일이 아닌가. 나치는 변질체가 되고 허주 승선원이 되리라. 제공자인 후카시도 몸이 튼튼해진다는 이득을 얻고, 제공자라는 영예도 얻는다.

그렇게 자신을 타이르자니 차츰 처음 느꼈던 충격이 수그러들고 대신 적막한 쓸쓸함이 밀려왔다.

아이들이 성장한다. 자신에게서 멀어져 간다. 영원히 이곳에, 자신의 곁에 있어 주리라 생각했는데.

그 쓸쓸함이 물처럼 히사오의 내면을 채웠다.

문득 히사오는 후카시에게 말을 걸었다.

"너희 어제 밤샘춤 다녀왔니?"

"너희라니?"

"너랑 나치 말이야."

후카시가 동요한 표정을 지었다.

"안 갔는데."

"그래? 간다고 하기에 간 줄 알았지."

"그런 말을 했던가?"

"했어."

"그랬구나."

후카시는 고개를 가로저었다.

"나도 어제는 오랜만에 구경 나갔거든."

"뭐? 엄마도 춤을 췄어?"

"춤은 안 췄어. 그래도 참 좋더라. 너희도 다녀오렴. 나치한테도 말해 줘. 올해 밤샘춤에 가면 그리운 사람을 만날 수 있을지도 모른다고."

　후카시가 의아한 표정을 지었다.

　"그리운 사람? 누구 말이야?"

　"후후, 글쎄다. 아무튼 그리운 사람이야."

　"무슨 소리야, 대체."

　후카시가 고개를 갸웃거리며 밖으로 나갔다.

　그래, 오늘도 내일도 그 사람은 나타날 거야.

　히사오는 후카시의 뒷모습을 향해 입 속으로 그렇게 중얼거렸다.

÷ 14 ÷

세계의 안쪽으로 들어왔다.

다음 날 잠에서 깨어 일어났을 때, 나치는 문득 그렇게 생각했다.

지금까지 맛본 적 없는 신기한 감각이었다.

자신이 차츰 변화한다는 자각은 있었지만 이런 식으로 느껴 본 적은 처음이었다.

어젯밤 처음으로 후카시의 피를 빨았을 때 느꼈던, 자신이 역사의 일부가 되었다는 슬픔과는 또 다른 종류의 감정이었다. 그때 느꼈던 것은 확실히 절망이며 비애였지만 지금은 이미 과거의 감정에 불과했다.

지금 느껴지는 것은 무언가가 꽉 맞물린 감각, 세계라는 시스템의 내부에 있다는 감각이었다.

그리고 그렇구나, 이게 어른이 된다는 거구나, 하는 생각도 들었다.

아이들은 보통 세계의 바깥쪽에 있다.

세계를 구성하기 위한 한 요소로서는 미완성이며 규격 외이기도 한 존재. 아직 세계의 한 조각이 되지 못하고, 조각이 되는 일에 의문과 불안을 품고 있다.

그래서 아이들은 끝까지 저항한다. 시스템의 일부가 되는 일, 세계의 조각이 되는 일을.

무엇보다 아이들이 두려워하는 것은 자신이 결코 특별한 존재가 아니라 지금까지 지상에 태어났던 무수한 생명들 중 하나에 불과하며, 지금까지 존재했던 생명들과 마찬가지로 태어나서 죽어가리라는 사실이다.

그 사실을 인정한다.

체념이라고 할 수도 있고, 오히려 대담해졌다고 할 수도 있다.

나치는 드디어 인정했다.

나치의 경우 거기에 '허주 승선원으로서'라는 단서 조항이 붙어 있음은 부정할 수 없지만, 어쨌든 겨우 자신의 운명을 받아들였다는 느낌이 들었다.

그렇게나 두려웠던 피먹임도 한 번 체험해 보니 차분하게 회상할 수가 있었다.

죽어라 저항했던 자신을 떠올리니 왠지 우스꽝스럽다는 느낌도 들고, 어리석게 여겨지기도 했고, 동시에 사랑스럽기도 했다.

나는 먼 곳으로 가는구나, 하고 밖을 보며 생각했다.

이젠 완전히 익숙해져 버린, 매일 보는 이와쿠라 풍경.

지금 눈앞에 펼쳐진 이 작은 마을 경치를 바라보면서도 그 너머에 있는 먼 세계, 머나먼 별의 풍경이 비쳐 보이는 기분이었다.

그래도 아침 햇살 속에서 히사오의 얼굴을 보았을 때는 생각지도 못하게 동요했고, 왠지 모르게 켕기는 기분도 들었다.

왜일까. 나쁜 짓을 한 것도 아니고, 오히려 이것을 하러 왔다는 사실을 누구나가 다 알고 있는데.

그리고 히사오도 나치를 본 순간 단번에 변화를 알아차린 것이 느껴졌다.

여자의 감이란 정말 굉장하구나.

내심 혀를 내두르며 대화를 나누고 자리를 벗어났다.

무섭기도 하고 부끄럽기도 한, 거북한 기분.

그때 아마도 비슷한 기분일 또 한 명의 인물이 다가왔다.

복도를 걸어오던 후카시가 시야 한구석에서 움찔하는 것이 보였다.

두 사람은 눈을 마주치지 않고 작은 소리로 "잘 잤어?" 하고 말하며 재빨리 스쳐 지나갔다.

아아, 왜 이렇게 부끄러울까.

나치는 뺨이 달아오르는 것을 느끼는 한편, 이런 느낌을 받는 건 오늘뿐이리라는 예감을 이미 갖고 있었다.

나는 익숙해지겠지.

마음이 움직이지도 않고.

당연한 일상이 되어 버릴 거야.

오늘 밤에도 나는 후카시 오빠의 피를 빨겠지.

밤샘춤 이틀째의 밤.

역시 암묵적인 양해를 나눈 양, 나치와 후카시는 다실로 향했다.

둘이서 칸막이를 세우고 그 양 옆에 앉았다.

어젯밤과 다르게 거북한 분위기가 있어, 왠지 모르게 우물쭈물하게 된다.

둘 다 사실은 금방이라도 시작하고 싶었지만 어제와 마찬가지로 별 상관도 없는 대화만 중얼중얼 나누었다.

"……그러고 보니 오늘 아침에 엄마가 이상한 소리를 하더라."

후카시가 갑자기 생각난 듯 속삭였다.

"이상한 소리?"

"너희, 밤샘춤에 갔느냐고 묻는 거야."

"너희라면 우리 말이야? 그래서?"

"안 갔다고 했지."

"그건 그랬지."

"그랬더니 가 보래. 나치한테도 말해 두라고. 올해는 그리운 사람을 만날 수 있을 거라고."

"그리운 사람?"

나치는 고개를 갸웃했다. 히사오가 무슨 말을 하고 싶은 건지 통 알 수가 없었다.

"내 그리운 사람이라면……."

한 번도 만나 본 적 없는 부모의 얼굴이 흐릿하게 떠올랐다. 사진으로만 보았던, 젊은 남녀라는 기억밖에 없는 얼굴.

설마.

나치는 다시 한 번 고개를 갸웃거렸다.

"있잖아."

그러다 문득 생각난 듯 칸막이 너머의 후카시를 쳐다보았다.

"히사오 이모, 알고 있는 것 같아. 나랑 오빠가……."

뒷말은 저도 모르게 삼켜 버렸다.

후카시도 알아들은 듯 고개를 끄덕이는 것이 느껴졌다.

"역시 그랬구나. 나도 느꼈어. 엄마의 감인가."

"응."

"혹시 밤샘춤에 갔느냐고 물은 건 떠 보려는 의도였을지도 몰라."

두 사람은 입을 다물었다.

"나중에 가 볼까?"

"응, 갈 수 있다면."

"그래."

그제야 조심스럽게 팔을 내밀 수 있었다.

나치는 문득 불안해졌다.

"저기, 오빠. 어젯밤에 괜찮았어? 그, 내가 그렇게나 빨았는데……."

어느 정도가 정량일지 전혀 가늠이 되질 않았다.

선생님들은 충동이 가라앉을 때까지 빨아도 상관없다고는 했지만, 다른 사람들은 얼마나 먹고 있을까.

"괜찮았어. 오히려 몸이 상쾌해졌다고 해야 하나."

"그래?"

"드나들면 건강에 좋다는 말이 무슨 뜻인지 이제야 알 것 같아. 피가 빠져나갔는데 오히려 뭔가 따뜻하고, 좋은 게 몸 안에 가득한 느낌이야."

"어느 정도 양이 적당할까?"

"글쎄. 누가 드나들었다고 빈혈이 됐다는 얘기는 들어 본 적 없어서."

"그렇구나. 그럼 다행이네."

"너는?"

"응?"

"너는 어땠어?"

"맛있었어."

자기가 생각해도 너무 노골적인 대답이었기에 얼굴이 빨개졌다.

냉큼 날아온 나치의 대답에 후카시는 말을 잃었다가 낮은 소리로 큭큭 웃었다.

"입에 맞았다니 다행이네."

웃으면서 그렇게 속삭였다.

"진짜 솔직한 감상이야."

나치는 얼굴을 붉히며 후카시의 팔을 응시했다.

작은 반창고가 붙어 있는 팔.

"하지만, 아마 그런 것 같아."

나치가 속삭이자 "뭐가 그렇다는 거야?" 하고 칸막이 너머에서 후카시가 이쪽을 돌아보는 것이 느껴졌다.

"여러 사람의 집을 드나드는 사람과 같은 사람의 집에만 드나드는 사람이 있는 건 그냥 취향의 문제인 것 같다고. 점심 먹을 때 항상 같은 메뉴를 시키는 사람과 항상 다른 메뉴를 시키는 사람이 있는 것과 똑같아 보여."

나치의 머릿속에 유이의 황홀한 얼굴이 떠올랐다.

유이는 아마도 늘 다른 메뉴를 시키는 사람이리라.

"너는 어느 쪽인데?"

후카시가 조심스럽게 물었다.

"같은 메뉴인 것 같아. 다른 사람을 찾아간다는 건 상상도 안 되니까."

"그렇구나."

후카시의 안도가 느껴졌다.

"선택권은 너한테 있으니까. 설마……."

후카시가 무슨 말을 꺼내려다가 흠칫하며 입을 다물었다.

나치는 자신과 후카시가 같은 사람을 떠올리고 있다는 것을 깨달았다.

자신의 본래 제공자였던 소년을.

거북한 침묵이 흐른 뒤, 나치는 살며시 통로를 꺼냈다.

누가 먼저랄 것 없이 밤샘춤에 가 보자는 말이 나온 것은, 벌써 밤 12시를 지난 한밤중의 일이었다.

이틀째의 피먹임이 끝났다는 후련함과 이미 익숙해졌다는 안도감 덕분이었는지도 모른다.

둘이 같이 나가려니 왠지 창피하네, 하고 나치는 중얼거렸지만 사실은 그렇게까지 부끄럽게 느껴지지 않는다는 걸 스스로도 알고 있었다.

왠지 모르게 뻔뻔하고 대담해진, 조금은 어른이 된 자신.

후카시도 "괜찮겠지." 하고 크게 신경 쓰지 않았다.

밤샘춤이 열리는 밤은 아무도 그 무엇도 신경 쓰지 않는다. 평소에는 빨리 자라며 아이들을 잠자리로 쫓아 보내던 어른들도, 아이들이 늦게까지 잠들지 않아도 야단을 치지 않는다. 오히려 밤샘춤에 참가하라고 격려하고, 한밤중까지 춤을 추고 있으면 더 기뻐할 정도였다. 그래서 후카시와 나치가 함께 춤을 추어도 딱히 눈에 띄지도 않을 테고, 타박하는 사람도 없으리라.

"나, 유카타로 갈아입고 올게."

후카시가 자리에서 일어섰다.

"그럼 나도."

"현관에서 기다릴게."

"알았어."

둘은 각자의 방으로 돌아갔다.

유카타로 갈아입으려던 나치는 문득 자신의 허벅지에 남아 있는 푸른 멍을 내려다보았다.

많이 옅어지기는 했지만 무언가로 찍어 누른 흔적은 아직도 뚜렷하게 눈에 띈다. 손가락으로 살짝 눌러 보니 아직도 둔한 통증이 느껴진다.

익숙한 불안이 스르르 되살아났다.

이건 대체 무슨 자국일까. 나는 대체 무슨 짓을 저질렀을까.

중요한 무언가를 잊고 있는 것만 같아, 나치는 한순간 눈앞이 깜깜해지고 심장이 쿵쿵 뛰는 것을 느꼈다.

하지만 고개를 가로저으며 스스로를 열심히 타일렀다.

이젠 괜찮아, 그건 충동을 억누를 때의 일이잖아. 지금은 이미 통로도 사용했고, 뭔가 좋지 않은 것…… 메아리가 나타날 여지도, 그럴 필요도 없어.

고개를 들고 거울 앞에서 오비*를 묶었다.

하지만 거울 속의 얼굴은 도저히 '괜찮다'고 표현할 수 없을 만큼 불안해 보였다.

불안한 마음에 또 가슴이 두근거렸다.

괜찮은 거야? 정말?

거울을 살며시 만져 보았다.

난 대체 무슨 짓을 저지른 걸까? 왜 기억을 못 할까?

불안한 자신의 얼굴에서 시선을 돌리고, 나치는 방을 나섰다.

괜찮아, 난 이제 괜찮아.

그렇게 중얼거리던 자신의 힘없는 목소리도, 현관에서 기다리는 후카시의 얼굴을 본 순간 다 잊어버렸다.

"가자, 오빠."

"응."

밤바람이 선선해서 마음이 차분해졌다.

● 기모노의 허리 부분을 둘러 감싸는 띠

"오빠, 오늘도 아무렇지 않아?"

옆에서 걷는 후카시를 올려다보았다.

후카시는 고개를 끄덕였다.

"응. 아까도 말했지만 오히려 몸이 상쾌하고 힘이 차오르는 것 같아. 하룻밤 내내 춤출 수 있을 정도야."

나치를 안심시키기 위해 허세를 부리는 말은 아닌 듯했다.

실제로 후카시의 옆얼굴은 발랄하며 에너지로 가득했고, 눈에도 강렬한 빛이 떠올라 있었다.

그렇게나 많은 양의 피를 잃었는데.

나치는 신기한 기분이었다.

오늘 밤도 그만 정신없이 빨고 말았다. 나는 오빠의 피를 잔뜩 먹었으니까 당연히 기운이 넘치지만, 왜 오빠까지? 대체 어떻게 된 구조일까.

새삼스럽지만 생명이란 참 신비하다는 생각이 들었다.

세계의 신비, 우주의 신비.

하지만 다리가 눈앞에 나타나고, 다리를 건너 주위에 사람이 많아짐에 따라 그것도 점점 잊어버렸다.

멀리서 악기 연주하는 소리가 들렸다. 와아, 하는 시끌벅적한 환호성도.

축제의 음악을 듣기만 해도 몸이 들뜬다.

나막신 끝이 딸깍딸깍 돌바닥에 부딪히는 소리가 물결처럼 들려와, 자연스럽게 소리가 나는 쪽으로 이끌려 들어갔다.

언제부턴가 후카시도 나치도 인파 속에 섞여 춤을 추고 있었다.

어려운 춤은 아니다.

여러 가지 곡이 있지만 전부 남들을 보고 따라하면 금방 배울 수 있는 춤이다.

처음에는 당황스럽기도 했지만 몇 날 며칠을 본 입장이었기에 금세 몇 년은 추었던 것처럼 팔다리가 움직였다.

후카시와 나치는 얼굴을 마주 보며 미소를 지었다.

춤을 춘다는 행위에는 신기한 고양감과 행복이 담겨 있다.

일심불란하게 춤을 추고 있자니 시간 감각도 점점 사라졌다.

몇 시쯤부터 춤을 췄더라? 어느 정도 시간이 흘렀지?

머릿속 한구석에서 어렴풋이 그런 생각이 들었지만 이젠 아무래도 좋은 일이었다.

신기하게도 피로가 느껴지지 않았다.

영원히 춤을 출 수 있을 것만 같은 전능이 느껴졌다.

그렇구나, 이 전능을 맛보기 위해 다들 밤샘춤을 이어 가고 있었구나. 아주 오랜 옛날부터, 머나먼 옛날부터.

그러니 그리운 사람도 만날 수 있는 것이다. 그리운 사람도, 이 세상에 있을 리 없는 사람도 섞여 들 수 있다.

그리운 사람을 만날 수 있을 거라고.

후카시의 목소리가 되살아났다.

후카시에게 그런 말을 해 준 히사오는 대체 누굴 만났을까. 히사오 이모가 그립다고 느낄 만한 사람이라면…….

문득 누군가의 얼굴이 눈앞을 스친 느낌이 들었다.

낯이 익은…….

유카타를 입은 커다란 등.

왠지 그 등에 자꾸 시선이 빨려 들어갔다.

저건. 저 사람은.

"나치?"

춤추기를 그만두고 누군가를 쫓아가기 시작한 나치를 본 후카시가 등 뒤로 부르는 소리가 들렸다.

하지만 나치는 쫓아가지 않을 수가 없었다.

왠지는 모른다. 하지만 쫓아가야만 한다, 저 등을. 붙잡아야만 한다, 저 사람을. 그런 충동만이 나치를 움직이게 했다.

"나치!"

이변을 느꼈는지 후카시도 춤을 그만두고 나치를 따라왔다.

커다란 등은 조금 떨어진 곳에서 움직이고 있었다.

이렇게 사람이 붐비는데도 어째서인지 그 등만은 부드러운 빛에 둘러싸인 듯 빛나 보였다.

좀처럼 다가갈 수가 없었지만 그렇다고 시야에서 놓치지도 않았다.

누굴까. 남자인데. 키가 크고 젊은 남자의 뒷모습…….

정신없이 그 뒤를 따라가면서도 나치는 어렴풋이 눈치를 채고 있었다.

저것은 이 세상의 존재가 아니다. 저 옅은 빛으로 뒤덮인 등의 주인은 이 밤샘춤이라는 기묘한 시간이기 때문에 나타난, 이 세계에 몰래 섞여든 자라는 사실을.

그 등은 마을 중앙 광장으로 향했다. 악기 연주자들이 타고 있는 수레 쪽으로.

또는 광장 중앙에 있는 그 별 모양 등롱 쪽으로.

옅은 빛에 뒤덮인 등의 움직이는 속도가 조금 느려진 느낌이 들었다.

광장에는 더 많은 사람들이 밀집되어 있어, 사이를 빠져나가기란 쉽지 않았다.

조금만 더. 이제 곧 따라잡을 수 있어.

나치는 초조해하면서도 필사적으로 나아갔다.

광장의 인구밀도는 정말이지 어마어마했다. 이렇게 많은 사람들이 춤을 추며 움직이고 있으니 손을 움직이기도 힘든 상황이었다. 조금이라도 방심하거나 크게 움직이면 옆사람과 부딪히게 된다.

그 뒷모습은 광장을 가로질러 막 빠져나가려는 참이었다.

"잠깐만요!"

나치는 외쳤다.

"거기 가는 사람, 잠깐만요!"

뭐라고 불러야 좋을지 알 수가 없어 답답했다.

문득 유카타의 무늬가 또렷하게 보였다.

저것은.

"제발! 거기, 삼잎무늬 유카타 입은 분!"

고함을 지른 순간 그 목소리에 흠칫 반응하며 이쪽을 돌아보는 기척이 느껴졌다.

나치는 그것을 무시하고 마구 나아가려고 했다.

하지만 다음 순간 누가 팔을 세게 잡아당겨 뒤로 끌려온 나치는 당황했다.

"야!"

날카로운 목소리.

나치는 뒤를 돌아보았다.

그곳에는 분노와 초조가 담긴 한 쌍의 눈이 있었다.

나치는 겁을 집어먹고 저도 모르게 몸을 뒤로 뺐다.

하지만 상대는 팔을 놓아 주지 않았다.

시로타 고지. 하필 이런 곳에서.

미쳐 날뛰며 춤추는 인파 속, 두 사람만은 마치 얼어붙은 듯 서로를 응시했다.

나치는 그 순간 말 그대로 머릿속이 새하얘지며 너무나 두려운 나머지 움츠러들고 말았다.

시로타 고지의 눈이 너무 무서웠고, 자신에게 화가 났다는 사실이 느껴졌기 때문이었다.

한편 고지가 초조해한다는 것도 느껴졌다.

"왜⋯⋯."

고지는 화를 내며 그렇게 물으려다가 다음 말을 꿀꺽 삼켰다.

물론 그 다음에 무슨 말이 나올지는 나치도 알고 있었고, 두 사람은 머쓱해져서 동시에 시선을 돌렸다.

왜 나한테 안 오는 거야?

그것은 자존심 센 소년이 내뱉을 수 있는 말이 아니었다. 하지만 나치는 뼈저리게 느꼈다. 상대가 그것을 무섭게 비난하고 있음을. 그리고 고지가 내내 자신을 기다렸음을, 따라서 고지가 나치와의 피먹임을 몹시도 원하고 있음을.

얼굴이 뜨겁고 머릿속이 혼란스러워졌다.

시로타 고지가 자신에게 호감을 갖고 있다.

물론 고지가 제공자가 된 것을 보고 그 가능성도 생각은 했지만, 이렇게까지 그 의사를 확실히 드러낼 줄은 생각도 못 했다.

붙잡힌 팔이 뜨겁고 아팠다.

어떻게 되었을까. 매일 밤 누군가가 고지의 다실을 '드나들고' 있을까. 아니면 가만히 계속 기다리는 데 지쳐, 밤샘춤이라도 추러 나왔을까.

얼굴을 보아도 둘 중 어느 쪽인지 알 수가 없었다.

팔을 자꾸 잡아당기는 바람에 주위에서 춤을 추던 사람들의 물결이 정체되어 있었다.

"뭐야?"

"거기, 막혔잖아."

"간격 좀 벌려."

등등 참견하는 목소리가 오갔다.

나치는 고지의 팔을 뿌리치려 했으나 통 놓아 주질 않아, 인파에 맞춰 조금씩 이동하는 수밖에 없었다.

어쩌지. 저 삼잎무늬 뒷모습은 어디로 갔을까.

나치는 주위를 두리번거렸다.

이렇게 밀집되어 있으니 바로 코앞도 보이지 않는다.

후카시 오빠는?

그때 나치는 조금 떨어진 곳에서 기묘한 광경을 보았다.

무언가가 수직으로 스윽 올라가고 있었다.

어?

나치는 그곳을 응시했다. 희미하게 금빛으로 빛나는 무언가.

그것은 아까의 삼잎무늬 뒷모습 같았다.

삼잎무늬 유카타를 입은 남자가 가볍게 허공으로 떠오른 것이다. 부드러운 금빛 막 같은 것에 휩싸여, 실루엣이 조금 흐릿한 남자가.

나치는 넋이 나갔다.

눈 깜짝할 사이 남자는 연주자가 가득 타고 있는 수레의 맨 꼭대기에 가볍게 착지했다.

등을 돌리고 있어서 얼굴은 보이지 않았다.

하지만 남자는 분명히 그곳에 있었다.

태평하게, 고요하게, 금빛 막으로 둘러싸인 채 수레 위에 서 있었다.

잘못 봤나 싶어 나치는 눈을 깜박였다.

아니면 혹시 몸에 밧줄이라도 묶었나? 가부키에서 허공을 나는 연기처럼, 크레인 같은 것으로 매달아서 저기까지 끌어올렸나? 혹시 무슨 여흥일까? 진짜 연기일까?

혼란스러웠지만 주위 상황이 더 신기했다.

저 남자의 존재를 알아차린 사람이 아무도 없었던 것이다.

연주자들도 평화롭게 계속 연주를 이어 갔고, 주위에서도 저것
좀 보라며 소리를 높이는 사람이 없었다.

말도 안 돼. 나한테만 보이는 거야?

나치는 그 남자를 계속 쳐다보았으나 인파에 짓눌리고, 붙잡힌
팔이 꺾여서 날카로운 격통이 느껴지는 바람에 저도 모르게 얼굴
을 찌푸렸다.

통증과 함께 갑자기 분노가 솟구쳤다.

"이거 놔!"

나치는 외쳤다.

곁에 있던 사람이 움찔했다.

붙잡혔던 손이 풀려, 나치는 그 팔을 홱 뿌리쳤다.

의외로 고지는 바로 옆에 있었다.

놀란 얼굴이 나치를 쳐다보았다.

그 놀란 표정을 본 순간 더욱 큰 분노가 치밀었다.

"선택권은 나한테 있어. 그렇잖아?"

낮은 목소리로 그렇게 외쳤다.

"난 이미 선택했어. 내가 선택한 사람은……."

정신을 차리고 보니 나치는 눈물을 글썽이고 있었다.

그래, 고민하고 또 고민하고, 괴로워하고 또 괴로워하고, 자신
이 괴물이 될지도 모른다는 공포와 싸운 끝에 겨우 마음을 정한
곳은…….

"나치!"

날카로운 외침에 나치와 고지는 동시에 돌아보았다.

에어포켓처럼 아주 약간 공간이 열리고, 그리로 후카시가 달려오고 있었다.

나치의 얼굴이 환해지는 것을 본 고지는 놀란 표정을 짓다가 다음으로 상처받은 표정을 지었다. 그랬다, 고지도 알아차린 것이다.

나치가 누구를 선택했는지.

"후카시 오빠! 나 여기 있어!"

나치도 외쳤다.

하지만 기묘하게도 후카시의 시선은 공중에 못 박혀 있었다.

한참이나 높은 곳에.

"나치, 저게 뭐야? 저기 누가 서 있어."

후카시는 나치의 목소리를 들었지만 여전히 의아한 표정으로 허공을 쳐다보고 있었다.

나치도 휙 돌아보았다.

그 남자는 아직도 수레 위에 서 있었다. 금빛 막이 빛나는 모습이 또렷하게 보였다.

나치는 소리 없이 "앗!" 하고 외치며 다시 한 번 후카시를 돌아보았다.

후카시도 저 남자를 보고 있다. 후카시에게도 저 남자가 보인다.

역시 오빠와 나는.

나치는 가슴이 뛰었다.

"거기, 물러나!"

"위험해!"

"누가 통제 좀 해. 꽉 막혔어."

"물러나, 물러나!"

긴박한 목소리가 들렸다.

인파의 흐름이 또 멈추고 밀집이 시작되었다.

아야야, 숨을 못 쉬겠어, 하는 목소리도 커졌다.

"밀지 마!"

"밀지 마세요!"

후카시는 겨우 허공에서 시선을 내리고 나치를 보며 "나치." 하고 손을 내밀었다.

"오빠."

나치도 그쪽으로 가려 했다.

후카시가 흠칫하며 험악한 표정으로 걸음을 멈추었다.

옆에 있는 고지의 존재를 알아차린 듯했다.

두 사람의 눈이 마주쳤다.

나치는 저도 모르게 뒤를 돌아보았다.

고지의 표정은 복잡했다. 파랗게 질린 듯도, 붉게 물든 듯도 했다. 우물우물 입을 움직이지만 목소리는 나오지 않는다.

다시 후카시를 돌아보자 그쪽은 희미한 미소를 짓고 있었다.

그것은 명백한 승리자의 표정이었다.

나치는 나를 선택했어.

후카시의 그런 목소리가 들려오는 느낌이었다.

그때 우드득, 하는 커다란 소리가 나는 바람에 사람들이 모두 깜짝 놀랐다.

"위험해!"

"비켜!"

"무너진다!"

비명과 노성과 악기 연주 소리가 들렸다. 그리고 수레가 기우뚱
했다.

급격한 각도로 기울던 수레는 그대로 천천히 쓰러져 버렸다.

꼭대기에 서 있던 금빛 남자도 아주 느리게 기울었다.

기울어지는 천장에서 두둥실 공중으로 떠오른다.

"나치, 위험해!"

후카시의 목소리와 비명이 뒤섞이며 나치의 시야가 갑자기 어
두워졌다.

그 후 일어난 일은, 그 한복판에 있는 사람에게는 영원처럼 느
껴졌지만 돌아보면 기껏해야 십 분에서 십오 분정도밖에 되지 않
았다.

나치는 처음에는 무슨 일이 일어났는지 알 수가 없어 머릿속이
하얘졌다.

소리도 사라졌다.

주위에서 어마어마한 비명과 고함이 소용돌이쳐, 너무나 시끄
러운 바람에 오히려 무음 상태가 되어 버린 것이다.

사람들이 겹겹이 겹쳐진 채 쓰러졌다.

수레가 넘어져 수많은 사람들이 깔렸다는 사실을 알아차린 것
은, 새파래진 얼굴의 후카시를 그 속에서 발견한 순간이었다.

눈을 감고 있고, 관자놀이에 한 줄기의 피가 흘러내렸다.

그 피조차 색을 잃어 나치의 눈에는 흑백사진처럼 비쳤다.

딱딱한 무언가가 팔에 닿았다는 생각에 돌아보니 피리가 있었
다. 수레에 타고 연주를 하던 연주자 중 누군가가 떨어뜨린 모양
이었다. 연주자도 추락했을지 모른다.

그 피리를 봄과 동시에 머릿속으로 후카시의 목소리가 거듭 울
려 퍼졌다.

나치, 위험해! 나치, 위험해! 나치, 위험해!

온몸이 바들바들 떨렸다.

나를 밀쳐 내고, 대신 깔린 거야.

나 대신. 나 때문에.

나치는 필사적으로 후카시를 향해 손을 뻗었다.

울고 싶어졌다. 아니, 이미 울고 있었다.

이런 건 싫어. 이러면 안 돼.

새파래진 얼굴. 한 줄기의 피.

나 대신 이런 꼴을 당하다니, 절대 안 돼.

감긴 눈. 한 줄기의 피.

수레 주위에 사람들이 모여들어 수레를 일으키려 했다.

하지만 후카시는 축 늘어졌고, 눈을 감은 채 땅 속으로 꺼져 버

릴 듯한 느낌이었다.

숨은 쉬고 있을까?

살짝 벌어진 입술은 옴짝달싹도 하지 않는다.

설마, 설마 그럴 수가.

죽음.

나치는 비명을 지르고 싶어졌다.

설마, 그럴 리가. 바로 몇 분 전까지 이야기를 나누었고, 바로 곁에서 체온을 느꼈는데.

그 따스한 피를 입술로 느끼고, 맛을 보았는데.

그 생각을 떠올린 순간 전신이 갑자기 뜨겁게 달아오르고 입술에 후카시의 피 맛이 되살아났다.

안 돼. 그건 절대 안 돼.

누군가가 나치를 그 자리에서 끌어내려 했다.

물러나, 물러나, 하고 외치는 소리가 어디선가 들려오는 느낌이었다.

나치는 싫다며 고개를 흔들었다.

안 돼. 후카시 오빠를 놔두고 갈 수는 없어.

나치는 몸에 힘을 주고 팔을 뻗어, 약간 공중에 떠 있는 후카시의 팔을 감싼 유카타 소맷자락을 간신히 움켜잡았다.

붙잡고 싶어. 오빠의 팔을. 무슨 짓을 해서라도 붙잡고 싶어.

나치는 유카타 소매를 잡아당겼다.

후카시의 팔이 툭 떨어져 나치의 손에 닿았다.

따뜻해.

나치는 온 힘을 쥐어짜 후카시의 팔을 잡았다.

오빠를 놔두고 혼자 갈 수는 없어.

머릿속으로 그렇게 외친 순간.

귓가에서 고오오, 하는 소리가 들렸다.

충격, 현기증, 혼란, 소름, 공포.

나치는 자신의 몸이 엄청난 기세로 수직 상승하는 것을 느꼈다.

말 그대로 상승이었다. 관자놀이가 살짝 아팠다.

날았다고 해도 좋았다.

하지만 후카시의 팔을 놓지는 않았다. 후카시와 함께 상승하고 있다는 확신이 들었다.

올라간다.

주위 풍경이 마치 만화처럼, 한 면 가득 시커먼 세로선으로 보였다.

엄청난 기세로 상승하고 있었다.

그 속도 속에서 아주 살짝 시선을 아래로 내려다보았다.

쓰러진 수레, 그 주위에 있던 사람들이 점점 밑으로 멀어져 간다.

눈 깜짝할 사이 그 풍경은 작은 점이 되었다.

어디로. 어느 곳으로.

전혀 힘을 주지 않았는데도 속도는 줄어들 생각을 하지 않았다.

주위에 하얀 구름이 생겨나고 나치는 그 속으로 들어갔다.

두툼한 구름층을 빠져나와 더욱 높은 곳으로.

빠져나왔다.

탁 트인 곳이 나왔다.

이 탁 트인 장소, 어두운데도 어딘가 모르게 환한 장소는…….

"나치?"

그때 후카시의 목소리가 들렸다.

움찔 내려다보았다.

나치의 바로 아래에서 후카시가 올려다보고 있었다.

그 목소리는 나치의 머릿속에서 직접 들렸다. 소리가 아니라, 나치의 마음에 바로 뛰어든 말이었다.

"나치?"

의아한 표정의 후카시가 자신의 몸을 내려다보고, 또 그 아래를 보았다.

나치도 후카시의 시선 끝을 함께 따라갔다.

해안선이 보였다. 아무리 봐도 지리 수업 때 지도책에서 본, 일본의 간토 지방 해안선이었다.

밤이라 흐릿하기는 하지만 도심부의 불빛이 반짝반짝 빛났다.

구름이 살짝 껴서 끄트머리는 잘 보이지 않았다.

그리고 해안선과 육지가 살짝 커브를 이루는 모습이 보였다.

지구.

"이거, 꿈이야?"

후카시가 멍하니 중얼거렸다.

나치는 대답할 수 없었다. 그러다 갑자기 생각난 듯 후카시의 팔을 잡아당기자 후카시의 얼굴이 쉽게 올라와, 나치는 떨리는 손으로 후카시의 어깨에 팔을 둘렀다.

후카시도 "영차." 하고 자세를 바꿔 나치의 등을 안고 작은 한숨을 내쉬었다.

"꿈이라고는 해도 이렇게 말도 안 되는, 심지어 웅장한 꿈을 꾸기는 처음인데."

후카시는 어이없다는 듯 말했다.

"방금 전까지 지구에 있었잖아? 밤샘춤을 추다가, 시로타를 마주치고, 사람들 사이에서 꽉꽉 짓눌리다가 갑자기 와르르 쓰러지고……."

"오빠, 미안해. 오빠가 나를 밀쳐 내느라 그만."

나치는 후카시의 머리를 꽉 껴안았다.

후카시가 '앗.' 하는 표정을 지었다.

"맞아, 나치를 밀쳐 냈어. 하지만 그 전에 뭔가 이상한 일이 있었는데……. 그러니까, 뭐였더라……. 뭔가 이상한 걸 보는 바람에 그쪽에 정신이 팔렸어."

후카시는 기억을 더듬으며 열심히 떠올리려 했다.

"이상한 거?"

나치가 되뇌었다.

그랬다. 애당초 그렇게 인파가 밀집된 밤샘춤 광장에 뛰어들었던 이유는…….

나치와 후카시가 동시에 "아!" 하고 소리를 질렀다.

삼잎무늬 뒷모습. 금빛 막.

"나치, 후카시."

갑자기 머리 위에서 목소리가 들렸다.

후카시도 들었는지 둘이서 깜짝 놀라 같은 방향을 바라보았다.

우주 공간의 어둠 속에 또 한 쌍의 남녀가 떠 있었다.

뚜렷한 것 같으면서도, 마치 환각 같은.

유카타 차림의 남녀가.

나치와 후카시처럼 서로의 몸을 꼭 껴안고 이쪽을 가만히 바라보고 있는, 왠지 모르게 그리운 느낌이 드는 두 사람이.

나치와 후카시는 몸이 굳어져서 서로를 더욱 세게 부둥켜안았다.

하지만 두 사람은 가만히 이쪽을 바라볼 뿐이었다.

희미한 미소를 지으며 나치와 후카시를 바라보고 있었다.

"아…… 아빠?"

나치는 그렇게 중얼거리려 했지만 목구멍 깊은 곳에 무언가가 틱 막혀, 소리가 제대로 나왔는지 알 수가 없었다.

"나치, 많이 컸구나. 후카시도."

갑자기 부드러운 다른 목소리가 머릿속에 날아들었다.

그 목소리를 들은 순간 나치는 눈물이 왈칵 치솟았다.

어머니의 목소리라는 사실을 바로 깨달았던 것이다.

"엄마!"

나치는 외쳤다.

후카시가 놀란 표정으로 나치를 보더니 눈앞의 남녀를 돌아보았다. 후카시 또한 눈앞에 있는 사람들이 나치의 부모라는 것을 알아차린 모양이었다.

"지금까지 어디 있었어? 왜 나를 데리러 오지 않은 거야? 미카게 여관에 있다는 걸 알고 있었으면서."

나치가 울면서 추궁했다.

어머니는 다소 슬픈 미소를 지었다.

나치는 문득 놀랐다.

지금 어머니의 표정은 분명히 바뀌었다. 허주 승선원들은 감정이 평탄해진다고 들었는데.

갑자기 도와의 얼굴이 머릿속을 스쳤다.

적어도 도와는 그랬다. 왠지 다가가기 어렵고, 그야말로 인간적인 감정을 초월한 듯했다. 하지만 어머니는…….

"우리는 도와보다 훨씬 늦게, 그저께 도착했단다. 도와는 이 항법의 선구자라서, 아직 아무도 도와처럼 이동하진 못해."

항법. 암흑 물질과 암흑 에너지를 이용한 우주 여행.

아아, 엄마와 아빠도 그렇게 해서 돌아왔구나.

"심지어 아직 아무도 도와처럼 완전하게 실체화되지 못하거든. 우리는 어째서인지 한밤중의 몇 시간 동안에만 실체화가 가능해. 물론 나치 너한테 제일 먼저 찾아가고 싶었어. 하지만 네가 어떻게 반응할지 알 수가 없었고, 우리도 실체화에 적응할 필요가 있었던 거야. 그래서 밤샘춤으로 시험해 보려 했던 거지.”

실체화.

듣고 보니 아버지도 어머니도 왠지 모르게 그림자가 엷다고나 할까, 존재감이 희박했다. 지금 보고 있는 모습도 윤곽이 엷어서 뒤가 비쳐 보일 듯했다.

“아빠의…… 저기, 몸을 찾았어.”

시체라고 말하려다 나치는 우물쭈물했다.

“도와한테 들었단다.”

아버지는 고개를 끄덕이며 살짝 고개를 가로저었다.

“내가 나쓰를 죽였다고 다들 알고 있었던 모양이야. 설마 그런 말을 들을 줄이야.”

“왜…… 왜 나만 두고 갔어? 하다못해 무슨 말이라도 한마디 남겨 두고 갔으면 좋았을걸.”

자꾸만 원망하는 말이 튀어나온다.

“그래, 그렇게 생각했겠지.”

어머니가 또다시 얼굴을 흐리며 눈을 내리깔았다.

“하지만 그건 첫 체험이라 대체 어떻게 될지 아무도 몰랐어. 나 혼자 외해에 나가기는 싫었고, 무슨 일이 있어도 이 사람을 데리고 가고 싶었거든. 머릿속에 온통 그 생각뿐이었지.”

“미안하다, 나치.”

아버지가 고개를 숙였다.

“너를 외롭게 했구나. 하지만 이렇게 말하면 너무 이기적이라고 생각할지도 모르겠지만, 넌 반드시 허주 승선원이 될 것이라고 생각했어. 그래서 우리는 언젠가 반드시 널 만날 거라 믿었단다."

재회.

생각해 보면 정말 이런 곳에서 재회하긴 했다.

나치는 주위를 둘러보았다.

이런 우주 공간에서 유카타를 입은 네 사람이 대화를 나누고 있다. 하지만 공포는 전혀 느껴지지 않았고, 왠지 충만한 기분이 드는 것이 신기했다.

"아빠는…… 누구야?"

그런 의문이 입 밖으로 튀어나왔다.

"정체를 모르는 신기한 사람이라고 들었어. 아빠는 대체 누구야?"

아버지는 시선을 떨어뜨리고 쓸쓸한 표정을 지었다.

"누구인지…… 그건 나도 알고 싶구나."

"어?"

나치가 다시 묻자 아버지는 담담하게 말을 이었다.

"나는 이와쿠라에서 태어났어. 이와쿠라성 앞에 버려져 있었지."

버림받은 아이?

"편지가 끼워져 있었다고 해. 익명의, 어머니가 쓴 편지. 나는 캠프생과 포도 사이에서 태어난 아이였거든."

"뭐?"

나치와 후카시가 동시에 얼굴을 마주 보았다.

"포도였던 어머니는 자신의 집에 드나들던 캠프생을 좋아하게 됐는데 도저히 포기할 수 없었고, 결국 사랑을 이루었다고 해. 하지만 설마 임신할 줄은 생각도 못 했고, 낳아도 키울 수가 없었다지."

기껏해야 열너댓 살쯤 되었을 캠프생과 포도. 용서받을 수 있을 리가 없었다.

"연구자들은 관심을 보였다고 해. 변질 중인 캠프생과 포도가 낳은 자식이라니, 대체 어떤 육체일지 당연히 궁금하잖아."

아버지는 자조적인 미소를 지었다.

"쓰쿠바 연구소에서 나를 거둬 가서 온갖 데이터를 얻어 내며 키웠지. 이와쿠라성 앞에서 발견됐기 때문에 고시로(古城)라는 성이 붙고, 나 혼자밖에 없는 호적이 주어졌어."

혼자밖에 없는 호적. 친척이 없었던 것은 그 때문이었던가 보다.

"이와쿠라에는 참 여러 번 갔었어. 어딘가에 어머니가 있을지도 모른다는 생각이 들어서. 만난다고 알아볼 수도 없겠지만 그냥 열심히 걸어 다녔지. 캠프생들에게 혐오감이 느껴졌기 때문에 캠프에는 안 갔지만, 포도가 되는 건 어떤 기분일까 궁금해서 고집을 피워 제공자가 된 적은 있었어. 연구도 시작했지. 허주 승선원들의 의식 변화를 주제로. 그때 나쓰를 만난 거야."

아버지는 어머니를 살며시 바라보았다.

"사랑에 빠졌어. 이별이 결정되어 있는 사람과. 우리 어머니의 마음을 알 것 같은 기분이 들더라고. 사랑을 이루고 싶고, 헤어지기 싫었지."

"……무슨 일이 있어도 데려가고 싶었어."

어머니가 한숨처럼 말했다.

데려가고 싶어.

나쓰의 머릿속에서 그 말이 잔향처럼 꼬리를 끌었다.

그리고 바로 곁에 있던 후카시의 옆얼굴이 눈에 들어오자, 이해가 되었다.

"이게 바로 '데려오는' 거였구나."

후카시가 온화한 눈빛으로 나치를 바라보았다.

나는 오빠를 놔두고 가지 않을 거야.

아까 필사적으로 손을 뻗으며 굳은 결심을 했다. 그런 마음을, 엄마도 아빠에게 품었을까.

어머니는 고개를 끄덕였다.

"그래. 넌 정말 굉장하구나. 그 나이에 벌써 여기까지 날아오다니. 너라면 이제 곧 도와와 함께 외해로 나갈 수 있겠어."

"너희 둘, 통로를 사용했구나."

아버지가 차분하게 말했다.

나치와 후카시는 놀라서 얼굴을 마주 보았다.

왠지 부끄러워져서 둘 다 고개를 홱 돌렸다.

"뭐 어떠니. 덕분에 이렇게 데려올 수 있었잖아."

어머니가 미소를 지었다.

"맞아, 오빠가 수레에 깔려서…… 꼼짝도 안 하는데…… 이렇게, 데리고 나와도 되는 걸까? 혹시, 어쩌면 이미……."

오싹 소름이 돋아, 말을 흐렸다.

아버지와 어머니는 외해로 나왔고 그 뒤에는 시체가 남았다.

혹시 우리도?

나치는 저도 모르게 후카시의 몸을 꼭 껴안았다.

후카시가 당황한 표정으로 나치를 보았다.

이렇게 체온이 느껴지고, 호흡도 느껴지는 이 몸은 대체 뭐지? 아래에서는 어떻게 되어 있는 거야?

"괜찮아, 금방 돌아갈 거야. 봐, 벌써 돌아가기 시작하고 있잖니? 처음에는 그리 오랜 시간 이렇게 있지 못하거든."

"앗!"

정말로 몸이 조금씩 내려가는 느낌이 들었다.

눈 깜짝할 사이 지표면이 가까워진다.

아버지와 어머니를 올려다보았다.

두 사람은 아직 그곳에 멈춰 서 있었다.

"내일 밤, 미카게 여관으로 갈게."

"도와도 같이. 그때 다시 천천히 이야기하자."

두 사람의 목소리가 내려왔다.

"아빠, 엄마!"

멀어져 가는 두 사람을 향해 나치는 저도 모르게 외쳤다.

젊은 모습 그대로의 부모, 처음 만났는데도 반가운 두 사람.

나치와 후카시의 추락은 눈 깜짝할 사이 가속했다.

떨어진다, 떨어진다, 떨어진다.

정신을 차리고 보니 나치는 와아아! 하는 비명과 소란 속에서 온몸이 땀범벅이 되어 있었다.

돌아왔다.

방금 전까지 있었던 우주 공간과 너무나도 달랐기에 동요하며
주위를 둘러보았다.

아까는 사람으로 꽉꽉 차서 떠밀리던 광장도 조금 공간이 생기
고, 사람들이 웅성거리며 움직이고 있었다.

멀리서 구급차 사이렌 소리가 들렸다.

오빠? 오빠는?

나치는 주위를 더 자세히 둘러보았다.

광장 한구석에 인파가 몰려 있고, 그 앞에 몇 명이 누워 있었다.

그 가운데 새파란 얼굴의 후카시도 포함된 상태였다.

"오빠!"

나치는 거의 자빠질 뻔하면서 달려가려다, 발목이 삐었는지 아
파서 얼굴을 찡그렸다. 하지만 다리를 질질 끌면서도 후카시에게
다가갔다.

"이봐! 괜찮아? 내 말 들려?"

누군가가 후카시의 귀에 고함을 질러 대고 있었다.

후카시가 몸을 부르르 떨며 실눈을 떴다.

"오빠!"

나치는 후카시 옆에 무릎을 털썩 꿇었다.

몽롱한 듯 눈이 허공을 헤매다 크게 뜨이고, 그 시선이 나치를
향했다.

"오빠!"

나치는 후카시의 손을 잡았다. 조금 늦게 후카시도 나치의 손을

잡았다.

안도한 나머지 눈물이 났다.

"나치구나."

후카시가 낮게 중얼거렸다.

"……방금 전까지 하늘 위에 있었지."

"응, 맞아."

"두 분을 만났어."

"응."

꿈이 아니었구나, 하고 후카시가 나치에게 눈빛으로 말했다.

맞아. 꿈이 아니야.

나치는 열심히 고개를 끄덕였다.

구급차 사이렌이 점점 커져서 광장의 소란을 뒤덮었다.

제법 많은 부상자가 나왔지만 그나마 다행히도 중상자는 없었다.

그렇게 무거운 수레가 쓰러졌으니 심각한 사태가 벌어져도 놀랍지 않은데, 완전히 쓰러지지 않고 우체통에 걸려 멈춘 것이 행운이었다.

후카시도 쓰러진 충격으로 한동안 의식을 잃었지만 눈을 떠 보니 딱히 증상은 없었고, 혹시나 싶어 병원에 하룻밤 입원했다가 다음 날 아침 검사를 받았지만 별다른 이상이 없다고 하여 집으로 돌아왔다.

정신없이 오가는 구급차의 빨간 회전등, 소란스러운 광장, 실려나가는 후카시, 뛰어다니는 사람들, 새파란 얼굴로 달려오던 히사오. 격렬하게 흔들리던 등롱…….

그 모든 풍경이 어째서인지 소리 없는 영상으로 나치의 앞에서 흘러갔다.

극히 짧은 시간 안에 너무나 많은 일이 일어나, 뇌가 정보를 채 처리하지 못하는지도 몰랐다.

한밤중에 잔뜩 지쳐서 미카게 여관으로 돌아왔을 때는 저도 모르게 현관에 털썩 주저앉았을 정도였다.

나막신 끈이 파고든 양 발가락이 새빨개지고 아팠다.

힘겹게 나막신을 벗고 아픈 발을 느릿느릿 문질렀다.

여러 가지 이미지가 머릿속을 정신없이 오가고, 눈을 감고 있는데도 괜히 시끄럽게 느껴졌다.

나치는 머리를 톡톡 두드렸다.

그건 꿈이었을까.

정말로 벌어진 일이었을까.

어쩌면 나랑 후카시 오빠가 같이 기절해서, 같은 꿈을 꾼 게 아닐까.

열심히 눈을 깜박이며 깊은 한숨을 내쉬었다.

그리고 자신의 손을 내려다보았다.

이 손으로 후카시 오빠의 팔을 움켜쥐었던 감각이 지금도 선명하게 남아 있다.

어마어마한 속도로 상승하며, 하늘을 가르던 그 느낌.

우주 공간에서 느낀 신비로운 부유감.

머릿속에서 울려 퍼지던 부모님의 목소리.

방금 전까지 하늘 위에 있었지.

지상으로 돌아왔을 때, 후카시의 그 차분한 목소리.

정말로, 정말로 일어난 일이었다.

나치는 문득 오싹한 오한을 느끼고 양팔로 몸을 껴안았다.

내가 날았어. 우주 공간까지 날았어. 나는 날 수 있어. 외해까지, 계속 그 상태로 날아갈 수 있어…….

그것이 무슨 의미인지 지금은 생각하기 싫었다. 앞으로 자신이 어떻게 되는지, 어떻게 되어 갈지. 어떤 상황도 미래도 파악할 수 없었고 파악하는 일 자체를 육체와 정신이 거부했다.

데려간다. 의식을, 오빠를 데려간다. 우주의 저편, 외해의 머나먼 저편으로.

갑자기 등골이 서늘해졌다.

그때는 정신없이 날아갔지만, 나는 정말로 오빠를 데리고 갈 각오가 되어 있을까?

그때의 격렬한 충동이 지금은 거짓말 같았다.

엄마랑 아빠처럼?

부모님의 얼굴을 떠올리려 했지만 왠지 흐릿하고 잘 생각나지 않았다.

나를 놔두고 간 엄마랑 아빠처럼?

가슴이 따끔따끔 아팠다.

만나서 기뻤던 마음과, 도저히 떨쳐 낼 수 없는 원망이 내면에서 스멀스멀 뒤섞였다.

나는 내내 혼자였는데.

굳이 따지자면 지금은 원망이 더 컸다.

하지만 혼자서 고독하게 우주 공간을 날아간다는 건 상상도 안
되는 일이다. 누군가와 함께…… 사랑하는 사람과 함께라면 견딜
수 있을지도 모른다고 생각한 건 당연하다면 당연한 일이다.

그 의지할 곳 하나 없는, 너무나도 거대한 공간에서.

나치는 우주 공간에서의 감각을 떠올리러 애썼다.

문득 마음에 걸리는 일이 한 가지 생겼다.

그나저나 엄마도 아빠도 도와와는 분위기가 많이 달랐다. 우습
긴 하지만 그냥 젊은 상태라고나 할까, 어린 상태라고나 할까, 도
와의 초연한 느낌에 비하면 못미덥다고나 할까, 풋풋하다고나 할
까, 더 인간 같지 않은 상태일 줄 알았는데.

겨우 움직일 만한 기력이 솟은 나치는 비틀비틀 일어나 자기 방
으로 향했다.

들어가 보니 책상에 메모가 놓여 있었다.

히사오가 쓴 듯했다.

'교장 선생님한테 전화가 왔어. 내일 아침 8시에 성에서 집합이래.'

아침 8시에 성에서 집합.

나치는 고개를 갸웃했다.

이미 캠프는 자유행동이나 다름없었다. 가도 안 가도 상관없을

터였다. 특히 모두가 통로를 사용하고 있는 지금, 낮에는 잠들어 있는 캠프생도 많지 않을까.

왠지 불길한 느낌이 든 나치는 한동안 그 메모를 빤히 내려다보았다.

다음 날 아침 수면 부족으로 무거운 머리를 붙잡고, 나치는 삔 발목을 조심하면서 성으로 향하는 언덕길을 올랐다.

참 오랜만에 걷는 길 같기도 하고 그렇지 않은 것 같기도 한, 신기한 감각이었다.

수면 부족은 나치 하나뿐이 아닌지 이곳저곳에서 무거운 발걸음으로 언덕을 오르는 캠프생들이 보였다.

특히 밤샘춤 기간에는 마을 전체가 밤새 깨어 있으니, 피먹임의 흥분까지 더해져 다들 잠을 거의 못 잤을 터였다.

그러니 하나같이 잠이 덜 깬 얼굴로 귀찮은 듯 다리를 질질 끌며 걸을 수밖에 없었다.

동시에 나치는 기묘한 일체감을 느꼈다.

아아, 우리는 변질되고 말았구나.

그토록 거부하던 피먹임. 유이를 비롯한 다른 친구들에게서 느껴지던 위화감.

그런 것들이 이미 생각도 나지 않았다. 그 거부감, 공포심, 절망은 대체 무엇이었을까. 지금은 다 어디로 가 버렸을까.

마음 속 깊은 곳에서 재현해 보려 애써도 아무 느낌조차 들지 않는다. 마음이 움직이지 않는다.

이것이 변질이라는 것일까.

나치는 주위를 둘러보았다.

패기 없고 무표정한 캠프생들은 모두가 놀랄 만큼 비슷한 얼굴로 보였다.

나도 저런 표정일까? 아니, 분명 저런 표정일 거야.

우리는 달라지고 말았어. 우리는 변해 가고 있어. 우리는, 평탄해지고 있어. 우리는 허주 승선원이 될 거야…….

딱히 불안한 느낌이 들지 않는 건 지쳤기 때문일까, 아니면 허주 승선원이 되어 가고 있기 때문일까.

나치는 이제 그런 생각조차 지쳤다.

기묘하게도, 아무도 서로에게 말을 걸지 않았다.

유이가 앞에 있었지만 나치는 굳이 말을 걸 생각이 없었고, 아마 상대방도 그럴 터였다.

그 침묵은 모두가 캠프에 도착해 법당에 모일 때까지도 변함이 없었다.

기묘한 무관심, 기묘한 침묵.

눈인사조차 나누지 않고 그저 여기저기에 걸터앉아 있는 모습에는 신기한 허무감마저 감돌았다.

텅 빈 껍데기.

나치는 그런 감상이 느껴졌다.

우린 모두 텅 빈 껍데기야. 이젠 괴물도 아니고, 마치 실이 끊어진 꼭두각시 인형처럼 힘없이 주저앉아 있어.

그때 정신없이 뛰어오는 발걸음 소리에 모두가 겨우 반응하여,

등을 곧게 펴고 자세를 고쳐 앉았다.

장지문이 드르륵 열리고 교장과 도미자와 선생, 마나베 선생이 종종걸음으로 들어왔다.

캠프생들은 우울한 목소리로 안녕하세요, 하고 합창했다.

"안녕하세요, 여러분. 일찍부터 불러내서 미안해요."

교장이 온화한 미소를 지으며 살짝 고개를 숙였다.

그 표정에서 나치는 위화감을 느꼈다.

뭔가 체념한 듯…… 아니, 뭔가를 깨달은 듯. 지금까지 한 번도 본 적 없는 미소였다.

"이렇게 모이라고 한 건, 갑자기 정해진 일이 있기 때문입니다."

교장이 아이들을 한 바퀴 둘러보았다.

온화하면서도 그 시선은 날카로워, 누구나가 꿰뚫린 기분에 등을 곧게 폈다.

교장은 다른 교사들과 얼굴을 마주 본 뒤 살짝 고개를 끄덕였다.

"올해 캠프는 내일로 끝납니다. 이제 끝이에요."

네에? 하는 동요의 목소리가 일었다.

왜요? 하는 비명 같은 목소리도 솟았다.

교장은 당연하다는 듯 고개를 끄덕였다.

"사정이 바뀌었어요."

그러고는 차분한 목소리로 말했다.

'사정'이라는 단어가 묘하게 불길한 울림을 띠었다.

"아주 크고, 중요한 사정입니다. 그건 내일 설명하지요. 그리고 캠프의 종료를 맞이하여 여러분이 내일 해야 할 일이 있습니다."

캠프생들은 그제야 서로의 얼굴을 둘러보며 그 눈동자 속에 깃든 불안을 확인했다.

"어머, 벌써 왔니?"

아침에 집을 나갔다가 채 한 시간도 되지 않아 여우에 홀린 듯한 얼굴로 돌아온 나치를 보고 히사오가 놀라서 물었다.

"캠프, 이제 끝이래요."

나치가 의아한 표정으로 대답했다.

"뭐?"

그에 못지않게 히사오도 의아한 표정을 지었다.

"내일로 끝이고, 올해는 이제 끝이래요."

"뭐어?"

현관에서 히사오가 반사적으로 몸을 내밀었다.

나치의 얼굴을 뚫어져라 쳐다보던 히사오는 그 말이 농담이 아니라는 사실을 알아차린 듯했다.

"왜?"

나치는 고개를 크게 가로저었다.

"글쎄요, 잘 모르겠어요. 그치만 내일은 무슨 중요한 사정이 있을 거라던데요."

"중요한 사정이 뭔데?"

"몰라요."

침묵.

"그래……. 대체 뭘까. 그런 얘긴 나도 처음 듣는데."

서로의 얼굴에 떠오른 당혹을 보면서 대충 유야무야 넘긴 뒤 나치는 집으로 들어가고, 히사오는 여관 쪽으로 향했다.

나치도 자기 방으로 들어갔으나 교장과 다른 교사들의 깨달음을 얻은 듯한 그 얼굴들이 머릿속에서 통 떠나질 않았다.

멍하니 자리에 앉아 있자니 불안한 마음만이 온몸을 지배했다.

내일로 끝. 이건 과연 좋은 일일까? 아직 모두가 완전히 변질된 것 같지 않은데 여기서 끝이라는 건 결코 바람직한 일이 아닌 것만 같다.

그럼 나쁜 일일까?

나치는 고개를 갸웃했다.

아니, 선생님들의 얼굴은 굳이 표현하자면 후련하다는 분위기였다. 나쁜 일도 아닌 것 같다.

대체 내일은 무엇이 기다리고 있을까? 무슨 일이 일어날까?

요 며칠간 일어난 일도 다 소화하기 힘든데 캠프에서 생각지도 못한 말을 듣는 바람에 더욱 혼란스럽고 불안해졌다.

문득 공복을 느끼고 시계를 보니 방에 돌아와 두 시간 가까이 생각에 잠겼던 모양이었다.

뭔가 먹어야겠다는 생각에 자리에서 일어났다가 다리가 뻣뻣해서 깜짝 놀랐다.

아래층으로 내려가니 머리에 붕대를 감은 후카시가 마찬가지로 점심을 먹으려는지 부엌에 들어가는 모습이 보였다.

"오빠, 몸은 좀 어때?"

말을 걸자 후카시가 뒤를 돌아보고는 나치를 발견하고 쓴웃음을 지었다.

"이젠 아무렇지도 않아. 이 붕대는 너무 과해."

오후의 여관에는 인기척도 없고, 느슨한 정적만이 멍하니 감돌았다.

나치는 소면을 삶으며 후카시에게 캠프가 끝났다는 이야기를 했다.

"끝? 내일로? 그런 얘긴 처음 듣는데."

미간을 좁히며 히사오와 똑같은 말을 하는 후카시는 표정까지 히사오와 꼭 닮았다.

"오빠 생각엔 왜인 것 같아?"

소면이 든 유리그릇을 밥상에 놓고, 둘이서 자리에 앉았다.

"글쎄. 사정이 바뀌었다고 했지? 중요한 사정이라고. 그런데 내일 와서 해야 할 일이 있다고? 캠프생들이?"

후카시는 자문자답하면서 소면을 먹었다.

그러다 갑자기 손길이 멎었다.

"뭘까? 설마……."

"설마, 뭐?"

후카시의 심상찮은 말투에 나치는 저도 모르게 얼굴을 쳐다보았다.

"아니, 그럴 리가. 아무것도 아니야."

후카시는 고개를 가로저었다.

"그보다 나치, 어젯밤 그거, 기억나?"

"어젯밤 그거?"

나치는 가슴이 철렁했다.

사방이 탁 트인 그 거대한 공간.

갑자기 현기증이 느껴졌다. 그 공간에 갔다가, 낙하해서 이곳으로 돌아왔다⋯⋯.

후카시의 목소리가 들렸다.

"그때 두 분이 그랬잖아. 내일 밤 미카게 여관으로 가겠다고."

"아!"

나치는 눈을 깜박거렸다.

분명 그렇게 말했다. 후카시도 같은 말을 들었을 터였다.

"응, 그랬어. 그런데 정말? 정말 이리로 올까?"

두 사람은 얼굴을 마주 보았다.

아직 실체화가 불충분하던 부모님. 대체 어떤 모습으로 어떻게 찾아올까? 무엇보다 그게 정말 있었던 일인지 아닌지, 나치와 후카시는 아직도 반신반의 상태였다.

그리고 정말로 찾아온다면⋯⋯.

두 사람은 다시 한 번 말없이 얼굴을 마주 보았으나, 서로의 눈 속에서 그 답을 찾아내지는 못했다.

저녁 무렵, 예기치 못한 손님이 찾아왔다.

"실례합니다. 다카다 나치 있나요?"

직원 식사 준비를 돕던 나치는 현관에서 귀에 익은 목소리가 들리는 바람에 깜짝 놀랐다.

저 목소리는.

히사오가 먼저 나갔다.

"어머나, 너는……."

당황스러운 목소리에 나치도 다급히 현관으로 나갔다.

현관 앞에 아마치 마사키가 서 있었다.

"아마치?"

나치는 놀랐다.

무슨 일로 날 찾아온 걸까?

문득 마사키의 뒤에 약간 거리를 두고 키 큰 남자가 서 있는 것이 보였다.

어? 저 사람, 본 적 있는데.

"아마치 님, 여긴 어떻게……."

히사오도 남자를 보고 놀란 표정을 지었다.

"저희 아버지세요."

마사키가 뒤를 살짝 돌아보며 누구에게라고 할 것 없이 중얼거렸다.

아버지. 아마치 마사키의.

나치는 기억을 더듬었다.

그런데 혈연관계는 없다고 하지 않았던가? 아니, 친아버지였던가? 하지만 마사키는 아버지에게 쌀쌀맞게 굴었던 것 같은데.

"안녕하십니까."

장신의 남자가 조심스럽게 고개를 숙였다.

"저어, 무슨 일로 오셨나요? 숙박이 아닌가요? 괜찮으시다면 여관 현관 쪽으로 들어오세요."

히사오가 당황스러워하며 말했다.

"아뇨, 오늘은 나치와 히사오 아주머니에게 볼일이 있어서요."

마사키가 담담하게 말했다.

자신의 이름이 나온 것이 놀라웠는지 히사오는 새삼 마사키의 얼굴을 본 뒤, 등 뒤의 남자를 쳐다보았다.

"저희에게요?"

나치는 저도 모르게 히사오에게 매달렸다.

"왜죠?"

히사오도 나치를 감싸며 경계하듯 물었다.

"오늘 밤 찾아올 예정이기 때문이에요."

마사키가 딱 잘라 말했다.

"나치의 부모님이, 두 분을."

나치는 깜짝 놀라 몸이 굳어졌다. 그리고 자신뿐만이 아니라 옆에 있던 히사오도 동시에 움찔했음을 알아차렸다.

"저희는 만났습니다. 두 사람도 봤죠?"

마사키는 그 반응을 간파했는지 나치와 히사오를 물끄러미 응시한 후, 뒤를 돌아보았다.

장신의 남자는 한순간 말이 없다가 탄식하듯 이야기를 시작했다.

"저는 고시로 다다유키와 나쓰 씨를 알고 있습니다. 고시로 다다유키는 쓰쿠바에서 제 동료였죠. 나쓰 씨는 그 친구의 아내였고요."

나치는 남자의 말투로 미루어 볼 때 왠지 어머니를 잘 알고 있을 것 같다는 느낌을 받았다. 어쩌면 특별한 감정을 품었을지도 모른다.

히사오가 나치의 어깨를 감싼 손에 힘이 들어갔다.

나치는 히사오의 옆얼굴이 묘하게 파랗게 질린 것을 보았다.

이 심상찮은 표정, 부릅뜬 눈.

"당신도 보셨지요? 알아차리지 않았습니까? 며칠 전부터 그 두 사람이 이곳에 돌아와 있었다는 것을."

남자는 여전히 탄식하는 듯한 말투로 느릿느릿 이야기를 이어 갔다.

"저는 들었습니다. 오늘 밤 두 사람이 미카게 여관을 방문한다는 이야기를. 거기서 같이 이야기를 하고 싶습니다."

나치는 어느 틈엔가 자신의 뒤에 후카시가 서 있음을 알아차렸다.

후카시 또한 심상찮은 표정으로 현관 밖에 서 있는 두 사람을 보았으리라. 히사오를 꼭 닮은 표정으로.

즉 히사오 이모 또한 엄마와 아빠를 만난 것이다.

히사오의 침묵이 그 사실을 말하고 있었다. 이곳에 있는 다섯 명 모두가 나치의 부모님을 목격했다…….

"함께 기다리면 안 될까요? 두 사람의 방문을."

마사키가 말했다.

"저희는 무슨 일이 있어도 그 두 사람의 이야기를 들어야 해요. 여러분과…… 그리고 아마도, 도와도 함께."

마사키의 목소리는 흔들림이 없었고, 그 일은 이미 결정되어 있다는 투였다.

그리고 분명 그렇게 되리라고 누구나 생각은 했지만 굳이 입 밖에 내어 말하지는 않았다.

고요한 밤이었다.

모두 아무 말 없이 멍하니 각자의 생각에 잠겨 있었다.

오래된 일본 영화의 한 장면 같다고 나치는 생각했다.

관광객들이 드문드문 돌아가기 시작했기 때문에, 미카게 여관의 빈 객실에서 기다리기로 했다.

히사오는 천천히 부채를 부치고 있었다.

하지만 그 눈은 어딘가 먼 곳을 바라보고 있어, 자신이 부채를 부치고 있다는 사실조차 깨닫지 못하는 듯했다.

아마치 마사키는 자세를 풀지 않고 똑바로 무릎을 꿇고 앉아 있었다.

마사키의 부친은 옆에서 책상다리를 하고 앉아 느릿느릿 차를 마시는 중이었다.

나치와 후카시는 편한 자세로 나란히 앉아 있었다.

벌레 울음소리만이 밖에서 들려왔다.

정말로 그런 일이 일어날까.

나치는 자문자답했다.

정말로 이 많은 사람들이 있는 방에 엄마와 아빠와 도와 언니가 들어올까.

그때 어째서인지 모두 동시에 고개를 들었다.

그 사실에 모두가 깜짝 놀라 얼굴을 마주 보았다.

왜일까, 방금 무슨 기척이 났는데.

히사오가 엉거주춤 일어서려 했다.

그때 무슨 그림자가 나타났다.

객실 옆 대기실에 무슨 그림자 덩어리 같은 것이 있었다.

"아……."

나치는 자신이 소리를 냈다는 사실을 뒤늦게 알아차렸다.

금세 그림자가 투명해지고 색채가 나타나더니 실체를 동반하여 세 남녀가 되었다.

"안녕하세요."

뚜렷한 윤곽을 지닌 도와가 말했다.

여전히 차분하고, 아름다우며 속세를 벗어난 분위기였지만 그러면서도 확고한 존재감을 갖고 그곳에 있었다.

사람들이 우물쭈물 인사를 했다.

하지만 그들의 시선은 도와 뒤에 서 있는 남녀를 향했다.

나치는 그 두 사람을 새삼스럽게 가만히 바라보았다.

아니, 나치뿐만이 아니라 객실에 있던 다섯 명 모두가 그 둘에게서 시선을 떼지 못했다.

"나쓰, 다다유키 씨."

히사오의 목소리가 떨렸다.

"정말, 정말 너희였구나."

"오랜만이야."

나쓰가 그렇게 말하며 앞으로 나섰다.

세 사람이 방 안으로 들어오니 기묘한 분위기가 감돌았다.

분명 그곳에 있는데, 그곳에 없는 것 같은. 특히 도와 외의 두 사람은 다다미를 밟는 소리도 나지 않고, 왠지 모르게 존재감이 희박했다.

도와처럼 되기는 어렵다고 부모님이 말씀하셨지.

나치는 세 사람을 빤히 쳐다보았다.

우리는 밤에만 실체화할 수 있어. 그 말은 이런 뜻이었구나.

"너도 와 있었구나."

도와는 아마치 마사키를 보며 미소를 지었다.

마사키는 미동도 하지 않고 세 사람을 올려다보았다.

"이제 슬슬 가르쳐 주시면 안 될까요? 내일 교장 선생님이 말씀 하실지도 모르지만, 저는 당신 입으로 듣고 싶습니다."

마사키가 담담하게 물었다.

"묻고 싶은 게 뭔데? 이미 알고 있잖아, 넌."

마사키는 도와를 응시했다.

"이제 배는 출항하지 않는 거죠?"

후카시가 놀란 표정으로 마사키를 보고, 다음으로 도와를 보았다.

도와는 평소와 다름없는 미소를 띤 채 잠시 침묵했다.

"넌 참 똑똑하구나."

그러고는 그렇게 중얼거렸다.

"올해 캠프는 이제 끝이라고 들었습니다. 올해뿐만 아니라 아마 앞으로 캠프는 사라지겠죠?"

도와가 천천히 고개를 가로저었다.

"그것까지는 난 모르겠어. 내일 교장 선생님께 여쭤봐."

역시, 하는 표정으로 마사키가 살짝 고개를 끄덕였다.

"인류의 의식을 육체에서 분리시켜 이주한다는 건, 육체를 죽인다는 뜻이죠. 그 점을 어떻게 설득하려는 건가요?"

나치는 움찔했다.

후카시와 히사오도 옆에서 놀랐다.

알고는 있었지만 막상 마사키의 입에서 '죽인다'는 말이 나오니 동요하게 된다.

그렇다, 그런 일이었다.

하지만 후카시가 새파래진 얼굴로 누워 있던 모습을 떠올리면 지금도 몸서리가 쳐진다. 후카시의 의식은 분명 함께 있었지만, 그렇다고 후카시가 육체를 잃고 영영 눈을 뜨지 못하리라는 생각을 하면 등골이 오싹해진다. 도저히 받아들일 수 없는 사실이었다.

"당분간은 희망자만 모집하게 될 거야."

도와가 가볍게 말했다.

희망자만.

희망자는 죽는다. 죽어서 허주 승선원에게 이끌려 우주로 나가게 된다.

"빨리 이주하고 싶고, 육체를 잃어도 좋으니 빨리 가고 싶다는 사람이 있으면 도와줄 거야. 하지만 우리는 다른 방법을 생각하고 있어."

"다른 방법?"

이번에는 마사키의 부친이 반응했다.

"그래."

도와는 고개를 끄덕였다.

"언젠가는 허주 승선원들의 도움 없이도 탈출할 수 있도록 하고 싶어. 즉 모든 사람들이 허주 승선원이 되는 거야."

"모든 사람들이? 어떻게?"

마사키의 부친이 몸을 내밀었다.

"요 몇 년 사이 캠프 성공률이 자꾸 떨어지고 있다고 하잖아. 처음 추락한 배가 만들어 낸 자기장이 약해져서, 그 때문에 변질체가 되기 어려워지고 있다고."

"네, 그렇게 들었어요."

마사키는 고개를 끄덕였다.

"우리는 그렇지 않다고 생각해. 오히려 모든 사람들이 다 변질체가 되어 가고 있기 때문에 눈에 띄는 변질이 일어나기 어려워졌는지도 몰라."

"뭐?"

사람들이 동시에 목소리를 높였다.

"아마 이건 자기장 운운하는 이야기가 아닐 거야. 세대교체를 반복하다 마침내 지구를 떠나야만 한다는 사실을 인류가 의식했을 무렵부터 이 변질은 준비되어 있었던 거라고 생각해. 이미 의식에 의해 우주 항법을 터득한 배가 우연히 떨어지는 바람에 부분적으로 먼저 촉진된 면은 있지만, 원래 인류는 때가 오면 이 항법을 터득한 몸을 얻게 되어 있었던 게 아닐까."

나치는 가벼운 현기증을 느꼈다.

이 감각, 어디서 느껴 본 적 있는데.

광장에서 원을 그리며 춤추던 사람들을 봤을 때의 감각. 별을 닮은 그 등롱을 보았을 때의 감각.

머나먼 옛날부터 전해져 내려온, 아주 먼 옛날부터 준비되어 있었던, 그런 감각.

"그러니 이주를 서두르지 않는 사람들은 거의 마지막까지 지구에 남아 있을 거야. 지구의 마지막 모습을 지켜보고 나서 신천지로 향하겠다는 사람들이 있어도 놀랍지 않아. 심지어 우리조차도 지구는 새삼 그립고 떨어지기 싫어서 향수병을 느끼는 장소인걸."

도와는 왠지 모르게 쓸쓸한 표정을 지었다.

이런 표정은 처음 본다.

감정이 평탄해졌다고들 하는 그들조차 향수병을 느낀다. 그리고 그 때문에 지금, 저런 표정을 짓는 것이다.

"그러니까 서두를 필요는 없어, 나치."

나쓰가 말했다.

나치는 머뭇머뭇 어머니를 바라보았다.

젊고 아름다운 모습 그대로의 어머니, 그리고 마찬가지로 젊은 아버지를.

또다시 기묘한 분노가 치밀었다.

왜 더 빨리 와 주지 않았는가. 보고 싶었다고, 이젠 떨어지지 않겠다고 왜 말해 주지 않는 건가.

"나, 나는……."

나치는 우물쭈물하다 고개를 숙였다.

나는 어떻게 되는 걸까. 어쩌면 좋을까.

왠지 눈물이 났다. 역시 나는 버림받은 아이였던가 보다. 머나
먼 지구에 홀로 남겨진 비참한 아이.

갑자기 좋은 향기가 풍겼다.

어? 하는 생각이 들었다.

도와가 나치를 감싸 안았던 것이다.

"아니야."

도와가 속삭였다.

"그건 아니야. 넌 버려진 게 아니야."

그 목소리는 왠지 엄격하면서도 동시에 무척 자상했다.

저 도와가. 세상과는 무연해 보이고, 인간의 마음을 이해할 줄
모르는 것만 같았던 도와가.

도와가 나를 위로해 준다. 나를 격려해 준다.

나치의 마음속에서 둑이 터져 버렸다. 눈 깜짝할 사이 넓은 곳
까지 콸콸 흘러넘쳐, 막을 수가 없었다.

나치는 도와에게 안겨 소리 높여 엉엉 울음을 터뜨렸다.

짐승처럼 소리를 지르며 얼굴을 찡그리고 몸을 뒤틀어 댔다.

사람들이 어이없어하며 쳐다보고 있다는 사실을 알고 있어도,
나치는 통곡을 멈출 수가 없었다.

햇살이 눈부시다.

나치는 나뭇잎 사이로 비쳐 드는 햇빛에 눈을 찡그렸다.

이와쿠라에 처음 와서 이런 산길을 걸었던 일이 아주 먼 옛날
일 같았다. 이미 자신은 벌써 몇 년이고 이 길을 걸어 다녔다는

착각마저 느껴진다.

출렁이는 파도 같은 소리가 뒤에서 들려왔다.

흘끔 뒤를 돌아보았다.

그곳에는 후카시가 있었고, 눈을 마주치니 싱긋 웃어 주었다.

나치도 수줍어하며 마주 웃은 뒤 다시 앞을 돌아보았다.

풀숲에서는 여전히 후끈한 열기가 피어올라 숨이 막혔지만, 그래도 어디선가 가을의 기척이 느껴지기 시작했다.

밤샘춤도 끝났다. 관광객들은 떠나고, 지역 주민들만이 남아 일상생활로 돌아왔다. 계절은 똑같이 지나가고 긴 여름도 끝에 가까워졌다.

모두 함께 산길을 걷고 있었다.

캠프생들뿐만이 아니었다. 이와쿠라 마을 사람들도 합세하여, 상당한 수가 뒤를 따라오는 것이 느껴졌다.

오늘 아침 등교하려던 나치는 마을 사람들이 같은 길을 어슬렁어슬렁 걷는 모습을 보고 놀랐다.

"뭐지?"

마찬가지로 눈이 동그래진 유이와 눈이 마주쳐, "저 사람들도?", "다 같은 곳으로 향하는 거지?" 하고 두리번거리고 있는데 "나치!" 하고 부르는 소리가 났다.

돌아보니 후카시가 손을 크게 흔들고 있었다.

"어? 후카시 오빠도?"

"엄마도 있어."

그러는 후카시의 시선 너머에는 누군가와 담소를 나누며 걸어 오는 히사오의 모습이 보였다.

"정말이네."

"동네 사람들도 꽤 많이 와 있어."

늘 매미나 새 울음소리밖에 들리지 않던 곳에 사람 목소리가 웅 성거리니 신기한 기분이었다.

캠프 기간 동안에는 소외감만 느껴졌는데 다양한 연령층의 사 람들이 함께 있으니 신선함이 느껴졌다.

교장은 캠프가 열렸던 성에서 학생들과 모여든 다른 사람들을 향해 온화하게 말했다.

올해 캠프는 이것으로 끝입니다. 늘 그렇듯 이 지역 이와쿠라의 여러분들께서 협력해 주셔서 정말 감사합니다.

이와쿠라의 캠프는 몇십 년을 이어져 내려온 유서 깊은 행사입 니다. 우수한 허주 승선원들을 다수 배출하였기에 저희도, 이와 쿠라에서도 자랑스러워하고 있지요.

아직 자세한 사항은 정해지지 않았으나 내년부터는 캠프의 방 식과 양상이 다소 바뀔 예정입니다. 추후 학생들과 이와쿠라 주민 여러분께 자세한 설명을 드릴 자리를 마련할 테니, 앞으로의 일을 정할 시간을 좀 주십시오.

사람들은 조용히 교장의 이야기를 들었다.

하나같이 의아한 표정의 캠프생들과 달리 지역 주민들의 얼굴에는 무언가를 각오한 듯한 표정이 떠올랐다.

그 가운데에는 미카게 여관에서 나치가 이야기를 엿들었던 '높은' 사람들은 포함되지 않았다.

이해관계가 아니라 순수하게 캠프를 응원하고, 허주 승선원들을 존경하며 풍습을 쭉 이어 온 지역 사람들.

오늘은 배가 돌아옵니다.

교장이 맑은 미소를 지었다.

최대급 선단이 곧 이와쿠라의 상공을 통과할 예정입니다. 앞으로 이런 기회는 쉽게 오지 않을 것입니다. 오늘은 기념으로 모두 함께 선단을 맞이하고자 합니다.

풀숲에서 피어오르는 열기. 눈부신 햇빛.

처음에는, 중간까지 가는 길이 똑같았기에 나비 계곡으로 가는 줄 알았는데 코앞에서 길이 갈려 다시 오르막길이 나왔다.

어느샌가 숨이 찼다. 제법 급격한 경사면이 이어졌다.

오르막 위에 얼핏 도와의 모습이 보인 듯했다.

도와도 와 있었나 보다.

어젯밤 나치를 포옹해 주었던 팔과, 얼굴에 닿았던 머리카락의 감촉이 문득 떠올랐다.

아빠랑 엄마가 아니었어.

나치는 불현듯 차갑게 식은 마음으로 그런 생각을 했다.

곁에 있어야 할 사람, 따르고 존경해야 할 사람, 본받을 사람은 부모님이 아니라 도와였다.

나는 이제부터 도와가 될 것이다. 도와를 목표로 삼고, 도와의 말에 공감하리라.

그래, 그 그림 속에 그려져 있던 도와, 별 모양 등롱과 함께 학생들을 내려다보던 그림 속 도와가.

자신의 호흡 소리가 귓가에 울려 퍼졌다.

나는 언젠가 외해로 나갈 거야.

그런 확신이 솟아났다.

도와와 함께 외해를 여행하여, 머나먼 별로 가리라. 그래…….
후카시 오빠와 함께.

등 뒤에서 후카시의 기척이 느껴졌다.

그때 후카시 오빠의 육체는 소멸한다. 지금은 아직 그 사실을 견딜 수가 없지만, 언젠가는 받아들일 때가 오겠지. 분명, 언젠가는.

아빠와 엄마처럼.

땀이 흘러 눈에 들어갔다.

갑자기 눈앞이 탁 트였다.

텅 빈 광장과 전망대가 펼쳐져 있었다.

"이런 곳이 있었구나."

옆으로 다가온 후카시가 중얼거렸다.

"응, 오랜만에 왔네. 소풍 때 이후 처음이야."

"산 위에 이렇게 넓은 장소가 있었다니."

저도 모르게 주위를 둘러보았다. 사람들이 차례차례 올라와 광장이 점점 메워져 갔다.

"아마 옛날엔 여기에도 배가 왔을 거야."

"그래, 충분히 착륙할 수 있어 보이네. 선착장 같다."

겹겹이 이어지는 산맥이 한눈에 보였다.

전망대로 다가가자 아래쪽에서 반짝반짝 빛나는 강과 마을이 보였다.

"우와, 엄청 높이 올라왔네."

"그러게."

문득 무슨 기척이 느껴졌다.

다들 같은 느낌을 받았는지, 일제히 하늘 한구석을 올려다보았다.

아득히 먼 곳에서 고오오 하는 땅울림 같은 소리가 들려왔다.

"배다!"

환호성이 터졌다.

처음에는 작고 검은 덩어리였다. 새떼처럼 보이기도 했지만 그 덩어리는 점점 커졌다.

"굉장한데, 저렇게나 많이……."

사람들이 술렁거렸다.

거대한 검은 배가 하늘을 가득 채웠다.

멋진 대열을 이루며 일정 간격으로 떨어져 천천히 하늘을 날아갔다.

"우와, 진짜 크다."

"저런 건 처음 봐."

나치와 후카시도 환호성을 질렀다.

하늘이 어두워진다.

머리 위를 선단이 천천히 가로지른다.

앞으로는 이렇게 많은 배가 필요 없다는 사실을 전달하러 돌아온 것이다.

"장례식 같네."

후카시가 나직이 중얼거렸다.

"응, 나도 그렇게 생각했어."

나치도 고개를 끄덕였다.

문득 몸이 끌려가는 느낌이 들었다.

"앗!"

"또야!"

후카시가 나치의 팔을 붙잡자, 두 사람은 두둥실 공중으로 떠올랐다.

"저기 봐, 다른 사람들도!"

돌아보니 다른 학생들도 허공에 떠 있었다.

아래에 있는 자신들의 몸을 내려다보고 기겁을 한 얼굴들이었다.

"헉!"

"대체 왜?"

"이게 뭐야?"

첫 체험인지 당황스러워하는 목소리도 들렸다.

다들 그렇게 될 것이다.

나치는 머리 위를 올려다보았다.

선단 바닥이 차츰 가까워지고, 눈 깜짝할 사이 배들 사이를 빠져나갔다.

"오오!"

이곳저곳에 떠오른 학생들이 위에서 배를 내려다보았다.

"배를 위에서 보는 건 처음이야."

"나도."

운전석에 있는 사람들이 보였다.

그들 역시 머리 위에 떠 있는 학생들을 보고 환호성을 지르고 있었다.

표정을 보니 그것이 무슨 의미인지 다 이해하고 있는 모양이었다.

고오오 하는 소리가 조금씩 작아졌다.

선단이 차츰 멀어져 갔다.

마지막 배가 지나감과 동시에 아이들이 하나둘 떨어져 내리기 시작했다.

나치와 후카시도 눈 깜짝할 사이 원래 몸으로 돌아와, 작은 한숨을 내쉬었다.

정신을 차린 학생들이 흥분해서 소리를 질러 댔다.

"……언젠가는 가겠지, 우리도."

후카시가 나직이 중얼거렸다.

검은 덩어리가 작아져 간다.

처음 나타났을 때처럼, 이제는 새 떼로밖에 보이지 않는다.

나치는 살짝 고개를 끄덕였다.

두 사람은 그 검은 덩어리가 사라질 때까지 나란히 몸을 기대고 하늘 저편을 계속 바라보았다.